Onaan

KARIN SLAUGHTER BIJ DE BEZIGE BIJ

Nachtschade
Zoenoffer
Een lichte koude huivering
Vervloekt geluk (red.)
Onzichtbaar
Trouweloos
Triptiek

KARIN SLAUGHTER

Onaantastbaar

Vertaling Karina van Santen en Martine Vosmaer

CARGO

2008
DE BEZIGE BIJ
AMSTERDAM

Cargo is een imprint van uitgeverij De Bezige Bij, Amsterdam

Eerste druk juli 2007
Zesde druk mei 2008
Oorspronkelijke titel *Beyond Reach*, ook verschenen als *Skin Privilege*
Oorspronkelijke uitgever Delacorte Press, New York
Omslagontwerp Marry van Baar
Omslagillustratie Plainpicture / Imagestore / Hollandse Hoogte
Foto auteur Alison Rosa
Vormgeving binnenwerk Peter Verwey, Heemstede
Druk Wöhrmann, Zutphen
ISBN 978 90 234 2812 1
NUR 305

www.karinslaughter.com
www.uitgeverijcargo.nl

Voor mijn vrienden
bij De Bezige Bij

Proloog

Wat hadden ze haar gegeven? Wat had de naald in haar aderen gespoten? Ze kon haar ogen bijna niet meer openhouden, maar haar oren werkten juist te goed. Onder een scherpe, doordringende fluittoon hoorde ze een hikje in de motor en het donk-donk van de banden die over hobbelig terrein reden. De man naast haar op de achterbank praatte zachtjes, bijna als een slaapliedje dat je voor een kind zou zingen. Zijn stem had iets kalmerends en ze merkte dat haar hoofd naar beneden zakte als hij praatte, en weer overeind schoot bij Lena's bruuske, bijtende antwoord.

Haar schouders deden pijn doordat haar armen achter haar rug waren getrokken. Of misschien deden ze geen pijn. Misschien dacht ze alleen maar dat ze dat zouden moeten doen, en stuurden haar hersenen die boodschap door. Het was een doffe pijn, een soort bonzen op het ritme van haar hart. Ze probeerde zich op andere dingen te concentreren, zoals het gesprek dat om haar heen werd gevoerd of waar Lena heen reed. Maar in plaats daarvan spiraalde ze terug in haar lichaam en wikkelde zich in elk nieuw gevoel zoals een pasgeboren baby in een dekentje wordt gerold.

De achterkant van haar benen prikte van het leer, maar ze wist niet waarom. Het was kil buiten. Ze voelde een koude rilling in haar nek. Ze herinnerde zich de Chevette van haar vader tijdens een lange reis naar Florida. Er was geen airconditioning en het was half augustus. Alle vier de raampjes waren opengedraaid, maar niets kon de hitte uitbannen. De radio kraakte. Er was geen muziek, geen zender waar ze het allemaal over eens konden worden. Voorin zaten haar ouders te bekvechten over de route, de prijs van benzine, of ze wel of niet harder moesten rijden. In de buurt van Opelika vroeg haar moeder aan haar vader of hij wilde stoppen bij de supermarkt zodat ze cola met veel ijs konden kopen en chips. Ze jammerden allemaal toen ze wilden uitstappen omdat de huid van hun armen en benen aan de zitting bleef plakken alsof hun lichaam door de hitte aan het vinyl was vastgesmolten.

Ze voelde hoe de auto een sprongetje maakte toen Lena hem in de parkeerstand zette. De motor zoemde nog, het zachte snorren suisde in haar oren.

Er was nog iemand – niet in de auto maar in de verte. De auto stond op het footballveld. Ze herkende het scorebord, grote letters die GO MUSTANGS! schreeuwden.

De man naast haar ging verzitten. Hij stak het pistool in de tailleband van zijn spijkerbroek. Lena zat omgedraaid naar hen te kijken. Hij droeg een bivakmuts, het soort dat je in griezelfilms ziet en dat alleen de ogen en mond vrij laat. Maar dat was genoeg. Ze kende hem, ze zou bijna zijn naam kunnen zeggen als haar mond maar wilde bewegen.

De man zei iets over dorst en Lena gaf hem een grote piepschuim beker aan. Het wit van de beker was fel, bijna oogverblindend. Uit het niets voelde ze een dorst in haar keel opkomen zoals ze nog nooit had gehad. Bij de gedachte aan water sprongen de tranen in haar ogen.

Lena keek haar aan en probeerde geluidloos iets te zeggen.

Plotseling schoof de man over de achterbank zo dicht tegen haar aan dat ze de warmte van zijn lichaam voelde en de subtiele muskusgeur van zijn aftershave rook. Ze voelde hoe zijn hand langs haar nek gleed en luchtig op de wervels bleef liggen. Zijn vingers waren zacht, teder. Ze concentreerde zich op zijn stem, ze wist dat wat er gezegd werd belangrijk was, dat ze moest luisteren.

'Wou je ervandoor?' vroeg de man aan Lena. 'Of wil je blijven om te horen wat ik te vertellen heb?'

Lena had zich van hen afgekeerd, misschien had ze haar

hand op de deurknop. Ze draaide zich nu terug. 'Zeg op.'

'Als ik je had willen vermoorden,' begon hij, 'dan was je al dood. Dat weet je.'

'Ja.'

'Je vriendin hier...' Hij zei nog iets, maar zijn woorden vloeiden in elkaar over zodat ze niets meer betekenden tegen de tijd dat ze haar oren bereikten. Ze kon alleen maar naar Lena kijken en uit haar reactie opmaken hoe ze zelf zou moeten reageren.

Bang. Ze zou bang moeten zijn.

'Doe haar alsjeblieft niets,' smeekte Lena. 'Ze heeft niets te maken met...'

'Ja, het is triest. Maar we moeten keuzes maken.'

'Noem je dat een keuze?' snauwde Lena. Er volgde meer, maar het enige wat doorkwam was paniek. Ze bleven praten, en toen voelde ze opeens iets kouds over zich heen spoelen. Een vertrouwde geur vulde de auto – doordringend, scherp. Ze wist wat het was. Ze had het eerder geroken maar haar hersenen konden haar niet vertellen waar of wanneer.

Het portier ging open. De man schoof de auto uit en bleef buiten naar haar staan kijken. Hij zag er niet droevig of ontdaan uit. Hij keek berustend. Ze had die blik eerder gezien. Ze kende hem – ze kende de kille ogen achter het masker, de natte lippen. Ze kende hem haar hele leven al.

Wat was die geur? Ze zou die geur moeten herkennen.

Hij mompelde een paar woorden. Er glinsterde iets in zijn hand – een zilveren aansteker.

Nu begreep ze het. Paniek stuwde een golf adrenaline naar haar hersenen en sneed recht door haar hart.

Aanstekerbenzine. In de beker had aanstekerbenzine gezeten. Hij had het over haar hele lichaam gegoten. Ze was doorweekt – ze droop ervan.

'Nee,' schreeuwde Lena en greep ernaar met gespreide vingers.

De aansteker viel op de bank naast haar, de vlam stak de vloeistof aan, de vloeistof verbrandde haar kleren. Er klonk een gruwelijk gejank – het kwam uit haar eigen keel terwijl ze hulpeloos toekeek hoe de vlammen aan haar lichaam likten. Ze dacht weer aan dat uitstapje naar Florida lang geleden, de uitputtende hitte, de scherpe, onverdraaglijk rijtende pijn toen haar huid aan de zitting vastsmolt.

MAANDAGMIDDAG

Een

Sara Linton keek op haar horloge. De Seiko was een cadeau van haar grootmoeder geweest op de dag van haar diploma-uitreiking. Op de dag dat oma Em zelf haar diploma had gekregen was ze vier maanden van een huwelijk, anderhalf jaar van de geboorte van de eerste van haar zes kinderen en achtendertig jaar van de dood van haar man aan kanker verwijderd geweest. Een hogere opleiding had Emma's vader verspilling van tijd en moeite gevonden, vooral voor een vrouw. Emma had niet geprotesteerd – ze was opgegroeid in een tijd dat kinderen niet op het idee kwamen om tegen hun ouders in te gaan – hoewel ze er wel voor zorgde dat de vier van haar zes kinderen die in leven bleven allemaal naar de universiteit gingen.

'Draag dit en denk aan mij,' had oma Em die dag op school gezegd toen ze het zilveren horlogebandje om Sara's pols sloot. 'Je gaat alles doen waar je ooit van hebt gedroomd, en je moet weten dat ik achter je sta.'

Tijdens haar studie aan Emory University had Sara constant op het horloge gekeken, vooral tijdens colleges biochemie, toegepaste genetica en menselijke anatomie, die kennelijk standaard gegeven werden door de saaiste, korzeligste professoren die er te vinden waren. Op de medische faculteit had ze ongeduldig op het horloge gekeken op zaterdagochtenden als ze voor het laboratorium stond te wachten tot de professor de deur openmaakte zodat ze haar proeven af kon maken. Tijdens haar co-assistentschap in Grady Hospital had ze met glazige ogen naar de witte wijzerplaat getuurd om de wijzers te onderscheiden terwijl ze berekende hoeveel van haar zesendertigurige dienst ze nog voor de boeg had. In de kinderkliniek in Heartsdale had ze nauwlettend de secondewijzer gevolgd als ze haar vingers tegen een dunne kinderpols drukte en de slagen van het hart onder de huid telde, in een poging erachter te komen of 'overal pijn' een ernstige ziekte was of gewoon betekende dat het kind die dag geen zin had naar school te gaan.

Bijna twintig jaar had Sara het horloge gedragen. Het glas was twee keer vervangen, de batterij talloze keren en het bandje één keer omdat Sara het niet kon opbrengen het gedroogde bloed van een vrouw die in haar armen was gestorven eruit te wassen. Zelfs tijdens de begrafenis van oma Em betrapte Sara zich erop dat ze aan de gladde ring rond de wijzerplaat voelde, terwijl de tranen langs haar gezicht stroomden bij het besef dat ze nooit meer de snelle, spontane glimlach van haar grootmoeder zou zien, of de fonkeling in haar ogen wanneer ze hoorde van de nieuwste prestaties van haar kleindochter.

Toen ze deze keer op het horloge keek, was Sara voor het eerst van haar leven blij dat haar grootmoeder niet bij haar was, dat ze niets wist van de woede in Sara's ogen, van de vernedering die in haar borst brandde als een onbeheersbaar vuur, omdat ze in een raadskamer zat waar ze door de ouders van een dood patiëntje werd aangeklaagd voor medische nalatigheid. Alles waar Sara voor had gewerkt, elke stap die haar grootmoeder niet had kunnen nemen, elke prestatie, elke titel, werd betekenisloos gemaakt door een vrouw die Sara nog net geen babymoordenaar noemde.

De advocate leunde met opgetrokken wenkbrauwen en gekrulde lippen over de tafel toen Sara op het horloge keek. 'Dokter Linton, heeft u een dringende afspraak?'

'Nee.' Sara probeerde haar stem kalm te laten klinken en de razernij die de advocate opzettelijk had aangewakkerd in toom te houden. Sara wist dat ze gemanipuleerd werd, wist dat de vrouw haar probeerde te provoceren, zodat ze iets vreselijks zou zeggen dat voor eeuwig zou worden vastgelegd door het mannetje dat in de hoek over het transcriptieapparaat gebogen zat. Ook al wist ze het, toch reageerde Sara. Eigenlijk maakte die wetenschap haar nog bozer.

'Ik heb u steeds dokter Linton genoemd.' De advocate keek in een dossier dat open voor haar lag. 'Maar is het niet Tolliver? Ik zie dat u een halfjaar geleden bent hertrouwd met uw ex-man, Jeffrey Tolliver.'

'Linton is prima.' Onder de tafel wipte Sara zo hard met haar voet dat haar schoen bijna uit vloog. Ze hield haar armen voor haar borst gekruist en voelde een scherpe pijn in haar kaken, zo hard zat ze zich te verbijten. Ze hoorde hier niet te zijn. Ze hoorde op dit moment thuis te zijn en een boek te lezen of te telefoneren met haar zusje. Ze hoorde patiëntendossiers te bekijken of oude medische tijdschriften waar ze nooit aan toe kwam door te nemen.

Ze hoorde vertrouwd te worden.

'Dus,' ging de advocate verder. Aan het begin van de zitting had ze gezegd hoe ze heette, maar Sara kon zich de naam niet herinneren. Het enige waarop ze zich toen had kunnen concentreren was de uitdrukking op het gezicht van Beckey Powell. Jimmy's moeder. De vrouw wier hand Sara zo vaak had vastgehouden, de vriendin die ze had getroost, met wie ze ontelbare uren aan de telefoon had gezeten terwijl ze haar best deed het medische jargon waarmee oncologen in Atlanta de moeder duidelijk wilden maken waarom haar twaalfjarige zoontje ging sterven, in eenvoudige mensentaal te vertalen.

Vanaf het moment dat ze de kamer binnenkwamen, had Beckey naar Sara gekeken alsof ze een moordenares was. De vader van de jongen, een man met wie Sara op school had gezeten, was niet eens in staat geweest haar aan te kijken.

'Dokter Tolliver?' vroeg de advocate.

'Linton,' corrigeerde Sara en de vrouw glimlachte, zoals ze elke keer dat ze een punt tegen Sara scoorde had gedaan. Het gebeurde zo vaak dat Sara in de verleiding kwam de advocate te vragen of ze aan een ongebruikelijk kleingeestige vorm van het tourettesyndroom leed.

'Op de ochtend van de zeventiende – dat was de dag na Pasen – kreeg u de laboratoriumuitslag van het bloedbeeld dat u had laten maken van James Powell. Is dat juist?'

James. Ze liet hem zo volwassen klinken. Voor Sara zou hij altijd het zesjarige jongetje blijven dat ze al die jaren geleden had ontmoet en dat liefst met zijn plastic dinosaurussen speelde en van tijd tot tijd een krijtje opat. Hij was zo trots geweest toen hij haar vertelde dat hij Jimmy heette, net als zijn vader.

'Dokter Tolliver?'

Buddy Conford, een van Sara's advocaten, deed eindelijk zijn mond open. 'Hou eens op met dat gezeik, schat.'

'Schat?' echode de advocate. Ze had zo'n hese, lage stem die de meeste mannen onweerstaanbaar vonden. Sara kon zien dat Buddy tot deze categorie behoorde, net zoals ze kon zien dat het feit dat hij zijn tegenstander aantrekkelijk vond zijn competitiedrift aanscherpte.

Buddy glimlachte, hij had zijn punt gescoord. 'Je weet hoe ze heet.'

'Kunt u uw cliënte gelasten de vraag te beantwoorden, meneer Conford?'

'Ja,' zei Sara, voordat ze nog meer hatelijkheden konden uitwisselen. Ze had ontdekt dat advocaten behoorlijk breedsprakig konden zijn voor driehonderdvijftig dollar per uur. Ze zouden de betekenis van het woord 'analyseren' nog analyseren terwijl de klok doortikte. En Sara had twee advocaten: Melinda Stiles was de raadsvrouwe voor Global Medical Indemnity, een verzekeringsmaatschappij waar Sara in de loop van haar medische carrière bijna driehalf miljoen dollar premie aan had betaald. Buddy Conford was Sara's eigen advocaat, die ze had ingehuurd om haar te beschermen tegen de verzekeringsmaatschappij. De kleine lettertjes in alle polissen voor medische nalatigheid bedongen beperkte aansprakelijkheid van de maatschappij als een aandoening van een patiënt een direct gevolg was van opzettelijke nalatigheid van een arts. Buddy was er om ervoor te zorgen dat dat niet zou gebeuren.

'Dokter Linton? De ochtend van de zeventiende?'

'Ja,' antwoordde Sara. 'Volgens mijn aantekeningen kreeg ik toen de uitslagen van het laboratorium.'

Sharon, Sara wist het weer. De advocate heette Sharon

Connor. Zo'n onschuldige naam voor zo'n verschrikkelijk mens.

'En wat bleek uit de resultaten van het lab?'

'Dat Jimmy vrijwel zeker aan acute myeloblastische leukemie leed.'

'En de prognose?'

'Dat valt buiten mijn competentie. Ik ben geen oncoloog.'

'Nee, u verwees de Powells door naar een oncoloog, een studievriend van u, een zekere dokter William Harris in Atlanta?'

'Ja.' Arme Bill. Hij werd ook genoemd in de aanklacht, waardoor hij gedwongen was zijn eigen advocaat in te schakelen en strijd te voeren met zijn eigen verzekeringsmaatschappij.

'Maar u bent toch arts?'

Sara hield haar adem in. Ze was door Buddy geïnstrueerd alleen te reageren op vragen en niet op vals commentaar. God wist dat ze hem genoeg betaalde voor zijn adviezen. Ze kon ze maar beter opvolgen.

'En u weet als árts ongetwijfeld wat acute myeloblastische leukemie is?'

'Het is een groep afwijkingen die worden gekenmerkt door het overwoekeren van normaal beenmerg door abnormale cellen.'

Connor glimlachte en ratelde verder: 'En het begint als één enkele somatische hematopoëtische progenitorcel die verandert in een cel die niet in staat is tot normale differentiatie?'

'De cel verliest apoptose.'

Weer een glimlach, weer een punt. 'En deze ziekte heeft een overlevingspercentage van vijftig procent.'

Sara hield haar mond en wachtte tot de bijl zou vallen.

'En timing is cruciaal voor de behandeling, nietwaar? Bij een dergelijke ziekte – een ziekte die volgens u letterlijk de lichaamscellen tegen elkaar opzet en apoptose, het normale genetische proces van celdood, uitschakelt – is timing cruciaal.'

Achtenveertig uur zouden het leven van de jongen niet

hebben gered, maar Sara ging die woorden niet uitspreken, om ze te laten opnemen in een juridisch document waar Sharon Connor haar later met de grootst mogelijke gevoelloosheid weer mee om de oren kon slaan.

De advocate bladerde papieren door alsof ze naar aantekeningen zocht. 'En u studeerde aan de medische faculteit van Emory. En u was daarnet zo vriendelijk me te corrigeren, u hoorde niet alleen tot de tien besten, maar studeerde zelfs als zesde van uw jaar af.'

'We hebben de kwalificaties van dokter Linton al doorgenomen.' Buddy klonk alsof de fratsen van de vrouw hem verveelden.

'Ik probeer alleen alles op een rijtje te zetten,' wierp de vrouw tegen. Ze hield een van de papieren omhoog en vloog met haar ogen over de woorden. Uiteindelijk legde ze het neer. 'En dokter Linton, u kreeg deze informatie, deze uitkomst van het laboratorium die een bijna zeker doodsvonnis betekende, op de ochtend van de zeventiende. En desondanks verkoos u de informatie pas twee dagen later aan de Powells mede te delen. En wat was de reden daarvoor?'

Sara had nog nooit zoveel zinnen met het woord 'en' horen beginnen. Ze nam aan dat grammatica niet hoog op het programma stond op de school die de valse advocate had uitgebraakt.

Toch gaf ze netjes antwoord: 'Ze waren in Disney World voor Jimmy's verjaardag. Ik wilde dat ze van hun vakantie genoten, omdat het waarschijnlijk voorlopig hun laatste vakantie als gezin zou zijn. Ik besloot niets te vertellen tot ze terug waren.'

'Ze kwamen terug op de avond van de zeventiende, en toch stelde u hen niet eerder op de hoogte dan de ochtend van de negentiende, twee dagen later.'

Sara opende haar mond om antwoord te geven, maar de vrouw gaf haar de kans niet.

'En kwam het niet in u op dat ze terug zouden kunnen komen om het kind onmiddellijk te laten behandelen en misschien zijn leven te redden?' Ze verwachtte overduidelijk geen antwoord. 'Ik zou denken dat ze, voor de keuze gesteld, liever een levende zoon zouden hebben dan nietszeggende foto's van hem ergens in het Magic Kingdom.' Ze schoof de foto waar het om ging over de tafel. Hij gleed keurig langs Beckey en Jim Powell, langs Sara's twee advocaten en bleef een paar centimeter van Sara's plaats liggen.

Ze had niet moeten kijken, maar deed het toch.

Kleine Jimmy stond tegen zijn vader aan geleund, ze droegen allebei Mickey Mouse-oren en hielden sterretjes in hun hand terwijl de dwergen van Sneeuwwitje in optocht achter hen langs marcheerden. Zelfs op de foto kon je zien dat de jongen ziek was. Hij had donkere kringen om zijn ogen en was zo mager dat zijn tengere armpje een eindje touw leek.

Ze waren een dag eerder van vakantie teruggekomen omdat Jimmy naar huis wilde. Sara wist niet waarom de Powells haar niet in de kliniek hadden gebeld en niet diezelfde dag met hem langs waren gekomen zodat ze hem kon nakijken. Misschien hadden zijn ouders zelfs zonder de test, zelfs zonder de uiteindelijke diagnose geweten dat hun dagen met een normaal, gezond kind voorbij waren. Misschien hadden ze hem nog een dag voor zichzelf willen hebben. Het was zo'n leuke jongen geweest – aardig, slim, vrolijk – alles waar je als ouders op kon hopen. En nu was hij dood.

Sara voelde tranen in haar ogen komen en beet zo hard op haar lip dat de tranen van pijn waren en niet van verdriet.

Buddy rukte geërgerd de foto weg. Hij schoof hem terug naar Sharon Connor. 'Je kunt je openingspleidooi thuis voor de spiegel oefenen, liefje.'

Connors mond vertrok tot een grijns toen ze de foto terugpakte. Ze was het levende bewijs dat het beeld van vrouwen als koesterende verzorgers complete flauwekul was. Sara verwachtte bijna rottend vlees tussen haar tanden te zien.

De vrouw zei: 'Dokter Linton, op die specifieke dag, de dag dat u de uitkomst van het lab kreeg, is er toen iets anders gebeurd dat indruk op u heeft gemaakt?'

Er trok een tinteling door Sara's ruggengraat, een waarschuwende vonk die ze niet kon onderdrukken. 'Ja.'

'En kunt u ons vertellen wat dat was?'

'Ik vond een vermoorde vrouw op het toilet van een cafetaria.'

'Verkracht en vermoord. Is dat juist?'

'Ja.'

'Dat brengt ons bij uw parttime werk als patholoog-anatoom voor dit district. Ik meen dat uw man – ex-man op het moment dat deze verkrachting en moord plaatsvonden – hoofd van politie van het district is. U werkt nauw samen als zich een zaak voordoet.'

Sara wachtte, maar de vrouw wilde kennelijk alleen dat het in de verslagen kwam.

'Confrère?' vroeg Buddy.

'Een ogenblik, alstublieft,' mompelde de advocate, terwijl ze een dik dossier tevoorschijn haalde en doorbladerde.

Sara keek neer op haar handen om iets te doen te hebben. Os pisiformis, triquetum, hamatum, capitatum, trapezoideum, lunatum, scaphoideum... Ze inventariseerde alle botten in haar hand en begon toen aan de bindweefselbanden, in een poging zichzelf af te leiden, zich te dwingen niet in de val te lopen die de advocate vakkundig voor haar opzette.

Toen Sara arts in opleiding was in het Grady werd ze zo hardnekkig achtervolgd door headhunters dat ze op het laatst de telefoon niet meer opnam. Maatschappen. Salarissen van zes cijfers met bonussen aan het eind van het jaar. Een vaste aanstelling in elk ziekenhuis dat ze verkoos. Persoonlijke assistenten, laboratoriumondersteuning, een staf van secretaresses, zelfs een eigen parkeerplaats. Ze hadden haar alles geboden maar uiteindelijk had ze besloten terug te keren naar Grant County, om voor aanzienlijk minder geld en zelfs minder waardering haar vak uit te oefenen, omdat ze het belangrijk vond dat artsen in plattelandsgemeenschappen werkten.

Was het gedeeltelijk ook ijdelheid? Sara had zichzelf gezien als rolmodel voor de meisjes in het stadje. De meesten van hen hadden nooit anders dan mannelijke artsen gezien. De enige vrouwen met gezag waren verpleegsters, leraressen en moeders. De eerste vijf jaar in de kinderkliniek was Sara de helft van de tijd bezig geweest jonge patiënten – en soms hun moeders – ervan te overtuigen dat ze echt geneeskunde had gestudeerd. Niemand geloofde dat een vrouw slim genoeg, góéd genoeg kon zijn om zo'n positie te bereiken. Zelfs toen Sara de kliniek kocht van haar vennoot die met pensioen ging, waren mensen nog sceptisch. Het had jaren geduurd voordat ze een plaats in de gemeenschap had veroverd.

En dat allemaal hiervoor.

Sharon Connor keek eindelijk op van haar papieren. Ze fronste haar wenkbrauwen. 'Dokter Linton, u bent zelf verkracht, klopt dat?'

Sara voelde al het speeksel in haar mond opdrogen. Haar keel trok samen en haar huid begon te gloeien terwijl ze worstelde tegen een onaangename schaamte die ze niet meer had gevoeld na de laatste keer dat een advocaat haar had ondervraagd over haar verkrachting. Net als toen vernauwde en vertroebelde Sara's blik zo hevig dat ze niets zag, alleen de woorden in haar oren hoorde galmen.

Buddy schoot overeind, voerde iets aan, wees naar de advocate, naar de Powells. Melinda Stiles van Global Medical Indemnity naast hem zei niets. Buddy had Sara gewaarschuwd dat dit zou gebeuren, dat Stiles er zwijgend bij zou zitten en Sara aan stukken zou laten rijten door de tegenpartij, en dat ze alleen zou spreken als ze dacht dat Global onder vuur kwam te liggen. Nog een vrouw, nog een mislukt rolmodel.

'En dat wil ik godverdomme in het verslag hebben!' besloot Buddy. Hij rukte zijn stoel achteruit en ging weer zitten.

'Genoteerd,' zei Connor. 'Dokter Linton?'

Sara's blik klaarde op. Ze hoorde een gesuis in haar oren alsof ze onder water had gezwommen en plotseling weer bovenkwam.

'Dokter Linton?' herhaalde Connor. Ze bleef de titel gebruiken, maar liet hem klinken als iets verachtelijks in plaats van als een status waar Sara haar hele leven voor had gewerkt.

Sara keek naar Buddy, maar hij haalde zijn schouders op en schudde zijn hoofd om aan te geven dat hij er niets aan kon doen. Hij had voorspeld dat de aanklacht in feite een visexpeditie zou zijn, met Sara's leven als aas.

Connor vroeg: 'Dokter, wilt u een paar minuten om weer tot uzelf te komen? Ik weet dat uw verkrachting voor u geen gemakkelijk onderwerp is.' Ze wees naar het dikke dossier op de tafel voor haar. Het waren waarschijnlijk de processtukken van Sara's zaak. De vrouw had alles gelezen, kende elk misselijkmakend detail. 'Voor zover ik heb kunnen nagaan, was de aanval op u bijzonder gewelddadig.'

Sara schraapte haar keel en dwong haar stem niet alleen om te functioneren maar ook om sterk en onverschrokken te klinken. 'Ja, dat klopt.'

Connors toon werd bijna verzoenend. 'Ik heb op het bureau van de officier van justitie in Baton Rouge gewerkt. Ik moet eerlijk zeggen dat ik in mijn twaalf jaar als aanklager nooit iets heb gezien wat zo gewelddadig, zo sadistisch was als wat u heeft meegemaakt.'

Buddy snauwde: 'Schat, wil je nu ophouden met de krokodillentranen en terzake komen?'

De advocate aarzelde heel even en ging toen verder: 'Voor de goede orde, dokter Linton werd verkracht in de toiletten van Grady Hospital toen ze daar op de eerste hulp werkte. Kennelijk was de dader het damestoilet binnengedrongen door een luik in het plafond. Dokter Linton zat in een van de cabines toen hij letterlijk op haar viel.'

'Genoteerd,' zei Buddy. 'Heb je ook nog een vraag, of hou je gewoon graag toespraakjes?'

'Dokter Linton, het feit dat u gewelddadig werd verkracht speelde een grote rol in uw beslissing om terug te keren naar Grant County, klopt dat?'

'Er waren andere redenen.'

'Maar zou u zeggen dat de verkrachting de voornaamste reden was?'

'Ik zou zeggen dat het een van de vele redenen was die een rol speelden in mijn besluit om terug te keren.'

'Gaat dit ergens heen?' vroeg Buddy. Terwijl de advocaten

weer aan het bekvechten waren, pakte Sara de kan water die op tafel stond en schonk zich een glas in met handen die ze met moeite stilhield.

Ze merkte zonder te kijken dat Beckey Powell ging verzitten en vroeg zich af of de vrouw zich schuldig voelde nu ze Sara weer als een mens zag in plaats van als een monster. Sara hoopte het. Ze hoopte dat Beckey vannacht in haar bed zou liggen draaien en woelen, zou beseffen dat ze Sara door het slijk kon halen zoveel ze wilde, maar dat niets haar zoon kon terugbrengen. Niets zou het feit veranderen dat Sara alles voor Jimmy had gedaan wat in haar macht lag.

'Dokter Linton?' ging Connor verder. 'In het licht van de gewelddadige verkrachting die u zelf heeft meegemaakt, stel ik me voor dat het vrij schokkend moet zijn geweest om die toiletten binnen te lopen en een vrouw te vinden die seksueel was mishandeld. Vooral omdat het bijna op de kop af tien jaar na uw eigen verkrachting was.'

Buddy snauwde: 'Is dat een vraag?'

'Dokter Linton, u en uw ex-man – neem me niet kwalijk, uw man – zijn op het ogenblik bezig een kind te adopteren, klopt dat? Omdat u ten gevolge van die gewelddadige verkrachting zelf geen kinderen kunt krijgen?'

Beckeys reactie was onmiskenbaar. Voor het eerst sinds dit begonnen was, keek Sara de vrouw aan. Ze zag Beckeys ogen verzachten, een moment van medeleven met een vriendin, maar de ontroering verdween even snel als ze gekomen was en Sara kon het verwijt dat ervoor in de plaats kwam bijna lezen: Je hebt geen recht op een kind terwijl je mijn zoon hebt vermoord.

Connor hield een vertrouwd uitziend document omhoog en stelde vast: 'Dokter, u en uw man, Jeffrey Tolliver, hebben drie maanden geleden een adoptieverzoek ingediend bij de staat Georgia. Klopt dat?'

Sara probeerde te bedenken wat ze in de adoptieaanvraag hadden gezet, wat ze hadden gezegd tijdens de verplichte ouderschapslessen die de laatste paar maanden al hun vrije tijd hadden opgeslokt. Wat voor belastend bewijs zou de advocate uit die eindeloze, schijnbaar onschuldige formulieren weten te wringen? Jeffreys hoge bloeddruk? Sara's leesbril? 'Ja.'

Connor bladerde nog wat papieren door met de woorden: 'Een moment, alstublieft.'

De kamer was klein, benauwd. Er waren geen ramen, geen schilderijen aan de muur om naar te kijken. Er stond een zieltogende palm in de hoek, met hangende, treurige bladeren. Hier kon niets goeds uit voortkomen. Al het geld van de wereld kon een kind niet terugbrengen. Geen vrijspraak kon een reputatie herstellen.

Sara keek weer naar haar hand. Metacarpaal, carpometacarpaal, intercarpaal... Sara had Jimmy de week voor zijn dood opgezocht en urenlang zijn breekbare handje vastgehouden terwijl hij hortend en stotend vertelde over football, skateboarden en alle dingen die hij miste. Sara had het toen kunnen zien, die blik van de dood in zijn ogen. Die blik was het spiegelbeeld van de hoop die ze in Beckey Powells ogen zag, hoewel de vrouw de prognose had gehoord en erin had toegestemd de behandeling stop te zetten om Jimmy niet langer te laten lijden. Het was die hoop die Jimmy ervan weerhield los te laten, de angst die elk kind heeft om zijn moeder teleur te stellen.

Sara had Beckey meegenomen naar de kantine, met de moeder in een hoek gezeten en haar hand vastgehouden net zoals ze kort daarvoor die van Jimmy had vastgehouden. Ze had Beckey beschreven hoe het zou gaan, hoe de dood haar jongen zou komen opeisen. Zijn voeten zouden koud worden, en daarna zijn handen, wanneer de bloedsomloop vertraagde. Zijn lippen zouden blauw worden. Zijn ademhaling zou onregelmatig worden, maar dat moest ze niet voor een teken van angst aanzien. Hij zou moeite krijgen met slikken. Hij zou misschien de controle over zijn blaas kwijtraken. Zijn gedachten zouden afdwalen, maar Beckey moest tegen hem blijven praten, contact houden, want hij zou er nog steeds zijn. Hij zou nog steeds haar Jimmy zijn, tot de allerlaatste minuut. Het was haar taak om er bij elke stap te zijn, en hem dan – het allermoeilijkste – zonder haar verder te laten gaan.

Ze moest sterk genoeg zijn om Jimmy los te laten.

Connor schraapte haar keel en wachtte tot ze Sara's aandacht had. 'U heeft de Powells nooit de rekening gestuurd voor de laboratoriumonderzoeken en de daaruit voortvloeiende consulten nadat u James' diagnose had gesteld,' zei ze. 'Waarom niet, dokter Linton?'

'Ik heb geen stellige diagnose gesteld,' verbeterde Sara haar, terwijl ze zich weer probeerde te concentreren. 'Ik kon ze alleen vertellen wat ik vermoedde en ze naar een oncoloog doorverwijzen.'

'Uw studievriend, dokter William Harris,' vulde ze aan. 'En u bracht de Powells niets in rekening voor laboratoriumonderzoek of vervolgconsulten na de verwijzing.'

'Ik ga niet over de rekeningen.'

'Maar u geeft uw kantoorstaf aanwijzingen, of niet soms?' Connor zweeg even. 'Mag ik u eraan herinneren dat u onder ede staat?'

Sara slikte het scherpe antwoord dat op haar tong lag in.

'Volgens de verklaring van uw bureauchef, Nelly Morgan, gaf u haar opdracht de bijna tweeduizend dollar die de Powells u nog schuldig waren als verlies af te schrijven. Toch?'

'Ja.'

'Waarom, dokter Linton?'

'Omdat ik wist dat ze geconfronteerd zouden worden met catastrofale medische kosten voor Jimmy's behandeling. Ik wilde de stapel rekeningen die hen te wachten stond niet nog hoger maken.' Sara keek naar Beckey, maar de vrouw ontweek haar blik. 'Daar gaat dit allemaal over, toch? Rekeningen van het lab. Rekeningen van het ziekenhuis. Radiologen. Apotheken. De kosten moeten gigantisch zijn.'

Connor riep haar tot de orde: 'Dokter Linton, u bent hier om mijn vragen te beantwoorden, niet om uw eigen vragen te stellen.'

Sara wendde zich naar de Powells en probeerde contact te maken. Hen tot rede te brengen. 'Weten jullie niet dat je hem hiermee niet terugkrijgt? Niets hiervan zal Jimmy terugbrengen.'

'Meneer Conford, wilt u uw cliënt opdragen...'

'Weten jullie wat ik heb opgegeven om hier te komen werken? Weten jullie hoeveel jaar het me heeft gekost...'

'Dokter Linton, wilt u zich niet tot mijn cliënten richten.'

'Dat is de reden waarom jullie naar Atlanta moesten om een specialist te vinden,' zei Sara tegen hen. 'Dit soort rechtszaken zijn de reden waarom het ziekenhuis zijn deuren heeft gesloten en waarom er maar vijf artsen zijn in een straal van honderdvijftig kilometer die het zich kunnen veroorloven praktijk te houden.'

Ze wilden niet naar haar kijken, niet reageren.

Sara zakte uitgeput terug in haar stoel. Dit kon niet alleen over geld gaan. Beckey en Jimmy wilden meer, een verklaring waarom hun zoon was gestorven. Het treurige was dat er geen verklaring was. Mensen gingen dood – kinderen gingen dood – en soms was er niemand om de schuld te geven, niets wat het kon tegenhouden. Het enige resultaat van deze rechtszaak zou zijn dat er over een jaar, over vijf jaar misschien, een ander kind ziek zou worden, een ander gezin getroffen zou worden, en dat niemand het zich zou kunnen veroorloven hen te helpen.

Er zou niemand zijn om hun hand vast te houden, om uit te leggen wat er gebeurde.

'Dokter Linton,' ging Connor verder. 'Wat betreft het niet in rekening brengen van het laboratoriumonderzoek en de consulten aan de Powells... is het niet zo dat u zich schuldig voelde over Jimmy's dood?'

Ze wist welk antwoord Buddy van haar wilde horen, ze wist dat zelfs Melinda Stiles, de zwijgende raadsvrouwe van Global Medical Indemnity, wilde dat ze het ontkende.

'Dokter Linton,' drong Connor aan. 'Voelde u zich niet schuldig?'

Sara sloot haar ogen, ze zag Jimmy op dat ziekenhuisbed liggen en met haar over skateboarden praten. Ze voelde nog steeds de koude aanraking van zijn hand in de hare terwijl hij geduldig het verschil uitlegde tussen een *heelflip* en een *ollie*.

Interfalangiale gewrichten. Metacarpofalangiale gewrichten. Kapsel, distaal radio-ulnair gewricht...

'Dokter Linton?'

'Ja,' gaf ze eindelijk toe, terwijl de tranen over haar wangen rolden. 'Ja, ik voelde me schuldig.'

Sara reed door het centrum van Heartsdale, de snelheidsmeter van haar BMW 335ci bleef onder de veertig. Ze kwam langs het warenhuis, de kledingwinkel, de ijzerwinkel. Bij stomerij Burgess stopte ze midden op de lege straat en overlegde of ze wel of niet zou doorrijden.

De hekken van het Grant Institute of Technology stonden open. Er liepen groepjes studenten voor het gebouw rond, verkleed als kabouters en superhelden voor Halloween. Het was eigenlijk de vorige avond Halloween geweest, maar de studenten van Grant Tech wisten elke feestdag te rekken tot een hele week. Sara had dit jaar niet eens de moeite genomen snoep te kopen. Ze wist dat niemand zijn kinderen bij haar zou laten aankloppen. Sinds ze was aangeklaagd voor medische nalatigheid had de hele stad haar uitgekotst. Zelfs patiënten die ze al jarenlang behandelde, mensen die ze echt had geholpen, meden haar blik in de supermarkt of de drogist. In deze sfeer leek het Sara geen goed idee om haar gebruikelijke heksenkostuum aan te trekken en naar het feest van de kerk te gaan zoals ze de afgelopen zestien jaar had gedaan. Sara was geboren en getogen in Grant County. Ze wist dat dit een stad was waar heksen verbrand werden.

De depositie had achtenhalf uur geduurd, elk aspect van haar leven was onder de loep genomen. Meer dan honderd patiënten hadden een vrijwaringsformulier getekend zodat de medische dossiers van hun kinderen konden worden uitgevlooid door Sharon Connor, de meesten in de hoop dat er voor hen uiteindelijk ook geld in zou zitten. Melinda Stiles, die verrassend behulpzaam was geweest toen alle getuigen de ruimte hadden verlaten, legde uit dat dit vrij gebruikelijk was. Bij elke aanklacht voor medische nalatigheid veranderden patiënten in aasgieren. En er zouden er meer gaan rondcirkelen als de zaak van de Powells van start ging. Global Medical Indemnity zou een berekening maken, de verliezen afwegen tegen het gewicht van Sara's verdediging, en dan besluiten of ze wel of niet tot een schikking zouden overgaan.

In dat geval zou dit alles – de vernedering, de ontering – voor niets geweest zijn.

Een van de studenten op straat schreeuwde en Sara schrok op, waardoor haar voet van de rem schoot. Het was zomaar een jongen in een Chiquita-bananenkostuum, compleet met blauwe capri-broek en geel wikkeltopje waar een harige, bolle buik onderuit kwam. Het waren altijd de potige kerels die zich als vrouw verkleedden zodra ze de kans kregen. Zou Jimmy Powell zo'n dwaas soort jongen zijn geworden? Als hij was blijven leven, zou hij dan de gebogen en magere gestalte van zijn vader hebben gekregen of het ronde gezicht en de opgewekte aard van zijn moeder? Sara wist dat hij de snelle geest van Beckey had, haar voorliefde voor practical jokes en flauwe grappen. Alle andere dingen zouden voor eeuwig onbekend blijven.

Sara sloeg links af het parkeerterrein van de kliniek op. Het parkeerterrein van haar kliniek, die ze jaren geleden van dokter Barney had gekocht, onder andere met het geld dat ze als parttime patholoog-anatoom verdiende. Het bord was vaal, de trap moest nodig geschilderd worden en de zijdeur klemde op warme dagen, maar het was allemaal van haar. Helemaal van haar.

Ze stapte uit de auto en deed met haar sleutel de voordeur open. Ze had de kliniek vorige week gesloten, razend op de patiënten die vrijwaringsformulieren hadden getekend in de hoop geld te vangen, razend op haar stad die haar verraden had. Ze zagen Sara louter als een geldmachine, alsof zij een doorgeefloket was voor de miljoenen dollars die in de brandkasten van verzekeringsmaatschappijen lagen. Niemand zag de gevolgen van deze plundering, het feit dat premies voor praktijkverzekeringen omhoog zouden gaan, dat artsen failliet zouden gaan, en de gezondheidszorg, die voor veel mensen nu al onbetaalbaar was, binnenkort voor de meesten onbereikbaar zou worden. Mensen maakten zich geen zorgen om de levens die ze verwoestten op weg naar hun miljoenen.

Daar moesten ze maar eens over nadenken, tijdens de anderhalf uur durende rit naar Rollings, de dichtstbijzijnde stad met een kinderarts.

Sara deed het licht niet aan toen ze door de hal van de kliniek liep. Ondanks de kille oktoberlucht was het warm in het gebouw, en op weg naar de toiletten trok ze het jasje van haar mantelpak uit en legde het op de balie.

Het water dat uit de kraan kwam was ijskoud en Sara leunde voorover om het in haar gezicht te plenzen, om te proberen iets van het vuil dat aan haar huid kleefde kwijt te raken. Ze verlangde naar een uitgebreid bad en een glas wijn, maar dat waren dingen waarvoor ze naar huis moest en op dit moment wilde ze niet naar huis. Ze wilde alleen zijn, haar zelfgevoel terugvinden. Tegelijkertijd wilde ze bij haar ouders zijn, die nu ergens in Kansas zaten, precies halverwege hun lang geleden geplande tocht dwars door Amerika. Tessa, haar zusje, zat in Atlanta, en benutte eindelijk haar opleiding voor het begeleiden van daklozen. En Jeffrey... Jeffrey zat thuis te wachten tot Sara terugkwam van de depositie om hem precies te vertellen wat er gebeurd was. Ze wilde het liefst bij hem zijn, en toch wilde ze hem helemaal niet zien.

Ze staarde naar haar spiegelbeeld, en realiseerde zich met een schok dat ze zichzelf niet herkende. Haar haar was zo strak naar achteren getrokken dat het een wonder was dat ze geen stressfractuur had opgelopen. Voorzichtig stak ze haar hand omhoog en trok het elastiek los, met een grimas van pijn toen ze wat haren uitrukte. Haar gesteven witte blouse zat onder de watervlekken, maar dat kon Sara niets schelen. Ze voelde zich belachelijk in het mantelpak, waarschijnlijk het duurste kledingstuk dat ze ooit had bezeten. Buddy had aangedrongen op nauwsluitende, zwarte stof, zodat ze eruitzag als een rijke dokter en niet als de kleinsteedse dochter van een loodgieter die kinderarts was geworden. Later, in de rechtszaal, mocht ze zichzelf zijn, had Buddy tegen haar gezegd. Sara mocht Sharon Connor haar ware ik laten zien op het moment dat het de grootste schade zou aanrichten.

Sara had de pest aan dit soort valsheid, ze vond het

verschrikkelijk zich te moeten transformeren in een mannelijk, arrogant kreng als onderdeel van de verdedigingsstrategie. Haar hele carrière had ze geweigerd haar vrouwelijkheid te onderdrukken om bij de jongensclub van de geneeskunde te passen, en nu had één rechtszaak haar veranderd in alles wat ze verachtte.

'Gaat het?'

Jeffrey stond in de deuropening. Hij droeg een gitzwart pak met donkerblauw overhemd en das. Zijn gsm zat aan de ene kant aan zijn riem, zijn holster aan de andere kant.

'Ik dacht dat je thuis was.'

'Ik heb mijn auto naar de garage gebracht. Kun je me een lift naar huis geven?'

Ze knikte, met haar schouders tegen de muur geleund.

'Hier.' Hij stak een madeliefje omhoog dat hij waarschijnlijk op de overwoekerde binnenplaats had geplukt. 'Heb ik voor je meegebracht.'

Sara pakte het bloemetje, weinig meer dan onkruid, en legde het op de rand van de wastafel.

'Wil je het erover hebben?'

Ze verschoof het madeliefje, legde het in een loodrechte hoek met de kraan.

'Wil je alleen zijn?'

'Ja. Nee.' Snel overbrugde ze de afstand tussen hen, sloeg haar armen om zijn schouders en begroef haar gezicht in zijn hals. 'Het was zo vreselijk,' fluisterde ze. 'God, wat was het gruwelijk.'

'Het komt wel goed,' suste hij, en hij wreef haar nek. 'Zorg dat ze je niet raken, Sara. Zorg dat ze je zelfvertrouwen niet ondermijnen.'

Ze drukte zich tegen hem aan, omdat ze de geruststelling van zijn lichaam tegen het hare nodig had. Hij had de hele dag gewerkt en rook naar het politiebureau – die vreemde mengeling van wapenolie, aangebrande koffie en zweet. Nu haar familie overal verspreid zat, was Jeffrey de enige constante in haar leven, de enige die ze had om de scherven bijeen te vegen. Als ze erover nadacht, was dit de laatste zestien jaar al zo geweest. Zelfs toen Sara van hem gescheiden was, zelfs toen ze het grootste deel van de tijd had geprobeerd vooral niet aan Jeffrey te denken, was hij er, ergens op de achtergrond, altijd geweest.

Ze streek met haar lippen over zijn hals, zachtjes, langzaam, tot zijn huid reageerde. Ze streelde over zijn rug naar zijn middel en trok hem dichter naar zich toe zodat er geen misverstand kon bestaan over haar bedoeling.

Hij leek verbaasd, maar toen ze hem op zijn mond kuste, reageerde hij gretig. Sara wilde niet zozeer seks als wel de intimiteit die erbij hoorde. Dat was tenminste iets waar ze goed in was, wist ze.

Jeffrey maakte zich als eerste los. 'Laten we naar huis gaan, oké?' Hij duwde een haarlok achter haar oor. 'Ik maak iets te eten en dan gaan we op de bank liggen en...'

Ze kuste hem weer en beet op zijn lip, dicht tegen hem aan gedrukt. Hij had nooit veel aanmoediging nodig gehad, maar toen zijn hand naar de rits van haar rok gleed, dwaalden Sara's gedachten af naar huis: het wasgoed dat opgevouwen moest worden, de lekkende kraan in de gastenbadkamer, het gescheurde kastpapier in de keuken.

Alleen de gedachte haar panty te moeten uittrekken was al te veel.

Hij maakte zich weer los, een vage glimlach om zijn lippen. 'Kom mee,' zei hij, pakte haar hand en trok haar de toiletten uit. 'Ik rij wel.'

Ze waren halverwege de hal toen zijn mobiel ging. Hij haalde even zijn schouders op naar Sara alsof hij haar toestemming nodig had om de telefoon te beantwoorden.

'Toe maar,' gaf ze toe, omdat ze wist dat ze opnieuw zouden bellen – of erger nog, naar hem op zoek zouden gaan. 'Neem maar op.'

Hij leek nog steeds te aarzelen, maar pakte toch de telefoon uit zijn clip. Ze zag hoe hij zijn wenkbrauwen fronste toen hij naar de naam van de beller keek en opnam. 'Tolliver.'

Sara leunde met haar armen om haar middel geslagen tegen de balie, terwijl ze de uitdrukking op zijn gezicht probeerde te ontcijferen. Ze was al veel te lang de vrouw van een politieman om te denken dat er zoiets als een gewoon telefoontje bestond.

'Waar is ze nu?' vroeg Jeffrey. Hij knikte, zijn schouders spanden zich toen hij naar de beller luisterde. 'Goed,' zei hij op zijn horloge kijkend. 'Ik kan er over drie uur zijn.'

Hij verbrak de verbinding en kneep zo hard in de telefoon dat Sara bang was dat hij kapot zou gaan. 'Lena,' zei hij kortaf, net toen Sara hem wilde vragen wat er aan de hand was. Lena Adams was een rechercheur in zijn team, een vrouw die er een gewoonte van maakte zichzelf in de nesten te werken en Jeffrey daarin mee te sleuren. Alleen al de klank van haar naam bracht een sfeer van onheil met zich mee.

Sara zei: 'Ik dacht dat ze met vakantie was.'

'Er is een explosie geweest,' antwoordde Jeffrey. 'Ze ligt in het ziekenhuis.'

'Is alles goed met haar?'

'Nee,' zei hij, en hij schudde zijn hoofd alsof hij niet kon geloven wat hij gehoord had. 'Ze is gearresteerd.'

DRIE DAGEN EERDER

Twee

Lena hield met de ene hand het stuur vast terwijl ze met de andere de radiozenders afzocht. Ze werd horendol van de wezenloze grieten die uit de boxen krijsten. Sinds wanneer was domheid een talent dat geld opbracht? Ze gaf het op toen ze bij de countrymuziekzenders kwam. Er lag een 6cd-wisselaar in de achterbak, maar ze was elk nummer op elke cd meer dan zat. Wanhopig graaide ze op de vloer achter zich naar een verdwaalde cd. Ze viste achter elkaar drie lege doosjes op en vloekte luider bij elk volgende. Ze wilde het net opgeven toen haar vingertoppen langs een oud cassettebandje onder haar stoel streken.

Haar Toyota Celica was zo'n acht jaar oud en had nog een cassettespeler, maar Lena had geen idee wat er op deze cassette stond en zelfs niet hoe die in haar auto was beland. Toch duwde ze hem in de gleuf en wachtte. Er kwam geen muziek en ze draaide aan de knop terwijl ze zich afvroeg of het bandje leeg was of beschadigd door de verzengende hitte van afgelopen zomer. Ze draaide het volume nog verder open en kreeg bijna een hartaanval toen de eerste beats van Joan Jetts 'Bad Reputation' de auto vulden.

Sibyl. Haar tweelingzusje had deze cassette twee weken voor haar dood opgenomen. Lena herinnerde zich hoe ze bijna zes jaar geleden uitgerekend naar dit nummer luisterde toen ze over de snelweg scheurde, op de terugweg naar Grant County nadat ze iets had afgeleverd bij het lab van het onderzoeksbureau van Georgia in Macon. Het was net zo'n rit geweest als vandaag: rechtdoor over een snelweg tussen de woekerende kudzu-planten. De weinige auto's op de weg suisden langs trucks met oplegger en stacaravans die naar wachtende gezinnen werden gesleept. Intussen was haar zusje thuis in Grant County, waar ze werd gemarteld en vermoord door een sadist terwijl Lena uit volle borst met Joan Jett meezong.

Ze drukte de cassette los en zette de radio uit.

Zes jaar. Het leek soms of het gisteren was gebeurd, maar het voelde tegelijkertijd als een eeuwigheid. Lena was inmiddels op het punt dat haar dode tweelingzusje niet meer het eerste was waar ze aan dacht als ze 's ochtends wakker werd. Pas later op de dag, als ze iets grappigs zag of een raar verhaal op haar werk hoorde, dacht ze aan Sibyl, maakte ze in gedachten een aantekening om het aan haar zus te vertellen, en realiseerde zich een fractie van een seconde later dat Sibyl er niet meer was om het te horen.

Lena had Sibyl altijd als haar enige familie gezien. Hun moeder was dertien dagen na de bevalling overleden. Hun vader, een politieagent, was doodgeschoten door een man die hij had aangehouden voor een snelheidsovertreding. Hij had niet eens geweten dat zijn jonge vrouw zwanger was. Omdat ze verder feitelijk geen familie hadden, had Hank Norton, de broer van hun moeder, de twee meisjes grootgebracht. Lena had haar oom nooit als familie gezien. Hank was een junk geweest toen ze nog klein was en een nuchtere, verwaande klootzak toen ze een tiener was. Lena zag hem meer als een opzichter, iemand die de regels vastlegde en alle macht in handen had. Van meet af aan had Lena alleen maar weg gewild.

Ze duwde de cassette weer terug en draaide aan de knop om het geluid zachter te zetten tot een laag, boos gegrom.

I don't give a damn about my bad reputation...

De zusjes hadden dit als tieners gezongen, hun hymne tegen Reese, het achterlijke gat waar ze woonden tot ze oud genoeg waren om de benen te nemen. Vanwege hun donkere huid en exotische uiterlijk, die ze te danken hadden aan hun Mexicaanse grootmoeder, waren ze niet erg populair geweest. Andere kinderen waren wreed, en Lena's strategie was ze een voor een te lijf te gaan terwijl Sibyl zich op haar huiswerk stortte, en hard werkte om de beurzen te krijgen die ze nodig had om verder te studeren. Na de middelbare school had Lena een tijdje lopen lanterfanten en was toen naar de politieacademie gegaan waar Jeffrey Tolliver haar uit een groep rekruten had geplukt en een baan had aangeboden. Sibyl had toen al een aanstelling op het Grant Institute of Technology, en dat maakte de beslissing om de baan te nemen veel makkelijker.

Lena moest weer denken aan haar eerste weken in Grant County. Na Reese had Heartsdale een wereldstad geleken. Zelfs Avondale en Madison, de andere steden die onder Grant vielen, waren indrukwekkend in haar kleinsteedse ogen. De meeste kinderen met wie Lena op school had gezeten waren nooit buiten Georgia geweest. Hun ouders werkten twaalf uur per dag in de bandenfabriek of hadden een uitkering zodat ze konden lanterfanten en zuipen. Vakanties waren voor de rijken – mensen die een paar dagen werk konden missen zonder meteen de energierekening niet meer te kunnen betalen.

Hank had een bar aan de rand van Reese, en vanaf het moment dat hij de winst niet meer in zijn aderen spoot, hadden Sibyl en Lena een redelijk comfortabel leven geleid vergeleken met hun buren. Weliswaar zakte het dak van hun huis door en stond er al zolang ze zich kon herinneren een Chevrolet pick-uptruck op blokken in de achtertuin, maar er was altijd eten op tafel, en aan het begin van elk schooljaar reed Hank met de meisjes naar Augusta om nieuwe kleren voor ze te kopen.

Lena had dankbaar moeten zijn, maar dat was ze niet.

Sibyl was acht geweest toen Hank, na een nacht stevig doorzakken, met zijn auto tegen haar aan was geknald. Lena was met een oude tennisbal aan het overgooien met haar zusje. Ze gooide te ver en toen Sibyl de oprit af rende en bukte om de bal op te rapen, had de bumper van Hanks achteruitrijdende auto haar slaap geraakt. Er was niet eens veel bloed geweest – alleen een dunne snee langs de haarlijn – maar het kwaad was geschied. Sibyl kon daarna niets meer zien en hoeveel AA-bijeenkomsten Hank ook bezocht en hoeveel steun hij ook probeerde te bieden, in haar achterhoofd zag Lena altijd haar zusje geraakt worden door de auto, de verbaasde blik op Sibyls gezicht toen ze op de grond in elkaar zakte.

En toch gebruikte Lena een van haar kostbare vrije dagen om te kijken hoe het met de oude schoft ging. Hank had al twee weken niet gebeld, wat vreemd was omdat hij anders om de dag een boodschap insprak, al belde zij zelden terug. De laatste keer dat ze haar oom had gezien was drie maanden geleden, toen hij – onuitgenodigd – naar Grant County was gereden om haar te helpen verhuizen. Ze huurde Jeffreys huis sinds hij had ontdekt dat zijn vorige huurders, een paar studentes, het pand als hun persoonlijke hoerenkast gebruikten. Hank had misschien vijf woorden tegen haar gezegd tijdens het dragen van de dozen, en Lena was al even spraakzaam geweest. Toen hij wegging had ze uit schuldgevoel voorgesteld samen iets te gaan eten in het nieuwe steakhouse aan het eind van de straat, maar hij was al bezig verontschuldigend in zijn gedeukte oude Mercedes te stappen voordat ze de woorden over haar lippen kreeg.

Ze had toen al moeten weten dat er iets mis was. Hank liet nooit een gelegenheid voorbijgaan om tijd met haar door te brengen, hoe pijnlijk die tijd ook was. Dat hij rechtstreeks naar Reese was teruggereden had een aanwijzing moeten zijn. Jezus, ze was rechercheur nota bene. Ze had moeten zien dat er iets niet klopte.

Ze had ook geen twee hele weken voorbij moeten laten gaan zonder te bellen om te horen hoe het met hem ging.

Uiteindelijk was het Charlotte, een van Hanks buren, die belde om Lena te waarschuwen dat ze naar haar oom toe moest.

'Het gaat niet goed met hem,' zei de vrouw. Toen Lena doorvroeg, had Charlotte iets gemompeld over een van de kinderen die haar nodig had en opgehangen.

Lena voelde haar rug rechttrekken toen ze Reese binnenreed. God, wat had ze de pest aan dat stadje. In Grant hoorde ze er tenminste bij. Hier zou ze altijd het weeskind zijn, de herrieschopper, het nichtje van Hank Norton – nee, niet Sibyl, Lena, de slechte.

Ze kwam vlak na elkaar langs drie kerken. Er stond een

groot reclamebord op het honkbalveld dat verkondigde: LAATSTE NIEUWS: JEZUS LEEFT!

'Christus,' mompelde ze en ze sloeg links af Kanuga Road in, vanwaar ze op de automatische piloot door de achterafstraten naar Hanks huis reed.

De school ging pas over een uur uit, maar er kwamen genoeg auto's het parkeerterrein af om een opstopping te veroorzaken. Lena minderde vaart en hoorde de gedempte flarden van verschillende radiozenders uit opgepimpte branieauto's die hun banden over het asfalt lieten gieren.

Een jongen in een blauwe Mustang, het oude model dat reed als een vrachtwagen en een metalen dashboard had waardoor je onthoofd kon worden als je de juiste boom raakte, schoof in de baan naast haar. Lena keek opzij en zag een tiener openlijk naar haar staren. Gouden kettingen om zijn nek schitterden in de middagzon en zijn knalrode haar stond in zulke stijve gelpieken omhoog dat hij er uitzag als iets wat je eerder in de diepzee zou verwachten dan in een stadje in het diepe zuiden. Zonder te beseffen hoe idioot hij eruitzag, wiegde hij zijn hoofd op de maat van de rap die uit zijn stereo dreunde en zond haar een veelbetekenende knipoog toe. Lena keek weg en bedacht dat ze hem met zijn verwende blanke reet graag een keer midden in het centrum van Atlanta zou zien op een vrijdagavond. Hij zou het te druk hebben met in zijn broek schijten om het *gangsta*-leven te waarderen.

Ze sloeg af bij de volgende hoek en nam een omweg naar Hanks huis omdat ze weg wilde van de jeugd en het verkeer. Er was vast niets aan de hand met Hank. Lena wist dat ze één ding gemeen had met haar oom, en dat was een neiging tot somberen. Hank zat waarschijnlijk gewoon in een slechte periode. Hij zou vast kwaad worden als hij haar op de stoep zag verschijnen, zijn territorium zag binnendringen. Ze zou het hem niet kwalijk nemen.

Er stond een witte Cadillac Escalade op de oprit achter Hanks oude Mercedes. Lena parkeerde haar Celica langs de stoeprand en zette de motor af, terwijl ze zich afvroeg wie er op bezoek was. Hank hield misschien een AA-bijeenkomst in zijn huis, en in dat geval hoopte ze dat de bestuurder van de Escalade de laatste was die wegging en niet de eerste die aankwam. Haar oom was even verslaafd aan die zelfhulpflauwekul als vroeger aan speed en alcohol. Hij had het wel gepresteerd zes uur te rijden om een bepaalde spreker te horen, een bepaalde bijeenkomst bij te wonen, om vervolgens rustig zes uur terug te rijden zodat hij de bar open kon gooien voor de vroege dronkelappen.

Ze keek naar het huis van haar jeugd en bedacht dat er niet veel veranderd was behalve de staat van verval. Het dak was nog verder doorgezakt, de verf op de houten muren bladderde zo erg dat een smalle strook witte schilfers een kalkstreep om het huis trok. Zelfs de brievenbus had betere dagen gekend. Iemand had het ding kennelijk een mep verkocht, maar Hank, handig als altijd, had hem met ducktape weer aan de rottende paal geplakt.

Lena stapte uit de auto met de sleutels in haar hand. Haar knieën waren stijf van de lange rit en ze boog zich vanuit haar middel om haar benen te strekken.

Er dreunde een pistoolschot door de lucht en Lena schoot overeind, greep naar haar wapen, maar realiseerde zich dat haar Glock in het handschoenenkastje lag op het moment dat het tot haar doordrong dat het schot gewoon de voordeur was die werd dichtgeknald.

De knaller was een gedrongen, kale man met armen als kanonnen en een houding van wie maakt me wat. Een groot foedraal met een jachtmes zat tegen zijn rechterheup en er bungelde een dikke metalen ketting van zijn riem naar zijn portefeuille in zijn linker achterzak. Hij stampte het gammele trapje af, terwijl hij een pakket geld telde dat hij in zijn vlezige handen hield.

Hij keek op, zag Lena en snoof minachtend voordat hij in de witte Cadillac stapte. De 22 inch wielen van de SUV deden het gravel opspatten toen hij achteruit de straat op reed en naast haar Celica kwam staan. De Escalade was ongeveer een meter langer dan haar auto en minstens een halve meter breder. Het dak was zo hoog dat ze er niet overheen kon kijken. De zijraampjes waren donker getint, maar voorin waren ze naar beneden gedraaid en ze zag de bestuurder nu duidelijk.

Hij was zo dichtbij gaan staan dat hij haar tussen de twee auto's klem zette. Zijn priemende ogen staarden een gat in haar. De tijd vertraagde en ze zag dat hij ouder was dan ze had gedacht, dat zijn geschoren hoofd geen modegril was, maar hoorde bij de grote rode swastika die op zijn bovenarm was getatoeëerd. Stug zwart haar vormde een sik en een snor rond zijn mond, maar toch kon ze de grijns op zijn dikke, natte lippen zien.

Lena zat lang genoeg bij de politie om een crimineel te herkennen en de bestuurder was lang genoeg crimineel om een smeris te herkennen. Geen van beiden was van plan te wijken, maar hij won de patstelling door zijn hoofd te schudden alsof hij wilde zeggen: 'Zonde van mijn fucking tijd.' Zijn mouwloze T-shirt toonde golvende spieren toen hij schakelde en wegscheurde.

Lena bleef achter in zijn kielzog. Vijf, zes, zeven... ze telde de seconden terwijl ze midden op de weg bleef wachten tot de Cadillac om de bocht verdween, en zij uit het zicht van de achteruitkijkspiegel was.

Zodra de auto weg was, liep ze naar de passagierskant van de Celica en vond het vijftien centimeter lange vouwmes dat ze onder de stoel bewaarde. Ze stopte het in haar achterzak en pakte toen de Glock uit het handschoenenkastje. Ze controleerde de veiligheidspal van het wapen en klemde de holster aan haar riem. Lena wilde de man niet nog een keer tegenkomen, en al zeker niet ongewapend.

Ze probeerde zich niet af te vragen waarom zo iemand in het huis van haar oom zou zijn. Je reed niet in zo'n auto in een plaats als Reese als je in de bandenfabriek werkte. En je liep al helemaal niet iemands huis uit met een dik pak geld tenzij je wist dat niemand het in z'n hoofd zou halen het van je af te pikken.

Haar handen beefden toen ze naar het huis liep. De deur was zo hard dichtgesmeten of misschien opengetrapt dat de stijl was versplinterd. Stukken rottend hout en roestend metaal staken uit bij de knop en Lena duwde de deur met de punt van haar schoen open.

'Hank?' riep ze, vechtend tegen de neiging om haar wapen te trekken. De man in de Escalade was weg, maar zijn aanwezigheid was blijven hangen. Er was hier iets slechts gebeurd. Misschien was dat slechte nog steeds aan de gang.

Als smeris had Lena een gezond respect voor haar intuïtie. Je leerde als groentje naar je instinct te luisteren. Het was niet iets wat je kon leren op de academie. Of je besteedde aandacht aan de haren die overeind stonden in je nek of je werd in je borst geschoten op je eerste werkdag door een of andere lijpe verslaafde die dacht dat buitenaardse wezens hem wilden pakken.

Lena trok de Glock en richtte hem op de vloer. 'Hank?'

Geen antwoord.

Ze stapte voorzichtig door het huis. Het was onduidelijk of de zaak overhoop was gehaald of dat Hank al een tijdje niet meer de moeite had genomen om op te ruimen. Er hing een onaangename lucht, iets chemisch als verbrand plastic, gemengd met de gebruikelijke sigarettenwalm van Hanks kettingroken en het kippenvet van de afhaalmaaltijden die hij elke avond at. Kranten lagen verspreid over de bank in de zitkamer. Lena bukte zich en keek naar de data. De meeste waren meer dan een maand oud.

Behoedzaam liep ze de gang door, nog steeds met getrokken wapen. De deur van de slaapkamer van Lena en Sibyl stond open, de bedden waren netjes opgemaakt. Hanks kamer was een heel ander verhaal. De lakens lagen in een knoedel aan het voeteneind alsof iemand een koortsdroom had gehad, en er verspreidde zich een akelige bruine vlek naar alle kanten vanaf het midden van de kale matras. De badkamer was smerig, het pleisterwerk zwart van de schimmel, natte bladders hingen van het plafond.

Ze stond voor de keukendeur, Glock in de aanslag. 'Hank?'

Geen antwoord.

De scharnieren piepten toen ze de klapdeur openduwde.

Hank hing in een stoel aan de keukentafel. Er lagen honderden AA-folders in stapels voor hem, naast een gesloten metalen geldkistje dat Lena onmiddellijk herkende uit haar jeugd.

Zijn kit.

Junkies hielden evenveel van hun routine als van hun

drugs. Een bepaald soort spuit, een bepaalde ader... ze waren verslaafd aan de gebruiken van hun gebruik, een vast stramien dat ze volgden en dat bijna even moeilijk te doorbreken was als de verslaving zelf. Sla op het zakje, tik het poeder eruit, klik de aansteker aan, lik je lippen, wacht tot het poeder vloeistof wordt, tot de vloeistof kookt. En dan kwam de naald. Soms was de gedachte aan de kick al bijna genoeg.

Hanks drugskit was een metalen geldkistje, donkerblauw met afbladderende verf waaronder de grijze grondverf zichtbaar werd. Hij bewaarde de sleutel in zijn sokkenla, iets wat zelfs een zevenjarig meisje kon bedenken. Hoewel het kistje nu dicht was, zag Lena de inhoud zo duidelijk alsof het deksel openstond: spuiten, zilverpapier, aansteker, filters die van sigaretten waren afgebroken. Ze kende de lepel die hij gebruikte om het poeder te verwarmen even goed als haar eigen hand. Dof zilver, de bewerkte steel tot een lus gebogen zodat je die om je wijsvinger kon klemmen. Hank had haar er ooit mee betrapt en haar billen roodgloeiend gemept. Of hij dat deed omdat Lena aan zijn spul zat of omdat hij wilde dat ze clean bleef, wist ze nog steeds niet.

Ze leunde tegen het aanrecht, nog steeds met het wapen in haar hand, toen Hank eindelijk bewoog. Troebele ogen staarden haar aan, maar ze merkte dat hij niet kon focussen, niet kon zien, dat het hem geen moer kon schelen. Er droop kwijl uit zijn open mond. Hij had zijn gebit niet ingedaan en voor zover ze kon zien zich in geen weken gewassen of zijn haar gekamd. Zijn hemdsmouwen waren opgerold en ze zag de littekentjes die naalden zoveel jaren geleden hadden achtergelaten, vermengd met nieuwe gaatjes – zwerende gapende gaten – waar de ontstopper of talkpoeder of wat er ook gebruikt was om de shit die hij in zijn aderen pompte mee te versnijden een infectie had veroorzaakt.

Het pistool ging omhoog. Ze voelde zich buiten zichzelf staan, alsof het wapen geen verband hield met haar hand, alsof het niet haar vinger was aan de trekker, haar stem was die zei: 'Wie was die kerel, godverdomme?'

Hanks mond ging open en ze zag het donkerrode tandvlees waar zijn tanden hadden gezeten. Tanden die verrot waren in zijn mond omdat de drugs hem van binnenuit hadden weggevreten.

'Zeg op!' eiste ze, en ze duwde de Glock in zijn gezicht.

Zijn tong hing slap uit zijn mond toen hij probeerde te praten. Ze had allebei haar handen nodig om het pistool stil te houden en te zorgen dat het niet afging. Er gingen minuten voorbij, uren misschien. Lena wist het niet, ze was niet in staat de tijd bij te houden, te bedenken of ze in het heden was of op de een of andere manier gevangenzat in het verleden, dertig jaar geleden, toen ze nog maar een bang kind was dat zich afvroeg waarom haar oom zo breed grijnsde terwijl er bloed uit zijn neus en zijn oren stroomde. Haar huid prikte door de hitte in het huis. De stank die van Hank afsloeg was ondraaglijk. Ze herinnerde zich die lucht uit haar jeugd, wist dat hij niet voor zichzelf zorgde, zich niet wilde wassen omdat de laag vuil op zijn huid zijn poriën verstopte en zo hielp om de drugs langer vast te houden.

Lena dwong haar handen om het pistool op het aanrecht te leggen en bleef met haar rug naar hem toe staan terwijl ze probeerde de herinneringen die toestroomden tegen te houden: Hank buiten westen in de voortuin, de kinderbescherming die aan de deur kwam om hen mee te nemen. Sibyl die huilde, Lena die schreeuwde. Zelfs nu nog gleden er hete tranen over haar wangen, en ze was plotseling weer dat kleine meisje, dat hulpeloze, machteloze meisje dat niets anders in het leven had dan een waardeloze klotejunk.

Ze draaide zich om en sloeg hem zo hard dat hij op de grond in elkaar zakte.

'Sta op!' riep ze en schopte hem in zijn buik. 'Sta op, lul!'

Hij kreunde, rolde zich op tot een bal, en ze herinnerde zich weer dat het lichaam, zelfs in verzwakte staat, alles deed om zichzelf te beschermen. Ze wilde hem met haar vuisten bewerken. Ze wilde op zijn gezicht slaan tot niemand hem nog zou herkennen. Hoeveel nachten had ze wakker gelegen, tranen met tuiten gehuild terwijl ze wachtte tot hij eindelijk thuiskwam? Hoeveel ochtenden had ze hem met zijn gezicht in zijn eigen kots gevonden? Hoeveel vreemden waren 's nachts gebleven – gemene, walgelijke mannen met geile lachjes en dikke, porrende vingers – terwijl Hank niets merkte, alleen maar bezig was high te worden?

'Was dat je dealer?' vroeg Lena en ze voelde een golf van misselijkheid in haar maag opkomen. 'Was dat je contact?'

Hij fluisterde iets, bloed sproeide in een fijne nevel op het smerige linoleum.

'Wie?' schreeuwde ze, over zijn ineengedoken lichaam gebogen, omdat ze zijn woorden wilde horen, de naam van de dealer. Ze zou hem opsporen, meenemen naar de bossen en een kogel door zijn kop jagen. 'Wie was die vent?'

'Het was...' piepte Hank.

'Zijn naam,' zei Lena bevelend, naast hem geknield, haar vuisten zo strak gebald dat haar nagels in haar handpalm sneden. 'Zeg dan wie het is, stomme klootzak.'

Zijn hoofd kwam omhoog en ze zag dat hij probeerde te focussen. Toen zijn oogleden trillend dicht begonnen te vallen greep ze zijn vette gelige haar in haar vuist en rukte zijn hoofd omhoog zodat hij haar wel moest aankijken.

'Wie is het?' herhaalde ze.

'De man...'

'Wie?' zei Lena. 'Wie is het?'

'Hij is het,' mompelde Hank terwijl zijn ogen dichtvielen alsof de inspanning om ze open te houden te groot was. Toch maakte hij de zin af: 'Hij heeft je moeder vermoord.'

MAANDAGAVOND

Drie

Vanaf het moment dat James Oglethorpe voet aan wal zette in Georgia had men geprobeerd de staat in keurige stukjes op te delen. De eerste poging was in 1741, toen de bewindvoerders besloten het land in twee kolonies op te splitsen: Savannah en Frederica. Toen Georgia een koninklijke kolonie werd en de anglicaanse kerk de officiële godsdienst, werd het gebied in acht parochies verdeeld. Na de Burgeroorlog eigenden de blanken zich land van de Creek- en de Cherokee-indianen in het zuiden toe, en later werd in het noorden nog meer land van de Cherokees gevorderd.

Halverwege de negentiende eeuw was er geen indiaans gebied meer over, dus besloten de hoge heren om de bestaande *counties* onder te verdelen. In 1877 waren er inmiddels 137 counties in Georgia – zoveel kleine machtsgebiedjes dat de grondwet van de staat werd gewijzigd om de wildgroei tegen te gaan, en vervolgens in 1945 weer werd gewijzigd om mazen te dichten die het mogelijk hadden gemaakt dat er in de tussentijd zestien counties bij waren gekomen. Het uiteindelijke aantal dat werd toegestaan was 159, elk met zijn eigen vertegenwoordiger in het huis van afgevaardigden van Georgia, zijn eigen hoofdstad, zijn eigen belasting, scholen, rechters, politieke systeem en zijn eigen plaatselijk gekozen sheriff.

Jeffrey wist niet veel van Elawah County, behalve dat de stichters de naam kennelijk hadden gepikt van de indianen die ze eruit hadden geschopt. Het was al donker tegen de tijd dat hij en Sara bij het stadje aankwamen, en voor zover ze konden zien stelde het niet veel voor. Lena was niet iemand die uitgebreid over haar jeugd vertelde en Jeffrey begreep waarom toen hij door Reese, de hoofdstad van Elawah County, reed. Zelfs het donker van de nacht kon de deprimerende zielloosheid van het stadje niet verhullen.

Jeffrey had colleges Amerikaanse geschiedenis gevolgd aan de universiteit van Auburn, maar in geen enkel studieboek was te vinden dat sommige plaatsen in het zuiden de gevolgen van de Burgeroorlog nog steeds niet te boven waren. Stromend water en riolering, basisbehoeften die voor andere Amerikanen vanzelfsprekend waren, werden als een luxe beschouwd door mensen die aan de verkeerde kant van Reese woonden. Jeffreys geboorteplaats Sylacauga, in Alabama, was arm geweest, maar niet dit soort arm. Reese was een soort etterende wond die alleen bloot kwam te liggen als de korst eraf werd gekrabd door een of andere natuurramp.

'Hier links,' zei Sara na een blik op de routebeschrijving die Jeffrey van de sheriff had gekregen.

Jeffrey sloeg af en keek even naar Sara toen de auto verlicht werd door een straatlantaarn. Ze had een spijkerbroek en een trui aangetrokken, maar haar gezicht stond nog steeds strak. Hij wist niet of dat kwam door de depositie of door de toestand met Lena. Hij was verbaasd geweest toen Sara aanbood mee te gaan. Ze was allesbehalve een fan van Lena. Al waren de twee vrouwen erin geslaagd in de loop der jaren beleefd tegen elkaar te blijven, een paar van de ergste ruzies tussen Jeffrey en Sara hadden de jonge rechercheur als onderwerp gehad: Lena's koppigheid, haar opvliegendheid en haar, volgens Sara, onverschillige houding ten opzichte van haar eigen veiligheid, die volgens Jeffrey juist haar talent als politievrouw bewees.

Sara's negatieve kijk op Lena was gedeeltelijk Jeffreys schuld. Thuis praatte hij alleen over Lena als ze weer eens had geblunderd. Hij had het nooit met Sara over de dingen die Lena goed deed: hoe ze een verhoor leidde, of tot hoe ze soms wél leerde van haar fouten. Omdat Jeffrey toen hij net bij de politie begon enorme fouten had gemaakt was hij toegeeflijker. In wezen deed Lena hem erg aan hemzelf op die leeftijd denken. Misschien voelde Sara dat ook. Ze was niet bepaald een grote fan van de Jeffrey Tolliver die ze tien jaar geleden had gekend.

Eerlijk gezegd dacht Jeffrey dat Sara alleen had aangeboden mee te gaan omdat ze niet alleen wilde zijn. Of misschien wilde ze gewoon de stad uit. Jeffrey was niet zo kapot van de manier waarop de burgers van Grant County zijn vrouw op het ogenblik behandelden. De laatste twee maanden had hij in zijn hoofd een lijstje bijgehouden van mensen die nooit meer gematst zouden worden bij een boete voor te snel rijden.

'Hierin,' zei ze en ze wees naar een zijstraat die eruitzag of hij doodliep.

'Weet je het zeker?'

Sara controleerde de routebeschrijving nog eens. 'Er staat: ga rechtsaf bij de barbecuetent.'

Hij ging langzamer rijden en stak tastend zijn hand omhoog om het binnenlicht aan te doen.

'Hier,' zei ze en ze drukte op een knopje bij de achteruitkijkspiegel. Sara's BMW gleed als boter over de weg, maar Jeffrey kreeg koppijn van alle toeters en bellen.

Hij nam de routebeschrijving van haar over en hield hem in het licht.

'Ik kan heus je handschrift wel lezen,' zei Sara. 'Je schrijft als een onderwijzer.'

Hij wees naar het scherm van het navigatiesysteem op het dashboard, dat al een halfuur meldde: Geen gegevens beschikbaar voor deze coördinaten. 'Hoeveel moest je bijbetalen voor dat ding?'

'Wat heeft dat met jouw handschrift te maken?'

Hij gaf geen antwoord en keek naar zijn aantekeningen. Hij had duidelijk 'rechts bij barbecuetent' geschreven.

Jeffrey gaf het papiertje weer aan Sara en sloeg rechts af. Hij reed langzaam, de wielen doken in het ene gat na het andere. Hij wilde net keren toen Sara een bekend blauw bordje met een H zag. Verderop zagen ze de felle lichten van een parkeerplaats en daarachter iets wat niets anders dan het ziekenhuis kon zijn.

'Fifth Avenue,' las Sara op het straatnaambordje. Ze zei niets meer toen hij het parkeerterrein op draaide.

Het Elawah County Medical Center lag tegenover een donutcafé en een Kentucky Fried Chicken, die allebei gesloten waren op dit uur van de nacht. Het ziekenhuis was een architectonische nachtmerrie. Het gebouw met zijn twee verdiepingen, gedeeltelijk van beton, gedeeltelijk van gasbetonblokken en gedeeltelijk nog van baksteen, deed denken aan een schurftige hond die op straat is geschopt. De weinige auto's her en der op het parkeerterrein waren voornamelijk pick-ups met aangekoekte modder op hun spatborden door de regen van de vorige dag. De chromen bumpers zaten vol NASCAR-stickers en Jezus-vissen. Ze hadden bijna drie uur aan één stuk door gereden om hier te komen, maar er was geen twijfel aan of ze waren nog steeds in een klein, zuidelijk stadje.

Jeffrey zette de auto op een lege plaats vlak bij de ingang van de eerste hulp. Hij stapte niet uit en zette de motor niet af. Hij zat alleen maar na te denken over het kleine beetje informatie dat hij had gekregen. Lena was betrokken geweest bij een explosie. Ze werd behandeld in het ziekenhuis. Ze was gearresteerd.

Wat heeft ze nu weer uitgehaald?

Dat waren Sara's woorden – Sara, die niet kon begrijpen waarom Jeffrey al die jaren had klaargestaan voor Lena, die niet wist hoe het was om op te groeien met niemand die voor je opkomt, niemand die dacht dat je iets anders zou doen dan de stomme fouten van je ouders herhalen. Als dat zo was, zou Jeffrey sterven als een waardeloze zuiplap, net als zijn vader, en zou Lena... hij wist niet wat er met Lena zou gebeuren. Haar enige redding was dat ze Hank Norton niet als rolmodel had willen hebben. En van de rest van de mensen in haar leven had Jeffrey er maar één ontmoet, een ex-vriendje, ex-misdadiger, ex-neonazi die Jeffrey met het grootste genoegen weer in de bak had gegooid.

'Hé,' zei Sara zacht. 'Gaat het?'

'Ja.' Hij keek haar aan. 'Moet je horen, ik weet hoe je over Lena denkt, maar...'

'Houd het voor je?' onderbrak ze hem. Hij keek onderzoekend naar haar gezicht en probeerde uit te maken of ze geërgerd of boos was over zijn verzoek. Geen van beide emoties waren te zien en ze glimlachte zelfs. 'Laten we dit afhandelen, dan kunnen we naar huis.'

'Goed plan.' Hij zette de motor af en stapte uit.

De geur van sigarettenrook wolkte door de lucht, en Jeffrey zag een stel broeders tegen een ambulance geleund staan kletsen, in afwachting van hun volgende oproep. Een van hen stak zijn hand op naar Jeffrey en die knikte terug toen hij om de auto heen liep om Sara's portier open te doen.

'Ik weet niet hoe dit gaat lopen,' waarschuwde Jeffrey.

'Ik wacht wel in de auto,' bood ze aan. 'Ik wil je niet voor de voeten lopen.'

'Je loopt me niet voor de voeten,' antwoordde hij, hoewel de gedachte wel bij hem was opgekomen. Hij deed het achterportier open en pakte zijn colbertje. 'Jij kunt haar onderzoeken. Kijken hoe ze eraan toe is.'

Sara aarzelde. Hij wist wat ze dacht, dat ze zich de laatste tijd niet echt een dokter had gevoeld, dat ze met dat proces aan haar broek niet meer op haar instinct vertrouwde. 'Ik ben niet echt...'

Jeffrey drong niet aan. 'Geeft niet,' zei hij. 'Kom maar.'

De glazen deuren schoven open toen ze de eerste hulp binnenliepen. De wachtkamer was leeg, afgezien van een oudere man in een rolstoel en een jonge vrouw die op een stoel naast hem zat. Ze droegen allebei een mondkapje en keken strak naar de televisie die aan het plafond hing. Jeffrey herinnerde zich de waarschuwingen die hij onlangs op het nieuws had gezien over een nieuw griepvirus waar iedereen aan dood zou gaan. De receptioniste achter de balie droeg geen kapje, maar de zure blik op haar gezicht toen ze dichterbij kwamen, deed vermoeden dat geen enkele rondzwevende bacil bij haar in de buurt zou durven komen.

Hij wilde iets zeggen, maar de vrouw onderbrak hem, mepte een klembord op de balie en zei: 'Invullen. Volg de gele lijn naar het kantoor voor een betalingsregeling en kom dan weer terug. We zijn op het ogenblik ongeveer twee uur uitgelopen, dus als u geen goede reden heeft om hier te zijn, kunt u net zo goed naar huis en er nog een nachtje over slapen.'

Jeffrey haalde zijn penning tevoorschijn en legde die op de balie naast het klembord. 'Ik ben hier voor sheriff Valentine.'

De vrouw liet haar tong langs haar ondertanden glijden waardoor het eruitzag alsof ze daar pruimtabak had zitten. Ten slotte slaakte ze een luide zucht, trok het klembord terug en draaide zich om naar haar computer, waarop na een paar muisklikken het spelletje patience verscheen dat ze kennelijk had zitten spelen.

Jeffrey keek naar Sara, alsof die kon ontraadselen hoe dit ziekenhuis werkte. Ze haalde haar schouders op en hij begon net te denken dat ze waren afgepoeierd toen de receptioniste nog een diepe zucht slaakte en zei: 'Volg de groene lijn naar de lift, ga daarmee naar de tweede verdieping en volg dan de blauwe lijn naar de verpleegsterspost. Misschien weten ze daar waar u het over heeft.'

Hij keek naar de vloer. Er liepen vijf gekleurde lijnen onder zijn voeten. Twee ervan leidden door een gang, eentje leidde naar de lift, en de laatste, een rode, leidde naar de uitgang, die nog geen drie meter achter hem was.

Jeffrey pakte zijn penning en stak hem weer in zijn zak. Hij liet Sara voorgaan naar de lift. Als door tovenarij schoven de deuren open toen ze aankwamen. De vloer van de cabine was rozerood van het vuil, en er hing een vage lucht van allesreiniger en braaksel.

Sara bleef staan. 'Kunnen we niet met de trap?'

'Maar de blauwe lijn dan?' vroeg Jeffrey, half voor de grap.

Ze haalde haar schouders op en stapte de lift in. Hij ging achter haar aan en drukte op de twee; het viel hem op dat er wel een één was, maar geen begane grond. Ze wachtten tot de deuren dichtgingen. Er gebeurde niets, dus drukte hij nog een keer op de twee. Nog steeds niets. Hij drukte op de één en de deuren schoven dicht. Boven hun hoofd ratelde machinerie en de lift ging naar boven.

Sara zei: 'Ik zou hier eigenlijk niet moeten zijn.'

Hij vond het vreselijk dat ze zich zo misplaatst voelde. 'Ik vind het prettig dat je hier bent.' Hij probeerde overtuigend te klinken. 'Ik heb je hier nodig.'

'Dat is niet waar,' hield ze vol, 'maar het is lief gelogen.'

'Sara...'

Ze draaide zich om en bestudeerde het mededelingenbord dat tegen de achterwand van de lift was geschroefd. '*Meth is Death*!' waarschuwde een van de posters met voor-en-na-foto's van een mooie blonde tiener die na een jaartje aan de methamfetamine was veranderd in een zielloos oud wijf zonder tanden, met overal etterende wonden op haar ooit zo gave huid. Over een nummer onderaan was een ruwe tekening van een joint gekrabbeld die de laatste twee cijfers onleesbaar maakte. Het grootste deel van de overgebleven ruimte werd in beslag genomen door een poster met de verschillende stappen van reanimatie. Deze was overdekt met de gebruikelijke graffiti die je op dit soort plekken vond: schuine limericks, telefoonnummers van willige vrouwen en aanmoedigingen voor diverse lieden om de tering te krijgen.

Eindelijk gingen de liftdeuren grommend open en klonk er een pingeltje. Ze werden begroet door een schemerdonkere gang, en Jeffrey bedacht dat het licht waarschijnlijk uit was zodat de patiënten konden slapen. De pijl op het bordje met 'nooduitgang' tegenover de lift gaf een warme rode gloed af en wees naar een deur helemaal aan het eind van de gang. Jeffrey keek om zich heen en hield de liftdeuren open omdat hij zich afvroeg of ze op de verkeerde verdieping waren.

'Daar is de streep,' fluisterde Sara en ze wees naar de blauwe lijn op de vloer. Jeffrey zag dat die naar rechts liep, langs de noodtrap en de hoek om. Hij keek naar links de gang in, maar daar zag hij alleen patiëntenkamers en nog een nooduitgangbordje.

Ze volgden de geschilderde lijn naar de verpleegsterspost. Zodra ze er waren, realiseerde hij zich dat de gang in een cirkel liep en dat ze dus net zo goed naar links hadden kunnen gaan om op dezelfde plek uit te komen.

'Daarom heeft iedereen zo de pest aan ziekenhuizen,' zei Jeffrey met gedempte stem tegen Sara. 'Als ze je niet zieker maken, maken ze je wel gek.'

Sara rolde met haar ogen en Jeffrey herinnerde zich de

eerste keer dat hij tegen Sara had gezegd dat hij de pest had aan ziekenhuizen. Haar reactie was bijna automatisch geweest: 'Iedereen heeft de pest aan ziekenhuizen.'

De verpleegsterspost was langwerpig, aan twee kanten open en stampvol dossiers en gekleurde vellen papier. Er stond een bureau met een lamp erop die ongenaakbaar licht op het vloeiblad wierp. Een krant lag opengevouwen bij de kruiswoordpuzzel, waarvan sommige vakjes waren ingevuld. Jeffrey maakte op uit het halflege pakje crackers naast een aangebroken blikje cola light dat degene die hier gezeten had midden in zijn snack was weggeroepen.

Sara leunde tegen de muur met haar armen voor haar borst gekruist. 'De verpleegster zal haar ronde aan het maken zijn.'

'Dan moeten we hier maar wachten.'

'We zouden Lena zelf kunnen zoeken.'

'Ik denk niet dat de sheriff dat op prijs zou stellen.'

Ze wierp hem een nieuwsgierige blik toe, alsof ze verbaasd was dat het hem iets kon schelen.

Hij wilde net antwoord geven toen hij achter zich een wc hoorde doortrekken. 'Zo te horen is de verpleegster net klaar met haar ronde.'

Ze wachtten, Sara leunde tegen de muur en Jeffrey las al ijsberend de briefjes die op sommige kamerdeuren waren geplakt. GEEN WATER. GEEN VAST VOEDSEL. NIET ZELFSTANDIG NAAR HET TOILET.

Jezus, ze wisten je er wel onder te krijgen in dit soort oorden.

Hij hoorde het water van een wastafel stromen en daarna het vertrouwde gepiep van een handdoekenhouder. Een paar seconden later ging de deur open en kwam een grijsharige man in een sheriffsuniform naar buiten. Het duurde even voordat tot hem doordrong wie Jeffrey moest zijn. 'Commissaris Tolliver?'

'Jeffrey,' zei hij en hij liep naar de man toe om hem een hand te geven. Hij realiseerde zich een tel te laat dat dit niet de sheriff was. Uit de insignes op het donkerbruin met grijze uniform bleek dat de man hulpsheriff was. 'Dit is mijn vrouw, dokter Sara Linton.'

'Donald Cook.' De man schudde Jeffrey de hand en knikte naar Sara. Hij had een harde, dreunende stem en leek zich er niet om te bekommeren of hij patiënten wakker maakte. 'Sorry dat ik jullie heb laten wachten.'

Jeffrey kwam meteen terzake. 'Hoe gaat het met mijn rechercheur?'

'Geen centje last,' antwoordde Cook. 'Ze is zo stil als een muis.'

Onder andere omstandigheden zou Jeffrey een grapje hebben gemaakt over persoonsverwisseling. 'Heeft ze brandwonden? De sheriff zei dat er een soort explosie is geweest...'

'Ze heeft rook ingeademd, wat schrammen en builen. Volgens dok komt ze er weer helemaal bovenop.'

Jeffrey wachtte tot Sara de man zou gaan uithoren over Lena's toestand, maar ze stond alleen maar te luisteren. Dat was niets voor haar. In het ziekenhuis was Sara in haar element. Hij had minstens verwacht dat ze Lena's dossier zou opvragen of zou proberen de behandelend arts te vinden.

Maar aan de andere kant ging Sara meestal niet mee als hij aan het werk was. Jeffrey vermoedde dat ze probeerde niet in de weg te lopen. Hij vroeg de hulpsheriff: 'Kun je me vertellen wat er gebeurd is?'

'Daar kunt u het beste met Jake over praten.' De man liep achter de balie langs en liet zich met een kreun in de stoel vallen. Hij pakte de telefoon en zei: 'Sorry dat ik geen stoel kan aanbieden.' Toen zette hij een leesbril op zodat hij de cijfers op de telefoon kon zien. 'Ze hadden hier gisteren een junk die over alle stoelen heen heeft gekotst. Weggooien en nieuwe bestellen was het makkelijkste.'

'Geeft niet,' zei Jeffrey met zijn handen in zijn zakken. Hij probeerde de neiging om weer te gaan ijsberen te onderdrukken. Hoewel Sara haar mening voor zich hield, zag hij dat zij net zo verbaasd was over de situatie als Jeffrey. Lena's gewapende bewaker was een lachertje. De hulpsheriff zou voor haar kamer moeten zitten in plaats van crackers te eten en te gaan schijten als hij daar toevallig zin in had. Sara had gelijk. Jeffrey had zelf Lena moeten gaan zoeken in plaats van op de diplomatieke toer te gaan.

Cook hield volkomen onnodig zijn hand op om stilte te vragen en zei in de telefoon: 'Jake? Hij is er. Ja, met een dokter bij zich.' Hij knikte, hing op en meldde: 'Jake zei dat hij net het parkeerterrein op rijdt. Even thuis gaan eten. We dachten dat u er langer over zou doen om hier te komen.'

'Waar is ze voor gearresteerd?' Toen de man niet reageerde, gaf Jeffrey hem wat mogelijkheden: 'Beschadiging van eigendommen? Strafbare nalatigheid?'

Cooks lippen krulden tot een grijns. 'Niet precies.'

Jeffrey wist wat 'niet precies' betekende – ze hadden haar beschuldigd van iets kleins om tijd te rekken en te bedenken hoe ze haar van iets groots konden beschuldigen. Hij keek om naar Sara en voelde zich verscheurd. Haar meenemen was geen slimme zet geweest. Alles in het ziekenhuis zou haar doen denken aan de rechtszaak en het feit dat ergens in Grant County haar professionele leven en haar privé-leven door de mangel werden gehaald.

Met enige moeite verplaatste Jeffrey zijn aandacht weer naar Lena. 'Mogen we haar zien?'

'Misschien niet zo'n goed idee,' zei Cook terwijl hij een cracker uit het pakje schoof. Jeffrey voelde zijn maag knorren en besefte dat hij nog niet gegeten had. Cook moest het ook gehoord hebben. Hij bood aan: 'Ook eentje?' Jeffrey schudde zijn hoofd en de man hield het pakje voor aan Sara, die ook haar hoofd schudde.

Cook zakte achterover en knabbelde op zijn cracker. Hij keek met opgetrokken wenkbrauwen naar Jeffrey: 'Foute boel.'

Jeffrey wist dat hij aan het lijntje werd gehouden door de oude man. Cook verveelde zich waarschijnlijk dood als babysitter. Jeffrey een bot toewerpen en kijken of hij zou apporteren was duidelijk onderhoudender dan de kruiswoordpuzzel. Waar de hulpsheriff geen rekening mee had gehouden was dat de hond kon bijten. Jeffrey keek op zijn horloge en vond dat hij genoeg tijd had verspild. Als hij zich bij zijn taas wilde laten pakken, deed hij dat thuis wel.

'Ik wil haar nu graag zien,' zei hij tegen de hulpsheriff.

'Die explosie was opzet.' Er klonk een waarschuwing in.

Jeffrey hoorde Sara achter zich bewegen. 'O ja?' vroeg hij.

'Yep.'

Hij kon zich niet inhouden. 'Denken jullie dat mijn rechercheur daar de hand in had?'

'Zoals ik al zei...'

'Praat met Jake.'

'Inderdaad,' zei Cook. Er vielen kruimels op zijn uniform toen hij op de cracker kauwde. Volkomen onverwacht zei hij opeens: 'Ik heb met Calvin Adams samengewerkt.'

Jeffrey nam aan dat hij Lena's vader bedoelde.

'Goeie vent, Cal,' ging Cook verder. 'Twee kogels door z'n kop bij een verkeerscontrole. Ik ging er zowat kapot aan toen het gebeurde.'

Jeffrey reageerde niet, maar hij wist maar al te goed hoe het voelde om een collega kwijt te raken. Het was een verlies dat je elke dag van je leven bleef achtervolgen – misschien nog erger dan het verlies van een familielid of echtgenoot.

Cook leunde nog steeds achterover in zijn stoel met zijn handen op zijn buik gevouwen. 'U dacht dat ik de sheriff was, hè?'

'Sorry?' vroeg Jeffrey. Zijn gedachten waren afgedwaald. 'Ja,' antwoordde hij toen hij zich realiseerde wat de man gezegd had. 'Vergissing.'

'Ik draag dit uniform al bijna veertig jaar,' meldde Cook trots. 'Doe ik eindelijk een gooi naar de baan van sheriff, verlies ik van Jake.' Jeffrey wist dat een sheriff gekozen werd. Hij dankte god op z'n blote knieën dat hij niet om de twee jaar campagne hoefde te voeren om zijn baan te houden. Als je eenmaal gekozen was, zat je goed. Het pensioen en de arbeidsvoorwaarden van een sheriff hoorden tot de beste van de hele politiemacht.

'Jake Valentine,' zei Cook met een hinnikje. 'Klinkt als een soort soapster. Het joch is nog geen drie jaar van zijn moeders tiet af.'

Jeffrey was niet in de stemming om over de sheriff te roddelen. Hij wilde meer weten over de explosie, of die opzettelijk was, wie er nog meer gewond was, en wat Lena er in jezusnaam mee te maken had. Hij wist dat Cook geen antwoorden op een presenteerblaadje zou geven, dus vroeg hij: 'Ken je Hank Norton?'

'Zeker wel. Een stuk stront, dat is wat-ie is.'

Jeffrey was opgelucht, merkte hij, dat hij de man in de tegenwoordige tijd over Lena's oom hoorde praten. Hij vroeg: 'Zit Hank in de problemen?'

'We hebben drie weken geleden iemand betrapt op handel in meth in zijn bar. We hebben de tent dichtgegooid, maar Norton was zo ver heen dat hij het volgens mij niet eens heeft gemerkt.'

'Ik dacht dat hij nu clean was.'

'Ik dacht dat mijn vrouw maagd was toen ik met haar trouwde.' Cook verschoot van kleur. 'Sorry mevrouw,' zei hij tegen Sara. Hij zette zijn elleboog op het bureau en richtte zich tot Jeffrey. 'Kijk hier, Norton is al een junk sinds het jaar nul. Moet begonnen zijn toen hij zo'n zestien, zeventien was. Van dat spul blijf je niet lang af.'

'Speed, toch?'

'Zeggen ze.'

De lift gaf een pingeltje en Jeffrey hoorde het metalen gezoem van de deuren die openschoven. Twee paar voetstappen weerklonken door de gang. Het stel hield op fluistertoon een levendige conversatie. Toen ze dichterbij kwamen, zag Jeffrey dat een van hen een verpleegster was. De andere moest sheriff Jake Valentine zijn.

De jonge verpleegster hing aan de lippen van de sheriff, die een gedetailleerde beschrijving gaf van een knokpartij met een dronken bestuurder. Cook had gelijk wat Valentine betrof. De man leek hooguit achttien. Hij was zo lang en slungelig dat de pistoolriem om zijn middel tot op het laatste gaatje was aangetrokken, het uiteinde flapte als een tong uit de gesp. Een waas van haartjes op zijn bovenlip leek een snor te moeten voorstellen en de natte plek op zijn kruin verried een weerbarstige pluk haar die hij had geprobeerd te temmen voordat hij naar het ziekenhuis ging. Hij was minstens vijf centimeter langer dan Jeffrey, maar dat voordeel werd tenietgedaan door zijn afhangende schouders en de schildpadachtige bocht in zijn nek. Jeffrey stelde zich voor dat de moeder van de jongen elke dag van zijn jonge leven tegen hem had gezegd dat hij rechtop moest lopen.

'Jake!' gilde de verpleegster en stompte hem tegen zijn arm.

Cook maakte een kreunend geluid, wat betekende dat hij het verhaal van de dronken bestuurder iets te vaak had gehoord. 'Hij zei: 'Jake, die commissaris is hier voor jou.'

Valentine leek verbaasd Jeffrey voor de verpleegsterspost te treffen. Jeffrey vroeg zich af of die verbazing gespeeld was. Zelfs al had Cook niet gebeld, zo donker was het niet in de gang.

'Jake Valentine,' zei de sheriff en zijn hand schoot naar voren.

'Tolliver.' Jeffrey beantwoordde het gebaar. Ondanks zijn tengere gestalte gaf Valentine een stevige hand. 'Dit is mijn vrouw, dokter Sara Linton.'

Sara gaf de man een hand en glimlachte geforceerd.

De verpleegster stapte achter de balie, en Valentines houding sloeg om naar plechtig, alsof er een schakelaar was omgedraaid. Hij zei tegen Jeffrey en Sara: 'Het spijt me dat we mekaar onder deze omstandigheden moeten ontmoeten.'

'Kun je ons vertellen wat er gebeurd is?'

Valentine wees naar zijn hulpsheriff. 'Ik dacht dat Don hier u wel gebrieft zou hebben.'

'Dat mag jij doen, dacht ik zo,' reageerde Cook met een knipoog naar Jeffrey.

'Darla,' zei Valentine, tegen de verpleegster. 'Mogen we je kantoor even gebruiken?'

'Ga je gang,' antwoordde ze, terwijl ze door het dossier van een patiënt bladerde. 'Lamaar weten als je iets nodig hebt.'

'Eerlijk gezegd,' zei Jeffrey, 'wil ik weten hoe mijn rechercheur eraan toe is. Lena Adams?'

'Niks aan de hand,' antwoordde de verpleegster. 'Alleen

een beetje rook in de borst. Een paar dagen en ze is er weer helemaal bovenop.'

'Mooi,' zei Valentine, alsof hij de vraag had gesteld. 'Deze kant op.' Hij deed een stap naar achteren, om aan te geven dat Jeffrey en Sara voor hem uit moesten lopen.

'Ik kan hier blijven als...' opperde Sara.

'Hoeft niet,' onderbrak Jeffrey haar. Sara was zo stilletjes, hij wilde haar nu niet graag alleen laten.

Hij liet Sara voorgaan door de gang en probeerde niet al te opvallend de namen van de patiënten op elke deur die ze passeerden te bekijken.

Valentine sprak op scherpe fluistertoon tijdens het lopen. 'We hebben haar gisteravond bij de middelbare school gevonden. Ik woon ertegenover. Ik zag de vlammen vanuit mijn woonkamer.'

Jeffrey ging langzamer lopen omdat hij wilde dat de jongere man hem inhaalde in plaats van steeds in zijn hielen te bijten als een jong hondje.

Valentine ging verder: 'We denken dat het een Cadillac Escalade was. Geen nummerborden of registratie, dus we hebben hem nog niet kunnen traceren. Stond midden op het footballveld. Volgens de brandweercommandant duidelijke sporen van een brandversneller, waarschijnlijk benzine.'

'Wacht even,' onderbrak Jeffrey hem, omdat hij het niet kon volgen. Hij had gehoord dat er een explosie was geweest en dat Lena gewond was geraakt. Jeffrey had aangenomen dat het in een gebouw was gebeurd. 'Was de Cadillac in de fik gestoken? Is die ontploft?'

'Precies,' knikte Valentine. Hij legde uit, nog steeds op gedempte toon: 'De auto stond pal op de middenlijn. Ik heb nog nooit van mijn leven iets zo heftig zien branden. Het zal verdomd veel moeite kosten het lijk te identificeren. Volgens Fred Bart, dat is onze patholoog, was de hitte zo intens dat de tanden uit elkaar zijn gespat.'

Sara was een paar meter verderop blijven staan. 'Was er een lijk in de Escalade?'

'Ja, mevrouw, op de achterbank,' bevestigde de sheriff.

Sara kneep haar lippen samen en keek naar de vloer. Ze

leek niet verrast of zelfs geschokt door het nieuws. Jeffrey wist wat ze dacht. Het was eindelijk gebeurd. Door koppigheid of het overtreden van alle regels had Lena eindelijk iemand de dood ingejaagd.

Valentine zag haar zwijgen voor verwarring aan. 'Ik vertel dit niet goed, sorry, ik ging ervan uit dat Don...'

Jeffrey onderbrak hem: 'Don zei dat jij het zou uitleggen.'

'Oké.' Valentine knikte weer, maar wekte de indruk dat hij niet helemaal geloofde wat Jeffrey hem vertelde. 'Laten we hier naar binnen gaan,' zei hij, wijzend op een dichte deur.

Jeffrey draaide zich om in de overtuiging dat de man een grapje maakte. Ze stonden voor een linnenhok.

'Hebben we wat privacy,' probeerde de sheriff, hoewel er voor zover Jeffrey kon zien niemand in de buurt was.

Sara sloeg haar armen over elkaar. Ze keek enigszins ongerust naar de deur.

Jeffrey vroeg: 'Is dat echt nodig?'

'Dan hoeven we niet bang te zijn dat we iemand wakker maken.' Valentine reikte langs hem en deed de deur open. 'Na u.'

Jeffrey ergerde zich aan het melodramatische gedoe, maar hij was bereid om voorlopig met de sheriff mee te spelen. Hij moest erachter zien te komen in wat voor nesten Lena zich nu weer had gewerkt. Hij tastte naar de schakelaar en deed het licht aan. Rechts lagen lakens opgestapeld, links handdoeken. De overgebleven ruimte was ongeveer tweeenhalve meter lang en een meter breed. Sommige cellen in het politiebureau waren groter dan dit.

Sara wilde zo te zien liever buiten blijven, maar hij gebaarde dat ze voor hem naar binnen moest gaan. Jeffrey volgde, Valentine sloot de rij en trok de deur dicht. De ruimte werd nog kleiner.

'Zo,' begon de sheriff met een korte glimlach. Hij praatte nu op normaal volume en stond tegen een van de planken geleund alsof ze zomaar een stel vrienden waren die voor een footballwedstrijd een beetje stonden te kletsen. 'Om een uur of elf gisteravond zit ik gewoon tv te kijken, zie ik die vlammen omhoogschieten bij de school. Het eerste wat ik doe is de brandweer bellen omdat ik denk dat het gebouw weer in de fik staat – kinderen hebben dat wel eens geprobeerd, tevergeefs, dankzij de sprinklers, en dat is maar goed ook want de brandweer is helemaal vrijwillig en het duurde eeuwen voordat ze er allemaal waren. Hoe dan ook, ik kleed me aan en loop naar de school om te kijken wat er aan de hand is. Lopen ging het snelst. Zoals ik al zei, ik woon recht aan de overkant.'

Het verhaal was zo opgetuigd dat Jeffrey zich afvroeg hoe vaak het al herhaald was. Hij probeerde bij het belangrijkste gedeelte te komen. 'Dus toen zag je de auto staan branden op het veld?'

'Klopt,' bevestigde Valentine. 'Gisteravond was het stikdonker, maar de vlammen waren hoog en ik kon iemand op de tribune zien zitten. Ik erheen omdat ik denk dat het een of andere stomme puber is die is wezen joyriden, zie ik juffrouw Adams – uw rechercheur. Ze zat op de onderste bank, roet en troep over haar hele lijf. Met haar voet op een jerrycan.'

'Had ze brandwonden?'

'Nee, maar ze was behoorlijk in mekaar getremd,' antwoordde de man. 'De hele zijkant van haar gezicht alsof ze gestompt was, het bloed stroomde uit haar mond en ze piepte meer dan ze ademde. Ik persoonlijk had nog nooit zoiets gezien, maar misschien heb ik te veel van die waargebeurde films gekeken met mijn vrouw, want het eerste wat in mijn hoofd opkomt is: die vrouw heeft net haar man in de fik gestoken. Je weet wel, hij heeft één keer te vaak uitgehaald en gemept en toen sloegen bij haar de stoppen door' – hij knipte met zijn vingers – 'dus ging ik naast haar zitten en probeer haar aan het praten te krijgen.'

Jeffrey vroeg: 'Wat zei ze?'

'Niets,' gaf de man toe. 'Ik heb de hele trukendoos opengetrokken, maar ze wilde niet praten.'

Jeffrey kon zich voorstellen hoe Lena had gereageerd op Valentines 'trukendoos'. Die man had mazzel dat ze hem niet in zijn gezicht had uitgelachen.

Valentine ging verder: 'Pas de volgende ochtend, toen we

het parkeerterrein van de school afzochten en haar Celica vonden, wisten we hoe ze heette. Ik vond haar penning in het handschoenenvakje en dacht bij mezelf: ach, waarom zou ik ze niet even een belletje geven?'

Jeffrey ging even niet in op het feit dat de sheriff had gewacht tot het licht was voordat hij de parkeerplaats afzocht. 'Had ze geen identiteitsbewijs bij zich?'

'Nee, meneer. Niks op haar gevonden behalve een Labellostift – het rijbewijs lag in de auto en de penning in het handschoenenkastje, zoals ik al zei. Verder niets in haar zakken, niets verstopt in haar...' Zijn stem stierf weg, en hij bloosde toen hij verderging, 'plekken.'

'Geen wapen?' Lena had soms behalve haar Glock een groot vouwmes in haar achterzak, maar dat ging Jeffrey de sheriff niet aan zijn neus hangen.

'Nee, meneer. Geen enkel soort wapen.'

'Was er nog iemand gewond of daar ter plekke?'

'Nee. Alleen het slachtoffer in de Caddy en zij op de tribune.'

'Zat er benzine op haar? Een of andere brandversneller op haar schoenen of kleren?'

'Niks. Maar de jerrycan was leeg.'

'Had ze lucifers of een aansteker?'

'Niks anders dan de Labello, en die heb ik helemaal omhoog gedraaid om er zeker van te zijn dat het van onder tot boven Labello was.'

'Stonden haar vingerafdrukken op de jerrycan?'

'Weet ik niet precies. Het is een oud ding – overal roest. We hebben hem naar het onderzoekslab in Macon gestuurd, maar ik neem aan dat u weet wat voor tijdskaartje daaraan hangt.'

Jeffrey knikte. Behalve als een zaak grote prioriteit had, zou het lab waarschijnlijk op z'n vroegst over een halfjaar tijd hebben voor de jerrycan.

Hij probeerde beleefd te blijven bij de volgende vraag. 'Niet om het een of ander, maar wat heb je haar ten laste gelegd?'

'Niet veel,' gaf Valentine toe. 'Ik zeg het u maar eerlijk, commissaris, aangezien we allebei in het vak zitten en zo.

We hebben niet veel om haar op vast te houden, maar ik denk dat u het met me eens zult zijn dat de omstandigheden behoorlijk verdacht zijn, waar nog bij komt dat ze ons niet wil helpen door vragen te beantwoorden.'

Jeffrey moest toegeven dat hij waarschijnlijk hetzelfde had gedaan als hij een onwillige getuige op de plaats van een moord had aangetroffen. Hij herhaalde: 'Wat heb je haar ten laste gelegd?'

Valentine had het fatsoen verlegen te kijken toen hij op zijn vingers aftelde: 'Belemmering van de rechtsgang. Tegenwerking van een onderzoek. Niet in staat op verzoek identificatie te tonen.'

Jeffrey knikte weer. Hij kon zich dat allemaal van Lena voorstellen. Jezus, hij kon op de vingers van zijn eigen handen tellen hoe vaak ze een onderzoek in Grant County had tegengewerkt – en dat waren zaken geweest waar zij zelf aan werkte.

'Is ze voorgeleid?' vroeg hij.

'De rechter is vanochtend in het ziekenhuis geweest.'

Jeffrey ging snel na hoeveel geld hij op zijn rekening had staan. Zijn salaris kwam pas volgende week. Hij zou moeten wachten tot de bank de volgende ochtend opengiпg om het geld van zijn spaarrekening over te schrijven en cash uit de muur te trekken. 'Waar moet ik borg betalen?' vroeg hij.

'Borg is geweigerd.'

Jeffrey probeerde niet te laten zien hoe boos hij was, maar hij kon zich wel voorstellen hoe het in zijn werk was gegaan. De sheriff was een nieuweling, maar had een rechter in zijn zak. Toch probeerde Jeffrey de man tot rede te brengen. 'Denk je dat er een vluchtrisico bestaat? Ze is hier geboren. Ze heeft banden met de gemeenschap. Ze is al meer dan tien jaar een gewaardeerd lid van mijn team.'

'Dat snap ik.'

'Je kunt een agent niet in de gevangenis zetten. Ze verscheuren haar levend.'

'Ze zit niet in de gevangenis,' merkte Valentine fijntjes op. 'Ze ligt in het ziekenhuis.'

'Ik kan je wel vertellen dat je een verdomd goeie reden

moet hebben om haar in hechtenis te houden.' Jeffrey kende dit spelletje ook. Hij zat al veel langer in het vak dan Jake Valentine. De pot op met die boerenkinkels. Jeffrey had rechters op hoger niveau in zijn zak.

Kennelijk was Valentine niet zo dom als hij eruitzag. 'Daar had ik niets mee te maken, commissaris. Dat zweer ik op een hele stapel bijbels. Ik kan er niets aan doen dat ze zich niet wou verdedigen.'

'Wat bedoel je daarmee?'

'Ik bedoel wat ik al eerder zei. Uw rechercheur geeft geen kik.'

Jeffrey begreep het eindelijk. 'Ze heeft níéts gezegd sinds je haar op dat veld hebt aangetroffen?'

'Nee. Geen woord. Niet om een slok water gevraagd, niet willen weten hoe ze er medisch aan toe was of wanneer ze weg mocht. Ze wou niet praten met haar toegevoegde advocaat, wou de rechter geen antwoord geven toen hij vroeg of ze schuldig was of niet. Ze lag daar maar in bed naar het plafond te staren. Avery was zo nijdig – Avery is de rechter – dat hij borg heeft geweigerd en een psychiatrisch onderzoek heeft bevolen.'

Het duizelde Jeffrey. Lena kon beslist dwarsliggen, maar dat zwijgen sloeg nergens op. Er was iemand omgekomen in die brand. Hoe had ze kunnen toekijken terwijl de auto uitbrandde?

Eindelijk zei Sara iets. 'Misschien is haar keel beschadigd tijdens...'

'Dok zegt dat er geen medische reden is waarom ze niet kan praten,' onderbrak Valentine haar. 'Het probleem is, ze probeert het niet eens.'

Jeffrey zag nog steeds de logica achter Lena's zwijgen niet. 'Wat zei de psych?'

'Daar wilde ze ook niet mee praten,' antwoordde de sheriff. 'Voor zover ik weet heeft ze de hele tijd geen kik gegeven. Ligt maar naar het plafond te staren. Ik heb zelfs gekeken of Darla haar uit haar tent kon lokken. Niets.'

'Kan het posttraumatische stress zijn? Shock?' suggereerde Jeffrey.

Valentine keek even bedenkelijk als Jeffrey zich voelde.

'Heb je haar verteld dat ik kwam?'

'Nee. Ik vond dat ik haar maar even moest laten sudderen.'

Jeffrey probeerde zich in de andere man te verplaatsen en de zaak van alle kanten te bekijken. 'Is het lijk geïdentificeerd?'

'De auto was tot vanmiddag te heet om van het veld te slepen.'

'Heeft jullie patholoog zoiets al eerder gezien?' vroeg Jeffrey. Het verbrande lijk was cruciaal; het lichaam was het enige wat een verklaring zou kunnen geven voor wat zich op dat footballveld had afgespeeld. In de county's van Georgia worden lijkschouwers gekozen en de functie wordt vaak vervuld door de begrafenisondernemer of iemand anders die niet bang is voor lijken. Dat een medicus als Sara de baan in Grant County had aangenomen was een uitzondering. Je wist nooit wie de plaatselijke lijkbezorger was.

'Fred Bart is een goeie vent,' zei Valentine. 'Hij zal me precies vertellen wat hij vindt. Ik moet zeggen dat hij niet al te optimistisch was. Zo'n lichaam – zelfs lastig te zeggen of het een man of een vrouw is, laat staan hoe hij of zij doodging.' Hij haalde met een sullige glimlach zijn schouders op. 'Maar wat zeg ik allemaal? Ik weet zeker dat u weet hoe het werkt.'

Valentine had de vraag niet echt beantwoord. Jeffrey probeerde voorzichtig te vissen naar Barts kwalificaties. 'Sara is de patholoog bij ons. Ze is ook kinderarts.'

'O.' Valentine maakte zich los van de planken en wierp Sara een snelle glimlach toe. 'Dat is leuk. Mijn vrouw is onderwijzeres. Ze verbetert de hele dag mijn taalgebruik en zegt dat ik rechtop moet zitten.'

Jeffrey had nog meer vragen, maar hij had zo'n vermoeden dat Valentine die niet zou beantwoorden. 'Waarom heb je me gebeld?'

'Gezond verstand,' antwoordde Valentine. Het leek of hij het daarbij wilde laten, maar hij voegde eraan toe: 'Ik zal open kaart met u spelen, commissaris. Uw rechercheur is maar een klein ding. Ziet er niet uit of ze een vlieg kwaad zou doen. Zoiets doet ze volgens mij niet. Er moet iets anders achter zitten. Ik dacht, als ik het niet uit haar kan krijgen, dan u misschien wel.' Hij zweeg even. 'U kunt ons op z'n minst een hoop tijd en geld besparen als u erachter kunt komen wie er in die auto zit.'

Jeffrey betwijfelde of hij van nut zou zijn, maar hij zei: 'Goed. Ik wil haar spreken.'

Weer liet Valentine Jeffrey en Sara voorgaan. Jeffrey vermoedde dat hij dat eerder deed omdat zijn ouders hem altijd hadden ingeprent dat hij respect moest hebben voor oudere mensen dan uit achting voor een hogere rang.

Onderweg naar Lena's kamer probeerde Jeffrey te verwerken wat de sheriff hun net had verteld. De feiten waren eenvoudig. Lena was aangetroffen op een plaats delict waar een auto in vlammen op was gegaan en iemand levend was verbrand. Waarom was ze op het footballveld? Wat was haar band met de dode? Wie had de explosie veroorzaakt? Sara's vraag galmde door zijn hoofd: *Wat heeft ze nou weer uitgehaald?*

Ondanks het feit dat Valentine een groentje was, kon Jeffrey de man niet kwalijk nemen dat hij haar had gearresteerd. Onder deze omstandigheden zou Jeffrey Lena ook hebben gearresteerd. Ze was een verdachte, en dat ze niets wilde zeggen hielp ook niet echt. Overigens had Lena nooit de reputatie gehad behulpzaam te zijn.

Hij herinnerde zich nog de eerste keer dat hij haar zag. Ze hing in de sportzaal van de politieacademie halverwege het klimtouw en was vastbesloten tot helemaal bovenaan te komen ook al zweette ze zo erg dat haar handen bijna geen grip meer hadden. Er was verder niemand – dit was iets wat Lena in haar eigen tijd deed – en Jeffrey had bijna een halfuur staan kijken hoe ze probeerde boven te komen maar daar steeds niet in slaagde, waarna hij naar het kantoor van de commandant ging en haar dossier opvroeg.

De burgemeesters van de drie steden die onder Grant County vielen, hadden Jeffrey ingeschakeld als politiecommissaris om orde op zaken te stellen en de organisatie naar de twintigste eeuw te tillen. Lena was in de geschiedenis van de stad de eerste vrouw die niet als secretaresse werd aangenomen. Jeffrey had al zijn kaarten op haar gezet, ervan overtuigd dat hij de juiste keuze had gemaakt, ook als de feiten soms het tegendeel bewezen. Toen Frank Wallace, zijn oudste rechercheur, een paar weken geleden had aangekondigd dat hij aan het eind van het jaar eindelijk met pensioen zou gaan, had Jeffrey zich daar vrij gemakkelijk bij neergelegd omdat hij dacht dat Lena klaar was voor meer verantwoordelijkheid. Had hij zich in haar vergist? Had Lena in de bijna vijftien jaar dat hij haar kende een soort dubbelleven geleid?

Er moest een reden zijn voor dit hele gedoe. Voor elke misdaad was een verklaring, een motivatie. Jeffrey moest die alleen nog vinden. De sheriff had in één ding gelijk. Lena was geen koelbloedige moordenaar.

'Hier is het.' Valentine wees op een dichte deur, en Jeffrey zag duidelijk Lena's naam op het bordje. Ze lag aan het eind van de gang in een hoekkamer. Als Jeffrey en Sara niet die stomme blauwe streep vanaf de lift hadden gevolgd, zouden ze Lena hebben gevonden zonder langs Cook te hoeven.

'Misschien moeten Sara en ik alleen naar binnen gaan,' stelde Jeffrey voor. Als Lena ging praten, was het beslist niet in aanwezigheid van de man die haar had gearresteerd.

'Tja...' begon Valentine, aan zijn kin krabbend. Hij nam er de tijd voor. Verderop in de gang hoorden ze het pingeltje van de liftdeuren. Waarschijnlijk Cook, die nog meer crackers ging halen.

'Laten we maar naar binnen gaan,' besliste Jeffrey, die geen zin had nog langer op de sheriff te wachten.

Net als de gang was de kamer schemerdonker. Lena lag in bed zoals Valentine had beschreven: roerloos op haar rug. Haar polsen waren met klittenband aan de zijkanten van het bed vastgemaakt. Haar handen hingen slap naar beneden met de vingers tegen het matras. Ze had haar ogen dicht, maar Jeffrey wist niet of ze sliep of haar tijd afwachtte. Ze was inderdaad in elkaar geslagen zoals Valentine had verteld. Er zaten bloedkorsten op haar onderlip.

De huid op haar wang was geschuurd. Vanwege de blauwe plekken op haar gezicht hadden ze waarschijnlijk niet geprobeerd het bloed en roet weg te vegen; ze zag er smerig en verslagen uit.

Jeffrey was sprakeloos. Hij was blij toen Sara naar voren stapte en 'Lena?' zei.

Lena's hoofd schoot opzij van verbazing, haar ogen sperden open toen ze Jeffrey en Sara in de kamer zag. Ze vloog overeind in bed, rukkend aan de banden alsof ze zich bedreigd, in het nauw voelde. De lakens vormden een kluwen rond haar voeten toen ze zich afzette tegen het matras om zo ver mogelijk van hen weg te komen.

'Nee,' fluisterde Lena. 'Je mag hier niet zijn. Nee.'

'Kijk eens aan.' De scheve grijns van de sheriff liet zien dat hij erg ingenomen was met zichzelf. 'Ik wist wel dat je kon praten.'

'Nee,' herhaalde Lena, iedereen in de kamer negerend, behalve Sara. Haar stem zat vol gif. 'Ga weg. Wegwezen.'

'Lena...' probeerde Jeffrey.

Al haar haat leek op Sara gericht. 'Ben je doof? Ik zei, sodemieter op! Wegwezen!'

Sara's mond viel open van verbazing. Jeffrey voelde withete woede opvlammen en hij zei verbeten: 'Lena, hou je in.'

'Ga weg,' schreeuwde ze, rukkend aan de banden. 'Haal haar weg!' smeekte ze de sheriff. 'Ik vertel je wat je weten wil. Maar haal haar hier weg!'

Valentine stond met zijn mond vol tanden. Hij knikte naar de deur en zei: 'Misschien moet ze...'

'Nee,' zei Sara. Ze praatte zo zacht dat Jeffrey niet eens zeker wist of ze echt iets gezegd had, tot ze zich omdraaide naar de twee mannen en vroeg: 'Kunnen jullie ons even alleen laten?' En tegen Jeffrey: 'Alsjeblieft?'

Sara wachtte niet op antwoord. Ze trok Lena's status uit de houder aan het voeteneind van het bed en bestudeerde die terwijl ze wachtte tot ze weg waren. Jeffrey merkte dat ze zich ertoe moest zetten, dat ze overal liever was geweest dan hier als ze het voor het kiezen had. Hij wist eigenlijk niet waarom ze wilde blijven.

Voor het eerst sinds ze binnen waren, richtte Lena zich

rechtstreeks tot Jeffrey. 'Haal dat wijf van je weg. Ik wil haar hier niet hebben.'

Hij keek haar strak aan, om haar ervan te doordringen dat haar woorden niet zonder gevolgen zouden zijn. Jeffrey kon een hoop gelul verdragen, maar een van zijn agenten moest het verdomme niet wagen zijn vrouw uit te schelden.

Sara keek op van Lena's status. 'Geeft niet. Gun ons een paar minuten.'

Tegen beter weten in mompelde Jeffrey: 'Wij wachten wel in de gang.' Hij liep naar de deur en hield die open voor de sheriff. Valentine keek een paar seconden besluiteloos naar Lena. Uiteindelijk schudde hij zijn hoofd om duidelijk te maken dat hij het er niet mee eens was en ging de kamer uit.

In de gang liet Jeffrey de deur achter zich dichtvallen en bleef ervoor staan – niet echt om de weg te versperren maar het leek er wel op.

'Zo.' Valentine legde zijn hand op de kolf van zijn pistool. Hij popelde duidelijk om de kamer weer in te gaan. 'Wat denkt u dat er nu gebeurt?'

Dit paste in geen van de scenario's die Jeffrey zich had voorgesteld. Hij vroeg aan Valentine: 'Waar is Lena's oom, Hank Norton?'

Valentine staarde naar de deur alsof hij hem in wilde trappen.

Jeffrey drong aan: 'Hij is Lena's naaste familie. Heb je geen contact met hem opgenomen?'

Valentine knikte: 'Niet thuis.'

Er klonken gedempte geluiden door de deur, maar geen geschreeuw voor zover Jeffrey kon opmaken. Hij gebaarde naar de sheriff dat ze een eind verderop moesten gaan staan. 'Ben je bij Hanks huis geweest?'

Valentine bleef staan waar hij stond. 'Ik kan hem nergens vinden. Ik ben gisteravond bij zijn huis geweest en vanochtend weer. Zijn bar is gesloten. Er was een akkefietje een paar weken geleden...'

'Dat heeft Cook me verteld.'

'Ja,' zei Valentine met een argwanende blik. Hij vertrouwde zijn hulpsheriff kennelijk niet. Jeffrey vroeg zich af hoe ze op die manier konden werken. Het was waarschijnlijk een klein bureau, met vast niet meer dan vijf hulpsheriffs in totaal. Donald Cook in het ziekenhuis parkeren was één manier om zijn vijand op afstand te houden, maar Jeffrey ging er blind van uit dat de oudgediende veel meer vrienden in uniform had dan zijn jonge baas.

Jeffrey vroeg: 'Enig idee wie het kan zijn, in de Cadillac?'

'Voor zover we weten wordt er niemand vermist. Geen meldingen van verdachte figuren die in de omgeving rondhingen. Geen aangifte van diefstal van een Escalade. Het is een raadsel.'

Hij had tenminste niet de hele nacht uit zijn neus zitten eten. 'En Hank Norton?'

'Hij rijdt in een Mercedes die waarschijnlijk ouder is dan ik.'

'Nee.' Jeffrey schudde zijn hoofd. 'Denk je dat het zijn lichaam zou kunnen zijn in de auto?'

Valentine haalde zijn schouders op. 'Ik weet alleen dat een DNA-onderzoek mijn halve budget voor dit kwartaal zou opsouperen.'

Zijn zorgen over zijn budget waren terecht, maar Jeffrey vroeg zich opnieuw af waarom Valentine niet nieuwsgieriger was naar de identiteit van het slachtoffer. Misschien had hij al een vermoeden, maar wilde hij de informatie nog niet wereldkundig maken.

'Je zei daarnet dat er geen brandversneller op haar kleren zat, maar hebben ze ook niets op haar schoenen gevonden?'

Valentine nam de tijd voordat hij antwoordde: 'Ze droeg van die, hoe noem je dat, met zo'n lage hak.'

'Pumps?' vroeg Jeffrey. Bizar, Lena met iets chiquers dan tennisschoenen op haar vrije dag.

'O ja, pumps. Mijn vrouw draagt van die schoenen die hippies en lesbo's dragen. Weet u wel, met dat kurk? Ik weet niet hoe ze heten, maar zij zweert erbij.'

Jeffrey probeerde hem bij de les te houden. 'Hebben ze iets gevonden op de schoenen?'

'Alleen roet, modder, wat je zou verwachten. Naar het

lab sturen leek niet nodig.' Valentine stak zijn kin omhoog en vroeg: 'Had ik dat moeten doen?'

Jeffrey haalde zijn schouders op. Als het aan Jeffrey had gelegen had hij eerder geld uitgegeven aan de identificatie van het slachtoffer dan zich zorgen te maken over Lena's schoenen, maar dat vroeg de sheriff niet. 'Moet je zelf weten.'

Om de hoek hoorde hij de lift weer pingelen. Jeffrey probeerde een reden te bedenken om hen nog wat langer in de gang te houden omdat hij Sara zoveel mogelijk tijd wilde geven. 'Waar is de begane grond?'

'Waar is wat?'

'De lift,' zei hij. 'Er zijn knoppen voor de eerste en de tweede verdieping. Waar is de begane grond?'

'In het souterrain,' zei Valentine. 'Idioot hè?'

'Hoe kom je daar?'

'Met de trap of achterom.'

Jeffrey vroeg zich af hoeveel misdaadslachtoffers de patholoog had gezien. 'Hebben jullie daar veel lijken?'

'Lijken?' Hij keek geschokt en legde toen met een giecheltje uit: 'Ons lijkenhuis is bij het depot voor in beslag genomen auto's. Het souterrain is voor de wasserij, opslag, dat soort dingen.'

'Wat vreemd,' zei Jeffrey, die zich aan elke strohalm vastgreep. 'Waarom bij het depot?'

Valentine haalde zijn schouders op, keek op zijn horloge en toen naar de deur.

'Heeft ze nog behandeling of zo nodig? Medicijnen?' probeerde Jeffrey nog.

'Wat, voor de brand?' Valentine schudde zijn hoofd. 'Nee. Dok zegt dat ze over een paar dagen helemaal beter is.'

'En de gebruikelijke verdachten?'

'Wat bedoelt u daarmee?'

'De foute jongens,' verduidelijkte Jeffrey. 'Mensen die je in de gaten houdt.'

Valentine schudde zijn hoofd. 'Ik kan u niet volgen, commissaris.'

'Kijk,' begon Jeffrey nog een keer, zonder al te neerbuigend te willen klinken: 'Als er in mijn stad iets gebeurt, er wordt bijvoorbeeld een auto gestolen of een televisie gejat, dan heb ik een vrij aardig idee wie daarachter kan zitten.'

'O.' Valentine knikte. 'Ja, nu snap ik het. Alleen worden er hier niet zoveel auto's opgeblazen op het footballveld.'

Jeffrey negeerde zijn sarcasme. 'Brandstichters?'

'Dat is een grotestadsmisdrijf.'

'Kennelijk niet.'

Valentine krabde aan zijn kin. 'Ik denk dat degene die dit heeft gedaan iets duidelijk wilde maken.'

'Wat voor iets?'

'Uw rechercheur is de enige die dat kan beantwoorden. Trouwens,' zei hij met een hoofdgebaar naar de deur, 'ik vind dat uw vrouw lang genoeg met haar alleen is geweest.'

Jeffrey kon alleen maar hopen dat dat het geval was. Hij volgde Valentine weer de kamer in. Sara stond tegen de muur voor de badkamer geleund. Het bed was leeg, de zachte onrustbanden hingen aan de bedhekken. De douche liep.

Sara legde uit: 'Ik heb haar zover gekregen dat ze zich is gaan wassen.'

'Nog iets gezegd?' vroeg Valentine.

Sara schudde haar hoofd en Jeffrey zag dat het de waarheid was.

'Daar schieten we niet veel mee op,' zei Valentine zichtbaar geïrriteerd. Hij keek op zijn horloge en toen naar de badkamerdeur. 'Hoe lang is ze daar al?'

'Niet lang.'

Hij rammelde aan de deurknop, maar de deur zat op slot. 'Jezus, mevrouw, vond u het niet slimmer mee naar binnen te gaan?'

Sara deed haar mond open om antwoord te geven, maar Jeffrey onderbrak haar en zei tegen de man: 'Die toon bevalt me niet.'

Valentine negeerde hem en bonsde hard op de deur. 'Juffrouw Adams? U doet nú de deur open.' Hij trok zijn radio uit zijn riem. 'Cook, ben je daar? Over.' Er klonk geen antwoord en de sheriff drukte zijn schouder tegen de deur in een poging om hem open te laten springen.

Voor de tweede keer die avond gingen Sara's lippen van elkaar, maar ze zei niets.

'Cook?' Valentine probeerde de radio weer. Er kwam geen antwoord en hij sloeg met zijn vuist tegen de badkamerdeur. 'Juffrouw Adams, u hebt drie tellen om de deur open te doen.'

De radio kraakte. Met een slome stem vroeg Don Cook: 'Wat is er, Jake?'

'Zoek de loper voor de badkamer en kom als de donder hierheen,' blafte Valentine. Hij stak de radio terug in de houder en zette zijn schouder weer tegen de deur. 'Juffrouw Adams,' probeerde hij weer. 'Als u nou gewoon naar buiten komt, is er niks aan het handje.'

Jeffrey vroeg aan Sara: 'Heeft ze daar scherpe voorwerpen?'

Valentine keek om, in afwachting van haar antwoord.

Sara schudde haar hoofd: 'Ik geloof van niet.'

Valentine vroeg: 'Zou ze zichzelf iets aandoen?'

'Ik heb geen idee,' antwoordde Sara kortaf. 'Ik ben haar arts niet.'

'Shit,' siste Valentine. Hij bonkte weer op de deur. 'Juffrouw Adams.'

'O, nee.' Sara zei het zo zacht en het gebonk was zo hard dat Valentine haar zeker niet gehoord had.

'Wat is...' Jeffrey keek op en de vraag bleef in zijn keel steken. Hij wist precies wat er aan de andere kant van die deur gebeurd was.

Cook kwam de kamer in met een sleutel in zijn hand. 'Wat is er loos?'

Valentine griste de sleutel uit zijn hand en stak hem in het slot. Stoom van de douche vulde de kamer. Hij denderde naar binnen en rukte het gordijn weg. Het bad was leeg.

'Fuck,' vloekte Valentine. Boven de wc was een plafondtegel opzij geduwd waardoor een krappe kruipruimte zichtbaar werd. 'Godverdomme!' schreeuwde hij, tegen de muur schoppend. Tegen Cook zei hij: 'Doorzoek het ziekenhuis van onder tot boven. Roep onmiddellijk assistentie in.' Cook ging weg, Valentine keek Sara aan: 'Stom wijf.'

Jeffrey greep de man bij zijn kraag en ramde hem tegen de muur. 'Als je nog één keer zo tegen mijn vrouw praat, dan zal je nog wat meemaken. Heb je dat begrepen?' Valentine probeerde zich los te rukken, maar Jeffrey verstevigde zijn greep. 'Heb je dat begrepen?'

Valentine werd slap als een katje dat bij zijn nekvel wordt opgetild. 'Ze heeft mijn gevangene laten ontsnappen.'

Jeffrey dwong zich niet naar Sara te kijken, want hij wist dat zij hetzelfde dacht. Lena had haar beetgenomen. Daar kon je niet omheen.

Hij liet de man los.

'Klootzak.' Valentine rukte chagrijnig zijn overhemd recht. Hij wrong zich langs Jeffrey naar de gang. Jeffrey volgde hem de hoek om naar de volgende kamer. Het bed was leeg, duidelijk ongebruikt. 'Ze heeft mijn gevangene laten ontsnappen,' snauwde Valentine. 'Ik kan verdomme niet geloven dat jij me in de gang stond te piepelen terwijl je vrouw bezig was haar te laten ontsnappen.'

'Sara heeft hier niets mee te maken.'

'Doe jezelf een lol, makker,' daagde Valentine hem uit. 'Neem die vrouw van je mee, stap in je auto en flikker op uit mijn stad.'

Jeffrey had geen beleefd verzoek nodig. Hij draaide zich zonder een woord om en ging naar Sara.

Ze stond nog helemaal aangeslagen in Lena's kamer. 'Hoe heb ik zo stom kunnen zijn? Hoe heb ik...'

Hij pakte haar bij de elleboog en nam haar mee de kamer uit. 'Daar hoeven we het nu niet over te hebben.'

'Ik had hier helemaal niet moeten zijn.'

De beveiliging was opgeroepen, in zijn volledige bezetting van twee man. Ze zagen er allebei nog ouder uit dan Don Cook en waren even goed in vorm.

Valentine begon commando's te blaffen terwijl hij intussen in zijn radio om meer assistentie schreeuwde. 'Ik wil dat ze nú gevonden wordt!'

Jeffrey drukte op de liftknop. Hij wierp een blik door de gang om na te gaan hoe Lena ontsnapt was. Kennelijk had ze de tegel boven de wc weggedrukt en de kruipruimte boven het verlaagde plafond gebruikt om in de badkamer van de kamer ernaast te komen. Daarna was ze waarschijnlijk via de trap naar het souterrain geslopen. De lift kwam uit bij de eerste hulp, maar zelfs als ze die route had genomen betwijfelde hij of dat enige beroering zou hebben gewekt. De receptioniste zou waarschijnlijk niet eens hebben opgekeken van haar kaartspelletje op de computer.

De liftdeuren schoven open. Jeffrey legde zijn hand tegen Sara's rug en duwde haar naar binnen. Valentine en een van de ziekenhuisbewakers draafden langs de lift toen de deuren dichtgingen, waarschijnlijk op weg naar het souterrain.

Jeffrey drukte op de knop van de eerste verdieping en vroeg zich weer af waarom de lift niet helemaal naar beneden ging. Misschien was er een vrachtlift die Valentine niet genoemd had. Daar had Lena mee naar het souterrain kunnen gaan, maar dan? In de wasserij zouden lakens en handdoeken zijn. Er was waarschijnlijk een personeelsruimte, misschien kastjes voor de schoonmakers. Ze had er kleren kunnen vinden, en geld. Jeffrey ging ervan uit dat ze had gepakt wat ze nodig had en zo snel mogelijk uit het ziekenhuis was vertrokken.

'Hoe heb ik zo stom kunnen zijn?' herhaalde Sara hoofdschuddend. Er stonden tranen in haar ogen. Hij had haar talloze keren boos gezien, maar niets overtrof de woede die ze tegen zichzelf kon richten.

'Wat heeft ze precies gezegd?' vroeg hij.

'Eigenlijk hetzelfde, dat we weg moesten gaan. Ze keek me nauwelijks aan.' Sara veegde een traan weg met de rug van haar hand, haar gezicht was wit van woede. 'Het spijt me zo,' zei ze. 'Dit is allemaal mijn schuld.'

'Ik stond voor de deur in de gang,' zei Jeffrey. 'Ze heeft mij ook gebruikt.'

'Dat is iets anders...' Sara schudde haar hoofd, niet in staat haar zin af te maken. 'Ik heb haar losgemaakt, Jeffrey. Ik heb haar laten gaan.'

'Heeft ze je gevraagd haar vrij te laten?'

'Nee... ja. Niet rechtstreeks. Ze zei dat ze zich smerig

voelde, dat ze onder het vuil zat en ik ging gewoon naar haar toe en maakte de banden los. Ik heb er geen seconde bij stilgestaan. Ik heb haar zelfs uit bed geholpen.'

Hij probeerde vriendelijk aan te dringen. 'Heeft ze nog iets gezegd?'

'Ze verontschuldigde zich.' Sara lachte om haar eigen stomheid. 'Ze leek zo bang. Haar handen beefden, haar stem haperde. Ik heb haar nog nooit zo overstuur gezien, niet meer sinds de dood van Sibyl. Ik liet me helemaal inpakken. God, wat ben ik een kluns.'

Jeffrey sloeg zijn arm om haar schouders, niet wetend hoe hij haar moest troosten. Hij was zo razend op Lena dat hij nauwelijks kon nadenken.

'Een verlaagd plafond,' zei Sara. 'Als iemand zou moeten weten dat je in een verlaagd plafond kunt klimmen...'

Hij wist wat er al die jaren geleden met haar was gebeurd in het ziekenhuis van Grady, dat haar aanvaller zich uit het plafond in de toiletruimte had laten vallen. Als Lena een mes in zijn rug had gestoken, dan had Sara dat onbewust rondgedraaid. 'Het is jouw schuld niet, Sara,' zei hij. 'Jij zit niet bij de politie.'

'Waarom ben ik dan hier?' vroeg ze fel. 'Ik had verdomme in die auto moeten blijven zitten. Ik had thuis moeten blijven, waar ik hoor.'

De liftdeuren schoven open. Er renden nog twee hulpsheriffs door de lobby naar de trap.

'Laten we hier wegwezen,' zei hij en greep haar bij de arm. Ze stonden bij de schuifdeuren toen Valentine aan kwam rennen.

'Wacht eens even,' riep hij. Hij was buiten adem, waarschijnlijk van het trappen op en af hollen. Hij stak zijn hand uit met de palm naar boven. 'Geef me uw autosleutels eens.'

Als Sara er niet bij was geweest had Jeffrey tegen de man gezegd dat hij de sleutels in zijn reet kon steken. Maar nu gooide hij ze hem zwijgend toe omdat hij dit zo snel mogelijk achter de rug wilde hebben.

Valentine zag het BMW-logo op de sleutelhanger en wierp Jeffrey een blik toe waarmee je naar een hoer op straat zou kijken. Smerissen reden niet in BMW's, tenminste niet waar Jake Valentine vandaan kwam.

'Hij is van mijn vrouw,' zei Jeffrey tegen hem. Sara had zich een slag in de rondte gewerkt om in die auto te kunnen rijden. Wat hem betrof mocht ze in een Rolls Royce rijden als ze dat wilde.

Valentine drukte op het knopje van de afstandsbediening en de sloten klikten open. Opeens stond hij stil. 'Wasserij,' zei hij met een wantrouwende blik naar Jeffrey. 'U vroeg wat er op de benedenverdieping was.'

'Ik zei maar wat.'

'Lul niet.'

Sara zei: 'Ik wacht daar wel,' en liep naar een van de banken voor de ingang.

Valentine keek hem nog een keer vuil aan voordat hij naar de auto liep. Jeffrey wist dat de man daar niets zou vinden. Zelfs al had Lena de BMW op de parkeerplaats zien staan, je kon met geen mogelijkheid de sloten forceren of de kofferbak openen zonder de sleutel. Een raampje inslaan zou ook niet helpen. Een van de veiligheidsvoorzieningen van de auto hield in dat er ook van binnenuit niets open kon als je van buitenaf de centrale deurvergrendeling inschakelde. Jeffrey had zelf een keer opgesloten gezeten in de auto doordat Sara per ongeluk op het knopje had gedrukt toen ze het huis in rende om de telefoon op te nemen. Als het schuifdak niet open was geweest zodat hij naar buiten kon kruipen, zou Jeffrey uren in de auto hebben gezeten.

De sheriff kon door de raampjes heel goed de lege banken en vloer zien, maar toch deed hij het portier open om er zeker van te zijn. Hij nam zijn hoed af en gluurde naar binnen alsof hij Lena onder de versnellingspook zou kunnen betrappen. Toen liep hij om de auto heen en deed de kofferbak open. Afgezien van Sara's EHBO-doos en een paar plastic boodschappentassen was die leeg.

Valentine sloeg de kofferbak dicht. 'Ik denk dat ik nog erger voor paal sta als ik een opsporingsbevel laat uitgaan voor iemand die gezocht wordt wegens "weigering zich te identificeren".'

'Daar kun je wel van uitgaan.' De sheriff bevond zich op

glad ijs met de aanklacht die hij had gefabriekt. Hij moest voorzichtig manoeuvreren. Ze wisten allebei dat elke fout die hij nu maakte uiteindelijk de hele zaak die hij tegen haar wilde beginnen op losse schroeven zou zetten.

'Nou.' Valentine keek het parkeerterrein rond. 'Dat is Darla's Jeep. De rode Chevrolet is van de onderhoudsploeg, de Bronco is van George en daar in de hoek staat de Ranger van Bitty; die ligt hier vanaf donderdag, ze is eigenhandig hierheen gereden met pijn in haar zij die een blindedarmontsteking bleek te zijn.'

Hij had alle auto's op het terrein geïdentificeerd, maar Jeffrey kon zich niet inhouden: 'Waar is jouw surveillancewagen?'

Valentine lachte, maar niet uit vrolijkheid. 'Don heeft zijn beste vishengel in de kofferbak liggen, dus dat was zijn eerste zorg. Onze auto's staan allebei achter. We halen het personeel naar beneden om te kijken of er iets uit hun kluisjes mist. Ik heb iemand naar Hanks huis gestuurd om te kijken of ze daar opduikt.' Hij gooide de sleutels terug naar Jeffrey. 'Je vrouw was bezig mijn tijd te verspillen en jij stond me te piepelen in de gang en ondertussen heeft zij minstens twintig minuten voorsprong, schat ik.'

Jeffrey ging maar niet in op details, zoals het rare machtsspelletje van Valentine toen hij hen met z'n allen het linnenhok in duwde. 'Minstens.'

'Nou moet u me toch eens vertellen. Zit u ermee dat u net hebt geholpen een gevangene te laten ontsnappen?'

Zijn toon was in één klap hatelijk geworden. Jeffrey liep van de auto weg en antwoordde: 'Niet zo erg.'

'Zo werken jullie oudgedienden, hè?' Valentine was witheet. 'Altijd twee handen op één buik, al moet je de wet ontduiken. Eén lijn trekken, hè?' Zijn stem werd bij elk woord luider. 'Zou me niks verbazen als jij en die ouwe Don dit samen bekokstoofd hebben. Vuile trucjes uithalen om de nieuwe voor gek te zetten.'

Jeffrey waarschuwde: 'Nu moet je echt op je woorden letten, Jake.'

'Ik zou haar kunnen arresteren,' zei Valentine met een driftig gebaar naar Sara. 'Ik zou haar móéten arresteren.'

Jeffrey reageerde fel. 'We weten allebei dat dat niet gaat gebeuren.'

'O nee? Nou, dit wel.' Valentine haalde uit met zijn vuist. Zijn arm vloog als een molenwiek rond in plaats van recht vanuit de schouder te stoten. Daardoor had Jeffrey alle tijd om de klap af te weren en met zijn vuist de ander in zijn maag te beuken. Er kwam een luchtstoot uit Valentines mond toen hij dubbelklapte. Hij zou op zijn knieën zijn gevallen als Jeffrey hem niet had opgevangen.

'Jezus,' kreunde de sheriff met zijn handen tegen zijn buik. 'Christus...'

Sara stond op van de bank. Jeffrey schudde zijn hoofd om haar op een afstand te houden. Tegen Valentine zei hij: 'Ga rechtop staan.'

Valentine probeerde het, maar zijn knieën weigerden dienst.

Jeffrey trok hem aan zijn kraag overeind tot de man hem aan kon kijken. 'Gewoon doorademen,' zei hij alsof hij het tegen een kind had. 'Het gaat wel over.'

'Laat me los.' Valentine duwde Jeffrey weg, maar hij zakte tegen de auto aan. 'Godverdomme, u bent sterker dan u eruitziet.'

Jeffrey stak zijn hand op naar Sara om te laten zien dat alles in orde was. 'Waar heb je dat gezwiep geleerd?'

'Ik ben opgegroeid met vier oudere zussen,' wist hij uit te brengen. Daarom sloeg hij dus als een meisje. 'Verdomme. Dat had ik nooit moeten doen. Ik had u niet moeten slaan.'

Jeffrey wees Jake er maar niet op dat hij hem niet had geraakt. Hij schoof tussen Valentine en Sara in en zei: 'Nu moet je goed naar me luisteren, Jake. Ik heb je al een keer gewaarschuwd. Als je ooit nog eens mijn vrouw bedreigt, sla ik je tot moes. Is dat duidelijk?'

Valentine hoestte en knikte.

'Kun je staan?'

'Ik geloof van wel.'

Jeffrey wachtte tot hij zich losmaakte van de auto.

'Het spijt me,' zei Valentine. 'Ik heb een kort lontje.'

'Je meent het.'

'Hoor ik het als ze contact met u opneemt?' vroeg de sheriff.

Jeffrey werd overvallen door de vraag, wat zijn eerlijke antwoord verklaarde. 'Dat weet ik nog niet.'

Valentine keek hem aan en knikte weer. 'Dat is tenminste eerlijk, bedankt.'

Jeffrey keek Valentine na toen hij naar de ingang strompelde. De glazen deuren schoven open en hij ging naar binnen. Sara stond nog steeds bij de bank en Jeffrey wenkte haar.

'Wat moest dat voorstellen?' vroeg ze.

'Dat vertel ik later wel. Eerst wegwezen hier.'

Hij wilde haar portier opendoen, maar ze zei: 'Laat maar.'

Jeffrey liep om de auto heen toen een witte sedan over het parkeerterrein scheurde en gierend tot stilstand kwam op de lege plaats naast hem. Een paar seconden later stapte een zware, kale man uit. Hij droeg een flanellen overhemd waar de mouwen vanaf gescheurd waren en een spijkerbroek die eruitzag of er olie overheen was gespat. Een zware metalen ketting liep van de voorkant van zijn broek naar de achterkant. Op zijn linkerheup hing een van de grootste jagersmessen die Jeffrey ooit had gezien.

Jeffrey zag de man het mes tevoorschijn halen en op de autobank leggen, kennelijk wist hij dat het wapen niet mee naar binnen mocht. Niet dat hij eruitzag of hij een wapen nodig had. Jeffrey schatte dat de kerel minstens honderdtwintig kilo woog, en grotendeels in spieren.

De sedan schudde toen hij het portier dichtsloeg. Er liepen diepe krassen over zijn gezicht alsof hij een gevecht met een tijger had verloren. Hij keek Jeffrey aan en vroeg uitdagend: 'Wat mot je van me?'

Jeffrey duwde zijn jasje opzij en legde zijn hand op zijn heup. Zijn pistool lag onder de voorbank van de auto, maar dat wist die hufter niet. 'Ik zou geen problemen maken.'

'Fuck op met je fucking problemen,' grauwde de man en hij stormde de eerste hulp binnen.

Door de glazen deuren zag Jeffrey Valentine over de balie leunen en met de receptioniste praten. Ze keken allebei op toen de man de wachtkamer binnenkwam. Valentine wierp een blik naar Jeffrey, maar de sheriff was te ver weg om zijn gezichtsuitdrukking te kunnen zien. Hij zei iets tegen de spierbundel en gebaarde met zijn uitgestoken hand alsof hij hem probeerde te kalmeren. Er volgde een woordenwisseling waarna de man zich omdraaide en weer naar buiten kwam. Toen hij langs Jeffrey liep, mompelde hij: 'Etterbak', maar Jeffrey wist niet zeker voor wie dat bedoeld was.

Valentine kwam het ziekenhuis uit toen de witte auto achteruitreed, over de stoep stuiterde en wegscheurde.

Jeffrey keek even in de auto naar Sara. Hij vroeg aan Valentine: 'Vriendje van je?'

'Een dealer die een van zijn jongens wilde opzoeken,' legde Valentine uit. 'Ik heb gezegd dat hij terug moest komen tijdens het bezoekuur.'

Jeffrey keek hem onderzoekend aan en vroeg zich af of de man loog. De woordenwisseling had er verhitter uitgezien dan een bezoekverbod, maar aan de andere kant leek de mesdragende spierbundel niet iemand die het prettig vond nee te horen.

'Hier,' zei Jeffrey en hij haalde een paar visitekaartjes uit zijn achterzak. Hij schreef iets op de achterkant van het bovenste kaartje, schoof dat opzij en gaf het volgende kaartje aan de sheriff. 'Mijn mobiele nummer staat onderop. Bel me als je mijn rechercheur hebt gevonden.'

Valentine keek wantrouwend naar het kaartje voordat hij het aanpakte.

Jeffrey stak de rest van de kaartjes weer weg. Hij stapte in de BMW en reed het parkeerterrein af. Sara en hij waren weinig spraakzaam op de terugweg. Valentine had het mis met die twintig minuten voorsprong. Jeffrey schatte dat Lena hooguit een kwartier had. Hij stelde zich de vragen die de sheriff zich waarschijnlijk nu ook stelde: Waar zou Lena heen gaan? Wie kon ze om hulp vragen?

Hem. Lena was altijd naar Jeffrey gekomen als ze een probleem had, of het nou om iets kleins ging, zoals een lift naar haar werk, of iets groots, zoals iemand om haar racistische rotvriendje aan te pakken. Maar deze keer was het anders. Deze keer was ze te ver gegaan. In één ding had Valentine gelijk: opzettelijk of niet, Sara had Lena helpen ontsnappen. Lena was een smeris. Ze kende de wet beter dan de meeste advocaten. Ze had precies geweten waar ze Sara mee opzadelde en het had haar niets kunnen schelen.

In de stilte van de auto vroeg Sara: 'En nu?'

'We gaan naar huis.' Hij voelde dat ze naar hem keek om te zien of hij het meende. 'Echt waar, Sara. Ik ben het zat.'

'Je laat Lena hier gewoon in de stront zakken?'

'Na alles wat ze tegen je heeft gezegd? Wat ze je heeft aangedaan?' Hij schudde vastberaden zijn hoofd. 'Het is voorbij. Het kan me niet schelen wat er met haar gebeurt.'

'Zag je haar reactie toen we die kamer binnenliepen?'

'Ik hoorde wat ze zei.' Hij voelde zijn woede oplaaien bij de herinnering. 'Geen discussie, Sara. Ze heeft je gebruikt. Ik ga haar niet helpen.'

'Ik heb haar nog nooit zo bang gezien. Meestal is ze de zelfbeheersing in eigen persoon.'

Hij snoof. 'Misschien bij jou.'

'Je hebt gelijk. Ze laat me nooit haar zwakke kant zien. Altijd die façade, hoe stoer en onoverwinnelijk ze is. Maar dit was geen façade, Jeffrey,' benadrukte Sara. 'Misschien daarna, maar toen ze ons in de kamer zag, was ze buiten zinnen van angst.'

'Waarom wilde ze dan niet met me praten? Of anders met jou? Waarom heeft ze jou niet in vertrouwen genomen?'

'Omdat ze doodsbang is.'

'Dan had ze haar mond moeten houden en jou erbuiten moeten laten.'

Sara koos haar woorden heel zorgvuldig: 'Ik vind het lief dat je het voor me opneemt, maar denk even door, Lena wist wat ze deed: als zij mij zou kwetsen, zou jij precies doen wat je nu doet. Ze wilde niet dat ík de stad uit ging, Jeffrey. Ze wilde jóú weg hebben.'

Jeffrey kneep in het stuur omdat hij niet wilde toegeven dat Sara gelijk zou kunnen hebben. 'Sinds wanneer neem jij het op voor Lena Adams?'

'Sinds...' Sara's stem stierf weg. 'Sinds ik haar zo bang zag dat ze alles zou riskeren om jou de stad uit te krijgen.'

Hij zag de scène weer voor zich, de manier waarop Lena had gereageerd. Sara had gelijk. Lena's angst was niet gespeeld geweest. Ze had Jeffrey niet aangekeken omdat ze wist dat hij waarschijnlijk de enige was die doorhad wanneer ze loog.

'Ik heb haar vaak in onmogelijke situaties meegemaakt,' zei Sara, 'maar ik heb haar nog nooit zo in paniek gezien.'

Jeffrey liet haar woorden tussen hen in hangen terwijl hij steeds opnieuw Lena's reactie in zijn hoofd afspeelde om erachter te komen wat ze te maken had met het dode lichaam in de verkoolde Cadillac.

'Ze zei dat ik bang zou moeten zijn.'

'Zei ze ook waarom?'

'Ze ging op de zielige toer, hoe ze alles wat ze aanraakt verpest. Ik dacht dat het zelfmedelijden was, maar nu denk ik dat ze besefte dat haar aanpak niet werkte en daarom besloot iets anders te proberen.' Sara schudde haar hoofd. 'Ze is doodsbang, Jeffrey, zo bang dat ze bereid is jou uit haar leven te bannen als het moet. Jij bent de enige constante die ze ooit heeft gehad. Wat kan zo erg zijn dat ze bereid is jou kwijt te raken?'

'Heb je erbij stilgestaan dat ze misschien gelijk heeft?' zei hij omdat hij haar vraag niet wilde beantwoorden. 'Misschien is het inderdaad een goed idee dat ik er niet bij betrokken raak.'

Sara liet een soort lachje horen. 'Jij gaat dit nooit op z'n beloop laten.'

'Je klinkt nogal overtuigd van jezelf.'

'Zeven-acht-nul, A-B-N.' Ze zweeg even alsof ze een reactie verwachtte. 'Is dat niet wat je achter op het kaartje schreef, het kenteken van die witte auto?'

Jeffrey haalde het kaartje tevoorschijn en controleerde het nummer op de achterkant. 780ABN. Zoals gewoonlijk werkte Sara's geheugen feilloos. Hij wierp een zijdelingse blik op zijn vrouw. Ze staarde uit het raampje en hield haar gedachten voor zich. Hij wist dat ze het niet erg meer vond dat ze mee was gegaan naar het ziekenhuis. Ze vond het erg dat híj hier was, dat Lena het voor de zoveelste keer voor elkaar had gekregen Jeffrey in iets gevaarlijks mee te slepen.

Sara was de vrouw van een politieman, en wantrouwde net als een politieman het toeval. De spierbundel in de witte sedan was nog geen halfuur na Lena's ontsnapping opgedoken. Zelfs vanuit de BMW moest de tatoeage op zijn arm Sara even duidelijk zijn opgevallen als een neonreclame.

Een bloedrode, tien centimeter grote swastika zag je niet zo gauw over het hoofd.

DINSDAGOCHTEND

Vier

Sara ijsbeerde door de hotelkamer met de telefoon tegen haar oor geklemd, maar het snoer beperkte haar in haar bewegingen als een hond aan de ketting. Toen Sara en Jeffrey de vorige avond Reese uitreden, waren ze opgelucht geweest bij het zien van het uitnodigende uithangbord van het motel, maar zodra Jeffrey de deur opendeed, betreurde Sara het besluit om daar te overnachten. Het was bijna iets uit een parallelle wereld, het soort dump waarvan Sara altijd had gedacht dat ze alleen in B-films en boeken van Raymond Chandler voorkwamen. Bij de gedachte aan het klamme ruwe vloerkleed in de badkamer rilde ze van walging. Tot overmaat van ramp had noch de mobiel van Jeffrey noch die van Sara bereik in het motel. Sara had de telefoon schoongemaakt met alle desinfecterende doekjes die ze in de EHBO-doos uit haar auto had gevonden voordat ze zelfs maar wilde overwegen hem te gebruiken.

'Wat zei je?' vroeg haar moeder. Ze zat ergens in Kansas. Haar ouders waren pas twee weken onderweg en Sara hoorde aan Cathy dat ze nu al dolgraag naar huis wilde.

'Ik zei dat pa wel meevalt,' antwoordde Sara en ze bedacht dat het inderdaad een vreemde dag was als ze het gevoel had dat ze haar vader moest verdedigen. Cathy en Eddie Linton waren al meer dan veertig jaar getrouwd, maar Sara had van het begin af aan geweten dat hun droomvakantie samen een grote vergissing was. Het was nu eenmaal zo dat haar ouders niet veel tijd in elkaars gezelschap doorbrachten, laat staan opgesloten in een kleine ruimte. Haar vader was altijd aan het werk of aan het knutselen in de garage, terwijl haar moeder meestal een vergadering moest bijwonen, of een bijeenkomst moest organiseren of naar een kerkgroep was waardoor ze uren van huis was. Hun onafhankelijkheid was het geheim van hun gelukkige huwelijk. De gedachte dat ze samen gevangenzaten in de elf meter lange camper die ze voor hun reis van twee maanden dwars door Amerika hadden gekocht, was genoeg om Sara hoofdpijn te bezorgen.

'Ik had er gewoon nooit bij stilgestaan hoe irritant hij kan zijn,' hield haar moeder vol. Ze was kennelijk in het keukentje van de camper, Sara hoorde haar kastdeurtjes openen en dichtdoen. 'Is het nou zo moeilijk om een sifon aan te sluiten? De man is godbetert loodgieter.' Ze zuchtte diep. 'Twee uur. Hij heeft er twee hele uren over gedaan, Sara.'

Sara hield haar mond, hoewel haar moeder gelijk had. Maar aan de andere kant, haar vader had waarschijnlijk het karweitje eindeloos gerekt om zijn leven te verlengen.

'Luister je eigenlijk wel?'

'Ja, mama,' loog Sara. Ze droeg dikke sokken, en porde met haar grote teen tegen een groene M&M die vastgeplakt leek aan de vloerbedekking bij het raam. 'Twee uur.'

Haar moeder zweeg heel even en vroeg toen: 'Hoe is het gegaan?'

Sara liet de M&M zitten toen haar sok aan het snoepje bleef plakken. Ze begon weer te ijsberen. 'Ik heb je verteld hoe het is gegaan. Ik heb haar laten ontsnappen. Ik had net zo goed de deur voor haar open kunnen doen en haar een lift naar het vliegveld kunnen geven.'

'Dat niet,' verbeterde Cathy. 'Je weet best waar ik het over heb.'

Nu was het Sara's beurt om te zuchten. Ze was bijna blij dat ze zichzelf de vorige avond in het ziekenhuis voor schut had gezet, want door Lena's overhaaste vertrek had ze iets anders om over te liggen woelen wanneer ze geacht werd te slapen. Nu had haar moeder ervoor gezorgd dat de aanklacht wegens medische nalatigheid weer helemaal terug was in haar bewustzijn.

'Volgens mij gaan ze aanvoeren dat ik, doordat ik tien jaar geleden in Atlanta verkracht ben, te veel was afgeleid om de Powells te vertellen dat Jimmy leukemie had, en dat hij doodging omdat ik nog een dag wachtte.'

'Zoiets belachelijks heb ik nog nooit gehoord.'

'Hun advocaat kan behoorlijk overtuigend zijn.' Sara dacht aan de advocate, haar tourette-achtige krokodillenglimlach. 'Ze wist zelfs mij te overtuigen.'

Er ging weer een kastdeurtje open en dicht. 'Het wil er bij mij niet in dat een andere vrouw je dit zou willen aandoen,' zei Cathy. 'Het is walgelijk. Dat is de reden waarom vrouwen nooit verder komen: andere vrouwen zijn voortdurend bezig de poten onder hun stoel af te zagen.'

Sara hield haar mond, ze was niet in de stemming voor een van haar moeders feministische tirades.

'Ik kan naar huis komen, als je me nodig hebt,' bood Cathy aan.

Sara liet bijna de telefoon vallen. 'Nee. Het gaat best, echt waar. Ga nou niet je vakantie in het honderd gooien omdat...'

'Shit,' siste haar moeder, een ongebruikelijke krachtterm die maar zelden over haar lippen kwam. 'Ik moet ophangen. Je vader heeft zichzelf in brand gestoken.'

'Mama?' Sara drukte de telefoon tegen haar oor, maar haar moeder had al opgehangen.

Sara hield de telefoon in haar hand en vroeg zich af of ze terug moest bellen, maar besloot dat haar moeder niet zo geïrriteerd zou hebben geklonken als er echt iets aan de hand was. Ten slotte legde ze de hoorn op de haak en liep naar het grote raam dat uitkeek op het parkeerterrein van het motel. Sara had bijna de hele ochtend de gordijnen dichtgehouden, met het idee dat in haar eentje in de donkere kamer zitten minder naargeestig was dan uitkijken op de lege parkeerplaats. Nu trok ze de polyester gordijnen een stukje open, en liet een dunne straal licht binnen.

De tafel en de witte plastic tuinstoelen pasten volkomen bij het troosteloze uitzicht. Sara trok de versleten handdoek die ze over een van de stoelen had gehangen recht en ging zitten. Ze was doodmoe, maar de gedachte om weer naar bed te gaan en tussen de ruwe, vergeelde lakens te kruipen, was onverdraaglijk.

Ze was eerder die ochtend de straat overgestoken om koffie te halen en was thuisgekomen met Jif met bleek en een spons die rook alsof hij al gebruikt was. Ze was van plan geweest de kamer op te ruimen en in elk geval de badkamer minder onsmakelijk te maken, maar elke keer dat ze overwoog haar aankopen te pakken en ermee aan de slag te gaan, merkte Sara dat ze de fut niet had. Bovendien, als er iets was wat ze schoon moest maken, dan was het haar eigen huis wel.

Ze probeerde een lijst te maken van de klussen die ze op dit moment in Grant County zou kunnen doen: de berg wasgoed die op het bed in de logeerkamer lag opvouwen, het lek in de badkamerwastafel repareren, met de honden een rondje om het meer lopen. Maar natuurlijk had Sara geen van die dingen gedaan in de weken nadat ze de kliniek had gesloten. Het grootste deel van de tijd had ze thuis zitten broeden over haar rechtszaak. Als haar zus uit Atlanta belde, praatte Sara over de rechtszaak. Als Jeffrey thuiskwam uit zijn werk, praatte ze over de rechtszaak. Ze was zo geobsedeerd geraakt door de rechtszaak dat haar moeder uiteindelijk had uitgeroepen: 'In hemelsnaam, Sara, ga iets dóén. Zelfs patiënten in psychiatrische instellingen moeten manden vlechten.'

Helaas werd het probleem alleen maar erger als ze het huis uit ging. Of Sara nu in de supermarkt was of Jeffreys pakken ophaalde bij de stomerij of zelfs maar bladeren harkte in de voortuin, altijd voelde ze ieders blikken op zich gericht. Niet alleen dat, ze voelde de afkeuring. De weinige keren dat ze met iemand had gepraat waren het korte of zelfs kille gesprekken geweest. Sara had niemand over deze ontmoetingen verteld – Jeffrey niet, haar familie niet – maar ze merkte dat ze elke keer dat het gebeurde dieper wegzakte in een depressie.

En nu had Sara, met dank aan Lena Adams, nog een mislukking om aan haar lijst toe te voegen. Hoe had ze zich zo gemakkelijk in de luren kunnen laten leggen? Hoe had ze zo oerstom kunnen zijn? De hele nacht had Sara geprobeerd elk ogenblik van de tijd die ze met Lena had doorgebracht te ontleden, ze had de seconden uit elkaar gerafeld om erachter te komen hoe ze anders had kunnen handelen, hoe ze de afloop had kunnen veranderen. Er schoot haar niets te binnen behalve haar eigen schrille stommiteit.

Lena had op haar knieën in bed gezeten omdat ze door de onrustbanden niet verder kon komen. Zodra Jeffrey en de sheriff weg waren, ontspande ze en vielen haar armen slap neer.

Sara had haar geobserveerd en gezien dat Lena's borstkas beefde als ze uitademde. 'Wat is er aan de hand, Lena? Waarom ben je zo bang?'

'Je moet hier weg. Jullie allebei.' Haar stem klonk zacht, dreigend. Toen ze opkeek, leken haar ogen te glanzen van angst. 'Je moet zorgen dat Jeffrey hier wegkomt.'

Sara's hart stond stil. 'Waarom? Is hij in gevaar?'

Lena gaf geen antwoord. Ze keek neer op haar handen, op de verfrommelde lakens. 'Iedereen, alles wat ik aanraak... alles verandert in shit. Jullie moeten bij mij uit de buurt blijven.'

'Denk je echt dat we je hier alleen achterlaten?' Sara had 'we' gezegd, maar ze wisten allebei dat ze Jeffrey bedoelde. 'Er is iemand doodgegaan in die auto, Lena. Vertel me wat er met jou is gebeurd.'

Ze schudde gelaten haar hoofd.

'Lena, praat met me.'

Weer kwam er geen antwoord. Dat moet het moment zijn geweest dat Lena had bedacht wat haar te doen stond; als ze Sara niet kon ompraten, kon ze haar op z'n minst gebruiken.

'Ik voel me zo vies,' had ze gezegd op een toon die aangaf dat het vuil dieper zat dan haar huid.

Sara had geen seconde nagedacht. Ze was naar het bed gelopen en had de klittenbanden losgemaakt. 'Het komt allemaal wel goed,' had ze beloofd. 'Je moet me vertrouwen, of zal ik Jeffrey...'

'Nee,' smeekte Lena. 'Ik moet alleen... ik moet me wassen. Laat me...' Haar lippen trilden. Alle vechtlust leek uit haar te zijn weggesijpeld. Ze schoof naar de rand van het bed en probeerde op haar bibberende benen te staan. Sara legde haar arm om haar middel en hielp haar haar evenwicht te vinden.

Lena had goed geacteerd, dacht Sara. Uit elke beweging had breekbaarheid gesproken. Niets had erop gewezen dat ze in staat zou zijn op een wc te klimmen en zich omhoog te trekken tot op een verlaagd plafond, laat staan te ontkomen aan een klopjacht.

Sara had zich volkomen in de luren laten leggen en was naast Lena door de kamer gelopen, haar arm een paar centimeter van Lena's rug voor het geval ze steun nodig had. Het was een automatisch gebaar, een van de dingen die je in je eerste week als co-assistent leerde. Sara had haar helemaal naar de badkamer gebracht, met schuifelende stappen, in het tempo van Lena's trage gang.

Tijdens het lopen had Sara bedacht dat Lena geen zeurkous was. Ze was het type dat eerder dood zou bloeden dan toegeven dat ze zich gesneden had. Sara vroeg zich af of de artsen misschien een verkeerde diagnose hadden gesteld, moest ze misschien de röntgenfoto's van haar borstkas bekijken, een stethoscoop zoeken, achterhalen wat voor middelen ze had gekregen, urineonderzoek doen, bloedbeeld laten bepalen? Was er schade aan de hersenen, een shock van de explosie? Was Lena gevallen? Had ze haar hoofd gestoten? Was ze bewusteloos geweest? Rookinhalatie was dodelijk en eiste meer slachtoffers dan brand op zich. Secundaire infecties, vocht in de longen, weefselbeschadiging... allerlei mogelijkheden flitsten door Sara's hoofd, en ze realiseerde zich dat ze zomaar opeens weer als een arts dacht. Voor het eerst in maanden voelde ze zich nuttig.

Toen had Lena haar tegengehouden bij de badkamerdeur, en met een handgebaar duidelijk gemaakt dat ze privacy nodig had. Vlak voordat ze de deur dichttrok had Lena zich naar Sara omgedraaid. 'Het spijt me,' zei ze, en haar verontschuldiging klonk zo oprecht dat Sara niet kon geloven dat dit dezelfde vrouw was die nog geen vijf minuten geleden bijna hysterisch was geweest van angst en haat. 'Het spijt me zo verschrikkelijk.'

'Het geeft niet,' had Sara glimlachend gezegd om Lena te laten weten dat ze er niet langer alleen voor stond. 'We hebben het er later wel over, oké? We halen Jeffrey en bedenken met z'n allen wat ons te doen staat.'

Lena had geknikt, waarschijnlijk vertrouwde ze haar stem niet.

'Ik wacht hier wel op je.'

En Sara had inderdaad gewacht, voor de deur, met een stomme grijns bij de gedachte hoe enorm ze Lena zou gaan helpen. In de tussentijd denderde Lena waarschijnlijk de trap af, Sara uitlachend omdat die haar zo makkelijk had laten ontsnappen.

Nu, aan de plastic tafel in de naargeestige motelkamer, voelde Sara haar gezicht rood worden van vernedering.

'Stom,' zei ze en ze stond op voordat de stoel het laatste beetje leven uit haar zoog.

Cathy had gelijk. Sara moest iets doen. Ze pakte de Jif en de merkwaardig ruikende spons die ze in het winkeltje had gekocht en liep richting badkamer. Om de een of andere reden stond het wastafelmeubel in de slaapkamer, een lang blad met brandvlekken aan de randen waar mensen hun sigaret hadden neergelegd terwijl ze – wat? – hun tanden poetsten?

Je moest er niet aan denken.

Sara strooide wat Jif in de wasbak en begon te schrobben, waarbij ze haar best deed niet al te veel chroom van de plastic leiding af te schuren. Ze stortte zich er helemaal op, verwijderde het vuil van jaren alsof haar leven ervan afhing.

Hoogmoed komt voor de val, dacht ze. Al die jaren dat ze het lievelingetje van de juf was geweest – de beste leerling van de klas, de hoogste cijfers, de hoogste lof, en de stralendste toekomst – waarvoor? Ze was al aangenomen op Emory University voordat ze eindexamen had gedaan. De medische faculteit had zo ongeveer de rode loper uitgerold en zoveel financiële steun geboden dat haar vader makkelijk de rest kon aanvullen. Duizenden mensen per jaar solliciteerden naar de weinige opleidingsplaatsen in Grady Hospital. Sara had niet eens een tweede keus om op terug te vallen. Ze wist dat ze zou worden aangenomen. Ze was zo overtuigd van haar eigen kunnen, haar eigen intelligentie dat ze nooit van haar leven had gedacht dat iets wat ze aanpakte niet zou lukken.

Behalve een onderdeurtje dat haar middelbare school niet had afgemaakt verhinderen te ontsnappen uit Elawah County Medical Center.

'Stom,' herhaalde Sara. Ze liet de wastafel voor wat hij was en ging de badkamer in. Ze begon de wc-pot schoon te maken met de toiletborstel die aan de muur hing, en probeerde zich niet af te vragen hoe die zo donkergrijs was geworden. Toen ze zich op haar knieën naast het bad liet zakken herinnerde Sara zich hoe haar moeder haar jaren geleden had geleerd een badkamer schoon te maken: hoeveel schoonmaakmiddel je moest gebruiken, hoe je het porselein voorzichtig met een spons poetst.

Sara ging op haar hielen zitten en bedacht dat ze op een dag, misschien heel binnenkort, haar eigen kind zou laten zien hoe je een bad schoonmaakt of de woonkamer stofzuigt. Jeffrey zou moeten uitleggen hoe je de was sorteert, want Sara haalde eeuwig en altijd rozige, ooit witte sokken uit de droger. Ze kon tenminste wel met het kind naar de supermarkt. Jeffrey dacht dat een diepvrieshap een uitgebalanceerde maaltijd was, wat de reden zou kunnen zijn dat zijn bloeddruk met medicijnen in toom gehouden moest worden.

Een gedachte overviel Sara als een mes in haar borst. Stel dat ze Beckey Powell tegenkwam in de winkel? Stel dat Sara bij de vleesafdeling stond, met het kind aan haar hand, en Beckey op haar af kwam? Hoe moest Sara aan haar nieuwe zoon of dochter uitleggen waarom Beckey Powell haar haatte? Hoe moest ze uitleggen waarom de hele stad geloofde dat haar incompetentie tot de dood van een kind had geleid?

Sara veegde met de rug van haar hand over haar voorhoofd, haar ogen traanden van de overweldigende chloorlucht in de kleine badkamer. Ze wilde dat Jeffrey er was om te voorkomen dat haar gedachten naar zulke duistere plekken afdwaalden. Sinds ze de adoptiepapieren hadden ingevuld, deden ze stel-dat-spelletjes. 'Stel dat we een jongen krijgen die de pest heeft aan football?' 'Stel dat we een meisje krijgen dat dol is op roze en vlechtjes wil?'

Sara vermoedde dat spelletjes wel het laatste waren waar Jeffreys hoofd op het moment naar stond. Er was iemand doodgegaan in die SUV en Lena was op de een of andere manier verweven met die dood. Na zijn ontmoeting met Jake Valentine vertrouwde hij er niet op dat de plaatselijke politie deze misdaad zou oplossen zonder tot de gemakkelijkste conclusie te komen en Lena overal voor op te laten draaien. Hij was die ochtend vroeg vertrokken om een strategie uit te stippelen met Nick Shelton, een vriend van hem die voor het GBI, het Georgia Bureau of Investigation werkte. Sara was niet uitgenodigd om mee te komen.

Ze hing weer over het bad, spoelde de Jif weg, en strooide toen nog meer poeder om van voren af aan te beginnen. De spons had al bijna de geest gegeven, maar Sara zou niet ophouden voordat de klus geklaard was. Ze vouwde de spons dubbel en ging met de zijkant de zwarte rand te lijf die daar waarschijnlijk al sinds de jaren zeventig zat.

Sara vloekte binnensmonds en wilde weer dat ze thuis was. In Grant County kon ze tenminste uit Jeffreys vaarwater blijven en hem zijn werk laten doen. Hier kon ze er alleen maar voor zorgen dat hij een schoon plekje had om zijn tandenborstel neer te leggen. Van de ene dag op de andere was ze in een veredelde huisvrouw veranderd, en waarvoor? Zodat Lena zich lachend uit de voeten kon maken?

Sara wist dat Jeffrey zich soms niet aan de regels hield. Als hij gisteravond alleen was geweest, dan had hij de lege verpleegsterspost als een uitnodiging beschouwd om zelfstandig naar Lena op zoek te gaan. Als hij alleen die ziekenhuiskamer binnen was gegaan, dan was Lena misschien openhartig geweest. Ze had hem misschien verteld waarom ze weg moest uit het ziekenhuis in plaats van op de loop te gaan. En ze zou zeker niet hebben geprobeerd

Jeffrey te gebruiken voor haar ontsnapping, ze had te veel respect voor hem.

Niet voor Sara.

Cathy zei altijd dat vrouwen hun eigen grootste vijand waren. Was Sara Lena's vijand? Ze dacht van niet. Sara had weliswaar de band tussen haar man en de vijfendertigjarige rechercheur nooit begrepen, maar ze was niet zo dom om jaloers te zijn. Nog afgezien van het feit dat Lena zo ver afstond van Jeffreys type als maar mogelijk was binnen de menselijke soort, leek hun relatie te veel op die van een oudere broer en een ontspoorde jongere zus om Sara zorgen te baren.

Misschien kwam haar afkeer voort uit de slechte keuzes die Lena voor zichzelf maakte. Na de dood van haar zusje Sibyl was Lena in een diepe depressie geraakt. Ze was zelfs tijdelijk geschorst bij de politie. In die tijd was ze een relatie met Ethan Green begonnen. Dat was het moment waarop Sara alle sympathie voor Lena had verloren.

Als arts had Sara het proces moeten begrijpen. Verdriet kan tot depressie leiden en depressie kan tot chemische veranderingen in het lichaam leiden die het onmogelijk maken om zonder hulp uit de vicieuze cirkel te komen, of die hulp nu farmacologisch of therapeutisch van aard was, of allebei. God wist dat Sara de afgelopen maanden de gevaren van een depressie van dichtbij had meegemaakt. Toch hielpen haar eigen ervaringen niet te begrijpen waarom Lena iets met Ethan was begonnen.

Sara had vrouwentijdschriften gelezen, kende de statistieken, had de causale verbanden bestudeerd. Depressie kan tot kwetsbaarheid leiden en kwetsbaarheid trekt roofdieren aan. Als een haai die bloed ruikt in het water. Dat een vrouw zich uiterlijk sterk voordeed, behoedde haar er niet voor slachtoffer van huiselijk geweld te worden. In sommige gevallen maakte dat haar een makkelijker slachtoffer: je kon die stoere houding maar een paar uur volhouden en dan stortte je in.

Sara wist dit in theorie. Ze accepteerde dat sommige vrouwen – slimme vrouwen – aan de verkeerde man bleven hangen, en het ene compromis na het andere sloten tot er niets anders op zat dan alles over zich heen te laten komen. Maar toch, het feit dat Lena's vierentwintigjarige vriendje haar had mishandeld – niet zomaar mishandeld, maar totaal in elkaar geslagen – was iets waar Sara zich niet overheen kon zetten.

Het was alsof Lena geobsedeerd was geweest door die man, alsof ze hem niet uit haar systeem kreeg. Misschien dat Sara de verslaving beter had begrepen als Ethan een of andere drug was geweest. Heroïne, methamfetamine, opium... dat zou Lena's overgave verklaren, haar onvermogen om de dag door te komen zonder een shot. Dit soort hersenspoeling zou logischer zijn geweest als ze in een sekte had gezeten, maar Lena had alleen haar eigen beschadigde persoonlijkheid om op terug te vallen. Ze had een goede baan, haar eigen geld, haar eigen basis om op terug te vallen. Ze had een wapen en een penning, jezus. Ethan was een gewelddadige misdadiger die voorwaardelijk vrij was. Lena had hem elk moment kunnen arresteren. Als politieagente was ze wettelijk verplicht elk geval van huiselijk geweld te melden, ook als ze zelf het slachtoffer was.

En toch had ze het aan Jeffrey overgelaten. Lena was degene die hem de tip had gegeven dat Ethan een wapen in zijn rugzak had. Jeffrey wilde het er niet meer over hebben met Sara, maar ze was ervan overtuigd dat Lena het wapen erin had gestopt, dat deze laffe actie de enige manier was geweest om haar mishandelaar kwijt te raken. Ethan had tien jaar cel boven zijn hoofd hangen. Lena had het wapen verstopt, en toen Jeffrey gebeld om haar vuile werk te doen.

En natuurlijk was Jeffrey meteen aan komen rennen.

Maar was dat niet juist waarom Sara van Jeffrey hield? Omdat hij het vertikte mensen te laten vallen, hoe reddeloos ze ook leken? Sara had weinig recht van spreken over vrouwen die domme fouten maken met mannen. Ze was opnieuw met Jeffrey getrouwd, nadat ze de eerste keer bij hem was weggegaan toen ze hem thuis met een andere vrouw in bed had aangetroffen. Maar Jeffrey was veranderd in de jaren na hun scheiding. Hij was volwassener geworden. Hij had zijn best gedaan om Sara terug te krijgen, haar vertrouwen terug te winnen en hun relatie te herstellen. Ze hield zo hartstochtelijk veel van deze nieuwe Jeffrey dat ze er soms bang van werd.

Was dat de reden dat Lena Ethan trouw bleef, hoe vaak hij haar ook sloeg? Had ze dezelfde verliefdheid gevoeld, dezelfde kramp in haar maag als ze niet samen waren? Had ze zich zo aan hem overgegeven dat ze niet meer los kon laten?

Sara liet de resten van de spons in de prullenmand vallen en spoelde het bad weer uit. Jeffrey zou niet weten wat hij zag als hij terugkwam van zijn afspraak. Ze kon zich niet herinneren wanneer ze voor het laatst haar eigen badkamer zo grondig had schoongemaakt. Sara had de pest aan de meeste huishoudelijke klussen en deed ze alleen omdat in zo'n kleine stad als Grant County haar moeder erachter zou komen als ze een werkster nam. Cathy was ervan overtuigd dat huishoudelijk werk vormend was voor je persoonlijkheid, en dat je liet zien hoe je eigenlijk in elkaar zat als je andere mensen, vrouwen met name, betaalde om het voor je te doen. In Sara's optiek was haar moeder totaal doorgeschoten in haar puriteinse werkethos. Er was een reden dat Sara een jaar vroeger dan de rest van haar klas eindexamen had gedaan. Toen ze opgroeide was voor haar moeder huiswerk het enige geldige excuus om onder een schoonmaakklus uit te komen.

Ze waste het schoonmaakmiddel van haar handen, dacht aan Lena en wilde dat Ethan Green even gemakkelijk uit al hun levens kon worden gewassen. Sara had Ethan maar één keer gezien – zijn lichaam gezien. Het moest uren gekost hebben om die tatoeages in zijn huid te inkten. Ze had er minstens tien geteld, maar de tatoeage die Sara niet uit haar hoofd kon zetten was de grote zwarte swastika op zijn hart. Wat bracht een man ertoe zoveel haat te koesteren? Wat zei het over Lena dat ze in staat was met zo'n man te zijn, naar hem te verlangen, met hem te vrijen, en niet te walgen van het symbool van haat op zijn lichaam?

Gisteravond, toen ze voor het ziekenhuis in de auto zat,

had Sara gezien hoe de skinhead in de witte sedan naar Jeffrey keek, Jeffrey als smeris herkende, en zijn grove minachting toonde voor wat dat inhoudt. Ze had ook de rode swastika op de arm van de man gezien en een plotselinge ziekmakende angst gevoeld toen Jeffrey had laten merken dat hij niet geïntimideerd was, geen centimeter toegaf. Ze werd misselijk nu ze er weer aan dacht.

De telefoon ging en Sara's hart sloeg een slag over. Ze holde de andere kamer in en nam op. 'Hallo?' Ze wachtte en luisterde naar ruis op de lijn, het geluid van iemands ademhaling. 'Hallo?' herhaalde ze en toen, zonder enige reden, 'Lena?'

Er klonk een zachte klik gevolgd door de stilte van een dode lijn.

Sara legde met een huivering de hoorn op de haak. Ze keek op haar horloge, vergeleek de tijd met die op de wekker op het nachtkastje. Jeffrey was bijna twee uur geleden weggegaan om Nick Shelton te ontmoeten. Hij had gezegd dat hij op de terugweg zou bellen, maar het was onduidelijk wanneer dat zou zijn.

Ze zag het afhaalmenu op tafel, de aantekeningen die ze op de achterkant had gekrabbeld. Sara pakte het menu en probeerde haar eigen handschrift te ontcijferen.

Jeffrey had Sara een opdracht gegeven. Ze vond het lief dat hij probeerde haar het gevoel te geven dat ze nuttig was, maar een aap had de taak kunnen vervullen. Nadat ze koffie was gaan halen in het winkeltje had ze Frank Wallace gebeld, Jeffreys tweede man, en gevraagd het kenteken van de witte sedan die zij gisteravond bij het ziekenhuis hadden gezien na te trekken. Zelfs Frank klonk verbaasd toen hij Sara's verzoek hoorde. Maar hij had het spel meegespeeld en zachtjes neuriënd het kenteken in de computer getypt. Sara kende Frank al haar hele leven – hij was een pokermaatje van haar vader – maar ze voelde zich niet op haar gemak aan de telefoon met hem, vooral omdat ze allebei wisten dat zij geen politiewerk hoorde te doen.

Frank had binnen een minuut de eigenaar gevonden. Sara had iets gezocht om op te schrijven en het afhaalmenu in een van de laden in het nachtkastje gevonden. Een firma met de naam Joe's Witgoed was eigenaar van de Chevrolet Malibu.

Dus de nazi in de witte sedan had gevoel voor humor.

Sara had opgehangen en besloten initiatief te tonen – iets wat een aap in ieder geval niet kon – en achtergrondinformatie over Joe's Witgoed te zoeken. Na bijna twintig minuten in de wacht te hebben gehangen bij het handelsregister was Sara erachter dat een zekere Joseph Smith genoteerd stond als president-directeur van Joe's Witgoed. Omdat ze ervan uitging dat dit een echte naam was en geen toespeling op de stichter van de mormonenkerk, belde Sara inlichtingen. Er stonden meer dan honderd mensen onder de naam Joseph Smith in het telefoonboek van Georgia. Vreemd genoeg woonde geen van hen in of rond Elawah.

Franks computerzoektocht had een postbusadres opgeleverd waar het voertuig geregistreerd stond, maar de vrouw bij het handelsregister had Sara een adres in de buurt gegeven: Third Avenue 339. Als Reese net zo in elkaar zat als elk ander stadje in Amerika, was het in een rasterpatroon gebouwd. Het Elawah County Medical Centre lag aan Fifth Avenue. Sara wist dat het ziekenhuis minder dan tien minuten rijden van het motel was, wat betekende dat Third Avenue binnen een cirkel van een paar kilometer moest liggen.

Ze staarde naar het menu. Haar gekrabbelde letters liepen dwars over de desserts. Ze had met haar moeder gepraat, de badkamer schoongemaakt, alle kleren in de koffer opnieuw gevouwen en drie boodschappen achtergelaten op de mobiel van haar zusje of ze alsjeblieft terug wilde bellen voordat haar geest afstierf van verveling. Afgezien van het parkeerterrein voor het motel vegen, was er echt niets meer voor haar te doen.

Buiten gaf een motorfiets gas, met zoveel gebrul dat de ruit rammelde. Sara keek door de spleet van de gordijnen, maar zag alleen de achterkant van de motor toen hij de hoofdweg op reed. De hemel daarboven werd donker, maar ze vermoedde dat de regen nog wel een paar uur zou uitblijven.

Sara scheurde het adres dat ze op het menu had geschreven af en schreef een briefje voor Jeffrey dwars over de voorgerechten heen. Toen ze eerder die ochtend in het supermarktje was geweest, had ze daar plattegronden gezien. Third Avenue moest dichtbij zijn.

Ze griste de motelsleutel van de tafel en liep zonder verder na te denken de deur uit.

LENA

Vijf

'Vertel eens over onze mama,' smeekten Lena en Sibyl Hank bijna vanaf de dag dat ze konden praten. Ze snakten naar informatie over de vrouw die was gestorven toen ze hen baarde. Hank stribbelde altijd tegen – hij moest de boekhouding doen of naar een bijeenkomst – maar uiteindelijk ging hij ervoor zitten en vertelde over een zomerse picknick of een reisje naar familie die ze lang niet hadden gezien. Er gebeurde altijd iets – een vreemdeling langs de weg die door hun moeder werd geholpen, familieleden die ze verpleegde tot ze beter waren. Angela de engel liet altijd anderen voorgaan. Angela offerde welgemoed haar leven op om haar tweelingdochters het leven te geven. Angela keek neer op Sibyl en Lena vanuit de hemel.

Zelfs in kinderoren waren het ongeloofwaardige sprookjes vol goedheid en licht, maar Lena en Sibyl kregen nooit genoeg van de verhalen over de gulheid en het warme, liefhebbende hart van hun moeder. Sibyl had geprobeerd haar moeder na te volgen, iemand te zijn die alleen het goede in anderen zag. Wat Lena betreft was Angela Adams de onzichtbare meetlat, de vrouw die ze nooit zou ontmoeten en nooit zou evenaren.

En nu vertelde Hank aan Lena dat haar moeder niet bij de bevalling was overleden maar was vermoord door een drugsdealer. En niet zomaar een drugsdealer – Hanks drugsdealer.

Een van de eerste dingen die Hank over hun moeder had verteld, voor zover Lena zich herinnerde, was dat Angela faliekant tegen drugs en alcohol was. Nadat ze jaren had moeten aanzien hoe haar broer langzaam zijn eigen graf groef, had ze hem uiteindelijk uit haar leven gebannen en gezworen hem er nooit meer in toe te laten. Dat had Hank toen niets kunnen schelen. Hij was zesentwintig. Hij wilde geen gezin of seks of geld of auto's. Het enige wat hem interesseerde was zijn volgende shot.

Volgens Hank was de eerste belofte die Angela van haar man Calvin Adams had afgedwongen dat hij nooit zou gaan drinken met zijn collega's. Calvin hield zich eraan – ze waren heel erg verliefd – en raakte vrijwel geen drank aan, hij dronk zeker niet in het bijzijn van zijn jonge vrouw. Natuurlijk zou niemand ooit weten hoe lang dat zou hebben geduurd. Het stel had drie maanden huwelijksgeluk achter de rug toen Cal zijn laatste snelheidsovertreder aanhield. De bestuurder schoot hem twee keer in het gezicht, reed weg, en was spoorloos verdwenen. Lena's vader was al dood voordat zijn lichaam de grond raakte.

Angela merkte voor het eerst dat ze zwanger was op de begrafenis van haar man. Hoewel ze gewoonlijk niet zo zwakjes of emotioneel was, viel ze flauw aan het graf van Calvin. Zeven maanden later ging ze naar het ziekenhuis om van de tweeling te bevallen en kwam er nooit meer uit. Bloedvergiftiging komt weinig voor maar is dodelijk. Het duurde twee weken voordat de infectie in het hele lichaam van de jonge moeder was doorgedrongen en haar vitale organen een voor een uitvielen tot uiteindelijk de beslissing moest worden genomen om haar van de beademing te halen. Hank Norton, het meest nabije familielid, had het besluit genomen.

Het was het moeilijkste wat hij ooit van zijn leven had gedaan, zei Hank vaak.

Het was kennelijk één grote leugen.

Angela Norton was een kleine, tengere vrouw geweest, heel onopvallend, tot ze glimlachte, en dan kon je niet meer om haar heen. Ze had de donkere huid van haar Mexicaanse moeder, in tegenstelling tot haar broer, die zo flets was als een fles karnemelk. Nog een eigenschap die Hank niet deelde met zijn zuster was haar extreme vroomheid, die te danken was aan het katholicisme van haar moeder. Angela wilde dolgraag mensen helpen, terwijl Hank dolgraag zichzelf wilde helpen.

Als volwassene wist Lena dat elk goed verhaal duistere en lichte kanten heeft, en nu zag ze dat Hank zichzelf altijd in de zwartste tinten had geschilderd.

Angela Norton had Calvin Adams ontmoet op een kerkfeest. Hij organiseerde de loterij voor het kantoor van de sheriff en ondanks het feit dat gokken een zonde was, liet ze zich de kans om de mand koekjes en cakes te winnen niet ontgaan. Angela was een verlegen meisje, nog maar een tiener toen ze de knappe jonge hulpsheriff ontmoette. Ze was vrolijk en grappig, zo ongeveer het liefste, hartelijkste meisje dat je je kon voorstellen.

De moeder van Angela en Hank was heel jong gestorven. Auto-ongeluk. Ze had verder geen familie en haar man, een beroepsmilitair, was gesneuveld in Vietnam toen de kinderen nog klein waren. Cal was enig kind. Beide ouders waren overleden toen hij begin twintig was. Hij had voor zover bekend verder geen familie in de stad, geen neven en nichten of ooms en tantes. Geen familie waar Lena of Sibyl op bezoek konden gaan.

Calvin Adams deed het fantastisch. Op de middelbare school was hij een beetje een nerd geweest en iedereen was verbaasd toen hij bij de politie ging. Maar hij was een goede smeris geworden – streng maar rechtvaardig. Altijd bereid om naar beide kanten van een verhaal te luisteren. Hij droeg het pistool en de penning met trots zonder zijn macht te misbruiken. Angela en Calvin waren verliefd, heel erg verliefd, en wat hen overkwam was een tragedie.

Toen hij zijn zusje de laatste adem had zien uitblazen, had Hank de pasgeboren Lena en Sibyl meegenomen uit het ziekenhuis omdat hij niet wilde dat zijn eigen vlees en bloed door de staat zou worden opgevoed. Tragisch onvoorbereid had hij die eerste avond wiegjes geïmproviseerd door twee laden te bekleden met lakens en kussens waarin hij de aan hem toevertrouwde baby's te slapen legde, terwijl hij door zijn huis liep en systematisch alle sporen van alcohol vernietigde.

Hij beweerde vaak dat die nacht zijn 'keerpunt' was geweest, dat hij neerkeek op die twee hulpeloze meisjes in zijn sokkenladen en besefte dat hij de enige was die tussen hen en die baardvrouw van de kinderbescherming stond, en daaruit de kracht had geput om zijn oude vriend de rug toe te keren.

Dat was het verhaal dat Lena was verteld. Dat waren de leugens die haar haar hele leven met de paplepel waren ingegoten. Ze herinnerde zich regenachtige middagen met Sibyl, hoe ze spelletjes maakten van Hanks verhalen. Ze speelden de tragedie van de korte levens van hun ouders en mochten om de beurt Angela zijn, de beste, de liefste. O, wat hielden hun ouders van elkaar. O, wat zouden ze het heerlijk hebben gevonden hun tweelingdochters in hun armen te nemen. Alles zou zo anders zijn geweest, zo heel, heel anders, als ze waren blijven leven.

Of niet?

Hank beweerde vaak dat hij zijn verslavingen eraan gaf de avond dat hij zijn nichtjes thuisbracht uit het ziekenhuis, maar Lena had het allemaal meegemaakt. Ze kende de waarheid. Pas acht jaar later was hij echt helemaal gestopt. Acht jaar van de hele week doorzakken en feestjes die dagen duurden en de politie die rondsnuffelde en leugens... niets dan leugens.

Ze had in dit huis gewoond, alles met eigen ogen gezien, al die jaren, en toch had ze nooit gedacht dat een drugsverslaafde iets anders dan de waarheid zou vertellen over haar eigen vader en moeder. Waarom zou hij liegen over wat er gebeurd was? Wat leverden al die leugens hem op?

Lena zat op de rand van haar bed met een handdoek haar haar te drogen. Ze had een van Hanks oude overhemden aangetrokken zodat ze met hem onder de douche kon, om iets van zijn vuil af te schrapen. Hij was zo mager dat ze zijn botten kon voelen, dwars door de rubberen keukenhandschoenen die ze had aangetrokken om hem te wassen. Rond zijn polsen en enkels zat iets wat eruitzag als schaafwonden van een touw, maar ze wist dat hij dat waarschijnlijk zelf had aangericht, door met zijn nagels aan zijn huid te krabben, hem af te pellen als een sinaasappel.

Meth-mieren. Speedpuisten. Beestjes onder je huid. Er

waren allerlei namen voor het fenomeen dat methgebruikers aanzette tot peuteren, krabben en wroeten in hun eigen huid. In het kader van het voorlichtingswerk van de politie gaf Jeffrey twee keer per jaar les over drugs op middelbare scholen. Lena wist nog precies de eerste keer dat ze gedwongen was mee te gaan. Haar hart was op hol geslagen toen ze Jeffrey hoorde praten over de chemische kanten van de ziekte, een verklaring hoorde geven voor de zelfverminking die ze had gezien.

Van meth gaat de lichaamstemperatuur omhoog, waardoor de huid gaat zweten. Als het zweet verdampt, verdwijnt het beschermende vetlaagje op de opperhuid. Dat proces irriteert de zenuwuiteinden waardoor de verslaafde het gevoel krijgt dat er beestjes onder zijn huid zitten. Hij zal alles doen om een eind te maken aan dat gevoel, elk werktuig dat hij kan vinden gebruiken om zijn lijden te verlichten.

Lena had ooit gezien hoe Hank een ijspriem tegen zijn arm hield en heen en weer schraapte tot de huid openbarstte als een zak suiker. Daarnet had ze in de badkamer het litteken gezien, het dikke koord van vlees dat weer aan elkaar was genaaid. Hij had zoveel littekens op zijn lichaam, zoveel pijnlijke herinneringen aan wat hij zichzelf had willen aandoen alleen om high te kunnen worden.

En toch was Hank er in al die jaren nooit, maar dan ook nooit zo slecht aan toe geweest.

Waarom? Waarom was hij teruggegaan naar dat leven nadat hij zo had geknokt om eruit te komen? Hoe was het zover gekomen dat Hank had teruggegrepen naar iets wat hij hartstochtelijk verachtte? Er moest een reden voor zijn. Iets moest de aanzet hebben gegeven voor dat eerste shot.

Was het de drugsdealer? Kocht Hank drugs van de man die Lena's moeder had vermoord?

Lena ging verder met haar haar drogen. Ze rechtte haar rug en zag zichzelf in de spiegel boven de ladekast. Er sprongen donkere krullen op rond haar hoofd, en er drupte nog water in haar nek. Hoe kon ze hier weer terug zijn? Hoe kon ze terug zijn in deze kamer, op dit bed, bezig haar haar te drogen nadat ze weer eens het aangekoekte vuil van het uitgemergelde lichaam van haar oom had gespoeld?

Ze was nu volwassen. Ze had een baan, een eigen huis. Ze zat niet meer bij Hank onder de duim, was voor niets van hem afhankelijk.

Dus, waarom was ze hier nog?

'Lee?' Hank stond in de deuropening met de keurige kamerjas om zijn lijf gewikkeld.

Haar stem zat ergens in haar keel gevangen, maar ze wist uit te brengen: 'Ik kan nu niet met je praten.'

Dat kon hem duidelijk niets schelen. 'Ik wil dat je naar huis gaat. Vergeet wat ik gezegd heb. Ga gewoon naar huis en ga verder met je leven.'

'Heeft die man mijn vader neergeschoten?'

Hank keek over haar schouder. Lena wist dat er een poster van Rick Springfield achter haar hing, een overblijfsel uit haar tienerjaren.

'Vertel me de waarheid,' drong ze aan. 'Vertel me hoe ze echt zijn doodgegaan.'

'Je vader is doodgeschoten. Dat weet je, Lee. Ik heb je het krantenartikel laten zien. Aan jou en je zus.'

Dat herinnerde ze zich, maar hoe kon ze hem vertrouwen? Hoe kon ze haar eigen geheugen vertrouwen na al die tijd?

Ze vroeg: 'En hoe zit het met mijn moeder? Je zei dat hij mijn moeder heeft vermoord.'

Hij slikte moeizaam. 'Dat ze jullie pappa verloor, was haar dood, dat bedoelde ik.' Hij krabde zijn nek, zijn kin. 'De man die je net zag heeft hem niet neergeschoten, maar mensen zoals hij wel. Slechte mensen waar je beter bij uit de buurt kunt blijven.'

'Je liegt,' zei ze, en ze was nog nooit ergens zo zeker van geweest.

Hij begon aan een wondje bij zijn oor te pulken. Ze wist dat hij al snel onrustig zou worden, omdat hij drugs moest hebben.

'Wanneer is het begonnen?' vroeg ze. 'Wanneer ben je weer verslaafd geraakt?'

'Maakt niet uit.'

'Vertel dan waarom,' zei ze en ze merkte dat ze bijna

smeekte. 'Waarom ben je weer teruggevallen, Hank? Je hebt zo hard gewerkt om...'

'Maakt niet uit.'

'Je bent een oude man,' zei ze. 'Je komt er deze keer niet meer vanaf. Je kunt net zo goed gelijk een doodskist gaan uitzoeken.'

'Stop me maar in een gat,' zei hij. 'Daar hoor ik.'

'En moet ik medelijden met je hebben?'

'Je moet weggaan,' beet hij terug en hij klonk weer even als de oude Hank, degene die de regels vastlegde: je doet wat ik zeg en jouw wil staat achter de keukendeur.

'Ik ga niet weg voordat je me de waarheid vertelt,' zei Lena. 'Ik verzet geen poot voordat je me vertelt waarom je jezelf dit aandoet.'

'Ga terug naar Grant. Ga terug naar je baan en je vrienden en vergeet me.'

Ze stond op van het bed met de handdoek in haar hand geklemd. 'Ik meen het, Hank. Ik verzet geen poot tot je me de waarheid vertelt.'

Hij kon haar niet aankijken. Ten slotte zei hij: 'Er is helemaal geen waarheid om te vertellen. Je pappa en mama zijn dood. Daar kun je niks aan veranderen.'

'Ik heb het recht te weten wat er gebeurd is.'

Hij perste zijn lippen op elkaar, schudde zijn hoofd en draaide zich om. Lena greep zijn arm om hem tegen te houden. 'Vertel me wat er met mijn moeder is gebeurd. Vertel me wie haar vermoord heeft.'

'Ik heb haar vermoord!' schreeuwde hij en hij probeerde zich los te rukken. 'Wil je weten wie je mama vermoord heeft? Ik. Ik heb het gedaan! En nu ga je naar huis en laat de dooien met rust.'

Ze voelde zijn huid onder haar vingers glijden, wist dat ze een afgebroken naald dieper in zijn vlees drukte. Ze probeerde los te laten, maar hij klemde zijn hand over de hare, hield haar vast.

De tranen stonden in zijn ogen en zijn blik verzachtte alsof hij heel even voorbij zijn behoefte kon kijken. 'Jij en je zusje waren het licht van mijn leven. Dat moet je nooit vergeten.'

Lena rukte haar hand weg. Er zat een dun straaltje gedroogd bloed net onder zijn halsader waar hij een shot moest hebben gezet toen ze haar haar droogde.

Ze schraapte haar keel om te kunnen praten ondanks de brok die haar dwarszat. 'Als je een slagader raakt...'

'Ja,' zei hij gelaten.

'Dan zwelt je hals op,' ging ze verder. 'Dan stik je.'

'Ga naar huis, Lee.'

'Hank...'

'Ik weet wat er zal gebeuren,' zei hij. 'Ik wil niet dat je er bent als het zover is.'

In de twintig jaar dat Lena niet meer in de bibliotheek van Elawah County was geweest was er niet veel veranderd, afgezien van een eenzame computer die tegen de achtermuur tussen de romans en de algemene boeken was gewurmd. Zelfs de suffe Halloweenversieringen zagen er hetzelfde uit: de skeletten van paars papier-maché met hun oranje hoge hoeden, de zwarte katten met glitterstaarten, de ketels met heksenbrouwsel. Het enige wat ontbrak was de plastic pompoen gevuld met winegums die vroeger op de balie stond. Lena vermoedde dat de bibliothecaresse vond dat de klanten van tegenwoordig geen snoep verdienden. De vrouw leek voornamelijk bezig op en neer te gaan in de goederenlift met haar karretje, en had een zuur gezicht dat enger was dan welk Halloween-kostuum dan ook.

Sibyl had uren doorgebracht in de bibliotheek toen ze klein waren. Ze was een goede leerling geweest, degene die de tijd verdreef met huiswerk doen of de laatste wetenschappelijke tijdschriften lezen die juffrouw Nancy, de bibliothecaresse, speciaal voor haar in braille bestelde. Lena was degene die binnensmonds mopperend rondhing tot Hank hen eindelijk ophaalde om naar huis te gaan. Hij gebruikte de bibliotheek als een soort oppashuis, waar hij de meisjes liet blijven tot hij weg kon uit de bar om hen mee naar huis te nemen.

Nu had Lena spijt van haar jeugdige onverschilligheid, haar gebrek aan belangstelling voor de gang van zaken in de bibliotheek. Zelfs blind zou Sibyl erachter zijn gekomen hoe het microficheapparaat werkte. Lena speelde het niet klaar het rotding in te stellen. Tegen de tijd dat de bibliothecaresse weer uit de kelder kwam, had ze twee rollen krantenarchieven op film uitgerold als een jong katje dat met wc-papier speelt. De blik van eeuwige afkeuring ging een tandje hoger toen ze Lena zag.

'Geef hier voordat je alles stukmaakt,' beval de vrouw en ze griste de film uit Lena's handen. Met haar opzichtige sieraden, luide stem en onaangename houding was ze beslist geen juffrouw Nancy. Uit de geur – een misselijkmakend zoet parfum dat de stank van sigaretten niet kon verhullen – maakte Lena op dat de vrouw het grootste deel van haar tijd doorbracht met roken in de kelder en zich verstoppen voor de kinderen.

Er was nog iets wat niet was veranderd – beneden was verboden terrein voor bezoekers. De bibliotheek was oorspronkelijk het stadhuis geweest tot het bestuur eruit groeide. Het gebouw, dat uit de jaren vijftig stamde, was voorzien van alle moderne trends, van een verlaagd betonnen zitgedeelte waar je een gat in je hoofd kon vallen tot een schuilkelder. Lena was een keer stiekem naar beneden gegaan en was erg teleurgesteld toen ze oude kiesregisters en eigendomsakten aantrof in plaats van de pornografische boeken en lijken die volgens de geruchten in de krochten van de bibliotheek verborgen waren. Het enige wat op de voormalige bestemming van de raamloze ruimte wees, waren een paar metalen bedden in een hoek en planken van de vloer tot aan het plafond, volgestouwd met flessen water en blikken hachee.

Lena stelde zich voor dat het daar nu doordringend naar Camel zonder filter rook, met dank aan de chagrijnigste bibliothecaresse ter wereld.

'Ik weet niet waarom je dit wilt,' snauwde de vrouw en ze hield de microfiche omhoog. 'Weet je eigenlijk wel wat je zoekt?'

'Ik zoek een bepaalde datum,' zei Lena, die haar best deed geduldig te klinken. '16 juli 1970.'

'Je doet maar,' mompelde de vrouw op een toon waaruit Lena opmaakte dat ze niet had geluisterd. Ze leek verdiept in het strak genoeg oprollen van de films zodat ze weer in de blikken pasten. De sleutel van de lift hing aan een elastische ketting om haar pols en sloeg steeds met hinderlijk ritmisch getinkel tegen het metalen tafelblad.

Lena leunde naar achteren om de bibliothecaresse meer ruimte te geven en probeerde haar ongeduld te verbergen. Ze stond uiteindelijk op om geen por van een elleboog te krijgen en liet de vrouw op haar stoel zitten. Toen Lena klein was, waren bibliotheken stille plekken – juffrouw Nancy had dat in ere gehouden. Ze had iets wat ze haar 'vijftiencentimeterstem' noemde, dan praatte je zo zacht dat alleen iemand op vijftien centimeter afstand je kon horen. Hollen en stoeien was niet toegestaan als juffrouw Nancy dienst had, en ze zou zeker niet hebben gevloekt als een zeeman terwijl ze worstelde met het microficheapparaat.

Er zat een groepje tieners achter Lena. Ze zaten aan een tafel met opengeslagen boeken voor zich maar zolang ze binnen was, had ze niet een van hen iets anders zien doen dan giechelen. Een van de meisjes zag haar en keek gauw in het boek dat ze in haar handen had, maar Lena had iets anders in het oog gekregen.

De bibliotheek was klein, zo'n zestien rijen kasten gelijkmatig verdeeld over het midden van de ruimte. Lena liep langs elke rij op zoek naar de slanke gestalte die ze half verscholen achter de tafel van de tieners had gezien.

Ze vond Charlotte Warren in de jeugdafdeling. Charlotte wilde duidelijk niet gezien worden. Ze zat met haar neus in een exemplaar van *Pippi Langkous* toen Lena 'Hoi' zei.

'O, Lee,' zei Charlotte met gespeelde verbazing in haar stem, alsof zij niet degene was geweest die Lena had opgebeld om te vragen of ze wilde kijken hoe het met Hank ging.

'Ik heb Hank gevonden,' zei Lena.

Charlotte zette het boek zorgvuldig terug op de plank, de rug keurig in het gelid met de paperbacks ernaast. Met haar pluizige blonde haar en zachte stem was Charlotte Warren vanaf haar jeugd voorbestemd geweest voor de rol van de typische Amerikaanse moeder, vertrouwend op

Oprah en Martha Steward om haar leven bestaansrecht te geven.

Lena vroeg: 'Hoe lang is hij al zo?'

'Ongeveer een maand, denk ik.'

'Hij is flink bezig geweest.'

'Daarom heb ik gebeld.'

'Van wie koopt hij het?'

'O.' Charlotte keek weg en duwde haar dikke bril op zijn plaats. 'Daar weet ik niets van, Lee. Ik kwam hem alleen op een gegeven moment tegen en hij zag er niet goed uit en ik dacht dat je dat zou willen weten.'

'Ik weet niet wat ik kan doen,' gaf Lena toe. 'Hij wil zichzelf met alle geweld dood hebben.'

'Hij is heel somber sinds Sibyl...' Charlotte hoefde de zin niet af te maken. Ze wisten allebei wat ze bedoelde. Ze friemelde aan een gouden kruisje dat ze aan een ketting om haar hals droeg. 'Ik wilde naar de begrafenis komen, maar ik had school en ik...' Ze liet haar stem weer wegdrijven. 'Zit je nog steeds bij de politie?'

'Ja,' antwoordde Lena. 'Jij nog steeds in het onderwijs?'

Charlottes glimlach werd onzeker. 'Straks al zestien jaar.'

'Mooi zo.' Lena probeerde iets anders te bedenken om over te praten. 'Sibyl vond het heerlijk, lesgeven.'

'Ik ben tegenwoordig getrouwd. Wist je dat?' Lena schudde haar hoofd en Charlotte vulde aan: 'Ik heb drie kinderen, en Larry, mijn man, is zo'n geweldige vader. Hij draait extra diensten op de fabriek zodat de kinderen niets tekortkomen. Hij gaat naar alle wedstrijden en toneelvoorstellingen en muziekuitvoeringen op school. Het is echt een goede man, Lee. Ik heb geluk gehad.'

'Zo klinkt het wel.'

'Ben jij met iemand?'

'Nee.' Lena had te bits geantwoord. Ze voelde een warme golf naar haar wangen stijgen.

Charlotte keek over Lena's schouder alsof ze bang was dat iemand hen zou afluisteren. 'Ik moet mijn dochter naar huis brengen en...' Ze lachte, maar het klonk meer als een snik. 'Jeetje, wat lijk je veel op haar.' Ze legde haar hand tegen Lena's wang, en hield hem daar net iets te lang. Er kwamen tranen in haar ogen en haar lippen trilden toen ze haar emoties probeerde te beheersen.

'Charlotte...'

Charlotte pakte Lena's hand en drukte die hard. 'Zorg goed voor Hank, Lee. Sibby zou hebben gewild dat je hem in de gaten hield.'

Lena keek haar na toen ze naar een van de tieners aan de tafel liep. Hoewel Charlotte een paar jaar ouder was dan Lena en Sibyl was ze een boezemvriendin van Sibyl geweest. Vanaf hun kinderjaren tot en met de middelbare school waren die twee onafscheidelijk. Ze hadden uren samen doorgebracht in Sibyls kamer, waren samen naar de film gegaan, en zelfs elke voorjaarsvakantie samen naar Florida gereden. Het contact was verwaterd toen Sibyl naar de universiteit ging, maar dat soort vriendschappen hield nooit echt op te bestaan.

Charlotte had één ding goed gezien. Sibyl zou hebben gewild dat Lena voor Hank zorgde. Ze had van hem gehouden als van een vader. Ze zou opnieuw dood zijn gegaan als ze wist dat hij er zo aan toe was. Maar stel dat ze had ontdekt dat Hank al die jaren tegen hen gelogen had? Hoe had Sibyl dan over hem gedacht?

'Het is voor elkaar,' blafte de bibliothecaresse door de ruimte. Ze maakte een gebaar naar het microficheapparaat alsof ze ermee klaar was.

'Dank u,' antwoordde Lena, hoewel de vrouw alweer haar sleutel in het slot van de lift ramde om ervandoor te gaan.

Lena liep terug naar het apparaat. Er waren andere, betere manieren om dit aan te pakken. Ze kon Jeffrey bellen. Ze kon hem vragen om in de database van de politie naar de naam van haar moeder te zoeken. Ze kon naar het kantoor van de sheriff gaan en het dossier over de moord op haar vader opvragen. Ze kon Hanks dealer opsporen en een pistool tegen zijn kop zetten, hem vertellen dat ze zijn hersens over zijn glimmende witte auto zou laten spatten als hij zelfs maar met haar oom praatte.

De dealer was het probleem. Jeffrey zou willen weten waarom Lena haar moeders naam nazocht. Erger nog, hij zou waarschijnlijk willen helpen. Ze kon hem moeilijk vertellen dat haar oom weer aan de meth was en idiote dingen had gezegd die ze wilde uitzoeken. Jeffrey zou onderweg zijn naar Reese voor ze de telefoon kon neerleggen.

Praten met de sheriff van Elawah zou ook onwelkome aandacht opleveren. Hank was een zware gebruiker, hij werd misschien al in de gaten gehouden. En daarbij kwam dat de moord op Calvin Adams dertig jaar geleden was. Al zijn dossiers waren inmiddels waarschijnlijk zoek of vernietigd.

Ze moest de middelen gebruiken die tot haar beschikking stonden, en de bibliotheek was de beste plek om te beginnen. Hank had over zoveel dingen tegen haar gelogen dat Lena niets meer vertrouwde. Ze moest bij het begin beginnen en haar weg naar de waarheid zoeken. Misschien dat ze Jeffreys hulp kon inroepen als ze iets meer informatie had, beter wist waar ze aan toe was. Ze had lang genoeg met hem samengewerkt om te weten wat voor vragen hij zou stellen. Wat ze nu moest doen was een paar van de antwoorden proberen te vinden.

Lena nam plaats achter het apparaat en bekeek de voorpagina van de *Elawah Herald*.

HULPSHERIFF AFGESLACHT

Lena zat op de punt van haar stoel en las het verhaal woord voor woord. Het artikel dat Hank haar had laten zien als kind kon ze zich niet meer voor de geest halen, maar dit leek het te zijn. Alle details stonden erin: snelheidsovertreding. Ter plekke overleden. Geen verdachten.

Dus daar had Hank tenminste niet over gelogen.

Lena stelde de knoppen van het apparaat in, scrolde naar beneden, schoot het volgende nummer voorbij en schoof toen langzaam terug. De *Herald* was een weekkrant, niet meer dan vijftien of twintig pagina's dik, en de moord op haar vader was het grootste nieuws in de stad. Elke volgende voorpagina van die hele maand bracht het verhaal, in feite werden dezelfde details steeds herkauwd. Twee keer in zijn hoofd geschoten. Geen verdachten gevonden.

Ze drukte op de fast-forwardknop in de hoop dat ze geen film hoefde te verwisselen om de week van haar moeders dood te vinden. Ze scrolde door tot 1971 en ging vanaf de eerste week van maart langzamer. Tussen de overlijdensberichten zocht ze naar de naam van haar moeder, sprong verder naar de krant van de volgende week en de daaropvolgende. Ze wilde het net opgeven toen ze een foto zag op de voorpagina van de editie van 19 september.

Hank had maar één foto van hun moeder. Het was een polaroid, met onnatuurlijk felle kleuren. Angela Norton was zeventien of achttien. Ze stond op een anoniem strand ergens in Florida, in een bescheiden blauw-wit geruit badpak met een brede strik om het middel. Haar haar was hoog opgetoefd en ze poseerde met haar handen in de zij, handpalmen naar beneden. De foto was uit de tijd dat tieners er ouder, volwassener wilden uitzien en Lena had het altijd prachtig gevonden, zoals haar moeder keek: de getuite lippen en ernstige ogen, de veeg blauwe oogschaduw en de donkere Cleopatra-eyeliner die de vrouw stevig aan de vooravond van de seksuele revolutie plaatste.

Voor de zesde verjaardag van Lena en Sibyl had Hank een kunstenaar van buiten de stad een portret laten maken van Angela. Het olieverfschilderij hing in de zitkamer boven de bank. Het was zo'n vast bestanddeel van Lena's leven geweest dat ze er nog maar zelden naar keek.

Maar ze keek wel naar de foto van haar moeder in de krant. Angela Adams, geboren Norton, zat in een oude schommelstoel die Lena herkende uit Hanks huis. Op elke arm een baby, in dekentjes gewikkeld.

De krantenkop boven haar hoofd luidde: DE ROUWENDE WEDUWE EN HAAR TWEELING.

DINSDAGOCHTEND

Zes

Jeffrey zat aan een tafeltje achter in de cafetaria de berichten op zijn mobiel af te luisteren. De koffie hier was ouderwets sterk, en toen de serveerster langskwam om bij te vullen lachte hij en wuifde haar weg omdat hij dacht dat zijn kop van zijn romp zou trillen als hij nog meer van die zwarte teer zou drinken. Hij had al een zoem in zijn oren en, gecombineerd met de stromende regen buiten, gaf dat hem het gevoel dat hij zijn hoofd in een wespennest had gestoken.

Hij drukte de drie op zijn telefoon in om snel een bericht door te spoelen van de burgemeester van Heartsdale, die hem verzocht werk te maken van een groep vandalen die vuilnisbakken omschopten in zijn straat, een daad die in de opinie van de burgemeester een van de eerste tekenen was dat wetteloos geboefte de stad overnam.

Jeffrey klapte de telefoon dicht na het laatste bericht, afkomstig van een verkoper van kunststof planken die met hem wilde praten over opwindende distributiemogelijkheden. Er was niets van Sara en ze nam niet op in het motel. Hij hoopte dat ze een lang bad nam, maar dacht toen aan het vuil dat hij gisteravond onder in het bad had gezien en hoopte in plaats daarvan dat ze naar buiten was gegaan om een frisse neus te halen. Hij maakte zich zorgen om haar. Ze was veel te stil geweest, ook al voordat Lena haar die loer had gedraaid. Alle keren dat hij midden in de nacht wakker was geworden, bleek ze klaarwakker, in een balletje opgerold, met haar rug naar hem toe te liggen.

Hij had de pest in dat hij haar vanochtend alleen moest

laten, vooral in die gore kamer. Eerlijk gezegd stelde hij haar niet graag bloot aan de slonzige onderbuik van de maatschappij waarvan ze tot gisteravond het bestaan niet kende. Het motel was volgens Jeffrey een wipstop, het soort onderkomen dat voorzag in de behoeften van vrachtwagenchauffeurs, hoeren en de met regelmaat bedriegende getrouwde man. Jeffrey had heel wat avonden in dit soort motels doorgebracht met heel wat vrouwen, dus hij herkende de tekenen. De eerste de beste idioot zou het in de gaten hebben zodra hij incheckte. De man aan de balie had Jeffrey gevraagd hoeveel uur hij de kamer nodig had.

Jeffrey had de BMW duidelijk zichtbaar vanaf de straat geparkeerd voor het geval Lena hem zocht. Hoewel Lena net zo goed halverwege Mexico kon zijn. Hij hoopte bijna dat ze daar bleef. Hij was boos op Lena dat ze hem niet vertrouwde, nog bozer op haar omdat ze Sara om de tuin had geleid, en vooral woedend op zichzelf omdat hij het allemaal had laten gebeuren.

Sara had in één ding gelijk: Lena was gisteravond doodsbang geweest. Ze had kennelijk het gevoel dat ze maar het beste kon ontsnappen als ze er niet voor kon zorgen dat Jeffrey vertrok. De vraag bleef: waarom wilde ze van Jeffrey af? Wat kon er zo erg zijn dat ze zijn hulp weigerde? De persoon in de Escalade was vermoord. Toch kon Jeffrey in het koude ochtendlicht niets bedenken – zelfs moord niet – waardoor hij zich tegen haar zou keren. Er moest een verklaring zijn, een reden waarom ze bij die dood betrokken was. Lena leefde altijd op het scherpst van de snede, maar ze had nooit opzettelijk iemand anders in gevaar gebracht.

En toch bleef hij zich afvragen of het Hank Nortons lichaam was, daar achter in de uitgebrande Escalade. Onderweg naar de cafetaria had Jeffrey die ochtend het bureau in Grant County gebeld en Hanks adres uit Lena's personeelsregister opgevraagd. Hij had het telefoonnummer geprobeerd dat ze had gegeven, maar er werd niet opgenomen. Verrassend genoeg had het navigatiesysteem in Sara's auto het adres zomaar herkend. Jeffrey had hierin een teken gezien dat hij er langs moest rijden om te kijken of Hank Norton thuis was. Het huis zag er verlaten uit, maar Jeffrey nam aan dat dat kwam doordat het de afgelopen dertig jaar niet was geschilderd of opgeknapt. Hij zou uit de auto zijn gestapt om een kijkje te nemen als er geen surveillancewagen van Elawah County recht aan de overkant had gestaan. De man had gezwaaid toen Jeffrey langsreed.

Als het Hank was, daar achter in de Escalade, zou dat verklaren waarom Lena gevlucht was. Hoeveel oud zeer er ook was tussen die twee, iemand die haar oom had vermoord zou ze opjagen als een dier. Als ze hem zelf had vermoord... Daar was Jeffrey gestopt, omdat hij zich niet die duistere kant op wilde laten slepen door zijn gedachten. Hij kende Lena inmiddels bijna twintig jaar, hij zou toch moeten weten of ze tot zoiets in staat was.

Gisteravond in het ziekenhuis had ze de kans gehad zijn hulp in te roepen en had ze de benen genomen. Ze wilde het natuurlijk helemaal zelf doen. En natuurlijk zou Jeffrey dat niet toelaten. Ze was nog steeds een rechercheur van zijn korps die betrokken was bij een gewelddadige misdaad. Ze was uit dat ziekenhuis weggegaan omdat ze ergens voor vluchtte: iets waarvan ze absoluut niet wilde dat Jeffrey het wist. Misschien was ze betrokken bij de explosie, of had ze die zelf veroorzaakt. Jeffrey was van plan uit te zoeken wat er was gebeurd. Jake Valentine was te stom om voor de duvel te dansen. Of Lena uit deze rotzooi kon worden gevist, hing helemaal van Jeffrey af.

Natuurlijk zou dit allemaal een stuk makkelijker zijn als hij enig idee had wat er in godsnaam aan de hand was.

Nadat hij langs Hanks huis was gereden, had Jeffrey met de dienst justitiële inrichtingen van Georgia gebeld om zeker te zijn dat Ethan nog achter de tralies zat, maar hoe aardig de vrouw aan de telefoon ook had geklonken, Jeffrey vertrouwde de informatie die ze uit de computer had gehaald niet echt. Hij had de Coastal State Prison zelf gebeld en rechtstreeks met de gevangenisdirecteur gesproken. Het was een opluchting te horen dat Ethan nog steeds in de gevangenis verbleef, maar Jeffrey was niet zo dom om de misdadiger van zijn lijst met mogelijkheden te schrappen.

Hoewel hij beweerde het licht te hebben gezien, was Ethan Green van jongs af aan een skinhead geweest. Hij was opgegroeid in een familie van skinheads en was samen met zijn skinheadvrienden gearresteerd. Jeffrey had de zwarte swastika's en walgelijke afbeeldingen die de jongeman in zijn huid had laten etsen gezien. Het was ondenkbaar dat Ethan geen contact had gezocht met zijn vriendjes zodra hij weer in de gevangenis zat. De enige manier waarop dat soort beesten overleefde was in roedels. De vraag was alleen hoe ver Ethans macht buiten de gevangenismuren reikte. De man bij het ziekenhuis gisteravond liep rond met een rode swastika op zijn arm. Had hij op de een of andere manier iets te maken met Ethan? Had de gevangen skinhead een van zijn vriendjes achter Lena aan gestuurd? Dat zou kunnen verklaren waarom ze zo bang was. Maar verklaarde het ook waarom ze Jeffreys hulp weigerde?

Hij keek op zijn horloge en vroeg zich af waarom Nick Shelton zo laat was. De buitendienstmedewerker van het Georgia Bureau of Investigation was een drukbezet man. Ze hadden de cafetaria gekozen omdat die voor hen beiden halverwege lag: ver genoeg van Reese om nieuwsgierige ogen te ontlopen en dicht genoeg bij Macon om te zorgen dat Nick niet te lang van kantoor weg was. Jeffrey was cryptisch geweest aan de telefoon gisteravond toen hij de afspraak maakte, maar hij hoopte dat Nick wat ontbrekende informatie kon geven over Jake Valentine en wat er speelde onder het gezag van de nieuwe sheriff. Nick werkte aan zaken die de districtsgrenzen overschreden en Elawah behoorde tot zijn werkgebied. Als iemand Jeffrey kon vertellen of er skinheads actief waren in de stad dan was het Nick Shelton. De GBI-agent zag het als zijn taak zware jongens ten val te brengen, en hoewel hij neigde naar een zeker uiterlijk vertoon, was hij verdomd goed in zijn werk.

Hij was bovendien bijna een uur te laat.

Jeffrey pakte zijn mobiel en toetste het nummer van het motel in. Voordat hij weg was gegaan had Jeffrey Sara gevraagd contact op te nemen met Frank Wallace in Grant County, maar ze wisten allebei dat het een smoes was zodat Jeffrey een reden had om te bellen en te vragen hoe het met haar ging. Jeffrey betwijfelde ten zeerste of het vinden van de naam van de eigenaar van de witte sedan wereldschokkende aanknopingspunten zou opleveren. Het was het soort basiswerk dat Jeffrey normaal gesproken overliet aan lagere agenten.

Jeffrey luisterde hoe de telefoon overging, met een klem op zijn borst toen er geen antwoord kwam, tot Sara eindelijk opnam.

'Jeff?'

'Je klinkt buiten adem,' zei hij, opgelucht haar stem te horen.

'Ik ben een stukje gaan lopen,' zei ze en ze begon uit te leggen waarom. Toen ze bij het gedeelte kwam dat ze een plattegrond ging kopen merkte hij dat hij zo hard in de telefoon kneep dat die bijna uit zijn hand floepte.

'Dus,' ging ze verder, duidelijk opgewonden over haar wandelingetje, 'het was gewoon een braakliggend terrein, maar toch, ik bedacht dat ik naar het kadaster zou kunnen gaan om te zien op wiens naam het staat. Wat vind je?'

Jeffrey was sprakeloos. Een kenteken natrekken vanuit de betrekkelijke veiligheid van de motelkamer was één ding. Een hol vol skinheads of erger binnenlopen was een heel ander verhaal.

'Hallo?' zei Sara. 'Ben je er nog?'

Jeffrey schraapte zijn keel en probeerde zijn toon vlak te houden, niet toe te geven aan zijn instinctieve reactie om te vragen waar ze in jezusnaam dacht mee bezig te zijn. 'Ik ben er nog.'

'Ik zei net dat ik naar het kadaster kan gaan...'

Hij onderbrak haar ruw. 'Ik wil dat je in de kamer blijft, Sara. Ga niet naar het kadaster. Pleeg geen telefoontjes meer. Blijf gewoon in die rotkamer en haal je niks op de hals.'

Nu was zij het die zweeg.

Hij praatte met opeengeklemde kaken. 'Ik kan mijn werk niet goed doen als ik me tegelijk zorgen moet maken om jou.'

Ze liet wat tijd voorbijgaan voordat ze antwoord gaf. 'Oké.'

Hij hoorde aan de manier waarop ze het zei dat ze boos was, maar daar kon hij nu even niets aan doen. 'Beloof me dat je daar blijft tot ik terug ben.'

Weer was er die aarzeling. Plotseling realiseerde hij zich dat hij het mis had. Sara was niet boos. Ze was teleurgesteld in zichzelf omdat híj boos was. Hij kon haar gedachten bijna horen en wist dat ze zichzelf vervloekte omdat ze weer iets stoms had gedaan.

'Ik weet dat je alleen maar probeerde te helpen, Sara, maar jezus, het idee dat jij in je eentje daar rondneust... Dit is Grant County niet. Je bent hier niet opgegroeid. Deze mensen kennen je niet. Het is niet veilig, Sara. Snap je wat ik bedoel?'

'Ja.'

'Lieverd...' Hij schudde zijn hoofd omdat hij niet wist wat hij moest zeggen. 'Blijf alsjeblieft in de kamer. Ik kom zo snel mogelijk terug.'

'Nee,' zei ze. 'Doe wat je moet doen. Je hebt gelijk. Ik blijf hier.'

Nu voelde hij zich een absolute hufter. Hij keek uit het raam van de cafetaria. Nick Shelton stapte net uit zijn Chevy pick-up.

'Het is jouw schuld niet,' zei hij. 'Moet je horen, Nick komt net aanrijden.'

'Oké,' zei ze. 'Ik zie je zodra je terug bent.'

Ze smeet de hoorn er niet op, maar Jeffrey wilde dat ze dat wel had gedaan. Sara was niet het meegaande type. Ze was koppig en arrogant en veeleisend: alles wat een man in een vrouw kon wensen. De laatste paar maanden had hij haar van een vechter zien veranderen in iemand die de klappen zo goed mogelijk probeert op te vangen. Jeffrey wilde dat ze weer boos werd. Hij wilde dat ze tegen hem zei dat hij de klere kon krijgen, dat ze wist wat ze deed en dat hij dankbaar zou moeten zijn omdat zij tijd verspilde met hem te helpen terwijl ze thuis patiënten zou moeten behandelen. Hij wilde dat ze tegen hem schreeuwde, schold op de Powells en al die andere schoften die probeerden haar omlaag te halen.

Hij wilde zijn sprankelende, mooie vrouw terug.

'Hé, commissaris.' Nick Shelton kwam door de voordeur de cafetaria binnen, zijn haar tegen zijn hoofd geplakt door de regen. 'Sorry dat ik zo laat ben.'

Jeffrey stond op en schudde hem de hand. 'Geeft niet.'

'Het zeikt van de regen.' Nick riep de serveerster. 'Heb je wat verse koffie voor me, schat?'

Ze wierp hem een brede glimlach toe. 'Reken maar.'

'Laat nog wat ruimte over bovenaan, ja? Misschien zoveel?' Hij hield zijn duim en wijsvinger een paar centimeter uit elkaar.

'Komt eraan.' Ze giechelde en knipoogde naar hem. Jeffrey had nauwelijks een goedemorgen uit haar losgekregen, maar waarschijnlijk was Nick, met zijn strakke spijkerbroek en de zware gouden ketting om zijn nek, meer haar type.

De GBI-man keek de serveerster na met een goedkeurende blik naar haar brede kont. 'Daar zou ik wel een ritje op willen maken.'

Jeffrey probeerde het gesprek van de serveerster af te brengen. 'Hoe staat het ermee, Nick?'

'Nou, als je het wil weten, ik werk me kapot.' Hij plukte aan de servettenstandaard en verscheurde de eerste twee. 'De staat heeft mijn budget gehalveerd vanwege die kloterige terrorismebestrijding. We hebben hier gangs en drugs en moordenaars die harder lopen dan mosselsoep door mijn opoe, maar van de federale overheid moeten we onze poen verspillen aan de bestrijding van kutterroristen die Elawah of Grant County niet eens op de kaart zouden kunnen vinden. Jezus, laten ze zich die moeite besparen. Nog een paar jaar en dan moorden we elkaar wel uit.'

Jeffrey had nog nooit een gesprek met Nick gevoerd waarin niet hevig werd geklaagd, maar hij probeerde hem niet op te stoken met zijn eigen klachten. 'Lullig voor je, Nick.'

'Bob Burg werkt als een soort consulent ergens in het noorden en verdient twintig keer zoveel als de staat hem ooit heeft betaald.'

Jeffrey voelde dat hij mee werd gezogen. Bob Burg was een collega van Nick geweest die de county's langs de zuidoostgrens van Georgia onder zich had gehad. 'Wat is er gebeurd?'

Nick veegde met de versnipperde servetten de regen van zijn gezicht en zei: 'Ze zullen wel bedacht hebben dat de tijd die ik verspilde aan naar huis gaan om te slapen en een schone onderbroek aan te trekken beter benut kon worden. Ze hebben hem eruit geschopt en mij zijn gebied gegeven.'

'Is Bob ontslagen?'

'Mijn bureau is gefuseerd met het zijne om de operaties te stroomlijnen,' citeerde Nick op een zakelijke dreun. 'Stelletje debiele pennenlikkende klootzakken, en breek me de bek niet open over die giga bonussen die ze hebben uitgedeeld aan de hogere piefen om ze te bedanken voor naar boven likken en naar beneden trappen.' Hij schoot overeind toen de serveerster terugkwam. 'Ha, dank je wel, schat. Precies zoals ik het hebben wou.' Hij knipoogde naar haar en de vrouw giechelde weer voor ze weg paradeerde.

'Logisch dat Bob pisnijdig was,' ging Nick verder, 'maar hij liet een enorme klerezooi achter die ik mocht opruimen. Ontbrekende formulieren, onvolledige dossiers.'

'Lullig.'

Nick haalde zijn schouders op, wuifde het weg. 'Hoe is het met Sara?' vroeg hij.

'Goed,' loog Jeffrey en hij probeerde zich te verzetten tegen de droefheid die hem overviel.

Nick keek hem over zijn koffie heen strak aan. 'Jullie schijnen al vrienden te hebben gemaakt hier in de stad.'

'De tamtam werkt snel.'

'Gebeurt niet elke dag dat een topteam een gevangene kwijtraakt.' Hij knipoogde naar Jeffrey. 'Met een dreun in je maag voor de moeite.'

Jeffrey voelde een grijns op zijn gezicht komen. 'Hij vroeg erom.'

'Vast en zeker.'

'Kun je me vertellen wat je van Jake Valentine weet?'

Nick pakte de suikerstrooier van tafel. 'Jake Valentine,' herhaalde hij en hij gaf de naam een zwierige klank. 'Jakie boy was hooguit twee dagen hulpsheriff toen hij zich kandidaat stelde.' Hij bleef suiker gieten terwijl hij praatte. 'Die ouwe zak, Don Cook, wilde de baan, maar de mensen hier hadden schoon genoeg van ouwe lullen die op hun kont zitten en geld opstrijken, terwijl de rest van de stad in noodtempo naar de klote gaat.'

'Meth?' raadde Jeffrey. Er was geen stad in Amerika die niet langzaam werd lamgelegd door de plaag van methamfetamine. Het was niet duur, nog goedkoper om te maken en bijna onmogelijk om weer van af te komen. De drug verwoestte het leven van iedereen die ermee in aanraking kwam, inclusief dat van sommige wetshandhavers die nietsvermoedend een laboratorium vol boobytraps binnen waren gelopen.

'Meth,' bevestigde Nick, die eindelijk klaar was met de suiker. Hij pakte de koffieroom en zei: 'Jake is nog een beetje nat achter de oren, maar verder is het een goeie jongen.'

'Hij leek nauwelijks oud genoeg om een rijbewijs te hebben.'

'Dat is zo, maar hij is bereid om te leren, en dat kan je van de meeste mensen die je tegenkomt niet zeggen. Let maar op, als hij het in die baan kan uithouden tot hij de baard in de keel krijgt, wordt hij een prima sheriff.'

'Hij lijkt niet veel steun te krijgen van zijn hulpsheriffs.'

'Misschien dat een paar zich drukken, maar alleen als het menens wordt.' Hij voegde eraan toe: 'Don Cook is niet zo machtig als hij zelf denkt.'

'Hoe zit het met Jakes voorganger?'

'Al Pfeiffer. Prima vent, maar het wordt de hoogste tijd om met pensioen te gaan als je een brandbom door je ruit krijgt.'

Jeffrey wist zeker dat hij het verkeerd had verstaan. 'Wat?' Nick knikte en goot room in zijn koffie tot de vloeistof de rand bereikte. 'Hij kreeg een brandbom naar zijn huis gegooid. Vrouw en kleinkind konden nog net wegkomen. De ouwe man had derdegraads verbrandingen aan zijn gezicht en handen. Raakte een vinger kwijt. Nooit een zaak geworden, omdat niemand zijn bek wilde opendoen: geen getuigen, geen bewijzen op de plek van de misdaad, nada, niks. Op klaarlichte dag op een zondagmiddag. Zie het als een waarschuwing, commissaris. Die jongens laten zich niet naaien. Ze verdienen te veel.'

'Skinheads?' vroeg Jeffrey.

'Alweer goed, commissaris.' Nick keek hem onderzoekend aan. 'Ergens heb ik het gevoel dat je vaker met dit bijltje hebt gehakt.'

Jeffrey wist dat het zijn beurt was om informatie te geven. 'Ik zag gisteravond een figuur voor het Elawah-ziekenhuis, geen lieverdje zo te zien. Er zat een rode swastika op zijn arm getatoeëerd.'

'O, dat ding.' Nick wapperde met zijn hand als een oud vrouwtje dat roddels wegwuift. 'Wordt gebruikt door de Skin Brothers. Dat is nog eens een interessant stelletje nazi's. Begonnen in de gevangenis ergens eind jaren vijftig. Buiten integratie, binnen segregatie. Al die blanke jongens die de baas waren in de cellenblokken hadden het niet zo op de zwarte jongens die binnenkwamen en dat lieten ze op alle mogelijke manieren merken.' Nick leunde naar voren en liet zijn stem dalen. 'Zo rond 1950 had je misschien vijfenzestig, zeventig procent blanken in alle federale en plaatselijke gevangenissen, zo'n beetje een afspiegeling van de blanke populatie buiten, oké?'

'Oké.'

'Nu is het andersom. In sommige gevangenissen is de verdeling zestig-veertig, tachtig-twintig. De blanken zijn in de minderheid, de zwarten en latino's in de meerderheid.'

'Dus dan krijg je de gangs.'

'Crips, Bloods, de Boyz, Tiny Raskals, MS-13, Nazi Low Riders.'

'En dan zijn we weer terug bij de meth,' zei Jeffrey.

'Als er zo snel geld te verdienen valt, is er altijd wel een oorlog gaande, een of andere hufter die wil laten zien dat hij de grootste heeft. Blank tegen blank, zwart tegen zwart, de enige kleur die er nog toe doet is de kleur van de poen. Je hebt de Ariërs die de Low Riders afzeiken en de Low Riders die de Ariërs vertellen dat ze dood kunnen vallen, de puristen die iedereen vertellen dat ze het blanke ras verraden... lang verhaal kort, wie de touwtjes in handen heeft, kan maar beter de hele tijd over zijn schouder kijken.'

'Wie gebruikt de zwarte swastika?'

'Zo'n beetje allemaal behalve de Skin Brothers.' Hij wist wat Jeffreys volgende vraag zou zijn. 'En dat gaat niet samen. Zet een Skin Brother bij, pak hem beet, een Low Rider, ze zien elkaars tattoos, en dan heb je zoiets als twee katers in een kartonnen doos. Er komt er maar eentje levend uit.'

'Dat weet je heel zeker?'

'Die vete gaat zo ver terug dat niemand weet hoe het begonnen is. Onderdeel van de eed die ze afleggen als ze erbij gaan, is dat ze elke motherfucker die voor het andere team speelt om zullen leggen. Rood of zwart, als je die tattoo hebt, moet je verdomd goed weten dat het levenslang is. We krijgen nog eerder vrede in het Midden-Oosten dan dat die twee het eens worden.'

Jeffrey kon weer wat vrijer ademen. Wat er ook aan de hand was in Reese, hij kon Ethan Green voorlopig wegstrepen.

Nick leunde achterover, met beide handen om zijn koffiebeker. 'Heb je gehoord over die toestand met de Hell's Angels aan de westkust?'

Jeffrey schudde zijn hoofd.

'Ik kan je wel vertellen, dat is een stel agressieve klootzakken. Bijna hun hele volwassen leven in de bak, geen kans om er ooit uit te komen, ze steken je neer om niks. De FBI probeert een wet op ze los te laten die zegt dat ze lid zijn van een criminele organisatie. Ze moesten die schoften aan de grond vastketenen tijdens het proces. Een van hen zat al omdat hij zijn advocaat met een pen had gestoken. Die figuren hebben niks te verliezen, ze zitten hun tijd uit in de oude SuperMax, wachten tot ze in de prijzen vallen. Ze weten dat ze nooit het daglicht zullen zien zonder de schaduw van tralies en het maakt ze geen bal uit hoeveel lijken ze in hun kielzog achterlaten.'

Jeffrey kreeg het koud bij het idee. 'Even terug naar de Skin Brothers.'

'Officieel heten ze de Brotherhood of the True White Skin, maar dat bekt niet zo lekker.'

'Vertel eens wat meer over ze.'

'De afgelopen vijf, misschien tien jaar werden ze geleid door twee broers, Carl en Jerry Fitzpatrick. Carl zit in de gevangenis en Jerry woont met de rest van de familie op een beveiligd landgoed van tig miljard. Denkt dat hij een soort prediker, een "Baken voor Blanken" is.'

'Zwaar gelovig?'

'Sadistisch zwaar gelovig,' vulde Nick aan. 'Je moet Jerry niet kwaad maken. Hij zorgt zelf voor de verdoolde schaapjes – spoort ze op en verbrijzelt hun pootjes zodat de rest van de kudde weet dat ze beter op het pad kunnen blijven. Er zijn volwassen kerels, fucking gemene skinheads, die het in hun broek doen bij de gedachte dat Jerry achter hen aan zou zitten.'

'Is hij nooit gepakt?'

'O, hij is vaak zat aangeklaagd, maar het houdt nooit stand. Getuigen hebben de neiging van mening te veranderen als hun nagels worden uitgetrokken en hun kinderen vermist raken.'

'Waar is dat landgoed?'

'In Keene, een stadje in New Hampshire.'

'Waarom is het altijd een opluchting als die figuren uit het noorden komen?'

Nick deed of hij verbaasd was en sloeg zijn hand tegen zijn borst. 'Racisten in het liberale noorden? Hoe durft u, meneer.'

'Schokkend,' beaamde Jeffrey, en hij vroeg zich, niet voor het eerst, af waarom de rest van Amerika wilde geloven dat racisme alleen ten zuiden van de veertigste breedtegraad voorkwam. Het was alsof de moorden op Rodney King en Abner Louima, respectievelijk in Los Angeles en New York, verbijsterende uitzonderingen op de regel waren.

Nick ging verder: 'De FBI houdt de broertjes Fitzpatrick in de smiezen, maar ik weet niet hoeveel prioriteit ze hebben. Al die anti-immigratieshit die de laatste tijd de kop opsteekt was gratis reclame voor de neonazi's. Zo'n opmerking als dat we onze grenzen moeten sluiten en mensen met rare namen eruit moeten schoppen klinkt opeens helemaal niet meer als extremistisch gelul.'

'Gelukkig maar dat we de Fitzpatricks vóór die tijd hebben binnengelaten,' merkte Jeffrey op. 'Waarvoor zit de broer in de gevangenis?'

'Twee smerissen doodgeschoten.'

'Hebben ze in New Hampshire de doodstraf?'

'Alleen hiervoor,' zei Nick. 'Het probleem is alleen dat de leeftijdsgrens zeventien is. Carl was op twee weken na zeventien toen hij de trekker overhaalde. Levenslang zonder kans om vrij te komen. Slimme jongen, die Carl. Hij heeft de juiste mensen in zijn cellenblok leren kennen, zorgde dat hij goede contacten had, werkte zich omhoog in de groep en – zoals dat gaat – sloeg zijn baas dood met een halter en nam de organisatie over. Echt een jongen met een toekomstvisie.'

Jeffrey probeerde niet te denken aan de twee agenten die waren doodgeschoten, hoe hun familie, hun kinderen al die jaren het verdriet hadden gevoeld. 'En hoe betalen de Fitzpatricks hun rekeningen?'

'Ze zitten diep in de meth. En dan bedoel ik kilometers diep, tot hun kloten zo diep. De Fitzpatricks beheersen alles wat de zuidoostelijke zone in en uit gaat, van Florida naar boven. Sommigen van die jongens zijn miljardair. Het enige probleem is dat ze dood zijn voor hun dertigste.'

Dat wist Jeffrey al. 'En?'

Nick deed tijdens zijn verhaal nog meer suiker bij zijn koffie. 'Ze zeggen dat ze bevoorrecht zijn, blank zijn betekent dat ze beter zijn dan wie dan ook, dat zij de macht behoren te hebben. Ze zien dat als een speciale beschikking van God.' De serveerster kwam langs en Nick gaf haar weer een knipoog. Hij keerde zich terug naar Jeffrey en vroeg: 'Jij houdt wel van een moppie geschiedenis, toch?'

'Jawel.'

'Dan zal ik je dit vertellen,' begon Nick. 'De Skin Brothers zijn opgericht door een veteraan uit de Tweede Wereldoorlog, ene Jeremiah Todd, lid van de Nationale Garde ergens uit het westen. Beweerde dat hij bij een van de infanteriedivisies hoorde die Dachau hebben bevrijd.' Nick proefde de koffie nog eens, en ging toen weer aan de gang met room. Jeffrey onderdrukte de neiging om de beker door het café te gooien toen Nick verderging: 'Todd komt terug uit Duitsland en begint iedereen te vertellen dat het allemaal zwaar overdreven is, dat de pers een hoop heisa maakt van niks. Hij is er zelf geweest en heeft het met eigen ogen gezien, het was alleen maar een stelletje joden dat rotzooi trapte en Amerika ten val probeerde te brengen.'

Jeffrey voelde walging opkomen. 'Een Holocaustontkenner?'

'Precies.'

'Waar komt die rode swastika vandaan?'

'Voordat Hitler in beeld kwam – ik zweer het je – hadden ze in Todds eenheid van de Nationale Garde een rood insigne met een swastika.'

Jeffrey vulde aan: 'Het was een indiaans symbool voor geluk.'

'Yep,' bevestigde Nick. 'Veel van de zuidelijke en westelijke divisies hadden indiaanse herkenningstekens. Natuurlijk heeft de Garde het veranderd toen de oorlog uitbrak, maar het zat tot begin jaren dertig op de uniformen van Jeremiah Todds divisie. Je weet hoe die legerjongens zijn. Ze laten tradities niet goedschiks los.'

'Hoe is Todd in de gevangenis beland?'

'Slijterij, supermarkt. Een of andere overval met een pistool of een mes of zo. De details weet ik niet. Laat ik het zo zeggen, de kloot belandde op dezelfde manier in de bak als de hele rest.'

'Ik neem aan dat hij dood is?'

'Koud gemaakt in de eetzaal vanwege een extra broodje een jaar of twintig geleden,' wist Nick. 'Maar natuurlijk waren er nog een paar gelovigen over en die verbreidden het evangelie, helemaal tot aan New Hampshire, zo te zien. Er is een gigantische heropleving van die bendes in de gevangenissen, vooral van die *white-pride* hufters.

Het eerste wat je moet doen zodra je daar belandt, is laten weten wie je bent, een kant kiezen voor bescherming zodat je niet wordt koud gemaakt door de zwarten of verkracht door de Ariërs of in elkaar geslagen door de bruinen. En het houdt niet op bij de poort van de gevangenis. Als de een of andere *gangbanger* ze binnen te pakken krijgt, nemen ze de familie van die gast buiten te grazen. Wat ik zei, de meesten hebben niets te verliezen. Wat is het ergste wat ze kan overkomen? Nog een keer levenslang boven op de zes keer die ze al hebben? Nog maar één uur luchten per week in plaats van twee? Ze weten dat ze er toch nooit meer uitkomen, dus wat maakt het uit?'

'En ze handelen ook buiten de bak in drugs?'

'Binnen en buiten,' zei Nick. 'Iemand moet betalen voor Armageddon en deze jongens gaan dat geld mooi niet verdienen met greppels graven.' Hij dronk nog wat van zijn koffie voordat hij vroeg: 'Wat heeft Lena hiermee te maken?'

'Geen idee,' gaf Jeffrey toe.

'Ik zou graag Jakes gezicht hebben gezien toen hij doorkreeg dat ze de benen had genomen.'

'Hij kon er niet om lachen, dat kan ik je wel vertellen.'

'Ben je er al achter waarom ze 'm is gepeerd?'

Jeffrey schudde zijn hoofd. 'Denk je dat ik er na al die jaren achter ben waarom ze wat dan ook uitvreet?'

Nick klikte goedkeurend met zijn tong. 'Ze was altijd al een snelle tante.'

Jeffrey had geen zin om Lena's goede eigenschappen te bespreken. 'Hoe komt het dat je zoveel over die groep weet?'

'Herinner je je Amanda Wagner nog?'

Jeffrey had de gijzelingsonderhandelaarster een paar jaar geleden ontmoet toen Grant de hulp van het GBI had ingeroepen voor een situatie die uit de hand was gelopen. Hij vroeg: 'Wat heeft dit hier met onderhandelen te maken?'

'Niets. Wagner heeft een of andere nieuwe eenheid samengesteld om districtsoverschrijdende gewelddadige misdaad aan te pakken – een of ander snel actieteam dat de ambtenarij moet omzeilen, ha ha ha. Die jongens, de Skin Brothers, hebben in het noorden van Georgia voor een hoop ellende gezorgd, in Cherokee, Rabun, Whitfield. Ze heeft de hele buitendienst een paar maanden geleden naar Atlanta geroepen om ons er het fijne van te vertellen, ons te laten weten waar we op moeten letten.'

'En wat was dat?'

'Vooral de rode swastika. Ze verhandelen meth vanuit deze kleine stadjes alsof ze IBM zijn, godverdomme, over de hele drugsroute door Atlanta, New York, New England en verder naar Canada. We weten niet eens hoeveel mensen er in de organisatie zitten. De schattingen lopen uiteen van een paar honderd tot een paar duizend.' Hij zweeg en schudde zijn hoofd. 'Het is het oude liedje: ze gaan achter tieners aan die zich onbegrepen en alleen voelen en geven ze een familie om bij te horen, een geloofssysteem om uit te leggen waarom het feit dat ze blank zijn ze niet heeft gered van de armoede. Ze pompen ze vol met haat en duwen ze een pistool in de hand. Je hebt het zelf gezien, commissaris. Die kids vliegen de bak in en uit, in en uit, tot ze gepakt worden voor iets groots en voor je het weet zijn ze koning van cellenblok negen, harken ze binnen geld bij elkaar en geven ze opdrachten aan hun soldaten buiten. Jezus, moet je Carl Fitzpatrick zien. Dacht je dat hij buiten zoveel macht zou hebben?'

Jeffrey werd opeens overvallen door een enorme vermoeidheid. Hij wist niet eens zeker of dit iets te maken had met Lena. Hij had alleen een instinctief gevoel, en nu zei zijn instinct dat elke betrokkenheid bij die groep niets dan ellende zou opleveren. 'Ga je Amanda vertellen dat ze nu in Elawah bezig zijn?'

'Jezus, ze heeft het me zelf verteld,' antwoordde hij. 'Punt is, jij weet net zo goed als ik dat het GBI zich niet met een onderzoek kan bemoeien voordat de plaatselijke politie rechtstreeks om hulp vraagt.'

Jeffrey wist dat Nick de waarheid vertelde, net zoals hij wist dat het GBI er soms voor zorgde dat het, vooruitlopend op de hulpvraag van een stad, goed voorbereid was. 'Heb je informatie over de groep die vanuit Elawah opereert?'

'Niet veel,' gaf Nick toe. 'Het lijkt een strakke organisatie. Bij sommige van die gangs weet je precies wie de touwtjes in handen heeft omdat de schoft aan de top wil dat je dat weet. Ze worden geen gangster om achter de rokken van hun mammie te schuilen. Ze willen in het openbaar de grote pief uithangen, de angst in de ogen van de mensen zien als ze door de straat rijden.'

'Maar niet in Elawah?'

'Niet in Elawah, en niet met de Brotherhood,' bevestigde Nick. 'De Fitzpatricks werken als volgt: ze hebben een stel sleutelfiguren in de stad, en als er een probleem is, sturen ze iemand uit een andere staat om dat op te lossen. Op die manier maakt niemand z'n handen vuil en weet niemand wie hij moet verlinken als hij gepakt wordt. Ze menen het bloedserieus, dat Armageddongedoe. Jezus komt de zwartjes wegvagen en Carl en Jerry Fitzpatrick zullen het aardrijk beërven.'

Jeffrey voelde zijn onrust groeien. Het waren altijd de ware gelovigen die het gevoel hadden dat ze niets te verliezen hadden. Allemachtig, waar was Lena in terechtgekomen?

Nick zei: 'Er zijn hier in de stad twee of drie beulen voor het vuile werk. Vraag me niet naar namen want ik heb geen idee. We hebben zo'n beetje rondgesnuffeld maar alles liep dood. De man die de opdrachten geeft, houdt zich gedeisd. Een soort Tovenaar van Oz achter het gordijn. Zo werkt de organisatie. Het gaat niet om de snelle jongen uithangen of met je wapen te koop lopen of meiden neuken, het gaat allemaal om geld en macht.'

Jeffrey leunde naar achteren op zijn bankje en keek toe hoe Nick nog meer suiker bij zijn koffie deed. 'En de sheriff?'

'Valentine?' Nick schudde zijn hoofd. 'Zeker weten dat Jake dit niet leidt. Veel te gecompliceerd. Iemand met een hoop geduld en een hoop zelfbeheersing trekt aan de touwtjes.'

Hij bedoelde iemand die ouder, volwassener was. 'Cook?'

'Van Cook kan ik me nog voorstellen dat hij geld aanpakt om een oogje dicht te knijpen, maar er deel van uitmaken?' Nick schudde zijn hoofd nog eens. 'Kan, maar het zou me verbazen.'

'Pfeiffer dan? Misschien werd hij hebberig en gooiden ze daarom die brandbom?'

'Dat zou kloppen als er een machtsvacuüm was geweest, je weet hoe het gaat: haal één kerel weg en alle kakkerlakken knokken om zijn plaats. Er was geen knokpartij. Sterker nog, als je naar de zuiverheidsgraad kijkt, die schoot omhoog nadat Pfeiffer vertrokken was.'

Jeffrey wist dat de drugseenheden hun doelmatigheid afmaten aan de zuiverheid van de drugs op straat. Hoe meer die waren versneden, hoe beter ze waren in het afsnijden van de bevoorradingslijnen. Hoe hoger de concentratie, hoe meer het ernaar uitzag dat de slechteriken aan de winnende hand waren.

Jeffrey vroeg: 'Hoeveel geld gaat er om, denk je?'

'Alleen in Elawah?'

Jeffrey knikte.

'Shit, maat, meer geld dan jij en ik ooit van ons leven zullen zien tenzij het bewijsmateriaal is. Ze hebben net die inval gedaan in Atlanta, weet je wel? Twee jongens in een huurbusje stampvol kristalmeth gepakt. De krant beweert dat de straatwaarde iets van driehonderd miljoen kan bedragen.'

Jeffrey kon zich niets voorstellen bij zoveel geld. 'Die vorige sheriff, Pfeiffer. Waarom heeft hij het GBI er niet bijgehaald?'

'Dat zul je hem zelf moeten vragen.' Nick grabbelde in zijn zak en haalde er een vochtig papiertje uit. 'Toen je me vertelde dat je in Reese was, ging ik ervan uit dat je vragen zou hebben waar ik geen antwoord op heb. Sorry, beetje nat geworden,' verontschuldigde hij zich toen hij het papiertje openvouwde. 'De oude man woont een roteind weg, dus je hebt een goede kaart nodig. Ik kan je de mijne lenen als je belooft dat ik hem terugkrijg.'

Jeffrey liet zijn ogen over het adres gaan en zag dat het in een stadje minstens vier uur rijden van Reese was. 'Heeft hij geen telefoon?'

'Hij woont zo ver van de bewoonde wereld dat het me zou verbazen als hij elektriciteit had.'

Jeffrey keek naar het velletje papier dat Nick hem aanreikte. Elawah lag niet in zijn district. Dit waren niet zijn mensen. Jake Valentine had geen woord gezegd over hulp nodig hebben en zelfs als hij dat wel had gedaan, dan was het niet aan Jeffrey om hem uit de penarie te halen. Hij was hier om Lena te helpen, niet om een troep skinheads aan te pakken. Het probleem was dat hij niet veel andere aanknopingspunten had. Afgezien van Sara's idee om naar het kadaster te gaan en te kijken wie de eigenaar van het terrein was, kon Jeffrey niet veel anders bedenken.

Sara. Hij kon haar niet alleen in de motelkamer laten terwijl hij tot op een steenworp afstand van de grens met Florida reed. Natuurlijk, met haar zou de reis wat minder officieel lijken. Nick had gezegd dat Pfeiffer een vrouw had. Sara kon helpen de vrouw af te leiden terwijl Jeffrey de man een paar harde vragen stelde.

Nick hield hem nog steeds het papiertje voor. Hij vroeg: 'Wat gaat het worden, maat?'

Jeffrey aarzelde weer, dacht aan de doodsangst in Lena's stem toen ze Sara aanried zo snel mogelijk uit het stadje weg te gaan. Hij hield niemand voor de gek, zeker niet zichzelf. 'Ik zal je kaart moeten lenen.'

LENA

Zeven

Het Home Sweet Home motel aan de rand van Reese was de vorige avond Lena's enige optie geweest. Het lage grijze gebouw zag eruit als het decor van een horrorfilm uit de jaren zestig. Als kind had ze het voor zichzelf al het Hoerenhotel genoemd, een plek waar mensen die elkaar niet al te goed wilden leren kennen naartoe gingen om te neuken. Op haar zestiende had Lena gedaan of ze hier haar maagdelijkheid kwijtraakte. De man, Ben Carver, was tweeëndertig, en dat was zo ongeveer het enige wat ze aantrekkelijk aan hem vond. Hij was saai en op het randje van achterlijk, en ze had net op het punt gestaan het uit te maken toen Hank erachter kwam dat ze met elkaar omgingen. Hank verbood haar Ben nog te zien, en de volgende avond had Lena plat op haar rug gelegen in het Hoerenhotel.

Ze zou niet willen beweren dat dit de allersaaiste drie minuten van haar leven waren, maar het kwam er dicht in de buurt. Je kon rustig zeggen dat haar hart allesbehalve gebroken was toen Ben de volgende dag niet belde. Lena kon nergens anders aan denken dan haar angst zwanger te zijn. Ben had gezegd dat hij een condoom zou gebruiken, maar ze had dat niet durven controleren. Lena was volkomen machteloos als het erop aankwam zichzelf te beschermen. De enige apotheker in de stad weigerde recepten voor de pil. Voor zover ze wist, was de apotheek nog steeds in handen van dezelfde man. Ze wilde wedden dat de rotzak achteloos Viagra verkocht aan ongetrouwde mannen voor tien dollar per stuk.

Niet dat de pil honderd procent veilig was. Er was altijd

die minder dan één procent kans, die ene keer dat de pil niet werkte en het condoom scheurde, en voor je het wist zat je op een harde plastic stoel in een kliniek in Atlanta op je beurt te wachten.

Lena herinnerde zich nog alles van die dag – het materiaal van de stoelen, de posters aan de muren. Hank had buiten gewacht, mompelend over het parkeerterrein geijsbeerd. Hij was het niet eens geweest met Lena's beslissing, maar op zijn gestoorde Hank-manier had hij haar van het begin tot het einde gesteund. 'Ik ben wel de laatste die iemand zou mogen veroordelen,' had hij tegen haar gezegd. 'We maken allemaal vergissingen.'

Maar was het een vergissing? Bijna iedereen was het erover eens dat abortus toegestaan was bij verkrachting, alsof het feit dat de vrouw geen plezier had beleefd aan de seks alle scrupules tegen de behandeling zou ontkrachten. Lena's relatie met Ethan was van alles: woelig, gewelddadig, wreed... maar andere keren teder, liefhebbend, bijna warm. Eigenlijk was ze meestal uit eigen beweging met hem naar bed gegaan. Meestal had ze haar handen op zijn lichaam gelegd en hem in haar bed verwelkomd. Kon ze de conceptie van hun vergissing herleiden tot een bepaalde nacht, een bepaald moment, en zeggen of het vrijwillige seks was geweest of niet? Kon ze die twee dingen los van elkaar zien, hoe het voelde om door hem geslagen te worden en hoe het voelde om door hem bemind te worden?

Kon ze echt zeggen dat hun kind een vergissing was geweest?

Lena ging rechtop in bed zitten, ze wilde er niet meer over nadenken.

Ze liep naar de wasbak en haalde haar tandenborstel uit haar tas. Die had ze gisteravond niet bij de wasbak willen laten liggen. God weet wat mensen uitspookten bij die gebarsten plastic bak. De kamer was nog walgelijker dan ze zich herinnerde. Bij elke stap zakten haar hielen weg in de vloerbedekking en de lakens op het bed waren zo onsmakelijk dat ze in haar kleren had geslapen. Ze had daar maar gelegen de hele nacht, zo nu en dan indommelend, opschrikkend van elk geluid, bang dat de gluiperige nachtportier binnen zou komen met zijn loper om haar te overrompelen. Dit was precies het soort oord waar zulke dingen gebeurden.

Ze had met haar pistool naast zich geslapen.

De foto uit de krant stond in haar geheugen gebrand, en als ze zich geen zorgen maakte of ze verkracht en vermoord zou worden, piekerde ze over haar moeder, over de leugens die haar en Sibyl waren verteld. Kennelijk was Angela Adams niet gestorven nadat ze twee weken in het ziekenhuis in coma had gelegen. Ze had nog minstens een halfjaar geleefd na de geboorte van Lena en Sibyl. Op de dag dat de foto voor de krant was genomen, had ze met hen beiden in haar armen voor de fotograaf geposeerd terwijl ze aan de verslaggever vertelde wat een schande het was dat de moord op haar man nooit was opgelost. 'Ik hield meer van Calvin dan van mijn eigen leven,' had ze tegen de verslaggever gezegd. 'Hij zou hier moeten zijn, als vader van deze kostbare wezentjes.'

Haar woorden waren te mierzoet naar Lena's smaak, maar ze misten hun doel niet. Haar moeder had van hen gehouden. Ze was kapot geweest van de dood van hun vader. Ze had hen in haar armen gehouden.

Lena liep door de kamer tijdens het tandenpoetsen. Wanneer was Angela gestorven? En hoe? Hank had gezegd dat de onderwereldfiguur die zijn huis uitkwam de man was die Angela Adams had vermoord. Door de drugs was Hank even niet op zijn hoede geweest, en ze wist zeker dat hij de waarheid had verteld, of in elk geval de waarheid zoals hij die zag.

Maar bedoelde Hank dat de man echt, letterlijk, hun moeder had vermoord? Hij was in elk geval oud genoeg om in de buurt te zijn geweest toen Calvin Adams werd neergeschoten. Was die spierbundel degene geweest die al die jaren geleden opdracht had gegeven voor de moord op Calvin, waardoor Angela achterbleef zonder man en met twee dochters die ze in haar eentje moest grootbrengen? Had Angela het niet meer aangekund? Had zelfmoord de enige manier geleken om een eind te maken aan de pijn? Lena kon de aantrekkingskracht begrijpen. Er waren vele momenten in haar leven geweest dat ze het zelf had overwogen.

Zelfmoord zou kunnen verklaren waarom Hank had gelogen over het moment en de methode van Angela's dood. Hij wilde de meisjes niet opzadelen met de erfenis van hun moeders zelfmoord. Dat kon Lena begrijpen – al kon ze het niet vergeven. Er zat in elk geval een soort logica in de leugens.

Als haar moeder zelfmoord had gepleegd, dan zou het logisch zijn dat Hank het ook probeerde. Lena had het vaak gezien in haar werk: zelfmoord komt in bepaalde families meer voor. Als Hank op deze manier doorging, zou hij zonder enige twijfel dood zijn voor ze een maand verder waren. Wat hij zichzelf ook aandeed, het was volkomen opzettelijk. Lena had Hank altijd beschouwd als een overlever. Je kon je aderen niet twintig jaar lang vol spuiten met troep en in leven blijven als je eigenlijk dood wilde. Je hield niet ineens op met je vastklampen aan het leven, tenzij iemand je een verdomd goede reden gaf om los te laten.

Lena spuugde in de wasbak en spoelde toen haar mond met water uit een flesje.

Hank was altijd voorzichtig geweest, alsof hij voor zichzelf onderscheid kon maken tussen gebruik en misbruik. Ondanks zijn black-outs en open wonden ging hij met één ding zorgvuldig om. Als speed Hanks religie was, dan bad hij voor het altaar van zijn aderen. Van daaruit werd de dope in zijn systeem gebracht, en hij zorgde wel dat ze in orde bleven. Hij kookte nooit met dezelfde naald als waarmee hij zich inspoot, want de punt kon beschadigd worden door de lepel of de watten, waardoor er een groter litteken ontstond. Hij gebruikte altijd nieuwe spuiten, verse alcoholdoekjes en vitamine E om de sporen zo klein mogelijk te houden. Hij rookte niet voordat hij een shot zette, want dan waren aderen moeilijker te vinden en vond de naald minder snel de goede plek.

Natuurlijk waren er momenten dat de logica het moest afleggen tegen zijn behoefte. Daarvan getuigden de littekens op zijn onderarmen en het feit dat hij soms geen gevoel had in zijn handen en voeten omdat de aderen daar niet genoeg bloed heen konden pompen. Maar voor een junk was hij altijd tamelijk voorzichtig geweest.

Tot nu toe.

Lena draaide de douche aan, maar bedacht zich omdat ze zich nog smeriger zou voelen als ze met haar blote voeten in de gore, grijze badkuip zou stappen. Ze controleerde het slot op de deur, deed snel haar kleren uit, schoot in schoon ondergoed en trok haar spijkerbroek van de vorige dag weer aan. Ze vond een T-shirt in haar tas en trok het aan zonder de deur uit het oog te verliezen.

Hank wilde niet met haar praten. Dat had hij gisteren duidelijk gemaakt. Wat zijn redenen ook waren, ze wist dat hij koppig was – even koppig als zij. Ze kon praten of smeken of slaan zoveel ze wilde, hij zou zijn mond niet opendoen voordat hij daar klaar voor was. En zoals hij er gisteren uitzag, leek het waarschijnlijker dat hij zijn geheimen zou meenemen in zijn graf, tenzij er een wonder gebeurde.

Lena zag zichzelf in de spiegel boven de ladekast. Hij hing schuin naar het bed gekanteld en er zaten spinnenwebachtige lijntjes in de hoeken die een omlijsting van kant moesten suggereren. Ze zag Sibyl niet meer als ze in de spiegel keek. Sibyl zat voor altijd gevangen in een bepaalde tijd die haar nooit de kans zou geven verder te gaan. Ze zou geen rimpeltjes om haar ogen krijgen of het vage spoor van een litteken op haar linkerslaap. In haar haar zouden niet de grijze draden verschijnen die Lena vorige week in de badkamerspiegel had ontdekt en, tot haar grote schaamte, met een pincet had uitgetrokken. Zelfs als ze was blijven leven, had Sibyl nooit die harde blik in haar ogen gekregen, die vlakke, kille blik die de hele wereld uitdaagde.

Sibyl zou nooit weten dat hun moeder nog god weet hoe lang geleefd had – in elk geval lang genoeg om hen vast te houden. Ze zou nooit weten dat Hank, precies zoals Lena altijd had voorspeld, uiteindelijk had toegegeven aan zijn verslaving. Ook zou ze niet naast zijn graf staan en hem vervloeken om zijn zwakte.

Hank ging dood. Lena wist dat hij zich op geen enkele

manier uit deze toestand zou kunnen losrukken zonder medisch ingrijpen. Toch zag ze elke keer als ze aan hem dacht niet de Hank van de laatste vijfentwintig jaar, de Hank die trouw naar zijn AA-bijeenkomsten ging en Lena altijd te hulp kwam als ze hem belde. Ze zag de verslaafde uit haar jeugd, de speedfreak die de spuit boven zijn nichtjes verkoos. Als Lena aan zijn aftakeling dacht, voelde ze een woede die alleen een kind ten opzichte van zijn ouders kan voelen: Jij bent het enige wat ik heb in de wereld en je laat me in de steek voor een drug die ons allemaal kapot zal maken.

Dat is wat verslaafden niet zagen. Ze verknalden niet alleen hun eigen leven, maar ook het leven van iedereen om hen heen. Er waren nachten in Lena's jeugd geweest dat ze daadwerkelijk naast haar bed geknield had gebeden dat Hank eindelijk te ver zou gaan, dat hij de naald te diep zou steken of de drug te sterk zou zijn, en dat hij er eindelijk in zou blijven. Ze had gedroomd van adoptie, van een vader en moeder die voor haar en Sibyl zouden zorgen, van een schoon huis om in te wonen, regelmaat in hun leven, eten op tafel dat niet uit blik kwam. Nu ze Hank zo zag en wist hoe ver hij heen was, moest Lena weer denken aan die slapeloze nachten.

En een deel van haar – een heel groot deel – zei dat ze hem moest laten doodgaan.

Lena zat op het bed de veters van haar sneakers te strikken. Over Hank nadenken zou niets opleveren behalve dat ze overlopend van zelfmedelijden weer in bed zou kruipen. Ze wist niet precies wat ze vandaag wilde doen, maar haar hoogste prioriteit was deze groezelige kamer uitkomen. De microfiches in het archief van de bibliotheek gingen niet verder terug dan 1971. De krant hield kantoor in de achterkamer van een verzekeringsmaatschappij, dus verwachtte Lena niet dat zij oude nummers bewaard hadden. Toch zou ze proberen contact op te nemen met de uitgever van het weekblad, een man die de rest van de tijd zijn geld verdiende met dode dieren van de snelweg schrapen.

Lena nam aan dat ze haar moeders overlijdensakte wel zou kunnen vinden via de burgerlijke stand, maar dan had ze Angela's sofinummer, geboorteplaats of in ieder geval haar laatst bekende adres nodig om het zoeken te vergemakkelijken. Ze wist wanneer haar vader en moeder geboren waren omdat het op haar eigen geboorteakte stond, maar verder had ze niets. Het ziekenhuis had misschien nog een factuuradres of andere nuttige informatie, maar ze zou een bevelschrift moeten hebben om die informatie los te krijgen. Ze had overwogen het in het gerechtsgebouw van de county te proberen, maar volgens de boodschap op hun telefoon waren ze dicht in verband met het verwijderen van asbesttegels op de vloer.

Aangezien het motel pal naast Hanks bar stond, besloot Lena dat ze net zo goed daar kon beginnen. Officieel lag de Hut niet binnen de stadsgrenzen van Reese. Net als veel kleine stadjes overal in Amerika was Elawah drooggelegd. Als je drank wilde kopen moest je de countygrens over naar Seskatoga, wat verklaarde waarom de sheriffs van Elawah het grootste deel van de weekenden bezig waren tieners van de weg naar Seskatoga te plukken.

Lena deed de deur van haar kamer open en kneep meteen haar ogen dicht, haar netvliezen gepijnigd door het plotselinge licht. Ze knipperde een paar keer om weer zicht te krijgen, haar ogen op de vloer van de betonnen galerij gericht. Links van haar voet zag ze een kleine, rode X op de grond gekalkt, zo'n zeven centimeter in het vierkant.

Ze knielde, haalde haar vingers over het rode teken en vroeg zich af of het er al was toen ze de vorige avond incheckte. Het was donker geweest, maar de oude lichtreclame van het motel gaf genoeg licht om bij te zien. Lena had echter niet naar de grond gekeken toen ze de kamer in liep. Ze had zich geconcentreerd op elementaire dingen: haar tas naar binnen brengen, haar tandenborstel zoeken, zich in bed laten vallen.

Lena keek naar haar vingertoppen en zag dat de kalk had afgegeven op haar huid. Het kalkteken betekende niets, behalve dat het kamermeisje niet zo goed schoonmaakte. Te oordelen naar de staat van Lena's kamer was de vrouw niet echt grondig.

Toch keek Lena om zich heen toen ze weer overeind kwam. Niemand sprong op haar af, en ze liep de galerij op en liet haar ogen over het parkeerterrein gaan. Behalve een motor die op de gehandicaptenplaats stond, was haar Celica het enige voertuig.

Ze keek weer naar de grond. Een X. Geen swastika, geen kruis. Alleen een rode X om de plek aan te geven.

Lena veegde haar hand aan haar broek af en wandelde over de galerij naar de trap. Ze bleef naar de grond kijken, op zoek naar andere tekens, om erachter te komen of er nog andere kamers waren uitverkoren. Ze zag niets ongewoons, alleen peuken, afval en wat bladeren, hoewel de dichtstbijzijnde boom minstens zes meter verderop in het bos achter het motel stond.

Ze ging de receptie in om een kop koffie te halen. Er stond een bakje met kleingeld naast de pot met het verzoek vijftig cent per beker achter te laten. Lena liet een dollar in het bakje vallen en stond naar het parkeerterrein te kijken terwijl ze koffie inschonk.

'Lekker weer,' zei een man. Ze draaide zich om naar de balie en zag dat het geen man was, maar een tiener – de roodharige nepgangster die ze gisteren in de Mustang voor de school had gezien.

'Hoor jij niet op school?'

'Taakstraf,' zei hij, tegen de muur achter de balie geleund. Zijn T-shirt was zo groot dat de schouders om zijn ellebogen flapperden. Hij had een buikje, maar ze kon aan zijn grote handen en voeten zien dat hij dat de komende jaren kwijt zou raken als hij in zijn lichaam groeide. Dan had hij natuurlijk nog steeds dat peenhaar, en die sproeten zouden ook nooit weggaan.

'Ik heet Rod,' zei hij tegen haar. 'Wilt u wat Halloweensnoep?'

'Nee.' Lena herinnerde zich de versieringen uit de bibliotheek. Halloween was over twee dagen. Ze had niet eens geweten welke dag het was.

Hij vroeg: 'Bent u van de politie?'

Daar ging haar anonimiteit. 'Waarom denk je dat?'

'U praat als een smeris.'

Ze proefde de koffie en probeerde niet te kokhalzen. 'Hoe weet jij hoe smerissen praten?'

'Dat heb ik op tv gezien.'

Lena viste haar wisselgeld uit het bakje. 'Je moet niet alles geloven wat je op tv ziet.'

'Junior kijkt er de hele nacht naar,' zei hij, en daar bedoelde hij waarschijnlijk de nachtportier mee die Lena had aangestaard alsof ze de eerste vrouw van zijn leven was toen ze de vorige avond incheckte. 'Hij heeft pornovideo's onder de balie. Dat weet meneer Barnes niet. Dat is de eigenaar.' Het joch grijnsde breed. 'U mag er wel een paar zien als u wilt.'

'Van mijn leven niet.' Ze wilde weglopen maar bedacht zich. Ze kon het net zo goed proberen. 'Hé.' Het joch leunde nog steeds afwachtend tegen de muur. 'Ik zag een man gisteren,' begon ze, en liet haar koffiebeker op de deurknop balanceren in een poging onverschillig te lijken. 'Hij had een swastika op zijn arm.'

Het joch kwam van de muur af. Zijn stem ging drie octaven omhoog. 'Een swastika zoals Hitler?'

'Ja.'

'Cool.'

'Vind je dat cool?'

'Nou, ja. Ik bedoel, nee, het is natuurlijk fout of zo.' Hij leunde over de balie heen. 'Ik bedoelde alleen goed zo, weet u wel, van dat hij zich niet schaamde of zo.' Hij liet zijn stem zakken. 'Er zijn mensen hier in de stad die witte lakens in hun kast hebben.'

'Wie bijvoorbeeld?'

'Nou...' Het joch realiseerde zich dat hij zijn kans kon grijpen. 'Waarom praten we niet verder in het kantoortje?'

'Waarom bel je me niet tegen de tijd dat je wat dons op je perziken hebt?' Lena wilde net de deur openduwen toen een vrouw binnen kwam lopen.

'Jezus,' siste de vrouw toen Lena's koffie over de voorkant van haar blouse klotste. Ze was ouder en had haar peper-en-zoutkleurige haar opgebonden met een blauwe hoofdband. Ze had Lena's postuur – ongeveer even lang

– en was spinnijdig. 'Kijk uit waar je loopt, trut.'

'Sorry,' verontschuldigde Lena zich, maar de vrouw bleef schelden alsof Lena het expres had gedaan.

'Flikker op,' snauwde de vrouw, ze duwde Lena opzij en ging het kantoor in. Ze sloeg zo hard met de deur dat de foto's aan de muur rammelden.

Lena vroeg het joch achter de balie: 'Wat is er met haar aan de hand?'

'Dat is het kamermeisje.'

Dat verklaarde waarom het motel zo ratvriendelijk was. 'Is ze altijd zo gezellig?'

Peenhaar haalde zijn schouders op, nog gekwetst omdat Lena hem had afgepoeierd. 'Liever tegen jou dan tegen mij.'

Lena liep naar buiten met een gevoel van medelijden met de vrouw, omdat ze zelf waarschijnlijk ook chagrijnig zou zijn als ze in deze dump moest werken. Zo'n pestbaan was nog te doen als je jong was, maar die vrouw moest minstens tegen de zestig zijn. Ze zou moeten genieten van haar pensioen in Florida en niet voor een fooi motelkamers poetsen.

Lena liep het parkeerterrein over en wilde dat ze haar jack aan had getrokken voordat ze naar buiten ging, maar ze had geen zin om terug te lopen naar die rotkamer om het te gaan halen. De zon begon de mist al op te lossen, en ze wist dat ze over een paar uur blij zou zijn met haar korte mouwen.

Ze goot de rest van haar koffie in de goot toen ze de straat overstak en keek of het beton ervan oploste. Aan de overkant was een benzinepomp annex supermarkt, recht tegenover Hanks bar. Ze gooide haar lege bekertje in een vuilnisbak en liep naar de winkel, die nauwelijks meer was dan een dekmantel voor de verkoop van goedkoop bier. Ze was heel wat avonden het huis uit geslopen om achter de winkel rond te hangen met de andere kinderen van school die niet wilden deugen.

Binnen stond de airconditioning al hoog in afwachting van de hitte. Lena liep de koffiemachine voorbij en pakte een cola. Toen ze betaalde, had ze vaag het gevoel dat ze de vrouw achter de toonbank kende, waarschijnlijk van school, maar geen van beiden had veel zin in een gesprek. Lena liet haar wisselgeld in de pot vallen en ging de deur weer uit.

Ze stond op de stoep te wachten tot ze over kon steken. Het motel lag recht aan de overkant, en ze zag dat een stel creatieve vandalen zoveel lampen in de lichtreclame hadden kapotgemaakt dat 'Home Sweet Home' 's avonds zou veranderen in 'Ho eet me'. Wat hadden de vandalen nog meer gedaan met het motel? Hadden zij die de rode X voor Lena's deur gekrast? Het teken verontrustte haar. Ze vroeg zich af hoe lang het er al stond en of iemand probeerde haar iets duidelijk te maken. Wat het ook betekende, ze snapte het niet. Toch keek ze om zich heen terwijl ze stond te wachten voor een passerende vrachtwagen, met prikkende huid en het instinctieve gevoel dat ze in de gaten werd gehouden.

Zo nonchalant mogelijk keek Lena over haar schouder. De vrouw achter de toonbank van de winkel keek uit het raam.

Candy, herinnerde Lena zich opeens. Zo heette ze. Ze noemden haar 'Corky' omdat iemand had gezegd dat ze liep alsof ze een kurk in haar reet had.

Er waren momenten dat Lena bedacht dat ze voor geen goud weer op school wilde zitten.

Het verkeer minderde zodat ze over kon steken, en terwijl ze haar cola opentrok vroeg ze zich af hoe die lullige bar van Hank ooit genoeg geld had opgebracht om Sibyl naar de universiteit te sturen en Lena vaker dan ze wilde toegeven uit de cel te halen. De Hut was een drie-uur-tent, het soort bar waar mensen er pas tegen drie uur 's ochtends wat beter uit gaan zien. Wanhoop hing als een zwarte wolk boven de Hut, en ze onderdrukte een huivering toen ze dichterbij kwam.

De bar had niet eens een uithangbord, want iedereen wist waar die was. Het dak was aan de voorkant van riet, maar een jaar of vijftien geleden had een soort schurft ingezet, en Hank had niet de moeite genomen het te repareren. Er hingen lantarens met oranje en rode peertjes aan weerszijden van de voordeur, die zo was geschilderd dat hij van gras leek. De buitenmuren waren in hetzelfde thema geschilderd, maar de verf was totaal verbleekt zodat je niet wist waar je naar keek tenzij iemand je een hint gaf. Langs de hele voorgevel waren ramen, maar die waren zo lang geleden zwart geverfd dat ze eruit waren gaan zien als rot hout.

Het gele tape op de deur was het enige wat nieuw leek. Hank had haar niet verteld dat de bar gesloten was. Er waren maar twee redenen waarom het ATF, het Bureau of Alcohol, Tobacco and Firearms, de Hut met een bezoek zou vereren: Hank was betrapt op het verkopen van drank aan minderjarigen of hij was betrapt op dealen.

Lena probeerde de deur, maar die zat op slot. Ze voelde boven op de deurpost naar de reservesleutel, maar die lag niet op zijn gebruikelijke plaats.

Ze gaf het op en liep om het gebouwtje heen. Ze hoefde toch niet in de bar te zijn. Hanks kantoor, dat meer weg had van een wc-huisje, stond achter de bar aan de rand van een traagstromende beek.

Lena probeerde voor de zekerheid de deur, maar die zat ook op slot. Hank moest hem zelf op slot hebben gedaan, want er was geen spoor van geel ATF-tape op de keet te vinden. Ze hadden waarschijnlijk niet de moeite genomen een huiszoekingsbevel voor het schuurtje te krijgen. De drugshandel die zich in de bar afspeelde zou al genoeg zijn om de krantenkoppen te halen.

Ze zette haar blikje cola neer en duwde met haar handen tegen het hoge raampje aan de kant van het water, maar er kwam geen beweging in. Een steen hielp, en het ongewapende glas versplinterde in duizenden stukjes, waarvan sommige in de opening van haar colablikje vielen. Lena vond een stok en sloeg daarmee het resterende glas weg. Toch vond ze het geen prettig idee zomaar door het raam te klimmen. Bovendien was het hoog, waarschijnlijk te hoog om er zonder ladder bij te kunnen. Ze had wel stommere dingen gedaan, maar op dit moment kon Lena zich die niet herinneren.

Uit frustratie schopte ze tegen de muur, boos op zichzelf

en deze idiote situatie. De planken gaven een hol geluid, en ze schopte harder tot het hout versplinterde. Na een paar schoppen ontstond er een mooi gat in het schuurtje. Ze griezelde toen ze haar hand naar binnen stak en het roze isolatiemateriaal lostrok, niezend van het stof, en ze vroeg zich af of ze asbest inademde. Er zaten zwarte plakkaten schimmel en uitwerpselen van dieren op waar ze niet over na wilde denken, maar ze trok genoeg glasvezel naar buiten om de achterkant van de platen waarmee het kantoortje aan de binnenkant was bekleed te kunnen zien. Ze schopte nog een keer tegen het triplex tot het met een krakend geluid losschoot van de verroeste krammen waarmee het aan de staanders vastzat.

Een paar minuten later stond Lena in Hanks kantoortje.

Ze klopte haar spijkerbroek af en keek rond op zoek naar de lichtknop. Ze duwde een spinnenweb opzij, maar besefte toen dat het in werkelijkheid het koord van de plafondlamp was. Lena trok aan het touwtje, het kale peertje flakkerde aan en brandde vervolgens met een harde plof door.

Lena vloekte weer. Ze had een zaklantaren in haar auto, maar ze wilde niet terug om hem te gaan halen. In plaats daarvan zocht ze bij het licht dat door het kapotte raam binnenviel naar de reservepeertjes die Hank altijd in zijn bureau bewaarde. Hij had de bedrading in het kantoor zelf aangelegd met een dertig meter lang verlengsnoer dat hij door een stuk metalen pijp naar een stopcontact in de bar had geleid. Dit was niet de eerste keer dat de lamp was doorgebrand. Ze vond het pakket lampen in de onderste la en verving de kapotte, waarbij ze haar best deed niet te denken aan wat haar handen in het donker konden tegenkomen. Onder haar voeten kraakte het gebroken glas en de fitting maakte een droog, schurend geluid toen ze het peertje er recht in probeerde te draaien. Eindelijk ging het licht aan en ze rukte haar hand weg voor de plotselinge hitte van het peertje.

Dat was geen aanstellerij. Hank had zichzelf een paar keer bijna geëlektrocuteerd bij het verwisselen van de lamp.

Lena keek rond door de bedompte ruimte die behangen was met posters van bier- en drankfirma's. Halfnaakte vrouwen keken haar aan, de meesten met hun mond rond de hals van een flesje. Witte dozen volgepropt met papieren, die nog dateerden van de feestelijke opening van de bar, stonden tegen de achtermuur opgestapeld en lieten ongeveer een vierkante meter over voor een bureau en twee stoelen. Er lagen stapels bonnetjes in schoenendozen kriskras over het bureau.

Zes jaar geleden had Lena op een van die stomme plastic stoelen tegenover Hank gezeten en zich misselijk gedronken aan Jack Daniels terwijl ze de moed probeerde te vergaren om hem te vertellen dat Sibyl dood was.

Was hij toen weer gaan gebruiken? Had het nieuws dat zijn geliefde meisje, zijn lievelingsnichtje dood was hem eindelijk over de rand geduwd?

Of was het een halfjaar geleden begonnen, toen Hank Lena naar de abortuskliniek had gebracht? Hij was kettingrokend buiten blijven staan, waar hij boze demonstranten moest aanhoren, met hun walgelijke spandoeken die schreeuwden over hel en verdoemenis en Lena en ieder ander in de kliniek tot de hel veroordeelden voor hun zonden.

Had zij hem dit aangedaan? Had hij door toedoen van Lena de naald weer in zijn arm gestoken?

Die kerel met de rode swastika had er ook aan meegewerkt – dat wist ze zeker. Lena moest die man vinden, erachter komen voor wie hij werkte. Dat soort kerels waren alleen maar spierbundels. Het brein zat ergens anders, en als Lena dat eenmaal had gevonden zou ze zijn hele huis in de fik steken met hem erin.

Lena ging op Hanks stoel zitten, de veren piepten als een oude schuurdeur. De bovenste la van zijn bureau zat op slot, dus trok ze het vouwmes uit haar achterzak en klapte het lemmet uit het witte parelmoeren heft. Het slot sprong makkelijk open. In de la vond ze Hanks zakelijke chequeboek, een paar gratis bonnen voor Harrahs casino in de bergen, en zijn reservesleutels van de bar. In de grotere laden zaten mappen die voornamelijk te maken leken te hebben met de bedrijfsvoering. Drankenhandel, loonlijst, belasting, verzekering. Ze bladerde door het chequeboek en zag dat de laatste betaling van drie weken geleden dateerde. Op dat moment stond er ongeveer zesduizend dollar op zijn rekening.

Wanneer precies was de bar gesloten? Dat zou ze op het bureau van de sheriff kunnen nagaan. Ze vroeg zich af of die ouwe rukker van een Al Pfeiffer nog steeds de baas was en moest lachen bij het idee dat ze zijn kantoor zou binnenlopen en de hufter haar gouden penning onder zijn neus zou duwen. Pfeiffer had het leuke geintje jonge meisjes aan te houden voor te hard rijden en hen dan ongeveer tot op hun eierstokken te fouilleren. Hij had Lena een keer aangehouden en zich een paar vrijheden veroorloofd voordat ze in de gaten had wat er aan de hand was en haar knie in zijn kruis plantte. Pfeiffer had haar in de cel gegooid zonder officiële beschuldiging of het telefoontje waar ze recht op had. Ze zat al zes uur in de cel toen Hank naar het bureau kwam om haar als vermist op te geven.

Zijn gezicht. Jezus, ze zag Hanks gezicht nog voor zich. Toen hij haar uit de gevangenis zag komen, vulden zijn ogen zich een fractie van een seconde met tranen, zijn mond ging open en er kwam een soort jankend geluid uit toen hij zich realiseerde dat ze veilig was. Zijn mond was even snel weer een afkeurende streep geworden, en hij had haar een klap tegen haar achterhoofd gegeven en gevraagd wat ze in godsnaam had uitgespookt en hoe ze het in haar botte kop haalde om brutaal te zijn tegen de politie. Hij had niet naar haar kant van het verhaal willen luisteren. Pfeiffer was een van zijn maatjes van de AA en Hank bedankte de man dat hij haar niet formeel had aangeklaagd.

Maar toch, zijn gezicht...

Lena had diezelfde transformatie inmiddels zo vaak gezien dat ze Hank bijna als schizofreen was gaan beschouwen. Het ene moment de liefhebbende voogd die alles voor haar zou doen, het andere de superstrenge opvoeder die dreigde haar half dood te slaan.

En nu de drugsverslaafde – terug in die oude rol, wachtend tot het doek eindelijk zou vallen.

Ze zette haar ellebogen op het bureau en liet haar hoofd in haar handen zakken. De schuur was een oven en ze voelde het zweet langs haar rug in haar broekband lopen. Toch bleef ze zitten in de hitte die haar lichaam overspoelde, met het constante gemurmel van de beek op de achtergrond, en dacht aan Hank, hoe hij eruit had gezien onder de douche, de harde woorden waarmee hij haar weg had gestuurd.

Er moest een verklaring zijn voor zijn terugval. Was hij door het sluiten van de bar in een neerwaartse spiraal gekomen? Had dat hem uiteindelijk weer tot zijn oude gewoonten gedreven? Lena keek rond in het propvolle kantoortje en probeerde zich in Hank te verplaatsen. Hij had niets met de bar. Voor hem was de Hut altijd alleen een manier om geld te verdienen geweest en meer niet. Hij putte er een bijna pervers genoegen uit om als voormalige alcoholist de hele dag met drank om te gaan en de kracht op te brengen niet te drinken. Had dat hem al die jaren overeind gehouden?

Ze duwde zich weg van het bureau en haar voet gleed uit over een vel papier. Lena bukte zich om het op te pakken, maar haar hand verstijfde in de lucht toen ze het lichtblauwe postpapier op de betonnen vloer zag. Het was beschreven in keurig schuinschrift, het soort dat vroeger, toen het er nog toe deed, op school onderwezen werd. De woorden waren makkelijk te lezen van deze afstand, maar toch pakte ze het papier op en leunde achterover in de stoel om het te bestuderen. Ze moest de bladzij nog twee keer lezen voordat de woorden betekenis begonnen te krijgen.

Lena rommelde door het bureau, op zoek naar de rest van de brief. Ze verplaatste de schoenendozen en vond daaronder nog drie bladzijden, en toen nog een paar die achter het bureau waren gegleden. Toen ze ze sorteerde, ontdekte Lena dat het niet één, maar drie brieven waren, allemaal daterend van de laatste twee maanden. Ze las ze met het gevoel of ze iemands dagboek las. De inhoud was gedeeltelijk heel banaal, met beschrijvingen van boodschappen doen en kinderen van school halen. Sommige stukken waren ongelooflijk persoonlijk, dingen die je alleen aan een heel goede vriend vertelt.

Toen ze uitgelezen was, drukte Lena haar hand plat op de stapel brieven, de vingers gespreid, alsof ze zo hun ware betekenis kon doorzien.

Hoe had ze zo blind kunnen zijn?

Acht

Al Pfeiffer woonde zo ver van Elawah County als mogelijk was zonder de staat Georgia te verlaten. Dug Rut was een grensstadje aan de rand van het Okefenokee-moeras, wat betekende dat de rit Jeffrey en Sara naar primitief drasland zou voeren dat vooral bekendstond om alligators en muskieten, die allebei dodelijk konden zijn. Op school waren Jeffrey en twee van zijn vrienden van plan geweest in de zomervakantie een paar weken het moeras te verkennen, maar dat was hetzelfde jaar dat *Deliverance* uitkwam, en hoewel de film in de bergen van noord-Georgia was opgenomen, was het idee om te gaan kanoën een stuk minder aantrekkelijk geworden.

Toch herinnerde Jeffrey zich nog het een en ander van wat hij over het watergebied had gelezen. Hij wist dat er in het moeras twee rivieren ontsprongen, de Suwannee en de Saint Marys, die uiteindelijk respectievelijk in de Golf van Mexico en de Atlantische Oceaan uitmondden. Er leefden honderden met uitsterven bedreigde vogelsoorten en zoogdieren in het beschermde natuurgebied en de vegetatie was van het soort dat je in een sciencefictionfilm zou verwachten. Het land was geïsoleerd en slecht bereikbaar, en hele families leefden en stierven er zonder de rest van de wereld te zien. In het begin van de twintigste eeuw woonden er mensen in het moeras die nog steeds niet hadden gehoord dat de Burgeroorlog was afgelopen. En toen ze het nieuws kregen, veranderde dat nauwelijks iets aan hun leven.

De tocht erheen was in stilte verlopen. Sara had niet veel

te vertellen toen Jeffrey terugkwam in het motel. Vreemd genoeg had ze de badkamer schoongemaakt, iets wat ze thuis zelden deed, tenzij ze nijdig was op Jeffrey of wist dat haar moeder kwam. Ze leek zelfs bijna trots dat ze de gore kranen had laten glimmen. Maar Jeffrey had tijdens het pissen naar het bad staan staren en zich moeten bedwingen om de straal niet te verplaatsen en Sara's handwerk te verpesten. Als hij een vrouw had gewild die het leuk vond wc's te schrobben, was hij wel met zijn schoolvriendinnetje in Alabama getrouwd.

Sara had beleefd geluisterd naar de informatie die Jeffrey van Nick had gekregen over de Brotherhood, de meth-handel langs de oostkust en de mogelijkheid dat Elawah een station was aan de spoorlijn van het kartel. Ze had geknikt, zonder haar mening te geven. Ze had niet gevraagd wat hij dacht te bereiken door met Al Pfeiffer te praten of wat dit allemaal met Lena te maken had. Hij had half en half gehoopt dat ze dat wel zou doen. Jeffrey wist zelf niet precies hoe hij die vragen moest beantwoorden. Erover praten met Sara zou misschien geholpen hebben.

Na twee uur wist Jeffrey niet eens zeker of ze nog in Georgia waren. Kudzu en knoestige naaldbomen maakten plaats voor zand en palmen. Toen hij zijn raampje omlaag draaide, rook hij een vleug van de zilte kust vermengd met een scherpe poeplucht die hem vertelde dat er een papierfabriek in de buurt was. Een uur later volgde hij een doorsteek naar het stukje Georgia langs de Saint Marys dat in Florida uitstak. Hij kon inmiddels de weg bijna niet meer zien. De voorruit zat vol met allerlei vlekken van insecten die tegen het glas waren gevlogen, sommige zo groot als zijn vuist.

Jeffrey stond op het punt te stoppen en de kaart die hij van Nick had gekregen te bekijken toen hij de gebruikelijke reclames zag die aangaven dat je de grens tussen twee zuidelijke staten naderde: *Hot Boiled Peanuts*, verse groente, vuurwerk, geile topless meiden. Sara zei dat ze naar de wc moest, dus stopte hij bij de parkeerplaats aan de kant van Florida. Jeffrey stapte uit om zich te oriënteren maar stapte snel weer in omdat het in de zinderende hitte van de zon bijna pijn deed om buiten te zijn. Hij probeerde terug te denken aan zijn kindertijd, toen de eerste week van november betekende dat je een jas aan moest en je hoopte dat het snel zou gaan sneeuwen zodat je niet naar school hoefde.

In de auto zette Jeffrey de airconditioning hoog, zodat de koude, kunstmatige wind in zijn gezicht blies. Hij spreidde de kaart weer uit op zijn schoot om de route die hij had afgelegd te volgen, en ontcijferde moeizaam Nicks handschrift waar de GBI-agent straten en herkenningspunten had aangegeven die de oorspronkelijke cartograaf over het hoofd had gezien of onbelangrijk had gevonden. Maar Nick was nooit bij Al Pfeiffer geweest, en de kaart gaf gedetailleerde aanwijzingen tot aan Dug Rut, niet naar Pfeiffers huis. Hij had alleen het adres om op af te gaan. West Road Six nummer 8. Het was een begin, maar Jeffrey zou meer aanwijzingen nodig hebben.

Sara stapte weer in. Ze gaf hem een fles water.

'Dank je.'

'Alsjeblieft.'

Hij keek haar aan en probeerde een gespreksonderwerp te bedenken.

Ze wees naar de kaart. 'Weet je hoe je moet rijden?'

'Ik moet stoppen bij een benzinepomp dichter bij het stadje om te kijken of die betere aanwijzingen kunnen geven.'

'Oké.' Ze deed haar gordel om en klikte hem vast.

Jeffrey wachtte maar ze zei niets meer. Hij gaf haar de kaart. Ze vouwde hem op terwijl hij de parkeerplaats af reed.

Jeffrey reed de snelweg weer op en volgde de borden. Een kilometer van de hoofdweg af begreep hij waar het stadje de naam Dug Rut (gegraven geul) aan te danken had. Het gebied maakte kennelijk deel uit van het kanalenstelsel dat ze begin twintigste eeuw hadden aangelegd in een poging het moeras droog te leggen. Met het Central Park in New York had men hetzelfde gedaan, maar het Okefenokee-moeras was onvernietigbaar gebleken. De weinige moerassen die er nog bestonden in Amerika hoorden waarschijnlijk tot de zeldzame plekken op het continent waar een mens puur van het land kon leven, of het nu om voedsel, onderdak, medicijnen of het schoonste drinkwater ter wereld ging. Jeffrey vroeg zich af hoe lang het nog zou duren voordat ze allemaal volledig vernietigd waren.

Het centrum van Dug Rut was niet om over naar huis te schrijven. Er waren een bar en een postkantoor, maar dat was het zo'n beetje. De paar winkels aan Main Street waren gesloten. De eigenaars hadden niet eens de moeite genomen bordjes met 'te huur' voor het raam te hangen. Het stadje had iets desolaats, en toen Jeffrey langs een stopteken zoefde, begon hij de hoop op te geven dat hij een benzinepomp zou vinden.

Hij keerde midden op straat en reed terug naar het postkantoor. Sara maakte geen aanstalten om uit te stappen toen hij voor het gebouw parkeerde, dus gaf hij haar een duwtje en zei: 'Je dacht toch niet dat ik de weg ging vragen, hè? Dat kan ik niet maken als echte man.'

Ze wierp hem een zuinige glimlach toe en stapte uit.

Jeffrey keek haar na toen ze naar het postkantoor liep. Haar spijkerbroek lubberde van achteren, en hij realiseerde zich dat ze nog meer was afgevallen. Dat vond hij niet prettig. Sara was altijd slank geweest, maar nu was ze te mager. Als hij met haar vree, voelde hij haar ribben tegen zijn borst. Haar heupen waren bijna verdwenen en haar taille leek te smal. Van achteren gezien kon ze bijna doorgaan voor een jongetje.

Jeffrey ademde diep in en langzaam weer uit. Acht jaar geleden was Sara vroeger dan normaal uit haar werk gekomen en had Jeffrey met een andere vrouw in hun bed aangetroffen. Niet alleen in bed, maar ook in actie. De blik op Sara's gezicht – het verraad, de pijn, de woede – had hem ruw wakker geschud, en Jeffrey had alle tactieken die hij kon bedenken gebruikt om haar terug te winnen. Haar zover krijgen dat ze met hem wilde praten was de grootste hindernis geweest. Toen ze dat eenmaal kon zonder haar kaken op elkaar te klemmen, had hij zich uitgesloofd om haar in bed te krijgen. Dat was lang niet zo makkelijk geweest als de eerste keer, maar Jeffrey ontdekte dat wakker worden naast Sara des te meer de moeite waard was. Een halfjaar geleden had hij haar zo ongeveer gesmeekt met hem te trouwen. Wat heet, hij hád haar gesmeekt, op een gegeven moment was hij zelfs op zijn knieën gevallen. Sara had er uitgebreid de tijd voor genomen, maar uiteindelijk had ze ja gezegd.

En nu leek ze voor zijn ogen te verdwijnen.

Sara kwam het postkantoor uit lopen, en Jeffrey keek onwillekeurig weer naar de kaart in plaats van naar haar.

'Ze waren heel aardig,' zei Sara toen ze instapte. In haar hand had ze een formulier van het postkantoor waarop ze een paar aanwijzingen had geschreven. 'Volgens hen zit hij ongeveer vijf kilometer ten westen van hier.'

'Waarom gaan we niet gewoon naar Florida?'

Jeffrey hoorde hoe zijn woorden de lege ruimte in de auto vulden en wist dat ze uit zijn eigen mond waren gekomen, maar hij had geen idee waar de vraag vandaan kwam.

Sara glimlachte hoofdschuddend, maar stelde voor: 'Margarita's op het strand?'

Hij voelde hoe hij terugglimlachte. 'Je hele lichaam insmeren met zonnebrandolie.'

'En daarna aloë vera als de zon mijn opperhuid heeft weggebrand.' Sara draaide zich nog steeds glimlachend naar hem toe. 'Je moet linksaf op Main Street.'

'Ik meen het, van Florida.'

'Ik meen het, van linksaf.'

Hij stak zijn hand naar haar uit en streek met zijn vingers langs haar lippen. 'Je bent mooi. Weet je dat?'

Ze kuste zijn vingers en legde toen zijn hand terug op het stuur. 'Linksaf,' herhaalde ze. 'Daarna rechtsaf, een weg op die Kate's Way heet.'

Jeffrey draaide de parkeerplaats uit en reed Main Street op. Hij remde af toen ze bij een onverharde weg kwamen en probeerde het handgeschilderde straatnaambordje te lezen. Dat deed hij bij drie zijstraten totdat hij Kate's Way vond, een hobbelig pad dat eruitzag of het zelden gebruikt werd. Het landschap veranderde op slag toen ze verder reden. Dit gedeelte van Georgia bestond uit vlak moerasland. Enorme cipressen met dikke stammen groeiden rechtstreeks uit het theekleurige water. Spaans mos hing als kant over de takken en er was het constante geluid van krekels, vogels, kikkers en af en toe de brul van een alligator, die ze zelfs met de raampjes potdicht konden horen.

De bochten in de weg gaven aan dat ze een kreek volgden die niet op Nicks kaart terecht was gekomen. Jeffrey remde af tot een kalme slingersnelheid voor het geval er een auto van de andere kant zou komen. Hij stelde zich voor dat het een pick-uptruck zou zijn, en dat er in de pick-up een inboorling zou zitten die het maar niks vond als er iemand op zijn weg reed, ook al was die openbaar.

Hij kwam geen pick-up tegen, en toen Sara zei dat hij de volgende rechtsaf moest, weer een verlaten onverharde weg op, grapte Jeffrey dat ze broodkruimeltjes achter moesten laten.

Drie kilometer verder stond een grote, roestige brievenbus naast een verwaarloosde oprijlaan, en Jeffrey stopte om naar het nummer te kijken. Het bordje was zo verbleekt dat ze geen van beiden iets konden lezen, maar uit een korte vergelijking met Sara's aantekeningen maakten ze op dat ze goed zaten.

Jeffrey reed het pad op en remde om een konijn over te laten huppen. Hij reed een paar meter door en remde toen weer af voor een stel kippen. Nadat de vogels in alle rust naar de andere kant waren gescharreld, gaf Jeffrey gas waardoor hij een wolk stof opjoeg. Hij had niet zoveel aandacht willen trekken, maar misschien was het verstandig om je komst aan te kondigen bij een man die uit zijn eigen huis was gebombardeerd.

'Hé,' zei Sara verbaasd toen ze het huis zag.

Jeffrey dacht hetzelfde. Pfeiffers onderkomen was een stuk grootser dan Jeffrey zich zou hebben voorgesteld als hij de tijd had genomen erover na te denken. Het huis stond op een heuveltje, omringd door een tapijt van welig groen gras, een geplaveid pad leidde naar de kreek beneden. Het was gebouwd in plantagestijl, met twee grote witte zuilen die een balkon ondersteunden. Hoge ramen van de vloer tot aan het plafond lieten de middagzon binnen en konden open om het door te laten tochten op dagen dat het niet zo heet was. Op de benedenverdieping maakte een veranda rondom het huis het plaatje compleet.

Jeffrey parkeerde zijn auto voor het landhuis.

'Aardig stulpje,' was Sara's commentaar.

'Blijf jij in de auto zitten?' vroeg Jeffrey. 'Dan kijk ik even of we hier goed zijn.'

Ze wilde iets zeggen, maar bedacht zich en knikte.

Toen Jeffrey uitstapte, hoorde hij het gezoem van een airconditioning aan de zijkant van het huis, de doordringende gons overstemde de krekels en de vogels, hoewel de snelstromende kreek boven de ventilator uit wist te komen. Hij keek om zich heen of hij elektriciteitsdraden zag, maar vermoedde dat ze onder de grond lagen. Dat moest Pfeiffer een stevige duit hebben gekost. Draden in laten graven kostte drie keer zoveel als draden door de lucht laten spannen. Jeffrey nam aan dat de man tegelijk ook telefoon had laten aanleggen en vroeg zich af hoe hij een telefoonnummer had bemachtigd dat Nick Shelton niet kon achterhalen. Misschien stond het op naam van zijn vrouw, of van een familielid. Kennelijk had Al Pfeiffer de nodige moeite gedaan om te zorgen dat niemand hem kon bereiken.

Jeffrey stak zijn hand in zijn zak en probeerde met dat nonchalante gebaar zijn onrust te verbergen. Hij voelde de autosleutel met de afstandsbediening en realiseerde zich dat hij Sara had achtergelaten zonder airconditioning en zonder mogelijkheid de raampjes open te doen. Hij keek om naar de BMW. Sara zwaaide en hij knikte terug.

Hij liep verder het pad op. Hoe dichter hij bij het huis kwam, hoe beter hij kon zien dat het te nieuw was, de kunststof planken te wit, de verandatrap te onberispelijk om een plantagegeschiedenis waar te maken. Toen hij de betonnen treden op liep, bedacht Jeffrey dat het huis waarschijnlijk gebouwd was door een plaatselijke aannemer die zich gespecialiseerd had in *Gone-with-the-wind*-optrekjes. Dat kon niet goedkoop zijn geweest, zo ver van de bewoonde wereld.

Met zijn sheriffspensioen, zijn invaliditeitsuitkering en wat hij verder nog had opgestreken zat Al Pfeiffer er kennelijk warmpjes bij. Dit was beslist niet de plek die Jeffrey zou kiezen voor zijn pensioen, maar de afzondering had zo zijn voordelen, vooral als je iemand was die de voordeur opendeed met een jachtgeweer in zijn hand.

'Wat moet je?'

Jeffrey had net zijn hand opgestoken om aan te kloppen toen de deur open zwiepte. Het geweer werd recht op zijn gezicht gericht, een paar centimeter van zijn neus. Nu Jeffrey erover nadacht, had hij op het moment dat hij zijn hand naar de deur uitstak het snelle tsjaklak gehoord van de grendel die werd overgehaald, een patroon dat in de kamer werd geladen. Hij had het geluid een paar seconden te laat geregistreerd, maar die twee seconden hadden zijn dood kunnen betekenen als de man met het geweer minder voorzichtig was geweest. Of misschien was de man gewoon doodsbang. Zijn ogen schoten heen en weer over Jeffreys schouder om te controleren of hij alleen was.

Jeffrey had zijn hand nog in zijn zak. Hij vond de sleutelhanger van de auto en drukte op *lock* in de hoop dat de BMW binnen bereik van het signaal was.

'Ik tel tot drie voordat ik je kop eraf knal en daarna ga ik pas vragen stellen.'

'Bent u Al Pfeiffer?'

'Wie zou ik verdomme anders moeten zijn?'

'Ik heb mijn...' Jeffrey haalde zijn hand uit zijn zak om zijn penning te kunnen pakken. Hij stopte toen de man dichterbij kwam en de loop van de Remington stevig onder Jeffreys rechteroog drukte.

Spuug vloog uit Pfeiffers mond toen hij vroeg: 'Denk je dat ik gek ben, maat?'

Langzaam stak Jeffrey beide handen in de lucht. Hij wilde achter zich kijken. Waar was Sara? Was ze veilig? Zijn hart bonkte zo hard in zijn borst dat hij zijn eigen stem nauwelijks kon horen toen hij tegen de man zei: 'Ik ben van de politie.'

Het wapen bewoog niet, maar de angst in de ogen van de man was onmiskenbaar. 'Ik weet wat je bent.'

'Mijn vrouw zit in de auto. Ik wil niet dat haar iets overkomt.'

Al gluurde over Jeffreys schouder. 'Het kan me geen fuck schelen wie er in die auto zit. Als ze uitstapt is dat het laatste wat je ooit zal horen.'

Jeffrey keek langs de loop van het geweer naar Al Pfeiffer en zag hoe hij uit alle macht probeerde het beven van zijn handen te beheersen. Hij zag ook de schade van de brandbom. Aan één kant van zijn gezicht was de huid vlekkerig en slap, zijn linkeroog zat bijna dicht door littekenweefsel. Hij droeg een overhemd met korte mouwen, wit en strak gesteven, en de groteske littekens op zijn armen lieten zien waar het vlees van het bot af was gebrand. Hij had tranen in zijn ogen, maar Jeffrey wist niet of het van pijn of van angst was. Van zo dichtbij zag het eruit als een combinatie van die twee.

Jeffrey deed een stap achteruit, weg van de druk van de loop in zijn gezicht. 'Ik ben politiecommissaris van Grant County.'

Pfeiffer hield het geweer onbeweeglijk op Jeffreys borst gericht. 'Al was je de president van de Verenigde Staten. Sodemieter op.'

'Waarom bent u bang voor een andere politieman?'

'Als je het antwoord niet wist, zou je niet hier zijn.'

'Ik wil alleen maar praten.'

'Zie ik eruit of ik met jou wil praten?'

'Ik moet weten...'

'Zie je dit geweer dat op je gericht is, maat?' De man kwam weer een stap dichterbij, de loop van het geweer drukte hard tegen Jeffreys borst. Pfeiffer was een halve kop kleiner en twintig jaar ouder, maar zijn stem klonk vast toen hij zei: 'Hoor je me, maat?' Hij wachtte, maar niet op een antwoord. 'Ik zei al dat ik niemand niks te vertellen heb. Hoor je me? Niks.'

'Ik wil alleen...'

'Ga ze dat maar vertellen, hoor je me? Vertel ze maar dat je van Al Pfeiffer terug mag kruipen onder de steen waar je vandaan komt.'

'Kunt u niet alleen...'

'Van mijn land af!' gilde de oude man. 'Stap in die yuppenbak van je en als je ooit terugkomt, hak ik je aan stukjes en voer je aan de alligators. Gesnopen?'

Jeffrey wist dat tegensputteren geen zin had, vooral omdat hij zeker wist dat Al Pfeiffer alleszins bereid was zijn dreigement uit te voeren. 'Gesnopen.'

'Oprotten,' zei Pfeiffer, en hij duwde Jeffrey weg met de loop van het geweer.

Jeffrey liep achteruit omdat hij de man zijn rug niet wilde toekeren tot het niet anders kon. Woede was iets waar hij mee om kon gaan, maar angst maakte mensen onredelijk. Jeffrey wilde niet binnen bereik van dat geweer zijn als Al Pfeiffer besloot dat het niet verstandig was om Jeffrey ongestraft te laten gaan.

En dat is precies wat de man deed.

Het eerste schot moest in de lucht zijn afgevuurd, maar het klonk zo hard dat Jeffrey zijn schouders introk. Hij hoorde Sara schreeuwen en toen verscheurde het tweede schot de lucht. Dit schot was al meer een waarschuwing; het grind spatte zo'n vijftien centimeter van Jeffreys voeten op. Hij sprintte om weg te komen, gleed uit op de losse steentjes en smakte hard op zijn handen.

'Shit,' vloekte hij en duwde zich overeind. Dat liet hij niet over zijn kant gaan, in het stof bijten terwijl een of andere gek schietoefeningen hield. Jeffrey hield zijn handen in de lucht en brulde: 'Je zult me in mijn rug moeten schieten, als je zo'n soort man bent.'

Het geweer klakte weer, er werd een nieuw patroon geladen.

'Nee!' krijste Sara en ze bonkte met haar vuisten tegen het raam. 'Jeffrey!'

Hij liep naar de auto, met zijn handen in de lucht, maar dit keer zorgde hij dat zijn rug een duidelijk doelwit was. Hij keek Sara strak aan. Haar vuist bleef midden in een bonk hangen, een paar centimeter van het raam. Er zat een *valet*-sleutel in de middenconsole. Dat moest ze weten. Hij had het gezegd toen hij hem daarin legde en ze had een grapje gemaakt, dat ze helemaal naar Atlanta zouden moeten rijden voordat ze een *valet* hadden gevonden om hem te gebruiken.

Sara's mond bewoog. Hij las de woorden. 'Schiet op, schiet op...'

Het leek een eeuwigheid te duren voordat Jeffrey de vijf meter tussen hem en de auto had overbrugd. Zijn rug voelde witheet, meer door de schietschijf die erop getekend was dan door de verzengende zon.

Toen hij naar de auto liep, was de tijd vertraagd, maar zodra hij achter het stuur ging zitten begon de klok weer te tikken. Hij rommelde onhandig met de sleutel en Sara griste hem uit zijn hand en startte zelf de auto.

'Rijden,' smeekte ze. 'Snel.'

Hij gooide de auto in zijn achteruit en gaf plankgas. Met een snelle blik zag hij dat Al Pfeiffer nog steeds in dezelfde houding stond, benen gespreid, rug recht, geweer naar de lucht gericht. De hufter stond met een zelfvoldane glimlach op zijn gezicht hun aftocht te bekijken. Jeffrey liet even het gas los toen hij de oprit af reed, om de man te laten weten dat hij niet al te verwaand moest worden.

Ze volgden hetzelfde pad als op de heenweg. De auto bonkte in de bocht toen hij de hoofdweg weer op reed. Hij waagde een blik naar Sara. Ze kneep zo hard in de handgreep van het portier dat haar knokkels wit waren.

Zodra ze bij het postkantoor kwamen, zei ze: 'Stop hier.'

Jeffrey ging langzamer rijden, bang dat ze zou gaan overgeven.

'Stop hier,' herhaalde ze en ze deed het portier open.

Hij trapte op de rem. Sara wachtte niet eens tot de auto stilstond voordat ze eruit sprong.

Jeffrey schoof over de stoelen achter haar aan. 'Ben je...'

Ze draaide zich om en sloeg hem midden in het gezicht. Wel tien seconden lang was Jeffrey te verbijsterd om te reageren. Ze had hem nog nooit geslagen, niet eens gedreigd.

Hij wreef over zijn gezicht en voelde met zijn tong aan de binnenkant van zijn wang. 'Kun je me vertellen waar dit in godsnaam op slaat?'

Sara ijsbeerde voor hem heen en weer met haar handen voor haar mond geslagen. Hij wist dat ze niet kon schreeuwen als ze zo boos was. Haar woorden bleven in haar keel steken en haar stem werd zo zacht dat ze nauwelijks geluid kon maken.

'Sara...'

'Klootzak,' fluisterde ze. 'Stomme, arrogante klóótzak!'

Jeffrey glimlachte omdat hij wist dat ze daar bloedlink van werd. Hij had geen idee waar ze boos om was, maar hij wist dat ze een echt probleem hadden als ze hem nog een keer sloeg.

Hij keek even naar de weg waar een groene pick-uptruck voorbijreed en even gas terugnam om de show te zien. Ze hadden geen andere auto gezien sinds ze Dug Rut in waren gereden. Dit was waarschijnlijk het grootste evenement in het stadje sinds er aan het eind van Main Street een stopbord was geplaatst.

Sara wachtte tot de auto voorbij was en vroeg toen: 'Waarom ging je langzamer rijden?'

'Wanneer ging ik...' Hij zweeg. De oprit. Hij was langzamer gaan rijden toen hij die zelfvoldane blik op Al Pfeiffers gezicht had gezien.

'Je kon hem niet laten winnen, hè? Je moest gewoon afremmen om hem te jennen.' Ze schudde haar hoofd, de tranen sprongen in haar ogen. 'Je bent net zo erg als Lena. Jullie spelen spelletjes met mensen, een soort veredelde wie-kan-het-verste-pissenwedstrijd, alsof het niet om leven en dood gaat.' Ze sloeg met haar hand op haar borst. 'Míjn leven, Jeffrey. Jóúw dood.'

Jeffrey probeerde het te bagatelliseren. 'Hij schoot ver naast. Het was maar een waarschuwing.'

'Nou, dat is een enorme troost.'

'Je kunt dat soort mensen niet laten merken dat je bang bent.'

'Jíj kunt mensen niet laten merken dat je bang bent,' verbeterde ze hem. 'Hij had een geweer, Jeffrey. Een jachtgeweer.'

'We waren buiten bereik.'

'Buiten bereik?' herhaalde ze ongelovig. Ze stak haar vinger omhoog om de woorden die uit zijn mond wilden komen tegen te houden. 'Je sloot me op in de auto. Hij stak

dat geweer in je gezicht en jij sloot me op in de auto.'
'Ik probeerde je te beschermen.'
'Wie beschermde jóú?' vroeg ze. 'Ik ben geen kind, Jeffrey. Ik ben niet een bang klein meisje dat aan het handje de straat over geholpen moet worden.'
'En ik wel?'
Ze gaf geen antwoord. Haar aandacht had zich verplaatst van Jeffrey naar iets achter hem. De groene pick-up was terug en ging langzamer rijden om nog een keer goed te kijken. De raampjes waren getint, maar toen hij zich omdraaide zag Jeffrey in het voorbijgaan twee figuren achter het donkere glas. Jeffrey bedacht opeens dat de bestuurder misschien helemaal niet uit was op een beetje sensatie. Misschien wilde hij afmaken waar Al Pfeiffer mee was begonnen.
'Stap in,' zei hij.
Sara sprak hem niet tegen. Ze liep snel naar de BMW en Jeffrey volgde haar. Hij ging achter het stuur zitten, startte de motor en reed weg zonder te kijken of er misschien iets aankwam. In de achteruitkijkspiegel zag hij dat de truck weer keerde.
'Ze zijn gekeerd,' zei hij tegen Sara.
Ze deed haar riem om en klikte hem vast.
De BMW schokte even toen hij plankgas gaf. De truck ging ook harder rijden. Het zweet liep over Jeffreys rug toen hij over de slingerende weg ragde. Na twee minuten reed de truck een onverharde weg op. Of de man had geen zin meer of hij wist dat hij met geen mogelijkheid kon winnen van de zescilinder lijnmotor.
Of Jeffrey en Sara waren allebei totaal paranoïde.
'Ze zijn weg,' zei hij tegen haar, hoewel zij dat ook had gezien in het spiegeltje op de zonneklep.
Ze kneep haar lippen op elkaar en staarde naar buiten.
'Gaat het?'
'Waarom zijn we hier?'
'Wat?'
'Waarom zijn we hier?' Ze praatte nu op normale toon, maar hij kon horen dat hij nog steeds in de nesten zat. 'Wat kwamen we hier doen?'

'Dat heb ik verteld. Ik wilde Al Pfeiffer spreken.'

'Om wat te bereiken?'

'Om erachter te komen waarom hij de stad uit is gegaan.'

'Hij is de stad uit gegaan omdat iemand heeft geprobeerd hem en zijn hele familie uit te moorden.'

Opeens verlangde Jeffrey weer naar haar zwijgzaamheid. 'Dit is mijn werk, Sara. Ik praat met mensen die niet met mij willen praten.'

'Voor zover ik me herinner hebben die nooit op je geschoten.'

Door niet te reageren gaf hij dat toe.

Ze vroeg: 'Wat heeft dit allemaal met Lena te maken?'

'Dat weet ik niet.'

'Hoe kan dit je helpen erachter te komen wie er in de Escalade zat of waarom die is vermoord?'

'Dat weet ik ook niet.'

'Zo,' zei ze en ze draaide het raampje een paar centimeter open om wat lucht binnen te laten. 'Er is wel heel veel dat je niet weet.'

Nu kwam het zwijgen. Jeffrey was er dankbaar voor. Hij staarde voor zich uit naar de lege snelweg en telde de mijlpaaltjes. Hij slikte moeilijk toen hij dacht aan het grind dat opspatte en het schot dat in zijn oren galmde. Waarom was hij langzamer gaan rijden? Wat voor oerinstinct had gemaakt dat hij zijn voet van het gas haalde om zich niet de mindere te tonen van een man die hem bijna naar de andere wereld had geholpen?

Pfeiffer had een Remington Wingmaster, het soort geweer dat de meeste agenten gebruiken. Jeffrey had gelogen tegen Sara dat ze buiten bereik waren toen hij zijn voet van het gas haalde. Als Pfeiffer een goede schutter was, en na bijna vijftig jaar politie-ervaring mocht je dat wel verwachten, had de man Sara of Jeffrey met één rukje van zijn vinger neer kunnen knallen.

Hij moest Sara hier weg zien te krijgen. Ze had gelijk, hij was net als Lena, maar ze leken op elkaar omdat ze allebei bij de politie zaten. Er waren mensen op deze wereld die je niet je zwakke kant mocht laten zien. Wat Jeffrey betrof was Sara zijn zwakke kant. Haar veiligheid was het eerste geweest waaraan hij had gedacht toen hij dat geweer had gezien. Hij had de portieren op slot gedaan omdat hij niet wilde dat ze naar het huis kwam rennen en haar hoofd eraf werd geschoten. Hij kon niet aan zijn eigen veiligheid denken zolang zij gevaar liep, en de enige oplossing voor dat probleem was Sara terugsturen naar Grant County.

Maar dan nog, waarom was hij langzamer gaan rijden? Waarom had hij alleen om zijn gelijk te bewijzen Sara binnen bereik van het geweer gehouden? Het had haar dood kunnen zijn.

Pas ruim een halfuur later had hij niet meer het gevoel dat er een band om zijn hart knelde, en weer een halfuur later begreep hij waarom zijn handen aan het stuur plakten: de zijkant van zijn linkerhand was kapot geschaafd op het grindpad.

Jeffrey stopte bij het eerste benzinestation dat hij zag.

Sara keek naar de benzinemeter op het dashboard alsof ze hem wilde controleren. Het was niet de reden geweest waarom hij stopte, maar de naald stond halverwege, dus besloot Jeffrey dat hij net zo goed kon tanken. Als Sara het bloed aan zijn handen en het stuur al had gezien, zei ze er niets van.

Jeffreys pistool en holster lagen nog onder zijn stoel en hij klemde ze aan zijn riem vast toen hij uitstapte. Hij had moeite met de benzinedop omdat hij zo krampachtig het stuur had omklemd dat zijn vingers stijf waren, maar hij wist de slang in de tank te duwen voordat hij naar het winkeltje liep. Toen hij de glazen deur opendeed, moest hij op het laatste moment bukken om niet tegen een koebel aan te lopen die in de deurpost hing.

'Sorry,' verontschuldigde de bediende zich, maar de brede grijns op zijn gezicht verried dat het een van zijn grootste hobby's was te zien hoe nietsvermoedende klanten een dreun tegen hun kop kregen. 'k Moet dat ding toch een keer ergens anders hangen.'

Jeffrey wierp de jongen een zure blik toe en liep door de winkel naar achteren. In de toiletten bekeek hij zichzelf in de spiegel, zag dat zijn haar nat was van het zweet en dat zijn overhemd vol vlekken zat van zijn val op het grind. Zijn handen zagen er vreselijk uit en hij draaide de kraan open met een papieren handdoek zodat niet alles onder het bloed kwam te zitten. Het koude water prikte gruwelijk, maar hij hield zijn handen onder de stroom en probeerde het gruis uit zijn wonden te spoelen.

'Jezus,' mompelde hij toen hij zichzelf weer in de spiegel zag. Hij schudde zijn hoofd en probeerde na te gaan wat er gebeurd was. Hij had met Pfeiffer een gesprek van dienders onder elkaar willen hebben, een onderonsje over de situatie in Elawah, zodat Jeffrey erachter kon komen waar Lena precies in verzeild was geraakt. Had hij te maken met skinheads? Zou Jake Valentine van nut kunnen zijn? Was er nog iemand te vertrouwen op het bureau van de sheriff?

Pfeiffer was met een brandbom de stad uit gejaagd, dus Jeffrey vroeg zich ernstig af of de man nog enige macht had. Ondanks die arrogante houding was de ex-sheriff duidelijk doodsbang geweest toen Jeffrey voor zijn deur stond. Een politieman had maar één reden om bang te zijn voor een andere agent: corruptie. De vraag was, wie was er onbetrouwbaar op het sheriffsbureau van Elawah? Jeffrey wilde Jake Valentine niet boven aan de lijst zetten, maar je wist maar nooit. En dan had je natuurlijk nog hulpsheriff Donald Cook, volgens Nick iemand die dingen onder de tafel aannam. Cook was zeker niet blij met zijn baan. Hij had er geen doekjes om gewonden dat hij zijn baas een idioot vond.

Maar de hele tijd kwam hij weer terug bij Sara's grote vraag: wat had dat allemaal met Lena te maken?

Niets. Het was een hele bundel losse eindjes die misschien aan elkaar geknoopt konden worden, maar misschien ook niet. Skinheads handelden in meth, Hank Norton gebruikte meth. Ethan Green was een skinhead, de spierbundel in de witte sedan was een skinhead. Al Pfeiffer was doodsbang voor de politie, Lena was ontsnapt aan de politie.

Iemand was doodgegaan in aanwezigheid van Lena. Er moest iets zijn wat Jeffrey over het hoofd zag, een stukje informatie dat alles met elkaar zou verbinden. Er moest een reden zijn waarom Lena het ziekenhuis was uit gevlucht zonder eerst met hem te praten. Ze kon verrotte eigenwijs zijn over heel veel dingen, maar stom was ze niet. Er moest een logische verklaring zijn.

Met een van de dunne papieren handdoekjes uit de houder waste Jeffrey zo goed en zo kwaad als het ging zijn gezicht en depte zijn hals en borst om het geronnen bloed weg te vegen. Zijn hand klopte nog, maar hij probeerde dat te negeren toen hij terugliep naar de winkel.

'Hoe groot is de schade?' vroeg Jeffrey en hij haalde zijn creditcard tevoorschijn.

'Sorry.' De bediende wees naar een bordje achter zich waarop stond: 'Op God vertrouwen we. De rest moet contant betalen.'

'Oké.' Gelukkig was Jeffrey gistermiddag voordat hij Grant County uit reed langs een pinautomaat gegaan. Hij wees naar het plankje geneesmiddelen achter de bediende. 'Geef me ook maar wat aspirine.'

'Achtendertig drieënvijftig,' zei de bediende. Hij gooide de aspirine op de balie en nam de biljetten van Jeffrey aan. 'Rotdag?'

Jeffrey scheurde het pakje met zijn tanden open. 'Wat denk je?'

De bediende sputterde: 'Je hoeft het niet op mij af te reageren, man.' Hij sloeg de kassa aan en gaf Jeffrey zijn wisselgeld. 'Prettige dag verder.'

'Jij ook,' wist Jeffrey uit te brengen toen hij bukte voor de koebel en de deur uit liep.

In de auto deed Sara er het zwijgen toe. Jeffrey reed de weg weer op en volgde de borden terug naar de snelweg.

De zon begon al onder te gaan toen hij op de provinciale weg kwam. De aspirine had geen barst geholpen tegen de hoofdpijn. Sara moest uitgeput zijn. Tegen de tijd dat ze Elawah County in reden, was haar hoofd op haar schouder gezakt en maakte ze dat zachte klikgeluid dat ze altijd maakte als ze sliep.

Jeffrey pakte de ongeopende fles water die ze voor hem had gekocht bij de parkeerplaats en dronk hem leeg. Kijk uit wat je wenst was geen loze kreet. Die ochtend had hij gedacht dat hij graag weer een flits van Sara's woede zou zien. Nu dacht hij alleen maar dat het heel wat makkelijker was om van haar te houden als ze sliep.

De lichtreclame voor het motel bleek nauwelijks toereikend toen hij de parkeerplek voor hun kamer op reed. Er brandden nog maar zeven letters om het hele parkeerterrein te verlichten. Jeffrey zette de motor uit en zocht de omgeving af. Een paar vakken verderop stond een zwarte Dodge Ram. Het flikkerende licht in de receptie verraadde dat de portier televisie zat te kijken. Toen Jeffrey incheckte, had de jongen met glazige ogen van het scherm opgekeken, zo verveeld dat hij het nauwelijks voor elkaar kreeg met zijn ogen te knipperen. Jeffrey stelde zich voor dat er slechtere baantjes waren. Werken in het winkeltje van een benzinestation waar de grootste opwinding werd veroorzaakt door vreemden die hun kop stootten tegen een koeienbel was daar een van.

Jeffrey schudde Sara voorzichtig wakker. Ze keek met half dichtgeknepen ogen naar het motel, even verdwaasd, maar toen ging ze overeind zitten. Kennelijk herinnerde ze zich waar ze waren en wat er was gebeurd.

Hij vroeg bijna automatisch: 'Gaat het?'

Ze knikte, deed het portier open en stapte uit.

Jeffrey stapte ook uit en rekte zich. Zijn hand ging naar zijn holster toen hij een geluid achter zich hoorde.

'Sorry.' Jake Valentine kwam uit de schaduw met een open bierflesje in de ene hand en een kleine koelbox in de andere. Hij schrok toen hij Jeffrey zag. 'Iets gebeurd?'

'Een eindje gaan rijden,' was het enige wat Jeffrey kon bedenken.

Sara liep naar de motelkamer: 'Ik laat jullie maar alleen.'

'Eh, mevrouw?' Valentine hield haar tegen. 'Ik wilde alleen zeggen dat het me echt spijt van wat ik gisteravond zei. De hitte van de strijd en zo. Ik had gewoon mijn mond moeten houden. Ik meende niet wat ik zei.'

Ze knikte. 'Bedankt voor de excuses.'

Als Valentine een dankbaardere reactie had verwacht,

praatte hij tegen de verkeerde vrouw. Jeffrey deed de deur voor haar van het slot. Sara legde haar hand om zijn pols en liet hem daar een paar seconden liggen. Hij voelde zich belachelijk dankbaar voor het gebaar en gaf haar de kamersleutel omdat dat een symbolische handeling leek. Ze glimlachte naar hem – een echte glimlach – en hij voelde dat de band die de laatste vier uur om zijn borst geklemd had gezeten wat losser werd.

'Heel even maar,' zei Valentine, alsof hij bang was dat Jeffrey met Sara mee de kamer in zou gaan.

Jeffrey was in de verleiding, maar toen de deur dichtklapte, vroeg hij aan Valentine: 'Wat is er aan de hand, Jake? Heb je Lena gevonden?'

Valentine gniffelde, zette de koelbox op de grond en haalde er een vers biertje uit. Jeffrey zag dat er vier lege tussen de half gesmolten ijsblokjes lagen. 'Ik had er eentje voor u meegenomen. Zoenoffer.'

'Dank je,' zei Jeffrey en hij hield het koude flesje tegen zijn hoofd. Hij had vandaag minstens tien uur achter het stuur gezeten op ongeveer twee uur slaap. Zijn spieren deden pijn, zijn hoofd bonkte en het laatste wat hij nu wilde, was met Jake Valentine praten.

Toch liep hij naar de voorkant van het motel, benieuwd of de sheriff hem zou volgen. De man wilde duidelijk iets van hem, en Jeffrey zou het hem zo moeilijk mogelijk maken. Hij kon het beschouwen als vergelding voor hun kleine linedance in het linnenhok gisteravond.

Achter de receptie van het motel liep een lange gang die van beide kanten toegankelijk was. Jeffrey had niet echt honger, maar hij wist dat hij moest proberen iets te eten. Hij vroeg Valentine: 'Heb jij geld bij je?'

Valentine haalde een handvol munten uit zijn zak. Jeffrey pakte wat hij nodig had en gooide dat in de automaat. Hij staarde naar de repen en zoutjes en probeerde te bedenken waar hij het minst snel maagzuur van zou krijgen. Hij koos voor een zakje vetarme chips en drukte op de knoppen.

'Die vind ik ook lekker,' probeerde Valentine.

Jeffrey stak hem de zak toe. 'Ook een paar?' Valentine

schudde zijn hoofd en Jeffrey ging op een van de houten banken tegenover de automaten zitten. Hij scheurde de zak open met zijn tanden en at een handje chips. Ze waren oudbakken.

Valentine stond daar gewoon naar hem te kijken en wist duidelijk niet wat hij moest doen. Hij leek nog jonger zonder zijn uniform, en nog slungelachtiger door de hoge spijkerbroek en het oversized poloshirt. De rode sportpet van de Georgia Bulldogs die hij op had, hielp ook niet echt. Hij had hem een beetje schuin op zijn smalle hoofd staan. Zelfs met de opvallende bult van zijn enkelholster leek hij eerder iemand die net was toegelaten tot het studentenbasketbalteam.

Als Jake Valentine de geheime drugsbaron van Elawah County was, dan wist hij dat goed te verbergen.

'Mooie avond,' mompelde Valentine. 'Stukje gaan rijden met de vrouw?'

Jeffrey draaide het flesje open en negeerde de pijn die door zijn hand schoot. Hij hield niet van bier, maar hij had zo'n hoofdpijn dat hij gif zou hebben gedronken om te zorgen dat het ophield met bonken.

'Alle gekheid op een stokje,' zei Valentine, 'nog geen spoor van uw rechercheur.'

Dat verbaasde Jeffrey niet. Behalve als Lena op de voordeur van de gevangenis klopte om te vragen of ze naar binnen mocht, betwijfelde hij ten zeerste of ze gevonden zou worden. Jeffrey had Frank Wallace gevraagd haar creditcards in de gaten te houden, maar Jeffrey nam aan dat daar niets mee was gebeurd, anders had Frank wel gebeld. Hij had de ervaren rechercheur ook gevraagd naar haar uit te kijken in Heartsdale, maar ze waren het erover eens geweest dat het hoogst onwaarschijnlijk was dat Lena weer in Grant County zou opduiken.

Jeffrey staarde naar het verlaten gebouw aan de overkant van het motel, een krot met een golfplaten dak dat door een ondernemend type beschilderd was om het eruit te laten zien als een strohut.

'Hanks bar,' zei Valentine uit eigen beweging, met een knikje naar het bouwsel. 'De barkeeper verkocht meth onder de toonbank. Bij het ATF zeiden ze dat ze een anonieme tip hadden gekregen. Dat vertelden ze me achteraf, nota bene. Ik hoorde het pas van Junior, de nachtportier hier, die belde om te vragen of ik wist dat er zestig wagens van de staatspolitie om Hanks bar heen stonden.'

Jeffrey nam nog een slok uit het flesje. Hij hoorde een beekje kabbelen en bomen ruisen in het bos achter het motel en de bar. Hij wilde thuis zijn, op zijn rug in het meer drijven, met het gelach van Sara en haar zuster dat werd gedempt door het koele water. Hij wilde in bed liggen, op zijn rug, met Sara's mond op zijn lichaam.

Valentine sneed door zijn gedachten heen. 'Ik neem aan dat u al wist van Hanks bar,' zei hij. 'Net zoals ik aanneem dat u degene bent die de gele tape op de achterdeur heeft doorgesneden.'

'Goed geraden,' zei Jeffrey, hoewel hij vermoedde dat die eer Lena toekwam. Dus ze was op zoek naar iets. Het doorgesneden tape was net zoiets als een vingerafdruk. Je kon alleen zien dat er iemand was geweest, maar niet wanneer of waarom. Misschien had ze geld gezocht. Misschien was ze daar gisternacht geweest toen Jeffrey en Sara probeerden te slapen.

'Hoe dan ook...' Valentine schopte tegen het asfalt. 'Ik was in de buurt en dacht dat ik even...'

Jeffrey zuchtte zwaar toen hij opstond van de bank, te moe om dit lang te rekken. 'Ik zie aan de lege flesjes in je koelbox dat je hier al een poosje bent. Je bent niet in uniform, dus je probeert eruit te zien alsof je geen dienst hebt, maar het feit dat een driejarige die enkelholster nog zou zien, wijst erop dat je óf te veel tv hebt gekeken óf ergens bang voor bent. Ik gok op het laatste.'

Valentine grinnikte, maar Jeffrey zag dat de jonge man geschrokken was. Hij keek uit over het parkeerterrein en nam een grote slok van zijn bier.

Jeffrey gooide het lege chipszakje in de vuilnisbak. 'Vertel eens iets over Al Pfeiffer.'

'Al is met pensioen.'

'Waarom?'

'Wilde meer tijd voor zijn kleinkindjes hebben.'

'En minder tijd in de fik staan?'

Valentines ogen vernauwden zich. 'Waarom bent u geïnteresseerd in die oude man?'

Jeffrey nam een stevige slok bier en probeerde niet te huiveren van de bittere smaak. Valentine zag er niet alleen uit als een tiener, hij had ook de smaak van een tiener. Jeffrey zou er zijn pensioen om verwedden dat het joch niet meer dan drie dollar voor de zes pilsjes had betaald.

'Kijk hier,' zei Valentine. 'Ik wilde u alleen laten weten dat de patholoog morgen komt.'

Eindelijk de reden voor zijn bezoek. 'O ja?'

'Hij gaat het lichaam uit de Escalade bekijken en dan laat hij ons weten wat hij denkt dat er gebeurd is.'

'Klinkt goed.'

'U zei laatst dat uw vrouw...' Valentines stem stierf weg. Toen hij zag dat Jeffrey hem niet ging helpen, ging hij verder: 'Het klonk of ze veel ervaring heeft.'

Jeffrey geloofde zijn oren niet. 'Dat klopt.'

'Ik zou het erg op prijs stellen als u haar kon vragen of ze kan komen, misschien naar het lichaam wil kijken, zeggen wat ze ziet.'

Jeffrey probeerde het addertje onder het gras te zien, na te gaan waarom Valentine zo'n verzoek zou doen. Hij kon niets bedenken en het bier deed daar ook geen goed aan. 'Je zei dat die kerel van jullie goed was.'

'O, dat is hij ook, maar zoiets als dit... Moet u horen, we betalen haar. We hebben nog wat ruimte in het budget. Vertel maar wat haar tarief is.'

Jeffrey sloeg de rest van het bier achterover, wilde er meteen nog een, dacht toen aan zijn vader en wilde dat hij helemaal niets had gedronken.

Valentine vatte zijn zwijgen verkeerd op. 'Ik kan het contant...'

'Betalen ze je?'

'Hoe zegt u?'

Jeffrey drukte zijn lege flesje tegen de borst van de man. 'Er is iets gaande in jouw stad en jij doet eraan mee of je neemt geld aan om de andere kant op te kijken.'

Valentine lachte geforceerd. 'Weet u zeker dat dat mijn enige keuzes zijn?'

Jeffrey waarschuwde hem: 'Luister, Inspector Gadget, ik kom er hoe dan ook achter wat hier aan de hand is en het kan me niet schelen als ik onderweg op iemand z'n tenen ga staan.'

'Gaat u me weer een dreun verkopen?'

Jeffrey herinnerde zich hoe Sara hem een klap had gegeven, hoe machteloos ze zich moest hebben gevoeld, opgesloten in de auto. 'Misschien wel.'

Valentine bukte om Jeffreys flesje in de koelbox te doen. Toen hij overeind kwam, wierp hij Jeffrey een trage grijns toe alsof ze oude vrienden waren. 'U moet eens bij mij komen eten.'

Jeffrey liep terug door de gang naar het parkeerterrein. 'Waarom zou ik dat willen?'

Valentine regelde zijn passen naar de zijne. 'Dan kan ik u een rondleiding geven, de verbouwinkjes waar ik aan bezig ben laten zien.' Hij grijnsde weer suffig. 'Ik ben een stuk handiger dan ik eruitzie.'

'Leidt dit nog ergens toe?'

'We proberen achter het huis een terras aan te leggen. Elke keer als mijn salaris komt, kopen we een paar planken. De vrouw schat dat het een jaar zal duren voor we de hele boel bij elkaar hebben, maar we zijn reuze geduldige mensen. We zijn niet zoals sommige mensen die met geld smijten en landhuizen laten oprijzen uit moerasland. We nemen er de tijd voor en doen het op de goede manier.'

Hij had het over Al Pfeiffer. Jeffrey vroeg zich af of Valentine wist dat zijn oude baas vandaag bezoek had gehad. Pfeiffer had waarschijnlijk nog banden met de gemeenschap, ging misschien wel eens bij vrienden langs. Er waren mensen die wisten waar hij woonde. Die contact hielden.

Jeffrey stond voor de kamer. Hij wees naar de deur. 'Hier moet ik zijn.'

Valentine tikte aan zijn pet. 'Prettige avond, commissaris. Laat me weten wat uw vrouw zegt.'

Jeffrey keek hoe de man de koelbox op de voorstoel van zijn zwarte auto zette en omliep naar de bestuurderskant. Hij deed het portier open en zwaaide even naar Jeffrey voordat hij instapte. Toen hij wegreed, zag Jeffrey de receptionist door het raam turen. Hij voelde de ogen van het joch in zijn rug toen hij op de deur klopte.

Sara lachte niet echt toen ze de deur opendeed, maar ze had hem al minstens vier uur niet meer uitgescholden voor stomme klootzak, dus misschien waren zijn kansen gekeerd.

De kamer was bedompt en deprimerend, precies zoals Jeffrey zich hem van de vorige nacht herinnerde. Sara had de donkere veelkleurige sprei al van het bed gehaald. Hij vroeg zich af hoeveel DNA daarmee verplaatst was.

Ze vroeg: 'Wat wilde onze nieuwe beste vriend?'

'Dat jij de sectie op het lichaam doet.'

'Waarom zou hij dat willen?'

'Goede vraag,' antwoordde hij en ging op het bed zitten. Hij bedacht zich, ging op zijn zij liggen, stompte de kussens onder zijn hoofd op en schopte zijn schoenen uit. 'Voeg dat maar toe aan de lange lijst van dingen die ik niet weet.'

Ze liep naar de deur, controleerde het slot en deed het licht uit. In het donker bewoog de matras toen ze in bed stapte. Net als Jeffrey nam ze niet de moeite haar kleren uit te doen. Hij wachtte tot ze tegen hem aan zou kruipen, maar dat deed ze niet.

Sara had hem een keer verteld dat ze zelfs toen ze gescheiden waren nog steeds nachtmerries had over een telefoontje midden in de nacht. Dat was iets waar zelfs agenten geen grapjes over maakten, het noodlottige telefoontje waarin je vrouw of vriendin of minnares verteld werd dat je eindelijk in de prijzen was gevallen. Een of andere geflipte junk of achterlijke alcoholist had een mes getrokken, de trekker overgehaald, en je geliefden konden niets anders doen dan de telefoon opnemen en wachten op de woorden.

Daar had ze vandaag waarschijnlijk aan gedacht toen Al Pfeiffer de trekker overhaalde. Ze moest doodsbang zijn geweest dat ze de auto niet uit zou kunnen, machteloos zou moeten toezien hoe hij doodging.

'Jeff?' Hij wist niet wat hij kon verwachten, maar zoals gewoonlijk wist ze iets te bedenken wat hij nooit had kunnen voorzien. 'We moeten de patio repareren, lag ik te denken, misschien die gebroken tegels vervangen en het muurtje iets hoger maken zodat mensen daarop kunnen zitten zonder dat hun knieën tot hun oren komen.' Ze zweeg even. 'Wat vind jij?'

Hij rolde op zijn rug. Er viel een dunne streep licht door de gordijnen en hij kon net haar profiel onderscheiden. 'Volgens mij moesten we de vorige keer dat jij met beton in de weer ging je vaders drilboor lenen.'

'Op de zak stond dat het zelfegaliserend was.'

Hij glimlachte om het bekende excuus.

'Ik wil die sectie doen.'

Jeffrey wist niet wat hij moest zeggen. Zijn eerste reactie was nee zeggen, maar dat was alleen omdat Jake Valentine het gevraagd had. 'Ik weet niet of we hier op die manier sneller weg zijn.'

Uit haar zwijgen maakte hij op dat ze zich er niet makkelijk vanaf zou laten brengen. Jeffrey probeerde zijn volgende woorden zorgvuldig te formuleren: 'Ik kan Frank vragen hierheen te komen om je op te halen als je klaar bent.'

'Nee,' zei ze. 'Ik blijf bij jou.'

'En als ik dat nou niet wil?'

De telefoon begon te rinkelen voordat ze antwoord kon geven. Jeffrey nam op.

'Hallo?'

'Waarom ben je nog hier?'

Jeffrey ging zo snel rechtop zitten dat de telefoon van het nachtkastje donderde. 'Lena?'

'Je mag hier niet zijn,' zei ze op hese fluistertoon. 'Waarom ben je er nog?'

'Waar zit je?' vroeg hij. 'Laat me je komen halen.'

Ze begon te huilen, de snikken verstikten haar woorden. 'Waarom...?' huilde ze. 'Waarom hebben ze mij niet vermoord?'

'Wie?' vroeg hij verward. 'Over wie heb je het?'

'Ga weg,' smeekte ze. 'Je moet weg voordat ze...'

'Wie zijn "ze", Lena? Wie zit er achter je aan?' Het enige wat hij hoorde was het staccato van haar adem. 'Lena?' Hij drukte de telefoon tegen zijn oor. 'Lena? Ben je er nog? Waar zit je? Laat me je komen halen.'

De lijn viel stil.

Negen

Sara streek met haar duim langs het patroon van opgedroogd bloed op het stuur van de BMW terwijl ze Jake Valentines surveillancewagen door het centrum van Reese volgde. Gisteravond was ze door de shock of het trauma of een combinatie van die twee eindelijk gevloerd. Ze had dieper geslapen dan in maanden. Als Jake Valentine niet om halfacht op hun deur had gebonsd, zou ze waarschijnlijk nog in bed liggen.

Voor zich in de auto van Valentine zag ze Jeffrey druk in gesprek met de sheriff. Sara hoopte bij god dat het hem zou lukken wat informatie van die man los te peuteren. Maar haar gezonde verstand vertelde haar dat dit niet het geval zou zijn. Jeffrey had Valentine niet verteld van Lena's telefoontje gisteravond, want hij wist dat de man het nummer zou traceren. En Valentine van zijn kant gaf geen informatie over zijn klopjacht. Toen hij vanochtend de wonden op Jeffreys gezicht en handen bij daglicht had gezien, had hij alleen gezegd: 'Ik wil niet weten hoe die ander eraantoe is.'

Sara had tot op dat moment niet eens gemerkt hoe ernstig hij gewond was. Ze had altijd goed voor Jeffreys lichaam gezorgd. In de loop der jaren had ze vele wonden gedesinfecteerd, arnicazalf op blauwe plekken gesmeerd, verstuikte enkels en gebroken vingers gezwachteld. Na spontane spelletjes American football had ze ijs op zijn knie gelegd zodat hij de volgende ochtend kon lopen. Uren die hij doorbracht met klussen in en om het huis werden beloond met lange rugmassages en wat ze nog meer kon bedenken om hem te helpen ontspannen. Zelfs na de scheiding, toen Sara het niet eens kon verdragen in dezelfde kamer met hem te zijn, was ze naar het ziekenhuis gerend toen een verdwaald schot hagel in zijn been was beland.

Ze had gisteren niet gezien dat hij zijn hand bezeerde. Ze had gezien hoe het geweer in de lucht werd afgeschoten, toen het tweede waarschuwingsschot, zo dichtbij dat haar adem in haar keel stokte. Ze had Jeffrey zien struikelen en over het grind schuiven, maar ze had er niet aan gedacht om hem te controleren op snij- en schaafwonden. Het enige waarop ze zich kon concentreren was de absolute doodsangst die ze voelde elke keer dat Al Pfeiffer de trekker overhaalde, en haar withete woede toen Jeffrey daarna gas had teruggenomen.

Hij had zijn voet van het pedaal gehaald. Sara had gedacht dat er iets met de auto aan de hand was. Ze had omlaag geleken, in paniek, om erachter te komen wat er mis was en duidelijk gezien waarom de auto bijna tot stilstand kwam. Vervolgens had ze naar Jeffrey gekeken en gezien hoe zijn mondhoek omhoog ging toen Al Pfeiffer hem die blik had toegeworpen. God, die blik. Sara had hem van zijn gezicht willen meppen. Ze waren net een stelletje jongens op de speelplaats die deden wie de meeste rotzooi kon schoppen voordat de leraar eraan kwam. Lena was net zo – ze had geen pik waarop getrapt kon worden, maar ze kon rotzooi schoppen als geen ander.

Op dat moment realiseerde Sara zich eindelijk waarom ze in feite helemaal naar het moeras waren gereden, waarom Jeffrey zich vastklampte aan het kleinste aanknopingspunt na Lena's verdwijning. Sara had voor de deur van de badkamer gestaan toen Lena vluchtte, maar Jeffrey had in de gang gestaan. Hij had minder dan drie meter van Lena af gestaan, minder dan drie meter van het verhinderen van haar ontsnapping.

Jeffrey was ook beetgenomen en dat had zijn ego een flinke knauw gegeven.

Het afgelopen jaar had Sara een cursus ballistiek gevolgd aan de GBI-academie in Macon. Ze had net twee gevallen met schotwonden gehad en wilde misdaden waarbij vuurwapens waren gebruikt beter kunnen onderzoeken. Een onderdeel van de cursus was een technische les op de schietbaan. De instructeur had verschillende wapens en ammunitie gebruikt om van variabele afstanden op met gel gevulde poppen te schieten zodat de studenten een beter inzicht kregen in patronen en verspreiding. De Remington Wingmaster was een van de populairste geweren die op de markt waren, favoriet bij de politie én de onderwereld. Als je zware hagel gebruikte, joeg het wapen zestig procent van de hagel in het doelwit van een afstand van zestig meter.

Sara schatte dat ze gisteren ongeveer zestig meter van Al Pfeiffer verwijderd waren toen Jeffrey zijn voet van het gas had gehaald.

Hij mocht blij zijn dat ze lang genoeg was blijven leven om hem een klap te geven.

Valentine zette zijn richtingaanwijzer aan. Sara volgde de surveillancewagen naar het depot van in beslag genomen auto's van Elawah County. Er stonden zo'n vijftig pick-ups in verschillende stadia van ontbinding op het terrein, grills die er als een los gebit bij hingen, achterbumpers die in de laadklep waren gefrommeld. Omdat ze wist hoe het in kleine stadjes toeging, vermoedde ze dat de meeste eigenaren geen geld hadden om hun auto op te halen of nog in de gevangenis zaten in afwachting van een veroordeling wegens rijden onder invloed. Eigenlijk was het parkeerterrein een veredelde afwerkplek voor de verzekering.

De auto van de sheriff hotste een korte grindweg over en parkeerde toen op een bestraat terrein. Voor zich zag Sara een groot metalen gebouw, ongeveer vijf meter hoog en met een oppervlakte van honderd vierkante meter en ze vermoedde dat de auto van het ongeluk naar het gebouw was gesleept om onderzocht te worden.

Hoewel wat er met de Cadillac Escalade was gebeurd natuurlijk geen ongeluk was. Sara probeerde elke zaak onbevooroordeeld aan te pakken, maar het was ook weer niet zo dat een SUV die midden op een footballveld in brand stond daar toevallig was beland. Iemand had hem daar geparkeerd en opzettelijk in de fik gestoken en was weggelopen terwijl de dode er nog in zat.

De vraag bleef: was die iemand Lena Adams?

Sara stapte uit haar auto. De geur van benzine en olie vermengde zich in de lucht met een ondertoon van uitlaatgassen. Er klonk geen geluid uit de werkplaats. Ze vermoedde dat de monteurs pauze hadden.

Jeffrey en Valentine liepen naar de BMW. De sheriff schopte modder van het wiel. 'U bent de bush in geweest zo te zien, commissaris.'

Jeffrey zei: 'Ik was gisteren in de buurt van het Okefenokee-moeras.'

Valentines wenkbrauwen schoten omhoog. 'O ja?' vroeg hij, omstandig aan zijn kin krabbend. Daar gingen de harmonie en het begrip die onderweg in de auto waren bereikt. Hij zei tegen Jeffrey: 'Ik ken lui die een tijdje terug naar het moeras zijn verhuisd.'

'Vrienden van je?'

'Zo zou ik ze niet willen noemen.' Schijnbaar zonder enig verband meldde de sheriff: 'Land van de bevende grond.'

Jeffrey zweeg, dus vroeg Sara: 'Pardon?'

Valentine legde uit: 'Zo noemen de indianen het. Okefenokee, Land van de bevende grond. Niet meer dan zes procent van het moeras is vaste grond. De rest bestaat uit nog geen meter plantenresten die op het water drijven. Als je daar loopt is het net of je op een dobberend luchtbed loopt, alleen gaat het iets gemakkelijker.' Hij schoof zijn hoed naar voren om de zon uit zijn gezicht te weren. 'Bent u mee geweest, mevrouw?'

'Ja, dat genoegen had ik.'

'Massa's steekmuggen, alligators, zelfs van die vleesetende planten.' Hij grinnikte bij die laatste woorden alsof ze een leuke herinnering bovenbrachten. 'Mijn pa heeft mij en mijn broertje er een keer mee naartoe genomen toen we klein waren. Kostte drie dagen om van oost naar west te peddelen, we waren bijna de pijp uitgegaan. De raarste dingen gezien.' Zijn ogen gleden naar Jeffrey en zijn innemende stem veranderde in een waarschuwing. 'Gevaarlijk oord, daar.'

Jeffrey kruiste zijn armen voor zijn borst. 'Voor sommige mensen wel, denk ik.'

En weer stond Sara in de schootslinie bij een wedstrijdje vérpissen. Ze sloeg haar handen tegen elkaar om de impasse te doorbreken en zei tegen Valentine: 'Ik neem aan dat het lichaam binnen ligt?'

'Ja, mevrouw,' zei hij en hij wees naar het kantoor naast het gebouw.

Sara liep naar het kantoor, met de twee mannen op haar hielen.

'Hoe was de tocht door het moeras?' vroeg Valentine aan Sara.

'Prima, dank je.'

Hij stak zijn hand uit om de deur voor haar open te doen, grinnikte en zei: 'U heeft niet toevallig Lena Adams daar zien staan liften?'

Sara dwong zich te glimlachen. 'Ik ben bang van niet.'

Valentine glimlachte terug toen hij de deur opende. 'Ik kon het niet laten.'

In plaats van de archiefkasten en bureaus die Sara verwachtte, kwamen ze rechtstreeks een ruimte binnen die alleen maar het lijkenhuis kon zijn. Er stond een grote roestvrijstalen brancard, vastgenageld aan de betonnen vloer, en daarop lag een opengeritste lege lijkenzak. De spoelbak en ontleedtafels langs de muur leken veel op die in het lijkenhuis van Grant, maar de vriezer waar de lijken in bewaard werden was van het inlooptype dat in grotere restaurants wordt gebruikt. Ze zag geen dictafoon. Jeffrey zou aantekeningen moeten maken van haar bevindingen.

'Kan ermee door,' zei Valentine, hoewel ze uit de blik op zijn gezicht kon opmaken dat hij zich een beetje schaamde voor de locatie van het lijkenhuis. 'De meeste secties die we hier te doen krijgen zijn auto-ongelukken, aanrijdingen, dat soort dingen. We krijgen de hele handel van Seskatoga, Ahlmira en nog wat county's. Doordat het lijkenhuis hier ter plekke is, kunnen we ze makkelijk overhevelen.'

'Natuurlijk,' zei Sara, met het gevoel dat ze de man beledigd had terwijl de inrichting heel acceptabel was. Ze was allang blij dat ze niet in de balsemkamer van de plaatselijke begrafenisondernemer was beland. 'Waar is de Escalade?'

'Hierheen,' zei hij en hij deed een andere deur open. Daarachter was een grote, open werkplaats. Er stonden twee bureaus en een rij archiefkasten in een hoek. Tegen de achtermuur hing gereedschap. Op zes hydraulische liften stonden auto's, maar er was geen monteur te bekennen. Overal lagen auto-onderdelen en stonden wrakken in verschillende stadia van demontage zodat de schade kon worden vastgesteld en de schuld aan de juiste persoon kon worden toegeschreven. In het midden stond duidelijk de SUV. Hij was bedekt met grijs zeildoek, en er was plastic onder gelegd om de vloer te beschermen.

Valentine liep naar de Cadillac en legde uit: 'We hebben hem direct hierheen gesleept toen het metaal was afgekoeld. Eerlijk gezegd heeft de brandweer niet meer gedaan dan het veld nathouden en de brand laten uitfikken. Daarna was er niet veel meer over.'

Sara haalde een elastiekje uit haar zak om haar haar in een paardenstaart te binden. Ze vroeg aan Valentine: 'Weten jullie hoe de brand ontstaan is?'

De sheriff schudde zijn hoofd. 'Er werd een soort brandversneller gebruikt, maar de klapper was de benzinetank die ontplofte. Ze weten niet zeker of daarmee geknoeid was, maar je kan aan de achterkant van de auto zien dat de tank uit elkaar is geknald. Zo te zien moet hij behoorlijk vol hebben gezeten.'

'Heb je een explosie gehoord?' vroeg Jeffrey.

Valentine keek bedachtzaam toen hij het zeildoek beetpakte en weg begon te rollen. 'Nu u het zegt, misschien wel. Altijd lastig dingen achteraf te herleiden.'

'Dat zal wel,' zei Jeffrey op een toon waardoor het klonk of hij dacht dat de ander loog. Hij liep naar Valentine om hem te helpen het zeildoek weg te rollen.

Sara sloot zich af voor hun gesprek toen ze voor de resten van de Cadillac stond. De auto was een huls van wat hij geweest was. De banden waren gesmolten zodat de carrosserie op beroete stalen velgen stond. Delen van het dak waren weggeblazen, maar vreemd genoeg was er nog wat leer en schuimrubber vulling van de banken bewaard gebleven.

'Die kussens zullen wel behandeld zijn geweest of zo,' suggereerde Valentine. 'We kunnen de jongens van de werkplaats roepen om de carrosserie uit elkaar te halen als u klaar bent met het lichaam.'

Sara keek naar de achterbank. Het lijk lossnijden van het leer zou uren duren. Het zou net zoiets zijn als natte velletjes wc-papier van elkaar trekken.

Maar het moest gebeuren.

Ze stak haar hoofd in de auto om het slachtoffer te bekijken. Het lichaam was klein maar dat betekende niet noodzakelijkerwijs dat het een vrouw was. Het kon een jonge jongen zijn of een man met dezelfde bouw als Valentine. Wie het ook was, de dood was duidelijk ondraaglijk pijnlijk geweest. De armen en benen waren gebogen in een vechthouding, alsof het slachtoffer had geprobeerd de vlammen van zich af te slaan. Voor zover Sara kon zien zaten de botten vol hittebreuken. De linkerhand was opgeslokt, volledig weggevreten door het vuur. Het haar was weggebrand, de platte oogbollen lagen zonder oogleden in hun kassen.

Sara vroeg: 'Hebben jullie foto's genomen?'

Valentine knikte, en ze boog verder de auto in, probeerde niets aan te raken toen ze controleerde of de veiligheidsriem vast had gezeten. De riem was verbrand en een deel ervan was in het vlees gesmolten, maar ze zag de metalen gesp stevig verankerd en veronderstelde dat de passagier de gordel om had gehad.

Had het slachtoffer geprobeerd weg te komen? vroeg Sara zich af. Hoe was het om gevangen te zitten achter in de brandende SUV, met vlammen die om je heen likten terwijl je worstelde met de veiligheidsgordel en aan de deurknop krabde in een wanhopige poging om weg te komen?

Gruwelijk, besloot ze. Het moest absoluut gruwelijk zijn geweest.

Vele lange seconden, misschien een hele minuut, moeten voorbij zijn gegaan voordat het lichaam het opgaf, de organen ermee ophielden. Nog afgezien van de tijd die het had geduurd voor het vuur aansloeg, voor de benzinetank ontplofte. Je kon niet weten hoeveel minuten er voorbij waren gegaan terwijl het slachtoffer op het onvermijdelijke wachtte.

Sara's mond ging open toen ze van dichterbij keek omdat ze probeerde de uitgesproken lucht van verbrand vlees niet in te ademen.

Zo'n vijfenzeventig procent van de huid van het lichaamsoppervlak was weggebrand. De meeste onderliggende spieren en pezen waren geschroeid maar niet helemaal vernietigd. De bovenkant van het hoofd en de achterkant van de schedel waren zo goed als verkoold en Sara zag her en der stukjes tanden en de zijkant van de tong door een groot gat aan de linkerkant van de kaak. De kaak was opvallend wit en ze moest aannemen dat het stuk vlees dat eroverheen zat eraf was gevallen door de schokken tijdens het transport.

Een stuk huid ter grootte van een vel papier ontbrak van het bovenlijf en Sara kon de borstwand en de inhoud van de thorax duidelijk zien. De organen in de buik lagen ook bloot, de lever zat als een gekookt stuk donker vlees onder de rafels van de maag; die was kennelijk geëxplodeerd door de intense hitte. Sara vermoedde dat kleine stukjes van iets wat eruitzag als geblakerde kurk tegen de buitenkant van de dunne darm de verbrande resten van de maaginhoud zouden blijken te zijn.

Wat over was van de huid rond de dijen was met de zitting versmolten, pezen hingen als kerstversiering over de benen. Korstige resten van een spijkerbroek en wit ondergoed zaten nog vastgeplakt waar lichaamssappen in het materiaal waren gelekt en toen gedroogd. De boord van een witte sok zat rond de linkerenkel. Hoewel er nauwelijks nog huid over was op beide voeten, zat er een gespleten stukje nagel op de rechter grote teen. Er was een vlakje gebladderde roze nagellak te zien. Sara boog zich, kwam dichterbij. Het gebied rond de schaamstreek was ernstig beschadigd, maar ze was er vrij zeker van dat ze naar de geslachtsorganen van een vrouw keek.

Ze deed heel even haar ogen dicht, ongelooflijk opgelucht dat het slachtoffer niet Hank Norton was. Het gaf haar iets van hoop dat Lena's betrokkenheid bij de misdaad niet zo ver ging als Jake Valentine geloofde.

'Sara?' vroeg Jeffrey, met een scherpe klank in zijn stem. 'Gaat het?'

'Ja,' zei ze, en ze schudde heel even haar hoofd om te antwoorden op de vraag die voor iedereen behalve de sheriff duidelijk was.

Valentine zei: 'Niet best, hè?'

Sara knikte. 'Heeft jullie patholoog het lichaam gezien?'

'Alleen even een snelle blik op het veld die avond,' bevestigde Valentine. 'Fred zegt dat hij nog nooit zoiets heeft gezien. Ergste geval dat hij ooit heeft gehad. O...' Hij zweeg plotseling, alsof hij zich net iets herinnerde. 'Zodra we het lichaam eruit hebben, moeten we Fred bellen om hier met de röntgenfoto's te helpen. Dat apparaat heeft kuren. Dat kunt u misschien beter niet in uw eentje doen.'

'Fred is de patholoog?' vroeg Jeffrey.

'Yep,' beaamde Valentine. 'Fred Bart. Hij zit midden in een wortelkanaalbehandeling, maar zei dat we even moesten bellen, dan komt hij meteen.'

Sara keek waarschijnlijk verbijsterd want Valentine lachte blaffend. 'Hij dóét de wortelkanaalbehandeling, hij krijgt hem niet. Fred is de enige tandarts hier. Hij doet lijkschouwingen om zijn vistripjes te betalen, zegt hij. Aardige vent, maar hij weet wanneer hij de zaak aan een expert moet overlaten.' Valentine glimlachte zwakjes. 'En nu we het er toch over hebben, ik wil u bedanken dat u dit wilt doen, dokter Linton. Ik weet dat we het nog niet over de vergoeding hebben gehad, maar ik ben vanochtend langs de bank geweest.'

Hij haalde een stapeltje bankbiljetten tevoorschijn en Sara voelde haar hals rood worden. Ze was ervan uitgegaan dat ze dit als gunst zou doen. Er was een verschil tussen een cheque krijgen uit Grant County en contant geld aannemen van Jake Valentine. Geld dat rechtstreeks overhandigd werd maakte haar beschaamd.

Valentine telde een paar biljetten van twintig uit en verklaarde: 'We betalen Fred meestal zo'n tweehonderdvijftig per keer, maar ik...' Hij stopte toen de openingsmaten van 'I wish I was in Dixie' uit zijn broekzak rinkelden. 'Sorry,' verontschuldigde hij zich en hij verfrommelde het geld toen hij zijn mobiel probeerde te pakken. Hij nam op met het gebruikelijke hallo, maar zei tijdens het luisteren niet veel meer. Al na een paar seconden viel zijn mond open.

Plotseling zei hij tegen de beller: 'Ik ben er zo,' en brak het gesprek af.

Jeffrey wisselde een blik met Sara voordat hij de sheriff vroeg: 'Is er iets mis?'

'Ik moet weg,' zei Valentine plotseling ernstig. 'Er is een zwaar ongeluk geweest op de snelweg. Een jongen met wie ik op school heb gezeten is onder een achttienwieler gekomen.' Hij stopte het geld weer in zijn zak, realiseerde zich wat hij gedaan had en bood het Sara aan.

'Nee,' zei ze, zonder het geld aan te nemen. 'Dank je.'

Valentine leek te zeer afgeleid om verbaasd te zijn. Hij stak het geld weer in zijn zak. 'Vindt u het erg als ik u hier alleen laat?'

Sara liet het antwoord aan Jeffrey over. 'Geen probleem. Kan ik ergens mee helpen?'

'Nee,' zei Valentine iets te snel, met iets te hoge stem, alsof hij bang was dat Jeffrey zou aanbieden mee te komen. Hij leek zich dit te realiseren en voegde eraan toe: 'Maar evengoed bedankt,' en schoot er toen bijna rennend vandoor.

Jeffrey zei: 'Nou, we weten nu tenminste waarom hij wilde dat jij de sectie deed.'

Sara keek naar het lichaam en berekende hoeveel tijd het zou kosten om het arme wezen te ontleden. 'We zitten hier bijna de hele dag vast.'

'Maar waar probeert hij ons van weg te houden?' Ze hoorden de auto van de sheriff starten en banden knarsen op het grind. Jeffrey zei: 'Of die schoft is superslim of superstom. Daar ben ik nog niet achter.'

'Politiemensen staan niet bekend om hun verbluffende intelligentie.'

Hij wierp haar een blik toe. 'Je voelt je beter.'

Sara wist niet hoe ze die opmerking moest opvatten.

Los van het overduidelijke sarcasme voelde ze zich inderdaad beter. Of dat kwam door de diepe slaap van afgelopen nacht of de uitbarsting van gisteren, ze had het gevoel dat ze iets van zichzelf terug had gevonden. Ze was zonder enige aarzeling het lijkenhuis binnengelopen. Haar beoordeling van het lijk was als vanzelfsprekend geweest. Ze had niet aan zichzelf getwijfeld of zich zorgen gemaakt of iemand zou zeggen dat ze fout zat of dom of incompetent was. Ze had gewoon haar werk gedaan.

Hij zei: 'Als ik had geweten dat dit zo goed zou helpen had ik eerder een lijk opgescharreld.'

Ze lachte omdat hij waarschijnlijk gelijk had. 'Leuke echtgenoot ben jij.'

'Ik ga me niet verontschuldigen.'

Ze wist dat hij het over gisteren had. Ze wist ook, omdat ze voor haar gevoel al een miljoen jaar samen waren, dat de wereld niet zou vergaan als ze ruzie hadden.

'Ik ga me ook niet verontschuldigen,' meldde ze.

Toen dat was afgehandeld wees Jeffrey naar de verbrande resten in de SUV. 'Dus het is niet Hank?'

'Nee, het is een vrouw.'

'Dat zal wel een opluchting zijn.'

'Ja,' zei ze. 'Maar het roept een grotere vraag op...'

Hij maakte haar zin af: 'Wie ze is en wat haar band met Lena is.' Hij bukte om het lijk beter te bekijken. 'Wat denk je?'

Sara gaf hem een oprecht antwoord. 'Ik denk dat ik liever thuis de tuin zou omspitten.'

Hij keek haar zijdelings aan. 'Het is nog niet te laat om je terug te trekken.'

'Je weet dat ik dat niet kan doen.'

'Heb je dit gezien?' vroeg hij, op de hals wijzend. 'Wat is dat volgens jou?'

Sara wilde vragen wat hij bedoelde, maar toen ze zich omdraaide ving het licht de glinstering van een dunne gouden ketting die in het vlees was geschroeid. 'Een soort kettinkje. We hebben echt röntgenfoto's nodig.'

'Ik zou Fred Bart kunnen opzoeken in het telefoonboek en hem bellen. Om een idee te hebben hoe laat hij komt.'

Sara knielde naast de SUV zodat ze kon zien hoe de bank bevestigd was. Fred Bart had kennelijk aardig wat ongelukken afgehandeld. Als Jeffrey gelijk had en Jake Valentine Sara de sectie had opgedrongen om hem in het oog te kunnen houden, dan zou Bart waarschijnlijk ook niet staan te trappelen om te helpen. Ze zei tegen Jeffrey: 'We kunnen vast beginnen en haar eruit halen voordat hij er is.'

'Weet je zeker dat het een vrouw is?'

'Tenzij ik de basislessen anatomie ben vergeten,' antwoordde ze. 'Jake leek niet zo benieuwd naar mijn conclusies.'

Jeffrey haalde zijn schouders op.

'Verbeeld ik het me of kon het hem geen barst schelen?'

Jeffrey haalde weer zijn schouders op, dus ging ze verder: 'Of misschien weet hij al wie het is? En als je nog een keer je schouders ophaalt...'

'Ik weet het niet, Sara. Ik kan je niets vertellen omdat ik niets weet.'

Ze staarde hem aan en vroeg zich af waarom ze altijd weer vergat hoe irritant koppig hij was. Waarschijnlijk om dezelfde reden waarom hij steeds vergat hoe vasthoudend zij was.

Sara richtte haar aandacht weer op de auto. 'Kun je een grote steeksleutel zoeken?' Ze bestudeerde de moeren die de stoel verankerden van dichterbij. 'Of nee,' zei ze. 'Zoek een zaklantaarn.'

Dit ging een lange dag worden.

LENA

Tien

Lena reed het parkeerterrein voor de staf van de highschool op en constateerde dat haar acht jaar oude Celica de beste auto van het zootje was. Ze had Sibyl wel eens geplaagd met het feit dat haar lerarensalaris op Grant Tech, na tig jaren ploeteren voor allerlei universitaire graden, nauwelijks vijfduizend dollar meer per jaar was dan wat Lena bij de politie verdiende. Sibyl had Lena erop gewezen dat ze het risico liep te worden doodgeschoten voor vijfduizend dollar minder per jaar dan een docent verdiende en toen was het niet meer zo grappig.

Het was geen geheim dat Lena niet echt een modelleerling was geweest op Elawah High. Tot de middelbare school had ze altijd voldoendes gehaald, of liever gezegd, tot de puberteit, en daarna ging alles bergafwaarts. Ze was twee keer gezakt voor algebra, en had twee zomers besteed aan inhaaltaken zodat ze op tijd eindexamen kon doen. Ze was nooit op het idee gekomen om van school te gaan, maar ze wist van Hank dat de schooluitval in Elawah op het ogenblik bijna vijftig procent was. Niet veel kinderen zagen het nut van toegepaste natuurkunde als ze uiteindelijk in de bandenfabriek rubber gingen walsen.

De man van Charlotte Warren werkte in de fabriek. Natuurlijk heette ze niet meer Charlotte Warren. Larry Gibson had hetzelfde jaar eindexamen gedaan als Charlotte. Toen Sibyl naar de universiteit was vertrokken, waren die twee kennelijk een stel geworden. Drie kinderen later behoorde Larry tot het middenkader van de bandenfabriek terwijl Charlotte haar dagen sleet met lesgeven. Ze waren al een heel eind op weg naar de 'Amerikaanse droom', alleen was de vrouw doodongelukkig, afgaande op de brieven die Lena in Hanks kantoortje had gevonden.

'Wat is er mis met me?' had Charlotte geschreven. 'Waarom kan ik niet gelukkig zijn?'

Maar Lena kon zich nu niet concentreren op Charlottes huwelijksellende. Ze was hier om informatie te krijgen over Hank en waarom hij weer in zijn oude gewoonten was vervallen. Ze moest uitvinden waarom hij tegen hen had gelogen en wat er met haar moeder was gebeurd. Charlotte Warren kende zijn geheimen misschien. Het soort geheimen dat Charlotte in haar brieven had onthuld schreef je niet aan een vreemde. De laatste brief die Lena had gevonden dateerde van een paar weken terug, maar Charlotte had haar hart bij hem uitgestort. Lena gokte erop dat Hank hetzelfde had gedaan bij haar. Als ze geen antwoorden van haar oom kreeg, dan maar van zijn vertrouwelinge.

Er was geen beveiliging bij de ingang van de school en Lena kon zo doorlopen. Ze keek binnen bij de administratie en zag de gebruikelijke getoupeerde dames die als secretaresse werkten, met elkaar zitten babbelen bij de middagkoffie. Er hing een lijst met de klaslokalen aan de muur en Lena vond zonder enige moeite dat van Charlotte Gibson.

Onderweg in de gang keek ze door de openstaande deuren van de lokalen naar binnen en zag de gebogen hoofden van kinderen, en de leraren voor het bord. Bij de deuren stonden rode kluisjes op wacht, metalen kasten opgesierd met stickers en graffiti, maar niemand leek te merken of kon het iets schelen dat er een vreemde door de gangen liep.

Net als veel plattelandsscholen was het een gebouw van één verdieping met meer dan genoeg ruimte om uit te groeien maar geen geld om dat te verwezenlijken. Aan de achterkant van het gebouw stonden tien werkketen, oftewel 'noodlokalen' die uitkeken op het footballveld. Lena stond bij de open achterdeur en keek naar de treurige keten. Ze noemden ze misschien tijdelijk, maar Lena wist dat minstens twee ervan nog uit de tijd stamden dat zij in de eindexamenklas zat. Sommige stonden op beton maar de meeste op palen. Er groeide onkruid tussen de lege blikjes en proppen papier die leerlingen eronder hadden gegooid. Gammele houten trapjes leidden naar openstaande deuren en ze vroeg zich af of de gebouwtjes airconditioning hadden. Ze konden niet groter zijn dan tweeënhalf bij vierenhalf en de stad kennende wist ze dat de school de kinderen als haringen in een ton pakte. Geen wonder dat zoveel kinderen hun school niet afmaakten. Lena was hier nog geen vijf minuten en ze wilde nu al zo gauw mogelijk weg.

Ze liep over het betonnen pad voor de noodlokalen en peinsde dat het vreemd was dat Charlotte achter de school was weggestopt. Ze had toch zeker genoeg dienstjaren om een echt lokaal in het gebouw te verdienen. Aan de andere kant mocht ze van geluk spreken dat ze haar baan nog had. Afgaande op de brieven die Lena had gevonden was Hank Charlottes sponsor bij de AA. Tot een jaar geleden had de vrouw een slok gin nodig gehad om uit bed te kunnen komen.

'Wil je naar de directeur?' brulde de stem van een leraar vanuit een open deur en Lena kromp in elkaar bij de herinnering aan de vele keren dat leraren haar hetzelfde hadden gevraagd. Niet dat het een vraag was. Als je ze zo kwaad had gekregen dat ze het vroegen, was je eigenlijk al op weg naar het kantoor.

De allerlaatste keet was die van Charlotte, en het leek de gammelste van allemaal. De onderste tree was doorgerot en iemand had gasbetonblokken op de grond gelegd om de hoogte te overbruggen. De deur stond open, een hordeur hing scheef in de deurpost. Binnen zag Lena twee lange rijen tafeltjes die naar de achterkant van het lokaal waren gericht, waar Charlotte over een stapel papier zat gebogen. Er was niemand anders in het lokaal.

Lena stond voor de deur te kijken hoe Charlotte proefwerken nakeek. Nu ze er was, wist ze niet wat ze tegen de vrouw moest zeggen. Ze had het gevoel dat ze Charlotte op de een of andere manier geweld had aangedaan door de brieven te lezen. Misschien was dat ook wel zo. Charlottes woorden waren heel persoonlijk, en alleen voor Hank bedoeld. Als het andersom was geweest, als Charlotte persoonlijke brieven van Lena had gelezen, zou Lena razend zijn geweest.

Toch was nu duidelijk dat Charlotte meer over Hank wist dan ze in de bibliotheek had laten blijken. De twee waren duidelijk goed bevriend geweest. God wist dat die vrouw een geheim kon bewaren. Lena was eraan gewend dat mensen hun meest duistere daden eruit flapten, of het nu ging om een auto stelen of een echtgenoot vermoorden. Ze zou dit moeten zien als een verhoor in een politieonderzoek in plaats van iets wat haar persoonlijk raakte. Jeffreys woorden klonken nog na in haar oren: stel de verdachte op haar gemak, babbel wat over koetjes en kalfjes en laat haar dan de waarheid vertellen.

Lena klopte een keer op de hordeur voor ze zich realiseerde dat die nergens aan vast zat. Hij begon opzij te vallen en ze ving hem op, waarbij een houtsplinter in haar handpalm drong.

'Shit,' siste ze en ze liet de hor op de grond vallen.

'Splinter?' vroeg Charlotte. Ze was het hele lokaal door gelopen in de tijd dat Lena met de deur worstelde.

Lena zoog aan haar hand en knikte.

'Kom binnen,' zei Charlotte. Als ze verbaasd was Lena te zien, liet ze dat niet merken.

'Waarom zit je hier weggestopt?' vroeg Lena toen ze naar binnen stapte. Vrolijke affiches versierden de wanden en de ruimte was schoon en netjes, maar het viel niet te ontkennen dat het weinig meer was dan een blikken doos die een oven werd in de zon. De vloer gaf mee onder haar voeten en iemand had met fel zilverkleurig tape geprobeerd de ramen dicht te maken.

Charlotte trok de deur dicht en zette de airconditioning die aan de muur hing hoger. Ze moest haar stem verheffen om boven het gezoem van het apparaat uit te komen: 'Zal ik even naar je hand kijken?'

Lena ging op de rand van Charlottes bureau zitten en stak haar hand uit.

'Valt wel mee,' oordeelde Charlotte, naar de splinter turend. Ze was meer ontspannen in het klaslokaal dan ze in de bibliotheek was geweest. Ze leek hier volwassen, alsof ze in haar element was. 'Ik kan hem er met een naald uit krijgen als je...'

Lena rukte haar hand terug. 'Nee, bedankt. Hij komt vanzelf wel naar buiten.'

Charlotte glimlachte en ging op een van de tafeltjes van de leerlingen zitten. 'Nog steeds bang voor naalden?'

'Nog steeds bang voor clowns?'

Charlotte lachte alsof ze de doodsangst uit haar jeugd was vergeten. 'Je kunt aan een heleboel dingen wennen.'

Behalve aan seks met je man, dacht Lena. Ze keek het lokaal rond, zag de vochtvlekken op het plafond en voelde de tocht uit de slecht geïsoleerde ramen. 'Wie heb je op z'n tenen getrapt?'

'Sue Kurylowicz.' Toen Lena niet reageerde, legde ze uit: 'Jij kent haar als Sue Slick.'

'Sue de Slikster die jongens afzoog achter het benzinestation?'

Charlotte lachte weer, nog iets wat ze was vergeten. 'Sue is nu onderdirecteur.'

'Jezusmina, geen wonder dat het hier zo'n zwijnenstal is.'

'Dat is niet Sues schuld,' zei Charlotte verdedigend. Ze wees naar de ruimte, de school. 'Je kunt zwijnen geen parels omhangen.'

'Ze heeft er anders genoeg afgezogen.' Lena schudde haar hoofd. 'Ik kan niet geloven dat ze je baas is. Jezus, dat moet klote zijn.'

'Ach, zo erg is ze niet,' mompelde Charlotte, haar rok gladstrijkend. Ze was nu meer als de Charlotte uit de bibliotheek: kalm, onderworpen. 'Ik weet dat het niet zo lijkt, maar Sue is de laatste paar jaar echt een goede vriendin geweest.'

'Net als Sibyl?'

Ze kneep haar lippen op elkaar. 'Nee. Helemaal niet als Sibyl.'

Lena had een flits van angst in de ogen van de ander gezien en iets van haar vastberadenheid wankelde. De wens om voorzichtig te werk te gaan was nieuw voor haar, maar ze probeerde het toch en vroeg: 'Wanneer is de bar dichtgegaan?'

'Ik denk dat het twee weken geleden was,' antwoordde Charlotte. 'Ik las het in de krant. De barkeeper verkocht behalve whisky ook meth, kennelijk.'

'Deacon?' vroeg Lena, hoofdschuddend bij het uitspreken van de naam. Deacon Simms werkte al meer dan dertig jaar voor Hank. Hij had een strafblad en een bokkige houding, wat hem ideaal maakte voor de bar maar vrijwel ongeschikt voor elke andere baan. Hank hield van hem als van een broer.

'Deacon is een tijdje geleden vertrokken,' vertelde Charlotte. 'Dit was een nieuwe figuur.'

Hank had haar niet verteld dat Deacon weg was, maar er was zoveel dat hij Lena niet had verteld. Ze wist dat de barkeeper opvliegend was – hij had altijd aanvaringen met Hank – maar in de loop der jaren had Deacon al duizenden keren zijn armen in de lucht gegooid en gezworen dat hij nooit meer terugkwam. Hij was nooit langer weggebleven dan drie dagen. Dan liep hij Hank weer tegen het lijf tijdens een van de AA-bijeenkomsten en was alles vergeten en vergeven.

Lena vroeg zich af of Charlotte Deacon tijdens de AA-bijeenkomsten had gezien. Natuurlijk, als Charlotte ook maar een beetje op Hank leek, zou ze het niemand hebben verteld, ook al had ze de paus in eigen persoon de gratis koekjes en koffie zien wegwerken. Toch probeerde ze: 'Weet jij waar Deacon is gebleven?'

'Ik heb hem niet meer gezien.'

'Er was een of andere kerel,' begon Lena. 'Ik zag hem bij Hanks huis. Hij had een tatoeage van een swastika op zijn arm.'

'Open en bloot?' Charlotte keek diep verontwaardigd. 'Walgelijk. Wie was het?'

'Ik hoopte dat jij me dat kon vertellen,' gaf Lena toe. De man zou moeilijker te vinden zijn dan ze dacht. Lena was bijna zover dat ze enige vorm van hulp nodig zou hebben om niet doelloos rond te blijven rijden op zoek naar de spierbundel. Ze moest alleen bedenken hoe ze Jeffrey om hulp kon vragen zonder Hank erin te betrekken. Lena kon niet zomaar haar baas opbellen om hem te vragen de dealer van haar oom op te sporen.

'Het spijt me, ik kan je niet helpen,' zei Charlotte zachtjes.

Lena wuifde de verontschuldiging weg. 'Waarom gebruikt Hank weer, denk je?'

'Wie weet?' antwoordde ze, aan een onzichtbaar vlekje op haar rok plukkend. 'Misschien is hij het gewoon beu dingen te voelen.'

Ze klonk als iemand die wist waar ze het over had. En natuurlijk kende Lena de waarheid achter haar woorden. 'Ik heb je brieven gevonden.'

Charlotte lachte weer, maar deze keer klonk er geen vreugde in door. Ze keek naar haar handen, naar de grond – naar alles behalve naar Lena. 'Ik neem aan dat je ze hebt gelezen?'

'Ik wou dat ik het niet had gedaan,' gaf Lena toe.

Charlotte liet een langzame luchtstroom tussen haar lippen ontsnappen. 'Ik heb zoveel gezegd in die brieven. Dingen die ik nooit aan iemand heb verteld.'

'Je hebt geprobeerd zelfmoord te plegen.'

Ze knikte en haalde tegelijkertijd haar schouders op.

'Waarom?' vroeg Lena. 'Als je hier zo ongelukkig bent...'

'Wat, gewoon weggaan?'

'Ja.'

'Voor jou is het zo gemakkelijk,' begon Charlotte. 'Je hebt geen kinderen of een huis dat je met veel moeite tot een thuis hebt gemaakt, of een man die zoveel van je houdt dat hij bereid is alles op te geven...' Ze hernam zich, bedwong haar emoties. 'Ik hou van mijn man. Echt waar. Ik kan je niet vertellen hoe mijn leven zou zijn zonder Larry. Hij heeft me bijgestaan in alle zooi die ik mijn gezin heb aangedaan. Zelfs toen ik...' Haar stem stierf weg. 'Toen ik die pillen slikte, was hij er. Hij is degene die de ambulance heeft gebeld. Hij was de eerste die ik zag toen ik wakker werd in het ziekenhuis. Hij nam vrij van zijn werk ook al heeft het hem een promotie gekost. Hij maakte het huis schoon en gaf de kinderen te eten en deed de boodschappen en werkte 's avonds parttime in dat gruwelijke motel zodat we ons mijn therapeut konden veroorloven. Hij deed alles, terwijl ik in bed lag te jammeren.'

'Zes jaar geleden,' herinnerde Lena zich uit de brieven. 'Toen Sibyl doodging.'

Charlotte glimlachte zwak. 'Weet je, het ging niet eens om haar. Ik bedoel, ja, natuurlijk was ik er kapot van. Ze was niet alleen dood, maar de manier waarop maakte het zo verschrikkelijk.' Ze zweeg om zichzelf in de hand te krijgen. 'Sibby was zo lief, en dat juist zij op die manier...'

Lena wilde er niet aan denken, zich de details niet herinneren. 'Ik begrijp het,' zei ze. 'Je weet dat ik het begrijp.'

'Ik ben daardoor naar mijn leven gaan kijken. Alles is me gewoon overkomen zonder dat ik het in de gaten had. Heb jij dat ook, Lee?'

Lena had daar nooit over nagedacht, maar nam aan dat het zo was.

'Plotseling was ik zo'n volwassen getrouwde vrouw die in een gezinsauto rijdt en het zo probeert te regelen dat ze én de kinderen van voetbaltraining ophaalt én tijd heeft om te koken én een avondje uit met haar man in kan passen.'

Lena werd al claustrofobisch als ze naar de beschrijving luisterde, maar ze voelde de behoefte te zeggen: 'Dat klinkt niet zo erg.'

'Precies,' gaf Charlotte toe. 'Ik had dat volmaakte leven, en het enige wat ik kon bedenken was: nog één picknick van de kerk of korfbalwedstrijd, en ik maak er een eind aan. En op een ochtend werd ik wakker en besloot dat te doen.'

'Weet je man van Sibyl?'

'Larry wist dat we goed bevriend waren, maar meer niet.' Ze keek eindelijk op naar Lena. 'Ik denk dat hij eraan onderdoor zou gaan als hij het wist. Niet om de reden die je denkt, maar omdat hij weet... hij weet dat er iets ontbreekt en hij probeert zo hard om...'

'Heb je het er met je therapeut over gehad?'

'De christelijke therapeut die ook de dominee van onze

kerk was?' Het sarcasme sneed door Charlottes woorden. 'O ja. We hebben erover gepraat en hij heeft voor me gebeden en Jezus heeft het als een wonder allemaal weggenomen.' De tranen drupten uit haar ogen. 'Het is mijn kruis, Lena. Ik ben verantwoordelijk voor mijn daden, toch?'

'Maar als je...'

Ze schudde koppig haar hoofd. 'Als Larry erachter komt gaat hij eraan kapot. Dat kan ik hem niet aandoen. Je moet begrijpen dat ik echt van hem hou. Hij zou zo ongeveer alles aankunnen – zelfs een andere man – maar dit, dit is iets waar hij niet tegenop kan, en het zou zijn dood betekenen.'

Lena probeerde heel omzichtig te zijn. 'Moet hij er tegenop kunnen?'

Charlotte keek haar scherp aan. 'Bedoel je dat het allemaal gewoon een fáse was?' Uit haar bittere toon bleek dat ze die uitleg al eerder had gehoord. 'Verliefd zijn op iemand, je verbonden voelen met iemand, alsof je hart deel uitmaakt van een ander hart, dat is géén fase.'

'Ik weet het,' zei Lena omdat ze dacht dat Charlotte dat wilde horen.

'Ik ben met andere mannen geweest, Lee. Het is niet dat ik gewoon nog niet de goeie heb ontmoet.'

'Sorry,' verontschuldigde Lena zich. 'Dat bedoelde ik niet.'

Charlotte keek naar haar handen. Haar trouwring was een steen die glinsterde in het haveloze noodlokaal. Een man kocht niet zo'n ring voor een vrouw als hij niet smoorverliefd was. Ze zei tegen Lena: 'Toen Larry en ik een relatie kregen, wist hij dat ik net een verhouding achter de rug had. Hij wist alleen niet dat het met een vrouw was.'

Lena was degene geweest die kon zien, maar uiteindelijk was ze blinder geweest dan haar zusje. Toen ze in Hanks kantoorschuurtje Charlottes diepste gevoelens had zitten lezen, had Lena zich de keren herinnerd dat Sibyl de deur van hun kamer had dichtgedaan en Lena had gevraagd hen alleen te laten zodat ze konden studeren. Lena had alleen nooit vermoed wat ze zoal bestudeerden.

Jarenlang had Lena Nan Thomas, de vrouw met wie Sibyl samenwoonde toen ze stierf, de schuld gegeven van haar homoseksualiteit. Het had een hele tijd geduurd voordat Lena aanvaardde dat de seksuele geaardheid van haar zusje niet zou veranderen. Lena had zelfs een soort vriendschap ontwikkeld met Nan. Maar ergens in haar achterhoofd zag Lena Sibyl nog steeds als iemand die ongewild uit de wereld van de hetero's was geplukt. Als het zo lang geleden met Charlotte Warren was begonnen, dan ging haar hele idee waarom Sibyl veranderd was in rook op.

De waarheid was dat Sibyl helemaal niet was veranderd. Ze was altijd al zo geweest, alleen was Lena te dom geweest om het te zien.

Lena vroeg: 'Weet je man dat je bij de AA zit?'

'Dat is nogal lastig te verbergen als je geschorst wordt van je werk wegens dronkenschap.' Ze lachte hoewel er niets grappigs aan was. 'Dat was in de tijd dat ik nog in het gebouw zat in plaats van hier in de keten. Ik ging plat op mijn gezicht recht voor de ogen van de krantenredactie. Als Sue de Slikster er niet was geweest, was ik mijn baan kwijtgeraakt.' Ze glimlachte. 'Je zou best kunnen aanvoeren dat het midden in het schooljaar was en dat het vrijwel onmogelijk is iemand te vinden die nog les wil geven, maar ik denk liever dat ze me liet doorgaan met lesgeven omdat ze in me gelooft.'

'Je laat het allemaal als een soort grap klinken.'

'O, Lee. Als ik er niet om lachte, zou ik 's ochtends niet uit bed kunnen komen.'

'Waarom ben je gaan drinken?'

'Omdat het een langzamere, sociaal meer geaccepteerde manier was om mezelf van kant te maken.' Ze voegde eraan toe: 'En het hielp om me te verdoven. Ik wilde niets voelen.'

'Hetzelfde zei je daarnet over Hank.'

'Ja. Zo is het.' Charlotte slikte. Nu ze Lena aankeek, kon ze haar ogen niet meer van haar afhouden leek het wel. 'Je lijkt sprekend op Sibby, weet je dat?'

Lena schudde haar hoofd. 'Ik lijk niet meer op haar.'

'Het zit vanbinnen,' hield Charlotte vol, met haar hand tegen haar borst. 'Jullie waren vanbinnen ook altijd hetzelfde.'

Lena moest lachen. 'Sibyl leek geen spat op mij. Ik zat voortdurend in de nesten. Ze hebben waarschijnlijk een stoel voor de deur van het kantoor van de directeur naar me genoemd.'

'Ze kwam er gewoon gemakkelijker mee weg,' wierp Charlotte tegen. 'Weet je nog hoe ze tekeerging bij coach Hanson tijdens de biologieles?'

Lena merkte dat ze glimlachte. 'Ze rende rondjes om hem heen. Hij had de pest aan haar.'

'Weet je nog die vreselijke muziek waar ze altijd naar luisterde? God, ze was helemaal weg van Joan Jett.'

'Was het Sibyl die... ik bedoel was zij degene die...' Lena voelde zich vlammend rood worden. 'Jezus. Laat maar.'

'Het was wederzijds,' zei Charlotte. 'We zaten samen op bed huiswerk te doen. Het raam stond open en het begon buiten te regenen en ik stak mijn hand uit om het dicht te doen en het een leidde tot het ander en het... gebeurde gewoon.'

Lena voelde haar maag samenknijpen. Sibyls bed stond tegen de muur. Ze hadden gevreeën op Lena's bed.

'Gaat het?'

Lena knikte en probeerde het beeld dat in haar opkwam uit te bannen.

Charlotte vatte Lena's reactie verkeerd op. 'Ze heeft nooit gedacht dat je het zou accepteren.'

'Dat was ook zo,' gaf Lena toe en ze voelde een vertrouwde droefheid. 'Nu wel, maar niet toen het ertoe deed.'

'Ze wist dat je van haar hield, Lee. Daar twijfelde ze nooit aan.' Charlotte stond op en liep naar het raam. 'Wat is Nan voor iemand?'

'Nan?' herhaalde Lena. 'Hoe weet je van Nan?'

'Ze belde me toen Sibyl was gestorven.'

'O.' Lena schaamde zich dat ze zelf niet had gebeld.

Charlotte leek het te merken. 'Jij had al genoeg op je bordje, Lee. Maak je geen zorgen.'

'Ik had het je moeten laten weten. Je was...' Lena wist niet hoe ze Sibyls verhouding met Charlotte moest omschrijven. 'Ik had je moeten bellen.'

'Ze klonk nogal verwaand over de telefoon.'

'Nan?' Lena haalde haar schouders op. 'Niet echt. Soms is ze pinnig, maar meestal is ze best aardig. Ik heb een tijdje bij haar gewoond.'

'Dat heeft Hank me verteld,' zei Charlotte. 'Daar moesten we erg om lachen.'

Lena voelde haar maag weer ineenkrimpen. 'Wat heeft Hank nog meer over me verteld?'

'Dat hij zich zorgen maakte om jou. Dat je omging met een kerel die niet deugde, en hij bang was dat je niet meer van hem afkwam.' Ze zweeg aarzelend voor ze eraan toevoegde: 'Dat hij met jou naar Atlanta was geweest.'

Lena voelde een brok in haar keel. 'Is hij daarom weer gaan gebruiken? Omdat ik...' Lena kon het woord niet zeggen, kon niet praten over wat er gebeurd was in de kliniek.

'Luister,' beval Charlotte op scherpe toon. Ze wachtte tot Lena opkeek. 'Je kunt iemand niet dwingen om drugs te gebruiken, net zomin als je hem kunt laten stoppen. Zoveel macht heb je niet over Hank of over wie dan ook. Hank is weer gaan gebruiken om zijn eigen redenen.'

Ze klonk als een brochure van de AA. 'Heeft hij jou zijn redenen verteld?'

Charlotte schudde weer haar hoofd. 'Meestal luisterde hij alleen maar naar mij. Ik was zo met mezelf bezig dat ik pas zag wat er aan de hand was toen het te laat was.'

'Wanneer begon hij terug te vallen?'

'Ik vermoed drie maanden geleden, misschien vier of vijf als hij langzaam is begonnen.'

'Heeft hij iets tegen je gezegd tijdens de bijeenkomsten?'

'Ik kan je niet vertellen wat hij tijdens bijeenkomsten zei, Lena. Dat weet je.' Ze hield haar handen omhoog alsof ze de volgende vraag wilde tegenhouden. 'Ik kan je alleen vertellen dat hij twee maanden geleden meldde dat hij niet meer mijn sponsor kon zijn. Ik was gekwetst, ik heb niet echt doorgevraagd, wat ik wel had moeten doen, omdat ik het te druk had met me boos en afgewezen voelen. Ik was bijna blij toen hij niet kwam opdagen op de volgende bijeenkomst of een van de daaropvolgende. Soms reed hij naar de bijeenkomsten in Carterson en ik ging er gewoon van uit dat hij daar naartoe ging.'

Carterson was ongeveer vijfenzeventig kilometer verderop, niet ver voor iemand als Hank, die dol was op autorijden.

Lena vroeg: 'Wanneer merkte je dat hij niet meer naar bijeenkomsten ging?'

'Een paar weken geleden. Ik ging er zelf heen en vroeg een vriendin in Carterson om Hank de groeten van me te doen en zij vertelde me dat ze hem al in geen eeuwigheid had gezien.'

'Heb je ooit een witte SUV voor zijn huis zien staan?'

'Nee.' Ze voegde eraan toe: 'Larry en ik maken vaak een ommetje na het eten. We komen bijna elke avond langs Hanks huis. Ik heb er nooit iemand gezien. Ik vroeg me zelfs af of jij hem was komen ophalen. Zijn auto stond op de oprit, maar er was nooit licht aan behalve het gebruikelijke licht in de keuken.'

Hank liet altijd het keukenlicht aan om dieven af te schrikken, geen goede strategie als de hele buurt de truc kende.

Lena vroeg: 'Wanneer heb je hem voor het laatst gezien?'

'Vier dagen geleden... Daarom heb ik je gebeld. Hij was buiten bezig zijn brievenbus te repareren. Iemand had er een zevenklapper in gestopt, waarschijnlijk een van die kinderen een paar straten verderop, die een voorschotje nam op Halloween. Larry bood aan om te helpen maar Hank begon tegen hem te schelden en zei dat we op moesten hoepelen, en dat hebben we toen gedaan.'

Lena liet het even op zich inwerken. 'Hij houdt zich al maanden schuil in zijn huis en het enige wat hem naar buiten krijgt is een kapotte brievenbus?'

'Hij was zo high, Lee. Het verbaasde me dat hij op zijn benen kon staan, laat staan die paar meter naar zijn brievenbus lopen. Zijn huid zag er vreselijk uit. Hij had zich duidelijk al een tijd niet gewassen. Elke idioot kon zien waar hij mee bezig was.'

'En dat is?'

'Proberen er een eind aan te maken.'

Lena voelde haar stem haperen. 'Een eind aan zijn leven?'

Charlotte haalde haar schouders op. 'Een eind aan zijn ellende, misschien.'

'Wat is er veranderd? Wat is er gebeurd dat het zo ver is gekomen?'

'Ik heb geen idee. Dat is echt zo. Mijn enige doel elke ochtend als ik opsta is niet drinken. Ik ben een alcoholist. Wij staan niet bekend om ons altruïsme.'

Lena betwijfelde of dat ook voor Charlotte gold. Ze drong aan: 'Maar je zag dat hij problemen had, twee, misschien drie maanden geleden?'

'Ik weet het niet,' erkende Charlotte. 'Misschien zag ik dat hij down was of zorgelijk of zich anders gedroeg, maar ik dacht alleen aan mezelf. De school was weer begonnen en ik zat in dit rotgat met kinderen die achter mijn rug gniffelden en leraren die recht in mijn gezicht gniffelden. Ik bleef met moeite nuchter. Ik kon me alleen concentreren op wat me op het rechte pad hield.' Ze stak haar handen uit in een gebaar van hulpeloosheid. 'Tegen de tijd dat ik me realiseerde dat er iets mis was met hem was het te laat. Hij wilde niet met me praten, hij wilde mijn telefoontjes niet beantwoorden, hij wilde de deur niet opendoen. Hij zei alleen maar dat ik hem met rust moest laten en laten doen wat hij wilde doen.'

Dat refrein klonk Lena bekend in de oren. 'En toen begon je hem die brieven te schrijven?'

'Ja.' Ze zweeg, verdiept in haar eigen gedachten. 'In het begin was het eng, maar toen hij niet terugschreef, was het bijna bevrijdend. Ik schreef gewoon alles op wat ik wilde. Ik heb dat nog nooit gedaan, gewoon zeggen wat ik op mijn lever heb.'

'Je praat veel over Sibyl, hoe het was toen jullie samen waren.' Sommige passages waren bijna onverdraaglijk geweest om te lezen en Lena had uit het raam zitten staren, verdwaald in een andere tijd. Charlotte was erin geslaagd Sibyls diepste wezen te vangen: haar opgewektheid, haar liefdevolheid. Zelfs nadat Lena de brieven had gelezen, was het gevoel blijven hangen, zodat het bijna leek of Sibyl weer leefde.

Charlotte zei: 'Hank is de enige die het van haar wist. Van ons. Wat we voor elkaar voelden, dat het liefde was en niet iets bespottelijks.' Ze leunde met haar rug tegen het raam, haar armen om haar middel geslagen. 'Maar weet je wat? Een hele tijd geleden vroeg hij me wat er gebeurd zou zijn als Sibyl en ik bij elkaar waren gebleven. Ik had naar Georgia Tech kunnen gaan, weet je. Ze zouden me niet een volledige beurs hebben gegeven zoals Sibby, maar ik zat al op college en ik deed het best goed, ik was een van de beste studenten. Ik vond het vreselijk bij mijn ouders te wonen en op en neer te rijden naar Milledgeville. Ik had kunnen overstappen en een baantje nemen in Atlanta en een studielening afsluiten of zoiets om het voor elkaar te krijgen, maar dat heb ik niet gedaan.'

'Waarom niet?'

'Ik denk dat ik bang was. Ik was toen overal bang voor. Atlanta is zo groot, zo anoniem. Ik voelde me hier veilig. En mijn ouders zouden er kapot van zijn geweest.'

'Het was voor ons makkelijker van huis weg te gaan dan voor jou,' probeerde Lena. 'Jouw ouders waren...'

'Mijn ouders zouden nooit meer met me hebben gepraat als ik haar naar Atlanta was gevolgd. Ze hebben ons een keer betrapt. Wist je dat?' Lena schudde haar hoofd, geschokt dat Sibyl het haar nooit had verteld. 'Het was de herfstvakantie van mijn tweede jaar en Sibby stond op het punt naar Tech te gaan. Mijn ouders zouden die dag bij mijn tante Jeannie op bezoek maar kregen ruzie. Ze hadden toen altijd ruzie. Dat was rond de tijd dat mijn moeder ontdekte dat hij al zo'n jaar of vijf mevrouw Ford van de kerk neukte.' Ze lachte om de ironie. 'Dus kwamen ze vroeger thuis en vonden ons... Nou ja, je kunt je voorstellen hoe ze ons vonden. Ze belden Hank in de bar en lieten hem meteen komen om ons op ons nummer te zetten. Hij was razend... maar op hen, niet op Sibyl. Hij zei dat we allebei volwassen waren en dat het ze geen flikker aanging.'

'Laat hij die zonder zonde is...' citeerde Lena. Het was

een van Hanks lievelingsregels. Hij kwam er altijd mee aanzetten net voordat hij je vertelde dat je iets verkeerds deed.

Charlotte zei: 'Jullie boften dat jullie hem hadden.'

Lena lachte. 'Neem je me nou in de maling? Ik had een moord gedaan voor ouders als de jouwe toen ik opgroeide.'

'Je mag ze hebben.'

'Oké,' gaf Lena toe. 'Wat ze toen hebben gedaan was slecht, maar ze hebben je nooit per ongeluk de hele nacht buitengesloten of vergeten eten te geven of alleen gelaten met vreemden, en ze zijn nooit zo lazerus geworden dat ze je overreden met hun auto en...'

'Wat?'

'Je weet wat Hank heeft gedaan.'

Charlotte keek verbaasd. 'Wat heeft hij gedaan?'

'Hij heeft haar blind gemaakt. Hij heeft Sibyl haar ogen afgenomen. Hoe kun je...'

'Lena, dat was Hank niet.'

Lena voelde haar hart een slag overslaan. 'Waar heb je het over?'

Charlotte stond voor haar, nog steeds verbaasd over Lena's reactie. 'Ik was erbij die dag.'

'Niet waar.'

'Jij en ik en Sibby speelden in de voortuin met een oude tennisbal die ik van mijn broertje had gejat. Jij gooide de bal over Sibyls hoofd en ze rende de oprit op en...'

'Nee,' hield Lena vol. 'Jij was er niet.' Maar toen ze die woorden zei, zag ze de dag weer voor zich: hoe ze de bal over Sibyls hoofd gooide, en hoe die erachteraan rende. En daar was Charlotte Warren aan de andere kant van de oprit, die de bal opraapte en teruggooide naar Lena. 'Nee.' Lena schudde haar hoofd alsof ze de herinnering weg kon vagen. 'Jij was er niet.'

'Ik was er wel, Lee. Ik zag de auto achteruitrijden. Ik gilde, maar ze stopte niet. De bumper raakte Sibyls hoofd. Ik zag haar in elkaar zakken op de oprit.' Toen ze het vertelde, zag Lena het weer gebeuren. Sibyl die de oprit op rende, Charlotte die schreeuwde. 'Er was maar een dun straaltje bloed.' Charlotte liet haar vinger langs haar eigen slaap naar beneden glijden, langs haar kaak, precies waar het bloed bij Sibyl had gelopen. 'Jij begon te snikken, je was hysterisch, en Hank kwam het huis uit rennen en je moeder bleef gewoon...'

'Mijn moeder?' Lena voelde zich duizelig worden. Ze leunde tegen het bureau. 'Waar heb je het over? Was mijn moeder er? Was zij er toen Sibyl...?'

'Lee,' begon Charlotte en ze legde haar hand op Lena's schouder. 'Het was Hank niet. Je moeder zat achter het stuur. Zij is degene die Sibyl blind heeft gemaakt.'

WOENSDAGAVOND

Elf

Sara lag in bed en probeerde niet na te denken over alles wat er leefde in de matras onder haar lichaam. De sectie had tien uitputtende uren geduurd en toen ze eindelijk terug waren in het motel was ze bijna in huilen uitgebarsten bij de aanblik van de smerige kamer. Sara wist dat er ergens een kamermeisje rondliep. Die ochtend had ze de vrouw achter een kar met allerlei soorten schoonmaakmiddelen en een stofzuiger zien lopen. Afgezien van het bed dat was opgemaakt, was niets in de kamer aangeraakt. Sara had niet echt een bedankbriefje verwacht voor het schrobben van de badkamer, maar de vrouw had toch minstens het kleed kunnen stofzuigen. De groene M&M die ze gisteren onder de tafel had zien liggen zat nog steeds in het ruige kleed.

Sara sloot haar ogen en luisterde naar Jeffrey, die neuriend onder de douche stond, het water spatte in de plastic bak. Ze had de wond aan zijn hand schoongemaakt met een desinfecterend middel dat ze in het lijkenhuis had gevonden, maar hij zou hem zelf moeten verbinden als hij uit de douche kwam. Zij was er te moe voor, en eerlijk gezegd kon ze ook haar woede van gistermiddag nog niet helemaal loslaten. Ze hadden de hele dag samen doorgebracht, maar geen van hen was bereid geweest het ijs te breken en te praten over wat er gebeurd was.

Jeffrey leek dat geen probleem te vinden, en daar werd Sara nog nijdiger van. Door de situatie kreeg ze het gevoel dat zij de typische hatelijke echtgenote uit een televisieserie was, zo eentje die altijd op haar arme, onbegrepen man inhakt. Ze had Jeffrey altijd gesteund, zelfs als ze dacht dat hij ongelijk had, en het was niet eerlijk van hem om haar de rol van de heks te geven.

Bovendien had Sara nog steeds een slecht gevoel over Elawah en wat het ook was waar Lena hen in verstrikt had. De sectie die ze die dag had gedaan versterkte die angst. In de loop der jaren had ze in Grant County heel wat gevallen van een gewelddadige dood gezien, maar Sara kon zich nauwelijks een gruwelijker manier van sterven voorstellen dan levend verbranden. Ze was normaal heel bedreven in het gescheiden houden van slachtoffer en misdaad. Als je in een dood lichaam ging snijden, kon je dat beter niet meer als een persoon zien. Je moest het beschouwen als de samenstellende delen van een geheel: bloedsomloop, ademhaling, weefsel, organen, skelet.

Toch betrapte Sara zich erop, toen ze aan de vrouw werkte, dat ze nadacht over haar leven, de manier waarop ze gestorven was, de familie die ze achterliet. Toen begon ze na te denken over de dader. Wat voor iemand kon dit een ander mens aandoen? Zeker niet iemand met wie ze Jeffrey graag zag praten.

Ze hadden niet op Fred Bart gewacht voordat ze met de sectie begonnen, en dat was maar goed ook, want de tandarts kwam helemaal niet opdagen. Het verwijderen van het stoffelijk overschot uit de auto was nog betrekkelijk eenvoudig geweest. Zodra het lijk op de tafel lag, ontdekte Sara dat het lichaam van de vrouw zo gehavend was dat de gebruikelijke procedures niet gevolgd konden worden. Ze hadden de schedelzaag niet nodig gehad omdat de achterkant van de schedel in Sara's hand verpulverde, zodat de hersenen eruit vielen als de pit uit een rijpe perzik. Er was geen Y-incisie nodig om de romp te openen omdat er nauwelijks huid over was om door te snijden.

De ribben waren op twee na allemaal gebarsten door de hitte. Het strottenhoofd en de luchtpijp waren verschroeid, de tong was aan de halsorganen vastgekookt. Het borstvlies van beide longen was verkoold, de luchtwegen gevuld met roet. Het grootste deel van het spierweefsel zag eruit als goed doorbakken vlees. Het beenmerg was zwart.

Het roet in de longen bewees dat de vrouw lang genoeg had geleefd om de rook in te ademen. Sara was zeker geen specialist in brandstichting, maar ze ging ervan uit dat de explosie van de benzinetank het resultaat was geweest van een brand in de auto. De tank was naar boven en naar opzij ontploft en had vooral het achterste gedeelte van de SUV beschadigd. Al zat de vrouw op de achterbank, ze had haar veiligheidsgordel kunnen losmaken en uit kunnen stappen voordat de echte schade werd aangericht.

Het zag ernaar uit dat ze niet was verkracht. Sara vroeg zich af waarom dit als een opluchting kwam. Sara was zelf verkracht – op wrede wijze, zoals een zekere advocate graag benadrukte. En hoe verschrikkelijk de ervaring ook was geweest, ze stelde zich voor dat het veel pijnlijker was om levend te verbranden.

Wat Sara vooral angstaanjagend vond, was dat de vrouw zeker had geweten wat er ging gebeuren. Er was geen opvallende schade aan de schedel, niemand had haar buiten westen geslagen voordat de brand was gesticht. Ze had toegekeken en gewacht tot de vlammen haar lichaam verslonden.

De douche werd uitgedraaid. Sara rolde zich op haar buik en bedacht dat ze kussens van thuis had moeten meenemen. Ze droeg sokken, een joggingbroek en een sweatshirt met lange mouwen dat ze tot bovenaan had dichtgeknoopt, hoewel het in de kamer benauwd was door de warmte en het er stonk naar kleffe, gebraden kip. De resten van de pizza die ze hadden laten bezorgen lagen op de plastic tafel en ze overwoog nog een stuk te nemen, maar haar lichaam weigerde dienst. Ze had het Jeffrey kunnen vragen, maar daarnet had hij één blik op de goed doorbakken gehaktvulling geworpen en gekokhalsd.

Het bed bewoog toen hij erin stapte. Ze wachtte tot hij het licht uitdeed, zijn kussen opklopte en de dekens rechttrok zoals hij altijd deed voor hij ging liggen. Hij deed niets van dat alles, en vroeg in plaats daarvan: 'Slaap je al?'

'Ja,' loog ze. 'Heb je iets op je hand gedaan?'
Hij gaf geen antwoord op haar vraag. 'Ik had mijn voet niet van het gas moeten halen.' En voegde eraan toe: 'Gisteren,' alsof ze opheldering nodig had, en herhaalde toen: 'Ik had mijn voet niet van het gas moeten halen.'
Sara deed haar ogen dicht. 'Ik had je geen klap moeten geven,' antwoordde ze, hoewel ze het niet op kon brengen om er echt spijt van te hebben, hoe hard ze het ook probeerde, hoe ze zich ook schaamde dat ze haar toevlucht had genomen tot geweld.
Toch draaide ze zich om en legde haar hoofd op zijn borst. Hij slaakte een diepe zucht en ze voelde haar laatste boosheid oplossen.
'Je ruikt naar hotelzeep.'
'Het had erger gekund,' meende hij, hoewel hij gelukkig niet vertelde hoe. 'Heb je je moeder gebeld?'
'Ze was een dutje aan het doen met papa. Om zes uur 's avonds,' voegde Sara eraan toe.
Jeffrey lachte, maar Sara had hem nooit verteld dat ze pas op haar tweeëntwintigste ontdekt had dat het geijkte excuus van het 'zondagmiddagdutje' van haar ouders een dekmantel was voor iets veel heimelijkers dan slapen. En ze had hem ook niet verteld dat haar zusje van negentien degene was geweest die haar op de hoogte had gebracht.
Jeffrey vlocht zijn vingers door de hare en suggereerde: 'Misschien doen wij binnenkort ook wel dutjes.'
Een baby. Hun baby.
'Ik heb het antwoordapparaat afgeluisterd toen je je sectie-aantekeningen uitwerkte. Het adoptiebureau heeft niet gebeld.'
'Ik heb het afgeluisterd toen je onder de douche stond.'
'Ze gaan bellen,' zei hij. 'Ik voel het.'
'Laten we het er niet over hebben,' zei ze. 'Dat brengt ongeluk.' Het probleem was dat het jaren kon duren voordat er een baby beschikbaar was, hoewel het feit dat ze akkoord waren gegaan met een kind tot twee jaar oud en niet vasthielden aan een bepaald ras of geslacht hen een stuk hoger op de lijst had gebracht. De vrouw van het bureau zei dat het volgend jaar kon zijn of morgen. Het enige

wat ze konden doen was wachten – iets waar Jeffrey en Sara geen van beiden goed in waren.

Jeffrey streelde haar arm, en toen haar zij. Zijn duim gleed onder het elastiek van haar broek en hij stelde voor: 'Misschien kunnen we nu alvast een dutje doen?'

Ze kwam omhoog op haar elleboog en keek hem recht aan zodat haar antwoord luid en duidelijk zou zijn. 'Geen enkel onderdeel van mijn naakte lichaam gaat geen enkel onderdeel van deze gore motelkamer aanraken.'

Hij grijnsde pesterig naar haar. 'Is dit een soort versiertruc?'

Sara liet haar hoofd weer op zijn borst vallen omdat ze hem niet de kans wilde geven haar om te praten. 'Zeg alsjeblieft tegen me dat wat ik vandaag heb gedaan jou verder helpt, zodat we hier weg kunnen.'

'Ik weet niet of ik dat kan,' bekende hij en hij streelde weer over haar arm. 'We weten nog steeds niet wie het slachtoffer is. Als Lena in de buurt was gebleven, hadden we waarschijnlijk allang een advocaat gevonden en haar vrij gekregen.'

'Praat me niet van advocaten,' smeekte ze.

'Daar hebben we het helemaal niet over gehad,' zei hij. 'Hoe de depositie is gegaan. Wat de strategie is.'

'Maakt niet uit,' zei ze, maar haar stem bleef in haar keel steken. Er had ook geen bericht van Buddy Conford op het antwoordapparaat gestaan. Dat betekende dat Global Medical Indemnity er nog niet uit was of ze het de moeite waard vonden Sara's medische oordeelkundigheid te verdedigen of dat ze zouden capituleren voor Jimmy's rouwende ouders.

Voor het eerst van haar leven bracht ze het gesprek uit eigen beweging terug op Lena. 'Ik ben alleen blij dat het Hank niet was in die auto.'

'Ik ook,' zei hij, omdat hij beter dan wie dan ook wist hoe makkelijk het voor de plaatselijke politie zou zijn om de aanklacht tegen Lena tot moord op te schroeven als het slachtoffer haar oom was. 'Ik weet nog steeds niet hoe Jake een zaak rond denkt te krijgen zonder identificatie. Er moet een motief zijn. Als hij niet kan bewijzen dat er een connectie is tussen Lena en het slachtoffer, staat hij met lege handen.'

'Dat we de naam van het slachtoffer niet weten, betekent nog niet dat ze niet dood is.' Sara streek zijn borsthaar glad zodat het niet in haar neus zou kriebelen. 'En Lena was ter plaatse. Ze had haar voet op de jerrycan.'

'Ze zullen waarschijnlijk geen vingerafdrukken op het ding vinden.'

'Dat klinkt nog steeds niet als een doorslaggevend bewijs van onschuld.'

'Ze hebben geen getuigenis van haar. Ze heeft tegen niemand een woord gezegd.'

Sara overwoog te vragen waarom hij Lena het voordeel van de twijfel gunde terwijl hij haar handelen bij ieder ander vast en zeker schuldig verzuim had genoemd, maar ze was te moe om erover te beginnen.

Jeffrey zei: 'Ik wou dat we Hank vonden. Hij moet iets weten.'

'Weet je zeker dat hij niet thuis zit? Verborgen, misschien?'

'Voor zover ik zag was er niemand.' Hij voegde eraan toe: 'Valentine heeft een auto aan de overkant staan. Ik weet zeker dat hij daar heeft aangeklopt toen Lena de benen had genomen.'

'Misschien moet je zo hard kloppen dat de deur vanzelf opengaat.'

Hij lachte verrast. 'Ik geloof dat getrouwd zijn met een smeris eindelijk besmettelijk is geworden.'

'Luister dan ook naar me. Ik ben bang dat Lena iets heeft gedaan wat Hank in gevaar brengt.'

Jeffrey wachtte even voor hij antwoord gaf. 'Heb je overwogen dat het ook andersom zou kunnen zijn?' Ze reageerde niet en hij ging verder: 'Hank is waarschijnlijk weer aan de drugs. Misschien heeft hij zijn dealer kwaad gemaakt. Misschien kwam Lena orde op zaken stellen en was de dealer niet zo gesteld op orde.'

Ze keek op, met haar kin op haar hand gesteund. 'Ga door.'

'Die lui laten niet met zich sollen,' ging Jeffrey verder.

'En ze zijn niet bang voor politie.'

Voor het eerst sinds ze hier waren, hoorde Sara iets logisch. Ze kon zich gemakkelijk voorstellen dat Lena de verkeerde mensen kwaad maakte, zonder een seconde na te denken over de consequenties. Hetzelfde patroon als waarin ze was vervallen met Ethan Green – haar skinhead-minnaar uitdagen tot hij met geweld reageerde – zou zich hier in Elawah County kunnen aftekenen.

'Jij hebt Pfeiffer niet van dichtbij gezien,' zei Jeffrey tegen Sara. 'Hij was doodsbang. Misschien dacht hij dat ze me gestuurd hadden om het karwei af te maken.' Hij aarzelde alsof hij nog niet echt had nagedacht over het volgende stuk. 'Het zou kunnen dat Lena eergisteravond niet met me wilde praten omdat ze me niet wilde blootstellen aan die mensen.'

Sara legde haar hoofd weer op Jeffreys borst. Ze kon Lena niet het voordeel van de twijfel gunnen, maar ze had geen zin in de discussie die zou volgen als ze haar mening gaf. 'Denk je dat de man die we in het ziekenhuis zagen Hanks dealer was?'

'Jake zei dat de man een dealer was.'

'Hij zei ook dat die man op bezoek ging bij een van zijn jongens in het ziekenhuis,' betoogde Sara. 'Jake had alle kans om je ter plekke te vertellen dat de man Hanks leverancier was en dat Lena in de weg liep.'

'Ik stond niet zo hoog aangeschreven op dat moment,' bracht Jeffrey haar in herinnering. 'Voor zijn gevoel hadden jij en ik net Lena helpen ontsnappen uit voorarrest.'

Sara wilde daar niet bij blijven stilstaan. 'Denk je dat Hank haar misschien geholpen heeft?'

Hij haalde zijn schouders op. 'Om de stad uit te komen had ze een auto, kleren en geld nodig. Lena kan dat in haar eentje gedaan hebben of ze kan hulp zijn gaan zoeken.'

'Ik weet niet of ik Hank in staat acht dat allemaal te regelen.'

'Hij is oud,' erkende Jeffrey. 'Maar aan de andere kant krijg je zulke sporen op je armen niet op de zondagschool.'

Hij had gelijk. Hij had eigenlijk in meer opzichten gelijk. Ze vroeg zich af waarom hij gisteren niet zo had gedacht. Het zou hen allebei een hoop ellende hebben bespaard, nog afgezien van twaalfhonderd kilometer op de teller van haar auto.

Ze vroeg: 'Zo, en wat staat er morgen op het programma?'

'Misschien heel hard bij Hank aankloppen.' Hij grinnikte, duidelijk nog erg in zijn nopjes dat Sara met dat idee was gekomen. 'Als dat niets oplevert ga ik denk ik het een en ander uitpluizen over Jake Valentine. Ik heb contacten bij de sheriffsopleiding in Tifton. Hopelijk kunnen ze me daar iets meer vertellen over wat voor smeris hij is. Daarna ga ik Nick bellen om een grondig antecedentenonderzoek naar Jake te doen.'

'Kun je Frank dat niet vanuit het politiebureau laten doen?'

'Het GBI kan meer doen dan alleen natrekken,' zei hij, waarmee hij de routinecontroles bedoelde die hij op het politiebureau kon laten uitvoeren. 'Een volledig profiel kost een paar dagen.'

'Jake kan geen strafblad hebben, anders had hij nooit een bewijs van goed gedrag gekregen.'

'Ik ga hem laten onderzoeken op bekende contacten.'

'Dat zou hem toch een aantekening in zijn dossier hebben opgeleverd, als bekend was dat hij criminele contacten had?'

'Hangt ervan af hoe hij bekendstaat.'

'En als hij een paar connecties in de buurt van jouw connecties heeft en ze ontdekken dat je naar hem hebt lopen spitten?'

'Ik neem aan dat hij daar niet erg verbaasd over zou zijn.'

Ze zocht naar zijn hand, haar vingers gleden over zijn huid tot ze een slordig aangebrachte pleister vonden. Ze krulde haar hand om de zijne. 'Denk je dat Jake iets met dit alles te maken heeft?'

'Jake is hier opgegroeid. Hij was nog maar een paar jaar hulpsheriff toen hij gepromoveerd werd. Ik denk dat hij alles weet wat er in de stad gaande is. Of hij erin betrokken is of gewoon van buitenaf toekijkt, is de vraag.'

'Wanneer heb je dit allemaal bedacht?'

Ze verwachtte dat hij een grapje zou maken over zijn verbijsterende intelligentie of opmerkelijke speurderstalenten. Maar hij verraste haar.

'Die vrouw,' begon hij en ze begreep dat hij het verkoolde lichaam bedoelde waar ze de hele dag aan hadden gewerkt. 'Er moeten mensen zijn die haar missen. En ze zijn te bang om de sheriff om hulp te vragen, of ze weten dat het geen zin heeft, dat Jake ze niet kan of wil helpen.' Ze hoorde de verontwaardiging in zijn stem. 'Als je er niet op kan vertrouwen dat de politie voor je zorgt, gewoon zijn werk doet, wat heeft het dan allemaal voor zin?' Hij zweeg, maar ze wist dat hij geen antwoord verwachtte. 'Het is verkeerd, Sara. Het is gewoon verkeerd.'

Vierentwintig uur geleden kon ze hem nog vermoorden, maar nu kon ze alleen maar denken dat ze nog nooit zoveel van hem had gehouden als op dit moment.

'Kun je je voorstellen hoe jij je zou voelen als zoiets in Grant County gebeurde?'

Sara kon zich zo'n schending van het recht niet voorstellen. De eerste keer dat ze Jeffrey had ontmoet was op het footballveld van Grant County High School geweest. Zij was de teamarts en volgde de wedstrijd vanaf de zijlijn. Sara had zich om de een of andere reden omgedraaid naar de tribune. Toen had ze Jeffrey gezien met Clem Waters, de burgemeester. Hij torende boven de man uit zodat Clem een dwerg leek. Er was iets in Jeffreys aanwezigheid wat Sara de adem benam. Ze had hem dit nog nooit verteld, maar haar hart had even stilgestaan toen ze hem zag. En toen ze hem het veld op zag lopen zakte ze bijna door haar knieën. Als er niet op dat moment een speler in elkaar was gemept, had ze zich totaal belachelijk gemaakt. En nu had ze zich maar gedeeltelijk belachelijk gemaakt.

Ze sloeg haar armen om hem heen. 'Jij zou het niet toestaan,' verzekerde ze hem. 'Niet in onze stad. Nooit en te nimmer.'

Hij drukte zijn lippen op haar kruin, stak toen zijn hand uit en draaide de lamp op het nachtkastje uit. Sara nestelde zich weer tegen zijn lichaam. Ze voelde zich ontspannen terwijl ze hem voelde verstrakken.

'Wat is er?' vroeg ze.

'Ruik je die brandlucht?'

'Na vandaag ruik ik niets anders meer.'

'Nee.' Jeffrey draaide de lamp weer aan. 'Ik meen het. Er brandt iets.'

'Ik ruik niets...'

Hij stapte uit bed en trok zijn spijkerbroek aan. Sara kwam tegen haar zin overeind, in de wetenschap dat hij niet zou gaan slapen tot hij de bron van de stank had gevonden. Gezien de staat van het motel zou het haar niets verbazen als de elektrische bedrading rookte.

Hij trok de gordijnen open en keek het parkeerterrein rond. 'Ik zie niets.'

'Dat betekent waarschijnlijk niet dat je weer in bed komt?'

Jeffrey trok een T-shirt uit de koffer aan en deed de deur open. Hij bleef even staan, liet de koude lucht binnen en snuffelde. 'Het komt van buiten.'

Ze stond op. 'Ik ruik het nu ook.'

Ze deden allebei hun schoenen aan voordat ze het parkeerterrein op liepen. Sara trok de mouwen van haar sweatshirt over haar handen tegen de kilte van de nacht. Buiten was de geur sterker, als rook uit een laaiend kampvuur. Ze hoorden het nu ook knetteren en liepen allebei naar het geluid toe, naar een gang die achter de receptie van het motel liep.

Er stond een groep gasten aan het eind van de gang die er allemaal uitzagen alsof ze zich schaamden daar gezien te worden. Hun angst om betrapt te worden door buren of echtgenoten legde het af tegen het verlangen om het schouwspel te zien. En het was spectaculair: het gebouw naast het motel was omringd door vlammen, rook kolkte de nachthemel in.

Toen Jeffrey en Sara voor in de menigte waren beland, werden de ramen met een donderende explosie uit het gebouw geblazen. Jeffrey sloeg een arm om Sara heen en trok haar weg van de brokstukken. Er klonk nog een harde knal. De voordeur werd weggeblazen en stuiterde over het parkeerterrein.

Jeffrey moest zijn stem verheffen om boven het laaiende vuur uit te roepen: 'Heeft iemand de brandweer gebeld?'

Iemand uit de menigte antwoordde: 'Twee keer.'

'Dat is Hanks bar,' zei Jeffrey tegen Sara.

'Ik hoop dat er niemand binnen is,' antwoordde ze, met haar hand haar ogen afschermend tegen het felle licht. De vlammen leken rond de buitenkant van het gebouw geconcentreerd alsof iemand er benzine omheen had gegoten en het met een lucifer had aangestoken. Nu de ramen weg waren, vond het vuur zijn weg naar binnen, langs de lijn van de kozijnen en balken, dansend over het dak. Als er sprinklers in het gebouw waren dan werkten ze niet. Sara vermoedde dat de bar binnen vijf minuten volledig verzwolgen zou zijn.

Er klonk een snerpend geluid, als een gewond dier of misschien een sirene. Sara keek de weg af en verwachtte een brandweerauto te zien, maar er reden alleen wat auto's en een motorfiets langzaam voorbij.

'Lena,' mompelde Jeffrey en hij liep met grote stappen naar het gebouw toe.

Door een van de kapotte ramen zag Sara een figuur bewegen midden in de bar. In het gloeiende licht kon ze zien dat die persoon naar iets in zijn handen keek.

'Hé daar!' Jeffrey had kennelijk hetzelfde gezien als Sara: dat de figuur binnen niet Lena was maar een man met brede schouders en een fors postuur. Hij keek op toen Jeffrey weer riep, maar maakte geen aanstalten om weg te gaan.

Jeffrey keek om naar Sara. Hij knikte een keer alsof hij wilde zeggen: Je weet dat ik dit moet doen, en rende toen naar het gebouw.

'Jeffrey!' riep ze. Het was te gevaarlijk. Het vuur zou de man binnen een paar seconden bereiken. 'Jeffrey!'

Hij sprong achteruit toen er een muur van vlammen voor hem opspatte, maar wilde niet opgeven. Zonder naar Sara's smeekbeden te luisteren rende hij om het gebouw heen, op zoek naar een andere manier om bij de man te komen.

'Nee,' fluisterde Sara, terwijl ze hulpeloos toekeek hoe Jeffrey het brandende gebouw in stormde. Binnen had het T-shirt van de man inmiddels vlam gevat, maar krankzinnig genoeg liep hij weg van Jeffrey en verdween verder het gebouw in. Jeffrey vloog achter hem aan, stak zijn hand uit en toen verdwenen ze allebei.

'Nee,' herhaalde Sara en ze keek gespannen naar de open deur of Jeffrey eruit kwam. Ze liep om het gebouw heen, glas knarste onder haar voeten, ze zocht de gevel af, keek door de gapende gaten waar ramen hadden gezeten. Ze was aan de andere kant van de bar, aan de rand van het bos, toen er een harde explosie klonk, zo heftig dat ze tegen de grond werd geslagen.

Er gingen een paar seconden voorbij. Haar oren suisden, haar hersenen leken omwikkeld met ruis. Sara schudde haar hoofd, er vielen brokstukken uit haar haar. Ze zette zich af tegen de harde aarde en kwam op haar zij te liggen. Er schoten vlammen omhoog uit het gebouw. Haar huid voelde verzengd door de hitte. Het lukte haar op haar knieën te komen, maar niet om op te staan. Haar mond ging open, maar ze kon niet praten.

'Sara!' Jeffrey kwam het bos uit rennen, glibberend over de aarde toen hij op zijn knieën naast haar zakte. 'Ben je ongedeerd?' Hij legde zijn handen aan beide kanten van haar gezicht. 'Ben je gewond?'

Ze legde haar handen over de zijne. 'Ik dacht...'

Het karakteristieke gejank van een sirene vulde de lucht. Deze keer was er geen vergissing mogelijk dat het lawaai van een brandweerwagen kwam. De achterwielen gierden toen hij het parkeerterrein op reed met een ambulance er direct achteraan. Het krioelde er van de brandweerlieden die slangen monteerden en mensen wegjoegen bij het laaiende gebouw.

'Sara,' herhaalde Jeffrey. 'Zeg iets. Ben je gewond?'

Ze schudde haar hoofd en zakte tegen hem aan, haar armen zo strak om zijn middel dat ze verbaasd was dat hij nog kon ademen.

'Je bent veilig,' zei hij, de haren uit haar gezicht strijkend. 'Je bent veilig.'

Sara dacht dat ze in snikken zou uitbarsten als ze haar mond opendeed. Ze voelde zich verdoofd, gevangen in een vacuüm dat geluid en gevoel dempte.

Jeffrey hoestte en ze liet haar greep iets vieren maar liet niet los.

Ze had gedacht dat hij dood was. Die fractie van een seconde had ze haar leven zonder hem gezien, gevoeld hoe het zou zijn hem kwijt te raken.

'Hij is het bos in gerend,' zei Jeffrey, alsof de man die hem het gebouw in had gelokt haar een barst kon schelen. 'Hij had iets in zijn handen. Ik kon niet zien wat het was.'

Een van de ambulancebroeders knielde naast Sara en legde zijn hand tegen haar rug. 'Mevrouw, gaat het een beetje?'

Het lukte haar te knikken. Shock. Het was shock.

De andere broeder vroeg: 'Kunt u ademen? Heeft u zuurstof nodig?'

Ze moest haar keel schrapen voordat ze nee kon zeggen. Kennelijk geloofde hij haar niet. Hij probeerde een masker over haar mond te doen, maar ze duwde hem weg.

Jeffrey keek bezorgd. 'Misschien moet je...'

'Het gaat heus wel,' zei ze tegen hen allemaal. Het was een dwaas gevoel, al die mensen die zich druk maakten om haar. Ze trok aan Jeffreys T-shirt om zich overeind te hijsen. Hij tilde haar zo ongeveer van de grond, met zijn arm om haar middel. Ze legde haar hand over de zijne om hem daar te houden.

'Ik wil terug naar de kamer,' zei ze. Hij vroeg niets en loodste haar door de menigte, duwde mensen opzij om een doorgang te maken. Iedereen staarde, en Sara keek naar de grond, ze had al haar aandacht nodig om de ene voet voor de andere te zetten, waarbij ze zich stevig aan Jeffrey vastklampte.

'Wacht even, commissaris.' Het was Jake Valentine.

'Niet nu,' zei Jeffrey tegen hem.

Hij zette zijn honkbalpet af. 'Als u even...'

'Niet nu,' herhaalde Jeffrey en hij verstevigde zijn greep om Sara's middel. De lichten van de snackautomaten flikkerden toen ze er langsliepen, de compressors zoemden als een bijenkorf. Sara had de deur niet goed dichtgedaan toen ze de kamer uit waren gelopen en Jeffrey duwde hem langzaam met één hand open. Ze voelde zijn lichaam verstrakken toen hij rondkeek om te controleren of er niemand binnen was.

Hij probeerde het niet te opvallend te doen, maar hij hield Sara achter zich toen hij de kleine ruimte van de wc en het bad controleerde. Zodra hij zeker wist dat ze alleen waren, draaide hij de kraan open en pakte een washandje van het handdoekenrek.

'Ik weet niet waarom hij wegrende,' zei Jeffrey, terwijl hij het washandje onder de kraan hield, zijn gedachten nog steeds bij de man in het gebouw.

Sara hees zich op het wastafelblad, haar voeten bungelden boven de vloer. Haar zintuigen kwamen terug. Ze rook een zurig mengsel van rook en zweet dat van Jeffreys lichaam af kwam. Zijn T-shirt was doordrenkt met transpiratie en roet.

Hij zei: 'Ik heb hem niet goed gezien. Er was overal rook.'

Het doktersgedeelte van haar hersenen kwam zoemend tot leven. 'Heb je geen last met ademhalen? Heb je pijn in je borst of je keel?'

Hij schudde zijn hoofd. 'Kom hier.' Zorgvuldig waste hij met het washandje haar gezicht en zei: 'Er loopt een beek achter het gebouw, en daar staat een soort schuurtje. Die man struikelde de oever af en viel in het water. Ik dacht dat ik hem toen te pakken zou krijgen, maar hij was opeens verdwenen.' Jeffrey plukte iets uit Sara's haar en gooide het in de prullenbak. 'Ik kon niet zien of hij het ding dat hij vasthield liet vallen. Wat het ook was, hij vond dat het genoeg waard was om een brandend gebouw voor in te rennen.' Hij spoelde het washandje uit. Ze zag dat er vlekken op zaten en vroeg zich af hoe haar gezicht eruitzag. Hij besloot: 'Toen vloog het gebouw de lucht in en zag ik jou vallen.'

Ze voelde iets koels op haar wangen en besefte dat ze huilde.

'Hé, kom op,' zei Jeffrey, haar tranen wegvegend. 'Je hebt niets.'

Ze werd door emoties overspoeld. Sara gaf geen moer om zichzelf. 'Ik dacht alleen... Je ging dat gebouw in en toen zag ik... Ik dacht dat je...'

Hij wierp haar een bevreemde blik toe, alsof ze overdreef. 'Kom op, liefje. Met mij is niets aan de hand.'

Ze raakte zijn gezicht aan, probeerde haar handen niet te laten trillen. Sara wist dat Jeffrey zich tot haar aangetrokken voelde om haar stoerheid, haar onafhankelijkheid. Maar nu kon ze die persoon niet zijn, nu kon ze hem geen moment laten denken dat zij ooit zonder hem zou kunnen. 'Ik weet niet wat ik zou doen als er iets met je gebeurde.'

'Kom op.' Hij probeerde er een grapje van te maken. 'De mannen zouden in de rij staan om mijn plaats in te nemen.'

Sara schudde haar hoofd, niet in staat om te doen alsof. 'Niet doen.'

'Misschien krijgt Nick Shelton dan eindelijk zijn kans. Kunnen jullie bij elkaar passende kettingen dragen.'

Ze kuste hem en voelde gruis op zijn lippen. Het kon Sara niets schelen. Ze opende haar mond voor hem, sloeg haar armen om zijn schouders, haar benen om zijn heupen, trok hem dicht tegen zich aan. Ze wilde elk deel van zijn lichaam voelen, weten dat hij nog steeds van haar was. Er kwam iets uitzinnigs over haar, en ze scheurde de hals van zijn T-shirt toen ze dat probeerde uit te trekken.

'Hé...' Hij maakte zich los, met diezelfde vreemde glimlach op zijn gezicht. 'We zijn ongedeerd, oké? We hebben het gered.'

We, had hij gezegd, maar daar ging het haar niet om. Ze keek recht door hem heen – dat zijn glimlach niet zijn ogen bereikte, dat hij te snel praatte, dat hij zich ergens zorgen over maakte – te veel zorgen om het haar te vertellen. Ze raakte met haar vingertoppen zijn lippen aan, liet ze over zijn hals en zijn borst glijden. Toen ze met haar nagels over zijn spijkerbroek kraste hield hij eindelijk op met glimlachen.

'Laat me nooit meer in de steek,' zei ze tegen hem, zijn spijkerbroek losknopend en de gulp openritsend. Het klonk als een dreigement, maar ze praatte uit pure doodsangst bij de gedachte aan een leven zonder hem. 'Laat me nooit meer in de steek.'

Hij was al hard voordat ze haar hand om hem heen vouwde. Zijn tong ging diep haar mond in toen hij haar kuste, lange, stevige bewegingen in antwoord op de hare. Sara kuste harder terug, gebruikte beide handen om hem te prikkelen tot hij haar broek naar beneden rukte en haar benen spreidde. Ze gleed naar de rand van het blad en duwde haar volle gewicht tegen hem aan toen hij in haar drong. Weer probeerde hij haar af te remmen, maar ze greep met een hand het blad vast en stootte weer, in een hoger tempo.

'Fuck...' hijgde hij. Hij beukte haar tegen de spiegel en beet en kuste haar in haar hals. Ze voelde zijn tanden langs haar borsten strijken en zijn handen haar kont grijpen terwijl hij harder, dieper stootte. Sara zette haar nagels in zijn rug, omdat ze wist dat hij er bijna was en niets liever wilde dan dat hij zich ontlaadde.

'Je voelt zo lekker,' fluisterde ze met haar lippen tegen zijn oor, zodat hij haar adem voelde. 'Zo lekker...' Ze bleef praten, verleidde hem met de woorden die hem over de rand zouden duwen.

Hij hijgde, de spieren in zijn rug gespannen als snaren. Sara kneep haar ogen dicht, richtte zich helemaal op het warme bloeien in haar middenrif toen zijn lichaam schokte tijdens de ontlading. Hij vertraagde het tempo en deze keer liet ze het toe, genoot ze van elke stoot, wilde ze dat ze hem eeuwig vast kon houden.

Hij schokte weer toen het afgelopen was, viel tegen haar aan en greep met zijn handen het blad beet alsof hij anders niet overeind kon blijven. Ze trok haar nagels teder over zijn rug op en neer. Zijn huid was warm en kleverig maar ze wilde nog steeds elk deel ervan voelen. Sara kuste zijn schouder, zijn hals, zijn gezicht.

'Jezus,' hijgde hij. 'Het spijt me dat ik niet...' Hij schudde zijn hoofd. 'Jezus.'

Sara duwde haar mond tegen de zijne en kuste hem zacht. Ze kon de keren dat Jeffrey zichzelf had toegestaan klaar te komen voordat zij zo ver was op de vingers van één hand tellen. Ze kon ook eerlijk zeggen dat ze zich van haar leven nog nooit zo verbonden had gevoeld.

Hij glimlachte weer, die halve grijns waar ze razend om kon worden en waar ze hem tegelijkertijd om liefhad. 'Ik wed dat Nick dat niet klaar zou spelen.' Ze leunde met haar hoofd tegen de spiegel, nog steeds niet bereid om er een spelletje van te maken.

'Je weet wat ze zeggen over kleine mannen die overcompenseren.'

Ze keek hem aan en zag dat hij wilde dat ze het spelletje meespeelde. Ze liet zich vermurwen. 'Onderschat me niet, ik denk dat ik wel iets beters kan krijgen dan Nick.'

Hij streek haar haar naar achteren. 'Weet je eigenlijk dat ik al van je hou vanaf de eerste keer dat ik je in de smiezen kreeg?'

Ze lachte. 'Je had diezelfde avond een afspraak met een geil stuk.'

'Niet waar.'

Ze porde in zijn ribben. 'Je moest haar opbellen om te vertellen dat je later zou komen.'

Hij streek met zijn lippen langs de hare. 'Ik hou van je, Sara.'

Ze voelde haar keel dichtknijpen. Ze gaf hem haar gebruikelijke antwoord, haar spottende antwoord dat hem het eerste jaar dat ze samen waren razend had gemaakt omdat ze nooit de woorden terug wilde zeggen. 'Ik weet het.'

'Weet je nog wat?' vroeg hij, een lok haar achter haar oor stoppend. 'Je bent een heel vies meisje.' Sara voelde zich knalrood worden en hij lachte hard. 'Dat ook, maar ik bedoelde letterlijk. Kijk eens in de spiegel.'

Ze draaide zich om en keek naar haar spiegelbeeld. Hij had het meeste vuil van haar gezicht geveegd maar ze zag er nog steeds uit alsof ze onder een vrachtwagen had gelegen.

'Eerlijk gezegd ben ik niet zo kapot van je nieuwe kapsel.'

Ze draaide zich weer naar hem. 'Jij bent ook niet echt het prijsvarken op de kermis.'

'Waarom maken we dit dan niet af onder de douche?' Hij keek omlaag en liet zijn handen over haar heupen glijden. 'Of wilde je me een kans geven om het onmiddellijk goed te maken?

'Denk je dat je nu weer weet hoe het moet?'

Ze schrokken allebei van een luid gebonk waardoor de deur klapperde.

Sara gleed van het wastafelblad af, trok in een enkele beweging haar joggingbroek omhoog en haar sweatshirt naar beneden. Haar hart bonsde alsof ze weer achttien was en betrapt op de achterbank van een Buick in plaats van een volwassen getrouwde vrouw die alle recht had om met haar man in een goedkoop motel te zitten.

Weer klonk er gebonk op de deur, bijna als hamerslagen. Er stroomde licht door de kier bovenaan waar het dunne multiplex doorboog onder de kracht. Het raam dat uitkeek op het parkeerterrein maakte een onheilspellend krakend geluid.

Sara knoopte haar shirt dicht terwijl Jeffrey zich weer in zijn spijkerbroek hees. 'Als dat Jake Valentine is,' begon hij, maar hij kreeg de tijd niet om zijn zin af te maken. Het raam versplinterde, glas vloog de kamer binnen en de gordijnen bolden op toen een groot voorwerp op de plastic tafel en vervolgens op de vloer dreunde.

Jeffrey had zich op zijn knieën laten vallen en bedekte zijn hoofd met zijn armen. 'Wat...'

Banden gierden op het asfalt buiten.

Sara's mond viel open van verbazing. Het voorwerp was een man. Iemand had net een man door hun raam gegooid.

Instinctief rende ze naar hem toe, maar Jeffrey greep haar hand en rukte haar naar de grond.

'Naar de badkamer,' beval hij, en graaide onder zijn matras naar zijn pistool. 'Nu.'

Sara rende gebukt weg terwijl Jeffrey naar de deur ging. Hij legde zijn hand op de knop, maar die gaf niet mee.

Hij drukte zijn rug tegen de deur en schoof langs de muur in de richting van het raam. Snel keek hij uit het raam over het parkeerterrein, en knielde toen onder de vensterbank. Hij deed dit twee keer en Sara hield elke keer haar adem in, verwachtte dat zijn hoofd eraf geschoten zou worden.

Jeffrey keek om naar Sara. 'Blijf daar,' zei hij en hij sprong door het kapotte raam naar buiten.

Sara hield haar adem in, haar oren gespitst op het geluid van een schot. Ze kroop op haar knieën naar de man toe om te zien of hij nog leefde. Overal lag glas en ze tastte er voorzichtig doorheen om zich niet te snijden. Ze hield haar hoofd omlaag toen ze met haar vingers in zijn hals voelde, maar ze wist niet zeker of ze een hartslag of haar eigen trillende handen voelde.

'Sara.'

Ze schreeuwde, dook in elkaar en realiseerde zich op hetzelfde moment dat het Jeffrey maar was.

'Wie het ook was, hij is weg.' Hij sloeg met de loop van zijn pistool wat glas weg voordat hij weer terugklom door het raam. 'Is hij dood?'

Ze keek eindelijk naar de man. Hij lag op zijn linkerzij met zijn gezicht naar het raam. Het witte parelmoeren handvat van een duur vouwmes stak uit zijn rug. Er zat een grote glasscherf in zijn nek maar daar was maar een dun straaltje bloed uitgelopen, niet de verwachte stroom die een kloppend hart veroorzaakt. Toch drukte ze voor de zekerheid haar vingers tegen zijn halsslagader.

'Niets,' zei ze tegen Jeffrey.

Hij leek bijna opgelucht. 'De deur is dichtgespijkerd.'

Sara ging weer op haar knieën zitten en zei een stil dankgebed dat het maar een man was die door het raam was gegooid en geen vuurbal.

Jeffrey draaide het hoofd van de man om en bekeek zijn gezicht. 'Ik denk dat het die kerel uit de bar is.'

'Dat moet wel,' zei ze. De man was duidelijk kortgeleden in een brand geweest. Zijn ogen waren open maar de wimpers waren verzengd. Zijn korte haar was bedekt met roet. Grote stukken van zijn hemd waren weggebrand en het vlees eronder vertoonde eerste- en tweedegraads brandwonden.

Jeffrey begon de hemdsmouw van de man open te scheuren.

'Niet doen,' zei Sara met de gedachte dat er bewijsmateriaal op het hemd zou kunnen zitten, maar ze zag snel genoeg de reden.

Op de arm van de dode man was een grote rode swastika getatoeëerd.

Twaalf

Lena ging met haar rug tegen de muur aan de keukentafel zitten wachten tot Hank thuiskwam. De klok boven het fornuis tikte hard en Lena moest zich dwingen niet op de maat van het geluid te gaan ademhalen. De Mercedes stond op de oprit, dus hij was op een gegeven moment thuisgekomen, maar nu was hij nergens te bekennen. Het huis was leeg, de schuur en de roestige oude pick-uptruck in de achtertuin waren allebei verlaten. Ze was langs de bar gereden, had het ziekenhuis gebeld en zelfs met een of andere ouwe lul op het bureau van de sheriff gepraat, die haar het standaardverhaal over vierentwintig uur wachten had opgedist, maar Hank was echt verdwenen. Zijn mobiel lag op de keukentafel, de batterij was leeg. Op het antwoordapparaat stonden geen berichten. Het blauwe metalen kistje, zijn drugskit, was weg. En Hank zou nooit van z'n leven ergens naartoe gaan zonder zijn kit. Hij had het waarschijnlijk meegenomen, wat betekende dat hij het huis uit eigen vrije wil had verlaten – maar dan wist ze nog steeds niet waar hij was.

Lena wist niet eens wat ze zou doen als hij opdook. Wat zou ze zeggen als hij nu het huis in kwam lopen? Wat kon ze hem in godsnaam vragen? Er waren vier uur verstreken sinds ze in de school met Charlotte had gepraat, maar in die tijd was Lena geen stap dichter bij een verklaring gekomen.

Hank had niet achter het stuur gezeten.

Angela Norton had haar eigen dochter blind gemaakt, en daarna? Was ze weggereden? Had ze Hank achtergelaten met de gevolgen, hem de schuld op zich laten nemen?

Het enige waarvan Lena had gezworen dat ze het hem nooit zou vergeven, had de klootzak nota bene helemaal niet gedaan. Al die woede waar ze het grootste deel van haar leven mee had rondgelopen kookte nog in haar, maar nu kon ze er geen kant mee op. Zou ze boos moeten zijn op haar moeder, een vrouw die ze voor zover ze zich herinnerde nooit had ontmoet? Wat was er zo erg aan Angela Adams dat Hank mensen liever in de waan liet dat hij zijn eigen nichtje blind had gemaakt, zodat de meisjes er niet achter zouden komen dat ze nog leefde? Wat had ze hen allemaal aangedaan?

De tl-buis boven het aanrecht drenkte de kamer in een blauw licht toen de zon onderging. Hanks AA-folders lagen nog her en der op de tafel, verstrooid over de vloer, in stapels van honderden op het gasfornuis. De klok bleef tikken, tikte de minuten weg en daarna een uur.

Na het ongeluk kon Sibyl zich niet meer herinneren dat ze de oprit op was gerend, of zelfs dat ze met Lena aan het overgooien was geweest. Indertijd had de dokter gezegd dat dat tamelijk normaal was bij ernstig hoofdletsel en dat de herinneringen soms niet terugkwamen. De zusjes hadden het er achteraf nooit meer over gehad. Misschien als kind wel, maar in de loop van de tijd werden Sibyls blindheid en de oorzaak ervan iets vanzelfsprekends tussen hen. Praten over het ongeluk zou net zoiets zijn geweest als praten over de zon die elke ochtend opkwam: een uitgemaakte zaak.

Intussen gaf Lena Hank de schuld, en had Hank geen flikker gedaan om haar van dat idee af te brengen. Elke keer dat ze het hem naar zijn hoofd slingerde, zette hij zijn kaken op elkaar, staarde naar een plek achter haar hoofd en wachtte tot ze klaar was.

Charlotte Warren moest er meer van weten dan ze liet blijken; ze was drie jaar ouder dan Lena en Sibyl. Haar geheugen was beter, de schok was voor haar minder traumatisch geweest. Toch had de vrouw uitsluitend de naakte feiten prijsgegeven: de auto had Sibyl geraakt, Hank was aan komen rennen, en Angela was hem gesmeerd zonder te stoppen om te kijken hoe het met Sibyl was of om uit te leggen wat er gebeurd was. De politie was binnen een paar minuten ter plekke, en daarna de ambulance. Charlottes moeder had haar dochter mee naar huis genomen en gezegd dat ze moest vergeten wat er gebeurd was, dat het nergens goed voor was erover te praten.

Volgens Charlotte had ze zich aan de opdracht van haar moeder gehouden. Zelfs toen haar relatie met Sibyl serieuzer werd, had ze verondersteld dat er dingen waren die gewoon te verschrikkelijk, te pijnlijk waren om over te praten.

Maar was het wel zo eenvoudig geweest? Hadden Charlotte en Sibyl echt nooit over die dag gepraat? Als Sibyl het onderwerp niet met haar eigen zusje wilde bespreken, dacht Lena, dan was het aannemelijk dat ze er ook niet tegen Charlotte Warren over zou beginnen. Sibyl had gesteigerd bij de gedachte dat iemand medelijden met haar had. Ze had haar hele leven even onafhankelijk willen zijn als een ziende. Ze had nooit toegegeven aan haar handicap, had er nooit misbruik van gemaakt. Misschien had ze niet over het ongeluk gepraat omdat ze niet wilde dat iemand medelijden met haar had.

Zoveel geheimen, zoveel mensen die Angela Norton beschermden, en niemand die wilde uitleggen waarom.

Lena stak haar hand uit naar de telefoon aan de muur achter haar rug. De hoorn kleefde, de knoppen zaten vol vuil. Ze toetste het nummer van Nan Thomas in, om Sibyls minnares te vragen wat haar zusje precies had geweten van die vreselijke dag. Haar hart bonkte in haar keel tegen de tijd dat Nans telefoon overging. Lena wachtte en telde het aantal keren dat hij overging tot de voicemail opnam.

Ze hing op zonder een boodschap in te spreken.

Stel dat Sibyl wist dat hun moeder het had gedaan? Nee. Dan zou ze iets tegen Lena hebben gezegd. Ze had onmogelijk al die tijd voor Lena kunnen verzwijgen dat hun moeder nog jaren had geleefd toen ze volgens Hank dood was, dat ze voorgelogen waren.

Tenzij Sibyl ook had geprobeerd Lena te beschermen.

'Shit,' vloekte Lena en ze wreef in haar ogen. Ze was moe en op de een of andere manier was het erger om in Hanks huis te zitten dan in haar rottige motelkamer. Het was er in elk geval smeriger.

Ze stond op en liep naar de achterdeur. Lena legde haar hand op de deurknop, maar draaide hem niet om. Ze bedacht zich, liet haar hand zakken en liep de gang weer in. Ze bleef voor de badkamer staan, keerde om en ging de keuken in. De poten van de stoel schraapten over de houten vloer, maar ze hoefde zich niet echt zorgen te maken om de lak.

Jaren geleden had Hank niet meer genoeg ruimte gehad om zijn troep op te bergen. Hij had voorgezaagde stroken multiplex bij de ijzerwinkel gehaald en Lena had ze hem een voor een aan moeten geven door de opening naar de vliering zodat hij ze vast kon timmeren. Natuurlijk was hij zo slim geweest om dit project midden in augustus aan te pakken, de heetste maand van het jaar. Toen hij van de vliering naar beneden was gekomen, nadat hij de laatste plank had vastgespijkerd, was hij bevangen door de hitte flauwgevallen in de gang.

De volgende dag was hij weer op de vliering, bezig dozen op te stapelen en troep weg te ruimen. Lena was toen een jaar of tien, twaalf. Een paar jaar nadat Angela Adams Sibyl blind had gemaakt. Wat had Hank daarboven opgeslagen? Wat voor papieren hadden al die tijd boven haar hoofd verstopt gelegen? Hij liet zoveel rotzooi rondslingeren dat ze tot nu toe geen moment aan de extra troep op de vliering had gedacht.

Lena klom op de stoel en drukte haar handen tegen het losse paneel. Het voelde of het klem zat, maar niet door de verf. Er stond iets bovenop, een doos misschien, en Lena moest met haar vuist het paneel omhoog stompen zodat de doos eraf gleed. Toen het haar eindelijk lukte het paneel opzij te schuiven deed haar hand pijn en droop het bloed van haar knokkels. Uit de vliering wolkte bedompte lucht naar beneden, maar Lena gunde zich niet de tijd om erover na te denken, stak haar handen in de opening, greep de balken aan weerszijden beet en trok zich omhoog.

Door het schuine dak was er niet genoeg ruimte om te staan. Ze kroop naar de lichtschakelaar, zich bewust van de lange, roestige spijkers die uit de dakpannen naar beneden staken, in de aanslag om haar schedel open te rijten. Zelfs nu de zon onder was, was het bloedheet op de vliering. Er rolde een druppel zweet langs haar rug. Ze wist dat het tijdverspilling was, maar knipte het licht aan. Tot haar grote verrassing ging het peertje branden en verlichtte een deel van de volgepakte vliering. Er lagen een kapot peertje en een leeg doosje op de grond, dus ging ze ervan uit dat Hank hier kortgeleden was geweest. Geen idee wat hij had uitgespookt. Overal stonden dozen, uitpuilend van de papieren. De multiplex vloer lag bezaaid met rattenkeutels. Ze hoorde een piepend geluid van een beest dat protesteerde tegen haar invasie.

De geur sloeg opeens in volle hevigheid toe, de verpletterende stank van de dood.

Als groentje had Lena haar portie telefoontjes behandeld van buiten de stad wonende zoons en dochters die zich afvroegen waarom pa of ma of oma de telefoon niet opnam. Over het algemeen was daar een heel goede reden voor, en oudere agenten stuurden bij wijze van praktijkles de groentjes erop uit om het lichaam te vinden.

Eén keer had Lena een oude vrouw in haar leunstoel gevonden, morsdood. Een half afgemaakte sprei en een stel breinaalden lagen op haar schoot, de tv kwaakte op de achtergrond. De vrouw rook naar urine en rottend vlees. Lena had haar maag uit haar lijf gekotst op de achterveranda voordat ze het bureau had gemeld wat ze had gevonden.

Hier op de vliering kreeg ze weer braakneigingen, niet van spanning maar van angst. Ze wist hoe doden roken, hoe de lichaamssappen naar buiten sijpelden en de gassen ontsnapten als lijken in ontbinding raakten. Ze wist hoe de huid in de botten wegzakte, dat ze hoogstwaarschijnlijk in hun eigen stront hadden liggen sudderen terwijl ze wachtten tot iemand ze zou vinden.

Er flitste een gedachte door haar hoofd, een gedachte die niet meer weg wilde: had ze haar moeder gevonden? Had Angela Norton al die jaren hierboven gelegen en was haar lichaam in de planken gerot terwijl Lena en Sibyl beneden woonden?

Nee, dat kon niet. Dat was veel te lang geleden. De stank zou weg zijn. Hank zou het lichaam inmiddels hebben verplaatst.

Lena's hart klopte in haar keel. Hank. Ze dacht altijd het laatste aan hem, zelfs nu. De tranen sprongen in haar ogen. Ze kwam overeind en hield zich vast aan een balk. Er klonk nog een geluid op de vliering, het geluid van haar eigen schreeuw, als een wegstervende sirene.

Nu zag ze het, aan de andere kant van de vliering: een bleke voet die achter de dozen uit stak, een mannenvoet, met hier en daar wat haren rond de enkel, de wasbleke gloed van de dood op de huid.

'Nee,' fluisterde Lena, want meer kwam er niet uit haar keel.

Hij had het eindelijk gedaan. Hij was naar boven geklommen met zijn kit, had die laatste naald gezet, dat laatste zakje poeder gebrand, en zichzelf van kant gemaakt. Precies zoals hij tegen Lena had gezegd. Precies zoals zij al die jaren geleden stiekem had gehoopt.

Ze kon nu meteen weggaan. Ze kon teruggaan naar Grant County. Ze kon maandag naar het bureau gaan, haar werk doen, thuiskomen, iets te eten maken, misschien naar een film op tv kijken. Ze kon Nan bellen en misschien bij haar langsgaan. Ze zouden bier drinken en in de achtertuin zitten praten over Sibyl, en misschien zou Lena de minnares van haar zusje vragen wat Sibyl precies had geweten. Of misschien ook niet. Misschien zouden ze over het weer praten of over een boek dat Nan aan het lezen was en waar Lena geen bal van begreep. Nan zou naar Hank vragen en Lena zou haar vertellen dat ze al een tijdje niets van hem had gehoord en geen idee had wat hij allemaal aan het doen was.

Lena kroop op handen en voeten naar hem toe. Haar armen trilden zo heftig dat ze halverwege moest stoppen om op adem te komen voordat ze verder kon. Ze hoorde weer dingen, woorden, een iel stemmetje, alsof een klein meisje praatte. 'Het spijt me,' hoorde ze. 'Het is mijn schuld... ik had je nooit alleen moeten laten... ik had een ambulance moeten bellen... ik had je naar het ziekenhuis moeten brengen... ik had je tegen moeten houden.' Lena realiseerde zich dat de stem die ze hoorde haar eigen stem was. Ze snikte en hapte naar lucht op de benauwde vliering.

Lena stak haar hand uit en schoof de dozen weg zodat ze opzij kantelden. De naakte man lag dood voor haar.

Het was Hank niet.

DONDERDAGOCHTEND

Dertien

Jeffrey sliep altijd het liefst in zijn eigen bed. In zijn wilde tijd had hij er een hekel aan gehad de hele nacht bij een vrouw te blijven, en niet alleen omdat haar man thuis zou kunnen komen. Hij vond het prettig om te weten waar de badkamer was als hij midden in de nacht wakker werd. Hij vond het prettig om te weten waar de lichtknopjes zaten en in welk kastje de glazen stonden.

Wat hij niet prettig vond was wakker worden in Jake Valentines huis.

Hij had de sheriff meteen gevonden op het parkeerterrein van Hanks bar naast het motel, hoewel de sheriff niet veel anders kon doen dan toekijken hoe het gebouw afbrandde. Toen Jeffrey hem zag, stond Valentine naast een van zijn hulpsheriffs, zijn duimen in de band van zijn spijkerbroek gehaakt, te kijken hoe het vuur zichzelf opbrandde. Valentine droeg nog steeds zijn enkelholster en rook sterk naar het bier dat hij die avond met Jeffrey had gedronken. Toen Jeffrey hem vroeg mee te komen naar het motel had hij geen vragen gesteld.

'Dat is Boyd Gibson,' had Valentine gezegd toen Jeffrey hem de dode man op de vloer van hun motelkamer liet zien. 'Ik heb met hem op school gezeten.'

Niet: 'Hoe is dat lijk in godsnaam in jullie kamer gekomen?' of: 'Wie heeft hem in zijn rug gestoken?' Alleen: 'Goddomme, zijn pa zal er kapot van zijn.'

Jeffrey vermoedde dat hij dankbaar moest zijn dat Valentine hen zijn logeerkamer had aangeboden. Grant County was een heel eind rijden en Sara was weer stil geworden

– te stil naar Jeffreys zin. Toen hij vroeg of ze het goed vond om in het huis van de sheriff te slapen knikte ze alleen en propte zwijgend haar kleren in de koffer die ze van thuis had meegenomen. Ze had ook geen woord gezegd tijdens de korte rit naar Valentines huis. Toen Jeffrey naast haar in bed stapte, had ze haar hoofd op zijn borst gelegd en haar arm om hem heen geslagen.

Jeffrey probeerde te luisteren of Sara weer lag te huilen. Sara huilde zelden, en als ze het deed, had hij het gevoel of zijn hart in een bankschroef werd geklemd. Maar ze huilde niet. Ze dacht na. Dat werd duidelijk toen ze op een elleboog overeind kwam. Uit haar toon maakte hij op dat ze vastbesloten was toen ze zei: 'Ik ga hier niet weg zonder jou.'

Hij had zijn mond opengedaan om te protesteren, maar ze had haar vingers op zijn lippen gelegd om hem het zwijgen op te leggen. 'Toen ik met je trouwde,' ze liet een korte glimlach toe, 'de laatste keer tenminste, wist ik dat je het soort man bent dat naar moeilijkheden toe rent in plaats van ervandaan.' Ze zweeg even en zei toen zacht maar resoluut: 'Ik kan je niet tegenhouden als je de wereld wilt redden, maar ik zal je niet in de steek laten zolang je ermee bezig bent.'

Hij had zich een enorme hufter gevoeld, niet omdat hij nog steeds wilde dat ze naar huis ging, niet omdat hij haar in de vuurlinie had gebracht, maar omdat hij recht in haar gezicht had gelogen vanaf het moment dat het lijk in hun kamer was gesmeten.

Jeffrey had de getatoeëerde man op de grond zien liggen, hij had het donkere, zwarte bloed zien uitwaaieren rond het vouwmes met het parelmoeren handvat in zijn rug, en niets gezegd.

'Ik ga niet weg zonder jou,' had Sara beloofd.

Daarna viel er niets meer te zeggen. Hij sloot zijn ogen, maar de slaap wilde niet komen en hij lag te luisteren naar Sara's ademhaling. Ze was rusteloos, na een poosje ging ze op haar zij liggen en daarna plat op haar buik. Het duurde zeker een vol uur voordat haar ademhaling eindelijk vertraagde en ze in slaap viel.

Jeffrey stapte uit bed en kleedde zich aan, ook al kon hij nergens heen. Hij verlangde wanhopig naar een douche, maar er was maar één badkamer in het huis en hij wilde niemand wakker maken. Hij wilde ook niet door Valentines huis snuffelen, dus trok hij een metalen klapstoel bij het raam en ging daar zitten. Hij draaide de jaloezieën een klein stukje open zodat hij naar buiten kon kijken. Net als de logeerkamer lag de woonkamer aan de straatkant van het huis, en Jeffrey stelde zich voor dat de sheriff ongeveer hetzelfde uitzicht had als Jeffrey nu, toen hij de brand op het voetbalveld zag. Dat deel van zijn verhaal klopte tenminste.

Het huis was bescheiden, maar een van de twee, Valentine of zijn vrouw, had kennelijk groene vingers. Kleine spotjes langs de voortuin verlichtten hun handwerk: herfstbloemen en gras dat tot een groen laken was gemaaid. Wat een man allemaal niet deed om van zijn huis een thuis te maken, van het vervangen van rotte raamkozijnen tot aan muren schilderen of het vreselijke bloemenbehang dat je vrouw heeft uitgezocht in de badkamer plakken. Niet dat Sara erg dol was op bloempatronen, maar te oordelen naar het ongebreidelde Laura-Ashley-thema door het hele huis was mevrouw Valentine dat wel.

Hij probeerde te bedenken wat Sara en hij in de loop der jaren allemaal hadden veranderd in hun huis. De enige dingen die hem te binnen schoten waren vrij recent. Voordat de vrouw van het adoptiebureau op huisbezoek kwam, had Sara Jeffrey overgehaald om samen met haar op handen en knieën het huis te bekijken, vanuit het gezichtspunt van een kind. Hij had wat lacherig meegedaan, tot hij ontdekte dat er een spijker uit het keukenkastje onder de gootsteen stak. Toen hij ook nog een vingergroot gat tussen een stopcontact en een gipsplaat in de bijkeuken ontdekte, was hij bereid het huis af te breken en helemaal opnieuw te beginnen.

Jeffrey vroeg zich af hoe Al Pfeiffers huis eruit had gezien voordat de brandbom door zijn raam was gegooid. Wat had Pfeiffer gedacht toen hij zijn huis zag afbranden? Of was de oude sheriff te zwaar gewond geweest om te beseffen wat hij kwijtraakte? Jezus, had hij gehoord hoe ze zijn voordeur dichttimmerden, had hij geweten wat er ging gebeuren?

Jeffrey keek om naar Sara in bed. Waar had hij haar in meegesleept? Of, erger nog, waar had Lena hen in meegesleept? Gisteren zocht hij nog naar manieren om alle losse eindjes aan elkaar te knopen. Vanavond was de oplossing door zijn raam komen vliegen met een grote strik eromheen. Het mes met het parelmoeren handvat dat uit Boyd Gibsons rug stak was van Lena.

Jeffrey zuchtte en zakte onderuit op de ongemakkelijke metalen stoel. Hij staarde weer uit het raam naar de lege straat. Hij moest zijn ingedommeld, want het volgende moment gleed een vage lichtbundel schuin langs het raam. Buiten stopte een auto. De bestuurder liep struikelend naar het huis aan de overkant en liet twee keer zijn sleutels vallen voordat hij de voordeur open wist te krijgen. Binnen een minuut kwam hij het huis weer uit en liep in een dronken diagonaal terug naar zijn auto. Jeffrey vroeg zich af of hij moest ingrijpen toen de man zich op de achterbank liet vallen. De voordeur van het huis ging op een kier, een vrouw stak haar gezicht naar buiten om te zien waar de man was, en deed toen de deur weer dicht.

Sara bewoog en Jeffrey keek om of ze wakker was. Ze lag nog op haar buik, met haar armen en benen gespreid over zijn lege kant van het bed. Het was nu zo licht dat hij haar gezicht kon zien. Hij vond het vreselijk om ruzie met haar te hebben, hij kon niet functioneren als ze boos op elkaar waren. Toen hij haar in het lijkenhuis bezig zag, de zorgvuldige, respectvolle manier waarmee ze het lichaam van die arme vrouw behandelde, herinnerde hij zich weer alle redenen waarom hij Sara in zijn leven nodig had. Zij was de enige die door alle flauwekul heen prikte en hem liet zien wat belangrijk was. Zij was zijn geweten.

Toen Jeffrey Cathy en Eddie Linton ontmoette, was zijn eerste gedachte geweest dat dat soort huwelijken niet meer bestonden. Nu hij met Sara was, begreep hij dat dat niet waar was.

Aan de andere kant van de slaapkamerdeur kraakte de

vloer, er liep iemand. De badkamer was aan het eind van de gang tussen de twee slaapkamers, en Jeffrey luisterde naar de voetstappen, die zachter werden zodra ze over de tegels schuifelden. De deur klikte dicht.

Toen Jeffrey de vorige avond het huis zag, was zijn eerste gedachte geweest dat Jake Valentine nooit van zijn leven steekpenningen had aangenomen, tenzij hij een geheim landhuis ergens in de bossen bezat. Het huis had duidelijk een opknapbeurt nodig. De muren in de woonkamer waren bekleed met namaakschrootjes en de oorspronkelijke keukenkastjes zaten er nog in – en dat was geen pre als je in een huis uit de jaren zestig woonde. Als Jake geld aannam om een oogje dicht te knijpen, dan gaf hij het beslist niet aan zichzelf uit.

De douche ging aan. Jeffrey vroeg zich af of het de sheriff was of zijn vrouw. Myra Valentine was niet echt vriendelijk tegen hen geweest de vorige avond, maar niet veel vrouwen zouden het leuk vinden om vreemden in hun huis te ontvangen om één uur 's nachts. Ze was klein, misschien een meter vijftig op blote voeten, en haar kruin kwam nog niet eens tot Jakes borst. Wat ze miste in hoogte compenseerde ze in omvang. Jeffrey schatte dat ze minstens vijftig kilo te zwaar was. Als ze naast elkaar stonden, leken de Valentines een wandelende tien.

Net als haar man had Myra niet veel vragen gesteld. Nadat ze summier aan elkaar waren voorgesteld, had ze Jeffrey en Sara naar de logeerkamer gedreven op de efficiënte manier die je kon verwachten van een lerares Engels, voor Sara een handdoek en een washandje gehaald en kordaat het bed verschoond. Toen Jeffrey had aangeboden te helpen had ze hem weggesnauwd, waardoor hij zich voelde of hij was betrapt op briefjes doorgeven in de klas.

De douche ging uit. Er kwamen geluiden uit de rest van het huis. Hij hoorde bestek en serviesgoed rammelen. Er ging een radio aan, heel zachtjes. In de badkamer zoemde een haardroger. Sara bewoog niet. Ze sliep altijd diep. Ze had een keer verteld dat ze dat te danken had aan haar slopende co-assistentschap, waar het een eeuwige strijd was om voldoende slaap te krijgen. Twee jaar geleden had ze door een orkaan heen geslapen, terwijl hij angstig uit het raam keek en verwachtte dat de eik in de voortuin op het huis zou storten.

Jeffrey stond op, strekte zijn armen boven zijn hoofd en voelde hoe zijn ruggengraat zich krakend uit de vorm van de vouwstoel werkte. Zijn hoofd bonkte dof en hij rook nog steeds de geur van de brand van gisteravond op zijn huid en haar. Hij rook Sara daar ook doorheen, en zijn lichaam reageerde op die gedachte. Was hij ergens anders geweest dan in Jake Valentines huis, waar dan ook, dan zou hij weer bij haar in bed zijn gestapt en daar iets aan hebben gedaan.

In plaats daarvan legde hij schone kleren klaar, in een keurig stapeltje op de rand van het bed. Hij verlangde zo wanhopig naar een douche dat hij het warme water bijna op zijn rug voelde.

In het motel had Sara alles gewoon in haar koffer gepropt. Nu vouwde Jeffrey haar T-shirts op en streek haar spijkerbroek glad zodat ze niet zouden kreukelen.

De voordeur ging open en dicht en Jeffrey liep weer naar het raam om door de jaloezieën te turen. Hij had gedacht dat Jake Valentine er stiekem vandoor ging, maar hij zag de slungelige jongeman in de voortuin staan en met zijn handen op zijn heupen de straat overzien alsof die van hem was. De sheriff droeg een belachelijk korte fluwelen kamerjas, die een stuk boven zijn knieën ophield en toen hij zich bukte om de ochtendkrant te pakken, deinsde Jeffrey terug bij de aanblik van de bilspleet in de witte onderbroek.

Valentine stak de krant onder zijn arm en liep naar de auto die voor zijn huis stond. Hij droeg bruine instappers en sokken onder de kamerjas, en zijn voeten lieten een spoor achter in het gras toen hij naar de auto van de buurman wandelde. Hij keek even op de achterbank, waar de dronkelap zijn roes nog lag uit te slapen, veronderstelde Jeffrey, en keek nog een keer de straat op en neer voordat hij weer naar binnen ging.

Jeffrey sloot de jaloezieën omdat hij niet wilde dat Sara wakker zou worden van het licht. Toen hij zich omdraaide, zag hij dat het te laat was.

Ze lag op haar zij naar hem te kijken. 'Hoe heb je geslapen?'
'Als een baby.'
'Baby's slapen meestal niet rechtop in een metalen stoel.'
'Een kinderstoel?' Hij glimlachte om haar bedenkelijke gezicht en ging naast haar op het bed zitten. 'Gaat het?'
'Veel beter,' was het enige wat ze prijsgaf. 'Wat doen we?'
Hij pakte haar hand. 'Blijf je nog?'
'Ja.'
Hij vond het niet prettig dat ze bleef, maar het zou stom zijn om er geen gebruik van te maken. 'Ik hoopte dat je ons iets kon vertellen over onze bezoeker die gisteravond binnen kwam vallen.'
'Boyd Gibson?' Sara ging rechtop zitten met haar rug tegen het hoofdeinde. 'Denk je dat Jake me gaat vragen de sectie te doen?'
'Daar durf ik mijn kop om te verwedden,' zei Jeffrey. Valentine zou Sara en Jeffrey in de gaten willen houden, en de beste manier om ze bezig te houden was te zorgen dat ze de hele dag zoet waren in het lijkenhuis. Alleen zou de sheriff er waarschijnlijk geen rekening mee houden dat Jeffrey het helemaal geen probleem vond Sara daar alleen achter te laten.
Ze vroeg: 'Wil je dat ik het doe?'
'Waarom niet?' antwoordde hij. 'Misschien komt er iets uit.'
Ze liet haar stem dalen tot een gefluister: 'Zoals Lena's vingerafdrukken op haar mes?'
Hij zou minder verbaasd zijn geweest als ze hem in zijn gezicht had geschopt.
Sara legde uit: 'Het heft is erg opvallend. Ik heb haar er wel eens mee gezien.'
'Sorry,' verontschuldigde hij zich, en hij wist dat hij het haar uren geleden al had moeten vertellen. 'Ik wilde misschien niet dat jij je af ging vragen hoe het daar terechtgekomen was.'
'En ik wil geen huwelijk waarin we dingen voor elkaar

verzwijgen. Dat hebben we al eens gedaan en dat werkte voor geen van beiden.'

'Je hebt gelijk,' gaf hij toe en hij voelde zich een nog grotere hufter nu hij er zo makkelijk vanaf kwam. Hij voelde de behoefte zich nog eens te verontschuldigen. 'Het spijt me echt.'

'Misschien was het zelfverdediging,' opperde ze.

'Leuk geprobeerd,' zei hij met een droog lachje. Zelfverdediging was moeilijk hard te maken als het slachtoffer in zijn rug was gestoken. 'Denk je dat je iets bruikbaars vindt op het lijk?'

'Je weet dat ik niet van voorspellingen hou,' begon ze. 'Maar voor zover ik gisteren kon zien was het tamelijk rechttoe rechtaan: mes in de rug, door het hart, waarschijnlijk op slag dood.' Ze haalde haar schouders op. 'Maakt het echt uit of hij op zijn hoofd is geslagen voordat hij vermoord werd, of wat het laatste is wat hij heeft gegeten?'

'En een toxicologisch onderzoek?'

'Het duurt maanden voor je de resultaten krijgt, en als we het weten, wat kan het ons dan vertellen?'

'Niets nieuws,' gaf Jeffrey toe. 'Door zijn tatoeage weten we dat hij in blanke suprematie geloofde. We weten dat hij in de bar was voor die afbrandde, want we hebben hem gezien.'

'Denk je dat hij de brand heeft aangestoken?'

Jeffrey schudde zijn hoofd. 'Ik kreeg de indruk dat het vuur van buitenaf is begonnen. Bovendien weet ik zeker dat hij iets zocht in die bar toen we hem zagen. Hij wilde daar beslist niet weg voor hij het had.'

'Drugs zouden zijn gedrag kunnen verklaren.'

'Maar niet zijn motivatie,' redeneerde Jeffrey. Hij probeerde zijn dag de revue te laten passeren, zich te concentreren op dingen die hem dichter bij zijn doel zouden brengen, namelijk ontdekken waar Lena precies in terecht was gekomen en zien of hij haar kon helpen er weer uit te komen. 'Ik wil langs Hanks huis rijden om te zien of ik daar iets kan vinden.'

'Zet mij maar eerst af bij het lijkenhuis, dan begin ik vast aan de sectie.'

Hij kon het niet laten: 'Als je rond enen vertrekt, ben je tegen etenstijd weer in Grant.'

'Ik zou ook kunnen proberen een ander hotel voor ons te vinden,' wierp ze tegen. 'Ik herinner me dat er een halfuur hiervandaan een stadje is met meer dan een bar en een postkantoor. Misschien hebben ze daar iets.'

'Je weet dat ik niet wil dat je hier blijft. Ik bedoel, ik wil het wel, maar ik...'

'Sssst,' zei ze, 'ik weet het.'

De vloer in de gang kraakte, maar deze keer liep degene die voor de deur stond niet door naar de badkamer.

Sara trok haar knieën naar haar borst en hees de deken op zodat ze bedekt was toen er een lichte klop op de deur klonk.

Jeffrey zei: 'Binnen.'

Jake Valentine keek glimlachend naar binnen. 'Sorry dat ik stoor.' Hij had zijn karige kamerjas verwisseld voor zijn sheriffsuniform, beslist een verbetering, hoewel hij er nog steeds uitzag of hij de kleren van zijn vader had aangetrokken. 'Myra is al naar school, maar ze heeft eieren met spek op het fornuis achtergelaten, als u daar trek in heeft.' Zijn mond trok omhoog in een snelle glimlach, alsof hij gelukkig werd bij de gedachte aan zijn vrouw die ontbijt had gemaakt.

'Dank je wel,' zei Sara. 'Dat is erg aardig van haar.'

Valentine zette zijn hoed af en richtte zich tot Sara. 'Hoe dan ook, mevrouw, ik hoopte een beetje dat u ons vandaag weer van dienst zou willen zijn met de autopsie op Boyd. Dat is de man van gisteravond. Boyd Gibson. Ik kan u contant betalen als...'

'Dat is echt niet nodig,' onderbrak ze hem. 'Ik maak me graag nuttig.'

'Geweldig.' Valentine draaide zijn hoed tussen zijn handen. 'Ik ga nu Grover ophalen en sleep hem mee naar het lijkenhuis voor de officiële identificatie.'

Sara kon haar verbazing nooit goed verbergen. 'Heb je hem nog niet verteld over zijn zoon?'

Valentine liet zijn hoed met rust. 'Grover werkt in de nachtploeg op de bandenfabriek,' vertelde hij alsof dat een excuus was. 'Ik dacht, laat hem maar eerst klaar zijn met werken en een beetje slapen voordat ik hem over Boyd vertel.'

Sara knikte, maar haar afkeuring was overduidelijk. Vooral in een klein stadje, waar geruchten algauw heilige waarheid worden, moest er direct een agent naar de familie om te zorgen dat ze de waarheid hoorden en geen woeste speculatie. Het was al erg genoeg ouders te moeten vertellen dat hun kind dood was, maar als je het slachtoffer kende, als je bij het gezin over de vloer kwam, was het nog moeilijker.

Sara opperde: 'Misschien kun je Jeffrey meenemen om het aan de vader te vertellen. Ik weet zeker dat meneer Gibson vragen zal hebben over de dood van zijn zoon, en Jeffrey is een van de laatsten die hem in leven heeft gezien.'

Valentines mond vertrok toen hij over haar voorstel nadacht, hoogstwaarschijnlijk op zoek naar een goede reden om nee te zeggen. 'Eh, heeft u hem vandaag niet nodig in het lijkenhuis?'

Sara deed of ze verbaasd was over de vraag. Ze schudde haar hoofd en bracht een onschuldig klinkend 'niet echt' uit.

Jeffrey opperde: 'Je zou me onderweg kunnen ondervragen.'

'Ondervragen waarover?'

'Over gisteravond,' lichtte Jeffrey toe. 'Ik neem aan dat je een verklaring van me nodig zult hebben over de hele toestand. Dat de bar afgebrand is. Dat er een dooie man door ons raam is gegooid.'

'Tja,' stemde Valentine in. 'Oké.' Hij keek op zijn horloge. 'Laten we dan maar opschieten.'

'Geef me tien minuten om even te douchen,' zei Jeffrey en hij greep zijn kleren van het bed. 'Ik kom zo.'

Jeffrey wist niet of het speciaal voor hem was, maar Jake Valentine reed overdreven voorzichtig. De man kon geen kruising naderen of hij remde af en hij stopte nota bene voor een groen stoplicht aan de rand van het stadje omdat het 'reuze snel weer rood wordt'. Hij praatte graag en veel, maar Jeffrey deed er het zwijgen toe en knikte alleen van tijd tot tijd aanmoedigend tijdens de rit naar Grover Gibson, die ze moesten vertellen dat zijn zoon was doodgestoken.

Na een halfuur non-stop geouwehoer leek Valentine uitgebabbeld over het weer en over kinderen uit de bovenbouw die geintjes uithaalden tijdens de jaarlijkse reünie. Niet één keer had hij de reden voor hun rit ter sprake gebracht of zich afgevraagd wie Boyd Gibson had vermoord. Jeffrey wist dat zelfs Jake Valentine het mes dat uit Boyds rug stak zou hebben onderzocht op vingerafdrukken. Hij zou alles wat hij had gevonden moeten inscannen en naar het staatslab sturen ter controle. Tenzij hij er druk achter zette, en dat was ten zeerste te betwijfelen, zou hij over een paar dagen de resultaten binnen hebben.

'Ben je ooit in zo'n situatie geweest?' vroeg Jeffrey.

'Wat voor situatie?'

'Dat je een slachtoffer kent,' antwoordde Jeffrey. 'Die Boyd Gibson. Je zei dat je met hem op school had gezeten.'

'We gingen niet met dezelfde lui om.'

'Jij hoorde bij de sporters en hij bij de blowers?'

'O, ik?' Valentine lachte. 'Dat was pa's grootste teleurstelling, dat ik niks bakte van basketbal.' Hij keek opzij naar Jeffrey. 'Pa was kampioen in het laatste jaar van zijn studie. Scoorde zowat in zijn eentje zevenendertig punten in de tweede helft. Ik ben alleen maar geschikt om lampen te vervangen en dozen van de bovenste plank te pakken.'

'Hoe ben je bij de politie terechtgekomen?'

'O.' Hij wuifde afwerend. 'Ik moest toch iets doen.'

'Lijkt me een behoorlijk gevaarlijke baan om zomaar aan te beginnen, als je weet dat de vorige de stad uit gejaagd is.'

'Hij is op zijn pootjes terechtgekomen.'

'Zo te horen is hij er op het juiste moment uitgestapt.'

Valentine keek Jeffrey scherp aan. 'Zegt u dat ik dat ook zou moeten doen?'

'Ik zeg alleen dat dit een gevaarlijke baan is voor iemand die het niet uit overtuiging doet.'

Valentine ging langzamer rijden om af te slaan. 'Dat zou u nog kunnen verbazen, commissaris.'

'Weet je wat me verbaast?' vroeg Jeffrey. Hij voelde hoe de temperatuur in de auto daalde zodra ze uit de zon waren en onder de bomen reden. 'Het verbaast me dat je helemaal geen vragen lijkt te hebben.'

'Wat voor soort vragen zou ik moeten hebben?'

'Om te beginnen waarom mijn rechercheur de benen nam,' begon Jeffrey. 'Wie heeft Hank Norton laten verdwijnen? Wie heeft zijn bar laten sluiten? Wie heeft die branden gesticht? Wie heeft je schoolvriend vermoord?'

Valentine remde en stond stil. Hij zette de auto in de parkeerstand en draaide zich naar Jeffrey. Jeffrey bedacht twee dingen. Ten eerste zaten ze hier van god en iedereen verlaten en ten tweede was Jake Valentine de enige van hen tweeën die gewapend was.

Hij voelde een zweetdruppel over zijn rug glijden.

Valentine legde zijn hand op de onderkant van het stuur, zijn vingers maar een paar centimeter van het pistool aan zijn riem. 'Bent u zenuwachtig, commissaris?'

'Ik wil weten waarom je gestopt bent.'

'Om antwoord te geven op uw vragen,' zei hij. 'Kom, we gaan een eindje lopen.' Hij deed het portier open en stapte uit. Jeffrey bleef zitten, zijn hart bonkte zo hard dat hij het voelde. De weg waarop ze stonden was weinig meer dan een zandpad met dichte bossen aan weerszijden. Niemand wist dat ze hier waren, behalve Sara, en er waren heel wat smoezen die ze haar konden vertellen als Jeffrey niet terugkwam.

Valentine stond op het pad een paar meter voor de auto. Hij gebaarde dat Jeffrey uit moest stappen. 'Kom mee, commissaris.'

Jeffrey deed het portier open. Hij had zijn pistool achter in Sara's auto laten liggen, bij hun bagage in de afgesloten kofferbak. Hij had gedacht dat ze hier kwamen om een man te vertellen dat zijn zoon dood was, niet om boeven te vangen.

Valentine zei: 'Het begint af te koelen.'

'Ja,' beaamde Jeffrey. Hij voelde een windvlaag toen hij

uit de auto stapte. Hij had die ochtend een licht jack aangetrokken over een shirt met lange mouwen, maar hij ritste het niet dicht. Hij wilde de sheriff in de waan laten dat hij snel in zijn jack moest kunnen grijpen als het nodig was.

Jeffrey sloeg het portier dicht. Het pad was overdekt met herfstbladeren en de bomen bogen zich naar elkaar toe om het licht tegen te houden. Het zou prachtig zijn geweest als Jeffrey niet het sterke vermoeden had dat hij in een soort hinderlaag werd gelokt.

'Deze kant op.' Valentine begon het pad af te lopen, zo langzaam dat Jeffrey hem kon inhalen.

Jeffrey zei: 'Ik had niet gerekend op een wandeling.'

'Mooie dag, toch? Misschien moet u uw jack dichtritsen.'

'Nee, het gaat wel,' verzekerde Jeffrey hem.

Valentine stak zijn hand omhoog en trok een fel oranje blad van een overhangende tak. Hij draaide het tussen zijn vingers. 'Hier wonen brave buitenlui. Hele eenvoudige mensen. De meesten van hen willen gewoon naar hun werk, thuiskomen bij vrouw en kinderen en misschien aan het eind van de week genoeg geld over hebben voor een paar biertjes bij de sport op tv.'

Jeffrey hield zijn handen langs zijn zij. Als je een wapen droeg, liep je op een bepaalde manier, alsof je koperen ballen tussen je benen had bungelen. 'In Grant County is het niet veel anders.'

'Dat zal wel niet.' Valentine liet Jeffrey een paar passen voor zich uit lopen. Het was een subtiele zet, maar Jeffrey wist dat de ander keek of hij de veelzeggende bobbel van een pistool op zijn rug zag.

Valentine zei: 'De meeste kleine steden lijken op elkaar, denk ik. Door de politiek en dat soort gelul zie je het niet meer, maar we hebben allemaal dezelfde doelen, of we nou in Georgia wonen of in Frankrijk of in Timboektoe. We willen ons veilig voelen. We willen dat onze kinderen naar goede scholen gaan en de kansen krijgen die wij niet hebben gehad. We willen ons leven leiden en het gevoel hebben dat we iets te zeggen hebben over onze toekomst.'

Hij klonk nu als een heel ander mens, het zuidelijke geknauw en de onnozele gebaartjes waren vrijwel verdwenen.

'Waar gaat dit heen, Jake?'

Hij wierp Jeffrey een luie glimlach toe. 'Deze kant op.' Hij wees op een nog smaller pad dat het bos in liep.

'Wat is daar?'

'Dat zult u wel zien.'

Deze keer ging Valentine voorop en volgde Jeffrey, die de haren in zijn nek voelde prikken toen ze dieper het bos in gingen. Het paadje leek vrijwel ongebruikt. Het begon te dalen en Jeffrey vertraagde zijn pas om afstand te scheppen tussen hem en de sheriff. Valentine leek het niet te merken. Hij liep door, nog steeds met het blad spelend. Pas toen ze bij een kleine open plek kwamen, stond hij stil en wachtte op Jeffrey.

'Kijk hier 'ns,' zei Valentine. Hij wees naar een steile rots met een gat erin. Er stond een lange witte pvc-pijp schuin tegen het gat. Een stroompje water liep de pijp in.

'Een echte bron,' zei Jeffrey, stomverbaasd. Hij knielde om hem beter te bekijken zonder na te denken over de gevolgen. Hij keek op naar de sheriff en verwachtte dat de man zijn slag zou slaan.

'Hier.' Valentine stak zijn hand uit om Jeffrey overeind te helpen. 'De pijp loopt langs de heuvel naar beneden.' Hij volgde het pad langs de pijp. Het bos begon lichter te worden en de bomen stonden verder uit elkaar toen ze de helling af liepen naar iets wat eruitzag als een verlaten hut. Jeffrey schatte dat ze ongeveer vijftig meter hadden gelopen toen ze bij een enorme plastic tank met bronwater kwamen. Jeffrey hoorde het water in de tank druppelen en zag een dikkere plastic pijp die naar de hut midden op een open plek leidde.

'Stromend water,' vertelde Valentine. 'Bronwater loopt naar de aansluiting in het huis. Zo koud als een heksentiet als je wil douchen, maar verrotte slim, vindt u niet?'

'Ja,' beaamde Jeffrey. Hij zag een verroeste Ford voor de hut staan. Er liep een lang snoer van het dak naar een elektriciteitspaal. Als je de kleine satellietschotel op het dak wegdacht, had het een huis uit de crisisjaren kunnen zijn.

'Ze hebben hier pas een paar jaar stroom,' zei Valentine. 'Ze hebben er bij het district een eeuwigheid over gedaan. Grover moest het grootste deel van het werk zelf doen.'

'Boyd Gibsons vader woont hier?'

'Tuurlijk. Waar dacht u dan dat ik u heen bracht?' Valentine nam zijn hoed af en veegde zijn voorhoofd af met de achterkant van zijn mouw. Hij zweette al net zo erg als Jeffrey, die opeens bedacht dat Jake Valentine net zo op zijn hoede was geweest als Jeffrey tijdens hun gespannen boswandeling.

Valentine wees naar een gammele houten picknicktafel onder de bomen. Die stond er kennelijk al een tijdje want hij was overwoekerd met kudzu. Valentine vertelde: 'Ik zat hier met Boyd altijd wiet te roken toen we nog op school zaten. Spijbelden de hele tijd, altijd in de shit. Nee, zijn broer Larry, dat was de sporter. Boyd en ik waren de blowers.' Hij zweeg even en keek nadenkend naar de picknicktafel. 'Boyds vader had de schurft aan me. Ik was trouwens ook niet zo dol op hem. Hij heeft zijn vrouw al jong het graf in geslagen en toen begon hij zijn zoons te meppen. Heeft mij ook een keer geslagen – volgens hem had ik Boyd aan de drugs geholpen en misschien had hij wel gelijk.' Hij wreef over zijn kaak alsof hij de klap nog voelde. 'Misschien hou ik mezelf gewoon voor de gek, want ik drink godskolere veel, maar van drugs denk ik dat sommige mensen ervan af kunnen blijven. Ik heb van alles geprobeerd: coke, speed, dope. Het was best lekker, maar toen leerde ik Myra kennen en die pikt dat niet, dus ben ik ermee gestopt. Boyd kon dat niet. Hij raakte zwaar aan de meth en begon te spuiten, daar was ik altijd te schijterig voor, ik ben als de dood voor naalden. Vanaf het moment dat Boyd die troep in zijn aderen spoot, werd het steeds erger. U en Sara, hebben jullie kinderen?'

Jeffrey werd overvallen door de plotselinge vraag. 'We zijn het aan het proberen.'

'Myra zegt dat ze geen kind op de wereld wil zetten zolang ze niet weet of hij wel een pappa zal hebben.'

Jeffrey en Sara hadden het daar ook heel vaak over gehad. 'Politiewerk is gevaarlijk, maar dat is geen reden om je leven op te schorten.'

Valentine knikte en keek om naar de picknicktafel. Jeffrey zag het begin van een kale plek op zijn kruin. Dat verklaarde waarom hij altijd iets op zijn hoofd had. Jeffreys vader was een gigantische klootzak geweest, maar Jeffrey troostte zich met het feit dat de ouwe gestorven was met een volle bos haar.

'Myra en ik, we kennen elkaar al van school, nou ja kennen, je weet wie de goeien en wie de kwaaien zijn. Ze kwam hier met haar ouders wonen toen ik in de tweede klas zat. Een grotestadsmeisje.' Hij had een binnenpretje. 'Myra hoorde bij de goeien, voor het geval u dat niet door had. Echt gelovig, ze is dol op de Heer. Ze was behoorlijk verbaasd toen ik naar dezelfde universiteit ging als zij, ze dacht dat ik een afgestompte wietkop was die het nooit verder zou schoppen dan banden walsen in de fabriek. Ik heb me te pletter gewerkt om haar te bewijzen dat ik niet een of andere idioot was die achter de meiden aan zat.' Hij giechelde weer. 'Dat was tien jaar geleden en ze is niks veranderd. Jezus, wat een stuk. En superslim, zet me geregeld op mijn nummer, wat ik waarschijnlijk best vaak nodig heb. Ik kan me niet meer voorstellen hoe mijn leven zou zijn zonder haar. Waardeloos, neem ik aan. Misschien zou ik in de bak zitten in plaats van er de baas zijn. Ik had net zo goed degene kunnen zijn die gisteravond door uw raam werd gesmeten.'

Jeffrey sloeg zijn armen over elkaar en vroeg zich af of hij hier de waarheid hoorde of een fraai bedacht verhaal om hem te ontwapenen. Valentine was niet bepaald behulpzaam geweest de laatste paar dagen, en nu lepelde hij zijn levensverhaal op alsof hij een getuigenis aflegde tijdens een gebedsdienst.

Valentine wipte op zijn hakken en zette zijn hoed weer op. 'U wilde weten wie die brand heeft gesticht, wie Hank heeft weggejaagd en zijn tent heeft laten sluiten?' Hij keek om naar het huisje alsof hij zeker wilde zijn dat er niemand meeluisterde. 'Het antwoord op alle drie de vragen is Boyd Gibson. Hij werkte in de bar, stond meth achterover te slaan met Budweiser Light toen de ATF binnenviel.

Ik heb wel zo'n vaag vermoeden wie hem vermoord heeft, maar voordat ik dat vertel moet ik u een godvergeten hoop meer vertrouwen.'

'Is hij ook degene die de Escalade in de fik heeft gestoken?'

'Zou me niet verbazen.'

'Waarom is mijn rechercheur op de vlucht geslagen?'

'Ik denk dat ze even koppig en arrogant is als haar baas. Ik heb haar gearresteerd omdat ik denk dat ze er tot haar nek toe in zit. Ik ga haar weer vinden en ik ga haar godverdomme niet nog een keer laten ontsnappen.'

'Je vecht tegen de bierkaai.' Jeffrey sprak uit ervaring.

'O ja?' Hij haalde zijn schouders op. 'Dat zullen we nog wel eens zien.'

'Wie heeft de leiding?' vroeg Jeffrey. 'Wie staat aan het hoofd van de skinheads?'

'Als ik dat wist, hadden u en ik elkaar waarschijnlijk nooit ontmoet.' Valentines suffige grijns kwam terug. 'Trouwens, commissaris, ik geloof dat ik u moet waarschuwen dat Grover Gibson toen ik hem voor het laatst zag, dreigde me in elkaar te slaan als ik ooit weer een poot op zijn terrein zette.'

Ergens vond Jeffrey het een aantrekkelijk idee dat de jonge sheriff een pak slaag zou krijgen. 'Misschien moet je assistentie inroepen. Ik ben hier niet echt in officiële hoedanigheid.'

'Dat dacht ik al toen u zonder wapen in mijn surveillancewagen stapte.' Hij knipoogde tegen Jeffrey voordat hij op het huis afging. 'Ik hoop dat dat mooie vrouwtje van u een goede dokter is. Ik heb zo'n gevoel dat ik straks een paar hechtingen nodig zal hebben.'

Veertien

Deacon Simms was zo'n man die er altijd oud en uit de tijd had uitgezien, ook al toen hij nog geen dertig was. Lena veronderstelde dat Deacon zichzelf als een rebel beschouwde, dat hij het gevoel had dat hij stelling nam tegen de maatschappij als hij met zijn wapperende grijze vlecht op zijn oude Harley naar de bar reed. Hij zag er nog steeds helemaal uit als de Hell's Angel die hij in zijn jonge jaren was geweest: hangsnor, de vlag van de oude Confederatie op het T-shirt dat over zijn pens spande, leren beenstukken over een verbleekte spijkerbroek.

Zelfs in de jaren zeventig had hij eruitgezien als iemand uit een andere tijd, een oude hippie die met zijn slepende spraak en trage reacties bewees dat je niet ophield een gebruiker te zijn, al had je jaren geleden je laatste joint opgestoken. Net als Hank ging Deacon helemaal op in de Anonieme Alcoholisten en de Anonieme Drugsverslaafden en alle andere Anoniemen die hem wilden hebben. Maar in tegenstelling tot Hank – God, alsjeblieft, in tegenstelling tot haar oom – was Deacon dood.

Toen Lena zich over het lijk op Hanks vliering boog, concludeerde ze dat Deacon doodgeslagen was. Zijn gezicht leek nog het meest op een gekneusde pruim, zijn ingevallen wangen zaten vol geronnen bloed. Zijn lip was opengebarsten en de spleet sneed dwars door zijn snor zodat die scheefhing als een plaksnor. Deacon moest nog een poosje geleefd hebben. Lena was geen dokter, maar ze had in Sara Lintons lijkenhuis genoeg lichamen gezien om te weten dat je zulke beurse plekken alleen krijgt als je hart nog bloed rondpompt. Voor zover Lena kon inschatten, was hij een week, misschien tien dagen dood. Hoe lang had hij liggen wachten tot hij stierf? Had die bullebak met de swastika hem hierboven weggestopt? Had Hank dat gedaan?

Er waren procedures die gevolgd moesten worden als je een lijk vond. Lena had ze allemaal geleerd in haar tweede week op de politieacademie, toen de belangrijke dingen onderwezen werden die ze niet wilden verspillen aan de cadetten die al in de eerste week afvielen.

Eerst zette je het terrein af, daarna volgden de telefoontjes. Volgens de wet moest de lijkschouwer de persoon doodverklaren, ook al was het lichaam al zo ver ontbonden dat de stank in je ogen prikte. De lijkschouwer moest bepalen of de dood verdacht was of niet. Deacon Simms was een makkie, een snel belletje naar de commissaris die vervolgens de afdeling moordzaken oppiepte om het over te nemen. Daarna moest je ervoor zorgen dat forensisch bewijs werd verzameld, foto's werden genomen, het gebied rond het lichaam werd uitgekamd en handmatig onderzocht op sporen die de moordenaar mogelijk had achtergelaten. Pas daarna zouden ze het lichaam meenemen voor sectie en de resultaten op een rijtje zetten om de moordenaar op te sporen.

In het geval van Hanks vliering zou iemand wijzen op de manier waarop de rattenkeutels en het stof waren verstoord in een brede strook vanaf het toegangsluik tot Deacons laatste rustplaats en concluderen dat hij erheen gesleept was. Misschien zouden ze zien dat er dozen voor het lichaam waren gestapeld en aannemen dat hij daar was verstopt, achtergelaten om te sterven. Ze zouden in elk geval de diepe sneden in zijn handen en onderarmen zien en zeggen dat hij had geprobeerd zich te verweren tegen iemand die met een heel scherp mes zwaaide. Het feit dat zijn kleding ontbrak, zou erop wijzen dat er iets op die kleding had gezeten waarvan de moordenaar dacht dat het naar hem zou leiden. Of misschien kreeg de dader een morbide kick van het in elkaar slaan van een zestig jaar oude man en hem daarna naakt op een vliering leggen om te sterven.

Het griezeligste was de trofee, het stukje huid dat verwijderd was vlak boven Deacons linkertepel. Er zat bloed omheen, maar de wond kon niet fataal zijn geweest. De moordenaar had alleen de huid gewild, een vierkantje van vijf bij vijf centimeter was deskundig van het lichaam gepeld. De vervaagde tatoeages rond het ontbrekende stuk huid boden een aanwijzing voor de afbeelding op het verwijderde stuk huid. Voor zijn dood had Lena Deacon nooit zonder hemd aan gezien, maar ze kende de taferelen die zijn borst sierden maar al te goed. Deacon hoorde bij de Hell's Angels, haatzaaiers van het eerste uur.

Iemand had zijn swastika weggesneden.

Het enige positieve aan de ontbrekende huid was dat Hank niet bij de dood van Deacon betrokken was geweest. Ze hadden zo ongeveer elke dag van hun leven ruziegemaakt, maar Hank zou nooit de enige man in de wereld die je zijn vriend zou kunnen noemen kwaad hebben gedaan. Ongeacht de duistere gedachten die Lena de laatste dagen had gekoesterd, was ze er nu vast van overtuigd dat Hank niemand behalve zichzelf ooit opzettelijk kwaad zou doen. Hij was geen moordenaar.

De gedachte bracht Lena bij de voor de hand liggende vraag: wat had Hank gedaan toen iemand Deacon in elkaar sloeg en op de vliering legde om te sterven?

Ze moest Hank vinden. De plaatselijke politie zou ervan uitgaan dat Hank iets met de moord op Deacon te maken had. Ze zouden een wanhopige junk en een gewelddadige dood zien en de voor de hand liggende conclusie trekken. Zelfs Jeffrey zou moeilijk kunnen geloven dat Hank onschuldig was. Hij zou willen weten hoeveel dagen Hank in het huis had geleefd met een dode Deacon boven zijn hoofd. Hij zou iets concreters willen hebben dan een stukje ontbrekende huid om Hanks onschuld te bewijzen. En dat kon Lena hem niet geven. Het feit dat Hank verdwenen was, deed daar beslist geen goed aan. Je ging er alleen vandoor als je iets te verbergen had.

Of misschien verborg Hank zich voor iemand. Misschien verborg hij zich voor Lena.

Ze kroop op handen en knieën terug over de vliering en liet zich weer op de keukenstoel zakken. Vervolgens stak ze haar handen door de opening en schoof het paneel weer op zijn plaats. Toen ze klaar was haalde ze een washandje uit de badkamer en veegde de rand om het paneel schoon zodat haar vieze vingerafdrukken niet meer te zien waren. Ze zette de stoel terug in de keuken, deed alle lampen behalve die boven het aanrecht uit en draaide de deur achter zich op slot.

Ze voelde zich een misdadiger toen ze in haar Celica door het stadje reed. Wat heet, ze wás een misdadiger. Niet alleen had ze Deacons dood niet gemeld, ze had ook het lichaam verstopt en haar vingerafdrukken gewist. Ze kon zich helemaal voorstellen hoe ze in Al Pfeiffers kantoor zou zitten, met de ouwe lul die haar geil aankeek terwijl ze hem vertelde wat er was gebeurd. Al zou Hank vinden. Hij zou hem opbrengen en vastzetten op beschuldiging van moord voordat Lena de tijd had het telefoonboek open te slaan om een advocaat te zoeken.

Een paar van de buitenlichten van de bar brandden toen Lena aan kwam rijden, maar er stonden geen auto's op de parkeerplaats. Ze nam aan dat de lampen met een tijdklok werkten, tot ze de snoeren zag waarmee Hank een paar goedkope zonnepanelen had aangesloten. De peertjes waren vaag, verblekend oranje en ze betwijfelde of ze nog lang mee zouden gaan. Ze bukte zich en pakte de zaklantaren uit het handschoenenkastje voor ze uit de auto stapte.

Kriskras over de voordeur zat nog tape met het logo van het Bureau of Alcohol, Tobacco and Firearms. Lena controleerde het met haar zaklantaren om te zien of het niet verbroken was en liep door naar de achterkant van het gebouw. Ze voelde hoe de haartjes in haar nek overeind gingen staan toen ze van de halfverlichte parkeerplaats kwam en over het pad naar Hanks kantoortje liep. Gezien de dingen die ze deze week had meegemaakt, vond ze haar paranoia geen ongezonde emotie.

Ze had geprobeerd het gat dat ze in de muur van Hanks kantoor had geschopt met een stel vuilnisbakken van de bar te camoufleren. Tenzij je wist wat je zocht, was de schade niet zo zichtbaar als ze had gedacht. Ze keek over haar schouder en scheen met haar lamp naar het bos voordat ze de vuilnisbakken opzij schoof en het kantoortje in ging.

Binnen lag alles er nog precies zo bij als ze het had achtergelaten. Ze kon niet bedenken of het een goed of een slecht teken was dat Hank niet terug was geweest. Deacon Simms was dood. Behalve Charlotte Warren had Hank geen andere vrienden om naartoe te gaan. Er was niemand met een bank waarop hij mocht slapen, een logeerkamer waar hij zich schuil kon houden. De Mercedes was gisteren weg geweest en vandaag stond hij er weer. Ze wist niet eens of Hank erin had gereden. Als je naging hoe de buurt achteruit was gegaan, zou het Lena niet verbaasd hebben als een stel kinderen hem hadden gebruikt om te gaan joyriden.

Het chequeboek lag nog open op het bureau. Ze ging op de stoel zitten en bladerde terug in het overzicht. Voor zover ze zich kon herinneren was alles nog hetzelfde als toen ze Charlottes brieven vond. Toch bladerde Lena de cheques door en keek of er niets ontbrak. Daarna doorzocht ze nog een keer het bureau, deze keer op zoek naar iets wat verband kon houden met Deacon Simms. Het enige wat ze vond waren Hanks reservesleutels onder een oud en beduimeld exemplaar van *I Am the Cheese* van Robert Cormier.

Lena stak de sleutels in haar zak en bladerde door het boek, dat het stempel van de bibliotheek van Elawah County op de rug had. Binnenin was een envelopje geplakt waarin een bibliotheekbonnetje zat. 'Lena Adams' stond gekrabbeld op het strookje waarop ze het boek een eeuwigheid geleden had afgetekend. Ze had het nodig gehad voor een opstel over literatuur. Lena had het boek prachtig gevonden maar de opdracht niet gemaakt. Toen de leraar Hank had gebeld om hem op de hoogte te stellen, had Lena gelogen en verteld dat ze het boek kwijt was. Hank had haar niet alleen een pak slaag gegeven, maar haar ook met haar zakgeld voor het boek laten betalen.

En de klootzak had het al die tijd bewaard.

Lena gooide het boek op het bureau en stootte per ongeluk een stapel bonnetjes om. Ze probeerde ze weer op een bergje te vegen toen ze de telefoon eronder zag. De telefoon was oud, van het soort dat ze maakten kort nadat de draaischijf was afgeschaft. Lena voelde erachter en volgde het snoer onder het bureau, op zoek naar het antwoordapparaat. Ze nam aan dat Hank, net als bij de elektriciteit, niet de moeite had genomen om voor een verbinding tot aan zijn kantoortje te betalen. De gegalvaniseerde pijp met het verlengsnoer dat naar de bar leidde, was ongeveer vijf centimeter in doorsnee, dus meer dan ruim genoeg voor een lang telefoonverlengsnoer.

Ze stak het chequeboek onder haar arm en hurkte om door het gat naar buiten te gaan, maar dacht toen aan de deur. Er was niets de moeite van het stelen waard in het kantoortje, toch deed ze de deur stevig op slot en schoof de vuilnisbakken weer voor het gat.

Aan de achterdeur van de bar hing een hangslot, maar dat had Hank gedaan, niet de narcoticapolitie. Net als bij de voordeur had de ATF de gebruikelijke tape over het kozijn geplakt, maar ze sneed het zegel makkelijk door met een van de sleutels. Lena gebruikte de Kryptonite-sleutel voor het hangslot en daarna een kleinere Yale-sleutel voor het deurslot. De metalen deur ging kreunend open en de scherpe geur van rook en verschaald bier stroomde de nachtlucht in.

Haar schoenzolen piepten over de rubber vloermatten toen ze door de keuken liep. Er rende iets over haar voet en ze verstijfde, in de hoop dat het alleen maar een rat was en vervolgens in de hoop dat hij alleen was. Ze zocht met haar zaklantaren naar de lichtschakelaar terwijl in haar verbeelding een horde woeste knaagdieren opdoemde, klaar voor de aanval. Er klonk een geluid in de hoek, maar ze besloot het te negeren en liep naar de voorkant van de bar.

Lena hoestte, haar longen waren nog niet gewend aan de muffe rook en het gebrek aan zuurstof. Ze draaide onderweg de elektraschakelaars om en een ervan zette de jukebox in werking, midden in een nummer. Overal lag rotzooi en ze zag de glans van plakkerige vlekken die omgevallen drankjes op het linoleum hadden achtergelaten. Je hoefde geen rechercheur te zijn om dit plaatje te interpreteren. De politie was binnengevallen, had iedereen naar buiten gejaagd, een paar arrestaties verricht, en op weg naar buiten het licht uitgedaan.

Opeens herinnerde Lena zich iets. Ze knielde achter de bar en tikte met haar knokkels op de vloer, haar oren gespitst om boven de jukebox uit iets te horen. Uiteindelijk vond ze wat ze zocht en haalde haar mes tevoorschijn om een tegel omhoog te wippen. Daaronder zag ze een sigarenkistje tussen de balken zitten. Hanks geheime bergplaats. Lena deed het kistje open; er zat ongeveer tweeduizend dollar in. Ze aarzelde en voelde zich opeens een dief. Dit was Hanks geld. Was het stelen als ze het meenam zodat hij geen dope kon kopen?

Ze ging op de bar staan en schoof het geld achter een fles whisky die zo goedkoop was dat de kleurstof in de vorm van droesem naar de bodem was gezakt. Ze sprong op de grond en zette het lege sigarenkistje weer op zijn plaats. Een of andere countryzanger die Lena niet kende, stortte zich net in een weeïge ballade toen ze haar hak op de tegel zette en hem weer op zijn plek stampte. Ze voelde zich nu beter, alsof ze iets had gedaan om Hank te helpen in plaats van mee te werken aan zijn ondergang.

De telefoon stond achter de bar onder de kassa, precies waar hij altijd had gestaan. Op het antwoordapparaat ernaast stonden twaalf berichten. Lena drukte op play en concludeerde dat de recentste berichten het eerst kwamen toen haar eigen stem zei: 'Hank, met Lee. Waar zit je?' Ze schrok van de toon die door de bar galmde, de woede die uit ieder woord sprak. Klonk ze altijd zo hatelijk als ze hem belde? Lena schudde haar hoofd: ook dit was iets waar ze nu even niet over na moest denken.

Het volgende bericht was van Nan, Sibyls vriendin. Haar woorden waren vriendelijker, maar de boodschap was duidelijk: 'Ik heb al een paar dagen niets van je gehoord en begin me zorgen te maken. Laat me alsjeblieft weten of alles in orde is.'

Bericht tien was aan de beurt, een ruisende stilte die Lena net wilde doorspoelen toen ze het begin van een automatisch bericht hoorde waar haar maag van samentrok.

De gevangenis van Georgia gebruikte, net als de meeste staatsgevangenissen, een elektronisch systeem dat telefoontjes van gevangenen afhandelde. Een computerstem kondigde aan van welke gevangenis de oproep kwam en waarschuwde dat de kosten op de ontvanger verhaald zouden worden zodat die wist waar hij aan toe was voordat hij het gesprek accepteerde. Daarna kwam om de twee minuten dezelfde automatische stem aan de lijn om de ontvanger eraan te herinneren dat hij of zij met een gevangene in een staatsgevangenis praatte. De buitensporige tarieven werden gebruikt om de software te bekostigen die nodig was om gesprekken van gevangenen af te luisteren en nietsvermoedende vreemden te beschermen tegen een rekening van twintig dollar voor een gesprek van twee minuten.

Het bandje was tamelijk standaard, eerst werd de herkomst van het gesprek gemeld, dan volgde er een stilte van drie seconden waarin de gevangene zijn naam kon zeggen. In de loop der jaren had Lena voor diverse zaken regelmatig gesprekken afgeluisterd van gevangenen uit de gevangenis van Grant County. Het was ongelofelijk hoeveel bajesklanten in die drie seconden wisten te proppen. Ze zeiden zelden hun naam, het was eerder de snelste manier van de wereld om iemand te smeken met je te praten. Ze varieerden van 'Mama, ik hou van je, praat alsjeblieft met me' tot haar favoriete 'Je gaat eraan, trut' van een man die tegenover de rechter bleef volhouden dat hij geen bedreiging vormde voor zijn vrouw.

Hanks apparaat speelde het vijfde bericht af, een kopie van de vier daarvoor. 'Dit is een collect call van een gevangene in de Coastal State Prison. Toets één als u wilt spreken met gevangene...'

Lena zette haar handen op de bar om niet om te vallen. Ze liet het apparaat verderspelen, haar keel voelde of ze glas had doorgeslikt.

Vijf keer kwam het bericht, vijf keer hoorde ze zijn stem. Ze kon het niet laten. Ze luisterde naar het volgende, en het volgende. Ze waren allemaal hetzelfde. Ze lieten allemaal die harde, emotieloze stem horen die een echo van die van de computer leek.

Het cijfer één knipperde op het antwoordapparaat toen het laatste bericht werd afgespeeld.

'Dit is een collect call van een gevangene in de Coastal State Prison. Toets één als u wilt spreken met gevangene...' Lena hield haar adem in en hoopte dat het deze keer anders zou zijn, dat het allemaal een morbide grap was.

Dat was het niet.

De luidspreker gaf de stem volmaakt weer, speelde de langzame, zekere cadans af waarmee hij elk woord uitsprak.

'Ethan Green.'

Lena rukte het apparaat los en smeet het tegen de muur.

Vijftien

Thuis in Grant County had Sara een laboratoriumbediende die de minder aantrekkelijke taken van een autopsie uitvoerde. Carlos deed de inventaris van alle chirurgische gereedschappen, hield de monsters bij, nam röntgenfoto's, ruimde alle troep op, en maakte over het algemeen Sara's taak veel makkelijker, gewoon door er voor haar te zijn. Hij maakte aantekeningen, woog organen, en – het allerbelangrijkste – verrichtte een klus die bekendstond als het 'spoelen van de darmen', wat inhield: over een gootsteen gebogen staan en de darmen leegmaken zodat de inhoud onderzocht en gewogen kon worden. De klus was even gruwelijk als hij klonk, en het was heerlijk om hem op iemand anders te kunnen afschuiven.

Hij heette officieel 'bediende', maar Sara had Carlos altijd als haar assistent beschouwd, cruciaal voor haar werk. Als ze ooit aan zijn nut had getwijfeld, dan werd ze daar ruw aan herinnerd nu ze hem niet ter beschikking had. Zelfs Jeffreys heldhaftige inspanningen gisteren waren beter geweest dan alles helemaal alleen doen. Vanaf het moment dat ze de vriezer opendeed en Boyd Gibson op zijn buik op een brancard zag liggen, wist Sara dat het een lange, zware dag zou worden.

Met haar een meter tachtig kon je Sara nauwelijks frêle noemen, maar ze verrekte bijna haar rug toen ze Gibson op de metalen brancard manoeuvreerde. Het lichaam van de dode man was hard als baksteen en bestond uit evenveel spieren als vet. Hij was stevig gebouwd, wat haar vader een tank zou hebben genoemd, maar met een heleboel duwen en trekken wist ze hem uit de lijkenzak en op de tafel te krijgen zonder dat het mes uit zijn rug viel.

Nadat ze röntgenfoto's had genomen om de positie van het mes vast te leggen, bracht Sara het lichaam terug naar het hoofdvertrek van het lijkenhuis, waar ze lengte en gewicht mat. Toen ging ze aan het werk met de schoenen en kleren van de man. De sneakers waren losjes gestrikt en ongeveer een jaar oud. Zijn spijkerbroek en ondergoed waren nieuwer, maar niet veel. Zijn portefeuille, waar het grootste deel van de gebruikelijke inhoud nog in zat, was met een ketting aan een van zijn broeklussen gehaakt. Er zat een kunstig bewerkt, leren foedraal aan zijn riem met een bijpassend mes met benen heft. De afbeelding zou niet Sara's keus zijn geweest: een jachttafereel met twee honden die fazanten het bos uit jagen.

Nadat ze had gecontroleerd of het gat in het T-shirt overeenkwam met het gat in Gibsons rug, sneed ze het shirt zorgvuldig los, waarbij ze elke handeling fotografeerde. De verouderde lijkschouwingsruimte in aanmerking genomen was Sara verbaasd over de moderne digitale camera. Jeffrey had gisteren de foto's gemaakt, maar ze raakte snel bedreven in het gebruik van de vele mogelijkheden. De macro zoom was beter dan de zoom die ze thuis had, en op het grote LCD-scherm aan de achterkant kon ze alle foto's nog eens nalopen om te zien of ze precies had wat ze wilde.

Ze nam foto's van de kleren, die ze op vellen papier op het werkblad had uitgespreid en onderzocht vervolgens de stof op sporen. Behalve vuil en een paar haren die eruitzagen of ze van het slachtoffer waren, vond Sara niets opmerkelijks op Boyd Gibsons kleren. Ook zijn New Balance-sneakers waren modderig maar zo te zien onschuldig. Toch werd elk onderdeel zorgvuldig gecatalogiseerd en in een zakje gestopt, vooral de inhoud van de portefeuille: een rijbewijs op naam van Boyd Carroll Gibson, zevenendertig jaar oud, een Delta SkyMiles American Express Card, een Visa-card van de Bank of Elawah, twee kiekjes van een soort gevlekte jachthonden bij een riviertje en vijf dollar in contanten. Óf Boyd Gibson was een uitzonderlijk keurig persoon óf iemand had de inhoud van zijn portefeuille gekuist. Sara schreef op dat ze dat tegen Jeffrey moest zeggen.

Ze pakte de camera weer, fotografeerde het naakte lichaam en zoomde in rond het mes, Lena's mes. Toen Sara gisteravond het wapen zag, had ze meteen geweten van wie het was. De blik op Jeffreys gezicht had dat bevestigd. Ze merkte dat hij die informatie niet wilde delen, niet wilde toegeven dat Lena meer was dan een passieve toeschouwer in de puinhoop waarin ze terecht waren gekomen.

En hoe zat het met Hank? Je had minstens twee mensen nodig om Boyd Gibson door het motelraam te slingeren. Sara had Lena's oom hoogstens een of twee keer ontmoet, maar voor zover ze zich herinnerde was Hank Norton tenger en niet zo groot. Als hij Lena's handlanger niet was, wie dan wel? Lena had dit met geen mogelijkheid alleen kunnen doen.

Of misschien had ze het helemaal niet gedaan. Dat het mes van Lena was, betekende nog niet dat zij degene was die de man had neergestoken. Sara moest objectief blijven. Ze mocht niet met vooropgestelde meningen aan de sectie beginnen, anders was ze blind voor andere mogelijkheden.

Sara boog zich over Gibsons lichaam om de steekwond van dichterbij te fotograferen. Ze fronste haar wenkbrauwen toen ze zag dat het formaat van het lemmet niet overeenkwam met de wond. Het heft van Lena's mes stak bijna loodrecht in het lichaam, een heel klein beetje naar boven en misschien een paar centimeter naar links gericht, wat zou wijzen op een rechtshandige moordenaar die van achteren was gekomen en in het hart had gestoken. Maar de langwerpige vorm van de wond gaf aan dat het mes vanuit een heel hoge positie in het lichaam was binnengedrongen. Lena was rechtshandig, maar krap een meter zestig. Óf het mes was ergens tegenaan gestoten tijdens het vervoer, óf Lena was op een ladder gaan staan om hem neer te steken.

Voor zover ze het sheriffsbureau van Elawah kende, had Sara er haar halve maandsalaris om durven verwedden dat het mes verschoven was tijdens het transport. Ze schreef op dat ze dat aan Jake Valentine moest vragen. Dit onlogische detail was koren op de molen van een advocaat. Sara zou de wond heel zorgvuldig moeten beschrijven in haar aantekeningen voor het geval dit ooit een rechtszaak werd. Anders had ze geen poot om op te staan tijdens een kruisverhoor.

Aan de andere kant had de getuigenis die Sara had afgelegd in het geding wegens medische nalatigheid vrij aardig bewezen dat er altijd wel een hebberige jakhals van een advocaat was die je woorden kon verdraaien zoals het hem uitkwam, hoe grondig je ook te werk ging, hoe goed je je ook voorbereidde.

Sara mompelde een paar krachttermen in de richting van advocaten voordat ze verderging met het uitwendig onderzoek.

Ze vond een paar sneetjes en schaafwonden in de handen, die hoogstwaarschijnlijk waren ontstaan toen hij langs de oever van de beek achter Hanks bar was gegleden. De brandwonden op zijn armen waren niet ernstig en beslist te overleven tenzij er een ernstige infectie optrad. Het weggeschroeide haar zou in een paar maanden zijn aangegroeid, de wimpers in een paar weken. Opvallend was dat Gibson maar één tatoeage had, de lelijke rode swastika waar Jeffrey de vorige avond op had gewezen. Meestal zat dit soort figuren van top tot teen onder. Sara drukte met haar ene hand een metalen liniaaltje tegen de tatoeage en hield met de andere de camera vast om het formaat en alle details vast te leggen.

Ze pauzeerde even, legde de camera neer om meer aantekeningen te maken en wenste voor de zoveelste keer dat Jeffrey kon bijspringen om het proces te versnellen. Ze hadden gisteren een ritme gevonden en ze merkte dat ze hem erbij wilde hebben, al was het maar om haar observaties over het lijk te bespreken. Gibson had een reeks oude littekens kriskras over zijn rug, waaruit Sara opmaakte dat hij ooit was geslagen met een riem of iets dergelijks. Er liep een lang, wit litteken over zijn rechterdij dat afkomstig leek te zijn van een open fractuur.

De timer van het ontwikkelapparaat zoemde om aan te

geven dat de röntgenfoto's klaar waren, en Sara bestudeerde ze op de oude lichtbak bij de deur. Donkere strepen vertelden het verhaal: tekenen van een oude spiraalfractuur in de linkeronderarm en ribbreuken van lang geleden. De schedel toonde geheelde breuken langs de schedelnaad. Sporen die wezen op een breuk in het dijbeen van minstens tien jaar geleden. Als Sara het zo bekeek, was Boyd Gibson als kind ernstig mishandeld.

Ze ging terug naar het lichaam en kon een gevoel van medelijden met de man niet onderdrukken. Hoeveel van dit soort röntgenfoto's had ze niet gezien in Grant County? Ze kwam maar zelden een dode crimineel tegen wiens lichaam geen sporen van mishandeling in zijn jeugd onthulde. Als kinderarts stelde ze zich onwillekeurig vragen over de mensen in Boyd Gibsons omgeving. Hoe had hij dit soort mishandeling verborgen weten te houden voor zijn leraren, zijn dokter, zijn dominee? Hoe vaak had Gibsons vader of moeder een smoes verzonnen over onhandigheid of jeugdig enthousiasme om gebroken botten en hersenschuddingen te verklaren? Hoeveel volwassenen hadden het overduidelijke bewijs genegeerd en hen geloofd?

Hoewel mishandeling in zijn jeugd geen excuus was voor zijn daden als volwassene, vroeg Sara zich toch af of Boyd Gibson op haar tafel terecht zou zijn gekomen als hij een gelukkige jeugd had gehad.

Natuurlijk hadden heel wat mensen op de wereld ergere dingen meegemaakt, en die waren geen nazistische drugsdealers geworden. Of geëindigd als moordenaar van die dealers.

Had Lena deze gruwelijke daad begaan? Had zij deze man in zijn rug gestoken? Sara geloofde het niet, om dezelfde reden dat ze niet geloofde dat Lena iemand levend zou verbranden. Lena Adams was een driftkikker, dat zeker, maar als ze iemand vermoordde, zou ze hem in de ogen kijken.

Dat was nauwelijks een verdediging, maar de waarheid was vaak niet prettig.

Sara richtte haar aandacht op het moordwapen. Ze kon aan de poedervegen op het parelmoeren heft zien dat Jake

Valentine het al had onderzocht op vingerafdrukken. Kennelijk was daar niets uitgekomen. Lena zou zo verstandig geweest zijn handschoenen te dragen of het wapen af te vegen. Was het mes toen van zijn plaats gekomen, toen ze haar vingerafdrukken van het heft veegde?

Sara zoomde in om te zien of er minuscule stootsporen te zien waren die het sheriffsbureau van Elawah over het hoofd had gezien. Haar blik werd wazig toen het heft scherp in beeld kwam en ze keek even opzij om haar ogen rust te gunnen.

'Wacht eens even,' zei ze tegen niemand in het bijzonder. Toen ze opzij keek had ze iets anders gezien. Achter op de arm van de dode stonden drie kleine, ronde afdrukken. Een heel sterk persoon had Gibson hard genoeg vastgegrepen om een afdruk achter te laten. Sara kon aan de kleur zien dat de afdrukken vlak voor Gibsons dood waren ontstaan.

Ze drukte de liniaal onder de plekken en nam foto's vanuit verschillende hoeken. Daarna liep ze voor de zekerheid het hele lichaam nog eens centimeter voor centimeter na op zoek naar andere plekken die ze misschien over het hoofd had gezien.

Gerustgesteld dat ze alles had gedaan wat ze kon, trok Sara haar handschoenen uit en keek haar aantekeningen na om ervoor te zorgen dat ze haar eigen handschrift kon lezen en niets verkeerd geïnterpreteerd kon worden. Vanaf het moment dat Sara een lijkschouwingsruimte binnenging, hield ze altijd in haar achterhoofd dat alles wat ze deed eventueel behandeld zou worden tijdens een proces. Met de depositie wegens medische nalatigheid nog vers in het geheugen, voelde ze zich dubbel paranoïde.

Ze kwam steeds weer uit bij het mes, niet omdat het van Lena was – een feit dat ze schaamteloos uit haar aantekeningen wegliet – maar omdat de wond haar bleef dwarszitten.

Sara zette haar leesbril af en wreef in haar ogen. In tegenstelling tot de vorige dag was de aangrenzende garage volop in bedrijf, luchtcompressors zoemden met tussenpozen en uitlaatgassen drongen door tot in het lijkenhuis. Ze vond het niet prettig dat de stank uit de garage zo overweldigend was, niet alleen omdat ze er hoofdpijn van kreeg, maar ook omdat een lijkschouwing niet alleen ging om wat je zag. Bepaalde geuren van het lijk konden op van alles wijzen, van diabetes tot vergiftiging.

Sara zette haar veiligheidsbril op, trok een nieuw paar latex handschoenen aan en liep naar de tafel midden in de ruimte. Met een grote holle naald nam ze bloed- en urinemonsters en catalogiseerde die. Met haar voet haalde ze een voetenbankje naar zich toe zodat ze hoog genoeg boven het lichaam stond. Toen zette ze haar rechterhand schrap tegen Gibsons rug en klemde haar linker om het heft van het mes. Ze wilde net het mes eruit trekken toen er iemand op de deur klopte.

'Hallo?' vroeg een man die ongevraagd de ruimte in liep. Hij zag Sara, haar hand nog aan het mes, en floot even laag. 'Ik hoop dat je dat eruit haalt, niet erin steekt.'

Sara liet haar handen zakken. 'Kan ik u helpen?'

De man schonk haar een fretachtige glimlach en ontblootte daarbij een rij kleine, rechte tanden. Hij stak zijn hand uit, maar bedacht zich. 'Fred Bart,' zei hij. 'Je hebt mijn werk gedaan.'

Sara stapte van het bankje af. Ze was minstens een kop groter dan de man, en iets aan hem stond haar onmiddellijk tegen. Toch verontschuldigde ze zich. 'Het spijt me. De sheriff vroeg me om...'

Hij lachte bulderend. 'Ik pest je maar, schatje. Maak je geen zorgen.'

Sara was opgegroeid in het zuiden en was dus vaak schatje of engel of zelfs baby genoemd. Haar grootvader noemde haar prinsesje en de postbode noemde haar snoepie, maar op de een of andere manier wisten ze het op een aardige en niet minachtende manier te doen; ze ondertekende zelfs kerst- en verjaarskaarten aan hen met die vertrouwde namen. Kortom, er was een scherpe grens tussen het soort mannen dat met deze dingen wegkwam en het andere soort. Fred Bart, met zijn goedkope te strakke pak en instappers die glansden als spiegels, hoorde duidelijk bij de laatste categorie.

'Prettig kennis te maken,' zei Sara, die moeite moest doen om beleefd te blijven. 'Ik was net bezig...' Haar stem stierf weg toen Bart de aantekeningen oppakte. 'Ze zijn nog niet klaar.'

'Geeft niks, engel. Ik denk dat ik er wel uit kom.' Hij begon te lezen en Sara moest zich beheersen om het papier niet uit zijn handen te rukken. In plaats daarvan zette ze haar handen op haar heupen en wachtte, met een laserstraal van haat op zijn kalende kruin gericht. De overgebleven plukjes haar boven zijn oren zagen er onnatuurlijk uit, en na uitgebreide bestudering kwam ze tot de conclusie dat hij zijn haar verfde.

Bart was minstens tien jaar ouder dan Sara, misschien nog meer, en hij was zo iemand die het de wereld nooit zou vergeven dat hij op zijn twintigste zijn haar al begon te verliezen. Ze kreeg het gevoel dat hij het type was dat andere mensen de schuld gaf van heel veel dingen die er mis aan hem waren. Ze keek naar zijn handen of hij een trouwring om had en ontdekte tot haar blijdschap dat er tenminste geen vrouw was die deze betweterige bemoeial hoefde te verdragen.

Toen hij eindelijk klaar was met haar aantekeningen glimlachte hij even naar haar en liet de papieren weer vallen waar hij ze gevonden had. Ze verwachtte op z'n minst een jolige opmerking over haar handschrift, maar hij zei alleen: 'Ergens hulp bij nodig?'

'Ik red het wel.'

Bart haalde een paar handschoenen uit de doos. Hij trok ze aan en zei: 'Ik kan je in ieder geval helpen dat mes eruit te halen. Ik weet niet of je ooit met zoiets te maken hebt gehad, maar ze hebben de neiging behoorlijk vast te gaan zitten als je iets te lang wacht.'

'Het lukt wel, dank je,' zei Sara tegen hem. Ze kon geen manier vinden om de tandarts duidelijk te maken dat ze wist wat ze deed zonder zijn kop van zijn romp te rukken en als een voetbal uit het raam te keilen.

'Geen enkel probleem,' antwoordde hij en hij ging op het krukje staan waar Sara net af was gestapt. Hij klemde beide handen om het mes en keek haar vragend aan. Toen ze niet bewoog, zei hij: 'Dit gaat niet lukken als jij hem niet tegenhoudt, schatje.'

Ze besefte opeens dat ze met strakke mond en haar handen op haar heupen stond, het stereotype van de mannen hatende, feministische bitch die Fred Bart waarschijnlijk als verklaring achter de hand hield wanneer zijn buitensporige charmes niet werkten bij een vrouw.

Sara drukte haar handen tegen de rug van het lijk en Bart trok aan het mes. Het viel haar op hoe makkelijk het vlees het lemmet losliet.

Kennelijk viel het Bart ook op. 'Eitje,' zei hij, en hij liet het mes op het blad naast het lijk vallen. 'Nog vingerafdrukken gevonden?'

'Dat moet je de sheriff vragen. Ik doe alleen de sectie.'

'Ik kan je aanraden er zelf ook een paar te maken,' zei hij terwijl hij de latex handschoenen uittrok. 'In mijn ervaring heeft vriendje Jake zijn forensische technieken niet helemaal onder de knie.' Hij gooide de handschoenen in de afvalbak en haalde een pakje sigaretten tevoorschijn.

'Ik heb liever niet dat je hier rookt.'

Hij stak de sigaret in zijn mond en liet hem daar bungelen tijdens het praten. 'Hoor je bij die anti-rooknazi's?'

Sara was verbaasd over zijn woordkeus, gezien de rode swastika op de arm van het slachtoffer. 'Ik heb gewoon liever niet dat je rookt,' antwoordde ze rustig.

Hij wierp haar weer een glimlach toe, haalde met veel vertoon de sigaret uit zijn mond en stak hem terug in het pakje – speciaal voor haar. 'En, wat gevonden? Iets interessants?'

Sara pakte de camera om de wond te documenteren. 'Nog niet.'

'Je bent kinderarts, hè?'

'Inderdaad.' Ze voelde zich geroepen eraan toe te voegen: 'Ik ben ook patholoog-anatoom.'

'Ik wist niet dat mensen het zich nog konden veroorloven om dokter te zijn.' Bart lachte droog, en Sara wist niet of ze overgevoelig was of dat de man weet had van de aanklacht wegens medische nalatigheid. Hij zou behoorlijk hebben moeten graven om daarachter te komen;

waarschijnlijk was ze gewoon paranoïde. Na alles wat ze de laatste dagen had meegemaakt vond Sara wel dat ze een goed excuus had.

Bart liep om het lijk heen en bleef staan bij de tatoeage. 'Verbaast me niets,' zei hij. 'Ik had vorige maand een van die rotzakken hier. Had een telefoonpaal geramd op de snelweg. Veegde in het voorbijgaan een heel gezin in een busje van de weg.' Hij keek op. 'Het gezin heeft het gered. Alleen builen en blauwe plekken.'

Sara besefte dat ze misschien informatie van hem kon loskrijgen als ze voorzichtig manoeuvreerde. 'Zijn skinheads een probleem hier?'

Bart haalde zijn schouders op. 'Meth is het grote probleem, en skinheads horen daarbij. Maar dat is mazzel voor mij.' Sara moet niet-begrijpend hebben gekeken, want hij verduidelijkte: 'Ik ben tandarts. Ik dacht dat Jake dat wel verteld zou hebben.' Hij sloeg zijn armen over elkaar en de schouders van zijn goedkope pak kwamen omhoog tot zijn oren. 'Tien jaar geleden had ik met een beetje geluk één wortelkanaal per maand. Nu doe ik er twee of drie per week. Ze komen overal vandaan, soms uit een stad verderop. Kronen, bruggen, jackets. Het loopt als een trein.'

Sara had gezien wat meth deed met een gebit. De meeste zware gebruikers waren hun tanden binnen een jaar kwijt.

'Big business,' zei Bart. 'Maar ik zou het zo willen inruilen als ik nooit meer een joch hoefde te zien dat verslaafd is aan die shit.' Hij bloosde. 'Excuseer mijn taalgebruik, mevrouw.'

Sara wist niet of het door deze verontschuldiging of door zijn betrokkenheid kwam, maar ze merkte dat ze hem iets minder haatte.

'Laat me even helpen het lichaam om te draaien.'

Sara aarzelde nog om zijn hulp aan te nemen, maar ze moest toegeven dat het haar geen pretje leek Gibson te verplaatsen op de tafel. Ze maakte nog een paar foto's en wachtte toen tot Bart weer handschoenen aanhad. Hij nam het hoofd en de schouders en Sara nam de voeten. Ze zag met stiekem genoegen dat de tandarts bijna bezweek onder het gewicht toen ze Gibson op zijn rug rolden. Het gaf haar ook stof tot nadenken, want als zij met z'n tweeën al moeite hadden het lichaam om te draaien op de tafel, dan moest er een stel behoorlijk sterke kerels voor nodig zijn geweest om hem door een raam te smijten.

'Forse vent, hè?' zei ze.

Bart haalde zijn schouders op, maar ze zag een zweetdruppel langs zijn wang glijden. 'Ik heb erger meegemaakt.'

'Vast wel.'

Ze zag zijn ogen flikkeren toen het commentaar tot hem doordrong, waarschijnlijk omdat hij zich afvroeg of ze het neerbuigend bedoelde. Sara liet hem in het ongewisse en sloeg bijna haar oogleden neer bij de woorden: 'Mijn oprechte dank dat ik gebruik mocht maken van je spierkracht.'

Instinctief greep hij naar zijn sigaretten, maar bedwong zich. 'Ik zie dat je Bertha aan het werk hebt gekregen.' Hij wees naar de röntgenfoto's. 'Ik vraag de county voortdurend om dat ding te vervangen maar ze blijven nee zeggen.'

'Ze doet wat ze moet doen,' gaf Sara toe. Als je vaak genoeg televisie keek, kreeg je de indruk dat alle politieafdelingen het nieuwste van het nieuwste op forensisch gebied in huis hadden. In werkelijkheid kon geen laboratorium in het land de miljoenen dollars aan apparatuur betalen die je in een gemiddelde donderdagavondserie langs zag komen. De weinige apparatuur die de staat bezat, werd druk gebruikt, en het duurde soms een jaar voordat je een analyse terugkreeg.

Bart bestudeerde nog steeds de röntgenfoto's van Boyd Gibson. Hij floot even laag. 'Geen fijne jeugd.' Hij ging met zijn vinger langs een vage lijn over het sleutelbeen. 'Lelijke breuk.'

'Kende je hem?'

Bart draaide zich om en voor het eerst sinds hij binnen was gekomen leek hij haar echt aan te kijken. 'Ja,' zei hij, met een treurige klank in zijn stem. 'Zijn moeder bracht hem vaak. Ze was altijd helemaal kapot.' Hij wees op zijn gezicht en Sara realiseerde zich dat hij het over mishandeling had. 'Bij Boyd of zijn broer – hij heeft een oudere broer – heb ik het nooit gezien, maar ik heb de sheriff heel wat keren gebeld over Ella. Zo heette ze.' Hij keerde Sara zijn rug toe en keek weer naar de foto's, of misschien wilde hij haar niet laten zien hoe ontdaan hij was. 'Het was een geweldige vrouw. Rustig, beleefd, kon lekker koken. Alles wat je maar wenst in een vrouw. Sommige mannen schijnen daar niet tevreden mee te zijn. Grover in elk geval niet.'

Sara wachtte even om zeker te zijn dat hij was uitgepraat en vroeg toen: 'Wat deed de sheriff als u dat rapporteerde?'

'Dat was toen Al nog de dienst uitmaakte,' zei Bart en hij draaide zich weer terug. 'Al was een goeie vent, maar je kon indertijd geen aanklacht indienen zonder de vrouw als getuige erbij, en Ella zou geen woord ten nadele van Grover zeggen. Niet dat ze nog iets voor hem voelde, maar ze wist wat hij met de jongens zou doen, en ze kon ook niet zomaar een baan vinden om hen allemaal te onderhouden.'

'Is ze nog bij hem?'

'Nee,' zei hij naar zijn voeten kijkend. 'Kanker, toen Boyd een jaar of tien, elf was. Ik heb hem daarna niet vaak meer gezien. Grover was niet van plan zijn drinkgeld te verspillen aan de tanden van zijn zoons.' Hij wees naar het lichaam. 'Natuurlijk heb ik hem de laatste tijd zat gezien.'

'Hoe dat zo?'

Bart richtte zijn blik op Gibsons onderarmen, waar de huid vol littekens van naalden zat. Ze waren redelijk genezen, minstens vier tot zes maanden oud. Gibson was ook zwaar, meth-gebruikers waren meestal extreem mager.

Ze zei: 'Hij ziet er niet uit alsof hij de laatste tijd heeft gebruikt.'

'Ja, hij is een poosje clean geweest.' Bart haalde zijn schouders op. 'Veel van die jongens zijn een maand, of soms een jaar clean. Dan gebeurt er iets en voor je het weet zijn ze weer aan de spuit.'

'Is dat wat er met Boyd is gebeurd?'

Bart gaf niet echt antwoord op haar vraag. 'Hij kwam een week of zes geleden bij me. Hij had geen geld voor de behandeling, maar ik heb een afbetalingsregeling met hem getroffen. Hij had vreselijke pijn. Zijn hele mond was ontstoken. Als ik niets had gedaan was hij al zijn tanden kwijt geweest.'

'Ik zag de brug zitten,' zei Sara met een gebaar naar de gebitsfoto's. Ze had Gibsons mond nog niet onderzocht.

Bart keek naar de röntgenfoto. 'Valt nog mee.' Hij wierp haar een snelle glimlach toe. 'Jij ziet dat soort dingen vast vaker dan ik.'

'Wat voor dingen?'

'Paupers.' Hij sprak het woord scherp uit, maar Sara wist niet of ze dat als spot of als medelijden moest opvatten. 'Ze komen bij je en je weet dat ze het niet kunnen betalen, maar je kunt ze niet wegsturen want daar heb je je opleiding niet voor gedaan.'

Sara knikte en haalde tegelijkertijd haar schouders op, omdat ze niet wist wat ze moest zeggen. Ze was niet van plan met deze man een uitvoerige discussie over de treurige staat van de gezondheidszorg aan te gaan.

'Nou ja.' Bart keek op zijn horloge alsof hij zich opeens herinnerde dat hij een afspraak had. 'Hoe dan ook, ik wilde alleen even kijken of je het allemaal kon vinden hier. Laat maar weten als je iets nodig hebt, oké?'

'Dank je,' zei Sara, en ze meende het echt, tot hij haar een van zijn frettenlachjes toewierp.

'Pas goed op jezelf, engel. Zorg dat je hier niet in betrokken raakt.'

Ze voelde haar glimlach verstrakken op haar gezicht. 'Dank je,' herhaalde ze, maar Fred Bart was al weg.

Sara keek naar de dode man op de tafel, alsof hij een grimmig commentaar op het gebeuren zou leveren. Natuurlijk deed hij dat niet. Sara trok haar handschoenen uit en ging weer naar haar aantekeningen. Ze vond de goede bladzij en noteerde dat Fred Bart had geassisteerd bij het verwijderen van het mes. Ze noteerde ook dat het mes makkelijk uit de wond was gegleden. Bart had in één ding gelijk: meestal zaten messen vast, door opgedroogd bloed of verhardend weefsel rondom het metaal.

Ze duwde de gedachte weg en ging verder met het uitwendige onderzoek, fotografeerde de genezen littekens die wezen op spuiten en maakte een aantekening over een paar krassen op zijn scheenbeen. Gibsons mond stond al open en de brug die het gat overspande waar zijn voortanden hoorden te zitten schoot makkelijk los. Sara moest tegen wil en dank toegeven dat Bart goed werk had geleverd. Het tandvlees was bijna volkomen genezen en er was geen enkele aanwijzing dat de brug slecht had gepast.

Sara keek op de klok en vroeg zich af waar Jeffrey en Jake Valentine zo lang bleven. Ze zouden Boyd Gibsons vader meebrengen om het lichaam te identificeren, maar dat was ruim twee uur geleden. Technisch gesproken had Jake Boyd Gibson al geïdentificeerd, maar ze wist uit ervaring dat de familie over het algemeen het slachtoffer moest zien om zijn dood te kunnen accepteren.

Ze belde Jeffreys mobiel, maar hij nam niet op. Ze sprak een boodschap voor hem in, maar toen hij na twintig minuten nog niet had teruggebeld besloot ze aan het inwendig onderzoek te beginnen. Ze kon altijd het lichaam bedekken als Gibsons vader kwam om hem de al te plastische aspecten van zijn zoons dood te besparen.

Ze trok nieuwe handschoenen aan en ging naar de tafel, waar ze een scalpel nam en aan de Y-incisie begon. Omdat er in Grant een dictafoon boven de snijtafel hing, deed Sara onwillekeurig in gedachten woordelijk verslag van elke handeling die ze verrichtte, dus als ze de ribbenkast opende of het borstvlies onderzocht, hoorde ze een stemmetje in haar hoofd dat de handelingen herhaalde.

Ze volgde de weg die de steekwond naar het hart had gevolgd, en die was precies zoals ze voorzien had. Het lemmet had de linker thoraxwand aan de achterkant doorboord en was er aan de voorkant uit gekomen, waardoor vrijwel onmiddellijk de dood was ingetreden. Ze stopte even, maakte nog wat aantekeningen, nam foto's en mat de route van het lemmet op, waarna ze zelf een tekening maakte van wat ze precies had aangetroffen.

Zelfs zonder de steekwond was het hart in slechte conditie. Het was vergroot door de zware bouw van Gibsons lichaam en de slagaderen waren al aangetast. Als het mes hem niet had gedood, dan zouden zijn slechte leefgewoonten ervoor hebben gezorgd dat hij niet gezond oud zou zijn geworden.

Hoewel ze een duidelijke doodsoorzaak had, ging Sara verder met de sectie tot in het kleinste detail, ze woog en ontleedde de organen zorgvuldig en nam weefselmonsters. Boyd Gibson had als laatste maaltijd hetzelfde gegeten als Jeffrey en Sara gisteravond: pizza. Hij had zo te zien de salami gekozen, maar hij had er een gezonde salade bij gegeten voor het evenwicht. Misschien had hij gerookt tijdens het eten. Te oordelen naar de verkleuring en aantasting van de longen was Gibson een zware roker geweest. Dat in aanmerking genomen vond Sara het vreemd dat hij geen sigaretten op zak had.

Ze maakte daar een aantekening van, nam nog meer foto's en maakte zoveel tekeningen dat ze kramp in haar hand kreeg. Helaas had ze alleen zichzelf met haar oog voor detail. Tegen de tijd dat de wijzers van de klok twaalf uur aangaven kon ze niet meer op haar benen staan en stond haar rug krom als een hoepel.

En eerlijk gezegd was Sara nooit erg kunstzinnig geweest. Haar tekeningen zagen eruit als een schoolproject van een psychopathische kleuterleidster.

Ze dekte het lichaam toe en ging zitten. Elke wervel in haar nek knakte toen ze opkeek naar het plafond om te proberen al dat omlaag turen van de laatste twee uur te compenseren. Ze begon zich net ongerust te maken over Jeffrey toen ze een auto hoorde aankomen.

Jake Valentine klopte en deed tegelijkertijd de deur open. 'Sorry dat we zo laat zijn,' zei hij, met een bezopen grijns op zijn gezicht. Er zat een stuk wc-papier in zijn neusgat. De neusbrug was gezwollen en de eerste tekenen van een blauwe plek verspreidden zich onder zijn linkeroog.

Sara kwam in paniek overeind. 'Waar is Jeffrey?'

Voordat ze de vraag had kunnen afmaken kwam hij achter Valentine aan binnen en deed de deur dicht.

'Kleine onenigheid,' legde Jeffrey uit. Hij had diezelfde bezopen grijns als de sheriff, alsof ze samen een hele hoop lol hadden gehad.

'Wat voor onenigheid?' Sara had het gevoel dat ze met twee ondeugende kinderen praatte, wat nog versterkt werd doordat Jeffrey in lachen uitbarstte.

Valentine lachte ook, maar ze kon aan de tranen in zijn ogen zien dat het pijn deed. 'Grover was niet echt blij me te zien,' vertelde hij.

Jeffrey legde uit: 'Hij stompte Jake in zijn gezicht zodra hij de deur opendeed.'

Het viel Sara op dat hij de sheriff nu bij zijn voornaam noemde. Daar moest je politieman voor zijn, een band krijgen doordat een van hen in zijn gezicht was gestompt.

Valentine zei: 'Nog een geluk dat u vanochtend zei dat ik hem mee moest nemen. Als hij er niet bij was geweest, lag ik daar nu op die tafel.'

'Shit,' zei Jeffrey. 'Of wij met z'n tweeën als je die ouwe gek niet had laten struikelen.'

Sara kreeg de neiging om haar ogen ten hemel te slaan. 'Moet ik hieruit opmaken dat meneer Gibson niet komt voor een officiële identificatie?'

Valentine legde uit: 'Hij was niet erg onder de indruk van de dood van zijn zoon. Ze waren niet echt dol op elkaar.' Hij haalde zijn schouders op en liet een spoortje ernst toe in zijn stem. 'Misschien dringt het tot hem door als hij nuchter wordt.'

Jeffrey werd ook ernstig: 'Hij was totaal buiten zinnen. We hebben hem in de boeien geslagen en naar het bureau gebracht om zijn roes uit te slapen. Niet de eerste keer dat hij daar was, zo te zien.'

'Nee,' beaamde Valentine. 'Vast ook niet de laatste keer.'

'Ik heb een paar foto's van het gezicht gemaakt,' zei Sara. 'Die kun je aan zijn vader laten zien. Dat vereenvoudigt de zaak.'

'Heb je iets gevonden?' vroeg Jeffrey.

'Niet echt.' Ze pakte het moordwapen en legde het op een vel bruin papier zodat ze het kon fotograferen. Tot nu toe had ze nog niet het hele lemmet en heft onderzocht. Nu ze goed keek, vielen twee dingen op aan het mes: het lemmet was dun, ruim een centimeter breed en misschien tien centimeter lang, en in tegenstelling tot de meeste vouwmessen die Sara had gezien was het niet gekarteld. Het lemmet was glad aan de ene kant en scherp aan de andere.

Valentines mobiel ging, de beginmaten van 'Dixie' schalden door de ruimte. Hij keek wie er belde en zei toen: 'Sorry, moet ik even opnemen.'

Sara wachtte tot de deur dicht was voordat ze de camera pakte en door de foto's scrolde.

Jeffrey vroeg: 'Heb je de ziekenhuizen gebeld om te vragen of Lena of Hank daar is opgenomen?'

'Er zijn er drie in een straal van vijfenzeventig kilometer,' zei ze terwijl ze de foto's bekeek. 'Nergens een spoor van hen.'

'Dat is een goed teken, neem ik aan,' zei hij, hoewel ze hoorde dat hij teleurgesteld was. Als Lena vannacht veilig in een ziekenhuis had gelegen, had ze nooit Boyd Gibson kunnen vermoorden.

Sara vond de foto die ze zocht. 'Dit zal je goeddoen.'

'Wat dan?'

'Kijk eens naar de wond,' zei ze en ze liet hem de reeks close-ups zien die ze had gemaakt. 'Rafelig aan de onderkant en rafelig aan de bovenkant. Ik wist dat er iets niet klopte.'

Jeffrey keek naar het mes op de tafel en toen weer naar het LCD-schermpje. Hij wist natuurlijk waar ze op doelde, maar zei toch: 'Ja, en?'

'Het mes – dit mes,' ze wees naar Lena's mes op de tafel, 'zou een wond hebben gemaakt met een v-vormige onderkant en een rechte bovenrand. Een kartelmes maakt een rafelrand in de huid. De boven- en onderkant van de wond in Boyd Gibsons rug zijn rafelig.'

Hij knikte. 'Zo te zien aan de wond was het mes waarmee Gibson is vermoord een beide kanten gekarteld.' Ze hoorde de opwinding in zijn stem. Statistisch gezien werden de meeste slachtoffers van steekpartijen vermoord met enkelzijdige kartelmessen omdat die in elke keukenla te vinden waren. Sara had nog nooit een aan twee kanten gekarteld mes gezien, laat staan een steekwond daarvan. Als er iemand in Elawah rondliep met zo'n wapen, dan was dat hoogstwaarschijnlijk de dader.

Jeffrey tikte met zijn vingers op de tafel terwijl hij de nieuwe aanwijzing verwerkte. 'Ik wil wedden dat het op bestelling is gemaakt. Misschien een speeltje voor soldaten. Beslist met een doorlopende angel, waarschijnlijk speciaal gemaakt voor het foedraal... Hoe lang denk je dat het lemmet zou moeten zijn?'

'Van de greep tot de punt van het lemmet minstens vijftien centimeter lang, en aan de wond te zien maximaal drie centimeter breed.' Ze wees naar Gibson. 'Moet je zien hoe groot hij is. Zijn borst is gigantisch, zijn hart was vergroot. Ik heb een ingangs- en een uitgangswond gevonden door de linkerkamer.' Ze wees weer naar Lena's mes. 'Dit lemmet had misschien achter in het hart kunnen prikken, maar het had met geen mogelijkheid helemaal door het hart heen kunnen gaan en er aan de voorkant weer uit. Het is niet lang genoeg – het hele ding is twintig centimeter lang.

'Er moet hier ergens iemand wonen die van die dingen maakt.' Jeffrey kreeg de glimlach niet meer van zijn gezicht. 'Met het heft mee zou een mes van vijftien centimeter algauw zo'n vijfentwintig centimeter zijn. Die kerel die we bij het ziekenhuis zagen had een groot mes in zijn riem. Hij legde het in zijn auto voordat hij uitstapte.'

'Het is niet zo ongebruikelijk dat mannen een mes bij zich hebben,' zei Sara. 'Mijn vader heeft er een aan zijn riem voor zijn werk.'

'Maar toevallig heeft je vader voor zover ik weet geen grote dikke swastika op zijn arm,' wierp Jeffrey tegen. 'Degene die dit gedaan heeft, probeerde Lena erin te luizen. Geen wonder dat ze ervandoor ging.'

'Misschien was hij zo dol op zijn mes dat hij het niet kwijt wilde.' Ze liep naar de tafel waar ze Gibsons persoonlijke bezittingen in zakjes had gedaan. 'Moet je Gibsons mes zien. Dat komt niet uit de winkel. Hij heeft daar dik voor betaald. Dit is niet iets waar je makkelijk afstand van doet.'

De deur ging open en Valentine kwam binnen. Hij hield de deur met zijn voet open, alsof hij niet van plan was lang te blijven. Briesend zei hij: 'Dat was de directeur van de middelbare school aan de telefoon.'

Jeffrey en Sara keken elkaar even aan. 'En?'

'Hij heeft dekens en lege chipszakken gevonden in een van de noodlokalen.' Hij schudde zijn hoofd en klemde zijn tanden zo hard op elkaar dat zijn kaak als een reliëf uitstak. 'Het ziet ernaar uit dat we ontdekt hebben waar uw rechercheur heeft geslapen.' Er trok een glimlach over Jeffreys gezicht en toen ontplofte Valentine. 'Mijn vróúw werkt op die school, klojo.'

Jeffrey suste: 'Ach, maak je geen zorgen, Jake. Ik weet zeker dat Myra haar daar niet expres heeft laten slapen.'

Valentine perste zijn lippen op elkaar, kennelijk wanhopig op zoek naar een scherp antwoord. Ten slotte liet hij het bij: 'Val dood,' draaide zich om en knalde de deur achter zich dicht.

Zestien

Twee jaar geleden had Jeffrey het strafblad van Ethan Green onder Lena's neus geduwd met de opdracht het te lezen.

Natuurlijk had ze dat niet gedaan.

Ze had gedaan of ze het dossier doorkeek, had elk vijfde of zesde woord tot zich laten doordringen, en had het toen met een strijdlustig 'En?' teruggeschoven.

Jeffrey had haar de hoogtepunten genoemd, de opsomming van Ethans misdaden: autodiefstal, zware mishandeling, ontucht, verkrachting. Geen van deze woorden was doorgedrongen – Lena verkeerde nog in het stadium dat ze Ethan als twee verschillende mensen zag: degene die van haar hield en degene die haar uiteindelijk zou vermoorden. Die dualiteit was niet zo verbazingwekkend; in die tijd zag Lena zichzelf op min of meer dezelfde manier.

Sibyl was bijna een jaar dood toen Lena Ethan ontmoette. Ze woonde op de campus van de universiteit, waar ze bij de beveiliging werkte en elke dag haar best deed om niet een pistool tegen haar hoofd te zetten. Ethan deed een mastersopleiding. Hij had onvermoeibaar achter Lena aan gezeten, een ware uitputtingsslag.

Een paar maanden later kreeg Lena haar baan bij de politie terug en trok ze in bij Nan Thomas. Ethan was nog steeds in haar leven; Ethan wás nog steeds haar leven. Zijn strafblad was al die tijd in haar Celica blijven liggen, goed verborgen achter de cd-wisselaar in de kofferbak. Lena had niet gewild dat Nan het per ongeluk zou vinden. Eerlijk gezegd had ze het niet mee willen nemen naar het huis waar Sibyl ooit had gewoond. Het was al erg genoeg dat Ethan bleef slapen.

Lena liep over het strookje onkruid tussen het motel en de bar, glas en andere rotzooi die van de weg waren geveegd kraakten onder haar schoenen. Ze kwam langs de lobby van het motel op weg naar haar Celica. Hoewel de nachtlucht koud werd, zweette Lena nog steeds alsof ze in Hanks ellendige huis was.

Autodiefstal. Zware mishandeling.

Het dossier lag nog precies waar ze het twee jaar geleden had verstopt, met zwarte bandafdrukken dwars over het zegel van de Staat Connecticut op de verschoten map. Lena haalde hem tevoorschijn en vond het om de een of andere reden nodig het dossier onder haar T-shirt te verbergen toen ze de trap naar haar motelkamer op rende. Niemand hield haar in de gaten. Dit stiekeme gedoe was nergens voor nodig. Toch voelde ze zich schuldig. Toch voelde het alsof iemand, ergens haar afkeurend bekeek.

Misschien kon ze het maar beter niet weten. Ethan had Hank wellicht gebeld om geld of om hulp of misschien had hij alleen maar in contact willen komen met Lena. Ze woonde niet meer bij Nan en had inmiddels een nieuw telefoonnummer. Had hij brieven gestuurd naar Nan? Had Nan ze voor Lena verborgen gehouden in de hoop dat ze de band kon doorsnijden?

Lena hing het niet-storen-bordje aan de deur. Ze rukte de gordijnen dicht en ging in kleermakerszit op het bed zitten, het dossier nog steeds tegen haar borst. Haar hart bonkte tegen de dikke stapel papier, en door het zweten plakte de bruine map aan haar huid.

Langzaam schoof ze het dossier onder haar T-shirt vandaan. Ze liet haar hand over de letters en rond de cirkel van het zegel glijden. Haar vingers vonden de rand, ze opende het dossier en zag precies wat ze nooit meer wilde zien: Ethan die haar aanstaarde.

De politiefoto was genomen een paar jaar voordat Lena Ethan ontmoette, toen hij pas achttien was. Toen ze hem leerde kennen had hij kort haar, maar op de foto was zijn hoofd kaalgeschoren. Zijn lippen krulden minachtend naar de camera en het bordje dat hij in zijn hand hield, hing scheef alsof hij niet de moeite wilde nemen om het recht te houden. Hij droeg een overhemd met korte mouwen, iets wat hij nooit meer deed – of misschien verborg hij zijn tatoeages niet meer nu hij weer in de gevangenis zat. Ze zouden hem binnen van nut zijn.

ETHAN ALLEN GREEN ook bekend als ETHAN ALLEN WHITE ook bekend als ETHAN ALLEN MUELLER.

Lena herinnerde zich de keer dat Ethan had uitgelegd waar zijn naam vandaan kwam. Ze lagen samen in zijn kamer op de campus, in zijn eenpersoonsbed geperst. Hij lag op zijn rug en zij had zich zo om hem heen gekruld dat ze niet uit het smalle bedje zou vallen. Ethan was vrij klein van stuk – maar een centimeter of tien langer dan Lena – slechts zijn spieren puilden uit zijn lijf alsof ze uit graniet waren gehouwen. Ze had haar hoofd onder zijn arm gestopt en het geluid van zijn stem had in haar oor getrild.

Rond de tijd van de Amerikaanse Revolutie, vertelde hij, was Ethan Allen de leider geweest van de Green Mountain Boys, een groep mannen die hun leven waagden voor de onafhankelijkheid van Vermont. Tijdens de oorlog hadden Allen en zijn mannen een Brits fort ingenomen. Volgens sommigen was hij een militair genie, volgens anderen een domme, wrede moordenaar.

Ze had toen, net als nu, gedacht dat de naam wel klopte.

Ontucht. Verkrachting.

Lena wist maar weinig van Ethans leven voordat hij naar Grant County verhuisde. Ethans vader had de benen genomen toen Ethan nog klein was. Zijn moeder, een fanatieke raciste, was getrouwd met ene Ezekiel White, een soort prediker. Ethan had zijn naam in Green veranderd toen hij afstand nam van zijn skinheadfamilie. Lena had geen idee waarom hij niet terug was gegaan naar Mueller, de naam van zijn biologische vader. Ethan praatte niet graag over zijn pa.

Toen Lena Ethan ontmoette, beweerde hij dat hij erg zijn best deed om zichzelf te veranderen. Lena had dat geaccepteerd, zelfs gerespecteerd. Na verloop van tijd had ze tegen zichzelf gezegd dat hij nooit een verhouding met haar zou zijn begonnen als hij nog steeds aan zijn oude overtuigingen vasthield. Ze had overduidelijk Latijns-Amerikaans bloed. Ze deelde een huis met een lesbienne, en niet zomaar een lesbienne, maar de geliefde van Sibyl. Ethan leek het niets uit te maken. Hij was heel vriendelijk tegen Nan. Hij zei dat hij verliefd was op Lena en dat hij de rest van zijn leven met haar wilde delen. Hij zei dat zijn relatie met haar het enige goede was dat hij ooit in zijn leven had gedaan. Dat de woorden uit zijn mond in zo'n scherp contrast stonden met de klappen van zijn vuisten was iets waar ze liever niet bij stilstond.

LENGTE: 1,70 meter GEWICHT: 72 kilo GESLACHT: man HAARKLEUR: bruin OGEN: blauw RAS: blank

Ras. Zijn voorrecht noemde hij het. Zijn blanke geboorterecht.

TATOEAGES

Er waren er zoveel, sommige was Lena zelfs vergeten. De agent die hem had gearresteerd, had ze allemaal vastgelegd, met aantekeningen over hun oorsprong en waar ze symbool voor stonden. Lena bestudeerde de foto's en keek voor het eerst echt naar de tatoeages. Ze had haar blik altijd afgewend of haar ogen dichtgedaan als hij zich uitkleedde. Maar dan nog waren een paar van de beelden doorgesijpeld.

Een rij ss-soldaten aan de linkerkant van zijn borst groette een afbeelding van Hitler aan de rechterkant. Daaronder een grote zwarte swastika die over zijn gespierde buik golfde. Zijn linkerarm was bedekt met oorlogsscènes, soldaten met het geweer in de aanslag, hun pet getooid met de dubbele S. Over de andere arm kronkelde prikkeldraad, met de vage omtrekken van kampbarakken op de achtergrond.

Hoe had ze zijn lichaam kunnen aanraken? Hoe had ze zijn lichaam het hare kunnen laten aanraken?

Lena sloeg de bladzijde om en trof nog een foto aan. Onder Ethans dikke bruine haar gingen nog meer tatoeages schuil. In een boog onder aan zijn geschoren schedel stonden de woorden 'Sieg Heil'. Boven op zijn hoofd stond nog een zwarte swastika.

Naast de foto had iemand uitgelegd: *Hitlergroet op achterhoofd wordt over het algemeen gezet na zes jaar actieve betrokkenheid. Swastika op het hoofd: gebruikelijk teken voor leiders van de skinheads uit noord-Connecticut.*

De laatste foto was een close-up van de onderkant van zijn linkerarm. Vlak onder de biceps stond de letter A met een streepje ernaast. A-negatief. De agent had een verklaring op de achterkant van de foto geschreven: *Leden van Hitlers Waffen-SS Totenkopf Divisie die de concentratiekampen bewaakten, hadden allemaal een tatoeage met hun bloedgroep onder hun arm. Symbool voor rang van generaal in de White Power-beweging.*

Lena had nooit gevraagd naar de letter op Ethans arm, had nooit de waarheid over zijn verleden willen weten. Nu werd ze er toch mee geconfronteerd, erdoor overdonderd. Elke foto was een klap in haar gezicht.

Dit was de vader van het kind dat ze in een afvalbak in de kliniek in Atlanta had achtergelaten. Dit was de man met wie ze twee hele jaren van haar leven had doorgebracht.

Toen Ethan weer in de gevangenis was gezet, had ze vergeefs geprobeerd iets met een andere man te beginnen. Greg Mitchell had een paar jaar daarvoor met haar samengewoond en het leek voorbestemd dat hij weer in haar leven kwam op het moment dat Ethan eruit verdween. Maar het werkte niet. Ze was niet meer dezelfde als vroeger, iets wat Greg aanvankelijk een goede ontwikkeling vond. Later werd hij bijna bang voor haar.

Vanaf het begin had Lena geprobeerd haar ware zelf voor Greg te verbergen, haar duistere en ruwe kanten te verhullen. Ze beteugelde haar emoties zodanig dat ze zich bij Greg het grootste deel van de tijd een lege huls voelde van wat een mens zou moeten zijn. Seks tussen hen was rampzalig. Na Ethan was ze verleerd om te gaan met een man die lief was, hem te kussen en vast te houden en genot te voelen in plaats van pijn.

Als Angela Adams in de buurt was gebleven, als ze een moeder was geweest voor haar twee dochtertjes en hen niet aan Hank had overgelaten, zou Lena dan aan Ethan zijn blijven hangen? Zou dat mankement in haar, dat haar naar zijn geweld, zijn meedogenloze overheersing trok, dan nooit zijn ontstaan? Of zou Lena geëindigd zijn als Charlotte Warren, en nog steeds in Reese wonen, een paar kinderen opvoeden en zitten wachten tot haar man thuiskwam van zijn werk zodat ze het eten op tafel kon zetten?

Ethans strafblad was bijna dertig bladzijden lang. De meeste aantekeningen waren geschreven in de droge, minimalistische stijl van een doorgewinterde smeris die niet zo stom was om te veel op te schrijven zodat de een of andere blaaskaak van een advocaat dat later tijdens een rechtszitting kon verdraaien en tegen hem uitspelen. Maar Lena wist hoe je tussen de regels moest lezen, en toen ze de rapporten van de ene arrestatie na de andere las, begon ze een duidelijker beeld te krijgen van Ethans leven voordat ze elkaar ontmoetten.

Hij was jong begonnen en voor het eerst opgepakt toen hij dertien was. Hij had kleren gestolen uit een groot warenhuis. Op zijn vijftiende werd hij opgepakt toen hij een auto probeerde te stelen. Beide gevallen waren naar de kinderrechter doorverwezen. Beide keren had hij voorwaardelijk gekregen. Maar dat kon niet alles zijn geweest. Je stapte niet over van het stelen van kleren op het stelen van auto's zonder iets ertussenin. Lena wist dat er voor elke misdaad waarop je dit soort figuren betrapte, vier onopgemerkt bleven. Ze zou er gif op durven innemen dat Ethan minstens tien auto's had gejat voordat ze hem betrapten.

Zijn strafblad bleef schoon tot zijn zeventiende. Toen werd hij aangeklaagd voor ontucht met een vijftienjarig meisje. Twee weken later werd de aanklacht ingetrokken. Lena destilleerde uit de bondige taal van het rapport dat de ouders van het meisje haar niet aan een proces hadden willen blootstellen. Dat was vrij gebruikelijk en waarschijnlijk verstandig. De wereld geloofde graag dat het anders was, maar elke agent kon je vertellen dat niets erger was – of meer geschikt om het leven van een vrouw kapot te maken – dan een langdurig verkrachtingsproces.

Er stond een aantekening bij zijn arrestatie: *Verdachte heeft tatoeages en kentekenen die verband houden met gewelddadige neonazigroepering. Adviseer verwijzing naar* FBI *voor toezicht.*

Ethan was negentien toen hij werd opgepakt voor geweldpleging. Doordat hij een mes had gebruikt tijdens een gevecht werd het aangemerkt als zwaar misdrijf. Het slachtoffer was kennelijk behoorlijk toegetakeld, maar weigerde met de politie mee te werken zodat de aanklacht werd verminderd. Weer ontliep Ethan een ernstige straf.

Er gingen drie jaar voorbij voordat de staatspolitie van Connecticut weer van Ethan Green hoorde. Lena vermoedde dat dit de tijd was dat Ethan aan zijn masterstudie begon. Dat was waarschijnlijk wat de meeste mensen zo griezelig vonden aan Ethan: hij was slim, zelfs talentvol. Hij logenstrafte het idee dat racisten per definitie domme boeren zijn. Toen Lena hem leerde kennen, probeerde hij een promotieplaats op Grant Tech te bemachtigen en dat zou hem waarschijnlijk ook gelukt zijn als hij niet was gearresteerd.

Merkwaardig genoeg wist de politie van Connecticut hem uiteindelijk te pakken voor het uitschrijven van ongedekte cheques. Ethan had een cheque uitgeschreven in een supermarkt voor achtentwintig dollar en nog wat terwijl er maar twaalf dollar op zijn rekening stond. Hij had de volgende dag zijn salaris gestort om het tekort aan te vullen, maar het bleef onwettig om willens en wetens een ongedekte cheque uit te schrijven. Dit was het soort arrestatie dat aangaf dat de politie had zitten wachten tot ze hem konden pakken. Miljoenen mensen schoven elke dag op die manier met geld. Je werd niet betrapt tenzij iemand op de loer lag.

Maar Ethan was gepakt. Als de rechter in een slecht humeur was, kon hij rekenen op tien jaar in een federale gevangenis.

Lena wilde net de bladzijde omslaan om te zien wat er gebeurd was toen de telefoon ging. Ze schrok op en de papieren fladderden over het bed. Haar eerste gedachte was dat niemand wist dat ze hier was, maar toen dacht ze aan

Hank. Ze leunde naar voren om op te nemen maar bleef halverwege steken en liet de telefoon overgaan. Er was een foto op de grond gevallen en ze bukte om hem op te pakken, maar verstarde toen ze de afbeelding van een in elkaar geslagen vrouw in een plas bloed zag.

Lena maakte verder geen aanstalten om de foto op te rapen. Ze staarde er van een afstandje naar, registreerde de zwarte plekken op de dijen van de vrouw, de bloederige massa van haar gezicht. De rode striemen rond haar voeten en polsen gaven aan dat sterke handen haar armen en benen gespreid hadden gehouden zodat ze klaarlag voor elke vorm van misbruik.

Ethans laatste vriendin.

Ze was zwart.

De telefoon zweeg terwijl Lena naar de foto staarde. De kamer werd doodstil. De lucht voelde nog verstikkender. Het meisje op de foto moest knap zijn geweest, met een zachte mokkakleurige huid. Net als Lena had ze lang haar, met krullen die tot op haar schouders zouden hebben gehangen als haar hoofd niet naar achteren was gerukt en haar haar niet klitte van het bloed.

Evelyn Marie Johnson, negentien. Studente. Sopraan in het kerkkoor. Lena bladerde door het dossier, op zoek naar meer foto's. Ze sloeg de bladzijden met lugubere foto's van de plaats delict om en vond een foto die waarschijnlijk door een schoolfotograaf was genomen. Het was een verbijsterend contrast. Zijdezacht zwart haar, gewelfde lippen, grote bruine ogen. Ze had een model kunnen zijn.

Lena vond het rapport over de plaats delict. Er waren bandensporen gevonden bij haar lichaam. De afdrukken waren naar het laboratorium gestuurd, en daar werd vastgesteld dat de banden hoorden bij Ethans GMC uit 1989. Hij was op borgtocht vrij voor de aanklacht van de ongedekte check en in afwachting van het vonnis. Hij wist een schikking te bedingen die hem uit de gevangenis zou houden als hij tegen de moordenaars getuigde.

Volgens de zus van het meisje was Evelyn midden in de nacht uit haar huis gehaald door vier blanke mannen. Het zusje had zich in de kast verstopt omdat ze de swastika's op hun kale koppen had gezien en wist wat de tatoeages betekenden.

Volgens Ethan hadden de mannen hem onder bedreiging van een vuurwapen gedwongen naar Evelyns huis te rijden. Het jaar daarvoor had hij geprobeerd zich los te maken van de militante neonazigroep die zich de Uitverkoren Soldaten van de Gemeente van Christus noemde, maar ze wilden hem niet laten gaan. Een van zijn voormalige vrienden was die avond in de auto gebleven en had Ethan bedreigd met een pistool terwijl de anderen naar binnen gingen en Evelyn ontvoerden. Ethan werd toen gedwongen om hen tot ver in het bos te rijden. Zijn handen werden met waslijn aan het stuur gebonden, de autosleutels op de lege stoel naast hem gegooid. Hij moest daar toekijken hoe de vijf mannen Evelyn overweldigden en doodsloegen.

Ethan beweerde dat de mannen vervolgens in een Jeep waren gestapt die op de open plek geparkeerd stond en waren weggereden. Hij beweerde bovendien dat hij met zijn tanden de knopen in het koord waarmee zijn handen aan het stuur waren gebonden had losgemaakt en dat het hem minstens een uur had gekost. Toen hij zich bevrijd had, was hij niet uit de auto gestapt en naar zijn vriendin gelopen omdat hij al wist dat ze dood was.

In plaats daarvan was hij naar huis gereden.

De telefoon begon weer te rinkelen en Lena's hart stuiterde. Ze sloeg het dossier dicht, met bevende handen en het gevoel dat ze iets slechts had ontketend – iets wat haar als een dol beest onvermoeibaar zou blijven achtervolgen tot ze gestraft was. Dit was precies hoe Ethan buiten de gevangenis was geweest: meedogenloos, woest en sluw. Hij had tegen Lena gezegd dat hij haar nooit zou laten gaan, maar ze had hem weggeduwd, zijn vingers van haar leven losgewrikt en hem teruggestuurd naar de hel waar hij vandaan kwam.

Probeerde Ethan in contact te komen met Hank om haar te pakken?

Ze zou het eigenlijk moeten laten zitten. Dit had allemaal niets met haar te maken. Het Ethan-gedeelte van haar leven was voorbij. Wat zijn redenen ook waren om

Hank te bellen, het ging haar niets aan. Het verklaarde niet wie Lena's vader en moeder had vermoord. Het verklaarde niet waarom Hank al die jaren tegen haar had gelogen, of waarom hij zichzelf voortijdig zijn graf in werkte.

Lena griste de telefoon van de haak om het bellen te laten ophouden. 'Wat?'

'Met Rod.'

'Wie?'

'Rod,' herhaalde de stem. 'Van de receptie?'

De idioot met het peenhaar. 'Wat wil je?'

'Er wordt steeds gebeld door iemand die wil weten of je er bent.'

Lena sloeg het dossier weer open en strooide papieren en foto's in het rond terwijl ze zocht naar Ethans intake-formulier uit de gevangenis. 'Een man of een vrouw?'

'Vrouw,' antwoordde hij. 'Ik heb tegen haar gezegd dat je er niet was. Dacht dat je niet lastiggevallen wilde worden als je de telefoon niet opnam. Is dat oké?'

Lena vond het nummer dat ze zocht. 'Kun je me een buitenlijn geven?'

'Ik wilde alleen...'

Als haar stomme mobiel het had gedaan in dit oord, zou ze al opgehangen hebben. Ze articuleerde elk woord. 'Ik zei dat ik een buitenlijn wilde.'

'Wacht even.' Het joch slaakte een meelijwekkende zucht zodat ze zou weten dat hij haar een gunst verleende. Er klonk een klik en toen had ze een kiestoon.

Lena draaide het interlokale nummer, nog steeds met trillende handen. Ze stond op en begon te ijsberen, met een blik op de klok naast het bed. Het was na middernacht.

De centrale nam op, een stem op een bandje vroeg haar de boodschap af te luisteren omdat die onlangs was veranderd. Ze toetste de nul in, maar er gebeurde niets. Ze toetste hem nog een paar keer in en toen ging de telefoon over. Na drieëntwintig keer rinkelen antwoordde een beleefde stem: 'Coastal State Prison.'

Lena keek naar de grond en zag de foto bij haar voeten liggen.

'Hallo?'

'U spreekt met rechercheur Lena Adams van bureau Grant County.' Ze gaf het nummer van haar penning, herhaalde het twee keer terwijl hij het opschreef. 'Ik wil morgenochtend vroeg een gesprek met een van uw gevangenen.' Haar ogen bleven weer aan de schoolfoto van Evelyn haken, het krullende zwarte haar, de warme glimlach op haar volmaakte lippen. 'Het is dringend.'

Zeventien

Jeffrey trommelde met zijn vingers op het stuur terwijl Sara naast hem in haar mobiel praatte. Boyd Gibson was niet met Lena's mes gedood. Jeffrey had diep vanbinnen geweten dat ze die man onmogelijk had kunnen vermoorden. Iemand was duidelijk bezig haar voor de moord te laten opdraaien. En die iemand kon heel goed de reden zijn dat Lena uit het ziekenhuis was ontsnapt. Ze was een smeris in hart en nieren. Lena had aan één blik op Jake Valentine genoeg gehad om te weten dat de sheriff alleen een misdaad zou kunnen oplossen als iemand hem de puzzelstukken in de schoot wierp. Daarom was ze gevlucht. Ze was ergens bezig de puzzel voor hem in elkaar te zetten.

Het enige probleem was erachter komen hoe de moordenaar Lena's mes te pakken had gekregen. Ze had het al een hele tijd en zou het niet zonder slag of stoot afgeven. Degene die het mes had afgepakt had Lena misschien ook verwond. Had ze zich daarom verborgen gehouden in de school? Jeffrey had Valentine moeten volgen en de dekens die ze gevonden hadden moeten onderzoeken. Als er bloed op zat, dan had Lena nog meer problemen dan hij al dacht.

'Oké.' Sara had zijn notitieboekje op schoot en krabbelde er iets in terwijl ze 'prima, oké,' in de telefoon zei. Uit de pijlen die ze schetste, maakte hij op dat ze een routebeschrijving kreeg en hij hoopte dat ze de woorden nog zou kunnen ontcijferen als ze op weg waren. Sara had het ergste handschrift van iedereen die hij ooit was tegengekomen.

'Bedankt,' zei ze uiteindelijk en klapte de telefoon dicht. 'Er is een Holiday Inn op zo'n veertig minuten rijden.'

Alleen al van de gedachte aan het schone, betrouwbare hotel kreeg hij een glimlach om zijn mond. 'We klimmen op in de wereld.'

'Het werd tijd ook.' Sara deed haar gordel om. 'Ik heb het hier helemaal gehad.'

Hij draaide de contactsleutel om en de motor kwam snorrend tot leven. 'Vertel eens,' begon hij met een gebaar naar het opgloeiende navigatieschermpje op het dashboard. 'Heeft dat ding een geheugen?'

'Hanks adres, bedoel je?' Ze begon door de opties te scrollen, op zoek naar het adres. Jeffrey schudde zijn hoofd toen hij haar bezig zag. Ze had de pest aan mobiele telefoons, wilde nauwelijks een computer aanraken en weigerde iets ingewikkelders met de dvd-speler te doen dan op *play* te drukken, maar op de een of andere manier had ze het navigatiesysteem voldoende onder de knie om door de schermpjes te bladeren.

Jeffrey reed het parkeerterrein af op weg naar de stad. 'Het is in de buurt van de school,' zei hij. 'Je zou het kunnen lopen.'

Sara vond de routebeschrijving. De blikkerige vrouwenstem vertelde hem dat hij over honderd meter rechts af moest slaan. Volgens Jeffrey hadden de ontwerpers een grote vergissing gemaakt toen ze die stem voor de computer kozen. Niets ergerde een man meer dan van een vrouw te horen waar hij naartoe moest.

Sara zei: 'Ik heb de plattegrond die ik in de supermarkt heb gekocht ergens in mijn koffer. Het centrum is niet meer dan een grote rechthoek met een bos in het midden. Ik durf te wedden dat daar allerlei paden doorheen lopen.'

Jeffrey hield van haar snelle geest. 'Paden die Lena gebruikt kan hebben om van het ziekenhuis naar Hank te komen de nacht dat ze ontsnapte.'

'Of die ze de afgelopen dagen heeft gebruikt om van de ene plek naar de andere te komen zonder gezien te worden.'

Jeffrey wachtte tot de computer klaar was met vertellen

dat hij linksaf moest. 'Vind je het goed als we dat onderzoeken nadat we bij Hank zijn geweest?'

'Natuurlijk.'

Jeffrey volgde de aanwijzingen, reed langs de vuilstort en de middelbare school, die opvallend veel overeenkomst vertoonden. Ze zagen het gerechtsgebouw en de bibliotheek, die dezelfde plompe jarenvijftigsfeer uitstraalden als de andere overheidsgebouwen in het stadje.

Hij sloeg links af Corcoran Court in en herkende waar ze waren. Hij wees op het navigatiesysteem en vroeg Sara: 'Kun je dat ding afzetten?'

Ze drukte op een knop, verschoof het wieltje en de blikkerige stem hield midden in een zin op.

De stilte was ongelofelijk welkom.

Jeffrey parkeerde naast Hanks huis. De surveillancewagen die hij de dag daarvoor had gezien was weg. Hij vermoedde dat Valentine zijn mannen had teruggeroepen om de school te onderzoeken.

'Hier is het,' zei hij tegen Sara.

'Het is...' Ze maakte de gedachte niet af. Je kon er niet veel aardige dingen over zeggen. Hanks huis was zonder meer het ergste krot van het hele blok.

'Zijn auto is weg,' zei Jeffrey. 'Het is een oude, zilverkleurige Mercedes.'

Ze trok een wenkbrauw op. 'Heb je een opsporingsbericht laten uitgaan?'

'Dat heb ik aan Jake overgelaten.'

'Zag de brievenbus er al zo uit toen je hier was?'

'Ja.' Hij zag dat die nog steeds met ducktape aan de paal vastzat, het deurtje was er half af. 'Zevenklapper,' zei hij, omdat hij de tekenen herkende.

Als kind had Jeffrey met twee vriendjes tijdens Halloween in zo ongeveer elke brievenbus in de buurt een zevenklapper laten ontploffen. Helaas waren ze niet zo snugger geweest om hun sporen te wissen. De sheriff had gewoon aangebeld bij de enige drie huizen in de buurt met een onbeschadigde brievenbus in de voortuin.

Jeffrey stapte uit de auto en liep eromheen om Sara's portier open te doen.

Ze keek met een frons op haar gezicht naar Hanks huis. 'Denk je dat het er altijd zo heeft uitgezien?'

Jeffrey liet zijn blik over het onkruid gaan dat in de voortuin groeide en over de stukken kaal hout waar de verf was afgebladderd. 'Ziet er wel naar uit.'

'Dan vraag je je toch af...'

'Wat?'

'Of misschien ergens,' begon ze met onzekere stem, 'de moeder van ons kind ook zo woont.'

Hij had daar niet over nagedacht. De adoptie was een oase om naartoe te gaan als alles te veel werd. Maar ze had gelijk. Mensen met goede huizen en stabiele gezinnen voelden zich meestal niet gedwongen hun kinderen weg te geven. Daarmee was niet gezegd dat ze beter waren dan arme mensen, maar over het algemeen waren welvarende mensen in staat iemand anders te betalen om hun kinderen op te voeden als ze daar zelf geen zin in hadden.

'Jezus.' Sara bedekte haar mond en neus met haar handen. 'Ruik je dat?'

Jeffrey knikte omdat hij zijn mond niet open wilde doen uit angst dat er iets uit zou komen. Hij stak volkomen overbodig een hand uit om haar te verhinderen de veranda op te gaan.

'Is het een lijk?'

Hij hoopte in godsnaam van niet. 'Wacht hier.'

De lucht werd erger naarmate hij dichter bij het huis kwam. Jeffrey bleef staan toen hij zag dat de voordeur was ingetrapt en haastig met ducktape gerepareerd. De tape zag er nieuw uit.

Jeffrey keek even naar Sara. 'Jij blijft hier, oké?'

Ze knikte en hij bonsde op de deur. Die schudde van de klap, maar de tape hield het. Hij klopte wat harder en maakte uit de manier waarop de deur bewoog op dat er aan de binnenkant ook tape zat.

Na een paar keer kloppen zonder reactie keek hij om naar Sara. 'Wat denk je?'

'Ik denk dat je die deur al tien minuten geleden zou hebben ingetrapt als ik hier niet had gestaan.'

Ze had gelijk. Een stevige schop net onder de klink en de deur schoot los. De deurpost was versplinterd, de inkeping voor het slot ontbrak volledig. Scherpe metalen randen staken in de lucht als messen waar het beslag uit het hout was gerukt. Jeffrey trok zijn pistool en knikte naar Sara dat ze moest blijven waar ze was, voordat hij het huis in ging.

Hij stond in Hanks zitkamer, keek om zich heen en probeerde zich te oriënteren. De ramen waren waarschijnlijk nooit open geweest en zijn longen verkrampten in zijn borst door de muffe lucht van sigarettenrook en rottend vlees. Overal lag rotzooi – oude pizzadozen en bakjes van afhaalmaaltijden, smerig ondergoed, stapels papieren en tijdschriften die vochtig leken van de hitte.

Dat viel allemaal in het niet vergeleken bij de geur. In zijn bijna twintig jaar bij de politie had Jeffrey een hoop vieze dingen geroken, maar de stank waarvan Hanks huis doortrokken was, overtrof alles. Bij elke stap werd het erger. Hij wist niet of het een rottend lijk of bedervend afval was dat de gal achter in zijn keel liet opkomen. Het zweet begon hem van het lijf te stromen, een soort primaire reactie om hem tegen ziekte te beschermen.

Er waren twee slaapkamers: een ervan was duidelijk van Lena en haar zusje geweest. In de tweede lag een matras op de vloer, de ladekast braakte kleren uit alsof hij door een dief was doorzocht. Hij vond de bron van de stank in de badkamer. De wc-pot was in tweeën gebroken en legde in feite een open riool bloot. Zwarte stront koekte aan de grond. Er leunde een moker tegen de muur en hij vermoedde dat iemand, misschien Hank Norton, die gebruikt had om de wc kapot te rammen.

Jeffrey kokhalsde en schoof ruggelings de gang in. Instinctief haalde hij diep adem, maar er was geen frisse lucht om zijn longen te zuiveren.

Links was een klapdeur naar wat de keuken moest zijn.

'Hank?' riep hij. 'Hank Norton of wie hier ook is, dit is de politie.'

Er kwam geen antwoord en Jeffrey keek omlaag om te zien wat er onder zijn schoenen kraakte. Zoute crackers, dacht hij.

'Hank?'

Langzaam zette Jeffrey de punt van zijn voet tegen de klapdeur. Hij duwde hem open, met zijn pistool op de ruimte voor zich gericht. Hij kon zien dat de keuken de grootste kamer in het huis was. De kastjes waren van het ouderwetse metalen soort, de gootsteen van roestig gietijzer. Hij zwaaide de keukendeur wijd open, en bedacht dat de lucht hier niet zo erg was, of misschien raakte hij eraan gewend.

'Jeff?' riep Sara. Zo te horen stond ze bij de voordeur.

'Niet binnenkomen,' waarschuwde hij.

Sara vroeg: 'Gaat het?'

'Alles goed,' zei hij terwijl hij probeerde het raam boven de gootsteen open te zetten. Het klemde en hij moest zijn pistool in de holster steken om het met beide handen open te wrikken.

Jeffrey stond bij het raam de frisse lucht in te ademen. Het onkruid in de achtertuin was hoger dan in de voortuin, maar hij zag het lichaam op de grond onmiddellijk liggen.

Het was Lena.

Hij rende naar de achterdeur en rukte hem open. Er stonden dozen opgestapeld op de achterveranda die hem de weg versperden. Jeffrey schopte ze opzij, de folders vlogen door de lucht. 'Sara!' riep hij. 'Kom naar de achterkant!'

Toen hij bij het lichaam kwam, bleef hij staan. Hij had het mis. Dit was Lena niet. Het was Hank Norton. Het lichaam van de man was uitgemergeld, zijn gezicht ingevallen. Zijn armen zaten vol open wonden van naalden.

'Sara!' riep Jeffrey weer, naast de man knielend. 'Achterom!'

Hij duwde zijn hoofd tegen Hanks borst om erachter te komen of de man nog ademde. Jeffrey hoorde niets.

'Sara!' probeerde hij weer, maar ze duwde het hek van de achtertuin al open. Hij zag haar opluchting toen ze zich realiseerde dat er niets met hem was, en vervolgens haar verbijsterde uitdrukking toen ze het lichaam zag.

Ze viel op haar knieën en duwde hem opzij. 'Heb je hem zo gevonden?'

Jeffrey knikte en pakte zijn mobiel om een ambulance te bellen. 'Leeft hij nog?' vroeg hij.

'Nauwelijks.' Ze trok Hanks ogen open om de pupillen te controleren. Jeffrey zag donker bloed in het oogwit. Strepen geronnen bloed vlokten uit zijn mond en oren. 'Hank?' vroeg ze met stemverheffing. 'Ik ben Sara Linton, een vriendin van Lena. Kun je me horen?' Ze klopte met vaste hand op zijn gezicht. 'Hank? Je moet je ogen opendoen.'

Jeffrey gaf Hanks adres door aan de alarmdienst toen Sara haar hand opstak dat hij stil moest zijn. Ze drukte haar oor tegen Hanks borst. 'Hij ademt niet meer.'

Jeffrey hing op en Sara begon met hartmassage. 'De ambulance is hier over tien minuten.'

Ze knikte en bukte zich om haar mond op die van Hank te leggen.

Geschokt trok Jeffrey haar weg en riep: 'Sara, nee! Er is bloed.'

'Ik kan hier niet gewoon blijven zitten terwijl hij...'

'Kijk naar hem, Sara. Hij is een junk.'

'Hij is het enige wat Lena nog heeft.' Sara boog zich weer over Hank heen en drukte op zijn borst om het bloed door zijn hart te pompen. Jeffrey wist dat ze nu niet echt aan Hank dacht. Ze dacht aan Jimmy Powell en andere patiënten die ze niet had kunnen helpen. Ze herinnerde zich hoe het voelde hen kwijt te raken.

'Ga de beademingsset uit de kofferbak halen,' zei Jeffrey. Ze aarzelde, maar hij zei: 'Ik neem het hier wel over.' Uiteindelijk liet ze hem haar plaats innemen. Hij legde zijn linkerhand over zijn rechter en drukte de muis van zijn hand in Hanks borst terwijl hij telde.

Sara holde naar het hek maar riep eerst nog: 'Niet ophouden met de hartmassage.'

Jeffrey voelde het zweet over zijn rug druipen toen hij over Hank gebogen zat, de zure geur van de man vulde de lucht om hem heen. Hij kon niet geloven dat Sara zonder enige aarzeling haar mond tegen de bebloede lippen van Hank had gedrukt. Als je de man zo zag, was het duidelijk dat het hem geen reet kon schelen wat hij in zijn lichaam spoot. Hij had Sara met van alles kunnen besmetten, en waarom? Zodat Hank morgen dood zou gaan in plaats van vandaag?

Net toen Jeffrey begon te denken dat zijn inspanningen tevergeefs waren, maakte Hank een gorgelend geluid en knapten er lichtrode luchtbelletjes op zijn lippen. Jeffrey ging op zijn hurken zitten en zag hoe de ogen van de oude man op een kiertje opengingen terwijl hij moeizaam ademhaalde. Hij zag Jeffrey en schudde bijna onmerkbaar met zijn hoofd, alsof hij niet kon begrijpen waarom hij teruggehaald was, waarom het iemand iets kon schelen.

Sara kwam het hek binnenstormen met de beademingsset in haar hand.

'Het komt allemaal goed,' zei Jeffrey tegen Hank en hij pakte zijn droge, wasachtige hand. 'Je redt het wel.'

Achttien

Lena was al een keer eerder bij de Coastal State Prison geweest. Kort nadat Jeffrey Ethan had opgepakt voor een overtreding tijdens zijn proeftijd was ze naar de gevangenis gereden met de gedachte dat ze Ethan recht aan zou kijken en precies zou laten weten hoe ze hem erin had geluisd, verraden, hem de grootste *fuck you* had gegeven die ze kon opbrengen. Ze had bijna twee uur op het parkeerterrein voor bezoekers in haar auto gezeten, en in haar hoofd al het geweld dat hij haar had aangedaan opgesomd: de gespleten lippen, de gebroken vingers, de verstuikte polsen.

Ongevraagd kwam het beeld van hen tweeën in bed weer boven. Ze had nooit in romantische termen aan seks met Ethan gedacht, maar er waren een paar momenten geweest, misschien meer dan een paar, dat ze zich aan hem vastklampte, hem in haar armen hield. Hij had net zo hartstochtelijk van haar gehouden als hij haar had gehaat en haar stemmingen volgden vaak hetzelfde patroon. Toen ze bij de gevangenis in de auto zat, begon haar huid te tintelen bij de herinnering aan zijn handen, zijn mond, zijn tong.

Ze had nog net op tijd uit de Celica kunnen stappen om niet over te geven in de auto. Bezoekdagen waren populair in de gevangenis. Vrouwen stonden met hun kinderen in de rij voor de deur om hun man te zien. Ze hadden zich allemaal omgedraaid en met wezenloze nieuwsgierigheid staan staren hoe Lena overgaf op het asfalt. Er kwam zo veel uit haar maag dat het voelde of er een mes dwars doorheen had gesneden. Toen ze zich iets beter voelde, was ze weer in de Celica gekropen en met de staart tussen de benen teruggereden naar Grant County.

Maar deze keer was het anders. Het moest anders zijn. Als ze Ethan niet onder ogen kon komen voor haarzelf, dan moest ze het voor Hank doen. Ethan had een reden om hem te bellen en Lena zou niet weggaan uit de Coastal voordat ze erachter was wat er precies was voorgevallen tussen de twee mannen. Voor ze die ochtend het motel uit ging, had Lena zich verkleed in een broek en een frisse linnen blouse. Ze had make-up op gedaan en haar haar in een staart gebonden zodat ze eruitzag als een politieagente die de zaken onder controle had en niet als een doodsbange vrouw.

Ze ging gewapend met leugens en meer niet naar de gevangenis. Haar Glock lag verstopt onder het matras in de motelkamer en haar vouwmes zat op zijn vaste plek onder de voorstoel van haar auto opgeborgen. Het enige wat ze meenam naar de gevangenis waren haar identiteitskaart en een Labello-stift.

Lena had tegen de gevangenisdirecteur gezegd dat ze dreigementen van een van Ethans handlangers buiten de gevangenis in onderzoek had. De directeur bleek een wonder van inschikkelijkheid. Hij had haar transcripties gegeven van Ethans telefoongesprekken, zijn bezoekerslijst, kopieën van zijn uitgaande post. Bovendien had hij haar de volledige medewerking van de gevangenis geboden om een zaak rond te krijgen tegen een van hun gevaarlijkste gevangenen.

De dossiers zouden Ethan geen problemen bezorgen. De enige die hij gebeld had was Hank. Hij had geen bezoekers gehad. Ethan had geen brieven geschreven of ontvangen sinds hij vastzat. Niet dat dit alles ook maar ene moer betekende. Lena wist dat Ethan slim en charismatisch genoeg was om iemand anders zijn vuile werk te laten opknappen. Volgens de directeur was zijn bende niet de grootste of de sterkste, maar wist Ethan een soort psychologische macht uit te oefenen waardoor de bendeleden hoog in de pikorde van de gevangenis stonden.

Lena geloofde dat onmiddellijk. Ze had Ethan al bijna een jaar niet gezien en toch begon haar hart te bonken zodra ze het parkeerterrein van de gevangenis op reed.

Een van de cipiers bracht Lena naar de spreekkamer die ze gebruikten voor ontmoetingen tussen advocaat en gevangene. Voor zover ze kon zien leek het precies op een verhoorkamer, hooguit drie bij vier met een plafond vol vochtplekken en dikke tralies voor de kleine raampjes. De tafel zat aan de vloer geschroefd en er was een rode lijn over het midden geschilderd, als het ware om goed van kwaad te scheiden. De stoelen waren van lichtgewicht, onbreekbaar plastic zodat ze niet veel schade konden aanrichten als ze rond werden gesmeten of als wapen gebruikt. Het was cipiers niet toegestaan de gesprekken tussen gevangenen en hun raadsman te horen, dus zat er een ring aan de muur waar de echt gewelddadige gevangenen aan konden worden vastgeklonken.

'Hij is uiterst gevaarlijk,' zei de directeur tegen Lena. 'Ik vind het niet prettig om u alleen in een dichte kamer bij die vent achter te laten.'

Hij had een opsomming gegeven van de vermoedelijke misdaden die Ethan had begaan binnen de muren van de gevangenis: steekpartijen op de luchtplaats, handel in drugs, afpersing van gevangenen, het gezicht van een man verbrand in de gevangeniswasserij. Geen van deze dingen kon in verband worden gebracht met Ethan, maar de directeur wist wie verantwoordelijk was.

Lena had gevraagd of Ethan vastgezet kon worden aan de ring in de muur. De cipier had gezegd dat dat bij gewelddadige gevangenen standaardprocedure was.

Ze ging aan de tafel zitten en wachtte, haar oren gespitst op elk geluid. Eindelijk schoven de grendels van de deur. Lena bleef op haar plek aan de tafel en deed of ze het dossier dat voor haar lag las, ze dwong haar handen niet te beven. Ze hoorde ketenen ratelen en voeten over de vloer schuifelen.

'Wat moet die tacovreter van me?'

Ethans stem, een gloeiend mes in haar oren.

'Hou je bek en ga zitten.' Dit van de cipier, een vlezige man die eruitzag of hij zijn baan een beetje al te leuk vond.

Lena leunde naar achteren in haar stoel, haar armen over haar borst gekruist. Ze hield haar ogen ter hoogte van Ethans borst, haar blik vertroebelde in het oranje van zijn gevangenisuniform toen de cipier hem in de stoel duwde en de ketenen aan de ring vastmaakte. Ethan keek hoe ver hij kon komen. Hij kon zijn handen voor zich op de tafel vouwen, maar de boeien gaven hem geen centimeter meer speelruimte.

Nu begreep Lena waar de rode lijn voor was. Ethans boeien zorgden dat hij er niet overheen kon.

De cipier zei tegen Lena: 'Klop maar op de deur als u klaar bent.' Hij wachtte tot ze knikte. De directeur had haar een paar minuten geleden de alarmknop laten zien. Ze legde haar handen op haar schoot zodat ze makkelijk bij de knop kon.

De cipier vertrok en de grendels schoven weer voor de deur. Er was geen raam in de deur, geen camera waardoor de cipiers konden zien of zij het redde. Lena was op zichzelf aangewezen.

Ethan smakte met zijn lippen. 'Wat een aangename verrassing.'

Lena keek naar zijn handen op de tafel. De knokkels waren rood, een ervan ontveld.

Ze vroeg: 'Waarom heb je Hank gebeld?'

Hij praatte zacht en vertrouwelijk. 'Je durft me niet eens aan te kijken.'

Hij had gelijk. Ze dwong zich zijn blik te trotseren. 'Waarom heb je geprobeerd Hank te bellen?'

Hij kneep zijn lippen op elkaar en leunde achterover. Waren zijn ogen altijd zo blauw geweest? Ze waren als ijs, maar kouder.

'Ik miste die ouwe kerel,' zei hij.

'Je kent hem niet eens.'

'Ik dacht dat ik jou kende.'

Lena liet de stilte aanzwellen – niet omdat ze de situatie meester was maar omdat ze niet wist wat ze verder nog moest zeggen.

'Weet je hoe het hier is?' vroeg hij.

'Dat wil ik niet weten. Ik ben hier alleen om te zeggen dat je Hank met rust moet laten.'

Maar was dat zo? Ze wist niet eens waar haar oom was. Hank kon op ditzelfde moment ergens voorover in een goot liggen. Hij kon een onbekende zijn op iemands snijtafel in het lijkenhuis.

Ethans ketenen ratelden tegen de tafel toen hij zijn handen voor zich samenvouwde. De boeien om zijn polsen waren van zwaar versterkt staal en de ketting waarmee hij aan de muur geklonken zat, was zo dik dat je een lasbrander nodig zou hebben om hem door te zagen. Toch slaagde hij er op de een of andere manier in overwicht te hebben. Lena kon niet eens zijn blik trotseren. Ze keek naar zijn armen en zag dat hij de tatoeages van het gevangenkamp had verfraaid. Er hingen lichamen in het hek van prikkeldraad, uitgemergelde gevangenen, hun mond opengesperd in doodsangst.

'Herinner je je Shawn Cable van school?'

Ze schudde haar hoofd.

'Hij zat in mijn jaar op Grant Tech. Klein, krullend haar.'

Ze schudde weer haar hoofd, maar ze herinnerde zich hem. Ze hadden samengewerkt op het lab. Shawn was meegelift op Ethans werk.

'Hij werkt nu bij BASF, op de afdeling industriële coating.'

Lena staarde naar het prikkeldraad op zijn arm.

'Dat had mijn baan kunnen zijn,' zei Ethan. 'Maar je baas heeft me verneukt en nu zit ik hier.'

Lena deed haar mond open om Jeffrey te verdedigen, maar stopte toen ze zich realiseerde dat ze zichzelf alleen maar verder in de nesten zou werken.

'Ik was eruit gestapt,' zei hij, met een gebaar naar de tatoeages. 'Ik was uit dat leven gestapt en een nieuw leven met jou begonnen.'

'Een nieuw leven waarin je me sloeg.'

'Jij hebt mij ook wel eens gemept.'

Lena's keel kneep dicht, zodat ze nauwelijks meer kon ademen. Ze had hem inderdaad gemept. Ze had niet gewoon alles over haar kant laten gaan. Soms was ze zelf begonnen met vechten.

'Ik hield van je,' zei Ethan. 'Ik hield van je en dit is wat je me hebt aangedaan.'

Ze vond haar stem terug. 'Hield je ook van Evelyn Johnson?'

De stilte tussen hen was nu anders, en toen ze naar zijn gezicht durfde kijken keek hij neer op zijn geboeide polsen.

'Je hebt me nooit verteld dat ze zwart was,' zei ze.

'Je hebt het nooit gevraagd.'

Ze praatten nu als normale mensen en daar kreeg ze de koude rillingen van. Ze moest zichzelf blijven voorhouden wie hij eigenlijk was, maar het enige waar ze steeds weer op terugkwam, was de man die tegenover haar zat, met neergeslagen ogen, hangende schouders. Ze had van hem gehouden. Ze kon niet ontkennen dat ze van hem gehouden had.

'Wat is er met haar gebeurd?' vroeg ze.

'Ben je dit aan het opnemen?'

'Wat dacht je?'

Hij staarde haar weer aan en Lena voelde zich gevangen in zijn blik, niet in staat het contact te verbreken.

'Doe je blouse open.'

'Fuck you.'

Hij trok een wenkbrauw op. 'Dat heb je zo vaak gedaan, baby.' De glimlach op zijn gezicht was vertrouwd – de oude Ethan vertoonde zich. 'Doe je blouse open. Laat zien of je afluisterapparatuur hebt.'

'Ik zei toch van niet.'

'En ik moet je op je woord geloven?' Zijn lippen vertrokken in een grijns. 'Vergeet het maar, Lee. De laatste keer dat ik je vertrouwde, kwam ik hier terecht. Laat zien of je afluisterapparatuur hebt, anders roep ik die gorilla om me terug te brengen naar mijn kooi.'

Ze hanneste met het bovenste knoopje, haar vingers weigerden dienst. Terwijl ze daarmee bezig was keek ze naar de deur alsof ze bang was dat de cipier elk moment kon binnenkomen. Ze had zitten zweten in de kleine kamer en de lucht was koel op haar huid toen ze de blouse tot haar middel opende.

'Geen apparatuur,' zei ze. 'Tevreden?'

Hij haalde zijn schouders op en glimlachte, het bloed stolde in haar aderen.

Lena begon haar blouse weer dicht te knopen, maar hij liet het hier niet bij.

'Je ziet er nog goed uit.'

Ze kreeg de knoopjes niet dicht omdat haar handen trilden.

'Weet je hoeveel nachten ik mezelf suf heb gerukt terwijl ik in gedachten jou neukte?'

Ze gaf het op en hield de blouse met haar handen dicht. Haar stem beefde. 'Waarom heb je Hank gebeld?'

'Doe die blouse weer open.'

'Nee.'

'Doe open, dan vertel ik alles wat je wilt weten.'

'Nee.'

Hij deed of hij wilde opstaan. 'Dan roep ik de cipier omdat ik verder niks te vertellen heb.'

'Ethan...'

'Hé!' riep hij, zijn luide stem galmde door het benarde kamertje. 'Cipier!'

'Hou je bek,' siste ze alsof ze ooit in staat was geweest hem ergens van te weerhouden.

Hij lachte weer, het lachje dat hij altijd liet zien voordat hij haar in elkaar mepte. Toen stak hij zijn vinger uit om aan te geven dat ze haar blouse moest loslaten.

Ze kon nauwelijks praten. Haar blik werd vertroebeld door tranen. 'Vertel me waarom je Hank hebt gebeld.'

'Je weet wat ik wil. Boter bij de vis.'

Lena keek hem razend aan, kwaad op hem, kwaad op zichzelf. Hij was degene met de boeien om. Hij zat vastgebonden aan de tafel. Toch was zij degene die zich gevangen voelde.

'Open,' drong hij aan.

Haar handen beefden toen ze langzaam haar blouse opentrok. Ze droeg een oude bh, zwart met kant en een sluiting middenvoor.

Hij zei: 'De bh ook.'

'Nee.'

Hij kende haar zo goed – wist wanneer hij moest doorzetten en wanneer hij zich moest inhouden. Hij zei: 'Schouders naar achteren.'

Ze keek naar de deur, trok haar schouders naar achteren zoals hij gezegd had.

'Jezus, wat zie je er lekker uit.' Ethan leunde zo ver naar voren als de ketenen toestonden. Zijn handen waren onder de tafel en ze hield haar gezicht afgewend, staarde naar de metalen deur, en probeerde niet te luisteren naar wat hij deed.

Hij liet een laag gegrom horen toen hij klaarkwam. Ze hoorde hem zijn rits dichttrekken en rechtop gaan zitten. Ze trok haar blouse dicht en probeerde niet te denken aan de tevreden uitdrukking op zijn rotsmoel.

'Nou moet je me toch eens vertellen,' zei hij, 'gewoon uit nieuwsgierigheid. Toen je je baas belde die ochtend nadat ik was vertrokken, zat je toen of stond je?'

Lena schudde haar hoofd.

'Kom op, baby. Zat je of stond je?'

Ze schudde weer haar hoofd toen ze die dag voor zich zag. Zijn hand die de schreeuw in haar keel verstikte toen hij haar op het bed smeet. Hoe ze haar weerzin verbeet toen ze hem een afscheidskus gaf en een prettige dag op zijn werk wenste.

Lena dwong zichzelf te praten. 'Maakt het wat uit?'

'Ik wil het weten,' drong hij aan. 'Toen je me voor tien jaar van mijn leven naar dit kankeroord stuurde, zat je toen op het bed waar ik je net geneukt had of stond je ernaast?'

Ze onderdrukte een huivering bij het gevoel dat zijn woorden opriepen. 'Je hebt gekregen wat je wilde,' zei ze, terwijl ze nu met kalme handen haar blouse dichtknoopte. 'Vertel me maar waarom je geprobeerd hebt Hank te bereiken.'

'Oké,' zei hij en hij leunde naar voren. 'Kom hier.'

Ze leunde naar voren en wachtte.

De grijns op zijn gezicht had een waarschuwing moeten zijn, maar toch was ze verrast toen het geluid van zijn lach de kamer vulde. 'Stomme trut,' zei hij hoofdschuddend alsof de situatie onvoorstelbaar grappig was. 'Dacht je echt dat ik je ook maar iets ging vertellen?' Plotseling stopte de lach. 'Sodemieter op. Ik word niet goed van je.'

Lena was verbijsterd over haar eigen stomheid. 'Je zei...'

Hij sloeg zijn handen plat op de tafel, de ketenen rammelden tegen het staal. 'Ik zei, *sodemieter op,* trut.'

Lena greep het dossier dat voor haar lag, stond op en schoof achterwaarts bij hem vandaan tot ze de muur tegen haar rug voelde.

Hij sloeg zijn arm over de rugleuning van zijn stoel, een tevreden grijns op zijn gezicht.

Ze ging niet weg. Ze wachtte omdat ze hem pijn wilde doen, wilde vernederen, net zoals zij zelf was vernederd. 'Weet je wat, Ethan?'

'Wat, baby?'

'Ik ben blij dat ik vandaag gekomen ben.'

'O ja?' Hij greep zichzelf tussen zijn benen. 'Ik ook, baby.'

'Nee.' Ze drukte de papieren dichter tegen haar borst alsof die als een soort schild konden dienen. 'Weet je, ik was echt van streek.' Ze zweeg en bestudeerde de hoon op zijn gezicht, wilde van elk moment genieten. 'Weet je nog dat ik dacht dat ik zwanger was?'

Hij ging rechtop zitten. Ze had nu zijn volledige aandacht.

'Ik zei dat het vals alarm was, maar dat was het niet.'

Zijn lippen gingen van elkaar maar hij zei niets.

'En dat ik zei dat ik naar Macon moest voor een opfriscursus van mijn werk,' ging ze verder. 'Alleen was ik niet in Macon, Ethan. Ik was in Atlanta.' Nu was het haar beurt om te glimlachen. 'Weet je wat ik daar ging doen, baby?'

Hij verstrakte. 'Hou je bek.'

'Weet je wat ik ging doen, Ethan, liefje?'

Hij haalde naar haar uit, maar de ketenen rukten hem terug tegen de muur. Hij schreeuwde: 'Ik vermoord je, godverdomme.' Het speeksel vloog in het rond. 'Kuthoer!' Elke spier in zijn lichaam trilde van de inspanning waarmee hij aan de boeien rukte. Hij was als een dolle pitbull, die zichzelf liever doodwurgt dan de drang om aan te vallen te onderdrukken.

Lena klopte op de deur. 'Denk aan wat ik gedaan heb,' zei ze. 'Denk aan wat ik gedaan heb met je kind de volgende keer dat je je suf rukt.'

De cipier deed de deur open. Hij keek naar Ethan, toen naar Lena en voelde duidelijk de spanning in de kamer. 'Bent u klaar?'

'Ja,' zei Lena met een laatste blik op Ethan. 'Ik ben klaar.'

Lena stortte pas in toen ze al van het parkeerterrein was, en een eind op weg naar de snelweg. Ze voelde zich smerig door de het contact met Ethan, en een monster vanwege de harteloze manier waarop ze over hun kind had gepraat. Toen ze de kamer verliet en door de gang naar de uitgang liep in de wetenschap dat Ethan haar niet kon volgen, had ze zich machtig, onoverwinnelijk gevoeld. Maar toen kwamen haar woorden terug en voelde ze schrijnend hoe ze toch weer zo stom was geweest zich te laten overhalen om precies te doen wat hij wilde.

Tegen de tijd dat ze Elawah County weer in reed, was Lena uitgeput. Steeds opnieuw zag ze voor zich hoe ze Ethan rechtstreeks in de kaart had gespeeld. Hij had altijd een ziekelijk plezier gehad in manipulerende spelletjes. Ze kon zich voorstellen hoe hij Hank had gebeld met die grijns op zijn gezicht, in het blijde vooruitzicht de oude man te kwellen. Ethan had altijd andere mensen gebruikt om Lena te pakken, of hij nu Nan bedreigde of probeerde Jeffrey op stang te jagen. Lena wist niet eens of Hank die oproepen op het antwoordapparaat had gehoord. En al was dat zo, wat kon hem Ethan Green verdommen? Een paar telefonische berichten waren niet genoeg om Hank weer naar de naald te laten grijpen. Er moest iets anders zijn – iets wat Lena nog steeds niet zag – en ze voelde instinctief dat het allemaal te maken had met de drugsdealer met de rode swastika die ze uit Hanks huis had zien komen.

Hank had gezegd dat de man haar moeder had vermoord. Waar had hij dat gedaan? Wanneer? Hoe?

Het bezoek aan de gevangenis was tijdverspilling geweest. Lena had een hele dag verpest met een verkeerd spoor volgen terwijl ze had kunnen zoeken naar informatie over Angela Adams. Ze moest iets vinden – een geboortebewijs, trouwakte, overlijdensakte, laatst bekende adres. Een sofinummer zou op zijn minst naar informatie over inkomstenbelasting leiden. Belastinginformatie zou een adres, thuis of op het werk, opleveren – iets wat ze kon gebruiken om Hank onder druk te zetten. Lena was er steeds meer van overtuigd geraakt dat haar moeder de sleutel was. Er was een reden waarom Hank in een neerwaartse spiraal zat. Als Lena wist wat er werkelijk met haar moeder was gebeurd, waarom Hank al die jaren had gelogen, dan kon ze hem ermee confronteren, hem dwingen hulp te zoeken. Toen Lena op de snelweg naar Reese reed begon ze plannen te smeden.

Het werd tijd om met de plaatselijke politie te praten. Al Pfeiffer kon de pest krijgen met zijn geile handen. Lena was geen schuchtere tiener meer die bang was voor een bekeuring. Ze was rechercheur bij de politie van Grant County. Ze zou morgenochtend vroeg naar het kantoor van de sheriff gaan en kopieën van de rapporten over het onderzoek naar de dood van haar vader opvragen. Als Pfeiffer dwarslag, zou ze Jeffrey bellen en hem een beetje ouwe-jongens-krentenbrood laten doen. Als Jeffrey wilde weten waarom ze het dossier nodig had, zou ze een of ander verhaal ophangen over 'het verleden een plekje willen geven'. Sinds Jeffrey weer met Sara was getrouwd, had hij genoeg oestrogeen in zijn leven om dat soort gelul te geloven.

Lena kon nog steeds naar het ziekenhuis gaan en proberen het geboortebewijs van haar moeder op te sporen. Als dat niet lukte, kon ze teruggaan naar Hanks huis en de informatie zelf zoeken. Ze huiverde bij de gedachte weer naar die zolder te gaan, de lucht van Deacon Simms. Maar ze had geen keuze. Hank was in één opzicht consequent: hij gooide nooit iets weg, of het nu een elektriciteitsrekening uit 1973 was of een krant met het bericht over de explosie van de Challenger. Ergens in dat huis moest onder alle zelfhulpfolders en vuile kleren en dozen met rotzooi informatie over haar moeder zijn.

Lena volgde de auto voor haar en sloeg af richting het centrum van Reese. Ze kwam langs het motel maar reed door, de gedachte aan de donkere, eenzame kamer was te benauwend. Zonder het te beseffen had ze het besluit genomen vanavond Hanks spullen te doorzoeken. Ze zou wat grote vuilniszakken kopen en het afval weggooien als ze toch bezig was.

Misschien kon ze een manier bedenken om het lijk van Deacon weg te werken.

Toen ze langs de school kwam, ging de bestuurder voor haar op de rem staan en ze draaide hard aan het stuur om een ongeluk te voorkomen. Haar hoofd knalde tegen het stuur toen ze de andere rijstrook op slipte. De Celica kwam vlak voor de greppel tot stilstand. Haar hart bonsde in haar keel terwijl haar hersenen verwerkten wat er gebeurd was. Ze voelde bloed langs de zijkant van haar hoofd druppelen en veegde het weg toen ze het portier openduwde.

Voor haar stond een witte Escalade.

Lena greep onder haar stoel en pakte haar vouwmes. Ze klapte het open en stapte uit de auto.

De lantaarns verblindden haar bijna, of misschien had de botsing haar hersenen door elkaar geschud. Ze was duizelig en misselijk en haar hoofd bonkte als een trommel. Lena kneep haar ogen tot spleetjes en probeerde in de SUV te kijken. Het achterraampje schoof met een mechanisch gesuis naar beneden. Charlotte Warren zat op de achterbank. Haar mond was dichtgeplakt met ducktape. Haar ogen waren opengesperd van angst.

Hanks dealer kwam achter het stuur vandaan en liet het portier openstaan. Lena spande haar vuist om het mes met het parelmoeren heft, klaar om het te gebruiken, maar de man pakte haar gewoon bij haar haar en smeet haar als een zak meel naar de Cadillac.

'Stap in,' zei hij. Hij had haar mes al in zijn hand. Ze moest het hebben laten vallen. Hij vouwde het lemmet terug en stopte het in zijn achterzak terwijl zij toekeek.

Lena duwde zich weg van de auto, maar hij smeet haar weer naar het portier aan de bestuurderskant. Charlotte liet een verstikte kreet horen en Lena zag dat er nog een man naast haar zat. Deze man droeg een zwarte bivakmuts. Hij had chirurgische handschoenen aan. En hij hield een pistool tegen Charlottes hoofd. Zijn glimlach bezorgde haar koude rillingen.

'Stap in,' zei hij.

Lena bewoog niet.

Hij drukte de loop van het pistool tegen Charlottes slaap. 'Stap in of ik vermoord haar ter plekke.'

Lena stapte in.

DONDERDAGAVOND

Negentien

Jeffrey zat op het trapje voor Hank Nortons huis de plattegrond van het centrum van Reese te bestuderen. Sara was meegereden in de ambulance met Hank zodat ze hem kon verzorgen tijdens de rit naar het ziekenhuis. Jeffrey wist zonder het te vragen dat ze zou willen blijven tot zijn toestand stabiel was. Sara had haar sporen verdiend als eerstehulparts. Ze zou niet van Hanks zijde wijken tot ze zeker wist dat hij in goede handen was.

En zo had Jeffrey alle tijd om Hanks huis te doorzoeken. Om te beginnen had hij elk raam opengezet dat in beweging te krijgen was in de hoop de tent te luchten. Terwijl hij wachtte tot dit wonder zou geschieden, keek hij rond in de schuur in de achtertuin. Afgezien van rattenkeutels en een stuk of honderd dozen met papier dat zo oud was dat het begon te verpulveren, vond hij niets. De oude Chevrolet pick-up was leeg, de bodem van de cabine zo ver doorgeroest dat de bank erdoorheen was gevallen.

De kleren die Hank had gedragen lagen bij het hek. Jeffrey zag aan de manier waarop broek, hemd en ondergoed over het grasveld verspreid lagen dat de oude man ze had uitgetrokken terwijl hij de achtertuin in liep. Nadat de ambulancebroeders Hank op de brancard hadden gelegd, had Jeffrey het gras onder het lichaam van de oude man bekeken. Jeffrey putte troost uit de ontdekking. Toen hij Hanks lichaam in het gras zag had hij gedacht dat Lena's oom daar al dagen had liggen wachten tot iemand hem vond. Maar de grond onder zijn uitgemergelde lijf zou droog zijn geweest als hij daar 's nachts al had gelegen.

Jeffrey drentelde wat rond door de achtertuin toen zijn voet de zachte natte aarde boven de septic tank vond. Kennelijk was de inhoud teruggestroomd in het huis. Degene die met een moker op de wc-pot had ingeslagen had de natuurlijke verzegeling verbroken waardoor ongezuiverd rioolwater het huis in kon spuiten. Een loodgieter zou de septic tank moeten leegpompen en vervolgens zou een of andere zielenpiet met een schep de rest moeten wegwerken. Wat Jeffrey betrof, zou een bulldozer huren en het hele zaakje platwalsen de makkelijkste oplossing zijn.

Nadat hij een halfuur had gewacht tot de stank vervlogen was, kon hij het huis weer in zonder misselijk te worden. Zelfs met de ramen open moest Jeffrey zo vaak kokhalzen door het rottende eten en alle insecten die daaropaf kwamen dat de gal in zijn keel brandde. Het voelde vreemd Lena's meisjesslaapkamer te doorzoeken. Net als de meeste ouders had Hank niet veel veranderd toen de kinderen het huis uit waren en net als de meeste kinderen hadden Lena en Sibyl de rommel die ze niet wilden meenemen achtergelaten. Toen Jeffrey bij Lena's ondergoedlade was beland besloot hij door te gaan in Hanks kamer.

Terwijl hij de spullen van de man bekeek, kreeg Jeffrey sterk de indruk dat dit niet de eerste keer was dat het huis was doorzocht. Hij wist niet of het Lena was geweest of iemand anders. Wat hij wel wist was dat het versplinterde hout van de deurpost waar hij de ducktape vanaf had getrokken een verse beschadiging was.

Lena wist hoe je een deur moest intrappen. Ze wist ook hoe je een grondig onderzoek moest doen. Dat ze beide dingen had gedaan in het huis van haar oom was geen troostrijke gedachte. Jeffrey wist dat ze zich schuilhield en in de school sliep, tot nu toe tenminste, maar wat had ze overdag gedaan? Waarom was ze nog in Reese?

Jeffrey vroeg zich niet meer af wat Lena in haar schild voerde toen zijn zoektocht eindigde in de keuken. Hij veronderstelde dat je de stapels AA-folders op de tafel en de lege spuit onder de stoel paradoxaal zou kunnen noemen, maar Jeffrey was niet in de stemming voor woordspelletjes. Hij veegde de stoel tegenover die van Hank schoon en ging aan de tafel zitten, terwijl hij zich afvroeg hoe een man ertoe kwam zichzelf dit aan te doen. Het was zelfmoord, niet meer en niet minder.

Omdat hij niets in het huis vond behalve overstelpende treurigheid, had Jeffrey het raam van de keuken dichtgedaan en was hij de rest van het huis rondgegaan om ervoor te zorgen dat alles weer was zoals hij het had aangetroffen. Hij pakte de rol ducktape die hij in de keuken had zien liggen en plakte de kieren van de badkamerdeur zo goed mogelijk af. Het raam stond wagenwijd open, maar hij betwijfelde of zelfs de meest wanhopige dief de weerzinwekkende badkamer zou trotseren om het huis in te komen.

Het volgende halfuur worstelde hij met de voordeur. Op hoeveel manieren hij het ook probeerde, het metalen beslag dat uit de post stak, maakte het onmogelijk de deur te sluiten. Jeffrey probeerde het omlaag te houden met zijn vingers, met als enige resultaat sneetjes in zijn vingertoppen. Uiteindelijk vond hij een schroevendraaier in de keuken en hield met het vlakke uiteinde de metalen strip tegen de deur zodat hij hem dicht kon doen.

Jeffrey was van plan geweest het huis te verlaten door de keukendeur, maar hij had een vreemd gevoel toen hij de achterdeur dichttrok. Hij had het gevoel dat hem iets was ontgaan. Hij liep nog een keer door het huis, draaide alle lichten aan en controleerde elke kamer om te zien of hem iets opviel. Het enige wat hem trof was de stank. Hank moest van de ene kamer naar de andere zijn verhuisd in een poging het bederf te ontlopen, en was uiteindelijk in de keuken beland. Jeffrey ging terug naar de zitkamer. Hij probeerde door zijn mond te ademen om niet te kotsen van de stank, toen hij het schilderij boven de bank zag.

Dit moest Lena's moeder zijn. Ze had dezelfde olijfkleurige huid en doordringende ogen. Het haar was iets korter, maar zag er bijna hetzelfde uit als dat van Lena. Haar hals had diezelfde zwaanachtige welving en Jeffrey kon aan haar zien dat ze zo'n houding had die sommige vrouwen bedreigend vonden en de meeste mannen sexy. Jeffrey kon zich voorstellen dat ze een hoop succes had gehad bij de mannen van hier. Er zou de arrogantie van een smeris voor nodig zijn geweest om de hooghartig omhooggestoken kin en de droge humor in haar ogen te doorzien.

Jeffrey ging uiteindelijk het huis uit en draaide de keukendeur op slot. Hij had overal licht aangelaten in de hoop inbrekers af te schrikken, of misschien was het idee nog een keer terug te moeten in dat benauwende huis de reden dat hij het zo liet.

Hij had genoeg rondgeklooid. Er was een vrouw levend verbrand. Hij was beschoten. Een man was doodgestoken en door hun raam gesmeten. Hank Norton lag op sterven na dood in het ziekenhuis.

Het werd tijd om Lena te vinden.

Jeffrey zat op de stoep en bestudeerde de kaart tot hij de route had gevonden die hij zocht. Sara had gelijk, de stad was gebouwd als een grote rechthoek met een bos in het midden. Er zouden paden door het bos lopen, doorsteekjes die jarenlang waren gebruikt. Misschien zelfs een fort of een soort slordig gebouwde schuilhut waar kinderen heen gingen om stickies te roken en te vrijen. Toen Jeffrey een tiener was, had hij ook zo'n stek gehad. Het lag tamelijk voor de hand dat er ook een was in Reese.

Jeffrey had Sara zijn mobiel gegeven omdat de batterij van de hare leeg was. Hij ging naar de BMW, haalde haar telefoon van de oplader, stak hem in zijn zak en deed de auto op slot voordat hij naar het eind van de straat liep. Gezien Hanks huidige conditie was het uitgesloten dat de oude man Lena had geholpen aan de politie te ontsnappen. Dus was Lena op zichzelf aangewezen, wat betekende dat ze te voet uit het ziekenhuis was vertrokken. Op de kaart kon Jeffrey het pad zien dat ze mogelijk van het ziekenhuis naar Hanks huis had genomen. Hij ging ervan uit dat ze eerst hiernaartoe was gegaan op zoek naar geld. Het huis was door iemand overhoopgehaald. Die iemand kon heel goed Lena zijn geweest.

Jeffrey betwijfelde ernstig of de surveillancewagen die Jake Valentine naar het huis had gestuurd de avond dat Lena ontsnapt was, afschrikwekkend had gewerkt. Hanks achtertuin had een doorgang naar de buren. Lena had makkelijk de achterdeur in kunnen gaan zonder dat iemand op straat het in de gaten had. Als hulpsheriff Don Cook in die surveillancewagen had gezeten, was hij waarschijnlijk bezig geweest zijn kruiswoordraadsel op te lossen en crackers te eten terwijl zij het huis doorzocht.

Hij verspilde de laatste uren daglicht als hij hier bleef zitten piekeren. Jeffrey trok zijn jack uit, rolde zijn mouwen op en liep de straat uit. Hij kwam langs de school en vroeg zich af waar Lena zou gaan slapen nu dat lokaal geen optie meer was. Hanks bar was afgebrand, maar hij herinnerde zich dat Valentine hem verteld had dat het afzettape op de deur was doorgesneden. Jeffrey schudde zijn hoofd; de gedachte dat Lena al die tijd in de bar had gezeten terwijl Jeffrey en Sara daarnaast in het motel verbleven, was genoeg om haar te vermoorden.

Er was maar één zekerheid in dit alles, en dat was dat Lena een plek moest hebben om te schuilen. Ze had eten, kleren en water nodig. Jeffrey keek omhoog naar de zon en wilde dat hij water mee had genomen. Hoewel het, gezien de toestand waarin het huis verkeerde, heel verstandig was geweest dat hij niets had meegenomen.

Boven op de heuvel haalde hij de kaart weer tevoorschijn om te controleren of hij nog steeds de juiste route volgde. Hij zag remsporen op de weg waar twee auto's bijna op elkaar waren gebotst en stelde zich voor hoe een stel jongeren op een haar na hun auto's in de prak had gereden.

Jeffrey hoorde verkeer van de snelweg toen hij de volgende straat linksaf ging. Een groot veld rechts leidde naar een dicht bos en hij vroeg zich af of dit hetzelfde bos was dat aan de achterkant van het motel grensde. Jeffrey raadpleegde de kaart weer en zag dat dat inderdaad zo was. Lena had van Hanks huis naar de bar kunnen lopen. Het ziekenhuis was maar een paar straten verderop.

Zoals te verwachten liepen er allerlei paden kriskras door het veld. Het was kouder in het bos en hij trok zijn jack weer aan. Er waren geen tekenen van geheime schuilplaatsen, geen ander afval dan sigarettenpeuken en meer lege bierblikjes dan hij kon tellen. Jeffrey kon de zon nog steeds door de boomkruinen zien schemeren en zorgde ervoor dat hij hem aan zijn rechterhand hield terwijl hij in een rechte lijn naar het motel liep. Hij bleef op zijn horloge kijken tijdens het lopen zodat hij zijn gevoel voor tijd niet kwijt zou raken, want de tijd ging altijd veel langzamer als je dacht dat je verdwaald was.

Jeffrey begon een beetje zenuwachtig te worden toen hij het beekje hoorde dat hij de vorige avond achter Hanks bar had gezien. Heel even had hij het prettige idee dat hij misschien zou vinden wat Boyd Gibson had laten vallen, maar tegen de tijd dat hij bij de oever was, had hij het idee dat dat wonder zou geschieden min of meer opgegeven.

Jeffrey zag de kamer waar hij en Sara hadden geslapen. Iemand die niet al te handig was, had een grote plaat triplex voor het kapotte raam gespijkerd. De deur stond op een kier en Jeffrey stak zijn hoofd naar binnen om te kijken of ze al hun spullen hadden meegenomen. De kamer zag er precies zo uit als ze hem hadden achtergelaten, maar om de een of andere reden vond Jeffrey het er niet meer zo smerig. Misschien omdat hij een paar uur in Hanks huis had doorgebracht. Hij wist niet hoe Lena het had kunnen verdragen.

'Shit,' fluisterde Jeffrey. Lena had het helemaal niet verdragen. Het was uitgesloten dat ze in dat huis overnacht had. Ze was niet echt een pietje precies, maar geen normaal mens zou in dat varkenskot gaan slapen.

Jeffrey rende naar het kantoortje. De nachtportier was weg, maar er zat een tiener met peenhaar achter de balie videospelletjes op de computer te spelen.

Het joch keek niet op van het scherm terwijl hij met zijn duimen op de knoppen drukte.

'Heeft iemand, een vrouw, hier afgelopen week gelogeerd, ongeveer zo groot...' Jeffrey hield zijn hand op om Lena's lengte aan te geven. 'Bruin haar, bruine ogen...'

'U bedoelt Lena?' Het joch bleef met zijn ogen aan het scherm gekleefd.

Jeffrey stak zijn hand over de balie en rukte de controller uit zijn hand. 'Geef me de sleutel van haar kamer.'

'De sheriff is al wezen kijken...' Het joch leek te begrijpen dat dat er niet toe deed. Hij overhandigde Jeffrey snel de loper en zei: 'Kamer veertien. Op de eerste verdieping.'

Jeffrey stormde de trap op. Hij ramde de sleutel in het slot en gooide Lena's deur open alsof hij verwachtte dat ze daar zou staan met een volledige uitleg van zaken.

Ze was er niet.

Hij deed de deur achter zich dicht en liet de sleutel op de plastic tafel vallen. Lena's toiletspullen stonden netjes bij de wastafel, haar kleren zaten nog opgevouwen in haar koffer. Jeffrey kon met geen mogelijkheid weten of er iets, en wat dan wel, ontbrak omdat hij niet wist wat ze had ingepakt. Toch trok hij alle laden open, controleerde het nachtkastje, keek zelfs onder de wastafel.

Er was niets te vinden behalve een verroeste schroevendraaier die onder de airconditioning bij het raam was gerold.

Jeffrey ging op het bed zitten en probeerde na te denken. Hij had Lena nog nooit met een handtas gezien, maar met een tas rondlopen was dan ook niet bepaald handig in dit soort werk. Hij zou dat bij Sara moeten navragen. Of misschien was Valentine de aangewezen persoon, want de sheriff had de kamer al doorzocht. Aan de andere kant was het nergens voor nodig de sheriff te laten weten dat hij Jeffrey een stap voor was.

Jeffrey stond op van het bed en tilde het matras op, waar de restanten lagen van wat vermoedelijk Cheetos waren geweest maar verder niets. Hij liet de matras vallen, en de lucht sloeg in zijn gezicht. Jeffreys reukzin was begrijpelijkerwijs van slag sinds zijn verblijf bij Hank Norton, maar hij had kunnen zweren dat hij een vleug wapenolie had geroken. Hij gooide het matras van het bed en knielde op de grond om het dek over de boxspring te bestuderen. Hij was blij dat niemand hem kon zien toen hij aan het dunne katoen snuffelde en hield ermee op toen hij een sleutel in het deurslot hoorde glijden.

Jeffrey stond net weer overeind toen de deur openging. Het kamermeisje wist even niet wat ze zag en fronste boos.

Ze vroeg: 'Waar ben jij verdomme mee bezig?'

'Kun je over tien minuten terugkomen?'

'Kun je het matras terugleggen waar het hoort?' Jeffrey

ging niet gelijk aan de slag en ze zette haar handen in haar zij. 'Ik heb nog wel wat anders te doen.'

Hij trok zijn penning tevoorschijn en liet die aan haar zien.

Ze tuurde naar de lettertjes, niet erg onder de indruk. 'Grant County. Klink als een behoorlijk achterlijk gat. Zit je bij de afdeling matrassen, controleren of mensen de etiketten eraf slopen?'

Jeffrey legde het matras terug in de hoop dat hij haar aan de praat kon houden. 'Heb je de vrouw die hier logeerde ooit gezien?'

'Dat mens dat Jake het nakijken gaf?' Ze giechelde en liep de kamer in. 'En dan te bedenken dat ik op die klojo heb gestemd.'

'Lena is een vriendin van mij,' vertelde hij de vrouw. 'Ik probeer haar uit de problemen te helpen.'

'Kijk eens aan, de dappere ridder.' Ze trok een lap uit haar zak en begon de telefoon op het nachtkastje af te vegen onder het mompelen van: 'Ze moet veel gebeld hebben. Overal vette vingers.' Haar hoofd was gebogen, maar ze keek op naar Jeffrey alsof ze zich afvroeg waarom hij er nog steeds was.

'Bedankt voor de hulp,' zei hij tegen de vrouw, hoewel het tegenovergestelde waar was.

Jeffrey was halverwege de trap toen hij zich realiseerde dat het kamermeisje behulpzamer was geweest dan ze bedoelde. Hij had Lena's mobiel niet gezien in de hotelkamer, dus moest die in haar auto hebben gelegen. Frank Wallace, zijn tweede man, kon navraag doen om te zien met wie ze gebeld had vóór de avond dat de Escalade in de fik was gestoken, of misschien zelfs daarna. Hij zou zelf een opsporingsbericht laten uitgaan voor Hanks Mercedes en misschien Frank een goed woordje laten doen bij de verkeerspolitie om ervoor te zorgen dat zij uitkeken naar Lena. Net als Jeffreys eigen telefoon had die van Sara geen bereik in het motel, dus zou hij Frank tijdens de wandeling terug moeten bellen.

Jeffrey bleef onder aan de trap staan. Jezus, wat was hij een kluns. Als hij geen bereik had, dan had Lena dat ook niet.

Hij rende weer naar het kantoortje. Deze keer wachtte het joch gedienstig aan de balie. Hij vroeg: 'Iets gevonden?'

Jeffrey vuurde zijn eigen vraag op hem af. 'Heeft rechercheur Adams telefoontjes gepleegd toen ze hier was?'

'Ze heeft interlokaal gebeld voor ze vertrok.'

Jeffrey wist van zijn eigen rekening dat het motel vijftig cent per minuut rekende voor lokale gesprekken en twee dollar per minuut voor interlokale gesprekken. Ze verdienden goed aan de telefoon en het motel hield vast een nauwkeurig overzicht bij. 'Laat al haar gesprekken eens zien.'

De tiener trok een stapel papier van de printer. 'Het was er maar een,' legde hij uit. 'Kengetal negen-een-twee.'

Het nummer leek bekend. 'Dat is Savannah.'

'Ja, denk ik ook.'

Jeffrey pakte de telefoon op de balie en draaide het nummer.

LENA

Twintig

Charlottes gezicht zat verborgen achter de ducktape die haar mond bedekte zodat Lena alleen maar een stel felle, verschrikte ogen kon zien. De vrouw beefde van angst, haar snikken werden gesmoord door de tape. Lena keek in de achteruitkijkspiegel terwijl ze de SUV over een donkere weg stuurde in een poging zonder woorden aan Charlotte door te seinen dat ze vol moest houden, dat Lena een uitweg zou bedenken. Al had ze geen idee hoe ze een ontsnapping voor elkaar zou krijgen.

De man met de tatoeages die Lena geslagen had, reed achter hen in haar Celica. Ze wist niet waar ze naartoe gingen of waarom. Ze bleef rijden omdat ze wist dat de man op de achterbank bloedserieus was, al kon ze zijn gemaskerde gezicht niet zien. De manier waarop hij zijn pistool vasthield, vertelde haar meer dan genoeg. Het wapen was een soort verlengstuk van zijn hand. Hij was niet bang om het te gebruiken.

Lena dacht aan Evelyn Johnson, aan Ethan die haar in zijn auto naar die open plek in het bos had gereden waar ze was vermoord. Had Ethan in de achteruitkijkspiegel gekeken en de angst in Evelyns ogen gezien, terwijl hij wist dat hij niets kon doen? Was hij zelf even bang geweest? Of had hij zitten wiebelen op zijn stoel, vechtend tegen de opwinding die groeide tussen zijn benen bij de gedachte aan wat komen ging?

'Hier afslaan,' zei de man met de bivakmuts en Lena gehoorzaamde en sloeg Laskey Street in, achter de school langs. Er klonk geen dringende noodzaak in zijn stem en hij leek geen vastomlijnd plan te hebben. Voor zover ze kon nagaan liet hij haar een rondje om de school rijden.

'Volgende rechts,' zei hij.

Lena keek weer naar Charlotte. Ze vroeg de man: 'Waarom doe je dit?'

'Wat dacht je?'

'Heeft Ethan je gestuurd?'

'Wie is Ethan?'

'Als Ethan je gestuurd heeft, is het iets tussen jou en mij. Charlotte heeft er niets mee te maken. Ik heb haar nooit meer gezien sinds de middelbare school.'

'Schat, ik heb geen idee waar je het over hebt.'

Ze wist niet of hij de waarheid vertelde of haar in de maling nam. Waren ze haar gevolgd naar de Coastal State Prison of hadden ze gewoon gewacht tot ze weer in de stad was? Er was niets in haar motelkamer wat kon verraden waar ze geweest was. Ethans strafdossier zat weggestopt in de geheime bergplaats achter de cd-wisselaar in de kofferbak van haar Celica. Het enige van waarde in de kamer was haar Glock, en die hadden ze duidelijk niet nodig.

Lena wierp een blik over haar schouder. De man was klein maar goed gebouwd. Hij zat nonchalant met zijn benen wijd, zijn linkerarm over de rugleuning van de bank, het pistool in zijn hand op Charlottes hals gericht.

'Waar zit je naar te kijken?' zei hij.

'Wie ben je?' vroeg Lena. Betekende de bivakmuts dat hij hen zou laten gaan? Ze had het gezicht van zijn helper al gezien, hoewel dat er misschien niet toe deed omdat die zich twee dagen geleden al bloot had gegeven voor Hanks huis.

Ze keek om zich heen op zoek naar iets – wat dan ook – dat als wapen kon worden gebruikt. Afgezien van sleutels zat er alleen een piepschuim beker in een van de houders. Ze liet haar hand langs het stuur glijden en duwde met haar knokkels tegen de zijkant van de beker. De inhoud was koud, water waarschijnlijk.

'Blijf rijden,' zei de man. 'Hier weer naar rechts.'

Lena negeerde hem en reed rechtdoor. Hij klakte met zijn tong alsof ze een stout kind was maar zei verder niets.

Regel één wanneer je te maken krijgt met een ontvoering is ervoor zorgen dat de dader je niet verplaatst. Als hij je overvalt op een parkeerterrein, moet je met hand en tand vechten om op dat parkeerterrein te blijven. Je stapt niet bij hem in de auto en laat je niet ergens anders heen slepen. Zodra hij jou en de situatie onder controle heeft, kan hij doen wat hij wil. Dan kun je niet meer terug.

Lena remde af, terwijl ze de Celica achter hen in de gaten hield en zich afvroeg waar zij – en Charlotte – in terecht waren gekomen.

De man zei: 'Je wilt zien hoe ver je kunt gaan, hè?'

Lena zette de auto stil. Ze draaide zich naar hem om. 'Wat wil je van ons? Waarom is Charlotte hier?'

Het achterportier naast Charlotte ging open. De man met de rode swastika stond daar.

De man met het pistool beval: 'Geef haar een klein voorproefje, zodat ze weet dat het menens is.'

De spierbundel zocht in de achterzak van zijn broek. Lena zette zich schrap voor het geval hij een pistool trok om hen allebei neer te schieten, maar in plaats daarvan trok hij een opgerold plastic zakje tevoorschijn.

'Wat doe je?' vroeg Lena, maar ze wist het meteen toen de man het zakje uitrolde en er een volle spuit uithaalde.

Charlotte wist eerder dan Lena wat er ging gebeuren. Ze raakte in paniek, hield haar armen achter haar rug en worstelde om zich te beschermen toen de spierbundel tegen de zijkant van de spuit tikte en wat vloeistof uit de naald spoot. Ze begon wanhopig om zich heen te slaan toen hij haar arm pakte, maar vervolgens kreeg Lena de indruk dat er plotseling iets knapte in de vrouw. Ze gaf het gewoon op, stak haar arm uit en wachtte tot de naald erin verdween.

'Nee...' zei Lena, maar het was al te laat. De spuit werd ingedrukt. Charlotte deed haar ogen dicht en er kwam een geluidje als een zucht uit haar keel.

De man met de bivakmuts legde het pistool tegen Charlottes wang. 'Ze vindt het lekker, denk je niet?'

Lena voelde de tranen over haar gezicht stromen. Hoeveel kinderen had Charlotte? Ze had laatst een ervan in de bibliotheek gezien, een jong meisje, waarschijnlijk nog geen dertien.

'Alsjeblieft,' zei Lena. 'Laat haar gaan.'

'Waarom ga je niet weer een stukje rijden?' stelde de man voor. Hij knikte naar zijn knechtje en het portier werd dichtgesmeten.

Lena startte de auto en gaf gas. Ze reed doelloos rond. Maakte dezelfde cirkel die ze daarnet had gemaakt, met de Celica dicht achter hen aan.

Charlotte kreunde zwaar. Haar ogen draaiden weg en ze zakte tegen de deur aan.

Lena vroeg: 'Wat heb je haar gegeven?'

'Iets om de scherpe kantjes te verzachten.'

'Ik begrijp het niet,' zei Lena. Ze huilde nu echt. 'Waarom gebeurt dit? Wat heeft Charlotte je aangedaan?'

'Zal ik je een verhaaltje vertellen, Lee?'

Hij gebruikte haar koosnaam. Die voorbehouden was aan goede vrienden en familie. Lena draaide het achteruitkijkspiegeltje van Charlotte naar haar ontvoerder.

Ze zag zijn witte tanden door het gat in zijn masker. 'Ben je er al achter, honnepon?'

Ze concentreerde zich op de stem en probeerde wanhopig om hem te plaatsen. Er was vrijwel geen accent en het timbre was diep. Bijna zo diep als dat van Jeffrey. Lena zocht in haar jeugd en probeerde te denken aan de mannen die ze gekend had. Hank had geen vrienden. Toen hij nog gebruikte, belazerde hij hen uiteindelijk of stootte hen van zich af. Toen hij stopte met gebruiken ontbrak het hem aan de vaardigheid om aansluiting te vinden. Er waren de mensen die hij van de AA-bijeenkomsten kende en Deacon Simms, maar dan had je het gehad. 's Avonds was hij altijd thuis.

'Weet je, toen ik je bij Hanks huis zag, dacht ik bij mezelf, dat is een knap vrouwtje,' zei de man.

Had hij in de Escalade voor Hanks huis gezeten? De SUV had getinte ramen. Lena was zo in beslag genomen door de man met de swastika dat ze niet de moeite had genomen om te kijken of er nog iemand in de auto zat.

'Je lijkt erg op je mama toen ze zo oud was als jij. Wist je dat?'

'Ik wist niet eens dat mijn moeder zo oud was geworden.'

'O ja, Angie heeft veel langer geleefd dan goed voor haar was.'

Hank had gezegd dat de man buiten degene was geweest die Angela Adams had vermoord. Had hij deze man bedoeld, degene die nu een pistool tegen Charlotte Warrens hoofd hield?

Lena vroeg: 'Heb jij mijn moeder vermoord?' Ze draaide zich om. 'Hank zei dat je haar vermoord hebt.'

Hij lachte. 'Hank zegt zoveel. Niet dat hij het nog lang gaat maken, hij zit tot zijn strot vol met drugs. Zeg eens, schatje, hou je van wedden? Wil je misschien een gokje wagen, raden hoe lang hij nodig heeft om dood te gaan?' Zijn lach was een droog geluid zonder enige humor. 'Eerlijk gezegd zou het me verbazen als hij nog ademde na de shit die Clint hem vandaag gegeven heeft.'

Clint, dacht Lena. Nu wist ze de naam van de spierbundel.

'Laat me eens wat over je mama vertellen,' zei de man met de bivakmuts. 'Wil je over je mama horen?'

'Ja.'

'Nou...' Hij deed of hij nadacht. 'Zoals ik al zei, je lijkt op haar. Zelfde leuke haar, mooie ogen. Haar mond was wonderbaarlijk. Ik zal niet in details treden aangezien jij haar dochtertje bent, maar laten we het zo zeggen, ze kon het leer van een baseball zuigen en helemaal doorslikken.' Hij grinnikte. 'Angie is niet altijd zo geweest, natuurlijk. Ze was zo preuts als een verdomde non op school. Zwaar godsdienstig, net als haar moeder. Je zou een koevoet nodig hebben gehad om haar open te breken. Hierheen.'

'Wat?'

'Hierheen,' zei hij, en hij wees naar het gras naast de school.

'Er is geen weg.'

'Ik vergeet steeds dat je een smeris bent,' zei hij. 'Kom op, gewoon het gras op. Je wordt heus niet gearresteerd.'

Lena hield het stuur stevig vast toen de banden van de weg de berm in zakten. Water uit de beker naast haar spatte op haar benen toen ze de auto naar vlak terrein stuurde.

'Nog verder.' Hij gebaarde dat ze door de openstaande hekken het footballveld op moest rijden.

Lena reed zo langzaam mogelijk zonder de motor te laten afslaan. In de spiegel zag ze de Celica stoppen op het parkeerterrein. Was dit het plan? Lena en Charlotte vermoorden bij de school? Ze begreep niet waarom hij nog steeds praatte als hij hen alleen maar wilde vermoorden.

'Nog iets verder,' zei de man. 'Door het hek het veld op.' Hij leunde naar voren en streek met zijn hand over Lena's arm. 'Geef me die beker even. Ik krijg dorst van al dat gepraat.'

Ze zette haar voet op de rem en deed wat haar gevraagd werd, zorgvuldig de aanraking van zijn hand vermijdend. Toen ze de beker aangaf, ving ze een vleug van de inhoud op. Het was beslist geen water, maar ze kon de geur niet thuisbrengen. De beker voelde zwaarder dan zou moeten.

'Dank je.' Hij leunde achterover op de bank met de beker voor zijn borst. 'Je kijkt of je me iets te vragen hebt.'

Ze ging direct naar de kern van de zaak. 'Hoe heb je mijn moeder leren kennen?'

'Ze was net als Charlotte hier,' antwoordde hij. 'Laat ze een keer proeven en dan doen ze alles wat je van ze vraagt.'

'Proeven van wat?' vroeg Lena. 'Drugs?' Ze keek weer naar Charlotte. De vrouw zat stil, in elkaar gezakt, haar lippen gekruld alsof ze een ander gesprek hoorde. Had ze gelogen dat ze alleen alcoholist was? Was ze ook aan drugs verslaafd?

'Stop op de middenlijn,' zei de man.

Lena zette de automaat in de parkeerstand maar liet de motor lopen. Ze zag in de verte Clint het veld op komen. Hij sjouwde met iets wat eruitzag als een zware emmer, zijn lichaam trok er scheef van. In plaats van door te lopen tot de auto zette hij de emmer bij de zijlijn neer en bleef daar staan alsof hij wachtte tot hij geroepen werd.

In de achteruitkijkspiegel zag Lena de man zijn wapen

in de tailleband van zijn spijkerbroek steken. Hij hield de beker in zijn rechterhand en omvatte met zijn linkerhand Charlottes nek.

Lena zou nu weg kunnen rennen. Ze zou uit de auto kunnen springen. Clint was dik en niet in vorm. Lena zou door het bos naast het stadion kunnen rennen en in het duister verdwijnen. Ze zou op iemands deur kunnen bonzen tot er opengedaan werd en vragen of ze mocht opbellen.

'Wou je ervandoor?' vroeg de man, alsof hij haar gedachten kon lezen. 'Of wil je blijven om te horen wat ik te vertellen heb?'

Haar hand had op het portier gelegen, de vingers om de deurknop. Ze liet haar hand vallen en draaide zich naar hem om. 'Zeg op,' eiste ze.

'Als ik je had willen vermoorden,' begon hij, 'dan was je al dood. Dat weet je.'

'Ja.'

'Je vriendin hier, die is al die jaren een braaf meisje geweest, maar ooit komt er een einde aan.'

'Doe haar alsjeblieft niets aan,' smeekte Lena. 'Ze heeft niets te maken met...'

'Ja, het is triest. Maar we moeten keuzes maken.'

'Noem je dat een keuze?' snauwde Lena. 'Een of andere klotenazi die een naald in je arm steekt is een kéúze?'

Hij lachte weer. 'Je klinkt net als zij, Lee. Net zo'n scherpe tong en opvliegend karakter. Maar Sibyl, die was meer als... Ach, ik denk dat je wel weet op wie je zusje leek. Heel rustig, altijd in haar eigen wereld. Geen flauw benul waar ze die hersens vandaan had. Ik kon mijn oren niet geloven toen ik hoorde dat ze een volledige beurs had voor Georgia Tech.'

Hij leek alles over hun leven te weten, en toch had Lena hem nog nooit gezien.

Maar wat wist hij echt? Iedereen die Hank en Lena in de supermarkt had gevolgd kon weten dat hij haar Lee noemde. Het had op de voorpagina van de krant gestaan dat Sibyl haar beurs kreeg. En de details over de jonge jaren van Angela Adams – die konden verzonnen zijn. Het verhaal dat ze nu over haar moeder hoorde, kon net zo onwaar zijn als de verhalen die Hank voor haar als kind had bedacht.

'Begin je het te snappen?' vroeg de man.

'Word ik geacht jou te kennen?'

'Schat, ik zou zeggen, kijk goed en steek er wat van op.' Hij hield de beker omhoog alsof hij proostte. 'Ik zal je laten zien wat er gebeurt met mensen die zich met andermans zaken bemoeien.'

Hij gooide de inhoud van de beker naar Charlotte, en nu rook Lena het.

Aanstekerbenzine.

'Wat ben je...'

Hij deed zijn portier open. Er klonk een klik en een vlam schoot omhoog uit de zilveren aansteker die hij in zijn hand hield. Hij gooide de aansteker naar Charlotte toen hij uit de auto stapte en Lena dook erheen, 'nee' gillend terwijl ze hem probeerde te vangen.

Ze was niet snel genoeg. De aansteker viel op Charlottes schoot, de vlam stak de vloeistof aan en Lena werd teruggeblazen naar haar eigen stoel toen de vrouw vlam vatte.

Charlotte maakte een dierlijk geluid, haar armen zwaaiden alle kanten uit toen de vlammen haar begonnen te verteren.

'Nee,' hijgde Lena, niet in staat te helpen, niet in staat iets anders te doen dan toe te kijken hoe Charlotte verbrandde. 'Nee!' De auto vulde zich met rook en de geur van brandend vlees. Lena klauwde naar het portier, probeerde het open te krijgen. Uiteindelijk lukte het haar de knop te pakken en ze viel uit de auto. Ze smakte tegen de grond en er trok een pijnscheut door haar schouders toen ze overeind krabbelde.

Clint verscheen. De emmer bleek een jerrycan te zijn. Hij drong langs Lena en gooide de brandstof op de SUV.

Ze beukte op hem in, zwaaide woest met haar armen, krabte aan zijn gezicht en krijste onverstaanbaar terwijl ze haar woede op hem koelde. Clint sloeg zo hard met zijn vuist tegen haar slaap dat ze achteruit wankelde, misselijk van de pijn. Er kolkte hete gal omhoog in haar keel en Lena boog zich voorover en gaf over in het gras.

Er klonk een kleine explosie en een deel van de SUV vatte vlam. Lena zakte op haar knieën en probeerde weg te kruipen bij het voertuig voordat het hele ding de lucht in vloog. De rook en de hitte werden haar te veel. Ze viel op haar zij met piepende longen. Toen hoorde ze een geluid dat niet menselijk kon zijn: een hoog gekrijs. Charlotte. Ze leefde nog, was zich nog bewust van de vlammen die haar verslonden.

Lena rolde zich op haar buik. Ze wist dat het te laat was voor Charlotte, dat ze zo ver mogelijk van de auto vandaan moest zien te komen. Ze probeerde zich te bewegen, maar haar lichaam wilde niet meer. Plotseling werd ze opgetild aan de tailleband van haar broek en naar de tribunes gesleept. De auto explodeerde weer, zo luid dat het de benzinetank moest zijn geweest. Ze werd tegen de tribune aan gesmeten, haar hoofd bonkte tegen het metaal. De knal galmde in haar oren. De jerrycan viel naast haar op de grond.

Clint zat boven op haar, zijn gezicht een paar centimeter van het hare. 'Leef je nog?'

Lena hoestte, het voelde of haar longen waren verbrand. Ze kon nauwelijks ademhalen met die kerel boven op zich. 'Waarom,' wist ze uit te brengen. 'Waarom doe je dit?'

Hij ging op zijn knieën zitten, veegde brokstukken van zijn armen en benen met een blik alsof hij net uit de kerk kwam en niet begreep hoe hij zo smerig was geworden.

'Waarom?' drong ze aan, met een dikke stem van verdriet.

In het licht van de brand kon ze zijn gezicht zien, hoe hij met een soort medelijden op haar neerkeek. 'Ik kan je niets vertellen, Lena. Je zult het Hank moeten vragen.'

Eenentwintig

Sara zat voor het ziekenhuis van Elawah County. Het koude beton van de bank drong door haar spijkerbroek. Ze had schoon genoeg van ziekenhuizen, schoon genoeg van de traagheid waarmee alles daar gedaan werd. Geen wonder dat mensen zo tekeergingen tegen de gezondheidsindustrie. Het toxicologische onderzoek, de bloedtest, de röntgenfoto's, alles had twee keer zo lang geduurd als nodig was, en dan moest er nog een arts worden gezocht, een apotheker gebeld, een verpleegkundige gevonden. Al die trage handelingen waren speciaal bedoeld om iedereen in te dekken als er een fout werd gemaakt; het verkeerde laboratoriumrapport werd afgeleverd, het verkeerde middel werd toegediend, een onjuiste diagnose werd gesteld. Intussen hing de patiënt in het luchtledige. Het was echt om gek van te worden.

Het enige pluspunt was dat Hank zich niet bewust was geweest van het wachten; hij was in coma gebleven tijdens de korte rit naar het ziekenhuis en sinds ze hem hadden gestabiliseerd bij de eerste hulp en overgebracht naar de intensive care was er niet veel aan zijn toestand veranderd. Toch had Sara weinig hoop. Zijn lichaam was verwoest door infecties. Zijn hart was verzwakt door jarenlang drugsgebruik en zijn longen vertoonden een gevorderd stadium van emfyseem.

Sara's grootste zorg waren de wonden om zijn polsen en voeten. Op het eerste gezicht leken ze overeen te komen met de andere wonden en kneuzingen op Hanks lichaam. Bij nadere inspectie bleken het schaafwonden van touw te zijn. Aan de schuine hoek van het patroon op zijn polsen kon ze zien dat zijn handen van zijn lichaam af vastgebonden waren geweest. Zijn enkels waren geboeid geweest. Bovendien was hij onlangs geslagen. Hij had twee gebroken ribben en een lelijke kneuzing in zijn onderbuik waar iemand hem had gestompt of geschopt.

Vreemd genoeg vormden de ontwenningsverschijnselen het dringendste probleem waar ze mee te maken kregen. Om onduidelijke redenen was Hank cold turkey met de meth gestopt, en zijn lichaam was als reactie volkomen in opstand gekomen. Zijn organen probeerden ermee op te houden, het begin van een stroomversnelling die uiteindelijk tot zijn dood zou leiden.

Tijdens haar co-assistentschap in het Grady Hospital had Sara haar portie dakloze verslaafden door de deuren van de eerste hulp zien komen. Het waren weinig meer dan levende doden, hun gezondheid was zo beroerd dat je je afvroeg hoe ze overeind konden blijven. Longontsteking, hepatitis, schurft, ernstige uitdroging... Het was jaren geleden dat ze met die hopeloze figuren had gewerkt, en ze was zo geschrokken van Hanks conditie toen ze hem in zijn achtertuin zag liggen, dat ze even niet had geweten hoe ze moest optreden.

Het enige wat ze nu voor hem had kunnen doen was hem door het systeem loodsen. Als hij vannacht stabiel bleef, zou hij morgenochtend vroeg overgebracht worden naar een groter ziekenhuis.

Een zilverkleurige auto reed het parkeerterrein op. Sara was teleurgesteld toen ze zag dat het niet haar BMW was. Jeffrey kon hier nu elk moment zijn en ze wilde hem dolgraag zien. Hij had Sara in het ziekenhuis gebeld en verteld dat hij Lena's motelkamer had doorzocht en dat Lena naar de Coastal State Prison had gebeld. Volgens het register had Lena Ethan Green bezocht op dezelfde dag dat de SUV was uitgebrand. Er moest een verband zijn, maar Jeffrey had er niet over willen praten door de telefoon. Hij zou in het motel wachten tot de gevangenisdirecteur terugbelde en daarna Sara ophalen bij het ziekenhuis.

Ze hoorde aan zijn stem dat Jeffrey, ongeacht wat de directeur te melden had, vastbesloten was zelf naar Ethan toe te gaan. Hij dacht dat dreigementen en intimidatie zouden werken bij de bajesklant, maar Sara wist beter. Mannen als Ethan Green krompen niet in elkaar als ze bedreigd werden. Ze rolden zich op als ratelslangen en bereidden zich voor op de aanval.

Sara had de avond daarvoor met zichzelf afgesproken dat ze altijd achter Jeffrey zou blijven staan, wat hij ook deed. Na zestien jaar wist ze dat haar man, als hij zag dat iemand in een brandend huis gevangenzat, nooit zou wachten tot iemand anders hem ging redden. Sara moest dit aspect van zijn persoonlijkheid accepteren en zijn keuze steunen, want het was juist zijn goedheid die ze zo aantrekkelijk had gevonden. Het was tegen zijn natuur om weg te lopen.

De glazen deuren van de eerste hulp schoven open en Fred Bart kwam naar buiten. Hij sloeg met zijn handen op zijn zakken. 'Hé, hallo schatje,' riep hij toen hij Sara op de bank zag zitten. Hij vond zijn sigaretten, wierp haar een meesmuilende grijns toe en stak ze weer in zijn zak.

'Diep in gedachten?' vroeg hij en hij ging ongevraagd naast haar zitten. 'Ziet ernaar uit dat we regen krijgen.'

Sara keek op naar de avondhemel en realiseerde zich dat hij gelijk had. 'Ja.'

'Mijn zus ligt hier.' Hij rechtte zijn rug en toonde zijn gave, kleine tanden. 'Ik ben oom geworden!' Hij stompte haar tegen haar schouder, een veel te familiair gebaar, maar Sara protesteerde niet omdat hij er zo gelukkig uitzag.

'Je eerste?'

'Derde!' jubelde hij. 'Jij zult wel veel baby'tjes zien, als kinderarts en zo. Raak je er ooit aan gewend, hoe petieterig ze zijn? Ik bedoel, van die petieterige dingetjes.'

'Nee,' gaf Sara toe. Zijn vrolijkheid verwarde haar.

'Heb jij kleintjes in je leven?'

'Nee.'

'Nou, ik kan het ten zeerste aanraden,' adviseerde hij enthousiast. 'Ik heb vier ex-vrouwen en geen noemenswaardige kinderen. Begrijp me niet verkeerd, het is leuk om de schatjes van mijn zus te verwennen, maar het is niet hetzelfde als ze zelf hebben.' Hij staarde over het parkeerterrein, zijn stem werd droevig. 'Allebei mijn ouders zijn dood. Nu zijn alleen Sissy en ik nog over.'

Sara kneep haar lippen op elkaar en vroeg zich af sinds wanneer ze Fred Barts beste vriendin was.

Hij zei vertrouwelijk: 'Jake komt trouwens wel uit een groot gezin.'

'O?'

'Vier oudere zussen. Zijn kleine broertje Tom is hier een jaar of zes geleden gestorven. Overdosis.'

'Dat wist ik niet.'

'Jake was er totaal kapot van. Ik denk dat hij daarom bij de politie is gegaan. Toen zag hij wat er echt aan de hand was, dat niemand het probleem wilde aanpakken. Hij besloot zich kandidaat te stellen als sheriff zodat hij er iets aan kon doen.'

Sara vroeg zich af of hij verwachtte dat ze aantekeningen maakte. Fred Bart was duidelijk bezig een boodschap over te brengen aan Jeffrey. *Jake is een goeie vent*, dacht ze. *Boodschap ontvangen.*

'Hoe dan ook,' Bart sloeg op zijn knieën en stond op, 'kan ik je een lift geven?'

'Ik wacht op mijn man,' zei ze, terwijl ze zich voor de zoveelste keer afvroeg hoe lang het nog zou duren voor Jeffrey kwam.

Hij knipoogde naar haar. 'De geluksvogel.'

'Ik zal het doorgeven.'

'Doe dat.' Bart glimlachte zijn witte tandjes bloot. Hij liep naar een groene pick-uptruck, en Sara zwaaide naar hem voor ze weer naar binnen ging.

Zonder zich iets aan te trekken van de stugge vrouw achter de balie liep ze naar de alkoof waar de snackautomaten stonden. Ze had opeens zo'n honger dat ze een paard op zou kunnen. Dat kwam goed uit, want slachtafval van paarden was zo'n beetje het basisingrediënt voor de meeste snacks die hier te krijgen waren.

Jeffreys mobiel ging. Ze haalde hem uit haar zak en zei bij wijze van begroeting: 'Waar zit je? Ik sterf van de honger.'

De lijn bleef stil, en Sara wilde net ophangen toen Lena zei: 'Ik ben het.'

Sara was even verlamd van de schrik. Ze keek dwaas om zich heen alsof ze verwachtte dat Jake Valentine opeens uit het houtwerk op zou duiken om de telefoon weg te grissen.

'Waar ben je?' vroeg Lena

'In het ziekenhuis. Met Hank.'

Ze reageerde niet onmiddellijk. 'Gaat het goed met hem?'

'Nee.' Sara keek of ze een plekje zag met meer privacy, maar besloot uiteindelijk dat ze zich beter niet kon verplaatsen voor het geval ze het signaal kwijt zou raken. 'We hebben hem gevonden in zijn achtertuin. Iemand heeft hem vastgebonden en in elkaar geslagen. En hem voor dood achtergelaten.'

'Misschien wil hij dood.'

Sara kon niet geloven dat ze die koude woorden hoorde. 'Sommige mensen zouden zeggen dat jij hetzelfde doet,' wierp ze tegen. 'Jeffrey weet van Ethan.'

'Ethan heeft hier niets mee te maken.'

'Denk je echt dat Jeffrey je zal geloven? Hij gaat morgen naar de gevangenis. Je kunt hem niet tegenhouden. Als er iets gebeurt, komt dat allemaal door jou. Hoor je me? Het komt allemaal door jou.'

'Zeg tegen hem...' begon Lena. 'Zeg tegen hem dat ik Ethan ben gaan vertellen dat ik abortus heb laten plegen.'

Sara voelde haar mond openzakken van verbazing.

'Het kind zou nu geboren zijn,' zei Lena, haar stem een raspend gefluister. 'Misschien hadden jij en Jeffrey het kunnen grootbrengen.'

Sara leunde tegen de automaat met het gevoel of ze in haar maag was gestoken.

Lena praatte door. 'Ik weet dat je geen kinderen kunt krijgen, Sara. Heb je er niet de schurft in? Maakt het je niet razend dat ik zwanger werd terwijl ik daar niet eens op uit was?'

De tranen prikten in Sara's ogen. Ze had nooit aan dit spelletje moeten beginnen, want ze had het lef niet om het te spelen.

'Hank heeft me naar de kliniek gebracht,' ging Lena verder. 'Ze staken een of ander metalen ding in me en sneden het weg.'

'Hou alsjeblieft op,' smeekte Sara.

'Ben benieuwd hoe het eruitzag toen ze het eruit haalden,' zei ze. 'Jij weet natuurlijk hoe het eruitzag, hè? Jij bent een dokter. Jij bent de hele tijd met baby's bezig.'

Sara voelde de tranen stromen. 'Hoe kun je zo gemeen zijn?'

'Vertel Jeffrey alles wat ik gezegd heb,' beval Lena. 'Vertel hem dat alles wat je ooit over me dacht of zei waar is, Sara. Ik ben geen goed mens. Ik ben niet de moeite waard om te redden. Ga naar huis. Neem Jeffrey mee en ga naar huis.'

'Ik weet wat je probeert te doen.' Sara veegde haar ogen af met de rug van haar hand, boos dat ze zich had laten manipuleren. Ze wilde niet nog een keer Lena's onwetende handlanger zijn. 'Het lukt je niet. Je kunt me niet inpalmen.'

'Dat wil ik niet,' zei Lena. 'Ik wil jou hier niet. Ik wil Jeffrey hier niet. Het kan me niet schelen of Hank doodgaat. Ik wil gewoon dat jullie allebei naar huis gaan en vergeten dat ik ooit heb bestaan.'

'Probeer je me nog steeds in je spelletjes te betrekken, Lena? Ik ben geen partij voor je. Ik weet niet hoe dit soort spelletjes werkt.'

Lena zweeg. Sara deed haar best om te horen of er achtergrondgeluiden waren, iets wat kon verraden waar Lena zat. Het enige wat ze hoorde was een gejammer, bijna als van een gewond dier. Het was Lena. Ze huilde.

Sara liet haar stem kordaat klinken in een poging het initiatief over te nemen. 'Waar zit je? Dan komen we je halen.'

Lena antwoordde niet en bleef huilen.

'Dit heeft lang genoeg geduurd. We moeten je komen halen.'

'Heb je haar gezien?'

'Wie?'

Lena begon te snikken. 'De... vrouw... die in de auto.'

Sara proefde dezelfde stank achter in haar keel als toen ze de sectie had verricht.

'Heb jij haar onder handen gehad?'

'Ja,' zei Sara. 'Natuurlijk heb ik haar onder handen gehad.'

'Ze heeft veel pijn geleden.'

'Ik weet het.'

'Ze heeft pijn geleden, en dat kwam allemaal door mij.'

'Wie was het?'

'Ze was iemands moeder,' huilde Lena. 'Iemands vrouw. Iemands vriendin.' Haar stem stokte. 'Ze was iemands geliefde.'

'Waarom doe je dit?'

'Omdat het is wat ik verdien! Je had gelijk. Alles wat ik aanraak verandert in stront. Zorg dat je hier wegkomt voor het te laat is.'

'Te laat voor wat?'

'Wil je dat Jeffrey hetzelfde overkomt?'

'Wat bedoel...'

'Ga weg!' schreeuwde ze en hing op.

Sara hield de telefoon tegen haar borst, verstijfd en met bonkend hart. Jeffrey. Ze was bang dat iets – iemand – Jeffrey te grazen zou nemen. Heel even zag Sara voor haar geestesoog de sectie die ze op de verbrande vrouw had verricht, alleen lag nu Jeffrey op de tafel, Jeffrey die verbrand was. De tranen sprongen haar weer in de ogen. Ze beefde onbeheerst.

'Dokter Linton?' vroeg Don Cook. Hij was in uniform en hield zijn hoed in de hand.

'Ja,' antwoordde ze. Ze probeerde te kalmeren en vroeg zich af hoe lang de man daar al had gestaan.

'Gaat het?'

'Ja,' zei ze met zo vast mogelijke stem. Ze deed even haar ogen dicht om het vreselijke beeld uit haar hoofd te verjagen.

'Ik ben Don Cook. We hebben elkaar laatst ontmoet?' Hij wachtte tot ze knikte. 'Uw man heeft gevraagd of ik u op kon halen om u naar het bureau te brengen.'

Ze keek hem sceptisch aan. 'Hij heeft mij niet gebeld.'

De man haalde zijn schouders op. 'Ik moest u alleen naar het bureau brengen. Jake en uw man wachten daar op u.'
Ze wees naar de telefoon in haar hand. 'Ik zal hem eerst even bellen.'
'Prima.' Hij liep de hal weer in om haar wat privacy te gunnen.
Sara keek naar Jeffreys telefoon en vroeg zich af wat ze moest doen. Ze was altijd een trotse digibeet geweest, maar nu voelde ze zich een achterlijke sukkel. Er waren telefoonnummers in Jeffreys mobiel opgeslagen, zoveel wist ze, maar ze wist niet zeker of het laatst ontvangen nummer gewist zou worden zodra ze iemand belde. Als Lena met een traceerbaar nummer had gebeld, zou dat gewist kunnen worden als ze de telefoon gebruikte.
Cook stak zijn hoofd om de hoek. 'Alles goed?'
'Ik heb ingesproken op zijn mobiel,' loog ze.
'Mooi. Klaar?'
Sara knikte. Hij zwiepte zijn hoed in de richting van de uitgang om aan te geven dat ze voor moest gaan. Buiten zag ze de ambulance voor de deur staan. De verplegers die Hank naar het ziekenhuis hadden gebracht stonden tegen de muur geleund te roken. Ze zagen Sara en zwaaiden vriendelijk naar haar.
Cooks surveillancewagen stond op een invalidenplaats en hij liep om de auto heen om het portier voor haar open te doen. De stoel lag vol verfrommelde chipszakjes en een paar blikjes Cola Light.
'Sorry voor de troep. Vindt u het erg om achterin te zitten?'
Sara voelde de haren in haar nek overeind gaan staan. Of ze was gigantisch paranoïde of ze was heel verstandig. 'Vind je het erg als ik me door de ambulance laat brengen?' Ze zag zijn verbaasde blik en waagde een van haar verleidelijkste glimlachjes. 'Ik ga wel met hen mee.'
Ze haalde de broeders makkelijk over. Sara had ze een hoop werk uit handen genomen tijdens de korte rit naar het ziekenhuis en de twee mannen waren maar al te bereid om iets terug te doen. Bovendien was het maar drie minuten rijden naar het bureau. Sara voelde zich dwaas

tussen de potige broeders, maar ze had al lang geleden geleerd op haar instinct af te gaan.

Don Cook reed net het parkeerterrein van het politiebureau op toen de ambulance wegreed. Hij keek chagrijnig toe hoe Sara de verplegers nazwaaide.

Hij stapte uit en mopperde: 'Zo vies is de auto nou ook weer niet.'

Sara onderdrukte de neiging haar excuses aan te bieden. In plaats daarvan volgde ze hem zwijgend het gebouw in.

'Het kantoor van de sheriff is boven,' zei hij met een gebaar naar een trap. 'Tenzij u liever heeft dat iemand anders u vertelt waar het is.'

'Nee, dank je.' Sara liep de trap op, ze voelde zijn ogen in haar rug steken. Op weg naar boven hoorde ze kinderen praten. In de hal keken drie jonge gezichtjes naar haar op uit hun kleurboeken. Ze zaten met gespreide benen op de grond ingespannen te kleuren. Aan de andere kant van de ruimte zat een tienermeisje. Uit haar stuurse houding bleek dat ze niet blij was met haar rol van oppas.

Sara keek rond of ze hun moeder zag, maar er leek niemand bij hen te horen. Ze wilde er net naar vragen toen Jeffrey de deur opendeed.

'Hierheen,' zei hij. En toen hij Sara's bezorgdheid zag, stelde hij haar gerust: 'Dat gaat wel goed.'

Sara stapte over een van de kinderen heen toen ze naar Jeffrey toe liep. Ze fluisterde: 'Ik moet je spreken.'

Hij legde haar het zwijgen op en maakte duidelijk dat ze op moest schieten. Ze kreeg niet de kans iets te zeggen toen de deur dichtging. 'Er is iemand als vermist opgegeven.'

'Een vrouw?'

'Haar man kwam twintig minuten geleden langs. Larry Gibson.'

'Familie?'

'Boyd Gibsons broer. Valentine zegt dat hij oké is.'

Sara fronste haar wenkbrauwen en vroeg zich af sinds wanneer Jeffrey Jake Valentine op zijn woord geloofde. Ze vroeg: 'Hoe lang wordt die vrouw vermist?'

'Sinds zaterdag.'

'Ik heb geen trouwring gevonden op het lichaam,' zei Sara, hoewel ze wist dat het metaal in het felle vuur gesmolten kon zijn. 'Als zijn vrouw al zes dagen weg is, waarom heeft hij dan zo lang gewacht om het te komen melden?'

'Ze is eerder vermist geweest,' vertelde hij. 'Had alcoholproblemen en heeft een poosje met meth gerommeld. Ze is lerares. Dat zijn haar kinderen in de wachtkamer.'

'Jezus,' fluisterde Sara. Een lerares met drie kinderen. Wat had Lena gezegd? Een moeder. Een echtgenote. Een vriendin. Een geliefde.

Jeffrey greep Sara bezorgd bij de arm. 'Gaat het?'

'Je kreeg een oproep op je telefoon.' Ze drukte zijn mobiel in zijn hand. 'Van een oude vriendin.'

Hij scrolde door de schermpjes: 'Ik heb Frank het nummer laten traceren.' Hij bedoelde van Lena's telefoon. 'Er is maar één keer gebeld vanaf dat nummer sinds maandagavond – naar mij in het motel.'

'Ze zei...' begon Sara met een schurend gevoel in haar keel, 'ze zei dat jou hetzelfde kon overkomen als die vrouw.'

'Ze zou alles zeggen om ons hier weg te krijgen.' Jeffrey keek fronsend naar de telefoon in zijn hand. 'Anonieme beller. Het nummer staat waarschijnlijk wel in mijn gesprekkenoverzicht, maar het duurt een dag of twee voordat ik dat krijg.'

'Jeffrey?'

'Laten we eerst die vermiste lerares afhandelen,' stelde hij voor. 'Het komt allemaal goed, oké?'

Ze knikte hoewel ze het helemaal niet oké vond. Onverwacht schoot het beeld van Jeffrey op de snijtafel weer door haar heen. Haar maag trok samen toen ze voor hem uit door de gang liep en Lena's waarschuwende woorden in haar oren hoorde galmen.

Wil je dat Jeffrey hetzelfde overkomt?

In Valentines kantoor zat de sheriff achter zijn bureau. Hij zat te schrijven, waarschijnlijk vulde hij een vermistenformulier in, en de man voor hem gaf de bijzonderheden.

'Ze is gewoon gemiddeld,' zei de man, die tegelijkertijd bang en boos klonk. 'Ik weet het niet, Jake... Beschrijf jóúw vrouw maar eens. Ik weet niet hoe lang ze is. Ik weet niet hoe zwaar ze is. Ze is gewoon gemiddeld.'

'Geeft niet, Larry,' suste Valentine. 'Moet je horen, ik heb haar duizenden keren in de kerk gezien. Ik kan je geblinddoekt vertellen hoe ze eruitziet. Niet om het een of ander, maat, maar het is een knappe vrouw. Of niet soms?'

De man lachte verrast, alsof hij dat detail vergeten was. Met een steek in haar hart herinnerde Sara zich de sectie die ze op de broer van deze man had verricht. Stel dat de vrouw in de Escalade inderdaad Gibsons vrouw was?

'Mannen hebben daar oog voor, een aantrekkelijke vrouw,' zei Valentine. 'Ik denk dat ze zo'n een meter zeventig is. En bij gewicht zetten we zestig kilo. Op haar rijbewijs staat waarschijnlijk vijfenvijftig, maar je weet hoe vrouwen zijn.' Hij keek op van zijn formulier, zag dat Sara stond te kijken en knipoogde naar haar. Het was geen suggestieve knipoog, eerder zijn manier om haar duidelijk te maken dat hij gewoon zijn werk deed. Wat hij ook aan het doen was, het lukte in elk geval. Larry Gibson leek kalmer te worden.

Valentine vroeg: 'Klopt dat zo'n beetje, dat gewicht?'

Larry begon te knikken. 'Ja, ik denk dat ze zo'n zestig kilo is. En ik weet het weer... de laatste keer dat ik haar zag was om een uur of twee. Ze had de kinderen afgezet bij de bioscoop, en toen ze terugkwam, zei ze dat ze een eindje om ging, maar dat deed ze niet. Ze belde haar moeder en zei toen dat ze daar langs moest.'

'Nou,' zei Valentine, 'zo te horen moeten we een kijkje nemen bij haar ma.'

'Ze is niet gegaan,' wierp Larry tegen. 'Ze nam een bad en ik vroeg of ze nog naar haar ma ging, en ze zei nee, ze ging morgen.'

Valentine zei hoofdschuddend: 'Tsss, die weet ook niet wat ze wil.'

'Dat is precies wat ik zei,' beaamde Larry. 'En toen zei ze dat ze toch een eindje wilde gaan wandelen en ik zei, straks misschien want er was een wedstrijd op tv om half-drie en of ik voor die tijd nog iets voor haar moest doen, want ik wilde de wedstrijd zien.'

'Georgia-Alabama?' vroeg Valentine, waarschijnlijk om de tijd te bevestigen. 'Man, dat was een goede wedstrijd.'

'Ja.'

'Heb je haar weg horen gaan?'

'Ja,' herhaalde hij. 'Vlak voor de rust hoorde ik de deur dichtgaan. Ik dacht dat ze ging wandelen.'

'Kunnen het niet de kinderen zijn geweest?'

'Die zaten in de bioscoop bij de Halloween Horror Special waar ze vorige week in de krant reclame voor maakten.'

Valentine maakte een aantekening op zijn formulier. 'Tijdens de rust, dus. Dan was het dus een uur of vier, denk je niet?'

'Vier. Ja.'

Sara keek naar Jeffrey, maar die volgde gespannen de ondervraging. Ze vroeg zich af of hij net als zij onder de indruk was van Valentines gave om details uit de bezorgde echtgenoot te trekken. De sheriff hield zijn talenten kennelijk graag verborgen.

'Wat heb je daar?' vroeg Valentine.

Larry zette een metalen kistje op het bureau. Het was oud, de grijze ondergrond schemerde door de bladderende legerblauwe verf heen. Het deksel werd dichtgehouden door een roestig slot, maar Larry kreeg het makkelijk open. 'Dit wilde ik je laten zien,' zei hij en hij wees op de inhoud. Sara boog zich en zag een doffe zilveren lepel met een omgebogen steel en meerdere ongebruikte injectienaalden. Aluminiumfolie, een paar sigarettenfilters en een gasaansteker completeerden de drugskit.

Hij draaide zich om alsof hij nu pas in de gaten had dat Sara en Jeffrey daar stonden. 'Ze is nu ongeveer een half-jaar clean,' legde hij uit. 'Ik heb dit alleen meegebracht om...' hij keerde zich weer naar Valentine, 'om aan jóú te laten zien, Jake. Als ze weer gebruikte, als ze daarom was weggegaan, had ze dit meegenomen. Er zit een zakje in.' Hij haalde er een plastic zakje met vuilwit poeder uit. 'Ze zou dit godsonmogelijk hebben achtergelaten als ze weer gebruikte. Dat weet je.'

Jeffrey vroeg: 'Meneer Gibson, ik wil me er niet mee bemoeien, maar waarom heeft u zo lang gewacht voordat u haar als vermist heeft opgegeven?'

Larry bloosde en keek naar zijn schoenen. 'Ik wilde haar niet in de problemen brengen. Het eerste wat ik dacht was dat ze weer aan de drugs was. Ik heb overal in huis gekeken of ze iets had meegenomen. Al haar kleren waren er nog. Ze had zelfs haar handtas thuisgelaten.' Hij keek naar Sara en zei: 'De vorige keren dat ze wegliep, nam ze altijd spullen mee – meestal spullen die ze kon verkopen. Televisies, dvd-speler, iPod... en ze liet nooit haar tas achter. Vrouwen gaan de deur niet uit zonder hun tas.'

Sara knikte, alsof ze voor zijn vrouw kon spreken.

Larry richtte zich weer tot Valentine. 'Ik heb rondgebeld, ik heb haar ma en haar tante Lizzie gesproken. Ik wachtte eigenlijk gewoon tot ze weer thuiskwam. Ze kwam altijd weer thuis. Ze wilde de kinderen niet in de steek laten. Die drug...' Hij wees naar het zakje dope in zijn hand. 'Die doet iets met je hersens. Je kunt niet meer normaal denken. Soms wist ze niet meer wat ze deed. Dat was het enige. Ze moest het uit laten woeden en dan kwam ze terug en werd alles weer gewoon.'

'Waar is haar auto, Larry?' vroeg Valentine.

'Kijk, dat was ook raar. Haar auto staat nog op de oprit. Als ze alleen een ommetje ging maken...' Hij wreef over zijn gezicht. 'Ik heb de school gebeld en gezegd dat ze een vervanger moesten zoeken, dat ze griep had. Ik denk niet dat Sue me geloofde.' Hij slikte en zijn ogen vulden zich met tranen. 'Zij kan het niet zijn in die auto op het footballveld, Jake. Ik bedoel, ze is al vaker weggelopen. Zij kan het niet zijn. Ik weet niet wat ik zou doen als...' Zijn stem schoot smekend omhoog. 'Morgen gaan we Boyd wegbrengen. Ik dacht dat ze vast en zeker terug zou komen als ze over hem hoorde. Boyd heeft zijn problemen gehad, maar het ging beter. Hij heeft Charlotte door moeilijke tijden heen geholpen.'

'Mag ik even kijken?' vroeg Valentine, maar hij pakte het kistje al.

Zorgvuldig leegde de sheriff de inhoud op het vloeiblad. Met de punt van zijn pen schoof hij de naalden opzij, en daarna het zakje meth en de andere parafernalia. Sara zag niets van waarde, tenzij je agent of verslaafde was. Valentine was het daar kennelijk mee eens. Hij tikte met zijn vinger tegen de binnenkant van het kistje, pakte zijn brievenopener en wrikte daarmee de plastic binnenbekleding los. Het kistje was zo oud dat het plastic er in stukjes uitkwam.

'Hé,' zei Valentine. 'Wat is dit?'

Sara zag pas wat hij had gevonden toen hij het eruit haalde; twee dubbelgevouwen, lichtblauwe vellen papier.

Valentine keek de documenten vluchtig door voordat hij ze aan Jeffrey gaf, kennelijk niet bezorgd om vingerafdrukken. Sara las mee over Jeffreys schouder en zag dat het oude aanvragen voor een geboorteakte waren. Tegenwoordig deed de arts die aanvraag, maar in de jaren zeventig mochten de ouders alle informatie nog zelf invullen. Ze kregen zes dagen de tijd om een naam te bedenken en moesten dan de aanvraag indienen bij het registratiebureau in het ziekenhuis. De ambtenaar van de burgerlijke stand controleerde de informatie en stuurde die naar de staat.

Ze keken hier duidelijk naar de aanvragen die Lena's moeder had ingevuld voor haar tweeling. Angela Adams had onderaan ondertekend met haar naam in een vrouwelijk schuinschrift. Alles leek Sara normaal tot ze bij het vakje 'naam van de vader' kwam.

Angela had Henry 'Hank' Norton ingevuld.

Tweeëntwintig

Lena lag plat op haar buik in het gras foto's te maken van het vervallen pakhuis onder aan de heuvel. De laatste achtenveertig uur had ze alles vastgelegd: de auto's die stopten, het geld dat het raampje uit kwam, de dope die er naar binnen ging. 's Nachts waren er complete files. Niemand leek bang dat hij gepakt zou worden. Ze lieten hun radio's hard aan staan, rap of country schalde uit de boxen. Jongeren kwamen op de fiets. Stelletjes wandelden. Eén keer gleed er een surveillancewagen langs en was er wat gehaast en geduw, een minimaal vertoon van onrust, maar voor het grootste deel was het verkeer bij het pakhuis tamelijk constant.

Ze hadden er net zo goed geld kunnen drukken.

Er kwam een witte sedan aanrijden, waaruit een man uitstapte. Zijn laarzen wierpen stof op toen hij over de parkeerplaats liep. Lena fotografeerde elke stap tot hij het gebouw binnenging en de deur achter zich dichtsmeet.

Ze legde de camera neer, keek hoe laat het was en maakte een nieuwe aantekening in haar logboek.

22.15 uur – CLINT arriveert in witte sedan. Gaat gebouw binnen.

Lena had op haar rug liggen wachten tot Jeffrey kwam toen ze mannen had horen bekvechten aan het eind van de gang. De vorige avond op het footballveld had de man met de zwarte bivakmuts de man met de rode swastika Clint genoemd. Toen ze in het ziekenhuisbed lag, herkende ze onmiddellijk Clints hese grom die door de gang galmde. Zwarte Bivakmuts was ook niet al te moeilijk te herkennen. Zijn stem was zacht, bijna zangerig, toen hij zei: 'Clint, luister eens. We moeten van haar af.' Clint was het er niet mee eens geweest, had iets gezegd over toestemming om een smeris te vermoorden. Ten slotte was er niets besloten, hoewel de twee er nog bijna tien minuten over door waren gegaan volgens de klokradio naast haar bed. Lena had daar hulpeloos gelegen, haar polsen schavend aan de onrustbanden terwijl ze elke spier in haar lichaam spande om zich los te rukken.

Uiteindelijk waren de twee mannen naar de lift gelopen, sloffend met hun zware schoenen over de tegelvloer.

Lena lag inmiddels te baden in het zweet. Waar was Hank in terechtgekomen? Deze mensen hadden Charlotte levend verbrand. Ze hadden Deacon Simms doodgeslagen. Het was nog maar een kwestie van tijd voordat ze tot de conclusie kwamen dat het een grote vergissing was geweest om Lena te laten leven. En wie zouden ze nog meer kapotmaken? Wie zou Lena nog meer in gevaar brengen omdat ze niet in staat was dingen met rust te laten?

Sara. Arme Sara. Het was belachelijk makkelijk geweest om naar de badkamer van de kamer naast de hare te ontsnappen. Kleren had Lena beneden in de wasserij gevonden, te grote tennisschoenen in het kluisje van een verpleegster. Daar vond ze ook een portefeuille met een stapel creditcards, maar die liet ze achter en in plaats daarvan nam ze een schroevendraaier mee uit een gereedschapskist in de hoek. Toen was ze dwars door het bos achter het ziekenhuis gerend, zo hard ze kon op de slecht passende sneakers. Ze wist niet hoeveel tijd ze had, maar wel dat het heel weinig was.

Het slot van haar motelkamer was makkelijk te forceren met de schroevendraaier, die ze op de tafel smeet, waarna ze de deur zachtjes achter zich dicht duwde. Lena zweette van het hardlopen. Ze deed het operatiepak uit en trok haar eigen kleren en schoenen aan. Toen greep ze haar mobiel en de oplader. Haar Glock lag onder het bed waar ze hem de vorige dag had verstopt. De sleutels van Hanks bar lagen op de ladekast. Lena aarzelde maar één keer, op het moment dat ze de kamer uit ging. Ze spurtte weer naar binnen voordat de deur dichtging en pakte nog een ding dat ze nodig had.

Ze gooide het operatiepak en de schoenen in de container bij het motel op weg naar de bar. Hanks tweeduizend dollar zat nog achter de goedkope fles whisky verstopt. Deze keer had ze geen bedenkingen toen ze het geld pakte.

Na een snelle spurt door het bos was ze weer bij Hanks huis. De reservesleutel van de Mercedes zat aan de sleutelring die ze uit zijn kantoor had meegenomen. De motor startte bij de derde poging. Een surveillancewagen van het sheriffsbureau van Elawah sloeg rechts af Hanks straat in toen Lena net linksaf ging, in de tegenovergestelde richting. Ze keek op de klok op het dashboard toen Reese in de achteruitkijkspiegel verdween. Er waren maar achtentwintig minuten verstreken sinds ze uit het ziekenhuis was gevlucht. Tegen de tijd dat de zon de volgende ochtend opkwam, zat ze veilig in een motel over de grens in Florida.

Ze had zich in bed laten vallen, maar was te uitgeput om te slapen. Alles begon door te dringen: wat ze had gezien, wat ze had gedaan.

En vanaf dat moment werd ze achtervolgd door demonen.

Lena bleef bijna twaalf uur in bed liggen en stond alleen op als ze naar de wc moest. Elke keer dat ze haar ogen sloot, zag ze Charlotte weer achter in de Escalade zitten, wachtend tot de vlammen haar zouden verslinden. Zoals ze met haar armen had gezwaaid, met haar voeten tegen de rug van Lena's stoel had getrapt als een dier dat in een kist opgesloten zit... de gedachte was niet te verdragen.

Ze wilde helemaal niets voelen. Had Charlotte dat niet gezegd toen ze elkaar de laatste keer spraken in het noodlokaal op school? Wat had ze daarna gedaan? Waarschijnlijk had ze haar laatste les gegeven, was ze naar huis gegaan om eten te maken voor haar kinderen. Ze had haar man een zoen gegeven toen hij thuiskwam uit zijn werk. Misschien hadden ze die avond op de bank naar een film gekeken. Ze had toen nog minder dan vierentwintig uur te leven. Hoe had ze die doorgebracht? Wat was Charlotte die ochtend aan het doen toen de klootzakken haar kwamen halen?

En toen was Lena Charlottes brieven gaan lezen. Ze was haar motelkamer weer in gegaan om ze te halen, had geweten dat ze niet achter mochten blijven. Ze koesterde ze, die liefdesbrieven die evenveel vertelden over Sibyl als over de vrouw die ze had geschreven. Charlotte was een vriendelijk, goed mens geweest. Ongeacht de vergissingen die ze in haar leven had begaan verdiende ze het niet om op zo'n gruwelijke manier te sterven.

Lena had achter in die auto moeten zitten. Zij was degene die fouten had gemaakt. Zij was degene die straf verdiende.

Waarom hebben ze mij niet vermoord?

Dat is wat ze Jeffrey had gevraagd toen ze hem belde. Lena was zo stom geweest te denken dat hij weg zou gaan. Zijn stem aan de telefoon voelde als een mes dat rondgedraaid werd in haar buik. Ze had hem alles willen vertellen – waar ze was, wat er met Charlotte was gebeurd, hoe Hank al die jaren tegen haar gelogen had – maar ze raakte in paniek zodra ze zijn stem hoorde. De mannen die Charlotte hadden vermoord luisterden misschien mee. Ze konden op de een of andere manier de oproep traceren via de zendmasten. Ze zouden Jeffrey vermoorden omdat hij te veel wist.

Ze hielden Lena waarschijnlijk al een hele tijd in het oog, volgden haar vanaf het moment dat ze het stadje binnen was gereden. Wat was ze stom geweest. Een slimme vrouw had anders gehandeld. Een zorgzaam nichtje had één blik op haar oom geworpen en een ambulance gebeld. Een goede vriendin had Charlotte Warren met rust gelaten. Een rechtschapen vrouw was teruggelopen, het vuur in en zou samen met Charlotte op een gewelddadige manier aan haar eind zijn gekomen in plaats van als een toeschouwer langs de zijlijn te zitten. Misschien zou Lena dat gedaan hebben als de sheriff niet was opgedoken. Jake Valentine. Wat een idiote naam. Hij leek zich dat te realiseren, want hij had zijn hoofd gegeneerd gebogen toen hij zich voorstelde, en Lena had iets gezien wat waarschijnlijk maar weinig mensen ooit onder ogen kregen: een kalende plek op zijn kruin. Valentine had gezien dat Lena het had gezien en toen bloosde hij echt, haalde zijn hand over de plek en zette snel zijn hoed weer op.

Alsof er geen Escalade achter hem in lichterlaaie stond, met een dode vrouw erin.

Ze had niet met hem gepraat, had geen woord over haar lippen laten komen. Aanvankelijk omdat ze in shock was. Lena zat op de tribune van het footballveld, en haar geest draaide overuren, maar niet met de dingen die ze verwacht zou hebben. Ze herinnerde zich footballwedstrijden, cheerleaders. Op school was Lena altijd omgegaan met de foute kinderen en die zaten nooit op de voorste rij van de tribune. Ze zaten altijd op de bovenste rij, verborgen achter de menigte zodat ze de cheerleaders konden afkammen of, beter nog, zich op de grond konden laten zakken om ervandoor te gaan.

Maar die avond zat ze op de voorste rij, haar voet op de jerrycan, en keek hoe de Escalade uitbrandde. De hitte was ongelofelijk, zoiets had ze nog nooit gevoeld. Zelfs op dertig meter afstand prikte haar huid als van zonnebrand. Haar keel deed pijn alsof ze zuur had doorgeslikt, en toen Jake Valentine tegenover haar stond en iets uit haar probeerde te krijgen, was ze niet in staat woorden te vormen.

'Wat heeft hij met je gedaan?' vroeg Valentine, en Lena wist niet wat hij bedoelde, dus bleef ze zwijgen.

Hij was naast haar op de bank gaan zitten kijken hoe de auto uitbrandde. 'Ik zie dat je geslagen bent. Dat soort blauwe plekken krijg je niet van vallen.'

Lena had naar de vlammen gestaard, had ze over het dak van de auto zien dansen. De benzinetank was al een tijd geleden ontploft en hoewel ze de stem van de man wel hoorde, drongen zijn woorden niet tot haar door.

De sheriff zei: 'Wat hij ook met je heeft gedaan, je moet het vertellen. Als het zelfverdediging was...'

Lena had hem aangekeken, haar hoofd met een ruk omgedraaid. Ze deed haar mond open en voelde hoe de lucht haar keel raakte, hoe haar speeksel onmiddellijk opdroogde door de hitte van de brandende SUV.

Ze sloot haar mond en staarde naar het vuur.

Het moet Jake Valentine nagegeven worden, hij had haar toen geen handboeien omgedaan. Daar was Lena tenminste dankbaar voor. Ethan was altijd dol op haar handboeien, vond het geweldig haar te besluipen, zijn hand op haar mond te drukken en haar de stuipen op het lijf te jagen. Haar slaan had hij nog leuker gevonden, en toen Jake Valentine haar hielp in een van de surveillancewagens te stappen, zag Lena de ironie van de situatie: de sheriff dacht dat Lena een mishandelde vrouw was die door het lint was gegaan in plaats van een duivelin die dood en verderf zaaide bij iedereen om haar heen.

Jeffrey. Ze moest hem hier weg zien te krijgen voordat hij alles verpestte.

Bij het verlaten pakhuis kwam een Harley-Davidson aanrijden, de uitlaat plofte en brulde als een boze draak. Lena zette de camera tegen haar oog. Ze had het digitale scherm uitgezet vanwege het licht en om de batterij te sparen. Het was lastig een plek te vinden om dingen op te laden als je niet wist waar je de nacht door zou brengen.

Ze kromp in elkaar toen een bliksemflits de nachthemel verlichtte. Vanaf het begin van de middag had de dreiging van regen in de lucht gehangen. Lena was niet zozeer bang om nat te worden als wel om gevonden te worden. Dit was niet het soort mensen dat gespioneer op prijs stelde.

De Harley loeide een paar keer voordat de motor werd afgezet. De motorrijder was een van de weinige mensen die het gebouw binnengingen maar er niet onmiddellijk weer uitkwamen met een zakje dope. Ondanks de motor was hij niet gekleed als een Hell's Angel. De motor was dan ook niet van hem: hij was van Deacon Simms. Lena herkende de Harley onmiddellijk. De motorrijder was van Lena's leeftijd, gladgeschoren, keurig gemillimeterd haar in militaire stijl. Hij droeg een verbleekte spijkerbroek, maar onder zijn leren jack zat meestal een overhemd. Hij liet zijn helm altijd op het zadel van de motor liggen. Meer dan eens had ze gezien hoe hij zichzelf in de spiegel op zijn stuur bekeek voordat hij naar binnen ging.

Ze noemde hem nogal voor de hand liggend 'Harley',

maar ze wist dat hij een echte naam had en dat zijn naam waarschijnlijk veel mensen angst inboezemde. Iets aan de manier waarop de anderen uit zijn buurt bleven gaf haar de indruk dat hij eerder een kolonel dan een infanterist was.

Harley was Lena's hoofdverdachte, de rat die haar naar het nest had gebracht. Het eerste wat ze had gedaan toen ze twee dagen geleden terug was gekomen in Reese was Hank zoeken. Het was een lange rit geweest vanuit Florida. Tegen de tijd dat ze het stadje binnenreed, was het midden in de nacht. Lena had de Mercedes drie straten van Hanks huis geparkeerd en was te voet verder gegaan. Ze had bijna overgegeven van de stank toen ze de achterdeur binnenkwam. Aanvankelijk dacht ze dat Deacon Simms, die nog steeds op zolder lag, de bron van de lucht was, maar een korte blik in de badkamer had bewezen dat dat niet het geval was. De toiletpot was kapotgeslagen. Het huis was leeg. Er was geen teken van iets anders dan ellende en verwoesting.

Toen had Lena het opgegeven. Hank was weg. Charlotte was dood. Lena was op de vlucht. Twee dagen geleden hadden twee mannen in de gang van het ziekenhuis overlegd of ze haar zouden vermoorden of niet, en Ethan... wie weet hoe Ethan erbij betrokken was?

Lena ging naar buiten om na te denken. Ze zat op een van de dozen waarmee de achterveranda vol stond toen ze de motor hoorde. De uitlaat moest iedereen in de straat wakker hebben gemaakt, maar niemand gooide een raam open om te klagen. Ze volgde het gerommel toen de motor de oprit op kwam en voor Hanks huis parkeerde. Het was Deacons motor, ze herkende het geluid, net zo goed als ze wist dat het absoluut Deacon niet kon zijn die erop reed.

Zo stil mogelijk sloop Lena naar de oude Chevy in de achtertuin. Ze schoof eronder, de roestige bodem van de carrosserie schuurde haar rug toen het hek krakend openging.

Het sensorlicht aan de zijkant van het huis werd geactiveerd. Harley knipperde duidelijk verstoord naar het licht. Clint kwam achter hem aan en deed het hek dicht.

'Hij komt hier niet terug,' zei Clint nerveus. 'Laat de dope gewoon zijn werk doen. Hij blijft toch in de buurt van de spuit.'

Harley had het staccato, nasale accent van iemand uit New England. 'Dat zou een veel te pijnloze dood zijn, vind je niet?'

Clint was duidelijk zenuwachtig. 'Laten we gaan, man. Er is niets te vinden in het huis.'

'Ik zou hem graag willen spreken, erachter komen wat hij eigenlijk dacht te bereiken.'

'Ik denk niet dat dat een goed idee zou zijn.'

'Ik denk niet dat jij in deze organisatie bent opgenomen om te denken.' Clint was veel sterker dan Harley, maar hij kromp in elkaar toen de jongere man hem bij zijn schouder greep. 'Jij kent meneer Norton al een tijdje.'

Clint schudde zijn hoofd, hij zag kennelijk aankomen waar dit heen ging. 'Ik heb mijn werk gedaan. Ik heb precies gedaan wat je me gevraagd hebt.'

'Je hebt al jaren nauw contact met die familie.'

'O nee. Dat maakt niets uit. Ik trek niemand voor.'

'Waarom leeft Hank Nortons nichtje dan nog?'

'Jij hebt gezegd dat we geen smerissen mochten vermoorden.' Clint drukte zich omzichtig uit. 'Dat was een algemene order.'

'En nu hebben we twee smerissen op ons bordje: eentje op de loop en de andere tamelijk nieuwsgierig.'

'Het spijt me. Dat was mijn schuld.'

'Het is mooi dat je de schuld op je neemt, Clint, maar je gebrek aan initiatief verklaart je gebrek aan vorderingen binnen de organisatie.' Harley keerde zich weer naar Hanks huis. 'Laten we gaan kijken of je dit tenminste goed hebt afgehandeld.'

'Ik ben niet verantwoordelijk voor...'

Harley zei niets, maar zijn gezicht moet boekdelen hebben gesproken.

'Het spijt me,' herhaalde Clint angstig en respectvol. 'We kunnen door de achterdeur naar binnen.'

De mannen gingen Hanks huis in. Lena hoorde meubels die omver werden geschopt en brekend glas toen ze de kamers doorzochten. Volgens een oud cliché waren er twee soorten mensen: leiders en volgelingen. Harley was een leider, maar Ethan ook. Het bestond niet dat die twee konden samenwerken. Geen van beiden liet zich commanderen. Geen van beiden zou het gedrag van de ander pikken. Als je die twee in één kamer zette, kon je je voorbereiden op het gewelddadigste hanengevecht van je leven.

De keukendeur ging open. Harley kwam het huis uit en liep met verende tred het trapje af.

Clint kwam ook naar buiten en veegde zijn mond af met de achterkant van zijn hand alsof hij had overgegeven.

'Zoek die smerissen,' snauwde Harley over zijn schouder. 'Allebei. Zoek uit wat ze weten en als ze de goede antwoorden geven, bedenk je een manier om ze over te halen op te hoepelen.'

'En als ze de verkeerde antwoorden geven?'

'Initiatief, Clint.' Harley legde weer zijn hand op Clints schouder en boog zijn hoofd alsof hij aan het bidden was. 'Rechter der aarde! verhef U; breng vergelding weder over de hovaardigen!'

Clint leek weinig op zijn gemak, maar hij bleef rustig staan tot Harley weer opkeek. Toch wachtte hij nog een paar seconden voordat hij met Harley terugliep naar het hek.

Zodra ze weg waren, gleed Lena onder de truck vandaan. Ze rende zo hard de achtertuin uit dat haar hart voelde of het zou ontploffen. Ze stapte in de Mercedes en draaide alle raampjes open om tijdens het rijden de uitlaat van de motorfiets te kunnen horen. Ze moest een paar keer draaien voordat ze Harley bij een rood stoplicht voor de bibliotheek zag. Voor de motor stond een witte sedan, en ze nam aan dat Clint achter het stuur zat.

Het licht werd groen en de sedan sloeg links af. Harley ging rechtdoor en ze volgde de motor. De koplampen van de Mercedes waren uit en Lena ging langzamer rijden om afstand te scheppen zodat Harley haar niet zou zien. Iemand schaduwen kon je het beste met twee auto's doen, maar Lena was niet echt in die luxepositie. Ze hield zo veel mogelijk afstand en hoopte dat Harley niet zo iemand was die de hele tijd in zijn achteruitkijkspiegel keek. Zij deed dat in elk geval wel. Clint had heel gemakkelijk een rondje kunnen rijden om te zien of Harley gevolgd werd.

Maar dat had hij niet gedaan, tenminste, voor zover Lena kon nagaan. De weg achter haar bleef leeg. Toen ze de motor zag verdwijnen in een gebouw dat eruitzag als een verlaten pakhuis, reed ze door, de heuvel op en vond een plekje waarvandaan ze kon zien wat zich beneden haar afspeelde zonder dat ze zelf gezien werd.

Ze had twee nachten achtereen het pakhuis in de gaten gehouden, en tussendoor even geslapen in de school, voordat ze de lange reis terug maakte naar het motel in Florida om overdag bij te komen. De tweede nacht had ze de camera meegenomen. Door de lens kon ze beter zien wie het gebouw in en uit gingen: de gebruikelijke verdachten en een paar verrassingen. Die verrassingen brachten haar voor het eerst sinds ze in Reese was op een idee hoe ze hier levend uit kon komen. Lena moest alleen zorgen dat Jeffrey en Sara veilig waren, dan kon ze toeslaan.

Lena had elfhonderd dollar van Hanks noodvoorraad uitgegeven aan het motel, de digitale camera en benzine voor de auto. Er zou wel ergens een copyshop zijn die dag en nacht open was waar ze afdrukken kon maken van de geheugenkaart van de camera. Kopieën maken was goedkoop en haar verslag van de bewegingen bij het verlaten pakhuis was nauwkeurig.

Hank had kennelijk iets ontdekt over deze figuren en hun operatie. Dat had Harley min of meer gezegd toen ze hem voor het eerst in het huis had gezien. Hij had Hanks neerwaartse spiraal wraak genoemd, en je nam geen wraak op iemand tenzij die jou eerst had gepakt. Hank moest geprobeerd hebben op een gigantische manier blufpoker te spelen en de bluf was doorgeprikt – of ze hadden hem gepakt op zijn zwakste punt, zijn verslaving. Hij zal er eerst tegen gevochten hebben, maar zodra ze hem weer aan de dope hadden, was de strijd gestreden.

Lena had de zwakten van haar oom niet geërfd, althans niet waar het om drugs ging. Het enige wat zij hieraan wilde overhouden was vrijheid: geen gerechtigheid, geen geld, geen wraak, hoewel god wist dat Charlotte en Deacon vergelding verdienden. Lena kon nu even niet aan hen denken want ze moest eerst de levenden beschermen. Charlotte had nog een gezin. En ze moest ook aan Hank, Sara en Jeffrey denken. Lena kon het zich niet veroorloven om te bluffen. Of Ethan hierachter zat of iemand anders deed er niet toe. De volgende ochtend zou ze meteen al haar kaarten op tafel leggen.

Met de goede kaarten kon ze misschien een paar levens terugwinnen. Als ze haar eigen leven daarbij verloor, dan moest dat maar.

VRIJDAG

Drieëntwintig

Jeffrey was vergeten hoe het voelde wakker te worden als een gewoon mens. Hij verbeeldde zich niet dat de Holiday Inn in Beaulah, Georgia, een tempel van hygiënische gelukzaligheid was, maar het zag er tenminste schoon uit. De lakens waren helderwit, de kussens donzig en uitnodigend. Het kleed toonde sporen van grondig stofzuigen en plakte niet aan zijn voetzolen wanneer hij erover liep. Roomservice werd warm en vers bezorgd. Het personeel leek tevreden – geen van de kamermeisjes had hem in ieder geval uitgescholden. En het beste was de badkamer, zo hemels had hij het lang niet meer meegemaakt: de douche was krachtig genoeg om een os te villen en de wc spoelde door zonder dreigend gegorgel.

Sara moest zich ook zo gevoeld hebben. Ze sliep zo vast dat hij haar zelfs wakker had gemaakt om zeker te weten dat er niets mis was. En toen, omdat ze toch wakker was, had hij haar overgehaald nog even te blijven. En toen nog even. Tegen de tijd dat de zon door de kier in de gordijnen piepte, lag ze uitgeput met haar been over het zijne en haar hoofd op zijn borst. Nu Sara hem niet meer afleidde, kwam zijn geest weer op gang. Hij kon er de vinger niet op leggen, maar er was de laatste tijd iets aan haar veranderd. De seks was veel intenser geworden en op een gegeven moment die ochtend had hij het gevoel gehad dat ze zich eerder uit angst dan uit passie aan hem vastklampte.

De explosie in Hanks bar had haar de stuipen op het lijf gejaagd. Jezus, het had hem de stuipen op het lijf gejaagd. Jeffrey moest steeds denken aan wat Jake Valentine hem had verteld, dat zijn vrouw weigerde een kind te krijgen tot ze er zeker van was dat haar man er zou zijn om het te helpen grootbrengen. Toen hij zo oud was als Valentine zou Jeffrey gelachen hebben als iemand hem had verteld dat hij op een dag een kind zou adopteren. Hij was er altijd van uitgegaan dat hij bij Sara zou blijven, maar nooit dat ze samen een gezin zouden hebben. Op de een of andere manier gaf het hem het gevoel dichter bij haar te staan, alsof er nu iets groters in hun leven was dan gewoon door-deweeks naar je werk gaan en het hele weekend in bed blijven. Had Hank Norton dat ook gevoeld toen hij zich over Lena en Sibyl had ontfermd? Had de bloedverwantschap voor een nog diepere band gezorgd?

Jeffreys mobiel lag op het nachtkastje. Hij controleerde opnieuw of de streepjes een sterk signaal aangaven en de batterij helemaal was opgeladen. Het had de hele nacht geregend, harde, dichte regen die tegen hun raam had geslagen als een heks die binnen wilde komen. Door de dikke gordijnen kon hij nu de zon zien schijnen. Hij hoopte dat een nieuwe dag helderheid zou brengen. Hij moest een beslissing nemen: óf blijven en proberen Lena te helpen, óf zijn vrouw mee naar huis nemen.

Sara had hem alles over Lena's telefoontje verteld toen ze gisteravond naar het hotel reden. Ze had geprobeerd het af te zwakken, maar het feit dat Lena haar tot in het merg had geraakt viel niet te verhullen. Jeffrey had niet geweten van Lena's abortus. Dat Lena het Sara onder de neus had gewreven was voor hem reden genoeg om haar voor altijd de rug toe te keren. Vreemd genoeg was het Sara die hem vertelde dat hij achter Lena's woorden moest kijken. Sara was gewend met kinderen om te gaan en ze dacht dat Lena's kwetsende woorden een overduidelijke truc waren om hen zover te krijgen dat ze hier weggingen. Een van de laatste dingen die ze had gezegd over het onderwerp was dat het misschien verstandig was om voor de verandering naar Lena te luisteren.

Ze konden er allebei niet over uit dat Hank Norton misschien Lena's echte vader was. Tijdens zijn jonge jaren in Alabama kende Jeffrey allerlei moppen waarin sprake was van 'oom-pappie', maar er viel nu niet veel te lachen. Wat zou Lena doen als ze het ontdekte? Of wist ze het al? Had ze daarom niets gezegd toen Valentine haar vond op het footballveld? Had de dood van Charlotte Warren op de een of andere manier te maken met Lena's duistere familie?

Larry Gibson had wat achtergrondinformatie verschaft over de relatie tussen zijn vrouw en Lena. Charlotte was bevriend geweest met Sibyl, Lena's zus, toen de drie meisjes op de middelbare school zaten. Zoals dat gaat met de meeste schoolvriendschappen waren ze elkaar in de loop der jaren uit het oog verloren, maar ze hadden kennelijk weer contact gehad, anders was er geen reden voor Lena om op dat footballveld te zijn.

Jeffrey staarde naar de schaduwen op het plafond en luisterde naar Sara's ademhaling. Zijn arm begon te slapen, dus gleed hij onder haar weg en stapte uit bed. De klok wees zestien over zeven aan, maar Jeffrey had het gevoel of hij tien uur had geslapen. Ze hadden een kamer op de hoogste verdieping gevraagd, omdat ze het allebei zonder het uit te spreken een prettig idee vonden dat er geen lijk door een raam op de negende verdieping kon worden gegooid. Er was alleen een kleine, maar luxe suite beschikbaar en Jeffrey wilde daar graag geld aan verspillen.

De suite was niet zo'n buitensporig geval als je op televisie zag. Het waren eigenlijk gewoon twee hotelkamers met een verbindingsdeur. In plaats van een bed stonden in de aangrenzende kamer een bank met twee stoelen en een televisie. Jeffrey zette de tv aan en draaide het geluid weg. Bij ESPN zag hij twee presentatoren die misschien ooit van hun leven tien minuten op een footballveld hadden gestaan voordat ze naar de sportredactie waren gespurt, waar ze dertig kilo waren aangekomen. Hij zapte verder, keek een paar minuten naar het langsglijden van de nieuwsstrook op CNN, schakelde toen over naar MSNBC en keek daar naar de nieuwsstrook. Ze waren min of meer hetzelfde, dus zapte hij verder langs alle zenders tot hij stopte bij Discovery Channel, waar een man met zijn arm tot aan de schouder in een koe zat.

Jeffrey wilde zijn mobiel niet bezet houden, dus pakte hij

de telefoon bij de bank en gebruikte zijn telefoonkaart om hun boodschappen thuis af te luisteren. Er had niemand gebeld, dus hing hij op en belde het bureau. Hij toetste zijn code in en kreeg toegang tot de voicemail op zijn werk. Er waren zes boodschappen, drie van de burgemeester die wilde weten waarom Jeffrey geen werk had gemaakt van de jonge vandalen die vuilnisbakken omschopten in zijn hele straat. De volgende twee waren van iemand van het OM die details vroeg over een aantal zaken die voor zouden komen. Het laatste bericht was van Frank Wallace, die Jeffrey meldde dat hij de berichten al had afgeluisterd en alles had afgehandeld, inclusief het arresteren van een groep jongens die vuilnisbakken omschopten in de straat van de burgemeester. Frank liet zijn baas weten dat de grootste vandaal niemand minder dan de zoon van de burgemeester was. Jeffrey legde glimlachend de telefoon neer.

'Hé.' Sara stond in de deuropening. Ze had zijn overhemd aangetrokken maar niet dichtgeknoopt en hij kon zo ongeveer elk geliefd onderdeel van haar zien waar de stof openviel.

Hij deed een halfslachtige poging om het goedkeurende geluid in zijn keel tegen te houden.

Ze glimlachte en trok het overhemd dicht toen ze naar hem toe liep. 'Jij hoort te slapen.'

'Jij ook.'

Ze ging naast hem zitten, stopte het overhemd onder haar billen en trok haar neus op bij het zien van de beelden op televisie. 'Wat is dit, een soort dierenporno?'

Hij zette het toestel uit. 'Wil je terug naar bed?'

'Ik wil naar huis.'

'Ik wil ook dat je naar huis gaat.'

Langzaam ging ze rechtop zitten. Ze leunde met haar rug tegen de zijleuning van de bank zodat ze hem aan kon kijken. 'Laat mij het doen,' stelde ze voor. 'Hij zal eerder tegen mij praten dan tegen jou.'

Ethan. Ze kon zijn gedachten zo goed lezen dat hij het soms griezelig vond. 'Ik laat mijn vrouw niet naar een gevangenis gaan.'

'Jouw vrouw,' herhaalde ze met opgetrokken wenkbrauwen. 'Ben ik je bezit?'

Ze wilde niet dat hij antwoord gaf. Ja, ze was zijn bezit. Elk deel van haar behoorde hem toe.

Jeffrey trok haar voeten op zijn schoot en begon ze te masseren. 'Je weet niet hoe gevangenissen zijn, Sara – de smerigheid, het geweld.'

'Denk je dat ik een opstand zal ontketenen?' Ze lachte bij het idee, maar Jeffrey wist wel beter.

Hij zei: 'Je zet je leven op het spel elke keer dat je naar binnen gaat. De cipiers hebben alleen de leiding zolang de gevangenen dat toelaten. Ze kunnen elk moment omslaan, vooral als er iets is wat ze willen. Alles kan gebeuren, vooral met een crimineel zoals Ethan die niets te verliezen heeft.'

'Hij heeft van alles te verliezen,' wierp ze tegen. 'Hij heeft nog maar negen jaar staan. Elke twee jaar komt hij in aanmerking voor voorwaardelijke vrijlating. Er is altijd de mogelijkheid dat hij iemand in de commissie zo gek krijgt om hem vervroegd vrij te laten. Hij gaat zijn kansen voor de verlofcommissie niet verpesten om mij te pakken.'

'Jij bent niet degene die hij wil pakken,' bracht Jeffrey haar in herinnering.

Ze wisten allebei dat hij net zo goed een schietschijf op zijn rug had kunnen schilderen op de dag dat hij Ethan naar de gevangenis bracht. Ze kneep haar lippen op elkaar en zei toen zachtjes: 'Alsjeblieft, ga niet.'

'Ik ga niet als jij me belooft dat je vandaag teruggaat naar Grant County.'

Ze trok weer haar wenkbrauwen op. 'En als ik vanavond bel en jij me vertelt dat je tegen me gelogen hebt en dat je naar de gevangenis bent geweest – wat dan?'

Hij liet zijn vingers langs de boog van haar voet glijden.

Haar stem bleef kalm, redelijk. 'Ik heb gezegd dat ik je zou steunen, maar dit is gekkenwerk. Je weet niet eens of Ethan op een of andere manier te maken heeft met wat er met Lena gebeurt. Ze gaf een heel logische verklaring voor haar bezoek.'

'Er zijn te veel toevalligheden,' zei hij, terwijl hij zich afvroeg waarom ze niet tegen hem schreeuwde. Hij kon zijn oren sluiten voor Sara's boze buien, maar het was hem nooit gelukt haar te negeren als ze logisch was. 'Ik moet er zelf achter komen.'

'Dat begrijp ik,' zei ze. 'Maar denk je echt dat Ethan Green uitgebreid zijn hart gaat uitstorten tegen jou? Als hij weet waarom Lena in de problemen zit, denk je dan dat hij jou iets zal vertellen?' Nu klonk ze alsof ze smeekte. 'Hij haat je, Jeffrey. Hij zou je het liefst vermoorden en je hebt me nog geen twee minuten geleden verteld hoe gewelddadig gevangenissen zijn. De cipiers hebben geen macht over de gevangenen. Wat gebeurt er als een van hen besluit om de andere kant op te kijken als je door een gang loopt? Wat gebeurt er als Ethan een wapen heeft en besluit om het zelf af te maken?'

'Liefje, ik vind het niet leuk om dit ter verdediging te zeggen, maar als Ethan Green me dood wilde, lag ik al onder de grond.' Er welden tranen op in haar ogen. Hij ging verder: 'Lena praat niet. Ik moet ergens antwoorden vandaan zien te krijgen.'

'En jij denkt dat Ethan Green je die antwoorden op een presenteerblaadje komt aanbieden? Wie is er hier nou naïef?' Sara ging rechtop zitten en pakte zijn hand. 'Alsjeblieft, ga niet.'

Jeffrey keek naar zijn hand in de hare. Hoewel Sara al in geen jaren in de operatiekamer was geweest had ze nog steeds chirurgenhanden. Haar vingers waren lang en sierlijk, maar hadden ook een soort kracht. Als iemand op dit moment de hotelkamer binnen zou lopen en Jeffrey zou vragen alle belangrijke dingen van Sara te beschrijven, zou hij met haar handen zijn begonnen.

Hij zei: 'Ik neem je niet mee naar de gevangenis.'

'Dus je laat me gewoon hier achter?'

'Ik zet je af bij het ziekenhuis,' zei hij. 'Ik weet dat je wil zien hoe het met Hank gaat. Als ik Ethan heb gesproken kom ik langs om je op te halen. Oké?'

Sara weigerde hem aan te kijken.

Zijn mobiel begon te trillen, huppelde over de salontafel. Jeffrey sprong op, griste de telefoon van tafel en bekeek het nummer.

Hij nam op met 'Tolliver'.
'Jake hier,' zei Valentine. 'Lena is hier. Ze heeft zichzelf aangegeven.'

Vierentwintig

Sara hing bijna de hele rit terug naar Reese aan de telefoon om erachter te komen waar Hank Norton lag. Zoals beloofd had het Elawah County Medical Center Hank laten overbrengen naar een groter ziekenhuis, alleen leek niemand te weten welk. Sara had elk ziekenhuis in de omgeving geprobeerd. Uiteindelijk was het haar gelukt iemand aan de lijn te krijgen in het St. Ignatius, een regionaal ziekenhuis op een uur rijden daarvandaan, bijna precies in de tegenovergestelde richting van de Coastal State Prison. Een verpleegster op de intensive care was net bezig Sara alle informatie over Hanks toestand te geven toen Jeffrey voor het politiebureau stopte.

'Dank u,' zei Sara tegen de verpleegster. Ze verbrak de verbinding en hield de telefoon tegen haar borst: 'Hij wordt langzamerhand stabiel.'

Jeffrey parkeerde de auto. 'Dat is goed, toch?'

Sara knikte, hoewel ze daar niet zo zeker van was. Als arts begreep ze dat het herstel van een patiënt niet alleen afhankelijk was van goede medische verzorging. Steun van de familie kon een patiënt vaak energie geven, of zelfs een reden om te leven. Hank Norton stond nu op een beslissend kruispunt. Als hij dacht dat hij alleen was, als Lena haar plicht om voor haar oom te zorgen niet vervulde, dan zou het goed kunnen dat hij de strijd opgaf.

Jeffrey stapte uit de auto en liep eromheen om het portier voor Sara open te doen. Ze glimlachte gespannen naar hem toen ze uitstapte, maar liet zijn hand niet los toen ze naar het souterrain liepen waar de cellen waren.

De hele reis had ze gevoeld dat hij met haar wilde praten, net zoals ze had gevoeld dat dat eerder uit schuldbesef was dan uit een behoefte om het haar te laten begrijpen. Wat Sara betrof, ze wilde geen uitvluchten horen. Jeffrey had al besloten dat hij naar de Coastal State Prison zou gaan op het moment dat hij het telefoonnummer op de rekening van Lena's motelkamer had gezien. Alles wat hij zei was een poging achteraf om het besluit goed te praten. Sara voelde dat ze zijn besluit moest steunen, maar ze was niet van plan om te doen alsof ze het leuk vond.

Ze zei: 'Het ziekenhuis is een uur omrijden voor jou.'

Jeffrey hield de glazen deur voor haar open. 'Weet ik.'

Don Cook zat aan de balie, maar in tegenstelling tot de eerste keer dat Jeffrey hem had gezien, speelde hij niet de rol van relaxte oude man. De hulpsheriff zat rechtop in zijn stoel, zijn armen over elkaar geslagen, en was duidelijk razend.

Jeffrey wierp hem een opgewekte glimlach toe. 'We komen voor Lena Adams.'

'Ik weet waar jullie voor komen,' blafte Cook.

Er klonken voetstappen op de trap. Jake Valentine verscheen in de trapopening en bleef staan toen hij Jeffrey en Sara zag. Hij was weer in uniform, zijn riem strak om zijn middel, zijn hoed stevig op zijn hoofd. Sara had verwacht dat de sheriff zelfvoldaan zou kijken nu hij zijn gevangene weer in hechtenis had, maar hij keek pisnijdig.

'Mevrouw,' zei hij met een tikje tegen zijn hoed, en toen tegen Jeffrey: 'Ze wordt net vrijgelaten.'

Sara en Jeffrey riepen tegelijk: 'Wat?'

Valentine kneep zijn ogen tot spleetjes alsof hij geen bal geloofde van hun reactie. 'Haar deftige advocaat heeft de rechter overgehaald haar vrij te laten. Ze is op vrije voeten tot ze voor moet komen voor de aanklacht wegens ontsnapping.' Hij gaf zijn hulpsheriff de opdracht: 'Don, wil je haar even gaan halen?'

Cook nam uitgebreid de tijd om op te staan zodat iedereen goed zou merken dat hij niet blij was met de laatste ontwikkelingen voordat hij achter de stalen deur naar de cellen verdween.

Zodra hij weg was, vroeg Jeffrey: 'Wat is er gebeurd, Jake?'

'Ze zat nog geen tien minuten vast of ik word opgebeld door de rechter die me vraagt het aanhoudingsbevel met hem door te nemen. Nog een keer.' Valentine zweeg even alsof hij zijn woede moest beheersen. 'Hij veegde alle oorspronkelijke aanklachten van tafel en begon me ook nog uit te kafferen. Ik moest hem smeken om de aanklacht wegens ontsnapping goed te keuren. Als ik niet zoveel geld had uitgegeven om haar te zoeken had hij die waarschijnlijk ook laten vallen.' Hij legde zijn hand op de kolf van zijn pistool. 'Kun jij me vertellen wat er aan de hand is?'

'Ik snap er net zo weinig van als jij,' antwoordde Jeffrey.

Valentine liep naar de buitendeur en keek naar het parkeerterrein. Het begon te misten. Hij keek om naar Jeffrey en Sara en richtte toen zijn aandacht weer op de BMW. 'Dat karretje moet een aardige duit hebben gekost.'

Sara voelde zich driftig worden. Jeffrey zei: 'Dokters verdienen een hoop geld.'

'Dat is zo,' gaf Valentine toe. Hij bleef met zijn rug naar hen toe staan en Sara moest denken aan de plotselinge vuistslag die de sheriff die eerste nacht voor het ziekenhuis aan Jeffrey had verkocht. Jeffrey dacht daar waarschijnlijk ook aan want hij ging voor Sara staan.

'Waarom heb je toegelaten dat de rechter haar vrijliet?' vroeg hij Valentine. 'Je had je tegen de rechter kunnen verzetten. Je had hem kunnen passeren en het GBI kunnen inschakelen.'

'Denk maar niet dat ik daar niet aan heb gedacht.' Valentine draaide zich om. 'Maar toen kreeg ik een berichtje.'

'Wat voor berichtje?'

Hij trok een opgevouwen papiertje uit zijn achterzak.

Jeffrey nam het aan en vouwde het open. Over zijn schouder zag Sara dat er maar één zin in blokletters op was geschreven: LAAT DE ZAAK VALLEN OF JE GAAT ERAAN.

Valentine nam het papiertje terug en vouwde het op. 'Het is dus duidelijk wat me te doen staat. Ik wil niet worden zoals Al Pfeiffer, dat ik in mijn luier schijt elke keer dat er aan de deur wordt geklopt.'

Jeffrey klonk even geschokt als Sara zich voelde. 'Je laat

de zaak gewoon vallen? Je laat die lui hiermee wegkomen? Er zijn twee mensen dood, Jake. Charlotte Gibson was lerares op Myra's school.'

'Wou jij mij een preek geven, terwijl jouw sterrechercheur vertegenwoordigd wordt door een van de grootste drugsadvocaten in de wijde omtrek?' Hij schudde vol walging zijn hoofd. 'Het ziet ernaar uit dat ik het bij het rechte eind had de eerste keer dat we elkaar tegenkwamen, hè?' Hij deed een stap naar voren zodat hij vlak voor Jeffrey stond. 'Voor het geval je het wil weten, ik zet zo mijn vraagtekens bij je integriteit, baas. Kom op, wil je me nu tegen de grond slaan of wachten tot ik je mijn rug toekeer?'

Jeffrey ging niet in op de uitdaging. 'Genoeg spelletjes, Jake. Je moet het GBI erbij halen.'

'Heb ik al gedaan,' meldde hij. 'Laten we het mijn laatste officiële daad als sheriff noemen.'

'Wacht even,' zei Jeffrey. 'Heb je je ontslag ingediend?'

Valentine knikte. 'De op een na laatste officiële daad, eigenlijk. De laatste was je rechercheur vrijlaten, en ik stel voor dat je haar zo snel mogelijk meeneemt de stad uit en vergeet dat je hier ooit bent geweest.' Hij keek over Jeffreys schouder. 'Als je het over de duivel hebt.'

Lena stond in de deuropening, met een chagrijnige Cook achter zich. Haar gezicht was overdekt met blauwe plekken. Haar ogen waren bloeddoorlopen, maar haar woede bij het zien van Jeffrey en Sara was zonneklaar. 'Wat doen zij hier?'

Jeffrey negeerde haar. Hij zei tegen Valentine: 'Laten we even naar buiten gaan om dit gesprek af te maken.'

'Met genoegen.' De sheriff duwde de deur met een wijds gebaar open.

Sara keek hen na door de glazen deur. De mist was overgegaan in motregen, maar dat leek de mannen niet te deren. Jeffrey stond op de stoep terwijl Valentine het parkeerterrein op liep om nog een keer Sara's auto te bekijken. Ze voelde een mengsel van schaamte en woede dat hij zo geobsedeerd was door dat stomme ding. Als de sheriff dacht dat Jeffrey corrupt was, mocht hij rustig hun belastingaangifte bekijken.

Achter haar sloeg de stalen deur dicht. Don Cook was weg. Lena en Sara waren alleen. Onmiddellijk voelde ze de muren op zich afkomen.

Lena's toon was kortaf, scherp. 'Je moet Jeffrey hier onmiddellijk weghalen.'

'Dat is geen enkel probleem,' antwoordde Sara, met een blik naar haar koppige echtgenoot buiten in de regen. 'Jeffrey gaat met Ethan praten.'

'Dat mag je hem niet laten doen.'

Sara lachte ongelovig. 'Ik weet niet of je je nog iets herinnert van je kleine tirade in het ziekenhuis een paar dagen geleden, Lena, maar de beste manier om Jeffrey iets te laten doen is tegen hem zeggen dat hij het níét moet doen. Dreigen helpt ook.'

Lena mompelde iets binnensmonds.

Sara verstond het luid en duidelijk, maar vroeg desondanks: 'Wat zei je?'

'Niets.'

'Als je wilt mompelen, moet je het niet zo duidelijk doen.'

Lena liep naar haar toe en bleef op een meter afstand staan. 'Ik zei dat zijn kop zo vol seks zit dat hij ze niet meer allemaal op een rijtje heeft,' herhaalde ze. 'Je moet zorgen dat hij hier als de sodemieter wegkomt. Nu.'

'Hoe stel je je dat voor?'

'Je zegt gewoon dat hij weg moet gaan.'

Sara schudde haar hoofd. 'Jezus, jij snapt echt geen moer van mensen.'

'Denk je dat mij beledigen alles goedmaakt?'

'Wat goedmaakt?' vroeg Sara. 'Goedmaakt dat die vrouw levend is verbrand? Goedmaakt dat die man in zijn rug werd gestoken? Goedmaakt dat je oom op sterven ligt?'

Lena kneep haar lippen op elkaar en vuurde met haar ogen al haar haat op Sara af.

'Laat dat theatrale gedoe maar zitten. Ik krijg diezelfde blik in de kliniek elke keer dat ik een peuter een injectie geef.' Sara zette haar handen op haar heupen. 'Vertel eens, Lena, was Charlotte Gibson een vriendin van je?'

Lena bleef boos kijken, maar Sara zag dat haar vastbeslotenheid begon te wankelen.

'Nou?'

'Ja,' antwoordde ze uiteindelijk.

'Als dat een vriendin van je was, dan maak ik me zorgen om je vijanden.'

Lena keek eindelijk weg en zei met zachtere stem: 'Ik probeer jullie allebei te beschermen. Ik heb een dag nodig – niet meer dan een dag. Geloof me op mijn woord en ga de stad uit.'

'Jij hebt ons hierheen gesleept en ons betrokken in deze... deze... *shitzooi* – bij gebrek aan een beter woord – en dan denk je dat een eenvoudig "omdat ik het zeg" daar een eind aan maakt?' Sara keek weer naar het parkeerterrein en zag Valentine en Jeffrey naar de deur komen lopen. 'Is Ethan hierbij betrokken?'

Lena staarde naar Sara alsof ze probeerde uit te dokteren hoe ze hier het beste op kon antwoorden.

'Snel,' bitste Sara. Valentine was nog maar een paar meter van de glazen deur, Jeffrey kwam achter hem aan. 'Is Ethan hierbij betrokken?'

'Ik weet het niet.' Lena schudde haar hoofd en trok tegelijkertijd haar schouders op. 'Waarschijnlijk niet. Ik weet het niet.'

'Wat zal er gebeuren als Jeffrey met hem gaat praten? Wat zal er veranderen? Maakt het er de zaken beter of slechter op?'

'Ik weet...'

Valentine deed de deur open. Jeffrey kwam achter hem aan naar binnen.

Lena verspilde geen tijd. Ze zei tegen Jeffrey: 'Blijf bij Ethan uit de buurt.'

Hij keek eerst naar Sara, alsof hij probeerde uit te maken aan welke kant ze stond. Sara deed net als Lena daarnet, ze schudde haar hoofd en haalde haar schouders op. Misschien snapte Lena wel degelijk iets van mensen. Natuurlijk, Sara had het haar allemaal voorgekauwd: de beste manier om Jeffrey iets te laten doen was zeggen dat hij het niet moest doen. Als Lena hem zo graag de stad uit wilde hebben, de rit naar de Coastal State Prison zou de hele dag in beslag nemen.

'Ethan heeft hier helemaal niets mee te maken,' zei Lena.

Hij wierp haar de pedante glimlach toe waar Sara zo'n hekel aan had. 'O ja?'

'Ik los het allemaal op,' zei Lena tegen hem. 'Ga gewoon weg, Jeffrey. Je hebt hier niets mee te maken.'

Hij glimlachte nog steeds, maar er klonk een waarschuwing in zijn stem. 'Ben jij nu de baas, Lena? Gaat het zo als een zwaargewicht drugsadvocaat aan de touwtjes trekt?'

Lena keek naar de grond. Sara probeerde Jeffrey af te leiden door aan de sheriff te vragen: 'Staat Lena's auto nog in het depot?'

Valentine knikte.

'Wil je ons daarheen brengen zodat we hem kunnen ophalen?'

Valentine was duidelijk verrast door het verzoek. 'Ik was... eh...'

Lena kwam tussenbeide: 'Ik heb Hanks auto vanochtend bij zijn huis achtergelaten. Die kunnen we nemen. Dat is dichterbij.'

Sara wachtte niet tot Valentine met een uitvlucht kwam. Ze zei tegen Jeffrey: 'Lena en ik gaan met Hanks auto naar het ziekenhuis. Je kunt me daar ophalen als je klaar bent.'

Jeffreys gezicht stond strak. Hij knikte naar de deur en Sara volgde hem naar buiten. De mist was terug en schiep een plechtige sfeer. Zwijgend liep hij naar de auto. Haar mobiel lag in het handschoenenkastje. Hij zette hem aan, staarde naar het schermpje en zei: 'Het kost me een paar uur om daar te komen, en waarschijnlijk nog een uur om al het papierwerk af te handelen.' Hij gaf haar de telefoon aan. 'Ik bel je als ik op de terugweg ben, oké?'

Publiek vertoon was niets voor Jeffrey, maar hij kuste haar op de wang, en daarna op de mond. Ze greep hem bij zijn kraag en duwde haar gezicht in zijn hals.

Hij zei: 'Ik weet niet wat er gaande is tussen jou en Lena, maar beloof me dat je rechtstreeks naar het ziekenhuis gaat.' Ze knikte, maar dat was niet genoeg. Hij tilde haar gezicht op. 'Je wordt de moeder van mijn kind, Sara. Beloof me dat je voorzichtig bent.'

'Ik beloof het,' zei ze. 'We gaan rechtstreeks naar het ziekenhuis. Ik blijf daar tot je me komt halen.'

Hij kuste haar nog een keer voor hij haar losliet. 'Het komt goed, oké?' Hij liep naar de auto. 'Ik zie je over een paar uur. Vanavond zijn we thuis.'

Sara keek hoe hij in de auto stapte en herinnerde zich die ochtend een halfjaar geleden toen hij haar had achtergelaten op de oprit van haar ouders. Lena had een paar minuten daarvoor gebeld en hij was op weg om Ethan Green te arresteren wegens overtreding van de wapenwet. Nu, voor de deur van het politiebureau, voelde Sara dezelfde huivering in zich opwellen – dezelfde onbeheersbare angst die als een donkere schaduw boven haar hart hing telkens als ze dacht aan een leven zonder Jeffrey.

Toen hij achteruit de weg op draaide, bad Sara dat het deze keer net zo zou aflopen. Dat ze zich vanavond – net als toen – naast hem in bed zou nestelen en zou luisteren naar het regelmatige ritme van zijn adem terwijl hij in slaap viel.

Sara en Lena zaten achter in de patrouillewagen van Jake Valentine. Ze hadden van hem ook voorin mogen zitten, maar Lena had geweigerd en eerlijk gezegd wilde Sara niet naast hem zitten. Het weinige respect dat ze had gehad voor Valentine was tenietgedaan door het feit dat hij zijn penning inleverde vanwege de dreigbrief. Sara kon de ironie er nog wel van inzien dat ze, als ze in de schoenen van Myra Valentine had gestaan, haar man zou hebben gesmeekt ontslag te nemen. Sara vroeg zich af of er ooit een dag zou komen dat ze zich geen zorgen zou maken over het feit dat Jeffrey goed was in zijn werk.

Waarschijnlijk op het feestje voor zijn pensionering.

De remmen piepten toen Valentine stopte voor Hanks huis. Sara keek bedenkelijk naar de Mercedes op de oprit. De auto leek ouder dan Lena.

Valentine stapte uit de patrouillewagen. Hij trok het portier aan Lena's kant open en liep toen om de auto heen naar dat van Sara. Hij leek opgelucht dat hij zijn baan vaarwel zei en verderging met zijn leven. Ze vroeg zich af wat

Jeffrey tegen hem gezegd had op het parkeerterrein.

Het regende niet meer, maar het was nog steeds bewolkt. Lena staarde naar het huis van haar oom en vroeg: 'Waarom branden alle lampen?'

'Wat zeg je?' vroeg Valentine.

'De lampen branden,' zei Lena scherp. 'Vanochtend nog niet.'

Sara vroeg zich af waarom het er iets toe deed. 'Weet je het zeker?' vroeg ze.

'Ja,' zei ze, en toen: 'Nee. Ik weet het niet meer.' Ze keek weer naar het huis. 'Hank zou niet zomaar alle lampen laten branden.'

'Hij is nauwelijks aanspreekbaar,' bracht Sara naar voren. 'Ik weet zeker dat zijn elektriciteitsrekening niet zijn grootste zorg is.'

Lena liep het tuinpad op. 'Ik ga even kijken.'

'Hoho, dame.' Valentine draafde voor haar uit met zijn hand op zijn pistool zodat het niet tegen zijn been zou slaan. 'Laat mij even de boel binnen controleren, oké?'

Lena wachtte niet bij Sara. In plaats daarvan liep ze om de Mercedes van Hank heen, keek door de raampjes en controleerde de bodem. Uit elke beweging sprak paranoia.

Sara ging naar haar toe en vroeg: 'Wat is er aan de hand?'

'We hadden een deal,' zei Lena, bijna tegen zichzelf.

'Wat voor deal?'

Lena stond aan de andere kant van de auto naar Jake Valentine te kijken die aan de ducktape rond de voordeur trok om hem open te krijgen.

'Wat zocht je onder de auto?' vroeg Sara, en al haar zintuigen vertelden haar dat er iets mis was. 'Met wie had je een deal, Lena?'

'Hé,' riep Valentine. 'Als er iets gebeurt...' – hij grinnikte – 'jullie weten het alarmnummer, toch?' Hij gaf ze geen kans om te antwoorden en ramde met zijn schouder de deur open.

Lena ademde diep in, als om zich schrap te zetten.

Valentine zwaaide naar hen. 'Alles in orde,' zei hij met zijn hand in zijn zij. 'Niets aan de hand.'

Er sijpelde bloed door de stof van zijn overhemd op de plek waar het metalen beslag van de deurpost zijn zij had opengesneden. Valentine hield eerst zijn hand tegen de wond en keek toen naar het bloed op zijn handpalm. Sara kon aan het bloeden zien dat het een diepe wond was, maar hij verzekerde hen: 'Niets aan de hand. Blijf maar daar terwijl ik binnen even rondneus.'

Lena wachtte tot de sheriff verdwenen was en opende toen het achterportier van Hanks auto. Ze voelde met haar hand onder de bestuurdersstoel, terwijl ze de hele tijd haar ogen op het huis gericht hield.

Sara vroeg: 'Waar ben je mee bezig?'

Lena deed zachtjes het portier dicht en draaide de auto op slot. Ze had duidelijk iets gezocht onder de stoel, maar ze zei tegen Sara: 'Die wond zag er niet zo best uit.'

Het begon weer te regenen. Sara tilde haar hand op om haar ogen te beschutten. 'Kun je me vertellen wat hier in jezusnaam aan de hand is?'

Lena grijnsde, alsof Sara iets doms zei. 'Ik denk dat het me vanochtend gewoon niet is opgevallen dat de lampen aan waren,' zei ze. 'Er zou een EHBO-doos in Jakes wagen moeten liggen.' Ze liep naar Valentines auto en trok aan de hendel van de kofferbak. De achterklep sprong open en Sara zag een geweer dat op de bodem bevestigd was. Daarnaast stond het blauwe metalen kistje dat Charlotte Gibsons man naar het bureau had gebracht.

Sara herinnerde zich de geboortebewijzen die onder de voering verborgen zaten, waarop Angela Adams haar broer als vader van haar kinderen had aangewezen. Het kostte Sara al haar zelfbeheersing om Lena niet opzij te duwen toen die het kistje uit de kofferbak pakte.

Toch probeerde ze het: 'Dat is bewijsmateriaal.'

Lena klapte het deksel open voordat Sara haar had kunnen tegenhouden.

Sara onderdrukte een zucht van verlichting. Het kistje was leeg. Zelfs de voering was weg. Regen spetterde op de metalen bodem.

Lena vroeg: 'Hoe komt hij hieraan?'

'Het werd gebracht door de man van Charlotte Gibson.'

Lena schudde haar hoofd. 'Dat slaat nergens op.'

'De kust is veilig,' riep Valentine vanuit het huis. Hij kwam de veranda af, met zijn hand tegen zijn zij, die duidelijk pijn deed. Hij zag het metalen kistje en vroeg aan Lena: 'Heb je dat eerder gezien?'

Lena schudde haar hoofd en deed zachtjes het deksel dicht.

Valentine stak zijn wapen in de holster en vroeg: 'Is er een speciale reden dat jullie in mijn kofferbak snuffelen?'

De EHBO-doos zat vastgegespt. Sara maakte hem los en zei: 'We dachten dat je dit nodig zou hebben.'

Hij haalde zijn hand van zijn zij en liet haar zien waar het deurbeslag zijn overhemd had gescheurd en het vlees had opengehaald. 'Ik denk dat ik iets meer nodig heb dan een pleister. Dit bloedt als een rund.'

Met tegenzin vroeg Sara: 'Wanneer was je laatste tetanusinjectie?'

'Ik ben in een fles getrapt toen ik twaalf was.'

Sara keek naar het huis en zag ertegen op naar binnen te gaan. Ze wilde ook niet terug naar het bureau, maar ze kon hem toch moeilijk buiten in de regen laten staan.

Ze liep naar de deur en zei tegen Valentine: 'Je hebt een nieuwe tetanusinjectie nodig. Ik zal je zo goed mogelijk oplappen en dan kun je zelf naar het ziekenhuis rijden.'

'Zelf rijden?' Hij leek te schrikken.

'Het is maar twee minuten,' zei ze, al wist ze dat ze zou moeten aanbieden hem te brengen.

Valentine keek nors. 'Ik heb de pest aan ziekenhuizen.'

'Dat heeft iedereen,' zei ze en ze leidde hem de keuken weer in. Sara was de dochter van een loodgieter en was daardoor blootgesteld aan heel wat rioollucht, maar zoiets smerigs als dit had ze nog nooit geroken. 'Ik zal het schoonmaken en er even goed naar kijken.'

'Gaat het pijn doen?'

'Waarschijnlijk wel,' gaf ze toe en ze duwde de klapdeur open. Er lag overal rotzooi, maar de gootsteen was leeg en het licht was goed. Sara zette de EHBO-doos op een stapel folders op het aanrecht en vroeg Lena: 'Kun jij wat schone lappen zoeken?'

Lena fronste haar wenkbrauwen. 'Hoe schoon moeten ze zijn?' Ze wachtte niet op antwoord. Ze zette het metalen kistje op de tafel en liep de gang weer in, de klapdeur zwiepte achter haar dicht.

Sara liet haar stem zakken en vroeg aan Valentine: 'Moet ik me zorgen maken dat ik geen handschoenen aanheb?'

'Wat?' vroeg hij, maar hij bloosde en lachte toen tegelijkertijd. 'O nee, mevrouw. Brandschoon.'

'Oké,' zei ze in de hoop dat ze hem kon vertrouwen. Sara draaide de kraan open en waste haar handen met groene zeep uit een potje. 'Kom op, trek je hemd uit. Ik kan op z'n minst het bloeden stelpen.'

Hij legde zijn koppelriem op tafel en begon zijn overhemd los te knopen. 'Is het zo erg als ik denk?'

'We zullen zien.' Sara opende de EHBO-doos, en zag tot haar opluchting grote stukken verbandgaas en tape in plaats van de gebruikelijke pleisters.

'Ik heb de pest aan naalden,' ging Valentine verder. Lena kwam binnen met een paar lappen in haar hand. Hij waarschuwde hen allebei: 'Je moet het niet verder vertellen, maar ik ben wel eens flauwgevallen als ik een spuit zag.'

'Ik ook,' antwoordde Sara. Ze scheurde het verbandgaas open en hij kromp ineen als een kind. Het verbaasde haar altijd hoe zenuwachtig agenten werden van alles wat hun onoverwinnelijkheid op losse schroeven zette. Hij kreeg zijn overhemd nauwelijks open.

Ze vroeg: 'Heb je hulp nodig?'

'Au, shit.' Valentine liet de knopen zitten en rukte het overhemd over zijn hoofd, kreunend toen hij zich uitrekte en de wond openging.

'Voorzichtig,' waarschuwde Sara, net even te laat.

Hij keek naar het bloed dat langs zijn broek droop en spotte: 'Ik heb toch geen bloedtransfusie of zo nodig?'

'Ik denk het niet,' zei Sara, het verbandgaas op de wond drukkend. 'Anders vinden we vast wel een donor in de cellen.'

'Ik zou het zo net niet weten,' zei Valentine. 'Ik heb een zeldzame bloedgroep.'

Het bloed sijpelde al door het gaas. Sara strekte haar hand

uit naar de lappen, maar Lena gaf haar niets aan. Ze stond daar alleen maar, totaal verstard.

'AB-negatief,' zei Lena, nauwelijks harder dan fluisterend. 'Zijn bloedgroep is AB-negatief.'

Vijfentwintig

Jeffrey overhandigde zijn pistool aan de cipier achter de metalen afscheiding in de Coastal State Prison. Sinds hij ongewapend met Jake Valentine in het bos was beland had Jeffrey het wapen bij de hand gehouden. Hij had het de afgelopen nacht zelfs op het nachtkastje neergelegd in plaats van onder het matras zoals hij gewend was. Hij realiseerde zich plotseling dat hij als de adoptie doorging een wapenkluis zou moeten hebben, een betere plek zou moeten bedenken om zijn wapens op te bergen. Hij glimlachte bij de gedachte.

'Nog iets?' vroeg de cipier terwijl hij het magazijn uit Jeffreys Glock haalde en de kamer controleerde.

'Dat is alles.'

De man knikte, schreef het serienummer van het pistool op en gaf Jeffrey een ontvangstbewijs.

Een andere cipier opende het eerste van twee hekken en zei: 'Deze kant op.'

Zodra ze allebei in de sluis waren en de eerste deur dicht was, opende de cipier de tweede deur en konden ze verder.

De cipier, die volgens zijn naambordje Applebaum heette, was precies het soort man dat je verwachtte in een oord als de Coastal State Prison. Groot met brede schouders en een arrogante manier van lopen die luid verkondigde dat hij nergens bang voor was.

Jeffrey zei: 'Volgens mij heb je een paar dagen geleden een van mijn rechercheurs ontmoet.'

'Nee,' zei de cipier. 'Ben net terug van vakantie.' Hij bleef bij een volgend stel deuren staan. Die werden bediend vanuit een centrale controlepost. Applebaum mompelde iets in zijn walkietalkie en de deur klikte open.

'Er stond niets over drugs in Greens strafdossier.'

Applebaum schudde zijn hoofd. 'Zijn jongens blijven daarvan af. Als je bij zijn ploeg hoort en ze betrappen je op gebruiken of verkopen, dan kun je beter in je blote kont over de luchtplaats rennen dan die lui hun gang laten gaan.' Hij schudde zijn hoofd. 'We hadden hier zo'n skinhead, jaar of zeventien, achttien, die sloot zich aan bij de ploeg van Green toen hij binnenkwam. Maar hij kon niet van de spuit afblijven, op heterdaad betrapt. Hij wist dat ze achter hem aan zaten, dus maakte hij een mes van zijn kam maar ze kiesterden hem onder de douche.'

Jeffrey wist dat kiesteren gevangenisslang was voor iets in je kont bewaren. 'Wat is er gebeurd?'

'Ze pakten een bezem en duwden de kam omhoog. De dokter die de autopsie deed, zegt dat hij toen ze hem opensneden ongeveer tot in dat joch z'n amandelen stukjes plastic vond.'

'En dat was Greens werk?'

'Hij gaf de opdracht,' bevestigde Applebaum toen hij voor de volgende gesloten deur bleef staan. 'Iemand die zo hoog zit, houdt zijn handen brandschoon.'

'Iemand zou kunnen doorslaan.'

De cipier haalde lachend een sleutel tevoorschijn en deed de deur van de spreekkamer open. 'En J-Lo zou naar South Georgia kunnen komen om me te pijpen in haar privé-vliegtuig.' Hij werd zakelijk toen hij Jeffrey de spreekkamer binnenbracht. 'Raak de gevangene niet aan. Kom niet dichterbij dan anderhalve meter. Ziet u die streep op de tafel? Zover kan hij komen met de ketenen, maar vertrouw er niet op.'

'Ik wil niet dat hij geketend wordt.'

'Opdracht van de directeur.'

'Ik ben niet bang voor Ethan Green.'

Applebaum draaide zich om. 'Ik anders wel, verdomme, en u zou dat ook moeten zijn.'

Jeffrey knikte, snapte wat hij bedoelde. 'Breng hem maar binnen.'

Applebaum vertrok en Jeffrey ging aan de tafel zitten tegenover de metalen ring die aan de muur was geklonken. Hij hoorde praten in de gang en stond op omdat hij Ethan niet het voordeel van zijn lengte gunde. Toen bedacht hij dat hij eruitzag alsof hij met zijn hoed in de hand was gekomen, liep naar de muur tegenover de deur en leunde er met zijn handen in zijn zakken tegenaan.

De deur ging open en Ethan schuifelde naar binnen met Applebaum en drie andere cipiers. Hij hield zijn ogen op Jeffrey gericht toen Applebaum en de anderen hem naar zijn stoel leidden. Hij ging zitten en staarde dwars door Jeffrey heen terwijl hij aan de muur werd geketend.

Applebaum zei: 'We staan voor de deur.'

De vier cipiers vertrokken en namen alle zuurstof uit de kamer mee. De ketenen aan Ethans handboeien schraapten langs de tafelrand toen hij zijn handen voor zich in elkaar sloeg.

Ethan vroeg: 'Ben je bang om tegenover me te zitten?'

'Waar de alarmknop zit? Niet echt.'

Ethans lippen krulden zich tot een grijns, maar hij knikte alsof Jeffrey een punt had gescoord. Dit was precies waar Sara zo bang voor was – dit stomme machogedoe dat voor je het wist dodelijk afliep.

Jeffrey maakte zich los van de muur en liep naar de lege stoel. Hij trok hem een halve meter van de tafel en ging zitten, met zijn benen wijd en zijn handen op zijn dijen.

Ethan snoof en leunde achterover in zijn stoel. 'Ga je de hele dag naar me zitten staren, commissaris? Ben je geil op me of zo?'

'Ik wil weten wat je met Lena hebt gedaan.'

Hij maakte een aftrekbeweging. 'Beetje aangeklooid.'

'Ik weet dat je Hank een paar keer hebt gebeld,' zei Jeffrey. Hij had de gesprekken in Ethans dossier geregistreerd gezien. 'Waarom?'

'Om Lena hier te krijgen.' Hij klikte met zijn tong. 'Heeft gewerkt, toch?'

'Het enige probleem is dat zo'n trucje maar één keer werkt.'

'Ik heb andere plannen.' Hij hief zijn handen in de richting van de muren om hen heen. 'Op een dag kom ik hieruit en als het zover is weet ik haar te vinden.'

'Ze schiet je een kogel door je kop.'

'Ze is dood voor ze de kans krijgt,' ketste Ethan terug. 'Heb jij haar ooit geneukt, commissaris?'

Jeffrey gaf geen antwoord.

'Ik weet dat je dat wilde. Ik heb wel gezien hoe je soms naar haar keek.'

Jeffrey reageerde niet.

'Laat me je dit vertellen,' zei Ethan, naar voren leunend: 'Ze lijkt een harde maar daaronder is ze superzoet. Je snapt me wel.' Hij grijnsde tevreden. 'Lekker ding.'

Jeffrey bleef onbewogen. Ethan dacht kennelijk dat hij een snaar had geraakt, maar Jeffrey had zich nooit aangetrokken gevoeld tot Lena. Hij had nooit een zus gehad, maar hij stelde zich voor dat de gevoelens die hij voor Lena had daarop leken.

'Wat je moet doen is haar een beetje ruw aanpakken,' ging Ethan verder. 'Haar vooroverbuigen en...' Hij stootte met een luid gegrom tegen de tafel.

'Haar vooroverbuigen, hè?' Jeffrey schudde droevig zijn hoofd. 'Ik denk dat je hier met de verkeerde figuren bent opgetrokken, baasje.'

Ethan legde zijn hand om zijn ballen en schudde ze. 'Ik heb jouw baasje hier zitten, klootzak.'

'Vechten of neuken,' zei Jeffrey. 'Zo noemen ze het hier toch? Je moet vechten of neuken.' Hij wierp een blik op Ethans handen. 'Zo te zien heb je niet gevochten.'

Ethan lachte. 'Zie je deze tattoos, motherfucker?' Hij bedoelde de swastika's, de gewelddadige taferelen die hij in zijn huid had laten kerven. 'Niemand durft me hier met een pink aan te raken.'

'Dat klopt,' zei Jeffrey. 'Ik heb gehoord dat jij en je vriendinnetjes je eigen cheerleadersclubje zijn begonnen. Wat houdt dat precies in? Ik bedoel, ik weet dat jullie hetzelfde uniform dragen, maar ik neem aan dat jullie niet een beetje elkaars haar zitten te vlechten. Doen jullie je nagels samen? Of misschien geven jullie elkaar klysma's en praten over de blanke man die zal heersen over de wereld?'

'Pas op je woorden.'

'Pas op wat? Een stel relschoppers die niet genoeg liefde hebben gekregen van hun pappie? Jezus christus, jullie komen rechtstreeks uit *Oprah*. Laat me niet lachen.'

'Fuck die zwarte kut.'

'Fuck dit, fuck dat,' spotte Jeffrey en hij stond op. 'Lena had gelijk. Dit is een totale verspilling van mijn tijd.'

'Wat?' Ethan kneep zijn ogen tot spleetjes. 'Wat heeft Lena gezegd?'

'Ze heeft me hierheen gestuurd,' zei Jeffrey. 'Ze wilde dat ik zag wat een zielig meisje je was geworden.'

Ethan staarde hem aan. Hij probeerde erachter te komen of het waar was. 'Welnee, man. Zij heeft je niet gestuurd.'

'Jawel,' zei Jeffrey. Hij stond bij de deur en leunde er met zijn schouder tegenaan. 'Zij zei dat je bij die Brotherhood zat.'

Ethans lippen krulden minachtend om. 'Wat?'

'Brotherhood of the True White Skin,' verduidelijkte Jeffrey. 'Ze zei dat je je hier bij hen had aangesloten om je blanke reet te redden.'

'Shit,' zei hij, het woord bijna uitspugend. 'Die kuttekoppen? Die dealen meth.'

Jeffrey haalde zijn schouders op. 'En?'

'Meth is de duivel voor de blanke.' Ethan leunde fel naar voren. 'Je geeft die rotzooi niet aan je eigen mensen. Het verkloot je kop, maakt een slaaf van je. Het hoort bij de samenzwering van de zwartjoekels om Amerika over te nemen.'

'Denk je dat echt?' vroeg Jeffrey. Hij liep weer naar de tafel, legde zijn handen plat op het metalen oppervlak en leunde tot dicht bij de rode streep. 'Kijk, ik ben een paar van die klootzakken van de Brotherhood tegengekomen, en ik zie echt niet het verschil.'

Ethan lachte. 'Lul de behanger. Dacht je dat ik bij die klootzakken zat? Ik zei het toch, die verkopen meth aan hun eigen mensen. Ze roken die shit zoals de negers hun crack. Laten ze elkaar lekker afmaken. Van het oppervlak van de fucking planeet vagen zodat het ware ras het over kan nemen.'

Jeffrey hield oogcontact met hem, nog steeds over de tafel geleund. Ethan zei dat hij Hank had gebeld zodat Lena hem zou komen opzoeken. Als dat zijn plan was geweest had het zeker gewerkt. Maar wat voor connecties had hij in Elawah? Hoe paste Ethan in het methsyndicaat van de gebroeders Fitzpatrick dat in het zuiden van Georgia en langs de hele kust opereerde? Jeffrey kende Ethans strafblad van voren naar achteren. De man was nooit veroordeeld voor drugs. Al zijn urinetests waren brandschoon van de tijd dat hij in de jeugdgevangenis zat tot de tijd dat hij voorwaardelijk vrij was. Applebaum, de cipier, had zelf gezegd dat Ethan niets met drugs te maken had. Had Lena de waarheid verteld? Pleegde Ethan gewoon de verkeerde telefoontjes op het juiste moment?

Jeffrey schoof van de tafel weg. 'We zijn hier klaar.'

Ethan gunde hem niet het laatste woord. 'Je denkt dat je een flinke kerel met een wapen bent, Tolliver, maar weet je wat je bent? Je bent stront aan mijn schoenen. Je weet dat Lena dat pistool in mijn tas heeft gestopt. Je weet dat ze me erin heeft geluisd. Je denkt dat je Orde en Gezag bent, maar je hebt de wet overtreden, man. Je bent net zo erg als die flikkers daar in Irak, die Abu Ghraib-klootzakken die denken dat ze de conventie van Genève uit het raam kunnen smijten omdat ze een stijve krijgen als ze een Arabische klootzak met zijn eigen stront beschilderen. Je bent net zo erg als die lui, man, misschien erger, omdat jij geen vijftienduizend kilometer van huis bent, uit een blikje vreet en je stront in de woestijn moet begraven. Je hebt me gewoon 's ochtends vastgezet en diezelfde avond ben je weer lekker in je eigen bed gekropen, heb je waarschijnlijk je lul tussen de tieten van je vrouw gestoken en de slaap der rechtvaardigen geslapen, maar weet je wat, motherfucker? Je bent net zo erg als die anderen.'

Jeffrey antwoordde niet omdat Ethan in grote trekken gelijk had. Jeffrey had geweten dat Lena het pistool daar had gestopt zodra hij het uit Ethans rugzak kon halen. De nazi kon overweg met vuurwapens. Zelfs de minst ervaren oetlul zou geen geladen wapen in zijn rugzak keilen en vervolgens naar zijn werk joggen.

Maar ook al wist hij het, Jeffrey had hem toch gearresteerd, en hij had zeker de slaap der rechtvaardigen geslapen die nacht omdat hij wist – dat wíst hij – dat Ethan Green achter de tralies hoorde. Ethan had systematisch geslagen en gefolterd. Lena was niet sterk genoeg om hem tegen te houden, maar Jeffrey wel, verdomme. Hij was bij de politie gegaan juist omdat er mensen als Ethan Green en Lena Adams op de wereld waren. Het was zijn taak om de zwakken tegen de sterken te beschermen en hij was nooit zekerder van zichzelf geweest dan op het moment dat hij de boeien om Ethans polsen klemde.

Jeffrey stak zijn hand op om op de deur te kloppen. 'Bedankt voor de toespraak, Ethan. Het was heel gezellig, maar nu moet ik weer terug naar mijn vrouw.'

'Ik krijg je wel,' zei Ethan, met een donkere dreiging in zijn stem. 'Wacht maar af.'

'Als ik er het minst op verdacht ben, toch?'

'Ik zal haar nooit met rust laten.'

'Je hebt niet veel keus.'

'Ik kom hier uit. Wacht maar, flinke kerel. Ik kom hier uit en dan zal Lena me met open armen verwelkomen.'

'Dat zou nog wel eens zwaar kunnen tegenvallen.'

'Ze kan niet zonder me,' zei Ethan, die overeind kwam voor zover zijn ketenen dat toestonden. 'Een deel van mij zit in haar.'

Jeffrey glimlachte en zei toen een van de wreedste dingen die hij ooit over zijn lippen had laten komen. 'Heeft ze het niet verteld? Ik dacht dat dat de reden was waarom ze gekomen was, Ethan. Om je te vertellen over dat deel van jou dat ze weg heeft laten halen.'

Jeffrey had verrassing verwacht, nog meer haat, maar het enige wat hij zag op het gezicht van de nazi was verdriet. Langzaam zakte Ethan terug op zijn stoel. Toen hij begon te praten moest Jeffrey zich inspannen om hem te horen. 'We gaan samen weg,' zei hij. 'Lena en ik... we gaan ergens een strand zoeken. De hele dag in de zon liggen, de hele nacht neuken. We zullen de rest van ons leven samen zijn.'

'Ja.' Jeffrey klopte weer op de deur. 'Stuur me een kaartje, makker.'

Ethans hoofd schoot omhoog. 'Hou je brievenbus maar in de gaten.'

Jeffrey pakte zijn ballen beet, hetzelfde gebaar dat Ethan daarnet had gemaakt. 'Hou dit maar in de gaten, stomme kloot.'

De gevangene gaf geen trap na. Hij zat aan de tafel met zijn handen gevouwen voor zich, waarschijnlijk te dromen van zijn fantasieleven op een strand ergens met Lena.

Zesentwintig

Lena had de tatoeage aan de onderkant van Jake Valentines linkerarm gezien toen hij zijn overhemd over zijn hoofd trok. Vlak onder de biceps stond AB gevolgd door een streepje. AB-negatief. Ze herinnerde zich de uitleg achter op een foto in Ethans strafdossier: *Symbool voor rang van generaal in de White Power-beweging.* Haar mond bewoog; er kwamen woorden uit die ze niet kon bedwingen.

'AB-negatief,' zei ze. 'Zijn bloedgroep is AB-negatief.'

'Wat?' vroeg Sara.

Lena's hersens waren bevroren, maar ze voelde de adrenaline stromen. Ze dook naar Valentines koppelriem op de tafel, maar hij had langere armen en was haar makkelijk voor.

Sara hield haar handen omhoog en liep achteruit naar de deur.

'Blijf daar staan,' beval Valentine met het pistool op haar gericht. 'Lena kom hier zodat ik jullie allebei kan zien.'

Lena verroerde zich niet. Hoe was dit mogelijk? Ze had Jake Valentine nooit bij het pakhuis gezien. Hij stond op geen van haar lijsten of foto's.

'Kom hier, zei ik.' Hij greep Lena bij de arm en duwde haar naar Sara. Toen reikte hij achter zich naar zijn riem, vond zijn handboeien en gooide die naar Lena.

'Doe er een om jouw pols en de andere om de hare,' beval hij. 'Goed strak. Ik ben niet zo stom als ik eruitzie.'

'Nee,' zei ze. Haar hart bonkte in haar keel. 'Dit klopt niet. Bel je baas.'

'Wie is mijn baas?'

'Clint.'
Hij lachte bij het horen van die naam. 'Dat stuk stront? Clint zou nog geen eenmansleger kunnen aanvoeren.'
'Ik heb hem vanochtend gesproken. Hij zei dat we een deal hadden.'
'Je hebt gelijk,' beaamde Valentine. 'Hádden. Jij zou je kop houden, dan kwam iedereen hier heelhuids uit. Maar dat was voordat je je grote bek opendeed en haar erbij betrok.' Hij bedoelde Sara. 'Doe die handboeien om zoals ik gezegd heb terwijl ik bedenk hoe we dit gaan aanpakken.'
Lena deed wat haar was opgedragen en klikte de boeien om haar linker- en Sara's rechterpols. Ze liet maar een vingerbreedte vrij tussen het metaal en de huid, want ze wist dat Valentine toekeek.
Hij trok een stoel bij en zei tegen Lena: 'Ga zitten.' Daarna zei hij tegen Sara: 'Maak die wond dicht zodat ik niet doodbloed.'
'Nee,' zei Sara. 'Ik ga je niet helpen.'
'Je hebt gezien wat er met Charlotte is gebeurd,' bracht Valentine haar in herinnering. 'Wil je dat hetzelfde met je vriendin hier gebeurt? Je mag toekijken hoe ze verbrandt terwijl je op je beurt wacht.'
'Doe maar,' zei Lena tegen Sara. 'Stop de bloeding.'
Met tegenzin ging Sara verder met het verzorgen van de wond in zijn zij. Het was een diepe snee, maar het bloeden was overgegaan in langzaam druppelen. Lena was geen expert, maar zelfs zij kon zien dat Sara er een potje van maakte. Als Lena kans had gezien het pistool dat op haar hoofd was gericht te ontwijken, had ze haar vingers in zijn zij geramd tot ze zijn organen voelde.
'Au,' zei Valentine met een van pijn vertrokken gezicht toen Sara haar vinger in het verbandgaas stak. 'Dat deed je expres.'
'Wat ga je met ons doen, Jake?' vroeg Sara. 'Ga je ons te grazen nemen? Je moet heel goed beseffen wie je tegen je in het harnas jaagt.'
De flits in zijn ogen verried dat Sara's woorden doel hadden getroffen. Lena kon zich voorstellen dat de sheriff in de loop van de laatste dagen had ontdekt dat Jeffrey niet

iemand was die met zich liet sollen. Als Valentine slim genoeg was om dat door te hebben, dan wist hij ook wat Jeffrey zou doen met iemand die Sara bedreigde.

'Jeffrey zal je vermoorden,' zei Sara tegen hem. 'Wat je ook doet of waar je je ook probeert te verstoppen, hij zal je vermoorden.'

Valentine haalde zijn mobiel uit zijn zak en toetste met zijn duim een nummer in. 'Ik neem geen mensen te grazen,' legde hij uit met de telefoon tegen zijn oor. 'Clint, met mij. Weet je nog dat gedoe dat je zou organiseren op de locatie?' Hij zweeg even. 'Ja, ik ben nu op de andere locatie. We gaan het hier doen.' Valentine knikte. 'Nee, er is iets tussengekomen. We bedenken wel een andere manier. Dat hoor je als je hier bent.' Hij keek bijna spijtig neer op Sara. 'En zeg tegen je vriendje dat zijn aanwezigheid gewenst is om de scherpe kantjes te verzachten.' Hij klapte de telefoon dicht tegen zijn been en liet hem weer in zijn voorzak vallen.

'Wat ga je met ons doen?' vroeg Sara.

'Voorlopig gaan jullie zitten,' zei Valentine en hij schopte een stoel naar haar toe. 'Vooruit.'

Sara aarzelde, maar ze wist dat er geen gemakkelijke uitweg was. Ze ging op de stoel zitten met haar hand op tafel naast die van Lena. Haar andere hand lag tot een vuist gebald op haar schoot, en Lena zag dat ze haar had onderschat. Als Sara haar kans zag, zou ze zich hieruit vechten, al werd het haar dood.

'Werkt Clint voor jou?' vroeg Lena om hem af te leiden.

Valentine hees zich op het aanrecht, met een grimas van pijn vanwege de wond in zijn zij. 'Er werken zoveel mensen voor mij.'

Harley, dacht Lena. Niemand werkte voor Harley. Toen ze Clint vanochtend in het pakhuis had aangesproken, was hij zich kapot geschrokken van de foto's van Harley. Alle kleur was uit zijn gezicht getrokken, en zijn hand had gebeefd toen hij de telefoon pakte en het nummer intoetste. Hij had met een zachte stem aan de man die hij aan de lijn had uitgelegd dat Lena bereid was de foto's en de lijsten te ruilen voor hun leven. Dat was het enige wat ze wilde:

geen geld, geen drugs, alleen hun leven. Ze zou voor de zekerheid de originelen bewaren en de swastikajongens konden vrolijk hun gang gaan.

Clint had niet veel gezegd door de telefoon. Hij had voornamelijk geknikt, zonder Lena uit het oog te verliezen, zijn angst was tastbaar geweest in het lege pakhuis. Toen had hij opgehangen en tegen Lena gezegd dat ze zichzelf aan moest geven, dat de rechter op hun loonlijst stond en haar zou laten gaan met een waarschuwing. Lena was ervan uitgegaan dat Clint Harley had gebeld. Had hij in plaats daarvan met Jake Valentine gepraat? Had de sheriff al die tijd de touwtjes in handen?

'Jezus, ik moet wat aspirine hebben.' Valentine gleed van het aanrecht en begon de kastjes om hem heen open te doen.

Lena wist dat er allerlei pijnstillers in de EHBO-doos zaten, maar ze was niet van plan hem dat aan zijn neus te hangen. Hij stond met zijn rug naar hen toe en vanuit haar ooghoek zag Lena dat Sara haar hand op het metalen kistje legde en het dichterbij schoof.

Lena vroeg: 'Wat bedoelde je aan de telefoon, "iets om de scherpe kantjes te verzachten"?'

Hij doorzocht het laatste kastje. 'Daar kom je snel genoeg achter, schatje.'

Sara leek het kistje te hebben waar ze het hebben wilde. Ze zei tegen Valentine: 'Je verband laat los.'

Hij keek naar haar handwerk en zuchtte. 'Maak het vast,' eiste hij en hij liep naar haar toe. Ze tilde haar handen op maar hij hield haar tegen en drukte het pistool tegen haar hoofd. 'Ik hou deze hier zodat je niet in de verleiding komt om dat metalen kistje te pakken en me ermee op mijn hoofd te meppen.'

Sara plakte het verband weer vast. 'Jeffrey gaat je vermoorden.' Ze zei de woorden nonchalant, alsof het een uitgemaakte zaak was en geen dreigement.

Valentine wachtte tot Sara klaar was, pakte het kistje, duwde de klapdeur met zijn voet open en smeet het de gang in.

Hij leunde tegen het aanrecht en vroeg aan Lena: 'Hoe

ben je erachter gekomen? Hoe weet je van de tatoeage?' Door deze ene vraag besefte ze eindelijk dat Ethan niets met dit alles te maken had. Hank was weer aan de drugs om zijn eigen duistere redenen. Charlotte en Deacon waren slachtoffers van een andere oorlog. Wat nu in dit huis gebeurde had allemaal te maken met Jake Valentine en de miljoenen dollars aan methamfetamine die in zijn district omgingen.

Voor Sara legde Lena uit: 'ss'ers hadden hun bloedgroep op dezelfde plek getatoeëerd. Het betekent dat Jake hoog in de rangorde zit.'

'Hoger kan niet,' pochte hij.

'Maar je ziet ze zelden,' was Lena's commentaar. 'Meestal kladden ze zich vol swastika's en wat ze nog meer kunnen bedenken.' Ze keek Sara aan omdat ze haar erin wilde betrekken. 'Heb jij ooit een skinhead gezien, ik bedoel echt gezien, hun tatoeages bestudeerd?'

Sara keek haar strak aan. Ze wisten allebei dat ze Ethan had onderzocht. 'Nee.'

Lena vroeg de sheriff: 'Waarom heb jij maar één tatoeage?'

Hij giechelde. 'Vind je het gek? Myra zou me vermoorden als ik toegetakeld als een circusattractie thuiskwam.' Hij klopte op zijn borst. 'Wat hierin zit, daar gaat het om.'

'Weet je vrouw het?' vroeg Sara met een verbaasde uithaal.

Valentine wierp haar een blik toe maar gaf geen antwoord. Zijn woorden waren voor Lena bedoeld. 'Je was op een haar na ontsnapt. Weet je dat? Maar toen moest je alles zo nodig verkloten. Je hebt de verkeerde lui kwaad gemaakt, schatje. Je had je met je eigen zaken moeten bemoeien.'

Lena bedwong de neiging om in zijn gezicht te spugen. 'Waarom moest Charlotte dood?'

'Om jou duidelijk te maken wat er gebeurt met mensen die praten.'

'Ze heeft niets gezegd.'

'In mijn ervaring hebben verslaafden de neiging onbetrouwbaar te zijn.'

'Ze was niet verslaafd.'

'Waarom zat ze dan meth te roken in een drugshol met je oom vorig weekend?'

Lena boog haar hoofd zodat Valentine de uitdrukking op haar gezicht niet kon zien. Charlotte... arme Charlotte.

'Wat heeft Hank hier allemaal mee te maken?' vroeg Sara.

'Hij keek op het verkeerde moment uit het raam,' bekende Valentine. 'Ik was met een paar relaties zaken aan het doen in het motel. Hij en die stomme barkeeper van hem begonnen vragen te stellen, ze dachten dat ze op hun witte paard de stad konden komen schoonvegen.' Hij haalde zijn schouders op. 'Zit kennelijk in de familie, waarschuwingen in de wind slaan.'

'Al Pfeiffer,' ging Sara verder. 'Is die daarom de stad uit gegaan? Heb jij die brandbom door zijn raam gegooid?'

Valentine haalde alleen zijn schouders op. 'Dingen gebeuren.'

'Is Cook er ook bij betrokken?' vroeg Lena.

'Don?' Hij snoof. 'Don weet geen bal. Die zit gewoon achter dat bureau tot hij met pensioen mag.'

Sara vroeg: 'Had hij zich daarom kandidaat gesteld voor de functie van sheriff?'

Valentine meesmuilde. 'Ik kon toch moeilijk de enige kandidaat zijn?' Hij grinnikte. 'Het steeg die arme ouwe Cookie een beetje naar z'n kop, hij dacht echt dat hij kon winnen.' Er werd op de achterdeur geklopt. Valentine riep: 'Wie is daar?'

'Ik,' riep een stem terug.

Valentine liet het aanrecht los en deed de deur open, met het pistool op Sara en Lena gericht. Clint stond bij de deur met een grote kartonnen doos.

Hij zag Lena en schudde zijn hoofd. 'Je bent godverdomme nog erger dan die oom van je, weet je dat? Overal je neus in steken.'

'We hadden een deal.'

'Ja,' beaamde Clint en hij pakte iets uit de kartonnen doos. Er zat een FedEx-pakje in. Hij smeet het naar Lena. Ze zag haar eigen handschrift, het adres van Frank Wallace op het politiebureau van Grant County. Ze had het pakje de vorige nacht vanuit de copyshop naar Frank gestuurd met de gedachte dat Frank daarmee genoeg bewijs zou hebben om de organisatie op te rollen als alles misliep. De originele foto's en lijsten die ze bijgehouden had, zaten onder de voorstoel van Hanks Mercedes. Maar nu was haar verzekering weg.

Clint zei tegen haar: 'We hebben je gevolgd sinds je de stad in kwam. Dacht je dat het zuiver toeval was dat we Charlotte bij ons hadden de avond dat we je auto van de weg drukten?'

Lena voelde haar mond opengaan, maar er kwam niets uit.

'Je had vredig kunnen doodgaan over een paar weken. Spuit in je arm, zelfmoordbriefje dat je zo verdrietig was om de dood van je oom.' Hij keek naar Sara en schudde bedroefd zijn hoofd. 'Jij had het ook bijna gehaald.'

Valentine snauwde: 'Hou op met tijd verspillen en ga aan het werk.'

Clint zette de doos op het aanrecht en liep naar het fornuis. Hij schoof Hanks pamfletten van de branders en probeerde de knoppen. Geen van de branders werkte, waarschijnlijk omdat Hank het fornuis in geen twintig jaar had gebruikt. Toch gaf Clint het niet op. Hij draaide aan een van de knoppen, boog zich voorover en snoof of hij gas rook. Tevreden pakte hij een doos lucifers en streek er een af. De vlam plofte aan. Hij draaide de brander uit en probeerde de andere een voor een. Twee gingen even makkelijk aan als de eerste, maar bij de vierde moest hij het rooster optillen en hem met zijn duimnagel schoonkrabben voordat er genoeg gas uit kwam om vlam te vatten.

Sara vroeg aan Valentine: 'Wat ben je van plan?'

Hij antwoordde niet maar pakte allerlei voorwerpen uit de doos die Clint had meegebracht en legde ze naast elkaar op het aanrecht. Aceton, ontsmettingsalcohol, ammonia, loog.

'Shit,' siste Lena. 'Meth. Ze gaan meth koken.'

'Wees maar niet bang,' zei Valentine tegen haar terwijl

hij kastjes open- en dichtdeed tot hij Hanks koffiebekers had gevonden. Ze waren oud, handgemaakt in Mexico en zo breekbaar dat Hank ze alleen bij speciale gelegenheden gebruikte. Hij hield glimlachend een van de bekers omhoog. 'Het zal niet zo lang koken.'

Nee, dat zou het niet. Als de ingrediënten te heet werden, zou het aardewerk breken. De vloeistof zou ontploffen zodra hij in aanraking kwam met open vuur en de brandende chemicaliën zouden overal waar ze terechtkwamen als hete was blijven plakken: muren, vloerkleden, huid. Meth koken was zo gevaarlijk dat alleen door meth benevelde junks het probeerden, en de explosies konden gigantische schade aanrichten, niet alleen aan mensen maar ook aan goederen. De meeste staten beschouwden methlabs als massavernietigingswapens en hadden van de centrale regering geld gevraagd om ze te ontmantelen op grond van de antiterrorismewet.

'Waren dat de zaken die je in het motel deed?' vroeg Lena. 'Zag Hank je meth koken?'

'Ik zei toch dat ik daar een ontmoeting met zakenrelaties had,' antwoordde Valentine. Hij haalde blikjes Coleman-brandstof uit de kartonnen doos. 'Heel belangrijke relaties.'

'Wat voor relaties?' drong ze aan. 'Mexicanen? Skinheads?'

Valentine hield geïrriteerd op met het uitpakken van de doos. 'Wil je het verhaal horen? Wil je weten wat er gebeurd is?'

Nu ze het antwoord binnen bereik had, was Lena niet zo zeker meer of ze het wel wilde horen.

Valentine draaide zich weer om, maar ze hield hem tegen. 'Ja. Ik wil weten wat er gebeurd is.'

Hij leunde tegen het aanrecht en steunde de hand met het pistool bij de elleboog. 'Hank probeerde mij te omzeilen en contact te zoeken met figuren op hoger niveau.'

'Het GBI?' vroeg ze. Waarom was Hank naar het Georgia Bureau of Investigation gegaan in plaats van Lena om hulp te vragen? Hij had haar er niet bij willen betrekken, natuurlijk. Hij had zijn hele leven geprobeerd Lena uit de wind te houden, terwijl zij stug haar best had gedaan zich in de nesten te werken.

Valentine zei: 'Gelukkig ging hij naar een vriendje van ons: iemand die maar al te graag naar het noorden wilde voor een lange vakantie.' Hij glimlachte om de eenvoud. 'Het was niet zo moeilijk om Hank weer verslaafd te krijgen. Je weet dat methverslaafden maar een herstelpercentage van tweeëntwintig procent hebben? En de meesten blijven er altijd naar verlangen. Het vlees is zwak, vermoed ik. Clint had wat gesprekjes met hem, gaf hem een paar shots. Voor je het wist betaalde hij ervoor.'

'Wist je dat ik bij de politie zat?' vroeg Lena. 'Wist je dat ik Hank zou gaan zoeken?'

'Natuurlijk wisten we van jou,' vertelde hij. 'Hoe denk je dat we hem in het begin onder de duim hielden? Hij was als de dood dat jij zou komen en dat jou iets zou overkomen. Eerlijk gezegd,' hij haalde zijn schouders op, 'kan ik niet geloven dat die ouwe lul nog leeft. De shit die Clint hem voerde was zuiver genoeg om een paard om te leggen, eersteklas *yaba*. Hij had al weken dood moeten zijn. We gingen ervan uit dat je nog net op tijd zou zijn voor de begrafenis.'

'Hoe kun je...' begon Sara, maar de achterdeur ging open. Fred Bart leek net zo verbaasd om Sara en Lena te zien als andersom. Het had even geduurd, maar Lena had eindelijk uitgevogeld wie Charlottes moordenaar was. Bart had zijn praktijk in Reese al toen Lena een kind was. Het was moeilijk een tandarts met zulke griezelig kleine tandjes te vergeten.

'O nee,' zei Bart en liep achteruit. 'Hier heb ik niet voor getekend.'

'Kom als de donder binnen,' beval Valentine en zwaaide met zijn pistool om hem naar binnen te wenken.

'Ik heb net genoeg bij me voor één. Clint had niet gezegd...'

Clint kwam de keuken weer in. 'Wat had ik gezegd, stomme klootzak?'

Valentine negeerde hem en vroeg aan Lena: 'Nog meer vragen?'

Ze deed haar mond open om antwoord te geven en hij ramde zijn pistool tegen de zijkant van haar hoofd. Lena zag sterretjes toen ze viel. Ze belandde nog net niet op de vloer, doordat ze aan Sara vastgeketend zat.

'Lena!' Sara sjorde haar moeizaam weer op de stoel.

Lena's oren suisden. Ze hoorde Valentine zeggen: 'Doe het, doktertje, dat ben ik haar man schuldig.'

'Nee!' krijste Sara, terugdeinzend, Lena meesleurend. Clint schoot toe en sloeg van achteren zijn armen om Sara heen. Lena werd over de vloer gesleept toen Sara met de man worstelde, voor haar leven vocht. Valentines hand klemde zich om Sara's rechterpols en Lena zag Fred Bart een naald in Sara's arm rammen.

Twee of drie seconden later hield Sara op met worstelen. Ze zakte met glazige ogen naast Lena op de vloer. Lena legde haar vingers tegen Sara's hals om te voelen of ze nog een hartslag had.

'Het is maar een kalmerend middeltje, schatje...' zei Bart. 'Iets om de scherpe kantjes te verzachten. Niks aan het handje.'

Valentine viste de sleutels van de handboeien uit zijn zak. 'Ja, niks aan het handje tot ze doodgaat.' Hij gaf Bart het pistool en zei: 'Schiet haar door haar kop als ze beweegt.'

Bart pakte het wapen met hetzelfde nonchalante gemak als die nacht dat hij naast Charlotte achter in de Escalade zat. 'Wat ga je doen, Jake? Ik heb hier allemaal niet voor getekend. Ik neem geen onschuldige mensen te grazen.'

'Dat doe je wel als het moet.' Valentine draaide de sleutel in Sara's handboei om en haar hand viel op de grond. Tegen Clint zei hij: 'Breng haar naar de gang zodat ik haar niet meer hoef te zien.'

Clints lippen krulden om in een glimlach.

'Je komt onmiddellijk terug,' beval Valentine. 'Geen gerotzooi met haar, of ik hak verdomme je pik eraf.'

Bart had even niet naar Lena gekeken. Ze schoof naar de deur en hij zwiepte het pistool naar haar hoofd. 'Vergeet het maar, engel. We weten allebei waartoe ik in staat ben.'

Lena ging weer op de stoel zitten. De handboei bungelde nog aan haar hand en ze grabbelde omlaag langs de ketting met het idee dat ze hem misschien als wapen kon gebruiken. Ze greep het koude, kromme metaal in haar hand, zodat het een soort boksbeugel werd. Als Bart of Valentine dichtbij genoeg kwam, zou ze hen zo hard mogelijk slaan, wie er ook een pistool op haar hoofd richtte. Liever sterven door een kogel dan verbranden zoals Charlotte.

Clint kwam terug, de deur zwaaide achter hem heen en weer. Lena ving een glimp van Sara in de gang op voordat de deur dicht zwaaide.

'Jake, wat doen we hier?' vroeg Bart.

Valentine greep in de kartonnen doos en gooide er een handje lege doordrukstrips van een middel tegen verkoudheid uit. 'We maken meth.' Hij smeet nog meer lege pakjes op het aanrecht en strooide luciferboekjes over de keukentafel. In de doos zat alles wat hij nodig had: slangetjes, bekerglazen, filters. Hij zette de doos op de keukentafel.

Bart vroeg: 'Waarom zijn deze meisjes hier, Jake? Ik zei toch dat ik na Charlotte klaar was met dit soort shit.'

'Je bent pas klaar met wat dan ook als ik zeg dat je klaar bent.'

Bart hield het pistool op Lena gericht, maar zei: 'Ik wil hier niet aan meedoen.'

Valentine giechelde toen hij het kastje onder de gootsteen opendeed. Jaren oude schoonmaakmiddelen stonden vastgeplakt aan de bodem, maar hij veegde ze opzij en zei: 'Shit, die hadden we goed kunnen gebruiken.'

Bart zei: 'Dit is verkeerd, Jake. Dit is gewoon verkeerd. Al deed dit soort dingen nooit. Onschuldige mensen deed hij nooit wat.'

'Wat Al binnenbracht was kleingeld. We hebben hier een echte organisatie, Fred. We kunnen onze mensen niet teleurstellen.' Valentine greep de afvoerpijp onder het aanrecht, verplaatste zijn gewicht naar zijn hielen en begon te trekken. 'Geen beweging in te krijgen.'

Clint stond alleen maar toe te kijken. 'Wat wil je dat ik doe?'

Valentine wees naar de blikken oplosmiddel op het aanrecht. 'Meng die door elkaar. Maak alles in orde.'

Clint begon flessen open te draaien en in Hanks aardewerken bekers leeg te gieten.

Bart probeerde het nog eens: 'Jake...'

'Hou op met je gezeik, Fred.' Valentine kreunde toen hij opstond met zijn hand tegen zijn zij en vloekte: 'Godverdomme, dat doet pijn. Je maakt je niet eens zorgen om mij, Fred.' Valentine greep het aanrecht, waar zijn hand een bloederige afdruk achterliet. 'Moet je mijn zij zien. Ik heb hem opengescheurd aan die rotdeur.'

Bart wierp een blik op het bloederige verband. 'Je overleeft het wel.'

'Bedankt voor je bezorgdheid.' Valentine veegde zijn mond af met de rug van zijn hand. Hij zweette. Hij pakte de fles bleekwater die onder het aanrecht had gestaan en zette die met een bons op de keukentafel.

Bart zei: 'Dit is waanzin, man. Wat ben je van plan?'

'Wat wíj van plan zijn, is haar met de handboeien aan de gootsteen vastbinden en dan dit hele huis opblazen.'

Bart schudde zijn hoofd. 'Ze zullen de handboeien vinden in de...'

'Ja hoor, ik zal daar zeker een aantekening van maken als ik mijn rapport schrijf,' viel Valentine hem in de rede. 'Eén stel politiehandboeien.'

'En het hoofdkwartier?' Hij wierp een nerveuze blik naar Lena. 'Heb je hier toestemming voor?'

'Alles is geregeld,' zei Valentine. 'Ze gaven het groene licht zodra zij met die foto's opdook.'

Clint zei: 'We zijn klaar hier,' met een gebaar naar de aardewerken bekers op het aanrecht. Er dreven al dunne pluimpjes rook op uit de bekers nu de chemicaliën zich vermengden.

'Hoe lang gaat het duren?' vroeg Valentine.

Clint haalde zijn schouders op. 'Het aardewerk is behoorlijk dun. Ik schat tien, hooguit twintig minuten voordat ze breken door de hitte. Op het moment dat de vloeistof de vlam raakt, gaat de boel als een fucking atoombom de lucht in. We moeten als de sodemieter weg wezen zodra ze op het gas staan. Je weet maar nooit met die dingen. De chemicaliën zijn niet echt wat je noemt stabiel.'

Valentine klopte hem waarderend op de rug. 'Goed gedaan, jochie.'

'Ik ben die hele shit spuugzat,' zei Bart. 'Denk je dat haar man het er gewoon bij laat zitten?' Hij zwaaide met het pistool naar de gang. 'Schiet haar tenminste dood zodat ze die ellende niet hoeft te voelen.' Hij keek naar Lena, maar met minder medeleven. 'Schiet ze allebei dood. Een beetje vriendelijkheid kan toch geen kwaad?'

Valentine goot aceton rond in de kamer. 'Omdat er kogels in het lichaam achterblijven, Fred. Ik kan wel een stel handboeien wegmoffelen, maar ik kan geen kogel verbergen op een röntgenfoto. Zelfs als je de kogel eruit peurt, kun je zien of een bot is geraakt. Messen laten ook sporen achter, dus vergeet het maar, Clint.' Hij schudde zijn hoofd en zei tegen Bart: 'Ik dacht dat jij inmiddels genoeg secties had verricht om te weten hoe die shit werkt. We ketenen haar gewoon aan de afvoerpijp en smeren hem.'

Lena zei eindelijk iets. 'Wat ga je Jeffrey vertellen?'

Hij glimlachte tegen Lena. 'Dat Deacon Simms meth aan het koken was in Hanks keuken en dat jij en Sara op het verkeerde moment binnenkwamen.'

Ze nam niet eens de moeite om te doen alsof ze verbaasd was dat Deacons lichaam in de puinhopen gevonden zou worden. Het klopte helemaal. 'Jeffrey weet dat je hier was.'

'Het enige wat hij weet, is dat ik jullie een lift heb gegeven,' wierp Valentine tegen terwijl hij ammonia bij het loog goot. 'En wat hij vervolgens zal weten is dat ik naar huis ben gegaan en met mijn vrouw heb geluncht voor ze weer naar school moest.'

'Hij zal zich afvragen waarom jij je penning hebt ingeleverd op de dag dat zijn vrouw doodging.'

Bart had het gesprek aandachtig gevolgd. Lena zag zijn lichaam verstrakken. 'Heb je ontslag genomen?'

'Ja,' zei Lena met haar hand stevig om de handboei in de hoop dat hij dichterbij kwam. 'Don Cook vertelde me dat Jake vanochtend zijn ontslag heeft ingediend. Jake heeft een dreigbrief gekregen en zei dat hij de stad uit ging voordat hij zou eindigen als Al Pfeiffer.'

'Ze liegt,' zei Valentine. 'Ik heb ontslag genomen, maar ik...'

'Hij zei dat hij de stad uit ging,' herhaalde Lena. 'Moet je al die spullen zien, Fred.' Ze wees naar de bekerglazen, de chemicaliën. 'Ze hadden dat allemaal klaarstaan. Waarom denk je?'

'Luister niet naar haar,' zei Valentine tegen Bart, met een waarschuwende klank in zijn stem.

Lena zette door, paste alle stukjes in elkaar. Valentine moest verdomd tevreden over zichzelf zijn geweest. Lena had hem de surveillancefoto's gegeven. Als je de juiste foto's aan de juiste mensen liet zien zou Fred Bart eruit te voorschijn komen als het meesterbrein achter de hele operatie. 'Ze wilden jou ervoor laten opdraaien, Fred. Ze zijn dit al de hele tijd van plan, ze wachtten alleen op het goeie moment om jou erbij te lappen.' Hij schudde zijn hoofd, maar zij drong aan: 'Denk na, Fred. Je ziet toch wat hier gebeurt. Jeffrey moet een verklaring hebben, iemand om de schuld te geven van de dood van zijn vrouw. Zie je niet dat Jake jou daarvoor gaat laten opdraaien? Jíj bent de verklaring.'

'Luister niet naar dat gelul,' zei Valentine, maar zelfs Lena hoorde dat ze de spijker op de kop had geslagen. De man was zichtbaar zenuwachtig. Hij staarde gebiologeerd naar het pistool. 'Kom op, Fred. De boel begon gewoon een beetje uit de hand te lopen en ik...'

Lena en Valentine doken allebei ineen toen Bart de trekker overhaalde. Instinctief legde Lena haar handen op haar hoofd en de losse handboei zwiepte tegen haar gezicht. Ze keek op en verwachtte Jake Valentine dood te zien liggen, maar Clint was degene die was neergeschoten. Bart was een uitstekende schutter. Hij had hem recht tussen de ogen geraakt.

Clint leek de laatste te zijn die zich realiseerde dat hij geraakt was. Hij stond daar met wezenloos starende ogen, zijn lichaam wiegde heen en weer, en er tikten minstens twee volle seconden voorbij voordat hij in elkaar zakte tegen de deur. Die zwaaide open en tijdens zijn val kletterde de ketting waarmee zijn portefeuille aan zijn riem vastzat tegen het hout.

'Waarom deed je dat, klootzak?' vroeg Valentine. 'Jezus christus, Fred. Hij was Jerry's mannetje.' Hij stampte op de vloer. 'Dit zul je moeten verantwoorden, stomme hufter.'

Bart hield het pistool recht op Valentines borst gericht. 'Dacht je dat ik niet doorheb waar jij mee bezig bent?'

'Wat?'

'Ze heeft gelijk,' zei hij. 'Jij hebt nooit van je leven meth gekookt, en Clint zat te hoog in de organisatie om met die shit te rotzooien.'

'Dat is niet...'

'Waar had je al die spullen voor nodig?' vroeg hij en hij wees naar de chemicaliën, de bekerglazen. 'Je was van plan mij erin te luizen terwijl jij hem smeerde met dat dikke wijf van je.'

Valentine balde zijn vuisten. 'Laat Myra hierbuiten.'

Bart zei: 'Al en ik hielden de stad in toom, wij hielden dertig jaar lang de goeien en de kwaaien van elkaar gescheiden. Jij geeft geen reet om goed of kwaad. Jij hebt het overal rondgedeeld als snoep.'

'Geld is geld, man.'

'Tegen welke prijs?'

'De bakken poen die ik je elke week gaf, daar leek je niet vies van te zijn.'

'Alsof ik een keus had,' beet Bart terug. 'Jij was een miezerig onderkruipsel voordat je in die familie trouwde. Opeens ben je de grote bink en loop je met je pik te zwaaien alsof je weet ik wie bent. Je bent en je blijft een prutser.'

'Alsof het godverdomme mijn briljante idee was om Boyd door dat klote motelraam te gooien!' schreeuwde hij. 'Laten we het daar eens over hebben, Fred. Een van jouw heldendaden, net zoals die *schooljuf* die je in de hens hebt gezet op het footballveld. Daar is deze hele teringzooi mee begonnen, trouwens.' Valentine leek erg ingenomen met dit argument. 'Jij en je stomme gewoontes, jij denkt dat je mensen nog de stuipen op het lijf kunt jagen, net als vroeger, en het enige wat je ermee bereikt is olie op het vuur gooien. En ik kan je rotzooi weer opruimen. Wie is hier de prutser?'

'Weet je waarom ze mij hier rond hebben laten lopen?' vroeg Bart. 'Heb je je ooit afgevraagd waarom ze mij geen enkele reis naar het moeras hebben gegeven? Omdat ze jouw magere reet niet verder vertrouwen dan tot de deur.'

Valentine grinnikte. 'Als je ze zo goed kent, dan weet je hoe ze over familie denken.'

'Ik denk dat ze maar al te graag van je af willen, dat is wat ik denk.'

'Ik denk dat ik de enige ben die op dit moment tussen jou en de dood staat.'

'Naar de gootsteen,' beval Bart. 'Jullie allebei.'

Valentine sputterde: 'Wacht eens even...'

Bart schoot hem in zijn been.

'Shit!' gilde Valentine. 'Jezus christus, wat ben je in godsnaam aan het doen?'

Bart bukte zich en raapte de huls op. 'Ik zei, allebei naar de gootsteen.' Toen Lena zich niet verroerde, schopte hij tegen haar stoel. 'Er zijn ergere manieren om je pijn te doen dan met een kogel, schat.'

Ze stond op en liep naar de gootsteen.

Valentine hield tierend zijn bloedende been vast. 'Denk je dat je hiermee wegkomt?'

'Ik denk dat ik nog veel meer kogels uit je lichaam moet peuren in het lijkenhuis als je niet voor die gootsteen gaat zitten en je hand om die pijp heen vastmaakt met de handboeien.'

'Denk je dat je weer terug kunt naar die goeie ouwe tijd? Er is nu veel te veel geld, Fred. Ze maken je af.'

'Kop dicht,' beval Bart en hij schopte Valentine tegen zijn been, precies waar de kogel zat.

'Fuck!' schreeuwde Valentine, zijn knieën klapten dubbel toen hij viel.

'Jij ook,' zei Bart, met het pistool naar Lena zwaaiend. 'Op de grond.'

Ze knielde langzaam. 'Ik heb niemand verteld dat jij het was in die auto,' zei ze. 'Ik heb de hele tijd mijn mond gehouden.'

'Ik weet het, engel,' zei Bart. 'Dat was heel braaf van je.'

'Laat me gaan,' smeekte Lena. 'Laat mij en Sara gaan, we zullen allebei niks zeggen.'

Bart liet zijn gemene tandjes zien. 'Het grappige is, Lena, als het alleen om jou ging, geloofde ik het nog ook. Echt waar. Maar mevrouw de dokter zal niet willen liegen. Ze zal vast haar best doen, maar die kan nooit een geheim bewaren.'

'Dat kan ze wel.'

Hij schudde zijn hoofd. 'Jake, trek die handboeien achter de pijp langs.'

'Hufter,' mompelde Valentine, maar hij greep Lena's arm en stak de handboei door de bocht in de afvoer.

'Goed strak,' instrueerde Bart. 'Strakker.'

Valentine deed de boei zo strak dat zijn pols rood werd. 'Ze zullen je vinden,' waarschuwde hij Bart. 'Ze zullen je vinden en trekken je darmen door je reet naar buiten.'

Bart stond bij het fornuis. Hij draaide de branders hoog, zo hoog mogelijk, en beukte met de kolf van het pistool de knoppen van het fornuis. Nu hij zeker wist dat ze niet laag gedraaid konden worden, pakte hij de aardewerken bekers en zette ze op het vuur.

'Je gaat eraan,' waarschuwde Valentine. 'Dacht je dat je daarmee wegkwam, mij vermoorden? Ik ben een fucking generaal van de Brotherhood of the True White Skin. Wraak zal op je neer regenen als de toorn van de enige ware blanke God.'

'Ja, ja,' zei Bart. 'En jij wordt straks in je kont geneukt door de grootste, zwartste klootzak in de hel.' Hij schopte Valentine in zijn gezicht. Bart raakte hem van opzij, maar vlak achter Valentine zat de onderrand van de gootsteen. Zijn hoofd knalde tegen het gietijzer en er klonk een onheilspellend krakend geluid in zijn schedel. Hij gleed langs de gootsteen naar beneden, het bloed droop uit zijn achterhoofd.

Bart knielde en doorzocht Valentines zakken, het pistool op Lena's borst gericht.

'Niet doen,' smeekte ze. 'Alsjeblieft, niet doen.'

Hij vond Valentines mobieltje en verpletterde het onder

de hak van zijn goedkope schoen. 'Het spijt me echt, schatje,' zei hij tegen Lena.

'Ja ja,' zei Lena, die bedacht dat ze het leven uit hem zou wurgen als ze haar handen vrij had. 'Goed hoor, geen probleem. Ik begrijp het.'

Bart schudde zijn hoofd. Er kwam een dromerige blik in zijn ogen. 'Je bent net zoals je moeder vroeger. Wist je dat?'

Vroeger. Lena voelde haar keel dichtknijpen, alle vechtlust stroomde uit haar lichaam. 'Wat is er met haar gebeurd?' vroeg ze. 'Alsjeblieft, ik moet het weten.'

'Zij was een van de goeien die naar de andere kant is overgestoken, engel.' Bart stond op en controleerde de bekers op het fornuis. 'Ze is nu ergens waar het beter is.' Hij wees naar de kamer, de situatie. 'Ik hoop dat die wetenschap je een beetje gemoedsrust geeft.'

'Gemoedsrust?' herhaalde ze. 'Hou je me godverdomme voor de gek? Denk je dat ik het leuk vind om vermoord te worden?'

Bart smeet het pistool op de keukentafel. 'Het spijt me, baby.' Hij deed de deur open en trok hem zachtjes achter zich dicht.

'Fuck!' schreeuwde Lena en ze schopte Valentine tegen zijn been. Hij rolde kreunend op zijn zij. Ze zag zijn kruin, waar zijn schedel ingedeukt was. De kale plek was nu duidelijk te zien, en het uiteinde van een tatoeage die alleen maar een rode swastika kon zijn.

'Sara!' gilde Lena, hoewel ze wist dat er geen antwoord zou komen. 'Sara!' Ze boog zover mogelijk opzij om langs Clints levenloze lichaam te kijken. Sara zat nog steeds tegen de muur geleund en staarde wezenloos naar Lena.

Lena sleurde Valentines arm achter de pijp langs, kreunend van inspanning. Hij was dood gewicht, ze had net zo goed aan een brok steen geboeid kunnen zijn. Al trekkend en duwend wist ze hem in het kastje te krijgen, met zijn elleboog om de bocht in de pijp gevouwen. Hij zei iets, smeekte haar op te houden, hem te helpen, maar Lena negeerde zijn gejammer, zette haar voeten schrap tegen de zijkanten van het kastje, greep zijn hand met beide handen beet en rukte zo hard ze kon zonder haar schouders uit de kom te trekken. Toen ze Valentine zo ver als maar kon het kastje in had getrokken, schoof ze weg van de gootsteen en trapte uit alle macht tegen de pijp.

'Help!' gilde ze terwijl ze tegen de pijp bleef trappen tot haar voet weggleed en tegen Valentines schouder knalde. 'Help!'

'Lena...' fluisterde Valentine en hij strekte zijn hand naar haar uit. 'Alsjeblieft...'

Lena begon te hoesten door een fijne damp die de kamer vulde. Ze had de pijp verbogen maar hij bleef op zijn plek. Het was verdomme het enige wat Hank ooit had gerepareerd in deze godvergeten puinbak. Ze krijste woedend en trapte tegen de pijp tot haar voet zo beurs was dat ze hem bijna niet meer op kon tillen.

'Help!' probeerde ze weer, al wist ze dat er niemand zou komen. Bart had twee schoten gelost en niemand had de moeite genomen hen te hulp te komen. Dit was een arbeidersbuurt. Er was niemand thuis halverwege een vrijdagochtend, dat wil zeggen niemand die het een barst kon schelen.

Het pistool. Lena zag het op de tafel tegen de muur liggen. Ze reikte ernaar, haar arm schoot bijna uit de kom. Ze kon niet bij de tafel. Lena rolde op haar rug en probeerde met woeste schoppen haar voeten om de tafelpoot te haken zodat ze die naar zich toe kon trekken. Ze raakte het metaal met de neus van haar schoen, maar stopte toen ze een fles hoorde breken. Er ontstond een witte rookpluim boven de tafel. De vloeistof droop op de grond, sissend als gebakken spek vrat het zich in het linoleum. Hoe kwam ze op het idee? Ze had alleen maar nog meer chemicaliën in de lucht verspreid. En wat kon ze doen als ze het pistool te pakken kreeg? Ze kon hierbinnen geen wapen afvuren. De lucht hing nu al vol dampen. Een vonk van een pistool zou het hele huis laten ontploffen.

'Nee-nee-nee,' hijgde ze. Ze hees zich overeind en probeerde na te denken. 'O god, alsjeblieft.' Ze rukte nog een keer aan de handboeien en schreeuwde het uit van de pijn. Haar pols was rood en bloedde. Het deed zo'n pijn dat hij misschien gebroken was. 'Nee,' fluisterde ze hoestend. Haar longen schokten in haar borst. Ze had een gevoel of ze watten had ingeademd. Lena hoestte om haar longen vrij te maken, maar niets hielp. Ze stak haar hand omhoog en draaide de kraan open, waarna ze haar hand als een kommetje eronder hield en water tegen haar lippen en ogen gooide.

Vele jaren geleden had ze in dit huis God gebeden dat ze hier niet zou sterven, dat het haar op de een of andere manier zou lukken uit dit verschrikkelijke gat weg te komen en iets van haar leven te maken, maar daar zat ze nu, gevangen in Hanks huis, en beleefde haar ergste nachtmerrie.

Lena slikte een snik weg. Jeffrey zou erachter komen. Hij zou niet een fucking tandarts de sectie op zijn vrouw laten doen. Hij zou er iemand van een hoger niveau bij halen om naar de lichamen te kijken. Ze zouden Valentines gebroken schedel zien. Misschien zou er genoeg van Lena over zijn om de blauwe plekken onder haar voet te zien, de bloederige pulp van haar pols.

Haar pols.

Toen zag Lena het, zag ze de uitweg.

Ze stak haar hand uit naar Clint en probeerde zijn broekspijp, zijn schoen te grijpen, wat ze maar te pakken kon krijgen. Haar vingers konden er bij lange na niet bij. Ze ging plat op haar buik liggen, haar arm zo ver mogelijk boven haar hoofd gestrekt, en rekte haar benen uit om Clints lichaam met haar voeten naar zich toe te trekken. Hij was zwaar, maar ze wist een van zijn voeten tussen de hare te klemmen en trok hem centimeter voor centimeter naar zich toe tot ze haar schoen achter de ketting kon haken die van zijn portefeuille naar zijn riem liep. Ze spande haar buikspieren, schreeuwend van inspanning terwijl zijn lichaam dichterbij kwam. Lena ging zitten en was eindelijk in staat een van zijn broekspijpen te grijpen en hem zo dichtbij te trekken dat ze het mes aan zijn riem kon pakken.

Lena keek naar Valentine. Hij staarde naar haar met ogen die vlamden van angst.

Ze gunde zich geen tijd om na te denken, nam het mes en hakte ermee in zijn pols. Valentines mond ging open, maar hij schreeuwde niet. Er kwam een soort hoog gejank uit dat niet leek op te houden. Lena probeerde haar oren ervoor te sluiten en hakte weer in de huid op zoek naar de zachte plaats waar het bot overging in pezen. Haar maag keerde om toen het bloed in haar gezicht spoot en de walging werd haar bijna te veel. De handboei om zijn pols zat zo strak dat ze het mes niet ver genoeg achteruit kon halen uit angst dat het lemmet bot zou worden op het metaal. Ze stopte om op adem te komen en probeerde niet over te geven. Op het fornuis hoorde ze de vloeistof borrelend aan de kook komen.

'Alsjeblieft...' fluisterde Valentine. 'Nee, Heer, alsjeblieft...'

Ze schoof de restanten van Valentines kapotte mobiel opzij, drukte zijn pols zo plat mogelijk op de grond en zette het mes er weer op.

'Nee,' smeekte Valentine en zijn stem schoot een octaaf omhoog toen hij zag wat ze ging doen. 'O god! O god! Nee!'

Lena stond op en zette haar schoen op het mes. Het dubbelzijdige lemmet sneed in de rubberzool. Ze drukte haar voorhoofd tegen het aanrecht om in evenwicht te blijven, zette haar volle gewicht op één been en trapte het lemmet in zijn pols.

'Nee!' krijste Valentine, schoppend met zijn benen. Dierlijke pijnkreten galmden door de kamer.

Ze zette de bal van haar voet op het lemmet en sprong op en neer tot het mes helemaal tot op de grond sneed.

De handboei schoot omhoog toen Valentines hand als een losse tand van zijn pols schoot. De boei zat zo strak dat zijn hand er niet uit wilde. Lena richtte zich op. Zijn hand sloeg tegen haar been. Ze kokhalsde omdat de rook hogerop dichter was. Haar ogen prikten en ze kon zich niet oriënteren.

De bekers op het fornuis waren witheet en de vloeistof kookte over. Ze probeerde het vuur uit te draaien, maar ze kreeg geen beweging in de staafjes zonder knoppen. De kamer raakte gevuld met grote zwarte wolken. Heel in de verte zag Lena Sara, die nu overeind zat. Sara's mond bewoog, maar ze deed geen poging om op te staan, maakte geen aanstalten om het brandende huis uit te vluchten.

Lena strompelde naar haar toe, per ongeluk tegen de tafel stotend waardoor de luciferboekjes op de grond vielen. Ze keek omlaag en zag dat de rode strijkvlakken er allemaal afgepeld waren, en de lucifers ongebruikt waren. Toen haar arm begon te bonzen realiseerde ze zich dat ze haar hand in gebroken glas had gezet. Een vreemde geur, daarna verblindende pijn. Zuur. Ze had haar hand in de gebroken fles met zuur gezet. Haar mond ging open, maar er was geen lucht in haar longen om te schreeuwen toen ze haar hand van de tafel wegrukte.

'Lena...' riep Valentine achter haar. 'Alsjeblieft...'

Lena liep door, weg van zijn stem. Ze had het gevoel of de huid van de botten van haar hand droop, maar ze worstelde verder, dwong haar benen naar Sara toe, ook al krijste elk greintje verstand in haar lichaam dat ze de andere kant op moest.

Ze hoestte, kokhalsde van de rook en de hitte in de afgesloten kamer die haar huid kokend heet maakte. Hij had het allemaal volmaakt in elkaar gezet. De keuken was de droom van een krankzinnige wetenschapper en de nachtmerrie van elke politieagent.

Lithiumbatterijen. Jodium. Thinner. Loog.

Sommige van de ingrediënten die gebruikt werden om meth te maken, waren gebruikt voor de bom die het Murrah-gebouw in Oklahoma City verwoestte.

Ze moest Sara bereiken voordat het huis ontplofte. Ze moest hen allebei naar buiten zien te krijgen, de frisse lucht in.

'Sara!' schreeuwde Lena en stortte zich de gang in. Ze hurkte voor haar neer, greep Sara onder haar oksels en probeerde hen allebei overeind te hijsen. 'Help!' Ze krijste, haar benen schoten in een kramp toen ze hen allebei tegen de muur omhoog drukte. De rook was nu zo dik dat Lena niets meer zag. Ze voelde tranen over haar wangen stromen door de prikkende chemicaliën. Er plofte iets in de keuken, als een champagnekurk of een proppenschieter. Lena zwaaide Sara's arm over haar schouders en sleepte haar naar de voordeur. Ze zag een spleet zonlicht door een kier schijnen waar de tape had losgelaten.

'Alsjeblieft, Sara,' smeekte Lena. 'Help me alsjeblieft. Ik kan je niet tillen.'

Sara's benen begonnen onbeholpen te lopen. Lena trok haar vooruit en rukte de deur open. Het zonlicht was oogverblindend. Ze voelde de handboeien en wat er nog in zat tegen de deur bonken toen ze Sara naar buiten duwde.

Ze vielen boven op elkaar onder aan de veranda, maar Lena stond zichzelf niet toe te blijven liggen. Ze greep Sara onder haar oksels en sleepte haar achteruitlopend door de tuin de straat op. Ze waren bij de stoep van de buren toen de lucht veranderde. Iets wat bijna een vacuüm leek, zoog alle zuurstof naar het huis toe, waarna het als een hete windstoot langs hen terug werd geblazen. Lena hoorde de explosie pas toen ze naar de grond dook en met haar lichaam Sara bedekte. Toen kwam de hitte, een intense, gruwelijke hitte die haar huid verbrandde.

Lena lag boven op Sara. Alle adrenaline of wat het ook was dat haar de kracht had gegeven om hen beiden uit het huis te krijgen, was uit haar lichaam verdampt. Toch wist ze op de een of andere manier weg te rollen tot ze op haar rug lag.

In de verte kondigde een sirene aan dat er eindelijk hulp in aantocht was. Lena sloot haar ogen en gunde zich een gevoel van opluchting, en daarna van vreugde dat ze ontsnapt was. Ze kwam moeizaam overeind en hoestte bloed op. Haar hand deed zoveel pijn dat ze bijna niet kon ademen. Ze probeerde er niet naar te kijken, probeerde niet de gesmolten huid te zien waar het zuur haar vlees had weggevreten. Toen pas zag ze de lege handboei aan haar pols bungelen. Ze keek om zich heen, naar de overkant waar ze gelopen hadden. Niets.

Sara probeerde te gaan zitten maar viel terug in het gras. Aan het eind van de straat zag Lena een surveillancewagen uit Elawah County op twee wielen de hoek om scheuren.

'Wat is er gebeurd?' mompelde Sara en ze drukte haar

vingers tegen haar ogen. 'Lena, wat is er gebeurd?'

'Alles is in orde,' zei Lena tegen haar. 'Het is voorbij.'

'Met jou alles goed?' vroeg Sara – ze bleef een dokter, ook al lag ze plat op haar rug.

De surveillancewagen kwam met gierende remmen bij hen tot stilstand. Lena probeerde te gaan staan toen Don Cook uit de auto stapte. Haar benen weigerden dienst en haar hand voelde of hij in brand stond.

'Wat is hier in godsnaam aan de hand?' vroeg de hulpsheriff.

Lena proefde bloed in haar mond. Haar maag trok samen en ze kon nauwelijks praten. 'Fred Bart,' zei ze tegen Cook. 'Je moet Fred Bart zoeken.'

Het was Sara gelukt te gaan zitten. Ze legde haar hand op Lena's rug en zei dat ze diep adem moest halen. Lena probeerde dat te doen, maar verslikte zich in het bloed. Ze hoestte, haar lichaam verkrampte van de inspanning.

Het laatste wat ze hoorde was Sara die schreeuwde: 'Bel een ambulance!'

Toen raakte ze bewusteloos.

Zevenentwintig

Nick Shelton was niet helemaal eerlijk geweest toen hij tegen Jeffrey had gezegd dat het Georgia Bureau of Investigation alleen kon ingrijpen als de plaatselijke politiediensten dat vroegen. Er was één uitzondering op die regel: als de plaatselijke politie zo corrupt was dat het GBI gedwongen was zich ermee te bemoeien en schoon schip te maken. Als je probeerde een agente en de vrouw van een politiecommissaris op te blazen in een methlab was de bodem wel bereikt, en het GBI was Elawah County binnengetrokken als een zwerm boze wespen.

Jeffrey was halverwege de Coastal State Prison en Reese toen zijn mobiel ging. Hij herkende het nummer niet, maar wel de stem zodra hij opnam.

'Met mij is alles goed,' zei Sara zonder plichtplegingen. Zijn hart stond stil toen hij die woorden hoorde, want je zei niet dat alles goed was tenzij alles eerst heel erg niet goed was geweest.

Sara belde hem vanuit een ambulance; de sirene op de achtergrond wedijverde met haar stem. Ze had alles verteld wat ze zich kon herinneren, van Valentine die het pistool trok tot Bart die haar iets inspoot waardoor ze buiten westen was geraakt. Tegen de tijd dat ze haar verhaal klaar had, stonden Jeffreys kaken zo strak dat hij nauwelijks een woord kon uitbrengen. Hij had Ethan Green zitten stangen terwijl Sara in levensgevaar was. Hij zou het zichzelf nooit vergeven dat hij haar alleen had gelaten met Valentine. Als de man niet al dood was geweest, dan had Jeffrey hem opgezocht en daar zelf voor gezorgd.

Toen hij twee uur later eindelijk bij het ziekenhuis aankwam, leek Sara bezorgder over Lena dan over zichzelf. Ze vroeg zich af of de plastisch chirurg wel goed genoeg was om de brandwond op Lena's hand te herstellen, en ze was bang dat ze een infectie in haar longen zou krijgen, ze wist zeker dat de longarts niet wist wat hij deed. Ze had bijna hysterisch heen en weer gelopen terwijl ze haar zorgen spuide totdat Jeffrey haar met geweld had tegengehouden.

'Met mij gaat het goed,' bleef ze zeggen, ook toen hij allang had bedacht dat de woorden meer voor haarzelf dan voor hem bedoeld waren. Zelfs toen hij twee dagen later met haar terugreed naar Grant County bleef ze maar vertellen dat het prima met haar ging. Pas gisteravond was ze eindelijk ingestort. Hij had tegen haar gezegd dat hij weer naar Reese ging om samen met Nick Shelton Fred Bart te verhoren. Ze had hem nog net niet verboden te gaan, maar toch voelde hij zich een misdadiger toen hij vanochtend het huis uit was geslopen voordat ze wakker werd.

Jeffrey stopte voor het politiebureau van Elawah County en nam zich heilig voor dat dit echt de laatste keer zou zijn dat hij hier kwam. Er stond een vrachtwagen van de milieudienst op het parkeerterrein en het krioelde er van de koffiedrinkende ambtenaren. Na de explosie in Hanks huis hadden ze in een straal van een kilometer de buurt ontruimd om het chemische afval te verwijderen. Het enige wat er van de sheriff over was, waren stukjes DNA die ze in de tuin hadden gevonden, en zijn afgehakte hand.

Jake Valentine. Jeffrey werd misselijk als hij aan de man dacht. Nu Valentine dood was, ontdekten ze allerlei interessante dingen over hem. Zijn bescheiden huis in de stad was kennelijk zijn idee van beneden zijn stand leven. Hij bezat daarnaast een groot houten huis aan het meer met twee speedboten aan de steiger. Zijn strafblad was tamelijk schoon, maar dat van zijn broer was een heel ander verhaal. David Valentine was omgekomen bij een steekpartij met een rivaliserende skinheadgang, maar te oordelen naar zijn strafblad had hij behoorlijk hoog in de Brotherhood gezeten. Brandstichting, verkrachting, openlijke geweldpleging, poging tot doodslag.

Valentine had kennelijk geleerd van de fouten van zijn broer, hij had zich gedeisd gehouden. Behalve een arrestatie wegens openbare dronkenschap toen hij nog studeerde, stond er niets in Jake Valentines dossier waaruit je zou kunnen opmaken dat hij een skinheaddealer was die voor miljoenen aan meth verhandelde. Het ontbrekende stukje van de puzzel was zijn vrouw Myra. Myra Valentine, geboren Fitzpatrick, was het jongste zusje van Jerry en Carl Fitzpatrick, de leiders van de Brotherhood of the True White Race. Hun ouders waren naar Elawah verhuisd toen hun stadgenoten in New Hampshire hen duidelijk hadden gemaakt dat ze geen familie van politiemoordenaars in hun midden wensten. Myra had het in Reese zo prettig gevonden dat ze er was gebleven. Jake Valentine was in een machtige familie ingetrouwd, en zoals de meeste machtige families hadden ze een manier gevonden om hun onbeholpen zwager te benutten.

Nick had een verzoek gestuurd naar het hoofdkwartier van de Brotherhood in New Hampshire om Myra te verhoren. Het hoofdkwartier had niet geantwoord.

Jeffrey had Jake Valentine nooit helemaal vertrouwd, maar hij had zich zo vastgebeten in Ethan als centrale figuur dat hij Sara en Lena met die man mee had laten gaan. Hij wist niet of zijn blindheid reden tot kwaadheid of tot schaamte moest zijn. Nu herinnerde hij zich de woorden van Grover Gibson, die dag dat Jeffrey en Valentine naar de hut in het bos waren gegaan om hem te vertellen dat zijn zoon dood was.

'Dat heb jij gedaan!' had Grover geschreeuwd toen hij met geheven vuisten op de sheriff af sprong. 'Jij hebt hem vermoord!'

Valentine had het heel slim voorgekookt door Jeffrey te waarschuwen dat Grover hem de schuld gaf van de drugsverslaving van zijn zoon. Jeffrey had nota bene de sheriff verdedigd.

Daar kon hij niet bij stil blijven staan, want het maakte hem alleen maar woedend. Hij moest zich nu concentreren op Fred Bart. De glibberige tandarts was de enige die nog gestraft kon worden – en hij leek vastbesloten zich daar met hand en tand tegen te verzetten. Hij was in zijn behandelkamer bezig een kies te vullen toen Don Cook eindelijk zover was dat hij hem ging zoeken. Bart wees erop dat de patiënt in zijn stoel geheel toevallig ook zijn advocaat was. Nick was ervan overtuigd dat Jeffrey hem kon helpen de man te breken. Jeffrey deelde dat optimisme niet. Elawah County was gebouwd op geheimen die tientallen jaren teruggingen. De stad kneep al jaren een oogje dicht. Jeffrey betwijfelde ernstig of iemand daar iets aan zou veranderen, en al zeker niet Fred Bart.

De lobby van het politiebureau was nog beklemmender dan Jeffrey zich herinnerde. Don Cook zat waarschijnlijk boven in het kantoor van de sheriff over een geheel nieuwe inrichting na te denken. Nick zat achter Cooks bureau in een van de jagerstijdschriften van de hulpsheriff te bladeren. Hij keek op toen hij Jeffrey zag. 'Wat zie jij eruit, man.'

'Sara vindt het maar niets dat ik hier ben.'

'Daar komt ze wel overheen,' zei Nick, maar Jeffrey was daar niet zo zeker van. 'Ik ben echt kapot van Bob Burg, man. Ze hebben hem gisteravond opgepakt.'

Zo voelde Jeffrey zich ook. Hij had gedacht dat Burg een van de goeien was, maar de GBI-agent had kennelijk al jaren geld aangenomen. 'Praat hij?'

'Geen kik,' antwoordde Nick. 'Bob is niet stom. Hij weet dat hij een hele tijd geen daglicht gaat zien, en hij is niet van plan om een skinhead te verlinken.'

'Heb je nergens iets gevonden waaruit blijkt dat Hank contact met hem heeft gezocht?'

'Bob heeft geen reet opgeschreven, man. En dan nog, hij zou een verklaring moeten afleggen, en je kunt wel vergeten dat hij doorslaat. Die nazi-fuckheads zitten overal. Bob slaapt de rest van zijn leven met één oog open.'

Dat was ook een soort wraak, dacht Jeffrey.

'Hoe gaat het met Lena?'

'Goed,' antwoordde hij, blij dat hij ergens anders over kon praten. 'Ze moet nog behandeld worden aan haar longen, maar halverwege volgende week kan ze waarschijnlijk naar huis.' Hij voegde eraan toe: 'Ze hebben haar gisteravond overgebracht naar het ziekenhuis waar Hank ligt.'

'Hoe gaat het met hem?'

'Beter. Nog steeds niet buiten levensgevaar. En hoe zit het met Bart, heeft hij al gepraat?'

'Shit,' mompelde Nick en hij stond op van achter het bureau. 'Hij doet niets anders dan praten. Die eikel denkt dat hij zich overal uit kan lullen. Beweert dat Lena high moet zijn geweest van de chemicaliën, dat ze het zich helemaal verkeerd herinnert. Zijn advocaat zegt dat Bart ons alles wat hij over Valentine weet zal vertellen als de aanklacht wordt teruggebracht tot roekeloos in gevaar brengen van anderen.'

Jeffrey lachte voor het eerst in dagen. 'Denkt hij echt dat hij hiermee wegkomt?'

'Zijn advocaat gaf aan dat hij openstond voor voorwaardelijke vrijlating met aftrek van voorarrest.'

Jeffrey lachte weer. Hij kreeg er helemaal zin in om Fred Bart te zien.

Nick werd plotseling ernstig. 'Ik wil jouw mening over die advocaat. Er klopt iets niet.'

'Oké,' zei Jeffrey. 'Heb je de hele handel hier?'

Nick gaf hem een dossier, stak zijn hand onder het bureau en de deur zoemde open. Jeffrey volgde hem en merkte onderweg dat er nu al, na een paar dagen, een sfeer van verwaarlozing in het gebouw hing. Don Cook was niet bepaald een leidersfiguur, en er zou iemand met een sterke persoonlijkheid en veel ervaring nodig zijn om het stadje te laten herstellen van Valentines verraad. Jeffrey gaf de man twee maanden voordat hij rustig met pensioen zou gaan om de rest van zijn leven te vissen.

Voor de deur van de kleine verhoorkamer stond een statief met een digitale camera erop. Nick roffelde op de deur terwijl hij hem openduwde.

'Eindelijk,' zei Bart, alsof hij blij was hem te zien.

Jeffrey gooide het dossier dat Nick hem had gegeven op tafel, stak toen zijn hand uit en stelde zich voor aan Barts advocaat. De man noemde zijn naam niet, en uit zijn dure pak en hippe kapsel maakte Jeffrey op dat hij eerder thuishoorde in Atlanta dan in Elawah County.

Nick wees naar de camera. 'Even dit opstellen.' Zacht fluitend zette hij het statief aan het eind van de tafel en stelde de camera zorgvuldig in, alsof hij alle tijd van de wereld had. Jeffrey wist dat hij alleen probeerde de tandarts ongedurig te maken, maar de tactiek had dezelfde uitwerking op hem. Toen Nick eindelijk klaar was, kon Jeffrey niet meer stilzitten op zijn stoel.

Nick ging naast Jeffrey zitten, tegenover Fred Bart en zijn advocaat. Voor de camera zei hij: 'Ik ben Nick Shelton van het Georgia Bureau of Investigation. Naast me zit de politiecommissaris van Grant County, Jeffrey Tolliver, die het verhoor zal leiden. Vinden jullie dat goed, jongens?'

De advocaat knikte. Het was forse man met gemillimeterd haar. Jeffrey vroeg zich af of hij een tatoeage op zijn schedel had.

'Kunnen we dit snel afhandelen?' vroeg Bart

Jeffrey sloeg het dossier op tafel open. Hij spreidde de foto's die ze in een map op Jake Valentines bureau hadden gevonden als een waaier uit. Te oordelen naar de verkoolde restanten waren er meer foto's geweest, maar Valentine had ervoor gezorgd dat alleen Fred Bart en Boyd Gibson in diskrediet werden gebracht op de surveillancefoto's. De sheriff had Jeffrey de waarheid verteld toen hij zei dat hij het GBI had ingeschakeld. Nicks bureau had een gesprek opgenomen ongeveer een uur voordat Jeffrey en Sara bij het politiebureau waren. Valentine had giechelig geklonken toen hij de zaak van de drugs fabricerende tandarts uiteenzette.

Fred Bart keek nauwelijks naar de foto's. De opnamen waren korrelig, maar vertelden een verhaal. Jeffrey tikte met zijn vinger op de bovenste, waarop Fred Bart en Boyd Gibson een sigaret stonden te roken voor een verlaten uitziend pakhuis. Achter hen vond een drugstransactie plaats. Op een andere foto zat Bart in zijn Jaguar en overhandigde Boyd Gibson een dik pak geld. Alle foto's wezen in de richting van Fred Bart als het meth-meesterbrein van de stad, met Gibson als zijn spierbundel.

Bart was razend. 'Daar is duidelijk mee geknoeid.'

'Je zult vast wel een expert vinden die dat aan de jury

vertelt,' gaf Jeffrey toe. Jake Valentine had de tandarts er heel slim bijgelapt. Als Lena de tatoeage onder de arm van de sheriff niet had gezien, zou niemand hebben getwijfeld aan Valentines bewijsmateriaal, of aan Barts dood in zijn eigen primitieve meth-laboratorium, met de complimenten van Clint Jones.

'Op je bankafschrift staat een storting in contanten van meer dan tweehonderdduizend dollar op vrijdagochtend,' zei Jeffrey.

'Ik was in mijn praktijk met patiënten bezig. Ik heb geen idee waar u het over heeft.'

'Je bedoelt die praktijk waar ze genoeg meth hebben aangetroffen om een skipiste mee aan te leggen?' Hij zweeg even. 'Jake stond op het punt het GBI de arrestatie van de eeuw te bezorgen.'

Bart schudde zijn hoofd langzaam heen en weer. 'Ik heb geen idee waar u het over heeft.'

Jeffrey legde het hem haarfijn uit: 'Je kunt rekenen op de doodstraf.'

De advocaat onderbrak hem. 'Mijn cliënt werkt op alle mogelijke manieren mee.'

'Hij heeft in koelen bloede een man neergeschoten voor de ogen van een rechercheur.'

'Ze was high,' protesteerde Bart, zoals Nick had voorspeld. 'Met die hoeveelheid chemicaliën in de kamer verbaast het me dat ze zich überhaupt herinnert dat ze daar was. U weet wat ze met Jake heeft gedaan. Ze heeft zijn hand afgehakt! Dat doet iemand die bij zijn volle verstand is niet.'

Jeffrey dacht eerder dat het iets was wat iemand deed die niet dood wilde. 'Je hebt mijn vrouw een kalmerend middel ingespoten.'

'Jake zou haar iets hebben aangedaan als ik haar niet buiten westen had gebracht. Geloof mij maar. Hij was heel gewelddadig.'

De advocaat verstijfde. Jeffrey zou het over het hoofd hebben gezien als hij niet had opgelet.

'Hoe beschermde je Charlotte Gibson achter in die Escalade?' vroeg Jeffrey.

'Ik heb uw vriend hier al verteld dat ik dat niet was,' hield Bart vol. 'Ik zat die avond thuis tv te kijken.'

'Lena is bereid je te identificeren.'

Er flitste een glimlach over Barts gezicht. 'Voor zover ik heb begrepen was de dader van deze misdaad gemaskerd.'

'Inderdaad,' beaamde Jeffrey. 'Maar het is moeilijk je achter een masker te verbergen als je kleine frettentandjes hebt.'

Bart sloeg onwillekeurig zijn hand voor zijn mond.

'Vertel eens over Boyd Gibson,' zei Jeffrey.

De advocaat leek op te fleuren bij het horen van Gibsons naam. Was Fred Bart de enige in de kamer die niet in de gaten had dat die man voor de andere kant werkte? Jeffrey zou dolgraag zijn mouwen hebben opgerold om te zien wat voor tatoeages hij had.

Jeffrey herhaalde: 'Boyd Gibson?'

Bart praatte langzaam. Hij bewoog zijn lippen zo weinig mogelijk alsof hij zijn tanden wilde verbergen. 'Jake heeft me verteld wat er gebeurd is,' zei hij. 'Clint en Boyd konden nooit met elkaar opschieten, maar Jake hield ze in toom. Hij gaf ze opdracht Hanks bar plat te branden. Lena was daar geweest en Jake vond het niet prettig dat ze daar rondsnuffelde. Hij probeerde haar af te schrikken.'

'Dus?' drong Jeffrey aan.

'Dus goten ze benzine rondom die tent, vertelde Jake. Clint gooide er een lucifer op, maar toen begon Boyd te gillen dat Hank daarbinnen geld bewaarde, onder een vloerplank of zo.'

'Hij is een brandend gebouw in gerend om geld te pakken?' vroeg Jeffrey. Als Bart de waarheid vertelde, had Jeffrey zijn leven gewaagd voor een van de stomste klootzakken ter wereld.

Bart knikte. 'Op dat moment kwam u opdagen. Boyd wist weg te komen en hij ontmoette Clint in het bos. Ze hadden ergens ruzie over. Ik zei toch dat het heethoofden waren.' Bart zweeg even om meer indruk te maken. 'Hoe dan ook, op het laatst stak Clint Boyd neer.'

'En toen?'

'En toen moest hij het aan Jake vertellen.'

'En hoe zat het met het mes?'

'Clint wilde zijn mes niet kwijt – het was een duur ding – dus gebruikte hij er een dat hij had... gevonden.' De man hief schouderophalend zijn handen omhoog. 'Vergeet niet dat ik dit verhaal uit de tweede hand heb, van Jake, dus ik kan niet instaan voor het waarheidsgehalte.'

'Nee,' zei Jeffrey. 'Dat begrijp ik.' Hij sloeg zijn armen over elkaar. 'Heeft Jake verteld wie er op het idee kwam Boyds lichaam in mijn hotelkamer naar binnen te gooien?'

'Hij. Jake dacht dat u wel weg zou gaan als uw vrouw maar bang genoeg was.'

'En hoe zit het met Charlotte Gibson?'

'Jake maakte zich zorgen omdat ze met Lena praatte.'

'Dus Jake heeft haar in brand gestoken?'

'Ja. Jake bracht graag boodschappen over.'

'Is dat zo?'

'Ja.'

Jeffrey herinnerde zich wat Lena had gezegd over Barts laatste woorden tegen Valentine, de woede die tussen de twee mannen was opgelaaid. De tandarts vulde zijn inkomen al aan met meth toen Valentine nog in de luiers lag. Hij was de grote man in de stad geweest tot Myra met haar schoolvriendje was getrouwd.

'Even alles op een rijtje.' Jeffrey telde de lijken af op zijn vingers: 'Clint Jones heeft Boyd Gibson vermoord, Jake heeft Charlotte vermoord en jij was natuurlijk zo vriendelijk om Clint neer te schieten uit – tja – zelfverdediging? Ik neem aan dat het feit dat je Lena en Sara voor dood in het huis achterliet een vergissinkje was?'

'Ik weet dat ik die vrouwen daar niet had moeten achterlaten, maar ik was in paniek. Jake heeft machtige vrienden. Ik ben gevlucht omdat ik bang was. Daar aanvaard ik volledige verantwoordelijkheid voor.'

'Ik ben blij dat je ergens de verantwoordelijkheid voor neemt.'

Bart probeerde zich nog te verdedigen. 'Ik heb het bureau van de sheriff gebeld met een anonieme tip.'

Dat had Nick kennelijk al eerder gehoord. 'We hebben

alle alarmoproepen van woensdag afgeluisterd, Fred. We hebben niets gevonden.'

'Dan moet u beter zoeken,' drong Bart aan. 'Ik heb uit een telefooncel bij het benzinestation gebeld. Mijn vingerafdrukken moeten te vinden zijn.'

Jeffrey twijfelde er niet aan dat Barts vingerafdrukken op de telefoon stonden. Hij had alle tijd gehad om een alibi te verzinnen terwijl Lena en Sara voor hun leven vochten.

'En dat andere lijk?' vroeg Jeffrey.

'Andere lijk?' echode Bart. 'Welk andere lijk?'

Hij leek even verbaasd als Sara en Lena waren geweest. Beide vrouwen zwoeren dat ze niemand anders in Hanks huis hadden gezien, maar ergens in de buurt van de slaapkamer aan de achterkant waren de resten van een mannenlichaam gevonden.

Jeffrey vertelde hem: 'Er lag nog een stel botten in Hank Nortons huis. De patholoog zegt dat het een oudere man was, jaar of zestig.'

Bart keek naar zijn handen. 'Daar weet ik niets van.'

'Je weet wel erg weinig van een hoop dingen,' zei Jeffrey uitdagend. 'Ik denk dat je je hersentjes afpijnigt om op elke vraag vliegensvlug een antwoord te verzinnen, maar je hebt geen idee hoe diep het gat is waarin je bent beland.'

'Ik weet niet wat u bedoelt.'

Jeffrey keek naar Nick. Ze wisten allebei dat Bart of te arrogant of te stom was om te begrijpen dat zijn leven zo'n beetje afgelopen was op het moment dat hij Clint Jones neerschoot en Jake Valentine opdroeg onder de gootsteen te kruipen.

'Okidoki,' zuchtte Nick. Hij drukte zijn handpalmen op de tafel en stond op.

'Wat doet u?' piepte Bart.

'Ik ga inpakken,' zei Nick tegen hem terwijl hij het statief inklapte. 'Je weet er de ballen van, Tonto, en ik heb het gevoel dat onze Lone Ranger elk moment terug kan rijden naar de *corral* om met zijn hondjes te gaan spelen.'

De advocaat grinnikte. 'Goeie vergelijking.'

'Niet om het een of ander, maat,' zei Nick tegen hem,

'maar we hopen echt dat dit allemaal niet verder hoeft te gaan dan nodig is.'

'Ik denk dat er voorlopig genoeg schade is aangericht.' De advocaat schoof Valentines foto's van Fred Bart over de tafel. 'Het lijkt me dat u hier een overweldigende hoeveelheid bewijsmateriaal heeft. Beslist voldoende om de schuldige aan te klagen.' Hij stond op en zei tegen Jeffrey: 'Het spijt me erg dat uw vrouw gevaar heeft gelopen.' En voegde er na een korte pauze aan toe: 'En uw rechercheur natuurlijk.'

Jeffrey begreep wat de man bedoelde, maar zei voor de zekerheid: 'Zolang ze nu maar veilig zijn.'

'Dat zijn ze.'

Hij draaide zich om en wilde weggaan, maar Bart klampte zich aan zijn arm vast en krijste: 'U zei dat ze een schikking zouden treffen! U zei dat ze...'

'Blijf met je handen van me af,' snauwde hij en hij rukte zijn arm los.

Bart leek eindelijk te begrijpen dat de advocaat niet aan zijn kant stond, dat de man hier alleen was om ervoor te zorgen dat Bart geen bedreiging was voor de mensen die in werkelijkheid het honorarium van de advocaat betaalden.

De advocaat leek van zijn kant opgelucht dat de maskerade voorbij was. Hij knikte naar Nick, en toen naar Jeffrey: 'Heren, als u me wilt excuseren.'

'Wat doet u?' smeekte Bart. 'U bent mijn advocaat! Waar gaat u naartoe?'

De man liep zonder omkijken de kamer uit.

Bart stond naast de tafel, handenwringend als een vrouw.

'Ga zitten, Fred,' zei Nick.

Bart zakte op zijn stoel. 'Ik wil een schikking treffen,' mompelde hij. 'Ik moet een schikking treffen.'

'Welkom in het Land van de Harde Werkelijkheid.' Nick klapte spottend in zijn handen om hem toe te juichen. 'Wat dacht jij voor schikking te kunnen treffen, Freddy boy?'

'Wat dan ook,' smeekte Bart. 'Zeg maar wat ik moet zeggen.'

Nick schudde zijn hoofd. 'We willen dat je ons namen geeft, Fred. Het enige probleem is dat je ze niet weet.'

'Ik weet ze wel!' gilde Bart. 'Ik weet ze allemaal!'

'Zoals?'

'Zoals...' Zijn mond bewoog terwijl hij probeerde iets te bedenken. 'Zeg het maar. Zeg maar wie u wilt en dan zeg ik het!'

'Het rijmt op Connolly.'

Hij verbleekte. 'Nee,' zei hij. 'Dat kan ik niet doen.'

Nick haalde zijn schouders op. 'Kijk eens, baas, we geven je hier genoeg touw om een slang mee op te hangen. Dat jij de knoop niet kunt leggen is niet mijn schuld.'

'Ze zullen me vermoorden,' zei Bart. 'Ze zullen... erger dan dat. Ze vermoorden mensen niet gewoon... ze...' Zijn woorden stopten en hij hapte naar lucht. 'Alstublieft...' huilde hij.

Jeffrey stond op en Nick deed de deur open.

'Nee!' smeekte Bart. 'Jullie kunnen me hier niet zomaar achterlaten.'

Nick kon het niet laten. 'Maak je geen zorgen, baas. We gaan onderweg naar huis wel even langs het benzinestation om het alarmnummer te bellen.'

Jeffrey had een vieze smaak in zijn mond toen hij langs de Elawah County High School reed. Het zou goed moeten voelen om Fred Bart aan de wolven over te leveren, maar in plaats daarvan voelde hij zich smerig. Fred Bart had Sara achtergelaten in een brandend huis en Jeffrey geloofde sterk in oog om oog. Hij was ook een smeris, en hij wist dat de staat een rechtsgang had om criminelen die het verdienden aan te pakken. Wat was het verschil tussen tien jaar wachten tot een hoger beroep werd afgewezen, en hem aan de Brotherhood overlaten?

Het verschil was dat de Brotherhood sterker werd van elk leven dat ze namen. Ze zouden Bart niet in een steriele kamer rijden en een naald in zijn arm steken. Ze zouden hem laten smeken om zijn leven. Ze zouden hem slaan, martelen, totdat de dood iets werd om naar uit te kijken. Fred Bart zou een lesje zijn voor elke andere spierbundel en stomkop: je kon de Brotherhood niet dwarszitten zonder de hoogste prijs te betalen.

Toch klonken Ethan Greens woorden steeds weer door zijn hoofd, en Jeffrey vroeg zich af of de jonge man de echte Jeffrey had gezien, degene die zich verborg achter zijn penning terwijl hij de andere kant uit keek. Jeffrey had een eed afgelegd om iedereen te beschermen en te verdedigen, niet alleen de mensen van wie hij vond dat ze het verdienden. Hij werd verondersteld binnen het systeem te werken en niet onderweg zijn eigen regels op te stellen.

Hij werd verondersteld voor de zwakken te zorgen en hen te beschermen tegen de sterken. Fred Bart had er allerminst sterk uitgezien toen Jeffrey en Nick hem huilend hadden achtergelaten in de verhoorkamer. Hij was op zijn knieën op de grond gevallen en had om hulp gesmeekt.

Jeffrey realiseerde zich dat hij het motel voorbij was gereden en keerde. Hij parkeerde net voor het kantoortje toen het kamermeisje uit een van de kamers kwam. Ze bleef staan kijken hoe hij uit de auto stapte.

'Ik moet de spullen uit kamer veertien hebben,' zei hij tegen haar.

'Die zijn ingepakt,' zei de vrouw en ze liep weg.

Jeffrey nam aan dat het de bedoeling was dat hij achter haar aan liep. Hij greep de deur van het kantoor voordat ze die in zijn gezicht smeet.

'Dank je wel,' zei hij.

Ze ging achter de balie staan, krabbend aan haar armen door haar blouse met lange mouwen heen. Ze zei: 'Er staat nog een rekening open.'

Jeffrey keek naar de sleutels die op het bord achter haar hingen en constateerde dat er hoogstens drie kamers bezet waren. 'Druk gehad de laatste tijd?'

'Hoor eens, klootzak. Ik verzin de regels niet.'

Hij lachte en pakte zijn portefeuille. 'Hoeveel is het?'

Ze krabde aan haar nek, rekende uit voor hoeveel ze hem kon tillen. 'Honderd.'

'Wat dacht je van twintig?'

'Wat dacht je van vijftig?'

Jeffrey betaalde, hoewel hij ernstig betwijfelde of het geld ooit de kassa zou bereiken. Aan haar uiterlijk te zien had hij hier een zeldzaamheid onder ogen: een methverslaafde die ouder was geworden dan dertig.

De vrouw vroeg: 'Hoe is het met die griet?'

'Lena?'

'Ja, die.'

'Komt wel goed.'

'Oké,' zei de vrouw. Ze haalde een tas onder de balie vandaan en schoof die naar Jeffrey. 'Hier is haar troep. En nu opgehoepeld.'

Hij bestudeerde haar gezicht, de arrogant in de lucht gestoken kin. Langzaam zei hij: 'Ze ligt nog een paar dagen in het St. Ignatius.'

'Geweldig. Van mijn belastinggeld.'

'Betaal je belasting?' Ze wierp hem een vuile blik toe, waar hij inmiddels aan gewend moest zijn. 'Weet je, je dochter kijkt me soms precies zo aan.'

'Ik heb geen dochter.'

'Lena lijkt heel veel op je.'

Angela Adams gromde en gaf het op. Ze had vijftig dollar in haar zak en een behoefte in haar aderen. 'Heeft haar ogen in haar zak, net als ik. Herkende haar eigen moeder niet eens toen die voor haar stond.'

Jeffrey had zelf ternauwernood het verband gelegd tussen het schilderij dat hij boven de bank in de woonkamer van Hank Norton had zien hangen en de vrouw die voor hem stond. Iets aan de manier waarop ze haar kin omhoog stak had het verraden, na al die jaren had ze nog steeds die arrogante uitdagendheid in haar ogen. Angela was ooit mooi geweest, maar dat had de meth haar afgenomen, net zoals het spul haar haar dochtertjes had afgenomen.

Toch probeerde Jeffrey vriendelijk te zijn. 'Soms zie je niet waar je naar zoekt.'

'Dacht je soms dat ik niet weet hoe ik eruitzie?' Ze plukte aan de rand van het laminaat van de balie. 'Alles goed met Hank?'

Jeffrey voelde hoe weer een stukje van de puzzel op z'n plek viel. 'Hank was de hele tijd dat hij zoek was bij jou, hè?'

'Stomme klootzak had beter moeten weten. Binnen drie dagen vlogen we elkaar weer naar de keel.' Ze pulkte aan de zweer in haar nek. 'De schoft is er gewoon op een ochtend vandoor gegaan. Hij zal wel bij zijn huis zijn opgedoken.'

'Hij is aan het afkicken,' zei Jeffrey tegen de vrouw. 'Alle meth is uit zijn systeem.'

'Hij heeft altijd voor ze gezorgd.' Ze verbeterde zichzelf. 'Haar.'

'We hebben de geboorteakten gevonden waarop u Hanks naam had ingevuld.'

'Heeft zij ze gezien?'

'Nee,' zei Jeffrey. 'Ze zijn onderweg zoekgeraakt.'

Ze lachte spijtig. 'Stomme trut dat ik was. Ik dacht dat hij daardoor makkelijker de meisjes bij zich kon nemen om ze te beschermen. Hij werd er bijna voor gearresteerd.' Ze begon weer aan de zweer te pulken. Er kwam bloed uit. 'Ik ben het geweest die Hank aan de spuit heeft geholpen. Heeft hij dat verteld?'

'We hebben het er nooit over gehad.'

'Toen Cal doodging – dat is hun vader – kon ik er gewoon niet meer tegen. Zwanger, dik, ellendig, eenzaam. En toen kreeg ik ook nog eens kiespijn. Ik ging naar die kale lul van een Fred Bart. Hij vertelde me dat hij iets had om de scherpe kantjes te verzachten.' Ze keek woest naar Jeffrey alsof hij haar had uitgedaagd. 'Ik heb mijn keuze gemaakt.'

'Lena zou je willen zien.'

'Ik ben de laatste twintig jaar gevangenis in gevangenis uit geweest. Denk je dat een smeris een bajesklant als moeder wil?'

Jeffrey had beslist zijn eigen vader niet gewild, maar aan de andere kant had je je ouders niet voor het kiezen. 'Ik ken Lena al heel lang. Ik denk dat ze je zou willen zien.'

'Denk je dat ze dít zou willen zien?' vroeg Angela en ze rolde haar mouw omhoog.

Jeffrey schrok van de schade die de naalden in de loop der jaren hadden aangericht.

'Ik werk hier,' zei Angela. 'Ik verdien precies genoeg geld

om mezelf op de been te houden. Ik zit niet te springen om toestanden die mijn leven ingewikkeld maken.'

'Ik weet niet of Lena het daarmee eens zou zijn.'

'Ach, kijk...' Ze rolde haar mouw weer naar beneden. 'Het kan me eigenlijk geen reet schelen wat jij denkt, klootzak. Donder op hier.'

Ze liep om de balie heen naar de deur. Jeffrey verwachtte dat ze weg zou lopen, maar ze bleef staan.

Hij probeerde: 'Je bent haar moeder. Daar valt niets aan te veranderen.'

Ze bleef met haar rug naar hem toe staan, haar hand op de glazen deur. 'Wil je weten wat voor moeder ik ben?' Ze schudde walgend haar hoofd. 'Ik had beloofd ze met rust te laten, maar ik was blut en ik had vreselijke krampen. Ik ging naar hun huis om van Hank geld los te bedelen. Hij gaf me wat, en ik...' Ze haalde diep adem. 'Ik reed achteruit zonder te kijken waar ik heen ging, en ik reed zo over haar heen, recht voor de ogen van haar zus en dat mollige meisje van verderop. Wist je dat? Wist je dat ik mijn eigen dochter blind heb gemaakt?'

Jeffrey kon zich zo'n enorme schuld niet voorstellen.

'Ik werd de volgende dag geklist voor bezit. Ik had nog wat andere shit op mijn kerfstok – ongedekte cheques, er stonden nog wat dingen open. De rechter pakte me zwaar aan. Ik en Hank, we dachten dat het beter zou zijn voor de meisjes als ze dachten dat ik dood was, als ze niet wisten wat ik echt was.'

'Maar toch...'

'Meneer, die baby's opgeven is het enige goeie dat ik ooit van mijn leven heb gedaan. Neem me dat niet af.'

Ze duwde de deur open en liep naar buiten. Jeffrey bleef achter met Lena's spullen.

Achtentwintig

Lena zat in een rolstoel naast Hanks bed en hield zijn hand in haar goede hand. Zijn huid was droog, zijn vingers als stokjes die niet wilden buigen. Hij wilde haar niet aankijken, haar greep niet beantwoorden. Eerst dacht ze dat hij gek was, maar langzamerhand begon ze zich te realiseren dat hij zich schaamde. Als hij iets tegen haar zei, zou het iets zijn over zijn eigen trots die hem kapot had gemaakt. Hij was bijna arrogant geweest over het feit dat hij van zijn verslaving af was gekomen, maar er was maar één spuit voor nodig geweest om hem weer verslaafd te krijgen. Zijn lichaam was verwoest door de drugs die hij had gebruikt. De middelen die de artsen voorschreven deden hun best om de ontwenningsverschijnselen tegen te gaan, maar er was niets wat ze konden doen aan zijn depressie.

Meestal zaten ze alleen zo, Lena met zijn hand in de hare, Hank uit het raam starend, tot de verpleegsters kwamen zeggen dat ze allebei wat moesten rusten. Lena praatte niet veel want er viel eigenlijk niets te zeggen.

'Alles goed?' vroeg de verpleegster toen ze binnenkwam om alle slangen en apparaten waar Hank aan vast zat te controleren. Ze was een aardige vrouw, maar haar opgewektheid irriteerde en haar stem was hard genoeg om de doden te wekken.

'Prima,' zei Lena hoestend.

De verpleegster wierp haar een bezorgde blik toe. 'Heeft u uw ademhalingsoefeningen vanochtend gedaan?'

'Ja, mevrouw,' antwoordde Lena.

Ze glimlachte en klopte op Hanks hand. 'Ziet u hoe verstandig uw nichtje is, meneer Norton?' Haar stem werd nog harder als ze tegen Hank praatte, waarschijnlijk omdat hij nooit reageerde.

Ze vroeg aan Lena: 'Hoe is het met uw hand?'

Lena hield haar rechterhand, die dik in het verband zat, omhoog. 'Gaat wel. De dokters zeggen dat ik waarschijnlijk alle mobiliteit weer terugkrijg.'

'Natuurlijk,' zei de verpleegster, meedogenloos positief. 'Nog een paar minuten bij uw oom, hè? U moet allebei wat rusten.' Ze stak haar vinger waarschuwend op. 'Ik kom het controleren, hoor!'

De deur klikte dicht en Hank mompelde: 'Dat is niks te zacht.'

Lena was zo opgelucht hem te horen praten dat ze niet kon reageren.

Zijn stem was hees toen hij vroeg: 'Doe je echt die oefeningen, meisje?'

'Ja.'

'Ik heb nooit geweten wanneer je loog.'

'Ik ook niet.'

Hank ademde diep in en langzaam weer uit.

Ze zei: 'Vertel me over mijn moeder.'

Hij glimlachte. 'Welk verhaal wil je horen?' Hij dacht dat ze het oude spelletje speelde dat Sibyl en Lena hadden verzonnen toen ze klein waren.

'Het echte, Hank. Het verhaal waarin ze nog leefde.'

Zijn ogen stonden voortdurend vol tranen, dus ze kon niet zien of hij huilde. 'Ze is altijd van jullie blijven houden. Dat is nooit opgehouden.'

'Ze heeft Sibyl blind gemaakt.'

Als hij verbaasd was, merkte ze dat niet. Zijn gezicht was nog van haar afgekeerd. 'Ze kwam naar het huis voor geld. Ze was gek van verdriet toen het gebeurd was. Ik heb haar daar weggehaald en de schuld op me genomen toen de politie kwam, ik heb gezegd dat het allemaal mijn schuld was. Ik kon je niet je eigen moeder zo laten haten. Ik wilde dat je van haar hield, van de herinnering aan haar.'

'Wat is er met haar gebeurd?' vroeg Lena. 'Hoe is ze gestorven?'

Zijn hoofd draaide met een ruk naar haar toe. Hij was kennelijk geschrokken van de vraag. Er was bijna paniek in zijn ogen, alsof hij niet kon besluiten wat hij haar moest vertellen.

'Het geeft niet,' suste ze. 'Ik geef jou de schuld niet. Ik ben niet boos. Ik moet alleen de waarheid weten. Vertel me gewoon de waarheid.'

Hanks keel verkrampte zichtbaar. Hij perste zijn lippen op elkaar als om de woorden die eruit wilden komen tegen te houden. Hij had nooit veel stilgestaan bij herinneringen, misschien omdat er helemaal geen goeie bij waren.

'Hank, vertel het me,' vleide Lena. 'Vertel het me één keer, en dan zal ik er nooit meer naar vragen. Ik vind dat ik na al die tijd wel mag weten hoe mijn moeder is gestorven.'

Hij staarde weer naar het plafond als om zijn gedachten op een rijtje te krijgen. Toen hij eindelijk antwoord gaf, sprak hij zo zacht dat ze hem bijna niet kon horen. 'Autoongeluk.'

'Fred Bart vertelde dat ze ergens is waar het beter is.'

Hank zweeg weer en dacht erover na. 'Het verlies van je pappa, en dat ze daarna je zusje zo verwond had...' Hij slikte en vocht duidelijk tegen zijn emoties. 'Ik ben een egoïst, Lee. Jij bent alles wat ik nog heb en ik kan...' Zijn stem stokte. 'Ik kan je niet missen.'

Lena verstevigde haar greep op zijn hand omdat ze wilde dat hij begreep dat ze hem nooit meer in de steek zou laten. 'Toen ik je thuis zag, zei je dat die man, Clint Jones, mijn moeder had vermoord.'

'Hij was haar dealer,' zei Hank. 'Hij was onze dealer.'

Lena ging achteroverzitten en probeerde het beeld van Angela de engel dat ze al die jaren in haar hoofd had gehad te verenigen met dit nieuwe beeld van Angela de junk. Was haar moeder net zo erg geweest als Hank? Waren haar armen net zo getekend geweest, haar gezicht net zo verwoest? Lena huiverde bij de gedachte en ze wilde bijna dat hij het niet verteld had.

'Meth is gewoon...' Hank schudde zijn hoofd. 'Je sterft op het moment dat je het neemt. De persoon die je bent, de persoon die je zou worden, die is weg zodra de vloeistof je aderen raakt. Vanaf dat moment ben je dood.'

'Hoe is het gebeurd? Hoe is ze gestorven?'

Hij sloot zijn ogen. Zijn borst rees en daalde bij elke ademhaling. Hij wilde haar niet aankijken toen hij zei: 'Ze reed te hard over Taylor Bridge en raakte een telefoonpaal. Nek gebroken. De dokter zei dat ze op slag dood moet zijn geweest.'

Lena was bij de nodige eenzijdige auto-ongelukken geroepen. Er zat altijd een duister verhaal achter.

Zijn vingers sloten zich om haar hand. 'Ze zou jullie nooit verlaten hebben als ze had geweten wat een puinhoop ik ervan zou maken. Ze dacht dat ik voor jullie zou zorgen.'

'Dat heb je ook gedaan,' zei Lena tegen hem. 'Je hebt je best gedaan.'

'Vergeef me niet,' zei hij. Zijn hand was zwak, maar hij hield de hare vast zo stevig als hij kon. 'Vergeef me nooit.'

Maar na alles wat er was gebeurd, na alles wat hij voor Lena en Sibyl had gedaan, kon ze niet anders.

Hij keek haar even aan, maar wendde zijn ogen snel weer af. 'Ga nu maar gauw voordat die verpleegster terugkomt. Ik wou dat ik weer in coma lag.'

'Oké,' zei ze en ze liet zijn hand uit de hare glijden. Ze hadden allebei nooit goed over hun gevoelens kunnen praten. 'Bel me als je me nodig hebt, goed?'

Lena schuifelde de kamer uit, vermoeider dan ze voor mogelijk had gehouden. De artsen hadden haar verteld dat ze niet genoeg zuurstof binnenkreeg. Lena dacht dat het kwam doordat ze de hele dag in het ziekenhuis rondhing zonder iets anders te doen dan medelijden met zichzelf hebben.

Haar kamer was vlak naast die van Hank en ze hoorde de telefoon gaan vanuit de gang. Lena ging harder lopen en pakte de hoorn op midden in een belsignaal.

'Dit is een collect call van een gevangene in de Coastal State Prison,' informeerde een computerstem haar. Lena zakte op het bed neer. Ze wachtte op de opgenomen stem, haar hart bonkte tegen haar ribben toen ze hoorde: 'Ethan Green.'

Ze klemde de hoorn tussen haar schouder en oor en drukte op de knop op de telefoon om het gesprek te accepteren.

Het bleef even stil, alleen een zachte piep om de drie seconden om hen eraan te herinneren dat de tijd verstreek.

Hij zei: 'Hoe is het met je?'

Lena keek de kamer rond met het gevoel dat iemand haar begluurde. 'Waarom bel je me?' vroeg ze. 'Ik wil niet met je praten.'

'Heb je daarom het gesprek geaccepteerd?'

'Ik hang nu meteen op.'

'Ik hoorde wat er gebeurd is.'

Haar hand had boven de telefoon gezweefd, klaar om op te hangen, maar bij zijn woorden stopte ze. Natuurlijk had Ethan gehoord wat er was gebeurd. Zijn netwerk had hem het bericht waarschijnlijk al doorgegeven voordat de media ervan wisten.

'Die kiespijn die ik had toen je me zag?' Ze wist dat hij geen antwoord verwachtte. 'Maak je geen zorgen,' zei hij. 'Ik heb medicijnen gekregen. Het doet geen pijn meer.'

Ze dacht aan Fred Bart, aan de manier waarop de tandarts had geglimlacht met zijn gemene tandjes voordat hij Charlotte in de fik had gestoken. Ze zei het voor ze zichzelf kon tegenhouden. 'Mooi.'

'Niemand doet mijn meisje pijn. Hoor je me?'

'Niemand behalve jij,' bracht ze hem in herinnering.

Hij grinnikte zacht. 'Inderdaad, Lee. Niemand behalve ik.'

Ze kwam adem tekort. Haar hand was nog maar een paar centimeter van de haak verwijderd, klaar om op te hangen, maar het lukte haar niet iets anders te doen dan luisteren.

'Ik zal je schrijven,' zei hij, met zachte, vleiende stem. 'Ik zal je schrijven en je moet terugschrijven, oké, baby?'

'Nee,' zei ze met een smekende klank in haar stem. Ze probeerde sterker te zijn. 'Ik wil je niet meer in mijn leven.'

'Dacht je dat dat zo makkelijk was? Dacht je dat je ooit van me af kon komen?' Hij lachte weer paaiend. 'Ik ben hier weg voordat je het weet, Lee. Dan kunnen we opnieuw beginnen. Alleen jij en ik. Oké?'

Ze schudde haar hoofd, maar er kwamen geen woorden.

'Slaap lekker, baby. Ik zal aan je denken.'

Lena hing op. Ze hoorde zijn stem nog, voelde zijn aanwezigheid in de kamer. Wie zou haar het eerst te pakken krijgen, Ethan of Harley? Het waren allebei mannen die altijd hun rekening vereffenden. Ze lieten niet met zich sollen. Zou ze doodgeslagen worden of over een paar weken wakker worden terwijl een onbekende een naald in haar arm stak en tegen haar zei dat ze niet moest tegenstribbelen, dat het makkelijker zou zijn als ze gewoon toegaf. Lena hoopte dat het de spuit zou zijn, ze hoopte bij god dat ze Ethan Green nooit meer hoefde te zien.

Ze keek omhoog naar het plafond, waar schaduwen op de witte tegels dansten. Ethan was er nog. Hij vulde elk hoekje van de kamer, elk hoekje van haar ziel. Ze ging op haar rug in bed liggen, zijn duistere aanwezigheid hing over haar heen, tot de uitputting het won en ze eindelijk in een diepe, droomloze slaap viel.

Negenentwintig

Sara zat op de veranda met haar moeder te telefoneren. Jeffrey had een halfuur geleden gebeld en gezegd dat hij net Grant County binnenreed, maar ze zou pas gerust zijn als hij thuis was. Hij had gezegd dat hij haar ergens over moest spreken, en Sara nam aan dat het hetzelfde was dat haar de laatste dagen dwars had gezeten. Zo kon het niet doorgaan. Er moest iets veranderen.

Haar moeder klonk boos. 'Luister je wel?'

'Ja, mama,' loog Sara.

'Hij zei dat hij de automatische sproeiers had gerepareerd. De helft van de planten is dood.'

'Hij heeft het vast niet expres gedaan.'

'We zijn bijna een week thuis en hij heeft nog steeds geen geloofwaardige verklaring gegeven.'

'Hij was vast van plan de sproeiers te repareren.'

'Sara,' begon Cathy, en Sara zette zich schrap voor een preek. Tot haar verrassing stelde haar moeder voor: 'Wil je dat ik weer naar je toe kom? Ik kan er in vijf minuten zijn.'

Sara hield van haar moeder, maar Cathy had de laatste week bijna vierentwintig uur per dag met haar doorgebracht. Ze moest alleen zijn om na te denken. 'Jeffrey komt zo thuis.'

'Je klinkt zo afwezig. Komt het door de aanklacht?'

'Nee,' antwoordde Sara, maar ze kreeg een wrange smaak in haar mond bij het woord. Buddy Conford had twee dagen geleden gebeld om te vertellen dat Global Indemnity een schikking trof met de Powells. De ouders zouden twee miljoen dollar krijgen voor de dood van hun zoon, nauwelijks genoeg om de rekeningen van het ziekenhuis en de onderzoeken te betalen. Buddy had geprobeerd een grapje te maken, dat dit een zeldzaam geval was waarin een verzekeringsmaatschappij ook echt iemands medische kosten vergoedde, maar Sara was niet in de stemming geweest voor humor.

'Als het de aanklacht niet is, wat dan wel?'

'Mama....'

Kennelijk had zij er genoeg van. 'Sara Ann Linton, ik ben je moeder en ik weet het als iets je dwarszit.'

Sara liet lucht ontsnappen tussen haar tanden.

Cathy kwam meteen ter zake. 'Heb je iets gehoord van het adoptiebureau?'

'Ja,' zei ze. De maatschappelijk werkster had die ochtend terwijl Sara bij haar ouders was een bericht op het antwoordapparaat ingesproken. Toen ze thuiskwam, had ze gezien dat het rode lampje knipperde, maar ze had drie uur gewacht voordat ze op *play* drukte. Hetzelfde weerhield haar ervan in de brievenbus te kijken of de voicemail op haar mobiel af te luisteren. Sara had zo lang gewacht op het bericht dat er een kind voor hen was, maar nu dat moment gekomen was, kon ze zich er niet toe zetten er iets mee te doen.

'En?' drong Cathy aan. 'Wat zei ze?'

'Ze zei dat ze een jongetje van negen maanden hebben,' antwoordde Sara. 'Hij is half Aziatisch, half zwart.'

'O, liefje, wat heerlijk!'

'O ja?' vroeg Sara met een gevoel of haar hart zou breken. Alleen al door het uitspreken van de woorden had ze een beeld gekregen van een romige huid en touwachtig haar – kleine voetjes die in haar handpalm zouden passen. 'Wat moet ik doen, mama, de hele nacht wakker zitten met een baby terwijl ik wacht op een telefoontje van een vreemde die me vertelt dat mijn man dood is?'

'Doe niet zo belachelijk,' snauwde Cathy. 'Politieagenten hebben familie, Sara. *Loodgieters* hebben familie. Je neemt een risico elke keer dat je achter het stuur van een auto gaat zitten of naar het postkantoor gaat. Je kunt je leven niet opschorten omdat je bang bent voor iets wat misschíén zal gebeuren.'

'Jeffrey is zo koppig,' wierp ze tegen. 'Hij luistert nooit.'

'Welkom in het huwelijk, schat. Het spijt me dat we geen optocht voor je kunnen organiseren.'

Sara legde haar hand tegen haar hals en probeerde de woorden te sturen die eruit moesten. 'Stel nou...' probeerde ze. 'Stel nou...' Ze liet haar hoofd in haar hand vallen en formuleerde eindelijk haar grootste angst. 'Stel nou dat ik niet voor hem kan zorgen, mama? Stel nou dat hij ziek wordt of gewond raakt en ik niet...'

Haar moeder klonk mild maar streng. 'Het is niet jouw schuld dat Jimmy Powell is gestorven aan leukemie.'

'Stel dat mijn baby ziek wordt?'

'Ik weet dat je zogenaamd niet in dat soort dingen gelooft, maar de eerste keer dat je dat kind in je armen hebt, weet je het, dat hij een geschenk is dat je te leen krijgt van God. Zo lang dat geschenk duurt, koester je het, hou je het aan je hart, en doe je je uiterste best om het nooit meer los te laten.'

'Ik kan gewoon niet...' Sara dacht aan Jimmy Powell de laatste keer dat ze hem in leven had gezien. Zijn ogen waren opgelicht toen Sara zijn ziekenhuiskamer binnenkwam. Hij was altijd een beetje verliefd op haar geweest. Zij kwam nog het dichtst in de buurt van het vriendinnetje dat hij nooit zou hebben. Hij zou nooit stiekem een meisje zoenen na school of vrijen op de achterbank van zijn vaders auto. Hij zou nooit een vrouw of een kind hebben. Zijn moeder zou nooit kleinkinderen hebben. De rest van haar leven zou Beckey Powell niets anders hebben dan verloren mijlpalen om haar te herinneren aan haar dode zoon. Andere kinderen zouden naar school gaan. Andere gezinnen zouden met elkaar op vakantie gaan. Beckey zou alleen een lege kalender hebben, dagen zonder Jimmy die zich voor haar uitstrekten als een troosteloze vlakte.

Cathy's toon werd zachter. 'Wat heb je tegen de maatschappelijk werkster gezegd?'

'Dat ik met Jeffrey moest praten.'

'Je belt haar nu onmiddellijk terug om te zeggen dat je die baby wilt hebben.'

'Mama, ik weet het niet.'

'Ik wel,' onderbrak Cathy haar. 'Ik hang nu op zodat je haar kunt bellen.' Ze wachtte even. 'Bel me meteen terug, oké? Ik wil alles horen over mijn eerste kleinkind.'

De verbinding werd verbroken, maar Sara belde niet. Nu ze tijd voor zichzelf had, bleek ze niet in staat haar gedachten op een rijtje te zetten. Haar geest bleef maar heen en weer springen van Jimmy Powell naar Jeffrey, naar de baby die op hen wachtte. Ze zat roerloos de straat in te staren tot haar BMW voor het huis stopte.

Jeffrey zwaaide met een scheve glimlach naar haar door de voorruit. Hij had gezegd dat hij haar iets moest vertellen, iets belangrijks. Dit was niet alleen haar beslissing. Misschien had hij ook bedenkingen.

Sara legde de telefoon op het trappetje en liep naar de auto.

Hij deed het portier open en zei: 'Man, ik ben helemaal gaar van het rijden.' Toen zag hij haar gezicht en vroeg: 'Wat is er aan de hand?'

'Het adoptiebureau heeft gebeld.'

Hij overbrugde de afstand tussen hen en sloot haar in zijn armen. 'Een baby!' riep hij. 'O god, Sara.' Hij tolde haar rond. 'Ik kan het niet geloven. Ik kan het niet geloven...' Hij lachte en probeerde op adem te komen. 'Is het een meisje of een jongen?'

'Een jongen.'

'Ha!' zei hij en hij draaide haar weer rond.

Sara lachte ook, aangestoken door zijn opwinding. 'Ik word duizelig.'

Hij zette haar neer en nam haar gezicht in zijn handen. 'Ik heb een zoon!' Hij kuste haar. 'Dit is het, Sara. Dit is het begin van ons leven.' Hij kuste haar weer, dit keer heftiger. 'Jezus, wat hou ik van je.'

Ze zag tranen in zijn ogen, zijn absolute vreugde over het nieuws. Opeens vielen al haar twijfels weg als zinloze omwegen. Ze wilde een kind met deze man, ze wilde niets liever in haar leven dan hun baby samen opvoeden.

Hij vroeg: 'Kunnen we hem vanavond halen? Nu meteen?'

'Morgen,' zei ze, lachend om zijn gretigheid. 'We moeten naar het bureau om de formulieren in te vullen.'

'Administratieve zooi,' kreunde hij, maar hij bleef stralen. 'O god, Sara, ik hou zoveel van je.'

Ze legde haar hand tegen zijn wang. 'Ik weet het.'

Hij lachte weer, het klonk als een juichkreet. 'Wat moeten we nu doen?'

'Ze zeggen dat ze de formulieren al hebben gestuurd,' zei ze tegen hem. 'Kijk even in de brievenbus, dan pak ik de telefoon.'

Ze was halverwege de veranda toen hij naar haar riep: 'Hé, sexy mama!'

Sara keerde zich blozend om. 'Ssst,' waarschuwde ze hem. 'De buren.'

'Bel ze allemaal!' schreeuwde hij. 'We krijgen een kind!'

Hij deed de brievenbus open. Er was een lichtflits. Jeffrey vloog omhoog en naar achteren, zijn lichaam kronkelde en de lucht scheurde van de explosie.

Sara holde al naar hem toe voordat haar geest had verwerkt wat ze had gezien.

Een bom. Iemand had een bom in de brievenbus gedaan.

'Jeffrey!' hijgde ze en ze viel op haar knieën naast hem. Overal lagen brokken metaal, post fladderde om hen heen. Ze zag zijn borst openliggen – botten, spieren, kloppend hart.

'Help!' schreeuwde ze. 'Kan iemand me helpen?'

Hij deed zijn mond open en het bloed gutste naar buiten. Zijn rechterarm lag op het asfalt een paar meter verderop, van zijn schouder gerukt. Ze drukte haar handen tegen de open wond in een wanhopige poging het bloeden te stelpen. Het bloed stroomde tussen haar vingers door, doorweekte haar handen.

'Nee,' fluisterde ze. 'Nee.'

'Jij...' zei hij met klapperende tanden.

Ze drukte haar lippen op de zijne, kuste hem op zijn mond, zijn gezicht. 'O, mijn lief... mijn lief...'

'Jij...' fluisterde hij en hij richtte zich blindelings naar haar op. Ze zag de pijn in zijn ogen en wist dat zijn leven wegsijpelde.

'Laat me niet alleen,' smeekte ze en ze kneep in zijn hand. 'O god, Jeffrey, laat me alsjeblieft niet alleen.'

'Jij...'

'Nee,' smeekte ze, biddend dat hij volhield. 'Alsjeblieft! Ik hou van je. Ik hou van je.' Waarom had ze hem altijd geplaagd door nooit die woorden te zeggen? 'Jeffrey, ik hou van je.'

'Altijd...'

Ze kuste hem weer en proefde zijn bloed in haar mond. Dit kon niet waar zijn. Hij mocht haar niet in de steek laten.

'Altijd...' stamelde hij, terwijl bloed in zijn keel opborrelde. 'Altijd... alleen...'

'Altijd alleen wat, schat? Alleen wat?'

'Jij...' bracht hij stikkend uit. '...Altijd... alleen... jij...'

Zijn lichaam ontspande zich. Het bloed spoot niet meer uit zijn schouder. Sara realiseerde zich dat de buren erbij waren gekomen. Ze stonden in een kring om haar heen maar wisten niet wat ze moesten doen. Ze schreeuwde dat ze weg moesten gaan. Ze wilde niet dat zij hem zo zagen, ze wilde niet dat iemand hem aanraakte. De ambulance kwam, en toen de politie: zijn mannen, zijn vrienden. Ze ging tegen hen tekeer, smeekte hen weg te gaan. Ze tilde Jeffrey op, hield hem in haar armen, niemand mocht in de buurt komen. Zo hield ze hem vast, jammerend als een kind, tot haar moeder kwam en zorgde dat ze hem losliet zodat ze hem konden meenemen.